DIE SATANISCHEN VERSE

SALMAN RUSHDIE

DIE SATANISCHEN VERSE

ROMAN

ARTIKEL 19 VERLAG

Titel der Originalausgabe
The Satanic Verses

Aus dem Englischen

Printed in Germany
ISBN 3-9802315-0-X

ARTIKEL 19 VERLAG
Gesellschafter und Herausgeber

Herbert Achternbusch Martin Ahrends Jürgen Alberts Alibaba Verlag
Carl Amery Sascha Anderson Irmgard Andrae Friedmar Apel
Aphaia Verlag Arche Verlag Augemus Musikverlag Kurt Bartsch
Jürgen Becker Katja Behrens Michael Benthack Rolf Bergmann
Verlagsgruppe Bertelsmann Helga van Beuningen-Blum Maxim Biller
Horst Bingel Maria-Anna Blaha Verlag Bleuel & Debes Norbert Blüm
Ruth Böhm Heinrich-Böll-Stiftung e.V. Klaus Bölling Werner Borsbach
Ursula Brackmann Volkhard Brandes Brandes & Apsel Verlag
Büchergilde Gutenberg Eckehard Büscher Peter O. Chotjewitz
Claassen Verlag Renate Daimler Verlag Das Arsenal
Friedrich Christian Delius Verlag Der Alltag Walter Keller
Verlag der Arkade im Felde Hartmut Dirks Esther Dischereit
Dreisam Verlag Droemer Knaur Verlag Freimut Duve Wolfgang Ebert
Eco Verlag Econ Verlag Edition Moderne Edition Nautilus
Edition Orient Eichborn Verlag Hans-Magnus Enzensberger
Brigitte Erler Andrea Ernst Erpf Edition Verlag an der Este Europa Verlag
Hans-Geert Falkenberg F.D.P.-Landesverband Schleswig-Holstein
Krista Federspiel Peter Finkelgruen Claus Fischer Erica Fischer
S. Fischer Verlag Roland Fleissner Roy Fox Karlhans Frank
Frankfurter Verlagsanstalt Günter Franzen E. G. Freese Verlag
Verlag Frederking & Thaler Friedenauer Presse, Katharina Wagenbach
Gerd Fuchs Winfried Gellner Gerhardt Verlag Helma Giannone
Mary Fran Gilbert Ralph Giordano Gerd Glaeske
Peter Glaser Manfred Goldbeck Karin Graf Günter Grass
Ulrich Greiner Friedrich Griese Max von der Grün Heinz Haber
Erich Hackl Gabriele Haefs Peter Härtling Haffmans Verlag
Volker Hage Jens Hagen Ulla Hahn Andrea Hamann
Peter Hammer Verlag Karl-Heinz Hansen Volker Hauff
Sabine Hedinger Adolf Hemberger Gert Heidenreich Gert Heidenreich
Bodo Heimann Matthias von Hellfeld Hartmut von Hentig
Vera Herbst Elke Hermannsdörfer Dieter Hildebrandt
Martin Hielscher Friedrich Hitzer Kay Hoff
Gerd E. Hoffmann Hoffmann und Campe Verlag
Gitta Holroyd-Reece Matthias Horx Klaus Humann
IG Autoren-Interessengemeinschaft österreichischer Autoren
Horst Isola isp-Verlag Brigitte Jakobeit Fritz Jesse Joachim Jessen
Bertram Job Anna Jonas Claus Josten Peter Stephan Jungk
Junius Verlag Yaak Karsunke Kellner Verlag Horst Kern
Verlag Kiepenheuer & Witsch Kindler Verlag Birgit Kirchner
Sarah Kirsch Hans-Günter Kleff Klett-Cotta Verlag Thomas Kling
Ulrich Klug Verlag Knesebeck & Schuler Jochen Knoblauch
Uwe Koch Ulrike Kolb Harald Körke Lew Kopelew Kore Verlag
Traute Hensch Alexander Krebs-Gehlen Christian Graf von Krockow
Burkhart Kroeber Karin Kuretschka Kursbuch Verlag

Oskar Lafontaine Lambda Edition Kurt Langbein
Katja Lange-Müller Ulli Langenbrinck Lenos Verlag Siegfried Lenz
Claus-Peter Leonhardt Hans Leyendecker Limmat Verlag
Stefan Linster List Verlag Joachim Lottmann
Luchterhand Literaturverlag Ludger Lütkehaus
Hans-Peter Martin Angelika Mechtel Manfred Merbaul
S. Mete Atsu Metropol Friedrich Veitl-Verlag
Maralde Meyer-Minnemann Klaus Modick
Peter Mosler, Förderverein deutscher Schriftsteller in Hessen
Eveline Neugebauer Neuthor-Verlag Wendelin Niedlich
Karen Nölle-Fischer Nona Nyffeler Orlanda Frauenverlag
Leonie Ossowski Pahl-Rugenstein Verlag Panorama Verlag
Brigitte Pap Markus Peichl Monika Pelz
P.E.N. Zentrum Bundesrepublik Deutschland
Linda Pfeiffer Piper Verlag Hermann Peter Piwitt Holdger Platta
Angela Plöger Dagmar Ploetz Pociao's Books Martin Pollack
Fred Prager Publicaciones Latinas Rasch & Röhring Verlag
Christiane Rasche Ravensburger Buchverlag Otto Maier Reidar Verlag
Hartlib Rex Horst-Eberhard Richter Herbert Riehl-Heyse
Verlag Rogner & Bernhard Roitman Verlag Verlag rosa Winkel
Rotbuch Verlag Politische Buchhandlung Roter Stern rotpunktverlag
Harry Rowohlt Rowohlt Verlag Utta Roy-Seifert Michael Rutschky
Ingrid von Saldern Horst Samson Joachim Sartorius
Friedhelm Schachtschneider Verlag Schelzky & Jeep Johannes Schenk
Frank Schirrmacher Uwe Schlegelmilch Klaus Schlesinger Luise Schmidt
Peter Schneider Werner Schneyder Erasmus Schöfer Eike Schönfeld
Klaus Peter Schreiner Burkhard Schröder Gerhard Schröder
Wilhelm Wolfgang Schütz Karin Schulze Karl Theodor Schuon
Hans Schwab-Felisch Günther Schwarberg Schweizer Verlagshaus
Heinz-Peter Schwenck Gertrud Seehaus sehStern Grafik
Heinrich Senfft Peter Sichrovsky Ralf Sotscheck Joachim Spencker
Klaus Staeck Gerhard Steidl Verlag STERN-Buch Stefan Steinecke
Rosemarie Still Tina Stroheker Verlag Stroemfeld / Roter Stern
Vilma Sturm Suhrkamp Verlag Die Tageszeitung tende Verlag
Uwe Tetampl Uwe Timm Peter Torberg Unionsverlag
Petra Unnützer Renato Vecellio Henning Venske
Verband deutscher Schriftsteller Barbara Vogt Volksblatt Verlag
Heinz Vrchota Keto von Waberer Wagenbach Verlag Martin Walach
Verlag im Waldgut Günter Wallraff Walter Verlag J. Monika Walther
Hans-Dietmar Warda Lothar Weber Verlag Thomas Weidenbach
Peter Weidhaas Weismann Verlag-Frauenbuchverlag Hans Weiss
Dieter Wellershoff Heinz Martin Werhahn Ernst-Peter Wieckenberg
Christa Wiemken Helmut Wiemken Liz Wieskerstrauch
Roger Willemsen Hubert Winkels Willi Winkler Uli Wittmann
Lutz-W. Wolff Elisabeth Wolffheim Paul Zsolnay Verlag
Verlag Zweitausendeins Zytglogge Verlag

Für Marianne

Satan, zu einem vagabundierenden, rastlosen,
unsteten Dasein verurteilt, kennt keine feste Bleibe;
denn obgleich er, infolge seiner engelhaften Natur,
über ein Reich zerfließender Wüstenei und Luft herrscht,
so ist es doch gewißlich Teil seiner Strafe, daß er …
ohne jeden angestammten Ort oder Raum ist,
der es ihm gestatten würde, seinen Fuß darauf ruhen zu lassen.

Daniel Defoe
The History of the Devil

INHALT

I

DER ENGEL GIBRIL

1

»Um wiedergeboren zu werden«, sang Gibril Farishta, während er vom Himmel stürzte, »mußt du erst sterben. Ho ji! Ho ji! Um weich zu landen am Busen der Erde, mußt du erst zum Vogel werden. Tat-Taa! Taka-tan! Um heiter zu genießen, müssen erst Tränen fließen. Wie willst du die Liebe wagen, mein Herr, ohne zu klagen? Baba, willst du wiedergeboren werden...« An einem Wintermorgen kurz vor Tagesanbruch, so um den ersten Januar herum, fielen zwei leibhaftige, ausgewachsene, quicklebendige Männer aus einer Höhe von achttausendachthundertvierzig Metern in Richtung Ärmelkanal, und zwar ohne Hilfsmittel wie Fallschirme oder Flügel, aus heiterem Himmel.

»I tell you, you must die, I tell you, I tell you«, und dergleichen mehr unter einem Mond von Alabaster, bis ein lauter Ruf die Nacht durchschnitt: »Zum Teufel mit deinen Liedern«, kristallklar hingen die Worte in der eisweißen Nacht, »im Film hast du nur zum Playback die Lippen bewegt, verschon mich also jetzt mit diesem infernalischen Geschrei.«

Während Gibril, der unmusikalische Solist, sein improvisiertes Ghasel sang, schlug er im Mondschein Kapriolen, schwamm in der Luft, Bruststil, Schmetterlingsstil, rollte sich zu einer Kugel zusammen, spreizte wie ein Adler Arme und Beine vor der Beinahe-Unendlichkeit der Beinahe-Dämmerung, nahm heraldische Posen ein, drohend aufgerichtet, wie ein Löwe mit erhobenem Kopf liegend, spielte seine Leichtfertigkeit gegen die Schwerkraft aus. Nun kullerte er beglückt auf die höhnische Stimme zu. »Ohé, Salad Baba, du bist es, nicht möglich. Holla, alter Cham.« Worauf der andere, ein pedantischer, kopfüber fallender Schatten in einem grauen Anzug, alle Jackettknöpfe zugeknöpft, Arme an die Seiten gepreßt, der die Unwahrscheinlichkeit der Melone auf seinem Kopf als selbstverständlich hinnahm, ein spitznamenfeindliches Gesicht zog. »He, Spoono«, schrie Gibril und löste damit ein zweites auf den Kopf gestelltes Zusammenzucken aus, »London, Bhai! Wir kommen! Diese Ärsche da unten werden keine Ahnung haben, was sie getroffen hat. Ein Meteor, ein Blitz oder die Strafe Gottes. Aus dem Nichts, Herzchen. *Dharrraaammm!* Wumm, na? Was für ein Auftritt, yaaar. Ich schwör's dir – platsch.«

Aus dem Nichts: ein Urknall, gefolgt von einem Feuerwerk von Meteoren. Ein allumfassender Beginn, ein Miniaturecho der Geburt der Zeit ... der Jumbo-Jet *Bostan,* Flug AI-420, explodierte ohne Vorwarnung hoch über der großen, verrotteten, wunderschönen, schneeweißen, hellerleuchteten Stadt, Mahagonny, Babylon, Alphaville. Aber Gibril hat ihr bereits einen Namen gegeben, ich darf mich nicht einmischen: Das Große London, Hauptstadt von Vilayet, zwinkerte blinzelte nickte in der Nacht. Während in Himalaja-Höhe eine kurzlebige und frühreife Sonne in die pulvrige Januarluft barst, verschwand ein Echoimpuls von den Radarschirmen, und das Nichts war voller Körper, die vom Mount Everest der Katastrophe auf die milchige Blässe des Meeres niedersanken.

Wer bin ich?

Wer ist sonst noch da?

Das Flugzeug brach mitten entzwei, eine Schote, die ihre Samen, ein Ei, das sein Geheimnis preisgibt. Zwei Schauspieler, der tänzelnde Gibril und der zugeknöpfte, steife Mr. Saladin Chamcha, fielen wie Tabakkrümel aus einer zerbrochenen alten Zigarre. Über, hinter, unter ihnen im leeren Raum hingen zurückgeklappte Sitze, Kopfhörer, Getränkewagen, Tüten für Flugkranke, Einwanderungsformulare, zollfreie Videospiele, bortenbesetzte Käppchen, Papierbecher, Decken, Sauerstoffmasken. Zudem – denn es waren nicht wenige Einwanderer an Bord gewesen, ja eine ziemlich große Anzahl von Ehefrauen, die von einsichtigen, pflichtbewußten Beamten wegen der Länge und der charakteristischen Leberflecke der Genitalien ihrer Ehemänner in die Mangel genommen worden waren, genügend Kinder, deren Ehelichkeit die britische Regierung in begründeten Zweifel zog – mischte sich unter die Überreste des Flugzeugs, ebenso bruchstückhaft, ebenso absurd, der ganze Seelenschutt, schwebten Erinnerungssplitter, abgestreifte Identitäten, herausgeschnittene Muttersprachen, verletzte Intimsphären, unübersetzbare Witze, zunichte gemachte Zukunftshoffnungen, verlorene Lieben, die vergessene Bedeutung hohler, dröhnender Worte, *Land, Zugehörigkeit, Heimat.* Ein wenig benommen von der Explosion stürzten Gibril und Saladin hinab – wie von einem Storch, der sorglos den Schnabel geöffnet hat, fallen gelassene Bündel –, und weil Chamcha mit dem Kopf voraus fiel, in der für den Eintritt von Babys in den Geburtskanal empfohlenen Lage, begann er, eine leichte Verärgerung zu empfinden über die Weigerung des anderen, auf die übliche Weise hinunterzufallen. Saladin fiel im Sturzflug, wogegen Farishta die Luft umarmte, sie mit Armen und Beinen liebkoste, ein wild fuchtelnder, outrierter Schauspieler, der die Technik künstlerischer Zurückhaltung nicht beherrschte. Unter ihnen, wolkenbedeckt, in

Erwartung ihres Auftritts, die trägen, eiskalten Strömungen des Ärmelkanals, die für ihre wäßrige Wiedergeburt bestimmte Zone.

»Aus Japan sind meine schönen Schuh'«, sang Gibril und übersetzte dabei das alte Lied in halbbewußter Hochachtung vor dem entgegenstürmenden Gastland, »die Hosen sind englisch, was meinst du dazu? Auf dem Kopf ein russischer Hut, aber indisch ist mein Blut.« Die Wolken ballten sich ihnen entgegen, und vielleicht war es wegen der mystischen Formationen von Kumulus und Kumulonimbus, der mächtig dahinziehenden Gewitterwolken, die wie Hämmer in der Morgendämmerung aufragten, oder vielleicht war es das Singen (wobei der eine die Vorstellung gab und der andere sie ausbuhte), oder ihr Detonationsdelirium, das ihnen die volle vorherige Kenntnis des ihnen unmittelbar Bevorstehenden ersparte ... doch aus welchem Grund auch immer, die beiden Männer, Gibrilsaladin Farishtachamcha, zu diesem endlosen und doch endenden engelgleichen, teuflischen Fall verdammt, merkten nicht, in welchem Augenblick der Prozeß ihrer Transmutation begann.

Mutation?

Jawohl, aber keine zufallsbestimmte. Dort oben im Luftraum, jenem weichen, nicht wahrnehmbaren Bereich, den das Jahrhundert ermöglicht hatte und der daraufhin das Jahrhundert ermöglichte, der zu einer seiner bestimmenden Sphären geworden war, zum Ort des Strebens und des Krieges, zu einem Ort, der den Planeten schrumpfen ließ, einem Mächtevakuum, der unsichersten und unbeständigsten aller Sphären, trügerisch, ständig in Auflösung und Wandlung begriffen – denn wenn man alles in die Luft wirft, wird alles möglich –, hochdortoben jedenfalls fanden Veränderungen in delirierenden Schauspielern statt, die das Herz des alten Herrn Lamarck hätten höher schlagen lassen: unter extremem Außendruck werden charakteristische Merkmale erworben.

Was für Merkmale, welche? Langsam, langsam; Sie glauben wohl, die Schöpfung vollzieht sich im Nu? Aber nein, ebensowenig wie die Offenbarung ... sehen Sie sich die beiden an. Fällt Ihnen etwas Ungewöhnliches auf? Nur zwei schnell fallende braune Männer, das ist doch nichts besonders Neues, werden Sie vielleicht denken; stiegen zu weit hinauf, wollten zu hoch hinaus, flogen zu nah an der Sonne, ist es das?

Das ist es nicht. Hören Sie zu:

Mr. Saladin Chamcha, entsetzt über die dem Munde Gibril Farishtas entströmenden Laute, schlug mit eigenen Versen zurück. Was Farishta über den unwahrscheinlichen Nachthimmel wehen hörte, war ebenfalls ein altes Lied, Text von Mr. James Thomson, siebzehnhundert bis siebzehnhundertachtundvierzig. »... durch himmlisches Gebot«, jubilierte Chamcha durch Lippen, die sich aufgrund der Kälte patriotisch rotweißblau verfärbt hatten, »so kaaam, es aus der blauen Seeee.« Farishta, zu Tode erschrocken, sang immer lauter von japanischen Schuhen, russischen Hüten, jungfräulich subkontinentalem Geblüt, konnte jedoch Saladins ungestümen Vortrag nicht zum Verstummen bringen: »Schutzengel sangen in der Höööh.«

Seien wir uns darüber im klaren: Es war unmöglich, daß die beiden einander hören, geschweige denn sich miteinander unterhalten und einen solchen Sängerwettstreit austragen konnten. Wie wären sie dazu fähig gewesen, wo sie sich doch mit immer größerer Geschwindigkeit dem Planeten näherten und die Atmosphäre um sie herum toste? Aber seien wir uns auch darüber im klaren: sie waren es.

Hinabhinab wirbelten sie, und die Winterkälte, die ihre Wimpern mit Reif überzog und ihre Herzen zu gefrieren drohte, war im Begriff, sie aus ihrem ekstatischen Tagtraum zu reißen, und gerade als ihnen das Wunder ihres Gesanges bewußt wurde, der Regen von Gliedmaßen und Babys, von dem sie ein Teil waren, und die Entsetzlichkeit des Schicksals, das von unten auf sie zuraste, trafen sie auf die eiskalt brodelnden Wolkenwogen, wurden von ihnen bis auf die Haut durchnäßt und augenblicklich mit einer Eisschicht glasiert.

Sie befanden sich anscheinend in einem langen, vertikalen Tunnel. Chamcha, steif, starr und immer noch kopfüber, sah, wie Gibril Farishta in seinem purpurroten Buschhemd in diesem Tunnel mit Wolkenwänden auf ihn zuschwamm, und hätte gerufen: »Weg, weg von mir«, wenn ihn nicht etwas daran gehindert hätte, das Entstehen von etwas Flatterndem, Schrillem in seinen Eingeweiden, so daß er, statt Worte der Ablehnung zu äußern, die Arme ausbreitete, und Farishta schwamm hinein, bis sie sich Kopf an Fuß umarmten, und die Wucht des Aufpralls ließ sie gemeinsame Räder schlagen den ganzen langen Schacht hinunter, der ins Wunderland führte; und während sie vorwärts drängten, bahnte sich aus dem Weiß eine Prozession sich ständig wandelnder Wolkenformen ihren Weg, Götter wurden zu Stieren, Frauen zu Spinnen, Männer zu Wölfen. Hybride Wolkenwesen stürmten auf sie zu, riesenhafte Blumen mit menschlichen Brüsten, die von fleischigen Stengeln baumelten, geflügelte Katzen, Zentauren, und halb bewußtlos, wie er war, wurde Chamcha von der Vorstellung gepackt, daß auch er Wolkennatur angenommen hatte, seine Gestalt veränderte, zum Zwitterwesen wurde, wie wenn er in die Person hineinwachsen würde, deren Kopf nun zwischen seinen Beinen gebettet lag und deren Beine um seinen langen, aristokratischen Hals geschlungen waren.

Diese Person hatte allerdings keine Zeit für solch »hochtrabendes Geschwätz«; war dazu gar nicht fähig. Hatte sie doch eben aus dem Wolkenwirbel die Gestalt einer bezaubernd schönen Frau in einem gewissen Alter auftauchen sehen, die einen Sari aus grünem und goldenem Brokat und einen Diamanten in der Nase trug, das hochgesteckte Haar mit Haarlack gegen den Wind in diesen Höhen geschützt, und gleichmütig auf einem fliegenden Teppich saß. »Rekha Merchant«, begrüßte Gibril sie. »Du hast wohl den Weg in den Himmel nicht gefunden?« Wie gefühllos, solche Worte an eine Tote zu richten! Aber sein erzwungener Sturzflug mag als mildernder Umstand angeführt werden ... Chamcha umklammerte Farishtas Beine und erkundigte sich verständnislos: »Was zum Teufel soll das?«

»Siehst du sie nicht?« rief Gibril. »Siehst du ihren verdammten Bucharateppich nicht?«

Nein, nein, Gibbo, flüsterte ihre Stimme ihm ins Ohr, erwarte von ihm keine Bestätigung. Ich bin ausschließlich für deine Augen bestimmt, vielleicht bist du am Verrücktwerden, was meinst du, du Namaqool, du Stück Schweinedreck, mein Lieber. Mit dem Tod kommt die Ehrlichkeit, mein Liebster, also kann ich dich bei deinen richtigen Namen nennen.

Die wolkige Rekha murmelte Säuerlichkeiten, doch Gibril wandte sich erneut an Chamcha: »Spoono? Siehst du sie oder siehst du sie nicht?«

Saladin Chamcha sah nichts, hörte nichts, sagte nichts. Gibril blickte ihr allein ins Angesicht. »Das hättest du nicht tun sollen«, wies er sie zurecht. »Auf keinen Fall. Eine Sünde. Sowassowas.«

Ach, jetzt belehrst du mich auch noch, lachte sie, hältst Moralpredigten, das ist wohl ein Witz. Du warst es, der mich verlassen hat, gab ihre Stimme seinem Ohr zu bedenken und schien dabei am Ohrläppchen zu knabbern. Du warst es, o Mond meiner Wonne, der sich hinter einer Wolke versteckte. Und ich in der Finsternis, blind, verloren, aus Liebe.

Er bekam es mit der Angst. »Was willst du? Nein, sag es nicht, geh fort.«

Als du krank warst, durfte ich dich nicht besuchen, um einen Skandal zu vermeiden, du hast gewußt, daß es nicht ging, daß ich deinetwegen wegblieb, aber hinterher hast du mich bestraft, du hast es als Grund benutzt, mich zu verlassen, als dein Wolkenversteck. Das und auch sie, die Eisfrau. Schuft. Jetzt, da ich tot bin, habe ich vergessen, wie man verzeiht. Ich verfluche dich, mein Gibril, dein Leben soll die Hölle sein. Die Hölle, denn dorthin hast du mich geschickt, verdammt sollst du sein, von dort kommst du her, du Teufel, dort gehst du hin, du Blutsauger, genieß dein blutiges Bad. Rekhas Fluch; und danach Verse in einer Sprache, die er nicht verstand, harsch, zischend; wiederholt glaubte er, aber vielleicht irrte er sich, den Namen *Al-Lat* zu vernehmen.

Er klammerte sich an Chamcha; sie hatten die Wolkendecke durchbrochen.

Die Geschwindigkeit, die Empfindung der Geschwindigkeit kehrte wieder mit einem gräßlichen Pfeifton. Das Wolkendach floh in die Höhe, die Wasserfläche näherte sich rasend, ihre Augen öffneten sich. Ein Schrei, derselbe Schrei, der in seinen Eingeweiden geflattert war, als Gibril quer über den Himmel auf ihn zuschwamm, löste sich von Chamchas Lippen; ein Sonnenpfeil durchbohrte seinen offenen Mund und befreite ihn. Doch sie waren durch die Wolkenmetamorphosen gefallen, Chamcha und Farishta, und es war etwas Fließendes, Unscharfes an ihren Rändern, und als das Sonnenlicht auf Chamcha traf, löste es mehr als einen Schrei aus:

»Flieg«, schrie Chamcha Gibril zu. »Flieg jetzt.« Und ohne seinen Ursprung zu kennen, fügte er einen zweiten Befehl hinzu: »Und sing.«

Wie kommt das Neue in die Welt? Wie wird es geboren?

Aus welchen Verschmelzungen, Verwandlungen, Verbindungen besteht es?

Wie überlebt es, extrem und gefährlich, wie es ist? Welche Kompromisse muß es eingehen, welche Abmachungen treffen, welchen Verrat an seiner verborgenen Natur üben, um die Abbruchkugel abzuwehren, den Würgeengel, die Guillotine?

Ist Geburt immer ein Fall?

Haben Engel Flügel? Können Menschen fliegen?

Als Mr. Saladin Chamcha aus den Wolken über dem Ärmelkanal fiel, spürte er, wie sein Herz von einer so unerbittlichen Macht ergriffen wurde, daß er die Unmöglichkeit seines Todes erkannte. Nachher, als er wieder festen Boden unter den Füßen hatte, begann er zu zweifeln, die Unwahrscheinlichkeiten seines Sturzes auf seine durch die Explosion durcheinandergeratene Wahrnehmung zurückzuführen und sein und Gibrils Überleben einem blinden, dummen Zufall zuzuschreiben. Aber während er fiel, bestand für ihn kein Zweifel; was sich seiner bemächtigt hatte, war der Wille zu leben, unverfälscht, unwiderstehlich, rein, und das erste, was dieser Wille tat, war, ihn davon zu unterrichten, daß er nichts mit seiner erbärmlichen Persönlichkeit zu tun haben wollte, dieser zur Hälfte wiederhergestellten Angelegenheit aus Mimikry und Stimmen, er wollte das alles umgehen, und er, Chamcha, merkte, daß er sich ihm unterwarf, ja, mach nur, als ob er in seinen eigenen Gedanken, seinem eigenen Körper ein Zuschauer wäre, denn dieser Wille begann genau im Mittelpunkt seines Leibes und breitete sich nach außen aus, ließ sein Blut zu Eisen werden, verwandelte sein Fleisch in Stahl, doch gleichzeitig fühlte er sich an wie eine Faust, die ihn umfaßte und in einer Weise hielt, die sowohl unerträglich fest und als auch unzumutbar sanft war; bis ihn dieser Wille schließlich völlig überwältigt hatte und seinen Mund, seine Finger, was immer er wollte, lenken konnte, und sobald er seiner Herrschaft sicher war, drang er aus Chamchas Körper und packte Gibril Farishta an den Eiern.

»Flieg«, befahl er Gibril. »Sing.«

Chamcha hielt sich an Gibril fest, während der andere erst langsam und dann mit zunehmender Geschwindigkeit und Kraft mit den Armen wie mit Flügeln zu schlagen begann. Immer fester schlug er mit den Armen, und währenddessen brach ein Lied aus ihm hervor, und wie das Lied des Geistes von Rekha Merchant ertönte es in einer Sprache, die er nicht kannte, zu einer Melodie, die er nie gehört hatte. Gibril bestritt dieses Wunder nie; anders als Chamcha, der es mit logischen Überlegungen aus der Welt zu schaffen suchte, hörte er nie auf zu behaupten, daß das Ghasel himmlischen Ursprungs war, daß ohne das Lied das Armeschlagen zwecklos gewesen wäre und daß sie ohne das Armeschlagen mit Sicherheit wie ein Stein oder so auf die Wellen geprallt und bei der ersten Berührung mit der straffgespannten Trommel des Meeres in tausend Stücke geborsten wären. Statt dessen jedoch wurden sie allmählich langsamer. Je entschiedener Gibril flatterte und sang, sang und flatterte, desto deutlicher wurde die Verlangsamung, bis die beiden schließlich wie Papierschnitzel im sanften Wind auf den Kanal hinunterschwebten.

Sie waren die einzigen Überlebenden des Unglücks, die einzigen, die aus der *Bostan* stürzten und am Leben blieben. Man fand sie an einen Strand gespült. Der Redseligere der beiden, der im purpurroten Hemd, schwor in seinen wild ausschweifenden Erzählungen, sie wären auf dem Wasser gewandelt, die Wellen hätten sie sachte ans Ufer getragen; aber der andere, auf dessen Kopf wie durch Zauberei eine aufgeweichte Melone klebte, bestritt das. »Gott im Himmel, wir hatten Glück«, sagte er. »Wieviel Glück kann man haben?«

Ich kenne die Wahrheit, das liegt auf der Hand. Ich habe alles gesehen. Auf Allgegenwärtigkeit und -mächtigkeit erhebe ich im Augenblick keinen Anspruch, aber soviel läßt sich sagen, hoffe ich: Chamcha wollte es, und Farishta tat das Gewollte.

Wer wirkte das Wunder?

Welcher Art – engelhaft oder satanisch – war Farishtas Lied?

Wer bin ich?

Sagen wir es so: Wer hat die schönsten Melodien?

Folgendes waren die ersten Worte, die Gibril Farishta sprach, als er auf dem schneebedeckten englischen Strand erwachte, neben seinem Ohr, so unwahrscheinlich es klingt, ein Seestern: »Wiedergeboren, Spoono, du und ich. Alles Gute zum Geburtstag, mein Herr; alles Gute zum Geburtstag.«

Worauf Saladin Chamcha hustete, prustete, die Augen öffnete und, wie es sich für ein Neugeborenes gehört, in lächerliche Tränen ausbrach.

2

Reinkarnation war stets ein Lieblingsthema von Gibril gewesen, der seit fünfzehn Jahren der größte Star in der Geschichte des indischen Films war, schon bevor er »wundersamerweise« den Phantom-Bazillus besiegte, von dem alle geglaubt hatten, er würde seinen Verträgen für immer ein Ende setzen. Vielleicht hätte also irgend jemand voraussagen können – nur tat es niemand –, daß ihm, sobald er wieder auf den Beinen war, sozusagen das gelingen würde, woran die Bakterien gescheitert waren, und daß er eine Woche vor seinem vierzigsten Geburtstag auf immer aus seinem alten Leben hinausmarschieren und – pffft! – wie durch einen Zaubertrick verschwinden würde, *ins Nichts.*

Die ersten, die seine Abwesenheit bemerkten, waren die vier Mitglieder seines Filmstudio-Rollstuhlteams. Schon lange vor seiner Krankheit hatte er es sich zur Gewohnheit gemacht, sich auf dem großen D.W. Rama-Gelände von dieser Truppe schneller, verläßlicher Athleten von Szene zu Szene transportieren zu lassen, weil ein Mann, der »si-multan« bis zu elf Filme drehte, seine

Kräfte schonen mußte. Gelenkt von einem komplexen System von Kodes, das aus Strichen, Kreisen und Punkten bestand und das Gibril noch aus seiner Kindheit inmitten der legendären Essensläufer von Bombay (von denen später noch die Rede sein wird) in Erinnerung war, flitzten die Rollstuhlschieber mit ihm von Rolle zu Rolle und lieferten ihn genauso pünktlich und unfehlbar ab, wie sein Vater einst das Essen abgeliefert hatte. Und nach jeder abgedrehten Szene sprang Gibril wieder in den Stuhl und ließ sich mit hoher Geschwindigkeit zur nächsten bringen, wurde umkostümiert, geschminkt und bekam seinen Text in die Hand gedrückt. »Eine Filmkarriere in Bombay«, erklärte er seiner getreuen Mannschaft, »ist eher wie ein Rollstuhlrennen mit ein, zwei Boxenstopps unterwegs.«

Nach der Krankheit, der Gespenstischen Bakterie, der Mysteriösen Malaise, dem Bazillus, arbeitete er wieder, ließ es langsam angehen, mit nur sieben Filmen gleichzeitig... und dann, einfach so, war er nicht mehr da. Der Rollstuhl stand leer zwischen den verstummten Studios; seine Abwesenheit enthüllte die schäbige Scheinwelt der Kulissen. Rollstuhlfahrer eins bis vier baten um Nachsicht für den fehlenden Star, als sich der Zorn der Filmverantwortlichen auf sie entlud: Ji, sicher ist er krank, er war immer für seine Pünktlichkeit berühmt, nein, warum kritisieren, Maharadschas, großen Künstlern muß man von Zeit zu Zeit ihre Launen zugestehen, na; und zum Dank für ihre Beteuerungen wurden sie zu den ersten Opfern von Farishtas unerklärlichem Simsalabim, sie wurden gefeuert, vier drei zwei eins, ekdumjaldi, vor die Pforten des Studios gesetzt, und ein Rollstuhl lag verwaist und verstaubt unter den künstlichen Kokospalmen auf einem Strand aus Sägemehl.

Wo war Gibril? Filmproduzenten, siebenfach im Stich gelassen, gerieten in kostspielige Panik. Sehen Sie dort, auf dem Willingdon-Golfplatz – heutzutage nur noch neun Löcher, nachdem aus den anderen neun Wolkenkratzer wie turmhohes Unkraut gesprossen waren, oder besser wie Grabsteine, die das Gelände markieren, wo der gefledderte Leichnam der alten Stadt lag – dort, genau dort verpatzen hochrangige Manager die einfachsten Schläge; und blicken Sie hinauf, von den höheren Etagen wehen Büschel gepeinigten Haars herunter, das vormals auf Direktorenköpfen wuchs. Die Aufregung der Produzenten war nur zu verständlich, denn in jenen Tagen der sinkenden Besucherzahlen und der Produktion historischer Seifenopern und zeitgenössischer Hausfrauenschnulzen durch das Fernsehen gab es nur einen Namen, der, wenn er über einem Filmtitel prangte, immer noch eine todsichere, hundertprozentige Garantie für einen Ultrahit, eine Supersensation bedeutete, und der Träger besagten Namens war abgereist, nach oben, nach unten oder zur Seite, jedenfalls unzweifelhaft und unbestreitbar verduftet...

Nachdem Telefone, Motorradfahrer, Polizisten, Froschmänner und Boote, die den Hafen mit Netzen nach seiner Leiche absuchten, sich nach Kräften, jedoch vergeblich bemüht hatten, begann man, in der ganzen Stadt Totenklagen im Gedenken an den erloschenen Star anzustimmen. Auf einer der sieben ausgestorbenen Bühnen der Rama-Studios entbot ihm Miss Pimple Billimoria, die neuentdeckte, extrascharfe Sexbombe – *sie ist keine dumme, geschwätzige Mamsell, sondern 'ne flotte Puppe mit 'nem irren Fahrgestell* –, in das verschleierte Nichts einer Tempeltänzerin gehüllt und unter sich windenden Pappfiguren kopulierender Tantra-Gestalten aus der Chandela-Zeit postiert – in der Erkenntnis, daß ihr großer Auftritt nicht sein sollte, daß ihr Durchbruch zu Bruch gegangen war –, einen boshaften Abschiedsgruß vor einem Publikum aus Tontechnikern und Elektrikern, die zynische Bidis rauchten. Begleitet von einer stumm bekümmerten Ayah, die ihr stets zur Seite stand, versuchte Pimple es mit Verachtung. »Gott, was für ein Glück, dem Himmel sei Dank«, rief sie. »Heute wäre nämlich die Liebesszene dran gewesen, tsch, tsch, ich bin fast gestorben bei dem Gedanken, mich diesem Fettsack mit seinem nach faulem Kakerlakendreck stinkenden Atem nähern zu müssen.« Glöckchenschwere Knöchel klingelten bei jedem Aufstampfen. »Verdammt gut für ihn, daß Filme nicht riechen, sonst würde er nicht mal die Rolle eines Aussätzigen kriegen.« An dieser Stelle gipfelte Pimples Monolog in einem derartigen Schwall von Obszönitäten, daß die Bidi-Raucher sich erstmals aufrichteten und lebhaft begannen, Pimples Vokabular mit dem der berüchtigten Bandenführerin Phoolan Devi zu vergleichen, deren Flüche im Handumdrehen Gewehrläufe zum Schmelzen bringen und die Kugelschreiber der Journalisten in Gummi verwandeln konnten.

Abgang Pimple, weinend, ein Opfer der Zensur, unbrauchbares Material auf dem Boden eines Schneideraums. Bergkristalle fielen aus ihrem Nabel, als sie ging, Spiegel ihrer Tränen... was Farishtas Mundgeruch betraf, hatte sie allerdings nicht ganz unrecht; im Gegenteil, sie hatte untertrieben. Gibrils Exhalationen, diese ockerfarbenen Schwefelwolken, hatten ihm immer schon – zusammen mit seinem in der Mitte der Stirn spitz zulaufenden Haaransatz und seinem rabenschwarzen Haar – eher düstere, denn heilig leuchtende Züge verliehen, trotzdem er den Namen des Erzengels trug. Nach seinem Verschwinden war man der Ansicht gewesen, daß er leicht zu finden sein müsse – man brauche nur eine halbwegs gute Nase ... und eine Woche nachdem er sich abgesetzt hatte, trug ein tragischerer Abgang als der von Pimple Billimoria einiges dazu bei, den teuflischen Gestank zu intensivieren, der sich an den Namen zu heften begann, welcher so lange lieblich geduftet hatte. Man könnte sagen, daß er von der Leinwand herab- und in die Welt hineingeschritten war, und im Leben, anders als im Film, merken die Leute, wenn man stinkt.

Wir sind Geschöpfe der Luft, Wir wurzeln in Träumen Und Wolken, werden wiedergeboren Im Flug. Lebt wohl. Die rätselhaften Zeilen, die von der Polizei in Gibril Farishtas Penthouse gefunden wurden, im obersten Stockwerk des Everest-Vilas-Wolkenkratzers auf dem Malabar Hill, der höchstgelegenen Wohnung im höchsten Gebäude auf dem höchstgelegenen Gelände der Stadt, einem dieser Apartments mit Blick nach zwei Seiten, auf der einen über die abendliche Halskette des Marine Drive und auf der anderen über Scandal Point und das Meer, gestatteten den Zeitungen, ihre Schlagzeilen-Kakophonie fortzusetzen. FARISHTA UNTERGETAUCHT, vermutete *Blitz* etwas makaber, während Busybee vom *Daily* GIBRIL VERDUFTET den Vorzug gab. Viele Fotos dieser legendären Residenz wurden veröffentlicht, für die französische Innenarchitekten, die Empfehlungsschreiben von Reza Pahlevi für ihre Arbeiten in Persepolis vorweisen konnten, eine Million Dollar ausgegeben hatten, um in dieser luftigen Höhe die Wirkung eines Beduinenzeltes zu erzielen. Eine weitere Illusion, die durch seine Abwesenheit zerstört wurde; GIBRIL BRICHT SEINE ZELTE AB, gellten die Schlagzeilen, aber war er nach oben, nach unten oder zur Seite verschwunden? Niemand wußte es. In dieser Metropole des Geredes und Geflüsters hörten nicht einmal die schärfsten Ohren etwas Verläßliches. Aber Mrs. Rekha Merchant, die alle Zeitungen las, sich alle Radiomeldungen anhörte und wie gebannt vor den Doordarshan-Fernsehsendungen saß, las aus Farishtas Nachricht etwas heraus, hörte einen Ton, der allen anderen entging, und nahm ihre zwei Töchter und ihren Sohn zu einem Spaziergang auf dem Dach ihres Wohnhauses mit. Das Gebäude hieß Everest-Vilas.

Seine Nachbarin; genauer gesagt, sie wohnte direkt unter ihm. Seine Nachbarin und seine Freundin; warum sollte ich noch mehr sagen? Natürlich füllten sich die Skandalspalten der gehässigen Gazetten der Stadt mit Anspielungen, Anzüglichkeiten und Andeutungen, aber das ist kein Grund, sich auf ihr Niveau zu begeben. Warum Rekhas guten Ruf jetzt in den Schmutz ziehen?

Wer war sie? Reich, gewiß, aber schließlich war Everest Vilas nicht gerade ein Mietshaus in Kurla, oder? Verheiratet, jawohl, seit dreizehn Jahren, mit einem Mann, der eine Größe im Kugellagergeschäft war. Unabhängig, ihre Teppich- und Antiquitätenläden florierten in bester Lage in Colaba. Sie nannte ihre Teppiche *Klims* und *Kliens* und die alten Kunstgegenstände *Anti-qujus.* Ja, und sie war schön, schön auf die harte, glänzende Art jener vergeistigten Bewohner der himmelhohen Häuser der Stadt, Knochen Haut Haltung allesamt Zeugen ihrer langen Trennung von der verarmten, schweren, wuchernden Erde. Alle waren sich darin einig, daß sie ein starker Charakter war, *wie ein Fisch* aus Lalique-Kristall trank und ihren Hut *schamlos* auf einen Chola Natraj hängte, daß sie wußte, was sie wollte und wie sie es bekam, und zwar auf der Stelle. Ihr Mann war ein Angsthase mit Geld und ein guter Squashspieler. Rekha Merchant las Gibril Farishtas Abschiedszeilen in der Zeitung, schrieb ihrerseits einen Brief, scharte ihre Kinder um sich, holte den Lift und begab sich himmelwärts (ein Stockwerk), auf daß sich das ihr bestimmte Los erfüllte.

»Vor vielen Jahren«, so lautete ihr Brief, »habe ich aus Feigheit geheiratet. Nun endlich beweise ich Mut.« Sie ließ eine Zeitung auf ihrem Bett liegen, in der Gibrils Mitteilung rot eingekreist und dick unterstrichen war – drei starke Striche, von denen einer voll Wut ein Loch in die Seite gerissen hatte. Natürlich legte sich die Kanaillen-Journaille ins Zeug, überall war zu lesen: LIEBESTRAUM ENDET MIT TODESSPRUNG und SCHÖNHEIT STÜRZTE SICH IN DEN TOD – WEGEN GEBROCHENEM HERZ. Jedoch:

Vielleicht hatte auch sie der Wiedergeburtsvirus infiziert, und Gibril, der die furchtbare Macht der Metapher nicht erkannte, hatte das Fliegen empfohlen. *Um wiedergeboren zu werden, mußt du erst,* und sie war ein Geschöpf des Himmels, sie trank Lalique-Champagner, sie wohnte auf dem Everest, und einer ihrer Mit-Olympier war ausgeflogen; und wenn er es konnte, dann konnte auch sie beflügelt und in Träumen verwurzelt sein.

Sie schaffte es nicht. Der Lala, der als Türsteher des Everest-Vilas-Komplexes angestellt war, legte ungeniert Zeugnis vor der Öffentlichkeit ab: »Ich spazierte gerade herum, hier hier, nur auf dem Grundstück, als ich etwas aufschlagen hörte, patsch. Ich drehte mich um. Es war die älteste Tochter. Ihr Schädel war völlig zerschmettert. Ich schaute hinauf und sah den Jungen fallen und dann das jüngere Mädchen. Was soll ich sagen, fast hätten sie mich erschlagen. Ich legte die Hand auf den Mund und ging hin. Das kleine Mädchen wimmerte leise. Dann blickte ich nochmals auf, und da kam die Begum. Ihr Sari blähte sich wie ein großer

Ballon, und ihr Haar hatte sich gelöst. Ich sah weg, weil es sich nicht schickte, ihr unter die Kleider zu schauen.«

Rehka und ihre Kinder fielen vom Everest; niemand überlebte. Das Geflüster gab Gibril die Schuld. Lassen wir es für den Augenblick dabei bewenden.

Ach ja, denken Sie daran: Er sah sie nach ihrem Tod. Er sah sie mehrmals. Es dauerte lange, bis die Leute begriffen, wie krank der große Mann war. Gibril, der Star. Gibril, der die Namenlose Krankheit besiegte. Gibril, der den Schlaf fürchtete.

Nachdem er verschwunden war, begannen die allgegenwärtigen Abbildungen seines Gesichts zu verwittern. Auf den riesigen grell bemalten Plakatwänden, von denen er die Volksmenge überblickt hatte, schuppten sich seine trägen Augenlider und blätterten ab, erschlafften mehr und mehr, bis seine Pupillen aussahen wie zwei von Wolken oder von den sanften Messern seiner langen Wimpern durchschnittene Monde. Schließlich fielen die Lider ab und verliehen seinen gemalten Augen einen wilden, rollenden Blick. Vor den Kinopalästen in Bombay sah man kolossale Gibrilfiguren aus Pappmaché, die verrotteten und sich zur Seite neigten. Kraftlos hingen sie an den Stützgerüsten, verloren die Arme, verwelkten, knickten am Hals ein. Seine Fotos auf den Titelseiten der Filmzeitschriften wurden totenblaß, die Augen lösten sich auf, sie verblichen. Zuletzt verschwanden seine Bilder einfach von den gedruckten Seiten, so daß an den Zeitungsständen auf den glänzenden Umschlägen von *Celebrity* und *Society* und *Illustrated Weekly* nichts mehr zu sehen war und die Verleger die Drucker entließen und die Qualität der Druckerschwärze verantwortlich machten. Selbst auf der Leinwand, hoch über den Köpfen seiner Anbeter im Dunkeln, begann die vermeintlich unsterbliche Physiognomie zu verwesen, Blasen zu werfen und auszubleichen; jedesmal, wenn er durch das Filmfenster kam, blockierten die Projektoren unerklärlicherweise, die Filme kamen knirschend zum Stillstand, und die Hitze der kaputten Projektorenlämpchen verbrannte die Zelluloiderinnerung an ihn: ein Stern, zur Supernova geworden, und die alles verzehrenden Flammen nahmen sinnigerweise ihren Ausgang zwischen seinen Lippen.

Es war der Tod Gottes. Oder etwas ganz Ähnliches; hatte nicht dieses überlebensgroße Gesicht, das in der künstlichen Kinonacht über seinen Anhängern schwebte, geleuchtet wie das eines überirdischen Wesens, das irgendwo zumindest auf halbem Wege zwischen dem Sterblichen und dem Göttlichen angesiedelt war? Weiter als auf halbem Weg, hätten viele behauptet, denn Gibril hatte den Großteil seiner einzigartigen Karriere damit verbracht, mit absoluter Überzeugungskraft die zahllosen Gottheiten des Subkontinents in den beliebten, sogenannten »Theologicals« zu verkörpern. Es war Teil des Zaubers seiner Persönlichkeit, daß es ihm gelang, religiöse Grenzen zu überschreiten, ohne Anstoß zu erregen. Blauhäutig wie Krishna tanzte er, die Flöte in der Hand, zwischen glücklichen Gopis und ihren schwereutrigen Kühen; Handflächen nach oben meditierte er in heiterer Gelassenheit (als Gautama) über die Leiden der Menschheit unter einem rachitischen, künstlichen Bodhibaum. Bei jenen seltenen Gelegenheiten, da er vom Himmel herabstieg, ging er nie zu weit, spielte beispielsweise sowohl den Großmogul als auch dessen für seine Listigkeit berühmten Minister im Klassiker *Akbar und Birbal.* Über eineinhalb Jahrzehnte hatte er für hunderte Millionen von Gläubigen in diesem Land, in dem bis auf den heutigen Tag die menschliche Bevölkerung die göttliche lediglich in einem Verhältnis übersteigt, das weniger als drei zu eins beträgt, das annehmbarste und sofort erkennbare Antlitz Gottes dargestellt. Für viele seiner Fans hatte die Grenze, die den Schauspieler und seine Rolle trennt, seit langem aufgehört zu existieren.

Die Fans, ja, und? Wie stand es mit Gibril?

Dieses Gesicht. Im wirklichen Leben, auf Lebensgröße reduziert, unter gewöhnlichen Sterblichen, offenbarte es sich als eigenartig unspektakulär. Die tief herabhängenden Lider verliehen ihm bisweilen einen erschöpften Ausdruck. Er hatte zudem eine etwas derbe Nase, der Mund war zu voll, um markant zu sein, die Ohrläppchen waren lang wie die unreifen, gekerbten Früchte des Brotbaums. Ein höchst gewöhnliches Gesicht, ein höchst sinnliches Gesicht. In dem in letzter Zeit die Furchen zu erkennen waren, die seine eben erst überstandene, beinahe tödliche Krankheit gezogen hatte. Und dennoch, trotz aller Gewöhnlichkeit und Entkräftung, war es ein Gesicht, das untrennbar mit Heiligkeit, Vollkommenheit, Gnade verbunden war: Stoff, aus dem die Götter sind. Über Geschmack läßt sich nicht streiten, so ist es eben. Jedenfalls werden Sie mir beipflichten, daß es nicht so überraschend ist, wenn ein solcher Schauspieler (vielleicht jeder Schauspieler, selbst Chamcha, aber vor allem er) besessen ist von Avataras, wie dem vielgestaltigen Wischnu. Wiedergeburt: auch das ist Götterstoff.

Oder, aber, andererseits … nicht immer. Es gibt auch weltliche Wiedergeburten. Gibril Farishta wurde geboren als Ismail Najmuddin in Poona, dem britischen Poona, während der letzten Tage des Britischen Weltreiches, lange vor dem Pune des Rajneesh und so weiter (Pune, Vadodara, Mumbai; selbst Städte können heutzutage Künstlernamen annehmen). Ismail nach dem Kind, das mit dem Opfer Ibrahims zu tun hatte, und Najmuddin, *Stern des Glaubens;* er gab einen außerordentlichen Namen auf, als er den des Engels annahm.

Später, als die *Bostan* in der Gewalt der Entführer war und die Passagiere, die um ihre Zukunft fürchteten, in ihre Vergangenheit flüchteten, vertraute Gibril Saladin Chamcha an, daß er mit der Wahl des Pseudonyms auf seine Weise seine tote Mutter geehrt hatte, »meine Mummyji, Spoono, meine eine und einzige Mamo, denn sie war's, die mit der ganzen Engelgeschichte angefangen hat, ihren persönlichen Engel nannte sie mich, *farishta,* weil ich offenbar so verdammt lieb war, ob du es glaubst oder nicht, ich war ein verdammt goldiges Kind.«

Poona konnte ihn nicht halten. In zartem Kindesalter brachte man ihn in die Hure Stadt, seine erste Reise; sein Vater bekam einen Job bei den leichtfüßigen Vorbildern künftiger Rollstuhlquartette, den Essensträgern oder Dabbawallas von Bombay. Und Ismail, der farishta, trat mit dreizehn in die Fußstapfen seines Vaters.

Gibril, Gefangener an Bord der AI-420, verfiel in verzeihliche Schwärmereien, fixierte Chamcha mit leuchtenden Augen und erläuterte ihm die Geheimnisse des Kodesystems der Läufer, schwarzes Hakenkreuz roter Kreis gelber Schrägstrich Punkt, lief im Geiste die ganze Strecke von zu Hause bis zu einem Büroschreibtisch; dieses unglaubliche System, mit dessen Hilfe zweitausend Dabbawallas, jeden Tag über hunderttausend Henkelmänner ablieferten, und an einem schlechten Tag, Spoono, verirrten sich vielleicht fünfzehn, wir waren fast alle Analphabeten, aber die Zeichen waren unsere Geheimsprache.

Die *Bostan* kreiste über London, bewaffnete Terroristen patroullierten in den Gängen, die Lichter in den Passagierabteilen waren ausgeschaltet, doch Gibrils Energie erhellte das Halbdunkel. Auf der fleckigen Filmleinwand, auf der früher die unvermeidliche Ungeschicklichkeit von Walter Matthau kummervoll in die ätherische Allgegenwart von Goldie Hawn gestolpert war, bewegten sich Schatten, projiziert von den wehmütigen Erinnerungen der Geiseln, und der am schärfsten umrissene war dieser hochaufgeschossene Halbwüchsige, Ismail Najmuddin, Mamas Engel mit der Ghandikappe, der mit dem Tiffins durch die Stadt lief. Der junge Dabbawalla sprang behende durch das Gedränge der Schatten, denn er war an solche Verhältnisse gewöhnt, denk nur, Spoono, stell dir vor, dreißig, vierzig Tiffins auf einem langen Holztablett auf dem Kopf, und wenn der Zug stehenbleibt, hast du vielleicht eine Minute Zeit, um dich hinein- oder hinauszuquetschen, und dann rennst du durch die Straßen, dahin dahin, yaar, zwischen Lastautos Bussen Motorrollern Fahrrädern und allem möglichen, eins-zwei, eins-zwei, Essen, Essen, die Dabbas müssen durchkommen, und im Monsunregen die Bahnlinie entlang, wenn der Zug steckengeblieben ist, oder bis zur Hüfte im Wasser auf einer überfluteten Straße, und es gab Banden, Salad Baba, wirklich, organisierte Banden, die es auf die Dabbas abgesehen hatten, das ist eine hungrige Stadt, Herzchen, das brauch' ich dir nicht zu sagen, aber wir wurden mit ihnen fertig, wir waren überall, wußten alles, kein Dieb entwischte unseren Augen und Ohren, wir gingen nie zur Polizei, wir paßten selbst auf uns auf.

Am Abend kehrten Vater und Sohn todmüde zu ihrer Baracke neben der Rollbahn des Flughafens von Santacruz zurück, und wenn die Mutter Ismail kommen sah, erleuchtet vom Grün Rot Gelb der startenden Flugzeuge, sagte sie immer, daß all ihre Träume wahr würden, wenn sie ihn nur ansähe; das war das erste Anzeichen dafür, daß etwas Besonderes an Gibril war, denn von Anbeginn an, so schien es, konnte er die geheimsten Wünsche der Menschen erfüllen, ohne die leiseste Ahnung zu haben, wie er das machte. Seinem Vater, Najmuddin senior, schien es nie etwas auszumachen, daß seine Frau nur Augen für ihren Sohn hatte, daß die Füße des Jungen allabendlich massiert wurden, wogegen die des Vaters ungestreichelt blieben. Ein Sohn ist ein Segen, und ein Segen erfordert die Dankbarkeit der Gesegneten.

Naima Najmuddin starb. Ein Bus überfuhr sie, und damit hatte es sich, Gibril war nicht in der Nähe, um ihre Gebete um Leben zu erhören. Weder Vater noch Sohn sprachen je über ihre Trauer. Schweigend, als ob es üblich wäre und von ihnen erwartet würde, begruben sie ihren Kummer unter zusätzlicher Arbeit und nahmen einen unausgesprochenen Wettkampf auf, wer die meisten Dabbas auf dem Kopf tragen konnte, wer die meisten neuen Verträge pro Monat abschließen, wer schneller laufen konnte, als ob größere Mühe größere Liebe bedeuten würde. Wenn er seinen Vater am Abend sah, mit den knotig hervortretenden Adern im Nacken und an den Schläfen, verstand Ismail Najmuddin, welchen Groll der ältere Mann gegen ihn hegte und wie wichtig es für den Vater war, den Sohn zu besiegen und so die widerrechtlich geraubte Vorrangstellung in der Liebe seiner toten Frau wiederzugewinnen. Nachdem er das begriffen hatte, nahm sich der

Junge mehr Zeit, aber der Eifer seines Vaters war unerbittlich, und sehr bald wurde er befördert, war nicht länger ein einfacher Läufer, sondern einer der für die Organisation zuständigen Muqaddams. Als Gibril neunzehn war, wurde Najmuddin senior Mitglied der Essensläufergilde, der Bombay Tiffin Carriers' Association, und als Gibril zwanzig war, war sein Vater tot, urplötzlich von einem Schlaganfall getroffen, der ihn nahezu auseinanderriß. »Er hat sich in Grund und Boden gelaufen«, sagte der Generalsekretär der Gilde, Babasaheb Mhatre persönlich. »Der arme Teufel, es ist ihm einfach der Dampf ausgegangen.« Aber das Waisenkind wußte es besser. Gibril wußte, daß sein Vater schließlich ausdauernd und lange genug gelaufen war, um die Grenze zwischen den Welten abzutragen, er war eindeutig aus seiner Haut gefahren und in die Arme seiner Frau gerannt, der er damit ein für allemal die Überlegenheit seiner Liebe bewiesen hatte. Manche Auswanderer sind froh abzureisen.

Babasaheb Mhatre saß in einem blauen Büro hinter einer grünen Tür über einem labyrinthischen Basar, eine ehrfurchtgebietende Gestalt, fett wie ein Buddha, eine der bedeutenden, treibenden Kräfte der Riesenstadt, er besaß die geheimnisvolle Gabe, völlig reglos zu verharren, sich nicht aus dem Zimmer zu rühren, und dennoch an allen wichtigen Orten zu sein und mit jedem zusammenzutreffen, der in Bombay etwas zu sagen hatte. Am Tag, nachdem der Vater des jungen Ismail über die Grenze zu Naima gelaufen war, rief der Babasaheb den jungen Mann zu sich. »Also? Ganz durcheinander, oder wie?« Die Antwort, mit niedergeschlagenen Augen: ji, danke, Babaji, es geht. »Halt die Klappe«, sagte Babasaheb Mhatre. »Ab heute wohnst du bei mir.« Aber aber, Babaji ... »Kein Aber. Ich habe meiner Frau schon Bescheid gesagt. Ich habe gesprochen.« Bitte um Entschuldigung Babaji aber wie was warum? »Ich habe *gesprochen.«*

Gibril Farishta erfuhr nie, warum der Babasaheb beschlossen hatte, Mitleid mit ihm zu haben und ihn von den Straßen ohne Zukunft aufzulesen, aber nach einer Weile dämmerte es ihm. Mrs. Mhatre war eine dünne Frau, wie ein Bleistift neben dem Tintenfaß von Babasaheb, aber sie war so voller Mutterliebe, daß sie eigentlich dick wie eine Kartoffel hätte sein müssen. Wenn der Baba nach Hause kam, steckte sie ihm eigenhändig Süßigkeiten in den Mund, und abends konnte der neue Mitbewohner hören, wie der große Generalsekretär der BTCA protestierte: Laß mich, Frau, ich kann mich selbst ausziehen. Beim Frühstück fütterte sie Mhatre mit großen Malzportionen, und bevor er zur Arbeit ging, bürstete sie ihm das Haar. Sie waren ein kinderloses Ehepaar, und der junge Najmuddin begriff, daß der Babasaheb die Last mit ihm teilen wollte. Komischerweise jedoch behandelte die Begum den jungen Mann nicht wie ein Kind. »Aber er ist doch erwachsen«, sagte sie zu ihrem Mann, als der arme Mhatre flehte: »Gib dem Jungen den verdammten Löffel Malz.« Ja, erwachsen, »wir müssen einen Mann aus ihm machen, Liebster, wir dürfen ihn nicht verzärteln.« »Verdammt noch mal«, explodierte der Babasaheb, »warum machst du es dann mit mir?« Mrs. Mhatre brach in Tränen aus. »Aber du bist doch mein Alles«, schluchzte sie, »du bist mein Vater, mein Geliebter und auch mein Baby. Du bist mein Herr und mein Säugling. Wenn ich dir mißfalle, dann habe ich kein Leben.«

Babasaheb Mhatre ergab sich in sein Schicksal und schluckte den Löffel Malz hinunter.

Er war ein gütiger Mann, was er unter Beschimpfungen und polterndem Benehmen verbarg. Um den verwaisten Jungen zu trösten, sprach er im blauen Büro mit ihm über die Philosophie der Wiedergeburt und überzeugte ihn davon, daß der Wiedereintritt seiner Eltern irgendwo anders schon geplant war, außer natürlich sie hätten ein so frommes Leben geführt, daß sie die höchste Gnade erlangt hätten. Es war also Mhatre, der ihn auf die Sache mit der Wiedergeburt brachte, und nicht nur Wiedergeburt. Der Babasaheb war ein Amateurokkultist, ein Tischbeinklopfer und Flaschengeistbeschwörer. »Aber das habe ich aufgegeben«, sagte er zu seinem Schützling unter vielen angemessen melodramatischen Krümmungen, Gesten und Stirnrunzeln, »nachdem ich den Schreck meines Lebens bekommen habe.«

Einmal (so erzählte Mhatre) hatte ein höchst kooperativer Geist die Flasche aufgesucht, ein ausgesprochen freundlicher Geselle, weißt du, also kam mir der Gedanke, ihm ein paar wesentliche Fragen zu stellen. *Gibt es einen Gott?* Und die Flasche, die wie eine Maus oder so im Kreis gelaufen war, blieb auf der Stelle stehen, mitten auf dem Tisch, ohne sich zu rühren, futsch, aus. Na ja, okay, sagte ich, wenn du diese Frage nicht beantworten willst, versuch's doch mit der, und ich fragte ganz direkt: *Gibt es einen Teufel?* Daraufhin begann die Flasche – babrebap! – zu vibrieren – spitz die Ohren! – anfangs langsamlangsam, dann schnellerschneller, wie ein Wackelpudding, bis sie – ai-hai! – vom Tisch sprang, in die Luft, auf die Seite fiel und – o-ho! – in tausend und ein Stück zerbrach, kaputt. Glaub es oder glaub es nicht, sagte der Babasaheb Mhatre zu seinem Mündel, aber dortunddamals lernte ich meine Lektion: Misch dich nicht ein in Dinge, Mhatre, von denen du nichts verstehst.

Diese Geschichte hinterließ einen tiefen Eindruck im Bewußtsein des jungen Zuhörers, denn schon vor dem Tod seiner Mutter war er von der Existenz einer übernatürlichen Welt überzeugt gewesen. Manchmal, wenn er um sich blickte, besonders in der Nachmittagshitze, wenn die Luft klebrig wurde, schien die sichtbare Welt, ihre Konturen und Bewohner und Gegenstände, wie eine Fülle von heißen Eisbergen in die Atmosphäre zu ragen, und er stellte sich vor, daß sich alles unter der Oberfläche der brodelnden Luft fortsetzte: Menschen, Autos, Hunde, Filmreklamen, Bäume, wobei neun Zehntel ihrer Realität seinen Augen verborgen waren. Wenn er blinzelte, verblaßte die Illusion, aber die Empfindung davon verließ ihn nie. Er wuchs auf im Glauben an Gott, Engel, Teufel, Afrits, Dschinns, sie waren ihm so selbstverständlich wie Ochsenkarren oder Laternenpfähle, und es kam ihm wie ein Versagen seiner Augen vor, daß er noch nie einen Geist gesehen hatte. Er träumte davon, einen magischen Optiker zu finden und sich bei ihm eine grüngetönte Brille zu kaufen, die seine beklagenswerte Kurzsichtigkeit korrigieren würde, und dann würde er durch die dicke, blendende Luft hindurch bis zur märchenhaften Welt darunter blicken.

Von seiner Mutter Naima Najmuddin hatte er viele Geschichten über den Propheten gehört, und falls sich Ungenauigkeiten in ihre Versionen geschlichen hatten, so interessierte ihn nicht, um welche es sich handelte. »Was für ein Mann!« dachte er. »Welcher Engel würde nicht gern mit ihm sprechen?« Manchmal jedoch ertappte er sich bei gotteslästerlichen Gedanken, zum Beispiel wenn seine schlaftrunkene Phantasie, während er auf dem Feldbett im Haus des Mhatre einschlief, ohne es zu wollen, seine eigene Lage mit der des Propheten zu vergleichen begann, als dieser, verwaist und mittellos, als Geschäftsführer der reichen Witwe Khadija reüssierte und sie schließlich sogar heiratete. Während er in den Schlaf glitt, sah er sich auf einem mit Rosen bestreuten Podest sitzen, albern und schüchtern lächelnd unter dem Sari-Pallu, den er sittsam vor das Gesicht gezogen hatte, während sein neuer Ehemann, Babasaheb Mhatre, sich ihm liebevoll zuneigte, um den Schleier zu entfernen und seine Gesichtszüge in einem in seinem Schoß liegenden Spiegel zu betrachten. Dieser Traum, den Babasaheb zu heiraten, weckte ihn und ließ ihn vor heißer Scham erröten, und dann begann er, sich über die Unlauterkeit seines Wesens Sorgen zu machen, die so schreckliche Phantasiebilder hervorzurufen vermochte.

Meist jedoch war sein Glaube etwas Unauffälliges, ein Teil von ihm, der nicht mehr Aufmerksamkeit erforderte als irgendein anderer. Als Babasaheb Mhatre ihn zu sich nahm, war das für den jungen Mann die Bestätigung, daß er nicht allein auf der Welt war, daß etwas sich um ihn kümmerte; deshalb war er nicht wirklich überrascht, als der Babasaheb ihn am Morgen seines einundzwanzigsten Geburtstags ins blaue Büro rief und an die Luft setzte, ohne Bereitschaft zu zeigen, sich irgendwelche Bitten anzuhören.

»Du bist gefeuert«, sagte Mhatre mit Nachdruck und strahlte. »Hinausgeworfen, du hast ausgespielt. Ge-*kündigt.*«

»Aber Onkel –«

»Halt die Klappe.«

Dann machte der Babasaheb dem Waisen das größte Geschenk seines Lebens, indem er ihn davon unterrichtete, daß für ihn ein Termin in den Studios des legendären Filmmagnaten D.W. Rama vereinbart worden war, zwecks Probeaufnahmen. »Um den Schein zu wahren«, sagte der Babasaheb. »Rama ist ein guter Freund von mir, und wir haben darüber gesprochen. Eine kleine Rolle für den Anfang, alles weitere liegt an dir. Jetzt geh mir aus den Augen und hör auf, so ergeben dreinzuschauen, das ist nicht angemessen.«

»Aber Onkel –«

»Ein Junge wie du sieht viel zu gut aus, um sein ganzes Leben Tiffins auf dem Kopf zu tragen. Mach dich auf die Socken, verschwinde, und werde ein schwuler Filmschauspieler. Vor fünf Minuten habe ich dich entlassen.«

»Aber Onkel –«

»Ich habe gesprochen. Danke deinem Glücksstern.«

Er wurde zu Gibril Farishta, aber es dauerte vier Jahre, bis er ein Star wurde; zunächst absolvierte er seine Lehrzeit in einer Reihe von kleineren komischen Klamaukrollen. Er blieb ruhig, gelassen, als könnte er in die Zukunft blicken, und sein offensichtlicher Mangel an Ehrgeiz machte ihn in dieser selbstsüchtigsten aller Branchen zu einem Außenseiter. Man hielt ihn für dumm oder arrogant oder beides. Und während dieser vier Jahre in der Wüste gelang es ihm nicht, auch nur eine einzige Frau auf den Mund zu küssen.

Auf der Leinwand spielte er den Betrogenen, den Dummkopf, der die Schöne liebt und nicht begreift, daß sie sich um nichts in der Welt mit ihm einlassen würde, den komischen Onkel, den armen Verwandten, den Dorftrottel, den Diener, den erfolglosen Gauner, keine einzige Rolle, die für eine Liebesszene in Frage gekommen wäre. Die Frauen traten ihn mit Füßen, ohrfeigten ihn, foppten ihn, lachten ihn aus, doch niemals warfen sie ihm auf dem Zelluloid einen Blick zu, noch sangen oder tanzten sie für ihn mit Kinoliebe im Blick. Außerhalb der Leinwand lebte er allein in zwei leeren Zimmern in der Nähe der Studios und versuchte, sich vorzustellen, wie Frauen aussahen, wenn sie nichts anhatten. Um sich von den Themen Liebe und Begierde abzulenken, bildete er sich weiter, wurde zu einem allesfressenden Autodidakten, der die metamorphen Mythen der klassischen Antike verschlang, die Avataras des Jupiter, den Jungen, der zu einer Blume wurde, die Spinnenfrau, Circe, alles; und die Theosophie von Annie Besant und die Feldtheorie und die Episode der Satanischen Verse aus einem frühen Stadium der Laufbahn des Propheten und Mohammeds Haremspolitik nach seiner triumphalen Rückkehr nach Mekka; und den Surrealismus der Tageszeitungen, in denen Schmetterlinge jungen Mädchen in den Mund flogen und darum baten, verzehrt zu werden, und Kinder ohne Gesichter geboren wurden, und Jungen in undenkbarer Ausführlichkeit von früheren Inkarnationen träumten, zum Beispiel als goldenes Schloß voller Edelsteine. Er fraß sich voll mit Gott weiß was, aber er konnte nicht leugnen, daß er in den frühen Morgenstunden seiner Schlaflosigkeit erfüllt war von etwas, das noch nie genützt worden war, das er noch nicht zu nutzen verstand, nämlich von Liebe. In seinen Träumen wurde er gepeinigt von Frauen von unerträglicher Lieblichkeit und Schönheit, und deshalb blieb er lieber wach und zwang sich, einen Teil seines Allgemeinwissens zu wiederholen, um das tragische Gefühl auszulöschen, mit einer größeren Liebesfähigkeit als üblich ausgestattet zu sein, ohne diese auch nur einer einzigen Person auf der Welt darbieten zu können.

Sein großer Durchbruch gelang ihm mit dem Populärwerden der theologischen Filme. Sobald sich das Rezept für Filme, die auf den Puranas basierten und denen die übliche Mischung von Liedern, Tänzen, komischen Onkeln und so weiter beigefügt war, bezahlt gemacht hatte, bekam jeder Gott im Pantheon seine oder ihre Chance, ein Star zu werden. Als D.W. Rama eine Produktion plante, die auf die Geschichte von Ganesh zurückging, hatte keiner der damals tonangebenden Kassenmagneten Lust, einen ganzen Film über versteckt im Inneren eines Elefantenkopfs zu agieren. Gibril ergriff diese Chance mit beiden Händen. Es war sein erster Erfolg, *Ganpati Baba*, und plötzlich war er ein Superstar, aber nur mit Rüssel und riesigen Ohren. Nachdem er in sechs Filmen den elefantenköpfigen Gott verkörpert hatte, gestattete man ihm, die dicke, schwankende graue Maske ab- und statt dessen einen langen behaarten Schwanz anzulegen, um in einer Serie von

Abenteuerfilmen den Affenkönig Hanuman zu spielen, die einer gewissen billigen, aus Hongkong stammenden Fernsehserie mehr verdankte als dem Ramayana. Diese Serie erwies sich als so beliebt, daß Affenschwänze für die jungen Stutzer der Stadt bald zu einem Muß wurden, wenn sie zu Partys gingen, die von Klosterschülerinnen besucht wurden, die man ihrerseits wegen der Bereitschaft, mit einem Knall hochzugehen, »Knallfrösche« nannte.

Nach Hanuman gab es für Gibril kein Halten mehr, und sein phänomenaler Erfolg vertiefte seinen Glauben an einen Schutzengel. Aber er führte auch zu einer eher bedauerlichen Entwicklung.

(Ich sehe schon, daß ich doch die Sache mit der armen Rekha ausplaudern muß.)

Noch bevor er den unechten Kopf mit dem falschen Schwanz vertauschte, hatte er bei Frauen eine unwiderstehliche Attraktivität erworben. Der verführerische Reiz seines Ruhms war so groß geworden, daß ihn mehrere dieser jungen Damen baten, bei der Liebe doch die Ganesh-Maske aufzubehalten, aber aus Respekt vor der Würde des Gottes weigerte er sich. Infolge der Unschuld, in der er aufgewachsen war, konnte er damals nicht zwischen Qualität und Quantität unterscheiden, und er hatte das Bedürfnis, Versäumtes nachzuholen. Er hatte so viele Bettgenossinnen, daß es nichts Ungewöhnliches war, wenn er ihre Namen bereits vergessen hatte, noch bevor sie aus dem Zimmer waren. Er wurde nicht nur zu einem Schürzenjäger der schlimmsten Sorte, sondern lernte auch die Kunst der Verstellung, denn ein Mann, der Götter darstellte, mußte über jeden Tadel erhaben sein. So geschickt verheimlichte er sein skandalöses, ausschweifendes Leben, daß sein alter Gönner, Babasaheb Mhatre, ihn ein Jahrzehnt, nachdem er einen jungen Dabbawalla in die Welt der Illusion, des Schwarzgeldes und der Lust hinausgeschickt hatte, auf dem Totenbett bat, sich zu verheiraten, zum Beweis, daß er ein Mann sei. »Herrgott noch mal«, sprach der Babasaheb, »als ich damals sagte, du sollst schwul werden, hab' ich doch nicht im Traum geglaubt, daß du das ernst nehmen würdest, schließlich hat der Respekt vor dem Alter seine Grenzen.« Gibril hob die Hände und schwor, daß er nichts derart Schändliches sei und daß er, wenn ihm das richtige Mädchen über den Weg laufe, natürlich bereitwillig Hochzeit feiern würde. »Worauf wartest du? Auf eine Göttin? Greta Garbo, Gracekali oder wen?« rief der alte Mann und spuckte Blut, aber Gibril verließ ihn mit einem rätselhaften Lächeln auf den Lippen, das ihm zu sterben erlaubte, ohne daß seine Seele gänzlich Frieden gefunden hätte.

Der Lawine von Sex, die Gibril Farishta überrollt hatte, war es zuzuschreiben, daß sein größtes Talent so tief begraben wurde, daß es leicht für immer hätte verloren gehen können, nämlich sein Talent zu echter, tiefer, rückhaltloser Liebe, der seltenen und zarten Gabe, die er nie hatte entfalten können. Als seine Krankheit ausbrach, hatte er die Pein nahezu vergessen, die er wegen seiner Sehnsucht nach Liebe empfunden hatte und die wie ein Messer in seinem Fleisch stak. Jetzt, am Ende jeder durchturnten Nacht, schlief er tief und fest, als wäre er nie von Traumfrauen gequält worden, als hätte er nie die Hoffnung gehegt, sein Herz zu verlieren.

»Dein Problem«, sagte Rekha Merchant, als sie in den Wolken Gestalt annahm, »besteht darin, daß alle dir stets vergeben haben. Gott allein weiß, warum, aber du bist immer mit heiler Haut davongekommen, sogar Mord hast du dir leisten können. Niemand hat dich für das, was du getan hast, je zur Verantwortung gezogen.« Dem hatte er nichts entgegenzusetzen. »Gottesgeschenk«, schrie sie ihn an, »keine Ahnung, was du geglaubt hast, woher du kommst, aus der Gosse kommst du, wer weiß, was für Krankheiten du angeschleppt hast.«

Aber so waren die Frauen eben, dachte er damals, sie waren die Gefäße, in die er sich ergießen konnte, und wenn er weiterzog, dann sahen sie ein, daß er seiner Natur gemäß handelte, und vergaben ihm. Und es stimmte, daß niemand sich über sein Fortgehen beklagte, über seine tausend und eine Gedankenlosigkeit, wie viele Abtreibungen, fragte Rekha zwischen den Wolken, wie viele gebrochene Herzen. In all den Jahren war er der Nutznießer der grenzenlosen Großzügigkeit der Frauen, aber er war auch ihr Opfer, denn ihre Vergebung ermöglichte die tiefste und süßeste aller Verderbtheiten, nämlich die Vorstellung, daß er kein Unrecht beging.

Rekha: Sie trat in sein Leben, als er das Penthouse in Everest-Vilas kaufte und sie sich erbötig machte, ihm in ihrer Eigenschaft als Nachbarin und Geschäftsfrau ihre Teppiche und Antiquitäten zu zeigen. Ihr Mann war auf einem internationalen Kongreß von Kugellagerfabrikanten in Göteborg, Schweden, und während seiner Abwesenheit lud sie Gibril in ihre Wohnung ein, die ausgestattet war mit steinernem Gitterwerk aus Jaisalmar, holzgeschnitztem Geländer aus Kerala-Palästen und einer steinernen Mogul-Chhatri oder Kuppel, die in einen kleinen sprudelnden Pool umgewandelt worden war; während sie ihm französischen Champagner einschenkte, lehnte sie sich gegen Marmorwände und spürte die kühlen Gesteinsadern in ihrem Rücken. Als er am

Champagner nippte, zog sie ihn auf, zweifellos sollten Götter keinen Alkohol zu sich nehmen, und er antwortete mit einem Satz, den er einmal in einem Interview mit dem Aga Khan gelesen hatte, ach, wissen Sie, Champagner ist das nur nach außen hin, sobald er meine Lippen berührt, verwandelt er sich in Wasser. Danach dauerte es nicht lange, bis sie seine Lippen berührte und in seinen Armen dahinschmolz. Als ihre Kinder mit der Ayah aus der Schule kamen, war sie wieder tadellos gekleidet und frisiert, saß mit ihm im Salon und verriet ihm die Geheimnisse des Teppichhandels, gestand, daß Kunstseide nichts mit Kunst, sondern mit Künstlichkeit zu tun habe, und riet ihm, sich nicht von ihrer Broschüre täuschen zu lassen, in der ein Teppich angepriesen wurde, dessen Wolle vom Hals junger Lämmer stammte, was, müssen Sie wissen, nichts anderes zu bedeuten hat als *minderwertige Wolle,* Werbung, was soll man machen, so ist es eben.

Er liebte sie nicht, war ihr nicht treu, vergaß ihren Geburtstag, rief sie nicht an, kreuzte bei ihr auf, wenn es infolge der Anwesenheit von Dinnergästen aus der Welt des Kugellagers äußerst ungelegen war, und wie alle anderen verzieh sie ihm. Aber ihre Vergebung war nicht die stumme, duckmäuserische Nachsicht, die die anderen mit ihm übten. Rekha führte sich auf wie eine Wahnsinnige, machte ihm die Hölle heiß, sie brüllte ihn an und verfluchte ihn als nichtsnutzigen Lafanga und Haramzada und Salah, und – in extremis – zieh sie ihn sogar der unmöglichen Tat, seine eigene Schwester zu vögeln, die er gar nicht hatte. Sie schonte ihn nicht, beschuldigte ihn, ein oberflächliches Geschöpf zu sein, wie eine Filmleinwand, und dann verzieh sie ihm doch und erlaubte ihm, ihre Bluse aufzuknöpfen. Gibril konnte der theatralischen Vergebung Rekha Merchants nicht widerstehen, die ihn umso mehr rührte, als ihre eigene Position nicht makellos war, das heißt, wegen ihrer Untreue gegenüber dem Kugellagerkönig; Gibril überging dies taktvoll und nahm die verbalen Prügel wie ein Mann auf sich. Während die Begnadigungen der anderen Frauen ihn kaltließen und er sie in dem Augenblick vergaß, da sie geäußert wurden, kam er immer wieder zu Rekha zurück, damit sie ihn beschimpfte und dann tröstete, wie nur sie es verstand.

Dann wäre er fast gestorben.

Er filmte in Kanya Kumari, stand auf der äußersten Spitze Asiens und drehte eine Kampfszene auf Kap Komorin, an der Stelle, wo wahrhaftig drei Ozeane ineinanderzutosen scheinen. Gerade als drei Wellenberge aus dem Westen Osten Süden anrollten und zu einem gewaltigen Applaus von Wasserhänden zusammenbrandeten, erhielt Gibril einen Faustschlag auf die Kinnlade, perfekt getimt, kippte auf der Stelle um und fiel nach hinten in tri-ozeanische Gischt. Er stand nicht wieder auf.

Zunächst beschuldigte jeder den hünenhaften englischen Stuntman Eustace Brown, der ihm den Hieb versetzt hatte. Dieser protestierte heftig. War er nicht derjenige, der in vielen theologischen Filmen den Gegenspieler von Premierminister N.T. Rama Rao gemimt hatte? Hatte er nicht die Kunst perfektioniert, den alten Mann im Zweikampf gut aussehen zu lassen, ohne ihm weh zu tun? Hatte er sich je darüber beklagt, daß NTR *seine* Schläge nie nur vortäuschte, so daß er, Eustace, am Ende unweigerlich am ganzen Körper grün und blau war, dumm und dämlich geschlagen von einem kleinen alten Kerl, den er zum Gabelfrühstück hätte verspeisen können, aufs Brot gestrichen, und hatte er jemals, auch nur ein einziges Mal, seine Geduld verloren? Na also. Wie konnte dann irgend jemand glauben, er würde dem unsterblichen Gibril auch nur ein Haar krümmen? Sie feuerten ihn trotzdem, und die Polizei brachte ihn für alle Fälle hinter Schloß und Riegel.

Aber es war nicht der Faustschlag, der Gibril niedergestreckt hatte. Nachdem der Star von einem eigens für diesen Zweck bereitgestellten Flugzeug der Luftwaffe in das Breach-Candy-Krankenhaus nach Bombay geflogen worden war, nachdem unzählige Untersuchungen nahezu nichts ergeben hatten und während er bewußtlos dalag, im Sterben, mit einem Blutbild, das von den normalen fünfzehn auf mörderische vier Komma zwei abgesunken war, stellte sich ein Sprecher des Krankenhauses auf den breiten weißen Stufen des Breach Candy der nationalen Presse. »Es ist uns ein völliges Rätsel«, gab er bekannt. »Ein Akt Gottes, wenn man so will.«

Gibril Farishta litt ohne ersichtlichen Grund an inneren Blutungen und war schlicht und einfach dabei, in der eigenen Haut zu verbluten. Im schlimmsten Augenblick begann das Blut, aus Rektum und Penis auszutreten, und es schien, als würde es jeden Moment sturzbachartig aus Nase, Ohren und Augenwinkeln strömen. Sieben Tage lang blutete er, erhielt Transfusionen und jedes der Medizin bekannte Gerinnungsmittel, einschließlich einer konzentrierten Form von Rattengift, und obwohl die Behandlung eine geringfügige Besserung zur Folge hatte, wurde er von den Ärzten aufgegeben.

Ganz Indien wachte an Gibrils Krankenbett. Sein Zustand war die Hauptmeldung jeder Nachrichtensendung im Radio, war Gegenstand stündlicher Kurzmeldungen im nationalen Fernsehen, und die Menge, die sich in der Warden Road versammelt hatte, war so groß, daß die Polizei sie mit Lathis zerstreuen mußte und

Tränengas, das sie einsetzten, obwohl jeder einzelne der halben Million Trauernden ohnehin schon weinte und wehklagte. Die Premierministerin sagte ihre Termine ab, bestieg ihr Flugzeug und stattete ihm einen Besuch ab. Ihr Sohn, der Pilot, saß in Farishtas Zimmer und hielt des Schauspielers Hand. Besorgnis erfaßte die Nation, denn wenn Gott einen solchen Akt der Vergeltung an seiner meistgefeierten Inkarnation verübte, was hielt er dann für den Rest des Landes in petto? Wenn Gibril starb, würde dann Indien nicht bald folgen müssen? In den Moscheen und Tempeln der Nation beteten dicht gedrängt die Massen, nicht nur für das Leben des sterbenden Schauspielers, sondern für die Zukunft, für sich.

Wer besuchte Gibril nicht im Krankenhaus? Wer schrieb nie, rief nie an, sandte keine Blumen, schickte ihm keine köstlichen selbstgemachten Speisen? Während viele Verehrerinnen ihm ungeniert die besten Wünsche zur Genesung und Lamm-Pasandas schickten, hielt sich die, die ihn am meisten liebte, zurück, über jeden Verdacht erhaben für ihr Kugellager von einem Gatten. Rekha Merchant legte ihr Herz in Ketten und benahm sich, als ob nichts wäre, spielte mit ihren Kindern, plauderte mit ihrem Mann, fungierte bei Bedarf als Gastgeberin und offenbarte niemals, nicht ein einziges Mal, die öde Wüste ihrer Seele.

Er genas.

Die Genesung war genauso rätselhaft wie die Krankheit und verlief genauso rasch. Auch sie wurde (vom Krankenhaus, von Journalisten, von Freunden) als Akt des Allerhöchsten gedeutet. Ein Nationalfeiertag wurde ausgerufen, im ganzen Land Feuerwerke abgebrannt. Aber als Gibril wieder bei Kräften war, wurde klar, daß er sich verändert hatte, und zwar in erschreckendem Ausmaß, denn er hatte seinen Glauben verloren.

Am Tag seiner Entlassung aus dem Krankenhaus schritt er, von der Polizei eskortiert, durch die riesige Menge, die sich versammelt hatte, um sowohl seine als auch ihre eigene Rettung zu feiern, stieg in seinen Mercedes und bedeutete dem Fahrer, alle Verfolgerfahrzeuge abzuschütteln, was sieben Stunden und einundfünfzig Minuten dauerte, und am Ende des Manövers wußte er, was zu tun war. Vor dem Taj-Hotel stieg er aus der Limousine; ohne nach rechts oder links zu blicken, ging er direkt in den großen Speisesaal, zu dem Buffet-Tisch, der unter der Last verbotener Speisen ächzte, und belud einen Teller mit allem, mit Schweinswürstchen aus Wiltshire und Räucherschinken aus York und Speckscheiben aus Weißgottwoher, mit den Rippchen seines Unglaubens und mit Schweinshaxen der Weltlichkeit; und dann stand er mitten im Saal, während Fotografen aus dem Nichts auftauchten, und begann, so schnell wie möglich zu essen und sich die toten Schweine so hastig in den Mund zu stopfen, daß ihm die Speckscheiben aus den Mundwinkeln hingen.

Während seiner Krankheit hatte er jede Minute, die er bei Bewußtsein war, damit verbracht, Gott anzurufen, jede Sekunde jeder Minute. Ya Allah, dessen Diener blutend darniederliegt, verlasse mich jetzt nicht, nachdem du mich so lange beschützt hast. Ya Allah, gib mir ein Zeichen, ein kleines Zeichen deiner Gunst, damit ich in mir die Kraft finde, meine Leiden zu heilen. O allergütigster, barmherzigster Gott, steh mir bei in meiner Not, meiner bittersten Not. Dann kam ihm der Gedanke, daß er bestraft wurde, und eine Zeitlang konnte er mit diesem Gedanken die Schmerzen ertragen, aber nach einer Weile wurde er wütend. Genug, Gott, forderten seine unausgesprochenen Worte, warum muß ich sterben, da ich doch nicht getötet habe, bist du die Liebe oder bist du die Rache? Die Wut auf Gott trug ihn durch den nächsten Tag, doch dann verflog sie, und an ihre Stelle trat eine schreckliche Leere, eine Verlassenheit, als er erkannte, daß er mit dem *Nichts* sprach, daß überhaupt niemand da war, und da kam er sich lächerlicher vor als je zuvor in seinem Leben, und er begann, inständig in die Leere hineinzuflehen, ya Allah, sei doch da, verdammt, sei da. Aber er fühlte nichts, nichts nichts, und eines Tages entdeckte er, daß er es nicht mehr nötig hatte, etwas zu fühlen. Jener Tag der Metamorphose war der Wendepunkt der Krankheit und der Beginn seiner Genesung. Und um sich die Nichtexistenz Gottes zu beweisen, stand er nun im Speisesaal des berühmtesten Hotels der Stadt, und die Schweine fielen ihm aus dem Mund.

Er blickte von seinem Teller auf und merkte, daß eine Frau ihn beobachtete. Ihr Haar war hell, fast weiß, und ihre Haut hatte die Farbe und Durchsichtigkeit von Gletschereis. Sie lachte ihn an und drehte sich weg.

»Kapieren Sie nicht?« rief er ihr nach und spuckte dabei Wurststückchen aus. »Kein Donnerschlag. Das ist das Entscheidende.«

Sie kam zurück und stellte sich vor ihn hin. »Sie leben«, sagte sie zu ihm. »Sie haben Ihr Leben wieder. *Das* ist das Entscheidende.«

Er erzählte Rekha: In dem Augenblick, als sie sich umdrehte und zurückkam, verliebte ich mich in sie. Alleluja Cone, Besteigerin der Berge, Besiegerin des Mount Everest, blonde Yahudan, Eiskönigin. Ihrer Herausforderung, *ändere dein Leben, oder es ist dir umsonst zurückgegeben,* konnte ich nicht widerstehen.

»Du und dein Reinkarnationsquatsch«, schmeichelte ihm Rekha. »So ein Dummkopf. Kommst aus dem Krankenhaus, durch die Pforte des Todes, und es steigt dir zu Kopf, Spinnerchen, sofort mußt du irgendeine Affäre haben, und da ist sie schon, Simsalabim, die blonde Madam. Glaub bloß nicht, daß ich dich nicht kenne, Gibbo, also was jetzt, soll ich dir verzeihen oder wie?«

Nicht nötig, sagte er. Er verließ Rekhas Wohnung (ihre Inhaberin weinte, das Gesicht nach unten, auf dem Boden) und betrat sie nie wieder.

Drei Tage, nachdem er ihr mit dem Mund voll unreinen Fleisches begegnet war, bestieg Allie ein Flugzeug und war weg. Drei Tage außerhalb der Zeit hinter einem Bitte-nicht-stören-Schild, doch schließlich einigten sie sich darauf, daß es die Welt wirklich gab, daß, was möglich war, möglich war, und was unmöglich war, war eben un-, eine flüchtige Begegnung, Schiffe, die aneinander vorbeifuhren, Liebe in einer Abflughalle. Nachdem sie fort war, ruhte Gibril sich aus, versuchte, seine Ohren gegenüber ihrer Herausforderung zu verschließen, beschloß, sein Leben in die gewohnten Bahnen zu lenken. Nur weil er den Glauben verloren hatte, hieß das noch lange nicht, daß er seine Arbeit nicht tun konnte, und trotz des Skandals der schinkenfressenden Fotos, des ersten Skandals, der sich je an seinen Namen heften sollte, unterzeichnete er Filmverträge und machte sich wieder an die Arbeit.

Und dann, eines Morgens, blieb sein Rollstuhl leer, und er war verschwunden. Ein bärtiger Passagier, ein gewisser Ismail Najmuddin, buchte Flug AI-420 nach London. Die 747 war nach einem der Gärten des Paradieses benannt, nicht Gulistan, sondern *Bostan.* »Um wiedergeboren zu werden«, sagte Gibril Farishta viel später zu Saladin Chamcha, »mußt du erst sterben. Was mich betrifft, ich habe mein Leben nur halb ausgehaucht, aber das bei zwei Gelegenheiten, im Krankenhaus und im Flugzeug, das macht zusammen einmal, das zählt. Und jetzt, Spoono, mein Freund, stehe ich hier vor dir im Großen London, Vilayet, neu erschaffen, ein neuer Mann mit einem neuen Leben. Spoono, ist das nicht eine verdammt angenehme Sache?«

Warum ging er weg?

Wegen ihr, der Herausforderung, die sie darstellte, der Neuheit, der Heftigkeit ihrer Zweisamkeit, der Unerbittlichkeit von etwas Unmöglichem, das auf dem Recht bestand, sich zu entfalten.

Und, oder, vielleicht: weil die Vergeltung begann, nachdem er die Schweine gegessen hatte, eine nächtliche Vergeltung, eine Strafe der Träume.

3

Nachdem das Flugzeug nach London dank seinem Zaubertrick gestartet war – er überkreuzte zwei Paar Finger jeder Hand und ließ die Daumen rotieren –, gestattete es sich der schmale Mann um die vierzig, der einen Nichtraucherplatz am Fenster innehatte und zusah, wie seine Geburtsstadt wie eine alte Schlangenhaut von ihm abfiel, einen erleichterten Ausdruck über sein Gesicht huschen zu lassen. Dieses Gesicht war gut aussehend auf eine etwas verdrießliche, aristokratische Art, mit langen, wulstigen, an den Mundwinkeln nach unten gezogenen Lippen wie die eines angewiderten Steinbutts und schmalen Augenbrauen, die sich spitz über Augen wölbten, die die Welt mit wachsamer Verachtung betrachteten. Mr. Saladin Chamcha hatte dieses Gesicht mit Sorgfalt gestaltet – er hatte mehrere Jahre gebraucht, bis es genau richtig saß – und seit noch viel längerer Zeit hatte er es einfach als sein ureigenstes angenommen – ja, er hatte vergessen, wie er vorher ausgesehen hatte. Überdies hatte er sich eine Stimme zugelegt, die zu diesem Gesicht paßte, eine Stimme, deren schleppende, fast träge Vokale in beunruhigendem Gegensatz zu der abgesägten Abruptheit der Konsonanten standen. Die Kombination von Gesicht und Stimme war überzeugend; aber während seines kürzlichen Besuchs in seiner Heimatstadt, des ersten Besuchs nach fünfzehn Jahren (genau die Zeit, sollte ich vielleicht erwähnen, seit Farishta ein Filmstar war), hatten merkwürdige und besorgniserregende Entwicklungen stattgefunden. Unglückseligerweise war es der Fall, daß seine Stimme (als erstes) und in der Folge auch sein Gesicht angefangen hatten, ihn im Stich zu lassen.

Es begann – Chamcha, der seinen Fingern und Daumen eine Ruhepause zugestand und etwas verlegen hoffte, daß sein letzter Rest von Aberglauben von den anderen Passagieren unbemerkt geblieben war, schloß die Augen und erinnerte sich mit einem leisen Schauder des Entsetzens – auf seinem Flug nach Osten vor einigen Wochen. Hoch über der Wüste um den Persischen Golf war er in einen dumpfen Schlaf gesunken, und im Traum war ihm ein sonderbarer Fremder erschienen, ein Mann mit einer Haut aus Glas, der mit den Knöcheln traurig an die dünne, zerbrechliche Membran klopfte, die seinen ganzen Körper umgab, und Saladin bat, ihm zu helfen, ihn aus dem Gefängnis seiner Haut zu befreien. Chamcha hob einen Stein auf und begann, auf das Glas einzuschlagen. Augenblicklich sickerte ein Gitterwerk von Blut durch die zersprungene Körperoberfläche des Fremden, und als Chamcha versuchte, die Glasstücke zu entfernen, begann der andere zu schreien, da sich mit dem Glas Fleischklümpchen ablösten. In diesem Augenblick beugte sich eine Stewardeß über den schlafenden Chamcha und fragte ihn mit der erbarmungslosen Freundlichkeit ihrer Profession: *Etwas zu trinken, Sir? Ein Getränk?*, und Saladin erwachte aus seinem Traum und merkte, daß seine Sprechweise auf unerklärliche Weise den singenden Tonfall von Bombay angenommen hatte, den er sich so gründlich (und vor so langer Zeit!) abgewöhnt hatte. »Achha, was heißt das?«, murmelte er. »Alkoholische Getränke oder was?« Und als die Stewardeß ihm versicherte, was Sie wollen, Sir, alle Getränke sind gratis, vernahm er nochmals seine verräterische Stimme: »Na gut, Bibi, geben Sie mir einen Whisky Soda.«

Was für eine unangenehme Überraschung! Er war auf den Schlag wach, saß stocksteif in seinem Sitz und ließ Alkohol und Erdnüsse unbeachtet. Wie war es möglich, daß die Vergangenheit wieder aufstieg, in Form gänzlich veränderter Vokale und Vokabeln? Was kam als nächstes? Würde er sich Kokosnußöl in die Haare schmieren? Würde er seine Nasenflügel zwischen Daumen und Zeigefinger zusammendrücken, sich geräuschvoll schneuzen und einen klebrigen Silberbogen Schleim produzieren? Würde er ein glühender Anhänger des Profiringens werden? Welche teuflischen Erniedrigungen standen ihm noch bevor? Er hätte wissen müssen, daß es ein Fehler war, *nach Hause zu gehen,* nach so langer Zeit, wie konnte es etwas anderes sein als ein Rückschritt; es war eine widersinnige Reise, ein Leugnen der Zeit, eine Auflehnung gegen die Geschichte; das Ganze mußte unweigerlich mit einer Katastrophe enden.

Ich bin nicht ich, dachte er, als ein leichtes Flattern in seiner Herzgegend einsetzte. Aber was heißt das schon, fügte er bitter hinzu. Schließlich, »les acteurs ne sont pas des gens«, wie der großtuerische Schauspieler Frédéric in *Die Kinder des Olymp* erklärte hatte. Masken über Masken, dann plötzlich der nackte bleiche Schädel.

Das Signallämpchen für den Sicherheitsgurt leuchtete auf, die Stimme des Kapitäns warnte vor Turbulenzen, sie plumpsten in

Luftlöcher. Die Wüste schlingerte unter ihnen, und der Gastarbeiter, der in Qatar zugestiegen war, klammerte sich an sein riesiges Transistorradio und begann zu würgen. Chamcha sah, daß der Mann sich nicht angeschnallt hatte, riß sich zusammen und sprach wieder im arrogantesten englischen Tonfall. »Wollen Sie nicht vielleicht...«, deutete er, aber der Mann, dem übel war, schüttelte den Kopf, während er sich in die Papiertüte übergab, die Saladin ihm gerade noch rechtzeitig gereicht hatte, zuckte die Achseln und antwortete: »Sahib, wozu? Wenn Allah will, daß ich sterbe, dann sterbe ich. Wenn er es nicht will, dann nicht. Wozu dann der Sicherheitsgurt?«

Verdammtes Indien, fluchte Chamcha in sich hinein und sank in seinen Sitz zurück. Hol dich der Teufel, ich bin deinen Klauen vor langer Zeit entkommen, mich kriegst du nicht mehr in die Finger, dir geh' ich nicht mehr ins Netz.

❦

Es war einmal – *es war und es war nicht so,* wie es im Märchen hieß, *es geschah und es geschah nicht* – vielleicht also, oder vielleicht auch nicht, fand ein zehnjähriger Junge aus Scandal Point in Bombay eine Brieftasche, die vor seinem Haus auf der Straße lag. Er kam aus der Schule und war eben dem Schulbus entstiegen, in dem er eingezwängt zwischen den klebrigen, schwitzenden Jungen in kurzen Hosen hatte sitzen und sich von ihrem Geschrei hatte betäuben lassen müssen, und da er bereits zu jener Zeit jemand war, der vor Grobheit, Gedränge und dem Schweiß von Fremden zurückschreckte, empfand er nach der langen, holprigen Heimfahrt eine leichte Übelkeit. Als er jedoch die schwarze Lederbrieftasche zu seinen Füßen liegen sah, verflog diese Übelkeit sofort, und er beugte sich aufgeregt hinunter und griff zu, öffnete sie und entdeckte zu seinem Entzücken, daß sie voller Bargeld war, und nicht nur Rupien, sondern echtes Geld, eintauschbar auf Schwarzmärkten und internationalen Börsen – englische Pfund! Pfund Sterling, aus dem Großen London im sagenhaften Land Vilayet jenseits des schwarzen Wassers, in weiter Ferne. Verwirrt von dem dicken Bündel ausländischer Geldscheine blickte der Junge hoch, um sich zu vergewissern, daß ihn niemand beobachtet hatte, und einen Augenblick lang schien ihm, ein Regenbogen hätte sich vom Himmel zu ihm herabgewölbt, ein Regenbogen wie der Odem eines Engels, wie ein erhörtes Gebet, der genau dort die Erde berührte, wo er stand. Seine Finger zitterten, als sie in die Brieftasche tauchten, in den sagenhaften Schatz.

»Her damit.« Später schien es ihm, als hätte ihm sein Vater während seiner ganzen Kindheit nachspioniert, und obwohl Changez Chamchawala ein großer Mann war, ein Riese, ganz zu schweigen von seinem Reichtum und seiner Bedeutung im öffentlichen Leben, war er doch stets leichtfüßig und dazu geneigt, sich von hinten an seinen Sohn heranzuschleichen und ihm alles zu vergällen, was er gerade tat, dem jungen Salahuddin nachts das Leintuch wegzureißen und den schändlichen Penis in der ihn krampfhaft umklammernden roten Hand aufzudecken. Und er konnte Geld auf eine Entfernung von hundertundeiner Meile riechen, selbst durch den Gestank von Chemikalien und Kunstdünger hindurch, der ihn beständig umgab, da er der größte Erzeuger von Insektiziden und Kunstdünger im Lande war. Changez Chamchawala, Philanthrop, Schürzenjäger, Legende zu Lebzeiten, führender Kopf der nationalistischen Bewegung, sprang aus dem Eingangstor seines Hauses, um aus der entmutigten Hand seines Sohnes eine dicke Brieftasche zu ziehen. »Ts, ts«, rügte er und steckte die Pfund Sterling in seine Tasche. »Du sollst doch nichts von der Straße aufheben. Der Boden ist schmutzig, und Geld ist noch schmutziger.«

Neben einer zehnbändigen Ausgabe von Richard Burtons Übersetzung von *Tausendundeine Nacht*, die langsam vom Moder und vom Bücherwurm zerfressen wurde, was dem tief verwurzelten Vorurteil gegen Bücher anzulasten war, das Changez dazu bewog, Tausende der schädlichen Dinger zu erwerben, um sie dann zu demütigen, indem er sie ungelesen verrotten ließ, stand in einem Regal in Changez Chamchawalas mit Teakholz getäfeltem Arbeitszimmer eine Wunderlampe, ein glänzend poliertes, aus Kupfer und Messing getriebenes Ebenbild von Aladins ureigenstem Geisterbehälter: eine Lampe, die danach verlangte, daß man an ihr rieb. Aber weder rieb Changez an ihr, noch gestattete er, daß an ihr gerieben wurde, zum Beispiel von seinem Sohn. »Eines Tages«, versicherte er dem Jungen, »wird sie dir gehören. Dann kannst du reiben, soviel du willst, und sehen, was dir nicht alles zufällt. Jetzt aber gehört sie mir.« Die Aussicht auf die Wunderlampe infizierte Master Salahuddin mit der Vorstellung, daß seine Schwierigkeiten eines Tages enden und seine geheimsten Wünsche in Erfüllung gehen würden, er mußte sich nur gedulden; aber dann ereignete sich der Vorfall mit der Brieftasche, als das Wunder des Regenbogens für ihn gekämpft hatte, nicht für seinen Vater, sondern für ihn, und Changez Chamchawala hatte den Geldschatz gestohlen. Nach dieser Begebenheit gelangte der Sohn zu der Überzeugung, daß sein Vater alle seine Hoffnungen zunichte machen würde, wenn er ihm nicht entkäme, und von dem Augenblick an wollte er um jeden Preis fortgehen, fliehen, ganze Ozeane zwischen sich und den großen Mann bringen.

In seinem dreizehnten Lebensjahr hatte Salahuddin Chamchawala begriffen, daß er für jenes kühle Vilayet voll der knusprigen Pfund-Sterling-Verheißungen bestimmt war, das die Zauberbrieftasche angedeutet hatte, und er wurde zusehends unzufriedener mit jenem Bombay voller Staub, Vulgarität, Polizisten in kurzen Hosen, Transvestiten, Filmbegeisterter, Menschen, die auf Gehsteigen schliefen und den berüchtigten singenden Huren der Grant Road, die als Anhängerinnen des Yellamma-Kults in Karnataka angefangen und hier als Tänzerinnen in den prosaischeren Tempeln des Fleisches geendet hatten. Er hatte genug von Textilfabriken und Stadtbahnen und dem heillosen Durcheinander und der Maßlosigkeit dieser Stadt, und er sehnte sich nach jenem gelassenen und gemäßigten Traum-Vilayet, das ihn nun Tag und Nacht verfolgte. Seine Lieblingsabzählreime waren solche, die sich nach fremden Städten sehnten: Kitschi-Kon-Kitschi-Ki-Kitschi-Kon-stanti-i-Kitschi-opel-Kitschi-Kopel-Kitschi-Konstanti-nopel. Und sein Lieblingsspiel war »Großmutter, wie weit darf ich reisen?« besonders wenn er *es* war, der den sich leise nähernden Spielkameraden den Rücken zukehrte und wie ein Mantra, wie einen Zauberspruch die sechs Buchstaben seiner Traumstadt herunterleierte, Ellohenn Deeohenn. Im geheimen schlich er sich auf leisen Sohlen an London an, Buchstabe um Buchstabe, genau wie seine Freunde sich an ihn anschlichen. *Ellohenn Deeohenn London.*

Die Verwandlung von Salahuddin Chamchawala in Saladin Chamcha begann, wie sich zeigen wird, im alten Bombay, lange bevor er den Löwen von Trafalgar nahe genug kam, um sie brüllen zu hören. Als die englische Kricketmannschaft im Brabourne-Stadion gegen Indien spielte, flehte er um einen Sieg der Engländer, darum, daß die Erfinder dieses Spiels die heimischen Emporkömmlinge besiegten, damit die rechtmäßige Ordnung der Dinge aufrechterhalten blieb. (Aber aufgrund der verhätschelten Schläfrigkeit des Brabourne-Stadion-Spielfelds endeten die Spiele stets unentschieden; das große Problem, Erfinder gegen Nachahmer, Kolonisten gegen Kolonisierte, mußte notgedrungen ungelöst bleiben.)

In seinem dreizehnten Jahr war er alt genug, um auf den Felsen von Scandal Point zu spielen, ohne daß seine Ayah Kasturba ihn beaufsichtigte. Und eines Tages (es war so, es war nicht so) schlenderte er aus dem Haus, diesem riesigen, verfallenden, salzverkrusteten Gebäude im Parsi-Stil – überall Säulen und Fensterläden und kleine Balkone – und durch den Garten, der der Stolz und die Freude seines Vaters war und der bisweilen im Abendlicht den Eindruck erwecken konnte, grenzenlos zu sein (und der auch voller Geheimnisse war, ein ungelöstes Rätsel, weil niemand, weder sein Vater noch der Gärtner, ihm die Namen der meisten Pflanzen und Bäume nennen konnte), und durch das Haupttor hinaus, eine prunkvolle Unsinnigkeit, ein Nachbau des römischen Triumphbogens des Septimus Severus, und quer über den rasenden Irrsinn der Straße, über die Kaimauer und schließlich bis zu der weiten Fläche glänzender schwarzer Felsen mit den kleinen Tümpeln voller Krabben. Sittsame Mädchen kicherten in Röcken, Männer mit zusammengerollten Schirmen standen schweigend da, den Blick auf den blauen Horizont gerichtet. In einer Höhle aus schwarzem Stein sah Salahuddin, wie sich ein Mann in einem Dhoti über einen Tümpel beugte. Ihre Blicke trafen sich, und der Mann winkte ihn mit einem Finger zu sich, den er dann auf den Mund legte. *Pst,* und das Geheimnis der Felsentümpel zog den Jungen hin zu dem Fremden. Er war ein Geschöpf aus Knochen. Trug eine Brille mit einer Fassung, die wie Elfenbein aussah. Sein Finger krümmte sich, krümmte sich wie ein Angelhaken mit Köder, komm. Als Salahuddin bei ihm angelangt war, packte ihn der andere, legte ihm eine Hand über den Mund und zwang seine kleine Hand zwischen alte und fleischlose Beine, damit sie den Fleischknochen dort betastete. Der Dhoti offen im Wind. Salahuddin hatte sich nie zu wehren gewußt; er tat, wozu er gezwungen wurde, und dann wandte sich der andere einfach von ihm ab und ließ ihn gehen.

Danach kehrte Salahuddin nie mehr zu den Felsen am Scandal Point zurück; auch erzählte er niemandem, was passiert war, da er wußte, daß es bei seiner Mutter neurasthenische Krisen auslösen würde, und er vermutete, daß sein Vater behaupten würde, es sei seine eigene Schuld gewesen. Es schien ihm, als hätte sich alles Ekelerregende, alles, was er mittlerweile an seiner Heimatstadt verabscheute, in der beinernen Umarmung des Fremden gesammelt, und nun, da er diesem bösen Skelett entkommen war, mußte er auch Bombay entkommen – oder sterben. Er begann, sich grimmig auf diesen Gedanken zu konzentrieren, seinen Willen ununterbrochen darauf zu richten, beim Essen, Scheißen, Schlafen, sich davon zu überzeugen, daß er das Wunder auch ohne die Wunderlampe seines Vaters herbeiführen konnte. Er träumte, daß er aus seinem Schlafzimmerfenster flog und entdeckte, daß dort, unter ihm, nicht Bombay lag, sondern das Große London, Bigben Nelsonsäule Lordstavern Bloodytower Queen. Aber während er über der großen Metropole schwebte, merkte er, wie er an Höhe verlor und, wie heftig er sich auch abmühte um sich schlug herumruderte, er bewegte sich doch in Spiralen auf die Erde zu, erst langsam, dann schneller und schneller, bis er kopfüber auf die Stadt zukreischte, Saintpauls, Puddinglane, Threadneedlestreet, drei zwo eins null, hinunter auf London wie eine Bombe.

❦

Als das Unmögliche geschah und sein Vater ihm aus heiterem Himmel eine Ausbildung in England offerierte, *um mich aus dem Weg zu haben,* dachte er, *warum denn sonst, das ist ganz klar, aber einem geschenkten Gaul undsoweiter,* lehnte es seine Mutter Nasreen Chamchawala ab zu weinen und bot ihm statt dessen unaufgefordert hilfreiche Ratschläge an. »Werd' nicht so ein Ferkel wie die Engländer«, mahnte sie ihn. »Sie wischen sich den Allerwertesten nur mit Papier ab. Außerdem benutzen sie ein und dasselbe Badewasser mehrmals.« Diese gemeinen Verleumdungen waren für Salahuddin der Beweis, daß seine Mutter ihr Möglichstes tat, um ihn am Weggehen zu hindern, und trotz ihrer Liebe zueinander antwortete er: »Das kann ich mir nicht vorstellen, Ammi. Die Engländer sind ein zivilisiertes Volk, was redest du da, Quatsch.«

Sie lächelte ihr schnelles, nervöses Lächeln und widersprach nicht. Und stand später trockenen Auges unter dem Triumphbogen von einem Portal und war nicht bereit, ihn zum Flughafen von Santacruz zu begleiten. Ihr einziges Kind. Sie legte ihm Blumenketten um den Hals, bis ihn von den unangenehmen Düften der Mutterliebe schwindelte.

Nasreen Chamchawala war eine überaus zarte, zerbrechliche Frau, mit Knochen wie *Tinkas,* wie winzige Holzsplitter. Um ihre körperliche Bedeutungslosigkeit auszugleichen, verlegte sie sich schon in jungen Jahren darauf, sich mit geradezu empörender, maßloser Begeisterung zu kleiden. Die Muster ihrer Saris waren erstaunlich, nahezu abstoßend: zitronengelbe Seide mit riesigen Brokatrauten verziert, schwindelerregende schwarz-weiße Op-Art-Wirbel, enorme Kußlippen auf strahlend weißem Grund. Die Leute verziehen ihr den schauerlichen Geschmack, weil sie die blendenden Gewänder mit großer Unschuld trug, weil die von dieser Textilkakophonie ausgehende Stimme so dünn und zaudernd und schicklich war. Und wegen ihrer Soireen.

Jeden Freitag ihres Lebens als Ehefrau füllte Nasreen die Säle des Hauses Chamchawala, diese Gemächer, die für gewöhnlich düster waren wie große, leere Grabgewölbe, mit hellem Licht und spröden Freunden. Als Salahuddin ein kleiner Junge war, hatte er darauf bestanden, den Türsteher zu spielen, und er begrüßte die juwelenbeladenen und pomadisierten Gäste mit großer Ernsthaftigkeit und gestattete ihnen, ihm den Kopf zu tätscheln und ihn *Schätzchen* und *Goldkind* zu nennen. Freitags war das Haus voller Lärm; Musiker waren da, Sänger, Tänzer, die neuesten Hits aus dem Westen, wie man sie aus Radio Ceylon kannte, wurden gespielt, vulgäre Puppenspiele aufgeführt, in denen bemalte Radschas aus Ton auf Puppenpferden ritten und feindliche Marionetten unter Verwünschungen mit hölzernen Schwertern enthaupteten. Während der übrigen Woche jedoch huschte Nasreen auf leisen Sohlen durch das Haus, ein Spatz von einer Frau, die auf Zehenspitzen durch die Düsternis ging, als hätte sie Angst, die schattige Stille zu stören; und auch ihr Sohn, der in ihre Fußstapfen trat, lernte den Schritt zu dämpfen, um nicht irgendeinen Kobold oder *Afrit* aufzuscheuchen, der vielleicht auf der Lauer lag.

Und dennoch: Nasreen Chamchawalas Behutsamkeit konnte ihr nicht das Leben retten. Das Grauen packte und tötete sie, als sie sich am sichersten wähnte. In einen Sari gehüllt, der mit Fotos und Schlagzeilen aus billigen Zeitungen bedruckt war, in das Licht der Kronleuchter getaucht, von ihren Freunden umgeben.

Das geschah fünfeinhalb Jahre, nachdem der junge Salahuddin, geschmückt und gewarnt, eine Douglas DC-8 bestieg und in den Westen reiste. Vor ihm England; neben ihm sein Vater, Changez Chamchawala; unter ihm, Heimat und Schönheit. Wie Nasreen war dem zukünftigen Saladin das Weinen nie leichtgefallen.

In diesem ersten Flugzeug las er Science-fiction-Geschichten über intergalaktische Reisen, Asimovs *Tausendjahresplan*, Ray Bradburys *Mars-Chroniken*. Er stellte sich die DC-8 als das Mutterschiff vor, das die Erwählten, die Auserkorenen Gottes und der Menschen über unermeßliche Entfernungen trug, sich über Generationen fortbewegte, die reine Rasse züchtend, auf daß ihr Samen eines Tages Wurzeln schlagen möge, irgendwo in einer schönen neuen Welt unter einer gelben Sonne. Er korrigierte sich: Nicht das Mutter-, sondern das Vaterschiff, denn schließlich war er da, der große Mann, Abbu, der Vater. Der dreizehnjährige Salahuddin schob die Zweifel und Kränkungen der letzten Zeit beiseite und verfiel von neuem in die kindliche Anbetung seines

Vaters, denn er hatte, hatte, hatte ihn vergöttert, er war ein großartiger Vater, bis man sich eine eigene Meinung zu bilden begann, und dann galt ein Streit als Verrat an seiner Liebe, aber das ist jetzt egal, *ich klage ihn an, zum höchsten Wesen für mich geworden zu sein, wodurch das, was passierte, wie ein Verlust des Glaubens war ...* ja, das Vaterschiff, ein Flugzeug war nicht ein fliegender Mutterschoß, sondern ein metallener Phallus, und die Passagiere waren Spermien, die darauf warteten, verströmt zu werden.

Fünfeinhalb Stunden Zeitunterschied: stell deine Uhr in Bombay auf den Kopf und du siehst, wie spät es in London ist. *Mein Vater,* dachte Chamcha Jahre später in seiner Verbitterung, *ich klage ihn an, die Zeit auf den Kopf gestellt zu haben.*

Wie weit flogen sie? Fünfeinhalbtausend Meilen Luftlinie. Oder: vom Indischensein zum Englischsein, eine unmeßbare Entfernung. Oder gar nicht weit, weil sie aus einer Großstadt aufstiegen und auf eine andere hinuntersanken. Die Entfernung zwischen Städten ist immer klein; ein Dorfbewohner, der hundert Meilen in die Stadt reist, durchquert leereres, dunkleres, furchterregenderes Gelände.

Was Changez Chamchawala machte, als das Flugzeug abhob, und was er nicht wollte, daß sein Sohn sah: Er kreuzte zwei Paar Finger jeder Hand und ließ beide Daumen kreisen.

Und als sie sich in einem Hotel wenige Meter von der Stelle entfernt einquartierten, wo früher der Galgen gestanden hatte, sagte Changez zu seinem Sohn: »Nimm. Das gehört dir.« Und hielt in der ausgestreckten Hand eine schwarze Brieftasche, über deren Identität kein Zweifel bestand. »Du bist jetzt ein Mann. Nimm.«

Die Rückgabe der beschlagnahmten Brieftasche, samt dem darin befindlichen Geld, erwies sich als eine von Changez Chamchawalas kleinen Fallen. Sein ganzes Leben lang war Salahuddin in sie hineingetappt. Wann immer sein Vater ihn bestrafen wollte, bot er ihm ein Geschenk an, eine Tafel importierter Schokolade oder eine Dose Kraft-Käse, und packte ihn, wenn er danach greifen wollte. »Esel«, verspottete Changez seinen kleinen Sohn, »Zuckerbrot und Peitsche.«

In London nahm Salahuddin die angebotene Brieftasche, akzeptierte das Geschenk, das ihn zum Mann machte, worauf sein Vater sagte: »Jetzt, da du ein Mann bist, ist es an dir, für deinen alten Vater zu sorgen, während wir in London sind. Du bezahlst die Rechnungen.«

Januar 1961. Ein Jahr, das man auf den Kopf stellen konnte und das dennoch, anders als eine Uhr, stets die gleiche Zeit anzeigte. Es war Winter; doch als Salahuddin Chamchawala in seinem Hotelzimmer zu zittern begann, war es, weil er vor Angst halb wahnsinnig war; sein Goldschatz hatte sich plötzlich in den Fluch eines Zauberers verwandelt.

Diese zwei Wochen in London, bevor er ins Internat kam, wurden zu einem Alptraum aus Kassenzetteln und Kalkulationen, da Changez das, was er sagte, auch meinte und kein einziges Mal in die eigene Tasche griff. Salahuddin mußte sich seine Kleidung selbst kaufen, wie zum Beispiel einen doppelreihigen, blauen, gefütterten Regenmantel und sieben blau-weiß gestreifte Van-Heusen-Hemden mit abnehmbarem, halbsteifem Kragen, die Changez ihn jeden Tag tragen ließ, damit er sich an den Kragenknopf gewöhnte, und Salahuddin hatte das Gefühl, als ob eine stumpfe Klinge sich genau unter seinem gerade hervorgetretenen Adamsapfel in den Hals bohrte; und er mußte sicherstellen, daß genug Geld für das Hotelzimmer da war und für alles andere, so daß er zu nervös war, um seinen Vater zu fragen, ob sie ins Kino gehen konnten, nicht ein einziges Mal, nicht einmal in *Die Hölle von St. Trinians,* oder ob sie essen gehen konnten, kein einziges Mal chinesisch, und in späteren Jahren erinnerte er sich an nichts mehr, was in diesen ersten zwei Wochen in seinem geliebten Ellohenn Deeohenn passiert war, außer an Pfund Shilling Pence, wie der Schüler des Königs und Philosophen Chanakya, der den großen Mann fragte, was er damit meine, wenn er behaupte, daß man in der Welt leben und gleichzeitig nicht in ihr leben könne, und dem geantwortet wurde, er solle einen Krug randvoll mit Wasser durch eine feiernde Menschenmenge tragen, ohne einen Tropfen zu verschütten, bei Todesstrafe, so daß er bei seiner Rückkehr unfähig war, die Festlichkeiten des Tages zu beschreiben, er war wie ein Blinder gewesen, hatte nur den Krug auf seinem Kopf gesehen.

Changez Chamchawala wurde sehr still in diesen Tagen, und es schien ihm gleichgültig zu sein, ob er aß oder trank oder irgend etwas tat, er war zufrieden, im Hotelzimmer vor dem Fernsehapparat zu sitzen, vor allem wenn die Familie Feuerstein zu sehen war, denn, so sagte er seinem Sohn, diese Wilma Bibi erinnere ihn an Nasreen. Salahuddin versuchte, sich als Mann zu erweisen, indem er mit seinem Vater fastete, versuchte, es länger auszuhalten als er, aber er schaffte es nie, und wenn die Krämpfe zu stark wurden, verließ er das Hotel und ging in die billige Imbißbude nebenan, in der man Brathühner kaufen konnte, die fetttriefend im

Schaufenster hingen und sich langsam auf Spießen drehten. Wenn er mit dem Brathuhn die Hotelhalle betrat, genierte er sich, er wollte nicht, daß das Personal ihn sah, deshalb stopfte er das Huhn unter den doppelreihigen Regenmantel, und als er im Lift hinauffuhr, roch er nach Huhn am Spieß, sein Mantel wölbte sich, sein Gesicht lief rot an. Hühnerbrüstig den Blicken von reichen Witwen und Liftwallas ausgesetzt, spürte er, wie der unversöhnliche Zorn in ihm geboren wurde, der über ein Vierteljahrhundert unvermindert in ihm lodern sollte, der seine kindliche Vaterverehrung verbrennen und einen weltlichen Menschen aus ihm machen würde, der alles tun würde, um ohne irgendeine Art von Gott auszukommen, der, vielleicht, seine Entschlossenheit festigen würde, das zu werden, was sein Vater nicht-war-nie-seinkonnte, nämlich ein echterrichtiger Engländer. Ja, ein Engländer, selbst wenn seine Mutter in allem recht gehabt hatte, selbst wenn es in den Toiletten nur Papier gab und man nach dem Sport in lauwarmes, trübes Wasser voll Schmutz und Seife steigen mußte, selbst wenn es ein Leben zwischen winterkahlen Bäumen bedeutete, deren Finger sich verzweifelt an die wenigen fahlen Stunden wäßrigen, gefilterten Lichts klammerten. In Winternächten lag er, der nie unter mehr als einem Laken geschlafen hatte, unter Bergen von Wolle und fühlte sich wie eine Gestalt aus einem alten Mythos, von den Göttern dazu verdammt, daß ein schwerer Stein auf seiner Brust lastete: aber egal, er würde Engländer sein, selbst wenn seine Klassenkameraden über seine Stimme kicherten und ihn von ihren Geheimnissen ausschlossen, weil dieses Ausgeschlossensein nur seinen Willen stärkte, und damals begann er, Theater zu spielen, sich Masken anzueignen, die diese Kerle wiedererkennen würden, Bleichgesichtmasken, Clownmasken, bis er sie soweit genarrt hatte, daß sie glaubten, er wäre *okay*, er wäre *einer-von-uns.* Er narrte sie so, wie ein feinfühliger Mensch Gorillas dazu bewegen kann, ihn in ihre Familie aufzunehmen, ihn zu herzen und zu streicheln und ihm Bananen in den Mund zu stopfen.

(Nachdem er die letzte Rechnung beglichen hatte und die Brieftasche, die er einst am Fuß des Regenbogens gefunden hatte, leer war, sagte sein Vater zu ihm: »Schau. Du hast gelernt, mit Geld umzugehen. Ich habe einen Mann aus dir gemacht.« Aber was für einen? Das wissen Väter nie. Nicht im vorhinein; erst wenn es zu spät ist.)

Eines Tages kurz nach seinem Schuleintritt kam er zum Frühstück herunter und fand einen Hering auf seinem Teller. Er saß da, starrte ihn an und wußte nicht, wo anfangen. Dann schnitt er hinein und hatte den Mund voller winziger Gräten. Und nachdem er sie alle herausgezogen hatte, den nächsten Bissen, mehr Gräten. Seine Mitschüler sahen schweigend zu, wie er litt; nicht einer von ihnen sagte, schau, ich zeige es dir, du mußt ihn so essen. Er brauchte neunzig Minuten für den Fisch, und er durfte nicht vom Tisch aufstehen, bevor er fertig war. Mittlerweile zitterte er, und hätte er weinen können, hätte er es jetzt getan. Dann kam ihm der Gedanke, er habe eine wichtige Lektion gelernt. England war ein seltsam schmeckender, geräucherter Fisch voller Dornen und Gräten, und niemand würde ihm je sagen, wie man ihn aß. Er merkte, daß er ein sturer Mensch war. »Ich werd's ihnen zeigen«, schwor er sich. »Wir werden ja sehen.« Der aufgegessene Hering war sein erster Sieg, der erste Schritt bei seiner Eroberung Englands.

Wilhelm der Eroberer, so sagt man, aß als erstes einen Mundvoll englischen Sand.

❦

Fünf Jahre später, nach dem Schulabschluß, war er wieder zu Hause, wartete darauf, daß in England das Semester begann, und seine Verwandlung in einen Vilayeti war weit vorangeschritten. »Schau, wie schön er jammert«, zog ihn Nasreen vor seinem Vater auf. »An allem und jedem hat er etwas auszusetzen, die Ventilatoren sind nicht richtig an der Decke befestigt und werden herunterfallen und uns im Schlaf den Kopf abschneiden, sagt er, und das Essen macht dick, warum müssen wir alles immer braten, will er wissen, die Balkone im obersten Stock sind unsicher, und die Farbe blättert ab, warum geben wir nicht mehr auf eine gepflegte Umgebung, der Garten ist verwildert, wir sind einfach Dschungelmenschen, das denkt er wirklich, und wie primitiv unsere Filme sind, sie gefallen ihm nicht mehr, und so viele Krankheiten, daß man nicht einmal das Leitungswasser trinken kann, du lieber Gott, er ist jetzt wirklich gebildet, Mann, unser kleiner Sallu, der Englandheimkehrer, und so redet er auch daher.«

Sie spazierten am Abend über den Rasen, sahen zu, wie die Sonne ins Meer eintauchte, schlenderten im Schatten jener großen, weit auslandenden Bäume – einige waren schlangenartig, andere stachlig –, die Salahuddin (der sich nun im Stil der englischen Schule Saladin nannte, aber noch eine ganze Weile Chamchawala bleiben sollte, bis ein Theateragent aus kommerziellen Gründen seinen Namen abkürzte) allmählich benennen konnte, Brotfruchtbaum, Banyan, Jakaranda, Feuerbaum, Platane. Kleine Rührmichnichtan-Pflanzen wuchsen am Fuß seines Lebensbaums, des Walnußbaums, den Changez eigenhändig am Tag der Geburt seines Sohnes gepflanzt hatte. Vater und Sohn beim Lebensbaum waren beide verlegen, unfähig, auf Nasreens gutmütige Späße angemessen zu reagieren. Saladin war von der traurigen Vorstellung erfaßt worden, daß der Garten ein schönerer Ort gewesen war, bevor er die Namen der Bäume kannte, daß etwas verlorengegangen war, das er niemals wiedergewinnen konnte. Und Changez Chamchawala merkte, daß er seinem Sohn nicht mehr in die Augen blicken konnte, weil die Verbitterung, die er sah, ihm fast das Herz gefrieren ließ. Als er sprach und sich dabei abrupt von dem achtzehn Jahre alten Walnußbaum abwandte, den er sich manchmal während ihrer langen Trennung als Sitz der Seele seines einzigen Sohnes vorgestellt hatte, kamen die Wörter falsch heraus, und es klang, als ob er die starre, kalte Person wäre, die er nie hatte werden wollen, und nun fürchtete, sein zu müssen.

»Sag deinem Sohn«, sagte er mit dröhnender Stimme zu Nasreen, »wenn er ins Ausland gegangen ist, um dort die Seinen verachten zu lernen, dann können die Seinen nur Geringschätzung für ihn empfinden. Was ist er denn? Ein kleiner Lord, der Kaiser von China? Ist das mein Schicksal: einen Sohn zu verlieren und mir dafür ein Monster einzuhandeln?«

Es war ihre letzte familiäre Unterhaltung. Den ganzen Sommer über waren die Gemüter erhitzt, trotz aller Vermittlungsversuche Nasreens, *du mußt dich bei deinem Vater entschuldigen, Lieber, der Arme leidet Höllenqualen, aber sein Stolz verbietet ihm, dich zu umarmen.* Sogar die Ayah Kasturba und der alte Diener Vallabh, ihr Mann, versuchten zu vermitteln, aber weder Vater noch Sohn gab nach. »Aus dem gleichen Holz geschnitzt, das ist das Problem«, sagte Kasturba zu Nasreen. »Vater und Sohn, aus dem gleichen Holz, einer wie der andere.«

Als damals im September der Krieg gegen Pakistan ausbrach, beschloß Nasreen in einer Art Trotz, daß sie ihre Freitagseinladungen nicht aufgeben würde, »um deutlich zu machen, daß Hindus und Moslems sowohl lieben als auch hassen können.« Changez bemerkte ihren Blick und versuchte nicht zu widersprechen, sondern trug den Dienern statt dessen auf, alle Fenster mit schwarzen Vorhängen zu verdunkeln. An diesem Abend spielte Saladin Chamchawala zum letzten Mal seine alte Türsteherrolle, herausgeputzt in einem englischen Smoking, und als die Gäste eintrafen – die immer gleichen Gäste, grau vom Puderstaub des Alters, aber sonst dieselben –, bedachten sie ihn mit den gleichen Klapsen und Küssen, den nostalgischen Segnungen seiner Jugend. »Schau, wie groß er geworden ist«, sagten sie. »Ein reizender junger Mann, unglaublich.« Sie versuchten alle, ihre Angst vor dem Krieg zu verbergen, *Gefahr von Luftangriffen*, hieß es im Radio, und als sie Saladin durchs Haar fuhren, waren ihre Hände entweder ein wenig zu zittrig oder etwas zu grob.

Am späten Abend heulten die Sirenen, und die Gäste suchten Deckung, versteckten sich unter Betten, in Schränken, überall. Nasreen Chamchawala fand sich plötzlich allein neben einem reich mit Speisen beladenen Tisch und versuchte, die Gesellschaft zu beruhigen, indem sie in ihrem Zeitungs-Sari dastand und ein Stück Fisch mampfte, als ob alles in Ordnung wäre. So konnte es geschehen, daß ihr niemand zu Hilfe kam, als sie an den todbringenden Gräten zu ersticken begann; sie kauerten alle mit geschlossenen Augen in irgendeinem Winkel; selbst Saladin, der Eroberer des Herings, der Englandheimkehrer von der unbewegten Miene, hatte die Nerven verloren. Nasreen Chamchawala fiel um, zuckte, rang nach Luft, starb, und als die Entwarnung ertönte, krochen die Gäste mit dummen Gesichtern aus ihren Löchern und fanden ihre Gastgeberin tot in der Mitte des Speisezimmers, gestohlen vom Würgeengel, *Khali-pili Khalaas,* wie man in Bombay sagte, grundlos ausgelöscht, für immer dahin.

❦

Weniger als ein Jahr nachdem Nasreen Chamchawala aufgrund ihrer Unfähigkeit, wie ihr auslandsgebildeter Sohn über Fischgräten zu triumphieren, gestorben war, heiratete Changez wieder, ohne irgend jemanden vorzuwarnen. Saladin erhielt in seinem englischen College einen Brief von seinem Vater, in dem dieser ihm befahl – in der ärgerlich pompösen und altmodischen Ausdrucksweise, derer sich Changez in Briefen stets bediente –, glücklich zu sein. »Freue dich«, schrieb er, »denn was verloren war, ist wiedergeboren.« Die Erklärung dieses etwas kryptischen Satzes folgte weiter unten im Aerogramm, und als Saladin las, daß seine Stiefmutter ebenfalls Nasreen hieß, ging in seinem Kopf etwas schief, und er schrieb seinem Vater einen Brief voller Grausamkeit und Zorn, dessen Gewalttätigkeit von einer Art war, wie sie nur zwischen Vätern und Söhnen existiert und die sich von der zwischen Töchtern und Müttern insofern unterscheidet, als hinter ihr die Möglichkeit wirklicher, kieferzerschmetternder Faustschläge lauert. Changez schrieb postwendend zurück, einen kurzen Brief, vier Zeilen voll archaischer Beschimpfungen, Lump Gauner Flegel Schuft Schurke Bastard Mißgeburt. »Betrachte bitte sämtliche Familienbande als unwiderruflich durchtrennt«, schloß er. »Die Verantwortung für die Konsequenzen trägst du.«

Nach einem Jahr des Schweigens erhielt Saladin eine weitere Mitteilung, einen Brief der Vergebung, der in allen Einzelheiten schwerer zu verkraften war als der vorhergehende Bannstrahl der Exkommunikation. »Wenn du Vater wirst, mein Sohn«, gestand Changez Chamchawala, »dann wirst du sie kennenlernen, jene Augenblicke – wie süß sie sind! – wenn man aus lauter Liebe das goldige Kindlein auf den Knien wiegt und einen das gesegnete Geschöpf ohne Warnung oder besonderen Anlaß – darf ich offen sprechen? – *naßmacht.* Vielleicht dreht es einem für einen Augenblick den Magen um, eine Woge des Zorns steigt in einem auf, aber dann ebbt sie ab, so rasch wie sie gekommen ist. Denn sehen wir, als Erwachsene, nicht ein, daß den Kleinen keine Schuld trifft? Er weiß nicht, was er tut.«

Zutiefst gekränkt, mit einem urinierenden Baby verglichen zu werden, hüllte sich Saladin weiter in, wie er hoffte, würdevolles Schweigen. Zum Zeitpunkt seines Studienabschlusses hatte er einen britischen Paß, weil er rechtzeitig vor der Verschärfung der Gesetze ins Land gekommen war, und so konnte er Changez in einer kurzen Nachricht davon in Kenntnis setzen, daß er gedenke, sich in London niederzulassen und Arbeit als Schauspieler zu suchen. Changez Chamchawala antwortete per Eilbrief. »Könntest genausogut ein verfluchter Gigolo sein. Es ist meine Überzeugung, daß irgendein Teufel in dich gefahren ist und dir den Verstand geraubt hat. Du, dem so vieles gegeben worden ist: Hast du nicht das Gefühl, daß du irgend jemandem irgend etwas schuldest? Deiner Heimat? Dem Gedenken an deine liebe Mutter? Dir selbst? Willst du dein Leben damit verbringen, verkleidet im Scheinwerferlicht herumzuhüpfen, blonde Frauen zu küssen unter den Blicken von Fremden, die dafür bezahlt haben, Zeugen deiner Schande zu sein? Du bist mein Sohn nicht mehr, sondern ein *Ghul,* ein *Hoosh,* ein Dämon aus der Hölle. Ein Schauspieler! Beantworte mir eine Frage: Was soll ich meinen Freunden sagen?«

Und nach der Unterschrift das pathetische, gereizte Postskriptum: »Jetzt, da du deinen eigenen bösen Dschinn hast, glaube ja nicht, daß du die Wunderlampe erben wirst.«

❦

Danach schrieb Changez Chamchawala in unregelmäßigen Abständen an seinen Sohn, und in jedem Brief kam er auf Teufel und Besessenheit zu sprechen: »Ein Mensch, der sich selbst untreu ist, wird zu einer zweibeinigen Lüge, und solche Ausgeburten sind Schaitans Meisterwerke«, schrieb er, und auch – in eher sentimentalem Ton: »Ich bewahre deine Seele an einem sicheren Ort auf, mein Sohn, hier in diesem Walnußbaum. Der Teufel besitzt nur deinen Leib. Wenn du dich von ihm befreit hast, komm zurück und hol deine unsterbliche Seele. Sie wächst und gedeiht im Garten.«

Im Lauf der Jahre veränderte sich die Handschrift in diesen Briefen, die blumige Zuversicht, die sie sofort erkennbar gemacht hatte, wurde kärglicher, schlicht, geläutert. Schließlich hörten die Briefe auf, doch aus anderen Quellen erfuhr Saladin, daß die Beschäftigung seines Vaters mit dem Übernatürlichen sich weiter vertiefte, bis er zuletzt zu einem Einsiedler wurde, vielleicht um einer Welt zu entfliehen, in der Teufel den Körper seines eigenen Sohnes stehlen konnten, einer für einen Mann von wahrem religiösen Glauben gefährlichen Welt.

Die Wandlung seines Vaters beunruhigte Saladin, sogar auf so große Entfernung. Seine Eltern waren Moslems gewesen, in der nachlässigen, unbeschwerten Weise der Menschen von Bombay; Changez Chamchawala war seinem kleinen Sohn weit göttlicher erschienen als irgendein Allah. Daß sein Vater, diese weltliche Gottheit (obzwar nun in Mißkredit geraten) im Alter auf die Knie gesunken war und begonnen hatte, sich gegen Mekka hin zu verneigen, war für seinen gottlosen Sohn schwer zu akzeptieren.

»Diese Hexe ist schuld«, sagte er sich und verfiel zu rhetorischen Zwecken in dieselbe Sprache der Zaubersprüche und Kobolde, derer sich sein Vater bediente. »Diese Nasreen Zwei. Bin ich das Opfer der Teufelskunst, bin ich derjenige, der besessen ist? Es ist nicht meine Handschrift, die sich geändert hat.«

Die Briefe kamen nicht mehr. Jahre vergingen; und dann kehrte Saladin Chamcha, Schauspieler, Selfmademan, mit den Prospero Players nach Bombay zurück, um die Rolle des indischen Arztes in der *Millionärin* von George Bernard Shaw zu verkörpern. Auf der Bühne paßte er seine Sprechweise den Erfordernissen der Rolle an, aber die langunterdrückte Ausdrucksweise, die ausrangierten Vokale und Konsonanten begannen, auch außerhalb des Theaters aus seinem Mund zu sickern. Seine Stimme verriet ihn; und er entdeckte, daß seine Bestandteile auch anderer Verrätereien fähig waren.

Ein Mensch, der daran geht, sich zu erfinden, macht sich, gemäß einer Art, die Dinge zu sehen, die Rolle des Schöpfers zu eigen; er handelt wider die Natur, ist ein Gotteslästerer, verabscheuungswürdiger als alle anderen Greuel. Aus einer anderen Perspektive könnte man Pathos in ihm erkennen, Heroismus in seinem Kampf, in seiner Bereitschaft zum Risiko: nicht alle Mutanten überleben. Oder, soziopolitisch betrachtet: die meisten Auswanderer lernen und können zu Masken werden. Unsere eigenen falschen Selbstdarstellungen dienen zur Bekämpfung der Falschheiten, die über uns erfunden werden, und verschleiern aus Gründen der Sicherheit unser verborgenes Ich.

Ein Mann, der sich erfindet, braucht jemanden, der an ihn glaubt, der beweist, daß es ihm gelungen ist. Wiederum Gott spielen, könnte man sagen. Oder man könnte ein wenig zurückstekken und an Tinkerbell denken; Feen existieren nur, wenn Kinder in die Hände klatschen. Oder man könnte einfach sagen: So ist es eben, wenn man ein Mensch ist.

Nicht nur das Bedürfnis, daß ein anderer an einen glaubt, sondern auch das, an einen anderen zu glauben. Sie haben es erraten: Liebe.

Saladin Chamcha lernte Pamela Lovelace fünfeinhalb Tage vor dem Ende der sechziger Jahre kennen, als die Frauen noch indische Tücher im Haar trugen. Sie stand in der Mitte eines Zimmers voller trotzkistischer Schauspielerinnen und sah ihn mit strahlenden, so strahlenden Augen an. Den ganzen Abend belegte er sie mit Beschlag, und sie hörte nie auf zu lächeln und ging mit einem anderen Mann weg. Zu Hause träumte er von ihren Augen und ihrem Lächeln, ihrem schlanken Körper, ihrer Haut. Er verfolgte sie zwei Jahre lang. England rückt seine Schätze nur widerwillig raus. Er war erstaunt über seine eigene Beharrlichkeit und begriff, daß sie zum Treuhänder seines Schicksals geworden war, daß sein Versuch einer Metamorphose fehlschlagen würde, wenn sie nicht nachgab. »Laß mich«, flehte er, während er artig auf dem weißen Teppich mit ihr rang, dessen schuldbewußter Flaum ihn bedeckte, wenn er an mitternächtlichen Bushaltestellen stand. »Glaub mir. Ich bin der Richtige.«

Eines Abends, aus heiterem Himmel, ließ sie ihn, sie sagte, sie glaube ihm. Er heiratete sie, bevor sie ihre Meinung ändern konnte, lernte aber nie, ihre Gedanken zu lesen. Wenn sie unglücklich war, schloß sie sich im Schlafzimmer ein, bis es ihr besser ging. »Das geht dich nichts an«, sagte sie. »Ich will nicht, daß mich jemand in diesem Zustand sieht.« Er nannte sie eine Auster. »Mach auf«, rief er und hämmerte an all die verschlossenen Türen ihres gemeinsamen Lebens, zuerst im Tiefparterre, dann in der Etagenwohnung, dann in der Villa. »Ich liebe dich, laß mich rein.« Er bedurfte ihrer so sehr, damit sie ihn seiner eigenen Existenz versicherte, daß er nie die Verzweiflung in ihrem betörenden, ununterbrochenen Lächeln verstand, das Entsetzen in dem Strahlen, mit dem sie der Welt entgegentrat oder die Gründe, warum sie sich verkroch, wenn sie kein strahlendes Lächeln zustande brachte. Erst als es bereits zu spät war, erzählte sie ihm, daß ihre Eltern gemeinsam Selbstmord begangen hatten, gerade als sie zum ersten Mal menstruierte; bis zum Hals in Spielschulden ließen sie sie zurück mit einer aristokratisch grölenden Stimme, die sie als begnadetes Mädchen auszeichnete, als beneidenswerte Frau, während sie tatsächlich verlassen war, verloren, ihre Eltern nicht einmal gewartet hatten, bis sie erwachsen war, so sehr war *sie* geliebt worden, deshalb hatte sie natürlich überhaupt kein Selbstvertrauen, jeder Augenblick ihres Lebens war voller Panik, deswegen lächelte sie und lächelte, und ungefähr einmal in der Woche verschloß sie die Tür und bebte und zitterte und fühlte sich wie eine Hülse, wie eine leere Erdnußschale, wie ein Affe ohne Kokosnuß.

Sie bekamen keine Kinder; sie gab sich selbst die Schuld. Nach zehn Jahren entdeckte Saladin, daß mit seinen Chromosomen irgend etwas nicht stimmte, zwei Abschnitte zu lang, oder zu kurz, er erinnerte sich nicht mehr. Sein genetisches Erbe; offensichtlich mußte er sich glücklich schätzen, daß er überhaupt lebte, daß er nicht irgendeine Art deformierter Freak war. War es seine Mutter oder sein Vater, von dem? Die Ärzte wußten es nicht; er gab die Schuld, es ist leicht zu erraten, wem, schließlich soll man nicht schlecht über die Toten reden.

In letzter Zeit hatten sie sich nicht gut verstanden.

Sagte er sich später, aber nicht währenddessen.

Später sagte er sich, unsere Ehe war kaputt, vielleicht weil wir keine Kinder hatten, vielleicht hatten wir uns nur auseinandergelebt, vielleicht dieses, vielleicht jenes.

Währenddessen übersah er geflissentlich alle Spannungen, die Sticheleien, die Streitereien, die nie richtig in Gang kamen, verschloß die Augen und wartete, bis ihr Lächeln zurückkehrte. Er gestattete sich, an dieses Lächeln zu glauben, an diese strahlende Vortäuschung der Freude.

Er versuchte, ihnen eine glückliche Zukunft zu erfinden, sie wahr werden zu lassen, indem er sie sich ausdachte und anschließend daran glaubte. Auf dem Flug nach Indien dachte er, wie glücklich er war, sie zu haben, ich bin glücklich ja das bin ich kein Wort mehr ich bin der glücklichste Kerl der Welt. Und: wie wunderbar es war, daß sich vor ihm die schattige Prachtstraße der Jahre erstreckte, die Aussicht, in der Gegenwart ihrer Sanftheit alt zu werden.

Er hatte sich so abgemüht und sich fast vollständig von der

Wirklichkeit dieser fadenscheinigen Illusionen überzeugt, daß er als erstes, als er innerhalb von achtundvierzig Stunden nach seiner Ankunft in Bombay mit Zeeny Vakil ins Bett ging, noch bevor sie sich liebten, ohnmächtig wurde, umkippte, weil die Botschaften, die sein Gehirn erreichten, sich so ernsthaft widersprachen, als sähe sein rechtes Auge die Welt sich nach links bewegen, während sein linkes Auge sah, wie sie nach rechts rutschte.

❦

Zeeny war die erste Inderin, mit der er jemals geschlafen hatte. Sie platzte in seine Garderobe nach der Premiere der *Millionärin,* mit theatralisch gestikulierenden Armen und ihrer Schotterstimme, als wäre es nicht Jahre her. *Jahre.* »Yaar, was für eine Enttäuschung, ich sag's dir, ich hab' die ganze Sache durchgestanden, nur um dich ›Goodness Gracious Me‹ wie Peter Sellers oder so singen zu hören, dachte, mal sehen, ob der Kerl gelernt hat, einen Ton richtig zu treffen, weißt du noch, wie du mit dem Squashschläger Elvis nachgemacht hast, mein Schatz, zum Totlachen, total übergeschnappt. Aber was war das hier? Im ganzen Stück kein Lied. Zum Teufel damit. Hör mal, kannst du dich nicht von diesen Bleichgesichtern absetzen und mit uns Indern kommen? Vielleicht hast du ganz vergessen, wie das ist.«

Er hatte sie als zaundürren Teenager mit einem schiefen Mary-Quant-Haarschnitt und einem ebenso-aber-in-die-entgegengesetzte-Richtung schiefen Lächeln in Erinnerung. Ein leichtsinniges, schlechtes Mädchen. Einmal ging sie aus schierem Spaß an der Freude in eine berüchtigte Adda, eine Spelunke an der Falkland Road, setzte sich hin, rauchte eine Zigarette und trank Cola, bis die Zuhälter, denen die Kaschemme gehörte, drohten, ihr das Gesicht zu zerschneiden, für Freiberufliche Zutritt verboten. Sie starrte sie in Grund und Boden, rauchte die Zigarette zu Ende und ging. Furchtlos. Möglicherweise verrückt. Jetzt, Mitte Dreißig, war sie Ärztin am Breach-Candy-Krankenhaus, kümmerte sich um die Obdachlosen der Stadt, hatte sich in dem Augenblick nach Bhopal aufgemacht, als bekannt wurde, daß eine unsichtbare amerikanische Wolke den Menschen Augen und Lungen zerfraß. Sie war Kunstkritikerin, deren Buch über den einengenden Mythos der Authentizität, diese folkloristische Zwangsjacke, die sie zu ersetzen suchte durch die Ethik eines historisch verbürgten Eklektizismus – basierte denn nicht die gesamte nationale Kultur auf dem Prinzip, sich die Gewänder auszuleihen, die am besten paßten, indoiranische, mogulische, britische, die Rosinen aus dem

Kuchen? –, für vorhersehbaren Stunk gesorgt hatte, insbesondere aufgrund des Titels. Sie hatte es *Der einzig gute Inder* genannt. »Ist ein toter Inder«, erklärte sie Chamcha, als sie ihm ein Exemplar überreichte. »Warum sollte es eine gute, richtige Art und Weise geben, ein Inder zu sein? Das ist Hindu-Fundamentalismus. Tatsächlich sind wir alle schlechte Inder. Manche schlechter als andere.«

Sie stand in der Blüte ihrer Schönheit, mit langem, offenem Haar, und sie war keine Bohnenstange mehr. Fünf Stunden, nachdem sie seine Garderobe betreten hatte, lagen sie im Bett, und er fiel in Ohnmacht. Als er aufwachte, meinte sie: »Ich hab dir eine Schlaftablette ins Glas getan.« Er fand nie heraus, ob sie die Wahrheit gesagt hatte.

Zeenat Vakil machte Saladin zu ihrem Projekt. »Zwecks Rückgewinnung«, erklärte sie. »Mensch, wir holen dich zurück«. Manchmal dachte er, sie wolle das erreichen, indem sie ihn bei lebendigem Leibe auffraß. Sie liebte wie eine Kannibalin, und er war ihr Schweinsfilet. »Hast du gewußt«, fragte er sie, »daß ein erwiesener Zusammenhang besteht zwischen der vegetarischen Lebensweise und dem Drang zum Kannibalismus?« Zeeny, die sich gerade an seinem nackten Oberschenkel gütlich tat, schüttelte den Kopf. »In Extremfällen«, fuhr er fort, »kann der Verzehr von zu viel Gemüse Biochemikalien im Körper freisetzen, die kannibalische Phantasien auslösen.« Sie blickte auf und lächelte ihr schiefes Lächeln. Zeeny, der schöne Vampir. »Ach, hör doch auf«, sagte sie. »Wir sind eine Nation von Vegetariern, und wie jeder weiß, ist unsere Kultur eine friedliche, mystische.«

Er seinerseits mußte Vorsicht walten lassen. Als er das erste Mal ihre Brüste berührte, vergoß sie heiße, erstaunliche Tränen, die die Farbe und Konsistenz von Büffelmilch hatten. Sie hatte ihre Mutter sterben sehen wie Geflügel, das zum Essen tranchiert wird, zuerst die linke Brust, dann die rechte, und trotzdem hatte der Krebs sich weiter ausgebreitet. Ihre Furcht davor, den gleichen Tod wie ihre Mutter sterben zu müssen, machte ihren Busen zur verbotenen Zone. Die geheime Angst der furchtlosen Zeeny. Sie hatte nie ein Kind geboren, doch ihre Augen weinten Tränen aus Milch.

Nach ihrer ersten Liebesnacht ging sie sofort auf ihn los, die Tränen waren vergessen. »Weißt du, was du bist, ich werd's dir sagen. Ein Deserteur bist du, englischer als die Engländer, eingewickelt in deinen Angrez-Akzent wie in eine Fahne, und glaub bloß nicht, daß er so perfekt ist, er sitzt verrutscht, Baba, wie ein falscher Schnurrbart.«

»Etwas Merkwürdiges geht hier vor«, wollte er sagen, »meine Stimme«, aber er wußte nicht, wie er es ausdrücken sollte, und hielt den Mund.

»Leute wie du«, schnaubte sie verächtlich und küßte seine Schulter. »Ihr kommt nach ewig langer Zeit zurück und haltet euch für Gottweißwas. Aber, Herzchen, wir haben keine so hohe Meinung von euch.« Ihr Lächeln war strahlender als das von Pamela. »Sieh an«, sagte er zu ihr, »Zeeny, du hast noch immer dein Binaca-Lächeln.«

Binaca. Aus welchen Tiefen war das aufgetaucht, diese längst vergessene Zahnpastareklame? Und die Vokale, eindeutig unzuverlässig. Achtung, Chamcha, sei auf der Hut vor deinem Schatten. Dem Schwarzen Mann, der sich von hinten anschleicht.

Am zweiten Abend kam sie mit zwei Freunden im Schlepptau zum Theater, einem jungen marxistischen Filmemacher namens George Miranda, einem watschelnden Riesenkerl von Mann mit aufgekrempelten Kurta-Ärmeln, einer flatternden Weste mit uralten Flecken darauf und einem überraschend militärischen Schnurrbart mit gezwirbelten Spitzen; und mit Bhupen Ghandi, einem Dichter und Journalisten, der frühzeitig ergraut war, dessen Gesicht jedoch unschuldig wie das eines Babys war, bis er sein hinterhältiges, kicherndes Lachen ausstieß. »Komm schon, Salad Baba«, verkündete Zeeny. »Wir zeigen dir die Stadt.« Sie wandte sich zu ihren Freunden. »Diese Asiaten aus dem Ausland schämen sich für gar nichts. Saladin, wie ein verdammter Salatkopf, ich bitte dich.«

»Vor ein paar Tagen war eine Fernsehreporterin hier«, sagte George Miranda. »Mit grellrosa Haaren. Sie sagte, sie heiße Kerleeda. Ich wurde nicht schlau aus ihr.«

»Hört euch das an, George ist zu weltfremd«, unterbrach Zeeny. »Er hat keine Ahnung, in was für Monster ihr Typen euch verwandelt. Diese Miss Singh, ungeheuerlich. Ich hab's ihr gesagt, Khalida heißt es, Herzchen, reimt sich auf Dalda, das ist was zum Kochen. Aber sie brachte es nicht heraus. Ihren eigenen Namen. Ihr habt einfach keine Kultur mehr, fühlt euch nur noch als Ausländer. Stimmt's oder stimmt's nicht?« fügte sie hinzu, plötzlich fröhlich und rundäugig, weil sie fürchtete, zu weit gegangen zu sein. »Laß ihn in Ruhe, Zeenat«, sagte Bhupen Ghandi ruhig. Und George murmelte verlegen: »Nichts für ungut, Mann. Sollte nur ein Witz sein.«

Chamcha beschloß, zu grinsen und dann zurückzuschlagen. »Zeeny«, sagte er, »die Welt ist voll von Indern, du weißt, wir kommen überall hin, wir werden Kesselflicker in Australien, und unsere Köpfe enden in Idi Amins Kühlschrank. Vielleicht hatte Kolumbus recht; die Welt besteht aus lauter Indien, Ost West Nord. Verdammt noch mal, du solltest stolz auf uns sein, auf unseren Unternehmungsgeist, darauf, wie wir Grenzen überschreiten. Nur, daß wir keine Inder sind wie du. Am besten, du gewöhnst dich an uns. Wie heißt das Buch, das du geschrieben hast?«

»Hört euch das an«, sagte Zeeny und hakte sich bei ihm unter. »Hört euch meinen Salad an. Plötzlich will er ein Inder sein, nachdem er sein Leben lang versucht hat, ein Weißer zu werden. Noch ist nicht alles verloren. Etwas ist da noch lebendig.« Und Chamcha spürte, wie er rot wurde, spürte, wie seine Verwirrung zunahm. Indien; es brachte alles durcheinander.

»Um Himmels willen«, sagte sie und brachte ihn mit einem Kuß zur Strecke. »Chamcha. Ach, hör doch auf. Du nennst dich Mr. Toady und erwartest, daß wir nicht lachen.«

❦

In Zeenys zerbeultem Hindustan, einem für eine Sklavenkultur gebauten Auto – der Rücksitz besser gepolstert als der Vordersitz – hatte er das Gefühl, die Nacht breche über ihn herein wie eine Menschenmenge. Indien, das ihn mit seiner Unermeßlichkeit konfrontierte, die er vergessen hatte, mit seiner bloßen Anwesenheit, mit der alten, verachteten Unordnung. Eine amazonenhafte *Hijra* tauchte auf wie ein indisches Wunderweib, mit silbernem Dreizack, hielt den Verkehr mit gebieterischem Arm auf, schlenderte vor ihnen her. Chamcha starrte in ihreseine funkelnden Augen. Gibril Farishta, der Filmstar, der unerklärlicherweise verschwunden war, verrottete auf den Plakatwänden. Schutt, Abfall, Lärm. Zigarettenreklamen qualmten vorüber: SCISSORS – FÜR DEN MANN DER TAT, DER DYNAMIK HAT. Und, noch unwahrscheinlicher: PANAMA – TEIL DES GROSSEN INDISCHEN SCHAUPLATZES.

»Wohin fahren wir?« Die Nacht wirkte jetzt wie von grünen Neonleuchten erhellt. Zeeny parkte den Wagen. »Du weißt nicht, wo du bist«, tadelte sie ihn. »Was weißt du über Bombay? Deine eigene Stadt, nur daß sie es nie war. Für dich ist sie ein Kindheitstraum. Am Scandal Point aufzuwachsen ist, wie auf dem Mond zu leben. Dort gibts keine Bustees, nein, mein Herr, nur Dienstbotenunterkünfte. Sind Shiv-Sena-Leute dorthin gekommen, um Unruhe zu stiften? Sind eure Nachbarn während des Textilstreiks verhungert? Hat Datta Samant vor euren Bungalows eine Massenversammlung abgehalten? Wie alt warst du, als du einen Gewerkschafter kennengelernt hast? Wie alt, als du zum ersten Mal in einen Vorortzug gestiegen bist, statt in einen Wagen mit Chauffeur? Das war nicht Bombay, Liebling, du mußt schon entschuldigen. Das war ein Wunderland, Peristan, ein Wolkenkuckucksheim, das Schlaraffenland.«

»Und du«, erinnerte Saladin sie. »Wo bist du damals gewesen?«

»Auch dort«, sagte sie grimmig. »Mit all den anderen verfluchten Munchkins.«

Hintergäßchen. Ein Dschaina-Tempel wurde neu gestrichen, und alle Heiligen steckten zum Schutz vor Farbtropfen in Plastiksäcken. Ein Zeitungsverkäufer stellte Zeitungen voller Greuel zur Schau: ein Zugunglück. Bhupen Ghandi begann, leise zu flüstern. Nach dem Unglück, sagte er, seien die Überlebenden ans Ufer geschwommen (der Zug war von einer Brücke gestürzt), wo Bewohner der umliegenden Dörfer auf sie warteten und sie solange untertauchten, bis sie ertrunken waren, um sie dann auszuplündern.

»Halt den Mund«, schrie Zeeny ihn an. »Warum erzählst du ihm so etwas? Er glaubt ohnehin, daß wir Wilde sind, minderwertige Lebenswesen.«

Ein Geschäft verkaufte Sandelholz, das man in einem nahegelegenen Krischnatempel verbrennen konnte, und emaillierte rosaweiße Krischna-Augen, die alles sahen. »Viel zuviel zu sehen«, sagte Bhupen. »Das steht fest.«

❦

In einer überfüllten Dhaba, die George frequentierte, seit er aus beruflichen Gründen zu den Dadas oder Bossen Kontakt aufgenommen hatte, die den Menschenfleischhandel der Stadt betrieben, wurde dunkler Rum an Aluminiumtischen konsumiert, und etwas beschwipst fingen George und Bhupen einen Streit an. Zeeny trank Thums-Up-Cola und stellte ihre Freunde vor Chamcha bloß. »Alkoholprobleme, beide, abgebrannt wie Weihnachtskerzen, beide mißhandeln ihre Frauen, sitzen in Spelunken herum, vergeuden ihr elendes Leben. Kein Wunder, daß ich mich in dich verknallt habe, Süßer, wenn die einheimischen Produkte so drittklassig sind, beginnt einem Importware zu gefallen.«

George war mit Zeeny nach Bhopal gegangen und ließ sich nun laut über die Katastrophe aus, die er ideologisch deutete: »Was ist Amrika für uns?« fragte er. »Es ist kein realer Ort. Macht in seiner reinsten Form, körperlos, unsichtbar. Wir können sie nicht sehen, aber sie hat uns voll im Griff, es gibt kein Entrinnen.« Er verglich Union Carbide mit dem Trojanischen Pferd. »Wir haben die Scheißkerle hergeholt.« Es sei wie das Märchen von den vierzig Räubern, sagte er, die sich in ihren Amphoren versteckten und auf die Nacht warteten. »Unglückseligerweise hatten wir keinen Ali Baba«, rief er. »Wen hatten wir statt dessen? Mr. Rajiv G.«

In diesem Augenblick stand Bhupen Ghandi plötzlich und etwas unsicher auf und begann, wie von einem Geist besessen, Zeugnis abzulegen. »Für mich«, sagte er, »ist das Problem nicht ausländische Intervention. Stets üben wir Nachsicht mit uns, indem wir Außenstehende beschuldigen, Amerika, Pakistan, irgendein verfluchtes Land. Entschuldige, George, aber meines Erachtens läßt sich alles auf Assam zurückführen, damit müssen wir anfangen.« Der bethlehemitische Kindermord. Fotos von Kinderleichen, ordentlich aufgereiht wie paradierende Soldaten. Sie waren erschlagen worden mit Knüppeln, gesteinigt, ihnen war die Kehle durchgeschnitten worden. Diese ordentlichen Reihen des Todes, erinnerte sich Chamcha. Als ob nur das Grauen Indien zur Ordnung zwingen könne.

Bhupen redete neunundzwanzig Minuten lang, ohne zu stokken, ohne Pause. »Uns alle trifft die Schuld an Assam«, sagte er. »Jeden von uns. Erst wenn wir zugeben, daß der Tod dieser Kinder unsere Schuld war, dürfen wir uns ein zivilisiertes Volk nennen.« Während er sprach, stürzte er Rum hinunter, seine Stimme wurde lauter, sein Körper begann, sich gefährlich vornüber zu neigen, doch obgleich im Raum Schweigen herrschte, kam niemand auf ihn zu, versuchte niemand, ihn zurückzuhalten, nannte ihn niemand einen Trunkenbold. Mitten in einem Satz, *alltägliche Betrügereien, oder Schießereien, oder Bestechungen, wer glauben wir, daß wir,* setzte er sich schwerfällig und starrte in sein Glas.

Jetzt stand ein junger Mann in einer anderen Ecke der Kneipe auf und gab ihm Kontra. Man müsse Assam politisch verstehen, rief er, es habe wirtschaftliche Gründe gegeben, und dann erhob sich ein weiterer Mann, um darauf zu antworten, finanzielle Probleme seien keine Erklärung dafür, warum ein erwachsener Mann ein kleines Mädchen erschlage, und dann sagte noch ein anderer, wenn du das glaubst, hast du nie Hunger gehabt, Salah, wie scheißromantisch anzunehmen, daß wirtschaftliche Gründe Menschen nicht zu wilden Tieren machen können. Während der Lärmpegel stieg, griff Chamcha nach seinem Glas, und die Luft schien sich zu verdichten, Goldzähne blitzten ihm ins Gesicht, Schultern rieben sich an seinen, Ellbogen stießen ihn in die Rippen, die Luft wurde zum Schneiden dick, und in seiner Brust hatte sein Herz angefangen zu flattern. George faßte ihn am Handgelenk und zog ihn auf die Straße. »Alles in Ordnung, Mann? Du warst ganz grün im Gesicht.« Saladin nickte dankend, pumpte seine Lunge voll mit der Nacht, beruhigte sich. »Der Rum und die Erschöpfung«, sagte er. »Merkwürdigerweise ist es bei mir so, daß ich nach jeder Vorstellung mit den Nerven am Ende bin. Ziemlich oft wird mir mulmig. Ich hätte es wissen müssen.« Zeeny sah ihn an, und in ihren Augen lag mehr als Mitgefühl. Ein funkelnder Blick, triumphierend, hart. Etwas ist zu dir durchgedrungen, besagte ihr hämischer Ausdruck. *Was die verfluchte Zeit betrifft.*

Nachdem man vom Typhus genesen ist, überlegte Chamcha, bleibt man etwa zehn Jahre gegen diese Krankheit immun. Aber nichts dauert ewig; irgendwann verschwinden die Antikörper aus dem Blut. Er mußte sich mit der Tatsache abfinden, daß sein Blut die Immunstoffe nicht mehr enthielt, die es ihm ermöglicht hätten, die Realität Indiens zu ertragen. Rum, Herzflattern, seelische Übelkeit. Zeit, schlafen zu gehen.

Sie nahm ihn nie mit zu sich nach Hause. Immer und ausschließlich das Hotel, in dem Araber mit goldenen Medaillons in den mitternächtlichen Korridoren mit geschmuggelten Whiskyflaschen in der Hand auf und ab stolzierten. Er lag auf dem Bett, Schuhe an, Hemdkragen offen, Krawatte gelockert, den rechten Arm über die Augen gelegt; sie, im weißen hoteleigenen Bademantel, beugte sich über ihn und küßte sein Kinn. »Ich werde dir sagen, was heute abend mit dir passiert ist«, sagte sie. »Man könnte behaupten, wir haben deine Schale geknackt.«

Er setzte sich auf, voll Zorn. »Und das kommt zum Vorschein«, fuhr er sie an. »Ein Inder, verwandelt in einen Engländer, halb durch. Wenn ich mich dieser Tage in Hindustani versuche, setzen die Leute eine höfliche Miene auf. Das bin ich.« Im Aspik der von ihm angenommenen Sprache gefangen, hatte er, im Babel Indiens, eine unheilkündende Warnung vernommen: Komm nicht zurück. Bist du einmal durch den Spiegel geschritten, schreitest du auf eigene Gefahr zurück. Der Spiegel könnte dich in Stücke schneiden.

»Ich war heute abend so stolz auf Bhupen«, sagte Zeeny und stieg ins Bett. »Wo, wenn nicht in Indien, kann man irgendeine Bar betreten und eine solche Diskussion anzetteln? Diese Leidenschaft, dieser Ernst, dieser Respekt. Behalte du nur deine Kultur, Toadji; mir gefällt diese hier sehr gut.«

»Gib's auf mit mir«, bat er sie. »Ich habe es nicht gern, wenn Leute ohne Vorwarnung bei mir hereinschneien, ich habe die Regeln von Seven Tiles und Kabaddi vergessen, ich kann meine Gebete nicht mehr auswendig aufsagen, ich weiß nicht mehr, was bei einer Nikah-Feier vor sich geht, und wenn ich allein bin, verirre ich mich in dieser Stadt, in der ich aufgewachsen bin. Sie ist nicht mein Zuhause. Sie macht mich schwindlig, weil sie mir ein Gefühl von Zuhause gibt, es aber nicht ist. Ich bekomme Herzflattern davon, und in meinem Kopf dreht sich alles.«

»Du bist ein Blödmann«, schrie sie ihn an. »Ein Blödmann. Werde, wie du früher warst! Verdammter Narr! Du kannst es.« Sie war ein Strudel, eine Sirene, die ihn zu seinem alten Selbst zurücklocken wollte. Aber es war ein totes Selbst, ein Schatten, ein Geist, und er wollte nicht zu einem Phantom werden. In seiner Brieftasche lag ein Rückflugticket nach London, und er würde es benutzen.

❦

»Du hast nie geheiratet«, sagte er, als sie beide in den frühen Morgenstunden schlaflos dalagen. Zeeny wurde wütend. »Du warst wirklich zu lange weg. Hast du keine Augen im Kopf? Ich bin eine Schwarze.« Und sie wölbte den Rücken und warf das Leintuch ab, um ihre verschwenderische Fülle zur Schau zu stellen. Als die Bandenführerin Phoolan Devi aus den Bergen kam, um sich zu ergeben und fotografieren zu lassen, zerstörten die Zeitungen den von ihnen selbst geschaffenen Mythos ihrer sagenhaften Schönheit. Sie wurde reizlos, ein gewöhnliches Geschöpf, unappetitlich, wo sie früher zum Anbeißen gewesen war. Dunkle Haut in Nordindien. »Das kaufe ich dir nicht ab«, sagte Saladin. »Du erwartest doch nicht, daß ich dir das abnehme.«

Sie lachte. »Gut, du bist noch kein völliger Idiot. Wozu heiraten? Ich hatte viel zu tun.«

Und nach einer Pause richtete sie dieselbe Frage an ihn. *Also, und du?*

Nicht nur verheiratet, sondern auch reich. »Los, erzähl, na. Wie du lebst, du und das Frauchen.« In einer fünfstöckigen Villa in Notting Hill. In jüngster Zeit hatte er sich dort unsicher gefühlt, denn der letzte Einbrechertrupp hatte nicht nur wie üblich Video- und Stereoanlage mitgenommen, sondern auch den Wolfshund. Und langsam war in ihm das Gefühl gewachsen, daß es nicht möglich war, an einem Ort zu leben, an dem die kriminellen Elemente Tiere stahlen. Pamela erzählte ihm, das sei ein alter, örtlicher Brauch. In den Alten Zeiten, sagte sie (die Geschichte gliederte sich für Pamela in das Altertum, das Finstere Mittelalter, die Alten Zeiten, das Britische Weltreich, die Neuzeit und die Gegenwart), sei Tierdiebstahl ein gutes Geschäft gewesen. Die Armen stahlen die Hunde der Reichen, dressierten sie so, daß sie ihre Namen vergaßen, und verkauften sie in Geschäften in der Portobello Road zurück an ihre trauernden, ratlosen Besitzer. Pamelas Version der Geschichte Londons war stets reich an Einzelheiten und häufig unzuverlässig. »Ach, du meine Güte«, sagte Zeeny Vakil, »du mußt alles verkaufen, pronto, und umziehen. Ich kenne diese Engländer, alle gleich, Gesindel und Nabobs. Gegen ihre verdammten Traditionen kommt man nicht an.«

Meine Frau, Pamela Lovelace, zerbrechlich wie Porzellan, anmutig wie eine Gazelle, entsann er sich. *Ich schlage Wurzeln in den Frauen, die ich liebe.* Die Banalitäten der Untreue. Er schob sie von sich und sprach über seine Arbeit.

Als Zeeny Vakil erfuhr, wie Saladin Chamcha sein Geld verdiente, entschlüpfte ihr eine Reihe schriller Schreie, die einen der medaillonbehängten Araber dazu veranlaßten, an die Tür zu klopfen und den Kopf hereinzustecken, um sich zu vergewissern, daß alles in Ordnung war. Er sah eine wunderschöne Frau aufrecht im Bett sitzen, der etwas, das wie Büffelmilch aussah, über das Gesicht lief und von der Kinnspitze tropfte, und während er sich bei Chamcha für sein Eindringen entschuldigte, zog er sich eilends zurück, *tut mir leid, Kumpel, he, Sie haben aber Glück.*

»Du armes Würstchen«, keuchte Zeeny unter schallendem Gelächter. »Diese Angrez-Scheißkerle. Die haben dich wirklich fix und fertig gemacht.«

Seine Arbeit wurde also nicht ernstgenommen. »Ich habe eine Begabung für Akzente«, sagte er hochmütig. »Warum sollte ich das nicht nutzen?«

»Warum sollte ich das nicht nutzen?« äffte sie ihn nach und warf die Beine in die Luft. »Herr Schauspieler, Ihr Schnurrbart ist gerade wieder verrutscht.«

Ach, du lieber Gott.

Was passiert mit mir?

Was zum Teufel?

Hilfe.

Weil er diese Begabung wirklich und wahrhaftig besaß, war er »Der Mann mit tausendundeiner Stimme«. Wollte man wissen, wie eine Ketchupflasche in der Fernsehwerbung sprechen sollte, war man im Zweifel über die ideale Stimme für eine Tüte Chips mit Knoblauchgeschmack, war er genau der Richtige. Er brachte Teppiche in Kaufhaus-Werbespots zum Sprechen, er imitierte Berühmtheiten, lieh gekochten Bohnen und tiefgefrorenen Erbsen seine Stimme. Im Radio konnte er das Publikum davon überzeugen, daß er Russe, Chinese, Sizilianer, der Präsident der Vereinigten Staaten war. Einmal, in einem Hörspiel für siebenunddreißig Stimmen, sprach er jede Rolle unter einem anderen Pseudonym, und niemand kam ihm je auf die Schliche. Mit seinem weiblichen Gegenstück Mimi Mamoulian beherrschte er den Äther Großbritanniens. Sie hatten sich ein so großes Stück von der Sprechertorte abgeschnitten, daß, wie Mimi sagte, »in unserer Umgebung die Monopolkommission besser nicht erwähnt werden sollte, nicht einmal zum Spaß.« Ihre Bandbreite war erstaunlich; sie vermochte jedes Lebensalter vorzugeben, an jedem Ort der Welt, jede Tonlage im Stimmregister, von der engelgleichen Julia bis zur teuflischen Mae West. »Wir sollten heiraten, wenn du wieder frei bist«, schlug ihm Mimi einmal vor. »Du und ich, wir wären die Vereinten Nationen.«

»Du bist Jüdin«, bemerkte er. »Ich bin zu bestimmten Ansichten über Juden erzogen worden.«

»Na und, bin ich eben Jüdin«, sagte sie achselzuckend. »Du bist derjenige, der beschnitten ist. Niemand ist vollkommen.«

Mimi war eine winzige Person mit schwarzen Locken und sah aus wie ein Michelin-Männchen. In Bombay räkelte sich Zeenat Vakil, gähnte und verscheuchte andere Frauen aus seinen Gedanken. »Das gibt es nicht«, lachte sie ihn aus. »Sie bezahlen dich, damit du sie nachmachst, solange sie dich nicht anzusehen brauchen. Deine Stimme wird berühmt, aber sie verstecken dein Gesicht. Hast du eine Ahnung, weshalb? Warzen auf der Nase, schielst du, oder was? Fällt dir nichts ein, Herzchen? Dein verdammtes Salathirn, ich schwör's dir.«

Das stimmte, dachte er. Saladin und Mimi waren so etwas wie eine Legende, aber eine verkrüppelte Legende, dunkle Sterne. Das Kraftfeld ihrer Fähigkeiten zog Arbeit für sie an, aber sie blieben unsichtbar, legten ihre Körper ab, um sich Stimmen anzuziehen. Im Radio konnte Mimi zu Botticellis Venus werden, sie konnte Olympia sein, die Monroe, jede vermaledeite Frau, die sie wollte. Es war ihr völlig egal, wie sie aussah; sie war zu ihrer Stimme geworden, sie war steinreich, und drei junge Frauen waren hoffnungslos in sie verliebt. Sie erwarb Grundbesitz. »Eine eindeutig neurotische Verhaltensweise«, gestand sie ungeniert. »Übertriebenes Bedürfnis, Wurzeln zu schlagen aufgrund der Umwälzungen in der Geschichte der armenischen Juden. Verzweiflung aufgrund fortschreitenden Alters und kleiner, im Hals diagnostizierter Polypen. Grundbesitz beruhigt ungemein, ich kann ihn nur empfehlen.« Sie besaß ein ehemaliges Pfarrhaus in Norfolk, ein Bauernhaus in der Normandie, einen Glockenturm in der Toskana, eine Meeresküste in Böhmen. »Alles von Geistern heimgesucht«, erklärte sie. »Gerassel, Geheul, Blut auf den Teppichen, Frauen in Nachtgewändern, alles. Niemand gibt Landbesitz kampflos auf.«

Niemand außer mir, dachte Chamcha, und Schwermut erfaßte ihn, während er neben Zeenat Vakil lag. Vielleicht bin ich schon ein Geist. Aber zumindest ein Geist mit einem Flugticket, Erfolg, Geld, einer Frau. Ein Schatten, aber einer, der in der greifbaren, stofflichen Welt lebt. Mit Vermögen. Jawohl.

Zeeny strich ihm übers Haar, das sich über seinen Ohren lockte. »Ab und zu, wenn du still bist«, murmelte sie, »wenn du keine komischen Stimmen imitierst oder den großen Mann spielen willst, und wenn du vergißt, daß dich jemand beobachtet, siehst du völlig ausdruckslos aus. Weißt du das? Ein unbeschriebenes Blatt, niemand zu Hause. Das macht mich manchmal wütend, ich könnte dich schlagen. Um dich ins Leben zurückzuholen. Aber es macht mich auch traurig. So ein Narr bist du, der große Star, dessen Gesicht nicht die richtige Farbe für ihre Farbfernsehapparate hat, der mit irgendeiner drittklassigen Truppe ins Ausland reisen muß und noch dazu die Rolle des Babu übernimmt, nur um in einem Stück mitspielen zu dürfen. Sie stoßen dich herum, und dennoch bleibst du dabei, du liebst sie, Scheißsklavenmentalität, das sag ich dir. Chamcha«, und sie packte ihn an den Schultern und schüttelte ihn, wobei sie rittlings auf ihm saß, die verbotenen Brüste wenige Zentimeter von seinem Gesicht entfernt, »Salad Baba, als was immer du dich bezeichnest, um Himmels willen, *komm nach Hause.*«

Seine große Chance, die das Geld bald seiner Bedeutung beraubte, hatte anfänglich klein ausgesehen: Kinderfernsehen, etwas, das sich die *Alien-Show* nannte, von den *Munsters* aus *Krieg der Sterne* über *Sesam-Straße.* Es war eine Situationskomödie über eine Gruppe Außerirdischer von witzig bis wahnsinnig, von Tier bis Pflanze und Mineral, denn es kam auch ein künstlicher Fels aus dem Weltall vor, der aus sich selbst Rohmaterial gewinnen und sich dann rechtzeitig für die nächste Folge erneuern konnte; dieser Fels hieß Pygmalien, und dank des verkümmerten Sinns für Humor der Produzenten der Serie gab es auch ein derbes, rülpsendes Geschöpf, ähnlich einem kotzenden Kaktus, der von einem verlassenen Endzeitplaneten kam: das war Matilda, die Australien, des weiteren waren mit von der Partie drei grotesk aufgeblasene, singende Weltraumsirenen, bekannt als die Alien Korns, wohl weil man sich zwischen sie legen konnte, und eine Gruppe von Tänzern und Sprayern und Soulsängern von der Venus, die sich die Alien Nation nannten, und unter einem Bett im

Raumschiff, das der wichtigste Schauplatz der Serie war, lebte Bugsy, der Riesenmistkäfer vom Krebs-Nebel, der vor seinem Vater ausgerissen war, und in einem Aquarium befand sich Superhirn, die hyperintelligente Riesenohrschnecke, die am liebsten chinesisch aß, und dann war da noch Ridley, der Furchterregendste der Stammbesetzung, der wie ein von Francis Bacon gemaltes Gebiß aussah, das am Ende einer unsichtbaren Hülse klapperte, und der unsterblich in die Schauspielerin Sigourney Weaver verliebt war. Die Stars der Show, ihr Kermit und ihre Miss Piggy, waren das todschicke, hauteng gewandete, mit überwältigend gestylten Frisuren ausstaffierte Duo Maxim und Mamma Alien, die sich sehnlichst wünschten, Fernsehstars – was sonst? – zu werden. Sie wurden von Saladin Chamcha und Mimi Mamoulian dargestellt, und sie wechselten die Stimmen wie die Kostüme, ganz zu schweigen von den Haaren, die in der einen Einstellung purpurrot waren, in der nächsten zinnoberrot, die ihnen einen Meter schräg vom Kopf abstehen oder völlig verschwinden konnten; oder wie ihre Gesichtszüge und Gliedmaßen, denn sie waren in der Lage, Beine, Arme, Nasen, Ohren, Augen auszutauschen, und jeder Tausch beschwor einen neuen Akzent in ihren berühmten Proteusgurgeln herauf. Was die Sendung zu einem solchen Erfolg machte, waren die computerunterstützten Trickeffekte. So gut wie alles war simuliert: Raumschiff, galaktische Landschaften, intergalaktische Fernsehstudios; und auch die Schauspieler wurden durch Maschinen geschleust, ihnen wurden vier Stunden täglich die neusten prothetischen Kostüme verpaßt, die sie – waren die Videocomputer zum Einsatz gebracht – gleichfalls wie Simulationen aussehen ließen. Maxim Alien, Weltraumplayboy, und Mamma, unbesiegte galaktische Meisterin im Freistilringen und preisgekrönte Spaghettiköchin des Universums, wurden über Nacht zu einer Sensation. Die beste Sendezeit winkte; Amerika, Eurovision, die ganze Welt.

Mit zunehmender Popularität begann die *Alien Show* politische Kritik auf sich zu ziehen. Die Konservativen griffen sie als zu angsteinflößend, als sexuell zu freizügig an (Ridley konnte unübersehbar eine Erektion bekommen, wenn er zu intensiv an Miss Weaver dachte), als zu *überirdisch.* Radikale Stimmen warfen ihr Klischeehaftigkeit vor, die Zementierung des Vorurteils, Außerirdische seien Freaks, Mangel an positiven Vorbildern. Chamcha wurde unter Druck gesetzt, aus der Show auszusteigen; weigerte sich; wurde zur Zielscheibe. »Zu Hause wartet Ärger auf mich«, sagte er zu Zeeny. »Die verdammte Show ist keine Allegorie. Sie ist Unterhaltung. Sie will amüsieren.«

»Wen?« wollte sie wissen. »Außerdem, auch jetzt lassen sie dich nur dann über den Bildschirm flimmern, wenn sie dein Gesicht unter Gummi versteckt und dir eine rote Perücke aufgesetzt haben. Wahnsinnig toll, muß ich wirklich sagen.«

»Der springende Punkt ist«, sagte sie, als sie am nächsten Morgen aufwachten, »Salad-Liebling, daß du wirklich gut aussiehst, ehrlich. Eine Haut wie Milch und Honig, und das als Englandheimkehrer. Jetzt wo Gibril getürmt ist, könntest du an der Reihe sein. Das ist mein Ernst, yaar. Sie brauchen ein neues Gesicht. Komm nach Hause, und du könntest der Nächste sein, größer als Bachchan, größer als Farishta. Dein Gesicht ist nicht so komisch wie ihres.«

Als er jung war, sagte er zu ihr, sei ihm jeder Lebensabschnitt, jedes Ich, das er ausprobierte, beruhigend provisorisch erschienen. Seine Unzulänglichkeiten spielten keine Rolle, weil er mühelos einen Augenblick durch den nächsten ersetzen konnte, einen Saladin durch einen anderen. Nun jedoch begannen Veränderungen zu schmerzen; die Arterien des Möglichen verkalkten allmählich. »Es ist nicht einfach, dir das zu sagen, aber ich bin jetzt verheiratet, und das nicht nur mit einer Frau, sondern mit dem Leben. In Wirklichkeit bin ich nur aus einem einzigen Grund nach Bombay gekommen, und zwar nicht wegen des Stücks. Er ist jetzt Ende Siebzig, und mir werden sich nicht mehr viele Gelegenheiten bieten. Er war nicht in der Vorstellung; der Prophet muß zum Berg gehen.«

Mein Vater Changez Chamchawala, Besitzer einer Wunderlampe. »Changez Chamchawala, ist das dein Ernst, glaub bloß nicht, ich käme nicht mit.« Sie klatschte in die Hände. »Den will ich mir vom Scheitel bis zur Sohle genau ansehen.« Sein Vater, der berühmte Einsiedler. Bombays Kultur bestand aus Imitationen. Seine Architektur imitierte den Wolkenkratzer, sein Kino erfand *Die glorreichen Sieben* und *Love Story* unablässig neu, wobei es seinen Helden zur Auflage machte, mindestens ein Dorf vor mordlustigen Banditen zu retten, und all seine Heldinnen verpflichtete, mindestens einmal in ihrer Laufbahn an Leukämie zu sterben, vorzugsweise gleich zu Beginn. Auch seine Millionäre waren dazu übergegangen, ihr Leben zu importieren. Changez' Unsichtbarkeit war ein indischer Traum des millionenschweren armen Tropfes, der zurückgezogen in seinem Penthouse in Las Vegas lebt; aber ein Traum war schließlich kein Foto, und Zeeny wollte mit eigenen Augen sehen. »Er schneidet den Leuten Grimassen, wenn er schlechter Laune ist«, warnte Saladin sie. »Keiner glaubt es, bis es passiert, aber es ist wahr. Und was für Grimassen! Richtige Fratzen. Außerdem ist er prüde und wird dich eine Schlampe nennen, und überhaupt werde ich höchstwahrscheinlich Streit mit ihm bekommen, das sehe ich voraus.«

Weswegen Saladin Chamcha nach Indien gekommen war: Vergebung. Deswegen war er in seiner alten Heimatstadt. Aber ob er sie erteilen oder empfangen würde, das konnte er nicht sagen.

❦

Bizarre Aspekte der gegenwärtigen Lebensumstände von Mr. Changez Chamchawala: mit seiner neuen Frau, Nasreen der Zweiten, lebte er fünf Tage in der Woche auf einem von einer hohen Mauer umgebenen Grundstück, scherzhaft das Rote Fort genannt, im Bezirk Pali Hill, der sich bei Filmstars großer Beliebtheit erfreute; aber jedes Wochenende kehrte er ohne seine Frau in sein altes Haus in Scandal Point zurück, um Tage der Ruhe in der verlorenen Welt der Vergangenheit zu verbringen, in Gesellschaft der ersten – und toten – Nasreen. Überdies wurde behauptet, daß seine zweite Frau sich weigere, das alte Haus zu betreten. »Oder sie darf nicht«, mutmaßte Zeeny im Fond der Mercedes-Limousine mit dunklen Fenstern, die Changez geschickt hatte, um seinen Sohn zu holen. Während Saladin weiter die Hintergründe beleuchtete, pfiff Zeenat Vakil anerkennend. »Wahnsinniiig.«

Das Chamchawala Kunstdünger-Unternehmen, Changez' Dünger-Imperium, sollte wegen Steuerbetrugs und Importsteuerhinterziehung von einer Regierungskommission überprüft werden, aber das interessierte Zeeny nicht. »Jetzt«, sagte sie, »werde ich endlich herausfinden, wie du wirklich bist.«

Scandal Point breitete sich vor ihnen aus. Saladin spürte die Vergangenheit wie eine Flut über sich hereinbrechen, ihn unter sich begraben, seine Lunge mit ihrer alten Salzigkeit füllen. *Heute bin ich nicht ich selbst,* dachte er. Das Herz flattert. Das Leben fügt den Lebenden Schaden zu. Niemand von uns ist er selbst. Niemand von uns ist *so.*

Inzwischen versiegelten Stahltore, die mit einer Fernbedienung betätigt wurden, den zerfallenden Triumphbogen. Sie öffneten sich mit einem leisen, surrenden Geräusch und ließen Chamcha ein in diesen Ort der verlorenen Zeit. Als er den Walnußbaum sah, in dem seinem Vater zufolge seine Seele aufbewahrt wurde, begannen seine Hände zu zittern. Er versteckte sich hinter neutralen Tatsachen. »In Kaschmir«, erklärte er Zeeny, »ist ein Geburtsbaum eine Art Wertanlage. Wenn ein Kind volljährig wird, ist der Walnußbaum mit einer fälligen Versicherungspolice vergleichbar; es ist ein wertvoller Baum, man kann ihn verkaufen, um eine Hochzeit damit zu bezahlen oder einen Start ins Leben zu ermöglichen. Der Erwachsene fällt seine Kindheit, um seinem großgewordenen Ich zu helfen. Dieses Fehlen von Sentimentalität ist ansprechend, findest du nicht?«

Der Wagen hielt unter der überdachten Vorhalle. Zeeny vestummte, während sie die sechs Stufen zur Eingangstür hinaufstiegen, wo sie von einem gesetzten und uralten Diener in einer weißen Livree mit Messingknöpfen begrüßt wurden, dessen weißen Haarschopf Chamcha, indem er ihn in einen schwarzen rückverwandelte, plötzlich als die Mähne ebendieses Vallabh wiedererkannte, der in den Alten Zeiten dem Haushalt als Majordomus vorgestanden hatte. »Du liebe Güte, Vallabhbhai«, stammelte er und umarmte den alten Mann. Der Diener lächelte gezwungen. »Ich bin so alt geworden, Baba, ich habe gedacht, Sie würden mich nicht mehr erkennen.« Er führte sie durch die von Kristall schweren Gänge des herrschaftlichen Hauses, und Saladin bemerkte, daß der Mangel an Veränderung höchst auffällig war, das mußte Absicht sein. Es stimme, erklärte ihm Vallabh, daß Changez Sahib nach dem Tod der Begum geschworen habe, daß das Haus ihre Gedenkstätte sein würde. Folglich war seit ihrem Todestag nichts verändert worden, Gemälde, Möbel, Seifenschalen, die Figuren kämpfender Stiere aus rotem Glas und Porzellanballerinen aus Dresden, alles war noch am gleichen Ort, dieselben Zeitungen lagen auf denselben Tischen, dieselben zusammengeknüllten Papierbälle in den Papierkörben, als ob auch das Haus gestorben und einbalsamiert worden wäre. »Mumifiziert«, sagte Zeeny und sprach damit wie immer das Unaussprechliche aus. »Du lieber Gott, das ist ja gespenstisch, nicht?« Es war in dem Augenblick, als der Diener Vallabh die Flügeltür öffnete, die in den blauen Salon führte, daß Saladin Chamcha den Geist seiner Mutter sah.

Er stieß einen lauten Schrei aus, und Zeeny drehte sich auf dem Absatz um. »Da«, und er zeigte auf das entfernte dunkle Ende des Ganges, »kein Zweifel, dieser verdammte Zeitungssari, die dicken Schlagzeilen, der, den sie an dem Tag getragen hat, als sie, als sie –«, aber Vallabh hatte begonnen, mit den Armen zu schlagen wie ein schwacher, flügellahmer Vogel seine Flügel, verstehen Sie, Baba, es war nur Kasturba, Sie haben sie doch nicht vergessen, meine Frau, nur meine Frau. *Meine Ayah Kasturba, mit der ich in den Tümpeln zwischen den Felsen gespielt habe. Bis ich groß genug war, um ohne sie zu gehen, und in einer Höhle ein Mann mit einer Elfenbeinbrille.* »Bitte, Baba, kein Grund zur

Aufregung, nur, als die Begum starb, schenkte Changez Sahib meiner Frau ein paar Kleidungsstücke, Sie haben doch nichts dagegen? Ihre Mutter war eine so großzügige Frau, als sie noch lebte, schenkte sie mit vollen Händen.« Nachdem Chamcha sein Gleichgewicht wiedergefunden hatte, fühlte er sich lächerlich. »Um Gottes willen, Vallabh«, murmelte er. »Um Gottes willen. Natürlich habe ich nichts dagegen.« Eine alte Steifheit bemächtigte sich Vallabhs; des alten Faktotums Recht auf freie Meinungsäußerung gestattete ihm, einen Tadel anzubringen: »Entschuldigung, Baba, aber Sie sollten Gott nicht lästern.«

»Schau, wie er schwitzt«, flüsterte Zeeny weithin hörbar. »Er ist starr vor Schreck.« Kasturba betrat den Raum, und obwohl ihr Wiedersehen überaus herzlich war, lag immer noch etwas Verkehrtes in der Luft. Vallabh ging Bier und Thums Up holen, und als auch Kasturba sich entschuldigte, sagte Zeeny sofort: »Irgend etwas ist hier faul. Sie verhält sich, als gehöre die ganze Bude ihr. Ihr Auftreten. Und der alte Mann hatte Angst. Die zwei führen etwas im Schilde, das wette ich.« Chamcha versuchte, sachlich zu bleiben. »Sie sind hier die meiste Zeit allein, schlafen wahrscheinlich im großen Schlafzimmer und essen von den guten Tellern, kein Wunder, daß sie das Gefühl haben, es sei ihr Haus.« Aber er dachte, wie auffallend ähnlich seine Ayah Kasturba in dem alten Sari seiner Mutter sah.

»Warst so lange weg«, hörte er die Stimme seines Vaters hinter sich, »daß du jetzt nicht imstande bist, eine lebendige Ayah von deiner verstorbenen Mutter zu unterscheiden.«

Saladin wandte sich um und ließ den melancholischen Anblick seines Vaters auf sich wirken, der geschrumpft war wie ein alter Apfel, jedoch trotzdem darauf bestand, die teuren italienischen Anzüge aus seiner opulent korpulenten Zeit zu tragen. Nun, da er die Popeye-Unterarme und den Bluto-Bauch verloren hatte, schien er in seiner Kleidung herumzuwandern wie jemand auf der Suche nach etwas, von dem er nicht genau wußte, was es war. Er stand auf der Schwelle und blickte auf seinen Sohn, Nase und Mund waren durch den Dörrzauber der Jahre zu einem schwachen Abklatsch seines früheren Monstergesichts geschrumpft. Kaum hatte Chamcha begonnen zu begreifen, daß sein Vater niemandem mehr Angst einjagen konnte, daß sein Bann gebrochen war und er nur noch ein alter Kauz mit einem Fuß im Grab war, und während Zeeny enttäuscht feststellte, daß Changez Chamchawalas Haar konservativ kurz geschnitten war, und daß auch die Geschichte mit dem fast dreißig Zentimeter langen Zehennagel wahrscheinlich nicht stimmte, da er blankpolierte, geschnürte

Halbschuhe trug, als die Ayah Kasturba wiederkam, eine Zigarette rauchend, und an den dreien vorbeischlenderte, Vater Sohn Geliebte, zu einem blauen, mit Velour bezogenem Polstersofa, auf dem sie ihren Körper sinnlich wie ein Filmstarlet drapierte, obwohl sie eine Frau in weit fortgeschrittenem Alter war.

Kaum hatte Kasturba ihren schockierenden Einzug beendet, da hopste Changez an seinem Sohn vorbei und ließ sich neben der einstigen Ayah nieder. Zeeny Vakil, deren Augen skandalselig funkelten, zischte Chamcha zu: »Mach den Mund zu, Liebster, du siehst aus wie ein Idiot.« Und in der Tür stand der Diener Vallabh mit einem Getränkewagen und beobachtete ungerührt, wie sein langjähriger Arbeitgeber einen Arm um seine fügsame Frau legte.

Wenn der Erzeuger, der Schöpfer sich als Satan entpuppt, reagiert das Kind häufig kleinlich. Chamcha hörte sich selber fragen: »Und meine Stiefmutter, lieber Vater? Geht es ihr gut?«

Der alte Mann wandte sich an Zeeny: »Bei Ihnen ist er hoffentlich kein solcher Tugendbold. Sonst stehen Ihnen trübselige Zeiten bevor.« Dann an seinen Sohn, in strengerem Ton: »Seit wann interessierst du dich für meine Frau? Sie interessiert sich jedenfalls nicht für dich. Sie will dich nicht kennenlernen. Warum sollte sie dir verzeihen? Du bist nicht ihr Sohn. Und vielleicht auch nicht mehr meiner.«

Ich bin nicht gekommen, um gegen ihn zu kämpfen. Dieser alte Bock. Ich darf nicht kämpfen. Aber das, das ist unerträglich.

»Im Haus meiner Mutter«, rief Chamcha melodramatisch und verlor den Kampf gegen sich selbst. »Der Staat hält deine Geschäfte für korrupt, und hier haben wir die Korruptheit deiner Seele. Was hast du ihnen angetan? Vallabh und Kasturba. Mit deinem Geld. Wieviel hat es gekostet? Ihr Leben zu vergiften. Du bist ein kranker Mann.« Er stand vor seinem Vater, schäumend vor gerechtem Zorn.

Vallabh, der Diener, trat unerwartet dazwischen. »Baba, bei allem Respekt, entschuldigen Sie, aber was wissen Sie schon? Sie waren fort und jetzt kommen Sie, um uns zu richten.« Saladin spürte, wie ihm der Boden unter den Füßen weggezogen wurde; vor seinen Augen spielte sich das Inferno ab. »Es stimmt, daß er uns bezahlt«, fuhr Vallabh fort. »Für unsere Arbeit, und auch für das, was Sie sehen. Dafür.« Changez Chamchawala verstärkte seinen Griff um die nachgiebigen Schultern der Ayah.

»Wieviel?« schrie Chamcha. »Vallabh, worauf habt ihr zwei Männer euch geeinigt? Um aus deiner Frau eine Hure zu machen.«

»Was für ein Idiot«, sagte Kasturba verächtlich. »In England erzogen und was noch alles, und trotzdem nichts als Stroh im Kopf. Du kommst und machst große Sprüche, im Haus deiner Mutter und so weiter, aber vielleicht hast du sie gar nicht so sehr geliebt. Wir haben sie geliebt, wir alle. Wir drei. Und so können wir vielleicht ihre Seele lebendig erhalten.«

»Es ist Pooja, könnte man sagen«, ließ sich Vallabh mit leiser Stimme vernehmen. »Ein Akt der Verehrung.«

»Und du«, sagte Changez Chamchawala so leise wie sein Diener, »du kommst hierher in diesen Tempel. Mit deiner Ungläubigkeit. Mein Lieber, du hast Nerven.«

Und zu guter Letzt der Verrat von Zeeny Vakil. »Hör doch auf damit, Salad«, sagte sie, ging zum Sofa und setzte sich auf die Lehne neben den alten Mann. »Warum bist du so ein Sauertopf? Du bist kein Engel, Herzchen, und diese Leute scheinen sich durchaus einig zu sein.«

Saladins Mund klappte auf und wieder zu. Changez tätschelte Zeenys Knie. »Er kam, um anzuklagen, Liebes. Er kam, um sich für seine Jugend zu rächen, aber wir haben den Spieß umgedreht, und jetzt ist er durcheinander. Wir müssen ihm eine Chance geben und Sie müssen der Schiedsrichter sein. Ihm erlaube ich nicht, über mich zu urteilen, aber von Ihnen werde ich das Schlimmste hinnehmen.«

Dieser Schweinehund. Der alte Schweinehund. Er wollte mich aus der Fassung bringen, und hier steh' ich, zur Seite gedrängt. Ich werde kein Wort sagen, warum sollte ich, nicht auf diese Weise, diese Demütigung. »Es war einmal«, sagte Saladin Chamcha, »eine Brieftasche voller Pfundnoten, und es war einmal ein Brathuhn.«

❦

Wessen klagte der Sohn den Vater an? Aller nur denkbarer Vergehen: Ausspionierung der Kindheit, Diebstahl des Regenbogenschatzes, Exilierung. Ihn zu dem gemacht zu haben, was er vielleicht nicht geworden wäre. Einen Mann aus ihm gemacht zu haben. Ihn gefragt zu haben: Was soll ich meinen Freunden sagen? Nicht wiedergutzumachender Entzweiungen und ungehöriger Vergebung. Mit neuer Frau der Allahverehrung erlegen zu sein und auch der gotteslästerlichen Verehrung von verstorbener Ehegattin. Vor allem aber des Wunderlampismus und einer zu sein, dem sich jeder Sesam öffnet. Alles war ihm mühelos zugefallen, Charme, Frauen, Reichtum, Macht, gesellschaftliche Stellung.

Reiben, puff, Geist, Wunsch, auf der Stelle Herr, Simsalabim. Er war ein Vater, der eine Wunderlampe versprochen und sie dann vorenthalten hatte.

❦

Changez, Zeeny, Vallabh, Kasturba verharrten reglos und still, bis Saladin Chamcha schamrot und verlegen innehielt. »Ein solch ungestümes Gemüt nach so langer Zeit«, sagte Changez nach einer Weile. »Wie traurig. Ein Vierteljahrhundert, und noch immer mißgönnt einem der Sohn die kleinen Sünden der Vergangenheit. Ach, mein Sohn. Du mußt aufhören, mich wie einen Papagei auf deiner Schulter herumzutragen. Was bin ich denn? Erledigt. Ich bin nicht dein Alter Mann auf dem Meer. Schau den Tatsachen ins Gesicht, mein Lieber: Mit mir kannst du dich nicht mehr erklären.«

Durch ein Fenster erblickte Saladin Chamcha einen vierzig Jahre alten Walnußbaum. »Fäll ihn«, sagte er zu seinem Vater. »Fäll ihn, verkauf ihn und schick mir dann das Geld.«

Chamchawala stand auf und streckte die rechte Hand aus. Zeeny erhob sich gleichfalls und ergriff sie, wie eine Tänzerin einen Blumenstrauß entgegennimmt; augenblicklich schrumpften Vallabh und Kasturba zu Dienern, als hätte eine Uhr leise die Kürbis-Zeit, die Märchenzeit, geschlagen. »Ihr Buch«, sagte er zu Zeeny. »Ich habe etwas, das Sie interessieren wird.«

Die beiden verließen das Zimmer; nach kurzem Zögern stapfte der ohnmächtige Saladin verdrießlich hinter ihnen her. »Sauertopf«, rief Zeeny fröhlich über die Schulter. »Ach komm, hör auf damit, werd endlich erwachsen.«

Die Kunstsammlung der Chamchawalas, die hier in Scandal Point untergebracht war, enthielt unter anderem einen Großteil der legendären *Hamza-Nama* Stoffbilder, Teile der Bilderfolge aus dem sechzehnten Jahrhundert, die Szenen aus dem Leben eines Helden darstellte, der vielleicht der berühmte Hamza gewesen ist oder auch nicht, Mohammeds Onkel, dessen Herz von Hind, der Frau aus Mekka, gegessen wurde, als er tot auf dem Schlachtfeld von Uhud lag. »Ich mag diese Bilder«, sagte Changez Chamchawala zu Zeeny, »weil der Held scheitern darf. Sehen Sie, wie oft er aus einer mißlichen Lage befreit werden mußte.« Die Bilder bestätigten beredt Zeeny Vakils These vom eklektischen, hybriden Wesen der künstlerischen Tradition Indiens. Die Moguln hatten Künstler aus allen Teilen Indiens kommen lassen, damit sie die Bilder malten; die individuelle Identität wurde unterdrückt, um einen vielköpfigen, vielpinseligen Überkünstler zu schaffen, der, buchstäblich, indische Malerei *war.* Die eine Hand zeichnete die Mosaikböden, eine zweite die Figuren, eine dritte malte den chinesisch aussehenden Wolkenhimmel. Auf der Rückseite der Bilder standen die Geschichten, die zu den szenischen Darstellungen gehörten. Die Bilder wurden vorgeführt wie ein Film: in die Höhe gehalten, während jemand die Geschichte des Helden vorlas. Der Hamza-Nama war ein Beispiel für die Verschmelzung der persischen Miniaturmalerei mit dem Kannada- und Kerala-Malstil, für die charakteristische Synthese hinduistischer und islamischer Philosophie in der späten Mogul-Zeit.

Ein Riese war in einer Grube gefangen, und seine Peiniger bohrten ihm Speere in die Stirn. Ein Mann, der vom Kopf bis zur Lende aufgeschlitzt war, fiel mit dem Schwert noch in der Hand. Überall sprudelte Blut. Saladin Chamcha riß sich zusammen. »Diese Grausamkeit«, sagte er laut in seinem englischen Tonfall. »Die pure, barbarische Freude am Schmerz.«

Changez Chamchawala ignorierte seinen Sohn, hatte Augen nur für Zeeny, die unverblümt zurückblickte. »Unsere Regierung besteht aus Banausen, junge Frau, finden Sie nicht? Ich habe ihnen diese ganze Sammlung umsonst, gratis angeboten, wußten Sie das? Sie sollten lediglich einen geeigneten Ort dafür bereitstellen. Der Zustand des Stoffes ist nicht gerade eins-A verstehen Sie... Sie wollen nicht. Kein Interesse. Inzwischen bekomme ich jeden Monat Angebote aus Amerika. Und was für Angebote! Sie würden es nicht glauben. Aber ich verkaufe nicht. Unser Erbe, meine Liebe, tagtäglich stehlen es uns die USA. Ravi-Varma-Gemälde, Chandela-Bronzen, Jaisalmaer-Gitterwerk. Wir verkaufen unser Land, nicht wahr? Sie lassen ihre Brieftaschen auf den Boden fallen, und wir gehen in die Knie. Unsere Nandi-Stiere enden in irgendwelchen texanischen Villen. Aber das wissen Sie ja alles. Sie wissen, daß Indien heute ein freies Land ist.« Er hielt inne, aber Zeeny wartete; es würde noch mehr kommen. Es kam auch: »Eines Tages werde ich die Dollar nehmen. Nicht wegen des Geldes. Wegen des Vergnügens, eine Hure zu sein. Zu nichts zu werden. Weniger als nichts.« Und jetzt, endlich, der wahre Sturm, die Worte hinter den Worten, *weniger als nichts.* »Wenn ich sterbe«, sagte Changez Chamchawala zu Zeeny, »was werde ich dann sein? Ein Paar leere Schuhe. Das ist das Schicksal, das er mir bereitet hat. Dieser Schauspieler. Dieser Heuchler. Er hat sich zu einem Imitator von Nichtexistierenden gemacht. Ich habe niemanden, der mir nachfolgt, dem ich weitergeben kann, was ich geschaffen habe. Das ist seine Rache: er stiehlt mir meine Nachkommen.« Er lächelte, tätschelte ihr die Hand, entließ sie in die Obhut seines Sohnes. »Ich habe es ihr erzählt«, sagte er zu Saladin. »Du trägst immer noch dein Brathuhn mit dir herum. Ich habe ihr mein Leid geklagt. Jetzt muß sie urteilen. So war es ausgemacht.«

Zeeny Vakil ging zu dem alten Mann im viel zu großen Anzug, nahm sein Gesicht in ihre Hände und küßte ihn auf den Mund.

Nachdem ihn Zeenat im Haus der Ausschweifungen seines Vaters verraten hatte, weigerte sich Saladin Chamcha, sie zu treffen oder die Nachrichten zu beantworten, die sie an der Hotelrezeption hinterließ. Die Laufzeit der *Millionärin* war zu Ende, die Tour vorbei. Zeit, nach Hause zu fahren. Nach der Abschlußfeier wollte Saladin Chamcha schnell ins Bett. Im Aufzug hörte ein junges Paar, das unzweifelhaft auf Hochzeitsreise war, mit Kopfhörern Musik. Der junge Mann sagte zu seiner Frau: »Hör mal. Komme ich dir manchmal noch wie ein Fremder vor?« Das Mädchen lächelte verliebt, schüttelte den Kopf, *kann nichts hören,* nahm den Kopfhörer ab. Er wiederholte ernst: »Ein Fremder, komme ich dir nicht wie ein Fremder vor, manchmal?« Sie legte mit unbeirrbarem Lächeln, ihre Wange einen Augenblick an seine hohe, knochige Schulter. »Ja, ab und zu«, sagte sie und setzte den Kopfhörer wieder auf. Er tat dasselbe und schien vollauf zufrieden mit ihrer Antwort. Ihre Körper bewegten sich wieder zum Rhythmus der Musik. Chamcha verließ den Aufzug. Zeeny saß mit dem Rücken gegen die Tür gelehnt auf dem Boden.

❦

Im Zimmer schenkte sie sich einen großen Whisky-Soda ein. »Benimmt sich wie ein Kleinkind«, sagte sie. »Du solltest dich schämen.«

An diesem Nachmittag hatte er ein Päckchen von seinem Vater erhalten. Es enthielt ein kleines Stück Holz und eine große Anzahl von Banknoten, nicht Rupien, sondern Pfund Sterling: sozusagen die Asche seines Walnußbaums. Er war voller unfertiger Gefühle, und weil Zeenat aufgetaucht war, wurde sie zu deren Zielscheibe. »Glaubst du, ich liebe dich?« sagte er mit vorsätzlicher Boshaftigkeit. »Glaubst du, ich bleibe bei dir? Ich bin ein verheirateter Mann.«

»Ich wollte nicht, daß du meinetwegen bleibst«, sagte sie. »Aus irgendeinem Grund wollte ich es deinetwegen.«

Ein paar Tage zuvor hatte er sich eine indische Dramatisierung einer Sartreschen Geschichte zum Thema »Scham und Schande«

angesehen. Im Original verdächtigt ein Ehemann seine Frau der Untreue und stellt ihr eine Falle. Er gibt vor, auf Geschäftsreise zu gehen, kehrt jedoch wenige Stunden später zurück, um ihr nachzuspionieren. Er kniet sich hin, um durch das Schlüsselloch zu spähen. Da spürt er jemandes Anwesenheit in seinem Rücken, dreht sich um, ohne aufzustehen, und da steht sie, voll Abscheu und Ekel auf ihn hinunterblickend. Dieses Tableau, er kniend, sie hinunterblickend, ist der Sartresche Archetyp. Aber in der indischen Fassung spürte der kniende Ehemann nicht, daß jemand hinter ihm stand; wurde von der Frau überrascht; stand auf, um ihr auf gleicher Stufe gegenüberzutreten; tobte und schrie; bis sie weinte, da umarmte er sie, und sie versöhnten sich.

»Du sagst, ich soll mich schämen«, sagte Chamcha bitter zu Zeenat. »Du, die du keine Scham kennst. Tatsächlich könnte das sogar ein nationaler Charakterzug sein. Langsam kommt mir der Verdacht, daß es den Indern an der moralischen Differenziertheit mangelt, die zur Entwicklung eines echten Sinns für das Tragische notwendig ist, und daß sie deshalb nicht verstehen können, was Scham wirklich ist.«

Zeenat Vakil trank ihren Whisky aus. »Okay, mehr brauchst du nicht zu sagen.« Sie hob die Hände. »Ich gebe auf. Ich gehe. Mr. Saladin Chamcha. Ich dachte, du hättest noch einen Funken Leben in dir, einen winzig kleinen, aber immerhin noch nicht ganz erloschenen. Ich habe mich getäuscht. Wie sich herausstellt, warst du die ganze Zeit über schon mausetot.«

Und noch etwas, bevor sie mit milchigen Augen zur Tür hinausging. »Laß die Leute nicht zu nahe an dich heran, Mr. Saladin. Wenn man die Leute durch seinen Panzer läßt, dann gehen die Schweinehunde hin und stoßen dir ein Messer ins Herz.«

Danach hatte es keinen Grund mehr gegeben zu bleiben. Das Flugzeug startete und flog eine Kurve über die Stadt. Irgendwo unter ihm verkleidete sein Vater eine Dienerin als seine Frau. Die neue Verkehrsführung sorgte für eine gründliche Verstopfung des Stadtzentrums. Politiker versuchten, Karriere zu machen, indem sie auf Padyatras gingen, Wallfahrten zu Fuß quer durch das Land. Es gab Graffiti, die lauteten: *Guter Rat für Politikos. Die einzig sinnvolle Richtung: Padyatra in die Hölle.* Oder manchmal: *nach Assam.*

Schauspieler wurden in die Politik verwickelt: MGR, N.T. Rama Rao, Bachchan. Durgha Khote beschwerte sich, eine Schauspielergewerkschaft sei eine »rote Front«. Saladin Chamcha, unterwegs mit Flug 420, schloß die Augen; und spürte mit tiefer Erleichterung die verräterischen Verschiebungen und Verfestigungen in seiner Kehle, die darauf hindeuteten, daß seine Stimme von sich aus begonnen hatte, zu ihrem verläßlichen englischen Ich zurückzukehren.

Die erste Beunruhigung, die Mr. Chamcha auf diesem Flug erfuhr, war, daß er unter den Passagieren die Frau seiner Träume ausmachte.

4

Die Traum-Frau war kleiner und weniger anmutig als die wirkliche gewesen, aber in dem Augenblick, in dem er sie gelassen den Gang der *Bostan* auf und ab spazieren sah, fiel Chamcha der Alptraum ein. Nachdem Zeenat Vakil gegangen war, war er in einen gequälten Schlaf gesunken und eine Vorahnung hatte ihn heimgesucht: das Bild einer Terroristin mit einer nahezu unhörbar leisen Stimme, die mit kanadischem Akzent sprach und deren Tiefe und Wohllaut sie klingen ließen wie ein weit, weit entferntes Meer. Die Traum-Frau war mit Sprengstoff so beladen gewesen, daß sie eher die Bombe denn die Bombenwerferin war; die Frau, die den Gang entlangspazierte, trug ein Baby, das lautlos zu schlafen schien, ein Baby, das so geschickt eingewickelt war und das sie so fest an die Brust drückte, daß Chamcha nicht einmal eine Locke neugeborenen Haars sehen konnte. Unter dem Einfluß des erinnerten Traums stellte er sich vor, das Baby sei in Wirklichkeit ein Bündel Dynamitstäbe oder eine Art Zeitbombe, und er war im Begriff aufzuschreien, als er sich besann und streng zur Ordnung rief. Das war genau die Art von abergläubischem Humbug, die er gerade hinter sich ließ. Er war ein gepflegter Mann in zugeknöpftem Anzug, unterwegs nach London, zu einem geregelten, zufriedenen Leben. Er lebte in der wirklichen Welt.

Er reiste allein, mied die Gesellschaft der anderen Mitglieder der Prospero-Truppe, die verstreut in der Economy Class saßen, Mickey-Maus-T-Shirts anhatten und versuchten, den Hals zu verrenken wie Natyam-Tänzerinnen, und grotesk aussahen in Benarsi-Saris und zuviel billigen Sekt tranken und die hochnäsigen Stewardessen belästigten, die als Inderinnen wußten, daß Schauspieler gemeines Volk waren; kurz, die eine thespische Flegelhaftigkeit an den Tag legten. Die Frau, die das Baby trug, blickte durch die bleichgesichtigen Schauspieler hindurch, verwandelte sie in Rauchwölkchen, Fata Morganas, Geister. Für einen Mann wie Saladin Chamcha war die Entwürdigung des Englisch-Seins durch die Engländer zu schmerzlich, um sich damit zu befassen. Er vertiefte sich wieder in die Zeitung, in der darüber berichtet wurde, wie in Bombay eine Demonstration von streikenden Eisenbahnern von Polizisten zerstreut wurde, die mit Lathis bewaffnet waren. Der Reporter erlitt einen Armbruch, seine Kamera wurde zertrümmert. Die Polizei hatte eine »amtliche Mitteilung« veröffentlicht. *Weder der Reporter noch irgendeine andere Person wurde vorsätzlich angegriffen.* Chamcha sank in einen Flugschlaf. Die Stadt der verlorenen Vergangenheiten, der gefällten Bäume und der unbeabsichtigten Ausschreitungen schwand aus seinen Gedanken. Als er kurz darauf die Augen wieder öffnete, bot sich ihm die zweite Überraschung auf dieser makaberen Reise. Ein Mann ging auf dem Weg zur Toilette an ihm vorbei. Er trug einen Bart und eine billige getönte Brille, aber Chamcha erkannte ihn trotzdem: hier, inkognito in der Economy Class auf Flug AI-420, war der verschwundene Superstar, die lebende Legende, Gibril Farishta höchstpersönlich.

»Gut geschlafen?« Er wurde gewahr, daß die Frage ihm galt, und wandte sich ab von der Erscheinung des großen Kinostars, um die ebenso außerordentliche Sehenswürdigkeit anzustarren, die neben ihm saß, ein unwahrscheinlicher Amerikaner mit Baseballkappe, Nickelbrille und neongrünem Buschhemd, auf dem sich die ineinander verschlungenen und leuchtend goldenen Formen von zwei chinesischen Drachen wanden. Chamcha hatte dieses Wesen aus seinem Gesichtsfeld verbannt, in einem Versuch, sich in einen Kokon der Ungestörtheit zu hüllen, aber Ungestörtheit war nicht länger möglich.

»Eugene Dumsday, zu Ihren Diensten.« Der Drachenmann streckte ihm eine riesige rote Hand entgegen. »Zu Ihren, und zu Diensten des christlichen Heeres.«

Der schlaftrunkene Chamcha schüttelte den Kopf. »Sind Sie beim Militär?«

»Ha, ha! Ja, Sir, so könnte man sagen. Ein gemeiner Fußsoldat, Sir, in der Armee des Herrn des Allmächtigen.« Ach, allmächtiges Heer, warum haben Sie das nicht gleich gesagt.

»Ich bin ein Mann der Wissenschaft, Sir, und es war meine Mission, meine Mission, und lassen Sie mich hinzufügen, es war mir eine besondere Ehre, Ihre große Nation zu besuchen, um gegen das gefährlichste Teufelszeug zu kämpfen, das den Leuten je ins Gehirn gestiegen ist.«

»Ich kann Ihnen nicht folgen.«

Dumsday senkte die Stimme. »Ich rede von Affenscheiße, Sir.

Vom Darwinismus. Der evolutionären Ketzerei von Mr. Charles Darwin.« Sein Tonfall verdeutlichte, daß ihm der Name des gequälten, gottgeplagten Darwin ebenso widerlich war wie der eines jeden anderen Teufels mit gespaltenem Schwanz, Beelzebub, Asmodeus oder Luzifer selbst. »Ich habe Ihre Landsleute gewarnt«, vertraute Dumsday ihm an, »vor Mr. Darwin und seinen Werken. Mit Unterstützung meiner privaten Siebenundfünfzig-Dia-Show. Erst kürzlich, Sir, sprach ich am Tag der Völkerverständigung beim Bankett des Rotary Clubs, in Cochin, Kerala. Ich sprach über mein eigenes Land, über unsere Jugend. Meiner Meinung nach ist sie verloren, Sir. Die Jugend Amerikas. Ich sehe, sie ist verzweifelt, sie nimmt Zuflucht zu Drogen, ja selbst – ich sag's geradeheraus – zu vorehelichem Geschlechtsverkehr. Und ich habe das dort gesagt, und ich sage es jetzt zu Ihnen. Wenn ich glaubte, mein Urgroßpapa wäre ein Schimpanse gewesen, na, dann wäre ich ziemlich deprimiert.«

Gibril Farishta saß auf der anderen Seite des Ganges und starrte aus dem Fenster. Der Film begann, und das Licht wurde gedämpft. Die Frau mit dem Baby war immer noch auf den Beinen, ging auf und ab, vielleicht um das Baby zu beruhigen. »Wie ist es angekommen?« fragte Chamcha, da er das Gefühl hatte, daß irgendein Beitrag seinerseits gefordert war.

Sein Nachbar zögerte. »Ich glaube, mit der Verstärkeranlage war etwas nicht in Ordnung«, sagte Dumsday schließlich. »Das vermute ich zumindest. Diese guten Leute hätten doch nicht angefangen, miteinander zu reden, wenn sie nicht gedacht hätten, daß ich fertig war.«

Chamcha war ein wenig verlegen. Er hatte geglaubt, daß in einem Land fanatischer Gläubiger die Vorstellung, daß die Naturwissenschaft der Feind Gottes sei, mühelos Anklang finden würde; aber die Langeweile der Rotarier von Cochin hatte ihn entlarvt. Im flackernden Licht des Films fuhr Dumsday fort, mit der Stimme eines unschuldigen Ochsen Geschichten zu erzählen, die ihn bloßstellten, ohne die leiseste Ahnung zu haben, was er da tat. Am Ende einer Rundfahrt durch den herrlichen natürlichen Hafen von Cochin, wohin Vasco da Gama auf der Suche nach Gewürzen gekommen war und so die ganze zweischneidige Ost-West-Geschichte in Gang gebracht hatte, war er von einem Bengel mit Pssts und He-Mister-Okays angemacht worden. »Hallo, ja Sie, Sir. Wollen Sie Haschisch, Sahib? He, Misteramerika. Ja, Onkelsam, wollen Sie Opium, beste Qualität, Spitzenpreis? Okay, wollen Sie *Kokain?*«

Saladin begann, hilflos zu kichern. Der Vorfall kam ihm vor wie

Darwins Rache: wenn Dumsday den armen, stocksteifen, viktorianischen Charles für die amerikanische Drogenkultur verantwortlich machte, wie köstlich war es dann, daß er selbst, auf der anderen Seite der Erdkugel, für die Repräsentanten ebendieser Ethik gehalten wurde, gegen die er so leidenschaftlich kämpfte. Dumsday richtete einen Blick gequälten Vorwurfs auf ihn. Es war ein schweres Los, ein Amerikaner im Ausland zu sein und nicht zu wissen, warum man so unbeliebt war.

Nachdem Saladins Lippen das unfreiwillige Kichern entschlüpft war, sank Dumsday in einen mürrischen, beleidigten Halbschlaf und überließ Chamcha seinen eigenen Gedanken. Sollte man diesen Film als eine besonders abstoßende, zufallsbedingte Mutation der Spezies ansehen, eine, die schließlich durch natürliche Selektion aussterben würde, oder stellten solche Filme die Zukunft des Kinos dar? Es war zu gräßlich, sich eine Zukunft von Sahnetortenhumorfilmen, ständig mit Shelley Long und Chevy Chase in der Hauptrolle, vorzustellen; es war eine Vision der Hölle... Chamcha war gerade wieder am Einschlafen, als die Kabinenlichter aufleuchteten; der Film wurde unterbrochen; und die Illusion des Kinos wich der Illusion der Fernsehnachrichten, als vier bewaffnete, schreiende Gestalten die Gänge entlanggelaufen kamen.

❦

Hundertelf Tage wurden die Passagiere im entführten Flugzeug festgehalten, von der Außenwelt abgeschnitten auf einer flirrenden Rollbahn, an die die hohen Sandwellen der Wüste schlugen, denn sobald die vier Entführer, drei Männer und eine Frau, den Piloten zur Landung gezwungen hatten, konnte man sich nicht entschließen, wie mit ihnen zu verfahren war. Sie waren nicht auf einem internationalen Flughafen gelandet, sondern auf der absurden Torheit einer Landepiste, groß genug für Jumbos, die zum Vergnügen des ortsansässigen Scheichs in seiner Lieblingsoase gebaut worden war und zu welcher jetzt eine sechsspurige Autobahn führte, die sich bei unverheirateten jungen Männern und Frauen großer Beliebtheit erfreute, die in langsamen Autos diese unendliche Leere entlangfuhren und miteinander liebäugelten... sobald jedoch 420 hier gelandet war, war die Straße voller gepanzerter Fahrzeuge, Truppentransporter, Limousinen, flatternder Banner. Und während Diplomaten um das Schicksal des Flugzeuges schacherten – stürmen oder nicht stürmen –, während sie zu entscheiden suchten, ob sie nachgeben oder das Leben der Menschen aufs Spiel setzen und hart bleiben sollten, senkte sich eine große Stille auf das Flugzeug, und nicht lange danach begannen die Wahnvorstellungen.

Am Anfang war der Fluß der Ereignisse nicht abgebrochen, stand das Entführerquartett unter Strom, war ständig auf dem Sprung, hatte stets den Finger am Abzug. Das sind die schlimmsten Augenblicke, dachte Chamcha, während Kinder schrien und die Angst sich wie ein Schmutzfleck ausbreitete, jetzt können wir alle draufgehen. Dann hatten sie alles unter Kontrolle, drei Männer eine Frau, alle hochgewachsen, keiner vermummt, alle gutaussehend, auch sie waren Schauspieler, sie waren jetzt Stars, Sternschnuppen oder Meteore und sie hatten Künstlernamen. Dara Singh Buta Singh Man Singh. Die Frau hieß Tavleen. Die Frau im Traum war namenlos gewesen, als ob in Chamchas Schlafphantasie nicht genug Zeit für Pseudonyme gewesen wäre; aber wie sie sprach Tavleen mit kanadischem Akzent, abgeschliffen, mit verräterisch runden Os. Nachdem das Flugzeug in der Oase von Al-Zamzam gelandet war, wurde den Passagieren, die ihre Entführer mit der zwanghaften Aufmerksamkeit beobachteten, die ein hypnotisierter Mungo einer Kobra zollt, klar, daß in der Schönheit der drei Männer etwas Posenhaftes lag, eine amateurhafte Liebe zu Gefahr und Tod, die sie häufig an den offenen Flugzeugtüren auftauchen und ihre Körper vor den professionellen Scharfschützen zur Schau stellen ließ, die sich hinter den Palmen der Oase versteckt haben mußten. Die Frau hielt sich abseits von solchen Albernheiten und schien sich zu zwingen, ihre drei Kollegen nicht zu tadeln. Sie schien unempfindsam gegenüber ihrer eigenen Schönheit, was sie zur Gefährlichsten der vier machte. Saladin kam die Idee, daß die jungen Männer zu zimperlich, zu narzißtisch waren, um ihre Hände mit Blut beschmutzen zu wollen. Für sie wäre es schwierig zu töten; sie waren hier, damit sie ins Fernsehen kamen. Aber Tavleen hatte hier Geschäfte zu erledigen. Er ließ sie nicht aus dem Auge. Die Männer *wissen* nichts, dachte er. Sie wollen sich so benehmen, wie sie es von Entführern im Kino oder im Fernsehen kennen; sie sind die Wirklichkeit, die ein geschmackloses Bild ihrer selbst nachäfft, sie sind Würmer, die sich am eigenen Schwanz auffressen. Aber sie, die Frau, weiß... während Dara, Buta, Man Singh herumstolzierten und paradierten, wurde sie ruhig, ihre Augen blickten nach innen, und sie jagte den Passagieren Todesangst ein.

Was wollten sie? Das Übliche. Ein unabhängiges Vaterland, Religionsfreiheit, Entlassung politischer Häftlinge, Gerechtigkeit, Lösegeld, freies Geleit in ein Land ihrer Wahl. Viele Passagiere sympathisierten schließlich mit ihnen, obwohl ihnen ständig der Erschießungstod drohte. Wenn man im zwanzigsten Jahrhundert lebt, ist es nicht schwer, sich mit denen zu identifizieren, die verzweifelter sind als man selbst, und es nach ihrem Willen gestalten wollen.

Nachdem sie gelandet waren, ließen die Entführer bis auf fünfzig alle Passagiere frei, da sie entschieden hatten, daß fünfzig die Höchstzahl war, die sie bequem in Schach halten konnten. Alle Frauen, Kinder und Sikhs wurden freigelassen. Saladin Chamcha war das einzige Mitglied der Prospero-Truppe, das im Flugzeug bleiben mußte; er merkte, daß er sich der perversen Logik der Situation unterwarf, und statt daß er empört gewesen wäre, festgehalten zu werden, war er froh seine rüpelhaften Kollegen von hinten zu sehen, ein Glück, daß die Quatschköpfe weg sind, dachte er.

Der Schöpfungswissenschaftler Eugene Dumsday konnte die Erkenntnis nicht ertragen, daß die Entführer nicht beabsichtigten, ihn freizulassen. Er stand auf, schwankte, groß, wie er war, wie ein Wolkenkratzer in einem Hurrikan und begann, unzusammenhängend und hysterisch zu schreien. Er sabberte aus den Mundwinkeln; hektisch leckte er mit der Zunge über den Speichel. *Jetzt ist aber Schluß, ihr Brüder, verdammt noch mal* GENUG *ist genug, wolltihr glaubtihr ihr könnt* und so weiter, in den Klauen seines Tagalptraums geiferte und geiferte er, bis einer der vier – offensichtlich die Frau – auf ihn zutrat, mit dem Gewehrkolben ausholte und ihm den herabhängenden Kiefer zerschmetterte. Und was noch schlimmer war: weil der sabbernde Dumsday sich gerade die Lippen geleckt hatte, als sein Kiefer zugeschlagen wurde, wurde ihm die Zungenspitze abgetrennt, die in Saladin Chamchas Schoß landete, unverzüglich gefolgt von ihrem früheren Besitzer. Eugene Dumsday fiel dem Schauspieler zungen- und bewußtlos in die Arme.

Eugene Dumsday gewann seine Freiheit, indem er seine Zunge verlor; dem Überreder gelang es, die Entführer zu überreden, indem er sein Überredungswerkzeug opferte. Sie hatten keine Lust, sich um einen Verwundeten zu kümmern, Wundbrandrisiko und so weiter, und so schloß er sich dem Exodus aus dem Flugzeug an. Während dieser ersten, wirren Stunden warf Chamchas Geist immer wieder Detailfragen auf, sind das automatische Schußwaffen oder Maschinenpistolen; wie haben sie das ganze Metall an Bord geschmuggelt, in welche Körperteile kann man getroffen werden und dennoch überleben, wie verängstigt mußten sie sein, diese vier, wie erfüllt von ihrem eigenen Tod ... nachdem Dumsday fort war, hatte er damit gerechnet, allein sitzen zu bleiben, aber ein Mann kam, setzte sich auf den Platz des Schöpfungsapostels mit den Worten, es macht Ihnen doch nichts aus, yaar, unter solchen Umständen braucht man Gesellschaft. Es war der Filmstar, Gibril.

❦

Nach den ersten nervösen Tagen auf dem Boden, während derer die drei jungen Entführer mit den Turbanen dem Wahnsinn gefährlich nahe kamen und in die Wüstennacht hinausschrien *ihr Schweinehunde, kommt und holt uns,* oder wahlweise *o Gott o Gott, die werden die verdammten Kommandos schicken, diese Arschlöcher von Amerikanern, diese Scheißkerle von Engländern* – Augenblicke, in denen die verbliebenen Geiseln die Augen schlossen und beteten, weil sie immer dann die größte Angst hatten, wenn die Entführer Zeichen von Schwäche zeigten –, beruhigte sich die Lage, sie normalisierte sich, sozusagen. Zweimal am Tag brachte ein Fahrzeug Speisen und Getränke zur *Bostan* und ließ sie auf der Rollbahn stehen. Geiseln mußten die Kartons holen, während die Entführer sie aus der Sicherheit des Flugzeugs heraus beobachteten. Abgesehen von diesen täglichen Visiten gab es keinen Kontakt zur Außenwelt. Das Radio funktionierte nicht mehr. Es war, als hätte man den Zwischenfall vergessen, als wäre er so peinlich, daß man ihn einfach aus den Akten gestrichen hatte. »Die Schweinehunde lassen uns verrecken«, brüllte Man Singh, und die Geiseln stimmten lustvoll mit ein. »Hijras! Chootias! Scheißkerle!«

Sie waren in Hitze und Schweigen gehüllt, und nun begannen ihnen die Hirngespinste aus den Augenwinkeln zu schimmern. Die am zartesten besaitete der Geiseln, ein junger Mann mit Ziegenbart und kurzgeschorenem Lockenkopf erwachte in der Morgendämmerung, laut kreischend vor Angst, weil er ein Skelett gesehen hatte, das auf einem Kamel über die Dünen ritt. Andere Geiseln sahen bunte Planeten am Himmel hängen oder hörten riesige Flügel schlagen. Die drei männlichen Entführer fielen in tiefen, fatalistischen Trübsinn. Eines Tages zitierte Tavleen sie zu einer Unterredung ans andere Ende des Flugzeugs; den Geiseln drangen wütende Stimmen ans Ohr. »Sie will sie dazubringen, ein Ultimatum zu stellen«, sagte Gibril Farishta zu Chamcha. »Einer von uns muß sterben, oder so ähnlich.« Aber die Männer kamen ohne Tavleen zurück, und in der Niedergeschlagenheit ihrer Blikke lag eine Spur Scham. »Sie haben den Mut verloren«, flüsterte Gibril. »Kein Mumm. Was bleibt nun unserer Tavleen Bibi übrig?

Nichts. Die Sache ist geplatzt. Funtoosh.«

Was sie tat:

Um ihren Gefangenen und auch ihren Mitentführern zu beweisen, daß der Gedanke an Scheitern, an Aufgeben ihre Entschlossenheit niemals schwächen würde, kam sie aus ihrem derzeitigen Schlupfwinkel in der Ersten-Klasse-Cocktailbar und baute sich vor ihnen auf wie eine Stewardeß, die Sicherheitsmaßnahmen demonstrierte. Aber anstatt eine Schwimmweste anzulegen und eine Sauerstoffmaske in die Höhe zu halten, hob sie schnell die weite schwarze Dschellaba hoch, die alles war, was sie trug, und stand splitternackt vor ihnen, so daß alle das Waffenarsenal an ihrem Körper sehen konnten; die Granaten schmiegten sich wie überzählige Brüste an ihre echten, das Gelatinedynamit hing um ihre Hüfte, genau wie Chamcha es geträumt hatte. Dann ließ sie das Gewand wieder fallen und sprach mit ihrer leisen Meeresstimme. »Wenn eine große Idee geboren wird, eine große Kraft, dann wird man gewisse entscheidende Fragen an sie richten müssen«, murmelte sie. »Die Geschichte fragt uns: Was für eine Kraft sind wir? Sind wir kompromißlos, absolut, stark, oder sind wir Opportunisten, die Zugeständnisse machen, sich anpassen und nachgeben?« Ihr Körper hatte für sie geantwortet.

Die Tage vergingen. Die beengten, siedenden Umstände seiner Gefangenschaft, zugleich intim und fremd, ließen in Saladin Chamcha den Wunsch entstehen, mit der Frau zu streiten, Unbeugsamkeit kann auch eine fixe Idee sein, wollte er sagen, sie kann Tyrannei sein, und sie kann auch porös sein, wogegen das, was biegsam ist, auch menschlich sein kann, und stark genug, um zu überdauern. Aber natürlich sagte er nichts, er versank in der Erstarrung der Tage. Gibril Farishta entdeckte im Netz der Sitzlehne vor ihm eine von Dumsday verfaßte Broschüre. Mittlerweile hatte Chamcha die Entschlossenheit bemerkt, mit der sich der Filmstar dem Schlaf widersetzte, und so überraschte es ihn nicht, als Gibril die Zeilen der Broschüre des Anhängers der Weltschöpfungslehre aufsagte und auswendig lernte, während seine ohnehin schweren Augenlider sich mehr und mehr senkten, bis er sie zwang, sich wieder weit zu öffnen. In der Broschüre wurde behauptet, daß selbst Naturwissenschaftler fleißig dabei seien, Gott wiederzuerfinden, daß sie, sobald sie die Existenz einer einzigen einheitlichen Kraft nachgewiesen hätten, die den Elektromagnetismus, die Schwerkraft und die starken und schwachen Kräfte der neuen Physik als bloße Teilaspekte derselben Sache integriert als Avataras, könnte man sagen, oder als Engel, dann wären wir wieder bei der ältesten Erklärung der Welt, bei einer höchsten

Wesenheit, die über die ganze Schöpfung herrschte ... »Verstehen Sie, was unser Freund sagt, ist folgendes: Wenn man die Wahl hat zwischen irgendeiner Art von körperlosem Kraftfeld und einem wirklichen, lebendigen Gott, wofür würden Sie sich entscheiden? Gutes Argument, na? Zum elektrischen Strom kann man nicht beten. Es hat keinen Sinn, das Licht, ob Partikel oder Welle, um den Schlüssel zum Paradies zu bitten.« Er schloß die Augen, riß sie wieder auf. »Leeres Geschwätz«, sagte er wütend. »Macht mich krank.«

Nach ein paar Tagen fiel Chamcha Gibrils schlechter Atem nicht mehr auf, weil niemand in dieser Welt aus Schweiß und Angst besser roch. Aber es war unmöglich, sein Gesicht zu übersehen, nicht zu bemerken, wie die großen purpurnen Schwielen seiner Wachheit sich wie Ölflecken auf seinen Augen ausbreiteten. Dann brach schließlich sein Widerstand, und sein Kopf sank auf Saladins Schulter, und er schlief vier Tage lang, ohne auch nur einmal aufzuwachen.

Als er wieder zu Bewußtsein kam, merkte er, daß Chamcha ihn mit Hilfe der mausähnlichen, ziegenbärtigen Geisel, einem gewissen Jalandri, auf eine leere Sitzreihe im mittleren Teil des Flugzeugs gelegt hatte. Er ging auf die Toilette, urinierte elf Minuten lang und kehrte mit handfestem Entsetzen im Blick zurück. Er setzte sich wieder neben Chamcha, sagte aber kein Wort. Zwei Nächte später hörte ihn Chamcha wieder gegen das Einschlafen ankämpfen. Oder, wie sich herausstellte: gegen die Träume.

»Der zehnthöchste Berg der Welt«, hörte Chamcha ihn murmeln, »ist Xixabangma Feng, acht null eins drei Meter. Anapurna der neunthöchste, achtzig achtundsiebzig.« Oder er begann am anderen Ende: »Eins, Chomolungma, acht acht vier acht. Zwei, K2, sechsundachtzig elf. Kanchenjunga, fünfundachtzig achtundneunzig, Makalu, Dhaulagiri, Manaslu. Nanga Parbat, achttausendeinhundertsechsundzwanzig Meter.«

»Zählen Sie Achttausender, um einschlafen zu können?« fragte ihn Chamcha. Größer als Schafe, aber nicht so zahlreich.

Gibril Farishta starrte ihn an; senkte den Kopf; kam zu einem Entschluß. »Nicht um einzuschlafen, mein Freund. Um wach zu bleiben.«

❦

Bei dieser Gelegenheit fand Saladin Chamcha heraus, warum Gibril Farishta den Schlaf fürchtete. Jeder braucht jemanden, mit dem er reden kann, und Gibril hatte mit niemandem über das gesprochen, was geschehen war, nachdem er die unreinen Schweine gegessen hatte. Die Träume hatten in jener Nacht begonnen. In diesen Visionen war er immer gegenwärtig, nicht als er selbst, sondern als sein Namensvetter, und ich meine damit nicht die Verkörperung einer Rolle, Spoono, ich bin er, er ist ich, ich bin der verdammte Erzengel, Gibril persönlich, in Lebensgröße.

Spoono. Wie Zeenat Vakil hatte Gibril mit großer Heiterkeit auf Saladins abgekürzten Namen reagiert. »Bhai, so was. Ich bin hin und weg, wirklich. Ganz hin und weg. Wenn du jetzt also ein englischer *Chamcha* bist, auch recht. Mr. Sally Spoon. Ein wirklich guter Witz.« Gibril Farishta hatte eine unmögliche Art, nicht zu merken, wenn er jemanden wütend machte. *Spoon, Spoono, altes Haus:* Saladin haßte sie alle. Konnte aber sonst nichts tun. Außer hassen.

Vielleicht lag es an den Spitznamen, vielleicht auch nicht, doch Saladin fand Gibrils Enthüllungen pathetisch, enttäuschend, was war so komisch daran, daß er in seinen Träumen als Engel auftrat, in Träumen ist verdammt alles möglich, kam dabei mehr als eine banale Art von Egomanie ans Tageslicht? Aber Gibril schwitzte vor Angst: »Die Sache ist nämlich die, Spoono«, bat er um Verständnis, »jedesmal, wenn ich einschlafe, fängt der Traum dort wieder an, wo er aufgehört hat. Der gleiche Traum, der gleiche Schauplatz. Als ob jemand den Videorecorder angehalten hätte, während man aus dem Zimmer geht. Oder... oder... als ob er der wäre, der wach ist, und das hier der verdammte Alptraum. Sein verdammter Traum: wir. Hier. Das Ganze.« Chamcha starrte ihn an. »Verrückt, nicht wahr«, sagte Gibril. »Wer weiß, ob Engel überhaupt schlafen, geschweige denn träumen. Ich klinge verrückt. Habe ich recht oder wie oder was?«

»Ja. Du klingst verrückt.«

»Was zum Teufel«, jammerte er, »geht bloß in meinem Kopf vor?«

Je länger er nicht schlief, desto gesprächiger wurde er, er begann die Geiseln, die Entführer und das heruntergekommene Personal von Flug 420 – jene vormals hochnäsigen Stewardessen und die strahlende Cockpitbesatzung, die nun traurig und von Motten zerfressen in einer Ecke saß und sogar ihre frühere Begeisterung für endlos lange Rummyspiele verloren hatte – mit seinen zunehmend exzentrischen Reinkarnationstheorien zu ergötzen, indem er ihren Aufenthalt auf der Landepiste neben der Oase von Al-Zamzam mit einem zweiten Aufenthalt im Mutterleib verglich und jedem erzählte, sie seien für die Welt alle tot und im Begriff, wiedergeboren, neu erschaffen zu werden. Dieser Gedanke schien ihn etwas aufzuheitern, obwohl ihn viele der Geiseln dafür am liebsten aufgeknüpft hätten, und er sprang auf einen Sitz, um zu erklären, daß der Tag ihrer Befreiung der Tag ihrer Wiedergeburt sein würde, ein Stück Optimismus, das sein Publikum beruhigte. »Seltsam, aber wahr!« rief er. »Das wird der Tag Null sein, und weil wir alle den gleichen Geburtstag haben werden, werden wir von diesem Tag an für den Rest unseres Lebens alle genau gleich alt sein. Wie nennt man es, wenn fünfzig Kinder aus derselben Mutter kommen? Weiß der Himmel. Fünfziglinge. Verflucht!«

Für den rasenden Gibril war Reinkarnation ein Begriff, unter dem sich ein Durcheinander von vielen Vorstellungen zusammenfand: Phönix aus der Asche, die Auferstehung Christi, der Übergang der Seele des Dalai Lama im Augenblick des Todes in den Körper eines neugeborenen Kindes ... solche Dinge verbanden sich mit den Avataras des Wischnu, den Metamorphosen Jupiters, der Wischnu nachgeahmt hatte, indem er die Gestalt eines Stieres angenommen hatte; und so weiter, wobei natürlich auch die aufeinanderfolgenden Lebenszyklen – heute eine Küchenschabe, morgen ein König – mitinbegriffen waren, die die menschlichen Wesen bis zur Seligkeit des Nicht-mehr-Wiederkehrens durchliefen. *Um wiedergeboren zu werden, mußt du erst sterben.* Chamcha machte sich nicht die Mühe einzuwenden, daß bei den meisten der Beispiele, die Gibril in seinen Monologen anführte, die Metamorphose den Tod nicht gefordert hatte; man war durch andere Tore in den neuen Körper eingetreten. Gibril auf dem Höhenflug, mit Armen, die sich wie gebieterische Flügel auf und ab bewegten, duldete keine Unterbrechungen. »Das Alte muß sterben, versteht ihr, was ich meine, oder das Neue kann nicht sein, was immer es sein soll.«

Manchmal endeten diese Tiraden mit Tränen. In seiner Erschöpfung jenseits aller Erschöpfung verlor Farishta dann die Selbstkontrolle und legte das schluchzende Haupt an Chamchas Schulter, und Saladin – anhaltende Gefangenschaft zermürbt gewisse Abneigungen der Gefangenen untereinander – streichelte sein Gesicht und küßte ihn auf den Scheitel. Ist ja gut, ist ja gut. Andere Male gewann Chamchas Ärger die Oberhand. Als Farishta zum siebenten Mal das alte Gramsci-Zitat strapazierte, schrie Saladin frustriert, vielleicht passiert das jetzt gerade mit dir, Schreihals, dein altes Ich stirbt, und dein komischer Traum-Engel versucht, in deinen Körper hineingeboren zu werden.

»Willst du etwas echt Verrücktes hören?« Nach hundertundein Tagen bot Gibril Chamcha weitere vertrauliche Mitteilungen an. »Willst du wissen, warum ich hier bin?« Und wartete keine Antwort ab. »Wegen einer Frau. Jawohl. Wegen der verdammten Liebe meines verdammten Lebens. Mit der ich ganze drei Komma fünf Tage verbracht habe. Beweist das nicht, daß ich wirklich übergeschnappt bin? Q. e. d., Spoono, altes Haus.«

Und: »Wie soll ich es dir erklären? Dreieinhalb Tage, wie lange braucht man, um zu wissen, daß einem das Beste widerfahren ist, das Stärkste, das Größte? Ich schwör's dir: als ich sie küßte, flogen gottverdammte Funken, yaar, glaub es oder glaub es nicht, sie sagte, das läge an der statischen Aufladung der Hotelteppiche, aber ich habe schon öfter Mädels im Hotelzimmer geküßt, und das war eindeutig das erste Mal, eindeutig einmalig. Verfluchte Elektroschocks, Mensch, ich zuckte vor Schmerz zurück.«

Ihm fehlten die Worte, sie zu beschreiben, seine Frau aus Gletschereis, zu beschreiben, wie es gewesen war in dem Augenblick, als sein Leben, in Stücke gegangen, zu seinen Füßen gelegen hatte und sie zu dessen Sinn geworden war. »Du verstehst das nicht.« Er gab auf. »Vielleicht bist du nie jemandem begegnet, für den du die ganze Welt durchqueren würdest, für den du alles aufgeben und ins nächste Flugzeug steigen würdest. Sie hat den Everest bestiegen, Mann. Achttausendachthundertachtundvierzig Meter oder vielleicht achttausendachthundertzweiundachtzig. Bis zum Gipfel. Glaubst du, ich kann wegen einer solchen Frau nicht in einen Jumbo steigen?«

Je angestrengter Gibril seine Leidenschaft für die Bergsteigerin Alleluja Cone zu erklären versuchte, desto stärker versuchte Saladin, die Erinnerung an Pamela heraufzubeschwören, aber sie stellte sich nicht ein. Zuerst war es Zeeny, die ihn heimsuchte, ihr Schatten, und dann, etwas später, tauchte überhaupt niemand mehr auf. Gibrils Leidenschaft machte Chamcha rasend vor Wut und Enttäuschung, aber Farishta merkte es nicht, klopfte ihm auf die Schulter, *nur Mut, Spoono, jetzt dauert es nicht mehr lange.«*

❦

Am hundertzehnten Tag ging Tavleen zur kleinen, ziegenbärtigen Geisel Jalandri und bedeutete ihm mit dem Finger, ihr zu folgen. »Unsere Geduld ist zu Ende«, gab sie bekannt, »wir haben wiederholt ein Ultimatum gestellt, ohne Erfolg, es ist Zeit für das erste Opfer.« Sie gebrauchte dieses Wort: Opfer. Sie blickte Jalandri fest in die Augen und verkündete sein Todesurteil. »Du als erster.

Abtrünniger Verräter Dreckschwein.« Sie befahl der Besatzung, den Start vorzubereiten, sie wollte nicht das Risiko eingehen, daß das Flugzeug nach der Exekution gestürmt würde, und mit dem Lauf ihres Gewehrs stieß sie Jalandri zur offenen Tür am anderen Ende des Flugzeugs, während er schrie und um Gnade bat. »Sie hat einen scharfen Blick«, sagte Gibril zu Chamcha. »Er ist ein geschorener Sird.« Jalandri war zur ersten Zielscheibe geworden, weil er den Entschluß gefaßt hatte, den Turban aufzugeben und sich das Haar zu schneiden, was ihn zu einem Verräter an seinem Glauben machte, zu einem geschorenen Sirdarji. *Geschorener Sird.* Er hatte sich selbst verurteilt; Berufung ausgeschlossen.

Jalandri war auf die Knie gefallen, dunkle Flecken breiteten sich auf seinem Hosenboden aus, sie schleifte ihn an den Haaren zur Tür. Niemand rührte sich. Dara Buta Man Singh wandten sich von der Szene ab. Er kniete mit dem Rücken zur offenen Tür; sie zwang ihn, sich umzudrehen, schoß ihn in den Hinterkopf, und er fiel kopfüber auf die Rollbahn. Tavleen schloß die Tür.

Man Singh, der Jüngste und Nervöseste des Quartetts, schrie sie an: »Und wohin fliegen wir jetzt? An jedem verdammten Ort werden sie todsicher die Kommandos auf uns hetzen. Jetzt sind wir geliefert.«

»Märtyrertum ist ein Privileg«, sagte sie leise. »Wir werden sein wie Sterne; wie die Sonne.«

❦

Auf Sand folgte Schnee. Europa im Winter, unter einem weißen, alles verwandelnden Teppich; ein gespenstisches Weiß glänzte durch die Nacht herauf. Die Alpen, Frankreich, die Küstenlinie von England, weiße Klippen, die bis zu weißen Wiesen aufragten. Mr. Saladin Chamcha drückte sich eine ahnungsvolle Melone auf den Kopf. Die Welt hatte Flug AI-420 wiederentdeckt, die Boeing 747 *Bostan.* Radargeräte spürten sie auf; Funksprüche prasselten. Wollen Sie eine Landeerlaubnis? Aber eine Erlaubnis wurde nicht verlangt. Die *Bostan* kreiste über Englands Küste wie ein riesiger Meeresvogel. Möwe. Albatros. Die Treibstoffanzeiger sanken: gegen Null hin.

Als der Kampf ausbrach, kam er für alle Passagiere überraschend, denn diesmal stritten die drei männlichen Entführer nicht mit Tavleen, es gab kein wütendes Geflüster über den *Treibstoff,* über *was zum Teufel tust du da,* sondern nur stumme Distanzierung, sie sprachen nicht einmal miteinander, als ob sie die Hoffnung aufgegeben hätten, und dann war es Man Singh, der durchdrehte und sich auf sie stürzte. Die Geiseln verfolgten den tödlichen Kampf, ungerührt, weil sich eine eigenartige Gleichgültigkeit im Flugzeug ausgebreitet hatte, eine Art unlogischer Nachlässigkeit, ein Fatalismus, könnte man sagen. Sie fielen auf den Boden, und ihr Messer drang ihm in den Bauch. Das war alles, die Kürze des Geschehens trug zu seiner scheinbaren Belanglosigkeit bei. Dann, in dem Moment, als sie aufstand, schienen alle zu erwachen, es wurde allen klar, daß es ihr wirklich ernst war, sie zog es durch, bis zum Ende, sie hielt den Draht in der Hand, der die Zündungen aller Granaten unter ihrem Gewand miteinander verband, all die tödlichen Brüste, und in dem Augenblick, in dem Buta und Dara auf sie zustürmten, zog sie an dem Draht, und die Wände stürzten ein.

Nein, nicht Tod: Geburt.

II

MAHOUND

Während Gibril sich in das Unvermeidliche fügt und schwerlidrig auf Traumbilder seiner Engelwerdung zugleitet, kommt er an seiner Mutter vorbei, die ihm einen anderen Namen gibt, Schaitan nennt sie ihn, genau wie Schaitan, gleich und gleich gesellt sich gern, denn er hat mit den Tiffins gespielt, die zu den Büroangestellten als Mittagessen in die Stadt getragen werden sollten, unseliger Bengel, sie durchschneidet die Luft mit der Hand, der Schlingel hat Behälter mit islamischem Fleisch auf die hinduistischen, nichtvegetarischen Tiffin-Tabletts geschmuggelt, die Kunden proben den Aufstand. Satansbraten, schilt sie ihn, und schließt ihn dann in die Arme, mein kleiner farishta, Buben sind eben Buben, und er fällt an ihr vorbei in den Schlaf, wird während des Fallens größer und größer, und das Fallen mutet allmählich an wie Fliegen, die Stimme der Mutter weht von Ferne zu ihm hinauf, Baba, schau, wie du gewachsen bist, ungeheurlich wah-wah, Applaus Applaus. Er ist riesig, flügellos, steht auf dem Horizont und umarmt die Sonne. In den ersten Träumen sieht er die Anfänge, Schaitan wird aus dem Himmel gestoßen, greift nach einem Zweig des Allerhöchsten, des Lotusbaums am äußersten Ende, der unterhalb des Throns steht, Schaitan verfehlt ihn, fällt wie ein Stein, patsch. Aber er lebte weiter, war nicht tot, konnte nicht tot sein, sang aus tiefster Hölle seine leisen, verführerischen Lieder. Ach, die lieblichen Lieder, die er sang. Mit seinen Töchtern als teuflischem Hintergrundchor, ja, mit den dreien, Lat Manat Uzza, mutterlosen Mädchen, die mit ihrem Abba in Gelächter ausbrechen, sich hinter vorgehaltener Hand über Gibril lustig machen, was für einen Streich wir dir spielen werden, kichern sie, dir und diesem Geschäftsmann auf dem Hügel. Aber vor der Geschichte mit dem Geschäftsmann gibt es noch andere Geschichten, da ist er, der Erzengel Gibril und zeigt Hagar, der Ägypterin, die Quelle von Zamzam, damit sie, vom Propheten Ibrahim mit ihrem gemeinsamen Kind in der Wüste sitzengelassen, von der kühlen Quelle trinken kann und so am Leben bleibt. Und später, nachdem der Jurhum Zamzam mit Lehm und goldenen Gazellen zugeschüttet hat, so daß sie eine Weile nicht zu finden war, erscheint er wieder und zeigt sie jenem anderen, Muttalib von den Scharlachroten Zelten, Vater des Kindes mit dem Silberhaar, das seinerseits den Geschäftsmann zeugte. Der Geschäftsmann: da kommt er.

Manchmal, wenn er schläft, wird sich Gibril, ohne den Traum zu träumen, bewußt, daß er schläft, daß er sein eigenes Bewußtsein von seinem Traum träumt, und dann überfällt ihn Panik, O Gott, ruft er, O allgütiger Allahgott, jetzt hab' ich ausgespielt, ich Ärmster. Hab' nicht alle Tassen im Schrank, bin vollkommen verrückt, irrer Gesang, Affenklang. Genau das gleiche Gefühl, das er, der Geschäftsmann, hatte, als er den Erzengel zum ersten Mal sah: er dachte, er sei übergeschnappt, wollte sich von einem Felsen stürzen, von einem hohen Felsen, von einem Felsen, auf dem ein verkrüppelter Lotusbaum wuchs, einem Felsen, der so hoch war wie das Dach der Welt.

Er kommt: auf dem Weg zum Gipfel des Cone Mountain, zur Höhle. Alles Gute zum Geburtstag: heute wird er vierundvierzig. Aber obwohl die Stadt hinter und unter ihm von Festivitäten wimmelt, steigt er hinauf, allein. Kein neuer Geburtstagsanzug, sauber gebügelt und zusammengelegt am Fußende seines Bettes. Ein Mann mit asketischen Neigungen. (Was für ein merkwürdiger Geschäftsmann ist das?)

Frage: Was ist das Gegenteil von Glaube?

Nicht Unglaube. Zu endgültig, gewiß, hermetisch. Selbst eine Art Glaube.

Zweifel.

Die menschliche Befindlichkeit, aber wie steht es mit den Engeln? Haben sie je Zweifel gehegt auf halbem Weg zwischen Allahgott und Homosap? Durchaus: Eines Tages forderten sie den Willen Gottes heraus, versteckten sich murrend unter seinem Thron, wagten es, verbotene Fragen zu stellen: Antifragen. Ist es richtig, daß. Könnte man nicht einwenden, daß. Freiheit, das alte Antistreben. Selbstverständlich beschwichtigte er sie, unter Einsatz von Managementtalent à la Gott. Schmeichelte ihnen: ihr werdet das Werkzeug meines Willens auf Erden sein, der Erlösungverdammung der Menschen, et cetera pp. Und Simsalabim, Einspruch Ende, die Heiligenscheine wieder aufgesetzt, zurück an die Arbeit. Engel sind leicht zu besänftigen; man macht sie zu Werkzeugen, und sie tanzen einem nach der Pfeife. Der Mensch ist da eine härtere Nuß, imstande, alles zu bezweifeln, sogar das, was er mit eigenen Augen sieht. Das, was hinter den eigenen Augen vor sich geht. Das, was hinter geschlossenen Glotzern ausgebrütet wird, wenn sie schwerlidrig zufallen... Engel haben nicht gerade einen eisernen Willen. Einen Willen haben, heißt widersprechen; sich nicht unterwerfen; anderer Meinung sein.

Ich weiß; hier spricht der Teufel. Schaitan fällt Gibril ins Wort.

Mir?

Der Geschäftsmann: sieht aus, wie er soll, hohe Stirn, Adlernase, breite Schultern, schmale Hüften. Nicht zu groß, nicht zu klein, nachdenklich, in zwei Bahnen einfachen Tuchs gekleidet, jede vier Ellen lang, eine um den Körper drapiert, die andere über die Schulter. Große Augen; lange Wimpern wie ein Mädchen. Seine Schritte mögen zu lang scheinen für seine Beine, aber er geht leichtfüßig. Waisenkinder lernen, ein bewegliches Ziel zu sein, entwickeln einen raschen Gang, schnelle Reaktionen, Paß-auf-was-du-sagst-Vorsicht. Hinauf durch Dornbüsche und Balsambäume steigt er, krabbelt über Felsblöcke, der Mann ist fit, kein dickwanstiger Wucherer, o nein. Und um es nochmals zu betonen: es muß ein seltsamer Geschäftswalla sein, der in die Wildnis abhaut, hinauf auf den Mount Cone, manchmal für einen ganzen Monat, nur um allein zu sein.

Sein Name: ein Traum-Name, verändert durch die Vision. Korrekt ausgesprochen, bedeutet er Der-für-den-man-Dank-sagen-soll, aber darauf reagiert er hier nicht; ebensowenig – obwohl er sich durchaus bewußt ist, wie man ihn nennt – auf seinen Spitznamen, den man ihm unten in Jahilia anhängt: *Der-den-alten-Coney-rauf-und-runter steigt.* Hier ist er weder Mahomed noch MoeHammered; hat statt dessen das Teufels-Etikett angenommen, das ihm die Farangis um den Hals hängten. Um Kränkungen in Stärke zu verwandeln, haben Whigs, Torys, Schwarze sich dazu entschlossen, stolz die Namen zu tragen, die ihnen voller Verachtung gegeben wurden; auf ebendiese Weise wird unser bergsteigender, prophetenberufener Einzelgänger zum mittelalterlichen Kinderschreck, zum Synonym für den Teufel werden: Mahound.

Das ist er. Mahound, der Geschäftsmann, wie er auf seinen heißen Berg im Hidschas steigt. Die Luftspiegelung einer Stadt schimmert unter ihm in der Sonne.

❦

Die Stadt Jahilia ist gänzlich aus Sand erbaut, ihre Strukturen von der Wüste geformt, aus der sie sich erhebt. Sie ist ein erstaunlicher Anblick: von Mauern umgeben, mit vier Toren versehen ganz und gar ein Wunder, gewirkt von seinen Bewohnern, die gelernt haben, den feinen weißen Dünensand dieser verlassenen Gegend – der Stoff aus dem die Unbeständigkeit ist, die Quintessenz der Nichtseßhaftigkeit, der Veränderung, des Verrats, des Mangels an Form – umzuwandeln, und ihn, mittels Alchimie, zum Grundstoff ihrer neu ersonnenen Seßhaftigkeit gemacht haben.

Diese Menschen haben erst vor drei oder vier Generationen ihre nomadische Vergangenheit aufgegeben, während derer sie entwurzelt wie die Dünen waren, oder vielmehr verwurzelt in dem Wissen, daß das Umherwandern selbst das Zuhause ist.

Wogegen der Auswanderer auf die Reise verzichten kann – es ist nicht mehr als ein notwendiges Übel; wichtig ist anzukommen.

Vor nicht allzu langer Zeit also und gemäß der Art der gewitzten Geschäftsleute, die sie waren, ließen sich die Bewohner von Jahilia am Schnittpunkt der großen Karawanenrouten nieder und unterwarfen die Dünen ihrem Willen. Jetzt dient der Sand den mächtigen Kaufleuten der Stadt. Zu Kopfsteinen gehauen, pflastert er Jahilias gewundene Straßen; nachts lodern goldene Flammen aus Kohlenpfannen aus poliertem Sand. Die Fenster, die länglichen, schlitzförmigen Fenster in den unendlich hohen Sandwänden der Kaufmannspaläste sind verglast; in den Gassen Jahilias rollen Eselskarren auf glatten Siliziumrädern dahin. Ich, in meiner Bosheit, stelle mir manchmal vor, wie sich eine riesige Woge nähert, eine hohe Wand schäumenden Wassers, die durch die Wüste braust, eine flüssige Katastrophe voll von berstenden Booten und ertrinkenden Armen, eine Flutwelle, die diese eitlen Sandburgen wieder zu dem Nichts macht, zu den Sandkörnern aus denen sie errichtet sind. Aber hier gibt es keine Wellen. Wasser ist der Feind Jahilias. Es wird in irdenen Töpfen getragen und kein Tropfen darf verschüttet werden (das Strafgesetzbuch verfährt streng mit Zuwiderhandelnden), denn wo es hintropft, wird die Stadt in besorgniserregendem Maße ausgelöscht. Die Straßen werden löchrig, Häuser neigen sich und schwanken. Die Wasserträger von Jahilia sind eine verabscheute Notwendigkeit, Parias, auf die man nicht verzichten kann und denen deswegen nichts vergeben wird. Es regnet nie in Jahilia; keine Brunnen stehen in den Siliziumgärten. Ein paar Palmen wachsen in den von Mauern umgebenen Innenhöfen, auf der Suche nach Feuchtigkeit schlagen sie ihre Wurzeln tief in die Erde. Das Wasser der Stadt kommt aus unterirdischen Wasserläufen und Quellen; eine davon ist die sagenumwobene Quelle von Zamzam im Herzen der konzentrisch angelegten Sandstadt, neben dem Haus des Schwarzen Steins. Hier, in Zamzam, gibt es einen Beheschti, einen verachteten Wasserträger, der die lebensnotwendige, gefährliche Flüssigkeit heraufholt. Er hat einen Namen: Khalid.

Eine Stadt der Geschäftsleute, Jahilia. Der Name des Stammes lautet *Schark*.

In dieser Stadt begründet der zum Propheten gewordene Geschäftsmann Mahound eine der großen Religionen der Welt; und an diesem Tag, seinem Geburtstag, beginnt die Krise seines Lebens. Eine Stimme flüstert ihm ins Ohr: *Was für eine Art Idee bist du? Mann oder Maus?*

Wir kennen diese Stimme, wir haben sie schon einmal gehört.

❦

Während Mahound auf den Coney steigt, feiert Jahilia ein anderes Jubiläum. Vor langer Zeit kam der Patriarch Ibrahim mit Hagar und Ismail, ihrem gemeinsamen Sohn, in dieses Tal. Hier, in dieser wasserlosen Wildnis, verließ er sie. Sie fragte ihn, kann das Gottes Wille sein? Er antwortete, ja, das ist er. Und machte sich davon, der Dreckskerl. Von allem Anfang an benützten die Menschen Gott, um das nicht zu Rechtfertigende zu rechtfertigen. Seine Wege sind unerforschlich: sagen die Männer. Kein Wunder also, daß sich die Frauen mir zugewandt haben. Aber ich will nicht abschweifen; Hagar war keine Hexe. Sie baute auf ihn: *dann wird Er mich gewiß nicht untergehen lassen.* Nachdem Ibrahim sie verlassen hatte, gab sie dem Kind die Brust, bis sie keine Milch mehr hatte. Dann kletterte sie auf zwei Hügel, zuerst auf Safa, dann auf Marwah, lief in ihrer Verzweiflung vom einen zum anderen und hielt Ausschau nach einem Zelt, einem Kamel, einem menschlichen Wesen. Sie erblickte nichts. Da kam er zu ihr, Gibril, und zeigte ihr die Wasser von Zamzam. So überlebte Hagar; aber warum versammeln sich jetzt die Pilger? Um Hagars Errettung zu feiern? Nein, nein. Sie feiern die Ehre, die dem Tal durch den Besuch von – Sie haben es erraten – Ibrahim zuteil wurde. Im Namen dieses liebevollen Gemahls versammeln sie sich, huldigen ihm und geben vor allem Geld aus.

Heute besteht Jahilia ganz aus Düften. Alle Wohlgerüche von Arabien, von *Arabia Odorifera,* hängen in der Luft; Balsam, Kassie, Zimt, Weihrauch, Myrrhe. Die Pilger trinken den Wein der Dattelpalme und wandeln auf dem großen Jahrmarkt zu Ehren Ibrahims. Und unter ihnen wandelt einer, dessen gefurchte Stirn ihn von der fröhlichen Menge abhebt: ein hochgewachsener Mann in einem losen, weißen Gewand, ist er fast einen ganzen Kopf größer als Mahound. Der Bart folgt den Konturen der schrägen, hohen Backenknochen; sein Gang ist behende und federnd, die tödliche Eleganz der Macht. Wie heißt er? Die Vision gibt schließlich seinen Namen preis; auch er ist vom Traum verändert. Hier ist er, Karim Abu Simbel, Grande von Jahilia, Ehemann der wilden, schönen Hind. Oberhaupt des herrschenden

Rates der Stadt, über alle Maßen reich, Eigentümer der einträglichen Tempel an den Stadttoren, gesegnet mit unzähligen Kamelen, Herrscher über die Karawanen, seine Frau die Schönste im ganzen Land: was konnte die Gewißheiten eines solchen Mannes erschüttern? Und dennoch naht auch für Abu Simbel eine Krise. Ein Name quält ihn, und Sie können sich denken, wie er lautet: Mahound Mahound Mahound.

Ach, die Pracht und die Herrlichkeit des Jahrmarktes von Jahilia! In riesigen, duftenden Zelten werden Gewürze feilgeboten, Sennesblätter, wohlriechende Hölzer; hier konkurrieren die Duftverkäufer um die Nasen der Pilger und um ihre Brieftaschen. Abu Simbel bahnt sich einen Weg durch die Menge. Jüdische, monophysitische, nabatäische Händler kaufen und verkaufen Gold und Silber, wägen es in der Hand, beißen auf Münzen mit kundigen Zähnen. Hier liegt Leinen aus Ägypten, Seide aus China, Waffen und Getreide aus Basra. Es wird gespielt, getrunken und getanzt. Sklaven werden zum Verkauf angeboten, Nubier, Anatolier, Äthiopier. Die vier Parteiungen des Stammes der Schark kontrollieren vier voneinander getrennte Bereiche des Marktes, Duftstoffe und Gewürze in den Purpurroten Zelten, Stoffe und Leder in den Schwarzen Zelten. Die Silberhaarige Gruppe beaufsichtigt den Handel mit Edelmetallen und Schwertern. Die Vergnügungen – Würfelspiel, Bauchtänzerinnen, Palmwein, Haschisch- und Afeemrauchen – sind Vorrecht des vierten Teils des Stammes, der Besitzer der Scheckigen Kamele, die auch den Sklavenhandel betreiben. Abu Simbel wirft einen Blick in ein Tanzzelt. Pilger sitzen herum, halten krampfhaft Geldbeutel in der linken Hand; hin und wieder wandert eine Münze aus dem Beutel in die rechte Hand. Die Tänzerinnen schütteln sich und schwitzen, nie lassen sie die Fingerspitzen der Pilger aus den Augen; wenn der Münzfluß zum Stillstand kommt, endet auch der Tanz. Der große Mann verzieht das Gesicht und wendet sich ab.

Jahilia wurde konzentrisch in unregelmäßigen Ringen errichtet, die Häuser erstrecken sich vom Haus des Schwarzen Steins nach außen, in etwa gemäß Reichtum und Rang. Abu Simbels Palast liegt im ersten Kreis, dem innersten Ring; er geht durch eine der gewundenen, zugigen, strahlenförmig angelegten Straßen, vorbei an den vielen Sehern der Stadt, die als Gegenleistung für Pilgergeld zirpen, gurren, zischen und abwechselnd von Vogel-, Raubtier- und Schlangendschinns besessen sind. Eine Zauberin, einen Augenblick unachtsam, hockt sich ihm in den Weg: »Wollen Sie das Herz eines Mädchens erobern, mein Lieber? Wollen Sie einen Feind im Staub zertreten? Versuchen Sie es mit mir; versuchen Sie es mit meinen kleinen Knoten!« Und sie hält eine Schnur mit Knoten in die Höhe, läßt sie baumeln, die Fängerin menschlichen Lebens – aber jetzt, da sie sieht, mit wem sie spricht, sinkt ihr enttäuschter Arm, und sie schleicht vor sich hinbrummend fort, in den Sand.

Überall Lärm und Gedränge. Dichter stehen auf Kisten und deklamieren, während Pilger ihnen Münzen zu Füßen werfen. Barden sprechen Rajaz-Verse, deren viersilbiges Versmaß der Sage nach auf die Gangart des Kamels zurückgeht; andere rezitieren die Qasidah, Gedichte über unberechenbare Geliebte, Wüstenabenteuer, die Jagd auf den Onager. In ein paar Tagen wird der jährliche Dichterwettstreit stattfinden, nach dessen Beendigung die sieben besten Verse an die Wände des Hauses des Schwarzen Steins genagelt werden. Die Dichter bringen sich in Form für ihren großen Tag; Abu Simbel lacht über die Sänger, die boshafte Satiren zum besten geben, gehäßige Oden, die von einem Stammesführer gegen den anderen in Auftrag gegeben wurden. Und nickt grüßend, als einer der Dichter neben ihm herzugehen beginnt, ein junger, schmaler Mann mit scharfen Zügen und nervösen Fingern. Dieser junge Verfasser von Schmähschriften hat bereits die gefürchtetste Zunge in ganz Jahilia, aber zu Abu Simbel ist er nahezu ehrerbietig. »Warum so nachdenklich, Grande? Wenn Euch nicht die Haare ausgingen, dann würde ich Euch raten, sie offen zu tragen.« Abu Simbel grinst sein schiefes Grinsen. »Ein solches Ansehen«, sinnt er. »Soviel Ruhm, noch bevor dir die Milchzähne ausgefallen sind. Paß auf, oder wir werden sie dir ziehen müssen.« Er spricht im Spaß, leichthin, aber selbst diese Leichtigkeit ist mit Drohung verbrämt, aufgrund des Ausmaßes seiner Macht. Der Junge ist ungerührt. Im Gleichschritt mit Abu Simbel antwortet er: »Für jeden, den du ziehst, wird ein stärkerer nachwachsen, der tiefer beißen und heißeres Blut herausschießen lassen wird.« Der Grande nickt kaum merklich. »Du magst den Geschmack von Blut«, sagt er. Der Junge zuckt die Achseln. »Die Aufgabe des Dichters«, antwortet er. »Das Unnennbare zu benennen, Betrug aufzudecken, Stellung zu beziehen, Auseinandersetzungen in Gang zu bringen, die Welt zu gestalten und sie am Einschlafen zu hindern.« Und wenn aus den Wunden, die seine Verse reißen, Ströme von Blut fließen, so werden sie ihn nähren. Er ist Baal, der Satiriker.

Eine Sänfte mit zugezogenen Vorhängen gleitet vorbei; irgendeine vornehme Dame der Stadt, auf den Schultern von acht anatolischen Sklaven getragen, um den Jahrmarkt zu sehen. Abu Simbel nimmt den jungen Baal am Ellbogen, unter dem Vorwand, ihn aus dem Weg zu ziehen; murmelt: »Ich habe gehofft, dich zu treffen; wenn du gestattest, auf ein Wort.« Baal bewundert das Geschick des Granden. Auf der Suche nach einem Mann kann er seine Jagdbeute glauben machen, daß sie ihrerseits den Jäger gejagt hat. Abu Simbels Griff um den Ellbogen wird fester; er lenkt seinen Begleiter auf das Allerheiligste im Mittelpunkt der Stadt zu.

»Ich habe einen Auftrag für dich«, sagt der Grande. »Eine literarische Angelegenheit. Ich kenne meine Grenzen; die Fähigkeit zu gereimter Bosheit, die Kunst metrischer Verleumdung liegen nicht in meiner Macht. Du verstehst.«

Doch Baal, der stolze, hochmütige Kerl, gibt sich unnachgiebig, besteht auf seiner Würde. »Es ist nicht recht, wenn ein Künstler sich in den Dienst des Staates stellt.« Simbels Stimme wird leiser, geht zu einem seidigeren Rhythmus über. »Ach, ja. Wogegen es etwas vollkommen Ehrenhaftes ist, sich Mördern zur Verfügung zu stellen.« Ein Totenkult wütet in Jahilia. Wenn ein Mann stirbt, geißeln sich gekaufte Trauernde, zerkratzen sich die Brust, reißen sich die Haare aus. Ein Kamel, dem die Kniesehnen durchgeschnitten wurden, wird zum Grab gebracht, damit es dort verendet. Und wenn der Mann ermordet wurde, dann schwört sein nächster Verwandter asketische Eide und verfolgt den Mörder, bis Blut durch Blut gerächt ist; danach, so will es der Brauch, wird zur Feier ein Gedicht verfaßt, doch nur wenige Rächer sind begabt im Reimen. Viele Dichter verdienen sich mit dem Schreiben von Mörderliedern ihren Lebensunterhalt, und man ist sich einig, daß der beste dieser blutpreisenden Verseschmiede der frühreife Polemiker Baal ist. Dessen Berufsstolz verhindert, daß er sich jetzt durch die Spöttelei des Granden verletzt fühlt. »Das ist eine kulturelle Angelegenheit«, erwidert er. Abu Simbel versinkt noch tiefer in Seidigkeit. »Vielleicht«, flüstert er am Tor des Hauses des Schwarzen Steins, »aber gib zu, Baal: habe ich nicht einen kleinen Anspruch auf dich? Dienen wir doch beide – so scheint mir – derselben Herrin.«

Jetzt weicht das Blut aus Baals Gesicht; seine Dreistigkeit bekommt Sprünge, fällt von ihm ab wie eine Schale. Der Grande scheint diese Veränderung nicht zu bemerken und schiebt den Satiriker vor sich her ins Haus.

In Jahilia behauptet man, daß dieses Tal der Nabel der Welt ist; daß der Planet, als er erschaffen wurde, sich um diesen Punkt drehte. Adam kam hierher und gewahrte ein Wunder: vier Smaragdsäulen, die oben in der Höhe einen riesigen glühenden Rubin trugen, und unter diesem Baldachin war ein ungeheuer großer weißer Stein, der ebenfalls aus sich heraus glühte, wie ein Traumbild seiner Seele. Er baute starke Mauern um diese Vision, um sie auf ewig an die Erde zu bannen. Dies war das erste Haus. Es wurde oftmals wiedererrichtet – einmal von Ibrahim, nach Hagars und Ismaels engelsunterstütztem Überleben –, und allmählich wurde die Farbe des weißen Steins durch die zahllosen Pilgerberührungen vieler Jahrhunderte schwarz. Dann begann die Zeit der Götzen; zur Zeit Mahounds drängten sich dreihundertsechzig Steingötter um Gottes eigenen Stein.

Was hätte wohl der alte Adam gedacht? Seine Söhne stehen jetzt hier; der Koloß Hubal, von den Amalekiten aus Hit gesandt, steht über der Schatzkammer, der Schafhirt Hubal, der zunehmende Mond; auch der finster blickende, gefährliche Kain. Er ist der abnehmende Mond, Schmied und Musiker; auch er hat seine Anhänger.

Hubal und Kain schauen auf Grande und Dichter herab, während diese vorbeischlendern. Und der nabatäische Proto-Dionysos, Er-aus-Shara; der Morgenstern, Astarte, und der düstere Nakruh. Hier ist Manaf, der Sonnengott! Sieh, hier schlägt der riesenhafte Nasr seine Flügel, der Gott in Adlergestalt! Und da ist Quzah, der den Regenbogen hält ... ist das nicht eine Schwemme von Göttern, eine Steinflut, um den unersättlichen Hunger der Pilger, ihren unheiligen Durst zu stillen. Um die Reisenden zu verführen, kommen die Gottheiten – wie die Pilger – von nah und fern. Auch die Götzen sind Abgesandte auf einer Art internationaler Messe.

Es gibt hier einen Gott namens Allah (das bedeutet schlicht und einfach der Gott). Fragen Sie die Jahilier, und sie werden zugeben, daß dieser Bursche so etwas wie eine übergreifende Autorität besitzt, aber er ist nicht sehr beliebt: ein Generalist in einem Zeitalter von Spezialistenstatuen.

Abu Simbel und der neuerdings schwitzende Baal sind bei den nebeneinanderstehenden Schreinen der drei in Jahilia beliebtesten Göttinnen angelangt. Sie verneigen sich vor allen dreien: Uzza mit dem strahlenden Antlitz, Göttin der Schönheit und Liebe; die dunkle, rätselhafte Manat – das Gesicht abgewandt, die Absichten geheimnisvoll – die Sand durch die Finger rinnen läßt; sie ist zuständig für das Schicksal, die Schicksalsgöttin; und schließlich die Höchste der drei, die Muttergöttin, die die Griechen Lato nannten. Ilat nennt man sie hier, oder, häufiger, Al-Lat. *Die Göttin.* Schon ihr Name macht sie zu Allahs Gegenstück und stellt sie ihm gleich. Lat die Allmächtige. Mit plötzlich erleichtertem Ausdruck wirft sich Baal vor ihr auf den Boden. Abu Simbel bleibt stehen.

Die Familie des Grandes, Abu Simbel – oder, um genauer zu sein, die Familie seiner Frau Hind – überwacht den berühmten Tempel der Lat am Südtor der Stadt. (Sie kassiert auch die Einnahmen des Tempels der Manat am Osttor und des Tempels der Uzza im Norden.) Diese Privilegien bilden die Grundlage des Reichtums des Granden, daher ist er natürlich, so sieht es Baal, der Diener der Lat. Und des Satirikers Ergebenheit dieser Göttin gegenüber ist in Jahilia wohlbekannt. Das war es also, was er gemeint hat! Zitternd vor Erleichterung bleibt Baal zu den Füßen seiner Schutzpatronin liegen und dankt ihr. Diese blickt ihn gütig an; doch auf die Miene einer Göttin ist kein Verlaß. Baal hat einen schwerwiegenden Fehler begangen.

Ohne Vorwarnung tritt der Grande dem Dichter in die Nieren. In dem Augenblick angegriffen, da er sich sicher wähnt, schreit Baal auf, wälzt sich herum, und Abu Simbel folgt ihm und tritt weiter auf ihn ein. Man hört eine Rippe brechen. »Du lächerlicher Knilch«, bemerkt der Grande mit weiterhin leiser und freundlicher Stimme, »fistelstimmiger Zuhälter mit winzigen Eiern. Hast du gedacht, der Herr über Lats Tempel würde sich als dein Freund bezeichnen nur wegen deiner pubertären Leidenschaft für sie?« Und weitere Tritte, regelmäßig, systematisch. Baal weint zu Abu Simbels Füßen. Das Haus des Schwarzen Steins ist beileibe nicht leer, aber wer würde sich zwischen den Granden und seinen Zorn stellen? Unvermittelt hockt sich Baals Peiniger hin, packt den Dichter an den Haaren, reißt seinen Kopf hoch und flüstert ihm ins Ohr: »Baal, sie war nicht die Herrin, die ich meinte«, und daraufhin bricht Baal in gräßliches Heulen voll Selbstmitleid aus, weil er weiß, daß er sein Leben verwirkt hat, wo er doch noch so viel erreichen könnte, der arme Kerl. Der Grande streift mit den Lippen sein Ohr. »Stinkende Scheiße eines feigen Kamels«, haucht Abu Simbel, »ich weiß, daß du meine Frau vögelst.« Mit Interesse registriert er, daß Baal eine nicht zu übersehende Erektion bekommen hat, ein ironisches Denkmal seiner Angst.

Abu Simbel, der gehörnte Grande, steht auf und befiehlt: »Auf die Beine«, und Baal, verwirrt, folgt ihm ins Freie.

Die Gräber von Ismail und seiner Mutter Hagar, der Ägypterin, liegen an der Nordwestseite des Hauses des Schwarzen Steins, in einer von einer niedrigen Mauer umgebenen Einfriedung. Abu Simbel nähert sich diesem Bereich, bleibt ein wenig entfernt davon stehen. In der Einfriedung befindet sich eine kleine Gruppe von Männern. Der Wasserträger Khalid ist dabei und irgend so ein Tippelbruder aus Persien, der auf den ausländischen Namen Salman hört, und die Dreifaltigkeit des Abschaums wird vervollständigt durch den Sklaven Bilal, den Mahound freigekauft hat, ein riesiges schwarzes Monster mit einer Stimme, die seiner Größe entspricht. Die drei Müßiggänger sitzen auf der Mauer der Einfriedung. »Dieses Gesindel«, sagt Abu Simbel. »Sie sind deine Zielscheibe. Schreibe über sie; und über ihren Anführer.« Trotz seiner Angst kann Baal seine Ungläubigkeit nicht verbergen. »Grande, über diese *Schafsköpfe* – diese verdammten *Hanswürste?* Ihretwegen braucht Ihr Euch keine Sorgen zu machen. Was glaubt Ihr denn? Daß Mahounds einziger Gott Eure Tempel in den Bankrott treiben wird? Dreihundertsechzig gegen einen, und der eine soll gewinnen? Unmöglich.« Er kichert, der Hysterie nahe. Abu Simbel bleibt ruhig: »Spar dir die Beleidigungen für deine Verse.« Der kichernde Baal kann sich nicht bezähmen. »Eine Revolution von Wasserträgern, Einwanderern und Sklaven ... ach, Grande. Da fürchte ich mich wirklich.« Abu Simbel sieht den kichernden Dichter prüfend an. »Ja«, antwortet er, »da hast du recht, du solltest dich fürchten. Mach dich bitte ans Schreiben, und ich erwarte, daß diese Verse dein Meisterstück werden.« Baal sackt zusammen, jammert. »Aber, mein geringfügiges Talent an sie verschwenden ...« Er sieht, daß er zuviel gesagt hat.

»Tu, was ich dir sage«, sind Abu Simbels letzte an ihn gerichtete Worte. «Du hast keine Wahl.«

❦

Der Grande räkelt sich in seinem Schlafzimmer, während sich Konkubinen seiner Bedürfnisse annehmen. Kokosnußöl für sein sich lichtendes Haar, Wein für seinen Gaumen, Zungen für seine Lust. *Der Junge hatte recht. Warum fürchte ich Mahound?* Müßig beginnt er, die Konkubinen zu zählen, gibt bei fünfzehn auf und läßt die Hand sinken. *Der Junge. Hind wird ihn weiterhin treffen, keine Frage; was für eine Chance hat er gegen ihren Willen?* Das ist eine seiner Schwächen, darüber ist er sich im klaren, er sieht zuviel, toleriert zuviel. Er hat seine Gelüste, warum sollte sie nicht die ihren haben? Solange sie diskret ist; und solange er Bescheid weiß. Er muß Bescheid wissen; Wissen ist sein Rauschgift, seine Sucht. Er kann nicht tolerieren, was er nicht weiß, und aus diesem Grund, wenn schon aus keinem anderen, ist Mahound sein Feind, Mahound mit seiner Lumpenbande, der Junge hatte recht, als er lachte. Er, der Grande, lacht weniger leicht. Wie sein Gegenspieler ist er ein vorsichtiger Mann, er geht auf leisen Sohlen. Er denkt an den Großen, den Sklaven Bilal: wie sein Herr ihn vor dem Tempel der Lat dazu aufforderte, die Götter aufzuzählen. »Es gibt nur einen Gott«, antwortete er mit dieser gewaltigen, musikalischen Stimme. Blasphemie, darauf steht die Todesstrafe. Er mußte sich auf den Marktplatz legen, seine Brust wurde mit einem Steinblock beschwert. *Wie viele, sagtest du?* Einer, wiederholte er, einer. Ein zweiter Stein wurde dem ersten hinzugefügt. *Einer einer einer.* Mahound zahlte seinem Besitzer einen hohen Preis und schenkte dem Sklaven die Freiheit.

Nein, denkt Abu Simbel, der junge Baal hatte unrecht, diese Männer sind unsere Zeit wert. Warum fürchte ich Mahound? Darum: einer einer einer, seiner erschreckenden Einzigartigkeit wegen. Wogegen ich mich immer aufteile, immer zwei oder drei oder fünfzehn bin. Ich kann sogar seinen Standpunkt verstehen; er ist so wohlhabend und erfolgreich wie wir alle, wie alle Ratsmitglieder, aber weil ihm die angemessenen Familienbeziehungen fehlen, haben wir ihm keinen Platz in unserer Gruppe angeboten. Ausgeschlossen aus der Elite der Händler, weil er Waise ist, und er fühlt sich betrogen, um das, was ihm zusteht, geprellt. Er war schon immer ein ehrgeiziger Bursche. Ehrgeizig, aber ein Einzelgänger. Man kommt nicht an die Spitze, wenn man mutterseelenallein auf einen Hügel steigt. Außer, vielleicht, man begegnet dort einem Engel ... ja, das ist es. Ich begreife, was er vorhat. Er würde mich allerdings nicht begreifen. *Was für eine Art Idee bin ich?* Ich beuge mich. Ich schwanke. Ich berechne die Chancen, ich hänge mein Mäntelchen nach dem Wind, manipuliere, überlebe. Deshalb will ich auch Hind nicht des Ehebruchs anklagen. Wir sind ein gutes Paar, Eis und Feuer. Das Wappenschild ihrer Familie: der legendäre rote Löwe, der vielzahnige Mantikor. Soll sie sich mit ihrem Satiriker amüsieren; zwischen uns war es nie der Sex. Ich mache ihn fertig, wenn sie mit ihm fertig ist. Das ist eine große Lüge, denkt der Grande von Jahilia, während er in den Schlaf sinkt: die Feder ist mächtiger als das Schwert.

❦

Die Geschicke der Stadt Jahilia gründeten sich auf der Überlegenheit des Sandes über das Wasser. In alten Zeiten hatte es als sicherer gegolten, Waren durch die Wüste und nicht über das Meer zu transportieren, wo jederzeit die Monsunwinde einsetzen konnten. Damals, vor der Meteorologie, waren solche Dinge nicht vorhersagbar. Aus diesem Grund florierten die Karawansereien. Die Güter der Welt kamen von Zafar herauf nach Saba und von dort nach Jahilia und der Oase Yathrib und dann weiter nach Midian, wo Moses lebte; von da nach Aqabah und Ägypten. Von Jahilia nahmen andere Wege ihren Ausgang: in den Osten und Nordosten, nach Mesopotamien und dem großen persischen Reich. Nach Petra und Palmyra, wo Salomo einst die Königin von Saba liebte. Das waren fette Jahre. Aber jetzt sind die Flotten, die die Gewässer rund um die Halbinsel befahren, ausdauernder geworden, ihre Besatzungen kundiger, ihre Navigationsinstrumente genauer. Die Kamelzüge verlieren das Geschäft an die Boote. Wüstenschiff und Meeresschiff, die alte Rivalität, sie erlebt ein Kippen im Kräftegleichgewicht. Jahilias Herrscher sorgen sich, aber sie können nicht viel daran ändern. Manchmal hegt Abu Simbel den Verdacht, daß lediglich die Pilgerreisen noch zwischen der Stadt und ihrem Ruin stehen. Der Rat sucht die Welt nach Statuen fremder Götter ab, um neue Pilger in die Stadt aus Sand zu locken; aber auch darin haben sie Konkurrenten. Unten in Saba hat man einen großen Tempel errichtet, einen Schrein, um dem Haus des Schwarzen Steins den Rang streitig zu machen. Viele Pilger sind nach Süden gelockt worden, und der Umsatz auf dem Jahrmarkt von Jahilia sinkt.

Auf Anraten von Abu Simbel haben die Herren von Jahilia den religiösen Bräuchen die verführerischen Gewürze der Profanität beigefügt. Die Stadt ist jetzt berühmt für ihre Zügellosigkeit, als Spielhölle, Hurenhaus, als Ort obszöner Lieder und wilder, lauter Musik. Bei einer Gelegenheit gingen einige Mitglieder des Stammes der Schark in ihrer Gier nach dem Geld der Pilger zu weit. Die Torwächter des Hauses begannen, von erschöpften Reisenden Bestechungsgelder zu verlangen; vier von ihnen, verärgert, nicht mehr als ein Almosen erhalten zu haben, stießen zwei Pilger die große, steile Treppe hinunter in den Tod. Dieser Schuß ging nach hinten los und dämmte den Besucherstrom merklich ein... Heute werden weibliche Pilger oft wegen eines Lösegeldes entführt oder als Konkubinen verkauft. Banden junger Scharks patrouillieren durch die Stadt, halten sich an ihre eigenen Gesetze. Es wird behauptet, daß Abu Simbel sich heimlich mit den Bandenführern trifft und ihre Machenschaften organisiert. Das ist die Welt, in die Mahound seine Botschaft getragen hat: einer einer einer. Unter soviel Vielfalt klingt das wie ein gefährliches Wort.

Der Grande setzt sich auf, und sofort nähern sich Konkubinen, um die Ölungen und Massagen wieder aufzunehmen. Er winkt sie fort, klatscht in die Hände. Der Eunuch tritt ein. »Schick einen Boten zum Haus des Kahin Mahound«, befiehlt Abu Simbel. *Wir werden ihm eine kleine Aufgabe stellen. Einen fairen Wettstreit: drei gegen einen.*

❦

Wasserträger Einwanderer Sklave: Mahounds drei Jünger waschen sich am Brunnen von Zamzam. In der Sand-Stadt gelten sie aufgrund ihrer Besessenheit vom Wasser als Freaks. Waschungen, immerzu Waschungen, die Beine bis zu den Knien, die Arme bis zu den Ellbogen, der Kopf bis zum Hals. Wie absonderlich sie aussehen, mit dem trockenen Rumpf, den nassen Gliedern und dem feuchten Kopf! Plitsch, platsch, waschen und beten. Kniend schieben sie Arme, Beine, Kopf wieder zurück in den allgegenwärtigen Sand, und dann fängt der Kreislauf von Wasser und Gebet von vorne an. Sie sind ergiebige Zielscheiben für Baals Feder. Ihre Wasserliebe ist so etwas wie Verrat; die Leute von Jahilia fügen sich der Allmacht des Sandes. Er klebt zwischen Fingern und Zehen, überzieht Wimpern und Haar, verstopft Poren. Sie öffnen sich der Wüste: komm, Sand, wasch uns in Trockenheit. So halten es die Jahilier, vom höchsten Bürger bis zum Niedrigsten der Niedrigen. Es sind Menschen aus Silizium, und Wasser-Liebhaber sind unter sie geraten.

Baal umkreist sie aus sicherer Entfernung – mit Bilal ist nicht gut Kirschen essen – und höhnt lauthals: »Wenn Mahounds Ideen auch nur einen Pfifferling wert wären, glaubt ihr dann, sie wären nur bei Abschaum, wie ihr es seid, beliebt?« Salman hält Bilal zurück: »Wir sollten uns geehrt fühlen, daß der mächtige Baal uns als Zielscheibe auserwählt hat«, lächelt er, und Bilal entspannt sich, gibt nach. Khalid der Wasserträger ist nervös, und als er die behäbige Gestalt von Mahounds Onkel Hamza näherkommen sieht, läuft er ihm besorgt entgegen. Mit sechzig ist Hamza immer noch der namhafteste Kämpfer und Löwenjäger der Stadt. Obzwar die Wahrheit weniger ruhmreich ist als die Lobreden: Hamza ist oftmals im Zweikampf besiegt, von Freunden oder durch glückliche Zufälle aus dem Rachen der Löwen errettet worden. Er hat das Geld, um die dunklen Punkte nicht an die Öffentlichkeit gelangen zu lassen. Und Alter sowie die Tatsache, überlebt zu haben, verleihen einer kriegerischen Legende so etwas wie Gültigkeit. Bilal und Salman vergessen Baal und folgen Khalid. Alle drei sind leicht erregbar, jung.

Er ist noch nicht wieder zu Hause, berichtet Hamza. Und Khalid, beunruhigt: »Aber es ist schon Stunden her, was macht dieser Schweinehund mit ihm, Folter, Daumenschrauben, Peitschen?«

Wieder ist Salman der Ruhigste: »Das ist nicht Simbels Art«, sagt er, »es ist eine Hinterlist, darauf könnt ihr euch verlassen.« Und Bilal brüllt treu ergeben: »Hinterlist oder nicht, ich glaube an ihn, an den Propheten. Er wird nicht nachgeben.« Hamza übt nur sanften Tadel: »Ach Bilal, wie oft muß er es dir noch sagen?

Heb dir deinen Glauben für Gott auf. Der Verkünder ist nur ein Mensch.« Die Spannung bricht aus Khalid heraus: er pflanzt sich vor dem alten Hamza auf, fragt fordernd: »Willst du damit sagen, daß der Verkünder schwach ist? Du magst sein Onkel sein...« Hamza versetzt dem Wasserträger einen Backenstreich. »Laß ihn deine Angst nicht sehen, nicht einmal, wenn du dich halb zu Tode fürchtest.«

Die vier waschen sich gerade wieder, als Mahound eintrifft; sie scharen sich um ihn, werwaswarum. Hamza tritt zurück. »Neffe, das ist verdammt schlecht«, schnauzt er ihn in militärisch barschem Ton an. »Wenn du vom Coney herunterkommst, ist etwas Strahlendes um dich. Heute ist es etwas Dunkles.«

Mahound sitzt am Brunnenrand und grinst. »Man hat mir ein Geschäft angeboten.« *Abu Simbel?* ruft Khalid. *Undenkbar. Ablehnen.* Der gläubige Bilal ermahnt ihn: »Halte dem Verkünder keine Vorträge. Selbstverständlich hat er abgelehnt.« Salman der Perser fragt: »Was für ein Geschäft?« Wieder lächelt Mahound. »Zumindest einer von euch will es wissen.«

»Es ist eine Kleinigkeit«, beginnt er von neuem. »Ein Sandkorn. Abu Simbel bittet Allah, er möge ihm einen einzigen kleinen Gefallen erweisen.« Hamza sieht ihm die Erschöpfung an. Als ob er mit einem Teufel gerungen hätte. Der Wasserträger ruft: »Auf keinen Fall! Nie und nimmer!« Hamza bringt ihn zum Schweigen.

»Wenn unser großer Gott es übers Herz bringen könnte einzuräumen – er gebrauchte dieses Wort, *einzuräumen* –, daß drei, nur drei der dreihundertsechzig Götzen im Haus der Verehrung würdig sind ...«

»Es gibt keinen Gott außer Gott!« ruft Bilal. Und seine Freunde stimmen ein: »Ya Alah!« Mahound wird zornig. »Wollen die Gläubigen den Verkünder anhören?« Sie verstummen und scharren mit den Füßen im Staub.

»Er bittet um Allahs Anerkennung von Lat, Uzza und Manat. Als Gegenleistung garantiert er, daß wir geduldet, ja sogar offiziell anerkannt werden; und zum Zeichen dessen soll ich in den Rat von Jahilia gewählt werden. So lautet das Angebot.«

Salman der Perser sagt: »Es ist eine Falle. Wenn du auf den Coney steigst und mit einer solchen Botschaft zurückkommst, wird er fragen, wie konntest du Gibril dazu bringen, für genau die richtige Offenbarung zu sorgen? Dann wird er dich einen Scharlatan, einen Betrüger nennen können.« Mahound schüttelt den Kopf. »Du weißt, Salman, ich habe gelernt *zuzuhören.* Dieses *Zuhören* ist kein gewöhnliches; es ist auch eine Art Fragen. Oft, wenn mir Gibril erscheint, ist es, als ob er wüßte, was mein Herz bewegt. Meist scheint mir, als ob er aus meinem Herzen käme: aus meinen tiefsten Tiefen, aus meiner Seele.«

»Oder es ist eine andere Falle«, beharrt Salman. »Wie lange schon tragen wir das Glaubensbekenntnis vor, das du uns gebracht hast? Es gibt keinen Gott außer Gott. Was sind wir noch, wenn wir es jetzt aufgeben? Das wird uns schwächen, lächerlich machen. Wir werden keine Gefahr mehr darstellen. Niemand wird uns je wieder ernstnehmen.«

Mahound lacht, aufrichtig belustigt. »Vielleicht bist du noch nicht lange genug hier«, sagt er freundlich. »Hast du es nicht bemerkt? Die Leute nehmen uns nicht ernst. Wenn ich spreche, habe ich nie mehr als fünfzig Zuhörer, und die Hälfte davon sind Touristen. Liest du die Schmähschriften nicht, die Baal in der ganzen Stadt anschlägt?« Er rezitiert:

Verkünder, hör gut zu.
Dein Glaube an nur einen Gott
Bringt dir nichts als Hohn und Spott.
In Jahilia bist der Dumme du.

»Überall verspotten sie uns, und du nennst uns eine Gefahr«, ruft er.

Hamza sieht jetzt besorgt aus. »Nie zuvor hat dich ihre Meinung gekümmert. Warum also jetzt? Nachdem du mit Simbel gesprochen hast?«

Mahound schüttelt den Kopf. »Manchmal denke ich, ich muß es den Leuten einfacher machen zu glauben.«

Ein beklommenes Schweigen legt sich über seine Jünger; sie tauschen Blicke aus, treten von einem Fuß auf den anderen. Mahound erhebt wieder die Stimme: »Ihr alle wißt, was geschehen ist. Es ist uns nicht gelungen, andere zu bekehren. Die Menschen wollen ihre Götter nicht aufgeben. Sie wollen einfach nicht.« Er steht auf, verläßt sie, wäscht sich allein am anderen Ende der Quelle von Zamzam, kniet nieder, um zu beten.

»Die Menschen sind in Dunkelheit versunken«, sagt Bilal traurig. »Aber sie werden sehen. Sie werden hören. Es gibt nur einen Gott.« Große Not kommt über die vier, selbst Hamza ist niedergeschlagen. Mahound ist ins Wanken geraten, und seine Anhänger erbeben.

Er steht auf, verbeugt sich, seufzt, kommt zurück und gesellt sich wieder zu ihnen. »Hört mir zu, ihr alle«, sagt er und legt einen Arm um Bilals Schultern, den anderen um die seines Onkels. »Hört zu: es ist ein interessantes Angebot.«

Der nicht umarmte Khalid unterbricht verbittert: »Das Angebot ist eine *Versuchung.«* Die anderen blicken entsetzt. Hamza spricht sehr sanft mit dem Wasserträger. »Warst nicht du es, Khalid, der vorhin mit mir kämpfen wollte, weil du fälschlicherweise annahmst, daß ich den Verkünder, als ich ihn einen Menschen nannte, in Wirklichkeit einen Schwächling nannte? Also was jetzt? Ist es nun an mir, dich zu einem Kampf herauszufordern?«

Mahound bittet um Friedfertigkeit. »Wenn wir streiten, gibt es keine Hoffnung.« Er versucht, die Diskussion auf eine theologische Ebene zu heben. »Es wird nicht vorgeschlagen, daß Allah die drei als ihm ebenbürtig akzeptieren soll. Nicht einmal Lat. Nur daß ihnen eine Art niedrigerer Vermittlerstatus zugestanden werden soll.«

»Wie den Teufeln«, platzt Bilal heraus.

»Nein.« Salman der Perser begreift, worum es geht. »Wie den Erzengeln. Der Grande ist ein schlauer Mann.«

»Engel und Teufel«, sagt Mahound. »Schaitan und Gibril. Wir alle erkennen bereits ihre Existenz irgendwo auf halbem Wege zwischen Gott und den Menschen an. Abu Simbel fordert nicht mehr, als daß wir diese zahlreiche Gesellschaft um drei erweitern. Nur drei, und – so deutet er an – alle Seelen Jahilias werden uns zufallen.«

»Und das Haus wird von den Statuen gesäubert werden?« fragt Salman. Mahound erwidert, daß dies nicht genau bestimmt wurde. Salman schüttelt den Kopf. »Das geschieht, um dich zu vernichten.« Und Bilal fügt hinzu: »Es kann keine vier Götter geben.« Und Khalid, den Tränen nahe: »Verkünder, was sagst du? Lat, Manat, Uzza – lauter *Frauen!* Um Himmels willen! Sollen wir jetzt Göttinnen haben? Diese alten Kraniche, Reiher, häßlichen Weiber?«

Not Anstrengung Erschöpfung, tief eingegraben ins Gesicht des Propheten. Das Hamza, wie ein Soldat, der einen verwundeten Freund auf dem Schlachtfeld tröstet, in seine Hände nimmt. »Das können wir nicht für dich entscheiden, Neffe«, sagt er. »Steig auf den Berg. Geh und frag Gibril.«

❦

Gibril: der Träumer, dessen Perspektive manchmal die der Kamera ist und dann wieder der des Zusehers entspricht. Wenn er eine Kamera ist, ist der Sucher ständig in Bewegung, er haßt statische Einstellungen, deshalb schwebt er auf einem hohen Kran und blickt hinunter auf die verkürzten Figuren der Schauspieler, oder er stürzt herab und steht unsichtbar zwischen ihnen, dreht sich langsam auf dem Absatz, um einen Schwenk um dreihundertsechzig Grad zu machen, oder versucht es mit einer Fahraufnahme und fährt neben Baal und Abu Simbel her, während sie dahinspazieren, oder er erforscht mit einer Handkamera die Geheimnisse des Schlafzimmers des Granden. Aber meist sitzt er wie ein zahlender Kunde im ersten Rang auf dem Mount Cone, und Jahilia ist die Leinwand. Er sieht zu und achtet auf die Handlung wie jeder Filmfan, genießt die Kämpfe Treulosigkeiten moralischen Krisen, aber es gibt nicht genug Mädchen für einen echten Hit, Mann, und wo sind die verdammten Lieder? Sie hätten diese Jahrmarktszenerie aufbauen sollen, vielleicht eine Nebenrolle für Pimple Billimoria in einem Vergnügungszelt, wo sie ihre berühmten Brüste hüpfen läßt.

Und dann, ohne Vorwarnung, sagt Hamza zu Mahound: »Geh und frag Gibril«, und er, der Träumer, spürt, wie sein Herz vor Angst einen Sprung macht, wer, ich? *Ich* soll hier die Antworten wissen? Ich sitze hier und sehe mir diesen Film an, und jetzt zeigt dieser Schauspieler mit dem Finger auf mich, wer hat je so etwas gehört, wer verlangt vom verdammten Publikum eines »Theologicals«, es soll die verdammte Handlung auflösen? Aber während der Traum sich verändert, verwandelt er ständig seine Gestalt, er, Gibril, ist nicht mehr ein bloßer Zuseher, sondern der Hauptdarsteller, der Star. Mit seiner alten Schwäche, zuviele Rollen zu übernehmen: ja, ja, er spielt nicht nur den Erzengel, sondern auch ihn, den Geschäftsmann, den Verkünder Mahound, der den Berg heraufkommt, wenn er kommt. Ein raffinierter Schnitt ist erforderlich, um die Doppelrolle zu schaukeln, die beiden dürfen nie gemeinsam in derselben Einstellung zu sehen sein, jeder muß zur Luft sprechen, zu der vorgestellten Inkarnation des anderen, und der Technik vertrauen, die das fehlende Bild erschaffen soll, mit Schere und Klebestreifen oder, exotischer, mit Hilfe einer Reisematte. Nicht zu verwechseln, haha, mit einem fliegenden Teppich.

Er hat verstanden: daß er sich vor dem anderen fürchtet, dem Geschäftsmann, ist das nicht verrück? Der Erzengel steht bebend vor einem gewöhnlichen Sterblichen. Das stimmt, aber: diese Art Angst empfindet man, wenn man zum allerersten Mal in einem Film mitspielt und da, im Begriff, ihren Auftritt zu machen, ist eine der lebenden Legenden des Kinos; man denkt, ich werde mich blamieren, den Mund nicht aufbringen, alles verpatzen, man möchte ihrer um jeden Preis *würdig* sein. Man wird vom Sog ihrer Genialität mitgerissen, sie kann einen gut aussehen lassen, wie einen Erfolgsmenschen, aber man merkt, wenn man das eigene

Gewicht nicht tragen kann, und noch schlimmer, sie merkt es auch... Aus Angst, der Angst vor dem Ich, das sein Traum erschafft, wehrt sich Gibril gegen Mahounds Ankunft, versucht, sie hinauszuzögern, aber da kommt er, keine Frage, und der Erzengel hält den Atem an.

Diese Träume, in denen man auf die Bühne gestoßen wird, auf der man nichts zu suchen hat, man kennt die Handlung nicht, hat den Text nicht gelernt, aber ein volles Haus sieht zu, sieht zu: so fühlt er sich jetzt. Oder die wahre Geschichte von der weißen Schauspielerin, die in einem Stück von Shakespeare eine Schwarze spielt. Sie betrat die Bühne und merkte erst dann, daß sie immer noch ihre Brille aufhatte, o Gott, und sie hatte vergessen, ihre Hände zu schwärzen, so daß sie nicht hingreifen und die Brille abnehmen konnte, o Gott o Gott: auch so fühlt er sich. *Mahound kommt zu mir um Offenbarung, verlangt von mir, mich zwischen Monotheismus ond Henotheismus zu entscheiden, und ich bin nichts als ein idiotischer Schauspieler, der einen Bhaenchud-Alptraum hat, was zum Teufel weiß ich denn schon, yaar, was soll ich sagen, Hilfe. Hilfe.*

❦

Um von Jahilia aus den Mount Cone zu besteigen, muß man durch dunkle Schluchten gehen, wo der Sand nicht weiß ist, nicht der reine Sand, der vor langer Zeit durch den Körper von Seegurken gefiltert wurde, sondern schwarz und eigensinnig und das Licht aus der Sonne saugt. Cone kauert über einem wie ein wildes Fabelwesen. Man steigt über sein Rückgrat auf. Man läßt die letzten Bäume mit weißen Blüten und dicken, milchigen Blättern hinter sich und klettert über die Felsblöcke, die um so größer werden, je höher man gelangt, bis sie wie riesige Mauern aussehen und die Sonne verdunkeln. Die Eidechsen sind blau wie Schatten. Dann steht man auf dem Gipfel, Jahilia liegt hinter einem, die gestaltlose Wüste vor einem. Man steigt auf der zur Wüste gelegenen Seite ab, und knapp zweihundert Meter weiter unten erreicht man die Höhle, die hoch genug ist, daß man aufrecht darin stehen kann, und deren Boden mit wundersamem Albinosand bedeckt ist. Während er hinaufsteigt, hört er die Wüstentauben seinen Namen rufen, und auch die Felsen grüßen ihn in seiner eigenen Sprache und rufen Mahound, Mahound. Wenn er bei der Höhle anlangt, ist er müde und schläft ein.

❦

Aber nachdem er geruht hat, fällt er in einen anderen Schlaf, eine Art Nicht-Schlaf, den Zustand, den er *Zuhören* nennt, und er spürt einen ziehenden Schmerz in den Eingeweiden, wie etwas, das versucht, geboren zu werden, und jetzt empfindet Gibril, der Oben-Schwebende-Hinunterschauende, eine Verwirrung, wer bin ich, in diesen Augenblicken beginnt es den Anschein zu haben, als wäre der Erzengel tatsächlich im Propheten, ich bin das Ziehen in den Eingeweiden, ich bin der Engel, der aus dem Nabel des Schlafenden gepreßt wird, ich komme heraus, Gibril Farishta, während mein anderes Ich liegt und *zuhört,* in Trance, ich bin an ihn gebunden, Nabel an Nabel, durch eine leuchtende Lichtschnur, unmöglich zu sagen, wer von uns den anderen träumt. Entlang der Nabelschnur fließen wir in beide Richtungen.

Heute spürt Gibril sowohl die überwältigende Stärke Mahounds wie auch seine Verzweiflung: seine Zweifel. Auch, daß er in großer Bedrängnis ist, aber Gibril kennt seinen Text immer noch nicht... er hört auf das Zuhören-das-auch-ein-Fragen ist. Mahound *fragt:* Sie sahen Wunder, aber sie glaubten nicht. Sie sahen, die ganze Stadt sah, wie du zu mir kamst und meine Brust öffnetest, sie sahen, wie du mein Herz wuschest in den Wassern von Zamzam und es wieder in meinen Körper einsetztest. Viele von ihnen sahen es, aber immer noch verehren sie Steine. Und als du des Nachts kamst und mit mir nach Jerusalem flogst und ich über der heiligen Stadt schwebte, bin ich damals nicht zurückgekommen und habe sie genau beschrieben, bis in die kleinste Einzelheit? So daß es keinen Zweifel am Wunder geben konnte, und dennoch gingen sie zu Lat. Habe ich denn nicht mein Bestes getan, um es ihnen einfach zu machen? Als du mich zum Thron selbst hinauftrugst und Allah den Gläubigen die große Bürde von vierzig Gebeten pro Tag auferlegte. Auf dem Rückweg traf ich Moses, und er sagte, die Bürde ist zu schwer, kehre um und bitte um weniger. Viermal kehrte ich um, viermal sagte Moses, noch immer zuviel, kehre noch einmal um. Aber beim vierten Mal hatte Allah die Gebühr auf fünf herabgesetzt, und ich weigerte mich umzukehren. Ich schämte mich, um noch weniger zu bitten. In seiner unermeßlichen Großzügigkeit verlangte er fünf statt vierzig, und immer noch lieben sie Manat, wollen sie Uzza. Was kann ich tun? Was soll ich vortragen?

Gibril bleibt still, weiß keine Antworten, um Himmels willen, Bhai, frag mich doch nicht. Mahounds Qualen sind schrecklich. Er *fragt:* Ist es möglich, daß sie *Engel* sind? Lat, Manat, Uzza... kann ich sie engelsgleich nennen? Gibril, hast du Schwestern? Sind sie die Töchter Gottes? Und er geht mit sich ins Gericht:

ach, meine Eitelkeit, ich bin ein hoffährtiger Mensch, ist es Schwäche, ist es nur der Wunsch nach Macht? Muß ich an mir wegen eines Sitzes im Rat Verrat begehen? Ist das vernünftig und weise oder ist es eitel und zeugt von Eigenliebe? Ich weiß nicht einmal, ob der Grande es ehrlich meint. Weiß er es denn? Womöglich nicht. Ich bin schwach und er ist stark, sein Angebot verleiht ihm viele Möglichkeiten, mich zu ruinieren. Aber ich habe auch viel zu gewinnen. Die Seelen der Stadt, der Welt, die sind doch gewiß drei Engel wert? Ist Allah so unbeugsam, daß er nicht weitere drei annehmen kann, um die Menschheit zu retten? – Ich weiß nichts. – Sollte Gott stolz oder demütig sein, majestätisch oder einfach, nachgiebig oder un-? *Was für eine Art Idee ist er? Was für eine Art bin ich?*

❦

Halb schlafend oder wieder halb wach ist Gibril Farishta oft erfüllt von Groll über das Nicht-Erscheinen des Einen in seinen ihn verfolgenden Traumbildern, dessen, der angeblich die Antworten kennt. Er taucht nie auf, der eine, der sich fernhielt, als ich im Sterben lag, als ich ihn brauchte, so brauchte. Der eine, um den sich alles dreht. Allah Ishvar Gott. Abwesend wie immer, während wir in seinem Namen leiden und dulden.

Der Allerhöchste hält sich fern; was immer wiederkehrt, ist diese Szene, der Prophet in Trance, das Ausstoßen, die Lichtschnur, und dann Gibril in seiner Doppelrolle als der Von-oben-Herabblickende und der Von-unten-Hinaufstarrende. Und beide in Todesangst wegen dieser Transzendenz. Gibril fühlt sich gelähmt durch die Gegenwart des Propheten, durch seine Größe, denkt, ich bringe keinen Ton heraus, ich wirke wie der größte Narr. Hamzas Rat: zeige nie deine Angst: Erzengel brauchen einen solchen Rat ebenso wie Wasserträger. Ein Erzengel muß gelassen wirken, was würde der Prophet denken, wenn der von Gott Erhöhte vor Lampenfieber zu bibbern begänne?

Es geschieht: Offenbarung. Folgendermaßen: Mahound, noch immer in seinem Nicht-Schlaf, wird steif, die Adern in seinem Nacken treten hervor, er hält sich krampfhaft den Bauch. Nein, nein, kein epileptischer Anfall, so einfach kann man das nicht wegerklären; welcher epileptische Anfall machte je den Tag zur Nacht, ließ die Wolken sich zusammenballen, die Luft sich zu einer Waschküche verdichten, während ein Engel, völlig verstört vor Angst, im Himmel über dem Leidenden hing, wie ein Drache an einer goldenen Schnur? Das Ziehen, wieder das Ziehen, und jetzt beginnt das Wunder in seinen meinen unseren Eingeweiden, er preßt mit aller Macht etwas heraus, erzwingt etwas, und Gibril beginnt diese Stärke diese Kraft zu spüren, hier müht sie sich ab mit *meinem eigenen Mund,* öffnet schließt ihn; und die Kraft, die von Mahound ausgeht, steigt auf zu *meinen Stimmbändern,* und die Stimme kommt.

Nicht meine Stimme ich hätte nie solche Worte gewußt ich bin kein großer Redner war nie einer werde nie einer sein aber das ist nicht meine Stimme es ist die Stimme.

Mahounds Augen öffnen sich weit, er sieht eine Art Vision, starrt sie an, ach, stimmt ja, erinnert sich Gibril, mich. Er sieht mich. Meine Lippen, die sich bewegen, die bewegt werden von. Was, wem? Weiß ich nicht, kann ich nicht sagen. Trotzdem, hier ist es, kommt aus meinem Mund, durch meine Kehle, an meinen Zähnen vorbei; das *Wort Gottes.*

Gottes Briefträger zu sein, macht keinen Spaß, yaar.

Aberaberaber: Gott spielt in diesem Film nicht mit.

Gott weiß, wessen Briefträger ich bin.

❦

In Jahilia warten sie am Brunnen auf Mahound. Khalid, der Wasserträger, wie immer der Ungeduldigste, läuft zum Stadttor, um Ausschau zu halten. Hamza, wie alle Soldaten daran gewöhnt, sich selbst Gesellschaft zu leisten, hockt sich in den Staub und spielt mit Kieselsteinen. Es eilt nicht; manchmal ist er tagelang, sogar wochenlang weg. Und heute ist die Stadt so gut wie ausgestorben, alle sind zu den großen Zelten auf dem Marktplatz gegangen, um dem Dichterwettstreit beizuwohnen. Die Stille wird nur durch das Geräusch von Hamzas Steinen und das Gurren zweier Felsentauben, Besuchern vom Mount Cone, unterbrochen. Dann hören sie die laufenden Füße.

Außer Atem und mit unglücklicher Miene trifft Khalid ein. Der Verkünder ist zurückgekehrt, aber er kommt nicht nach Zamzam. Jetzt sind sie alle auf den Beinen, verblüfft wegen dieses Bruchs mit der Gewohnheit. Diejenigen, die mit Palmwedeln und Stelen gewartet haben, fragen Hamza: Dann gibt es also keine Botschaft? Aber Khalid, der noch immer nach Atem ringt, schüttelt den Kopf. »Ich glaube, doch. Er sieht so aus, wie er immer aussieht, wenn Gott zu ihm gesprochen hat. Aber er hat nicht mit mir geredet und ist statt dessen zum Jahrmarktsplatz gegangen.«

Um einer Debatte vorzubeugen, übernimmt Hamza die Führung und geht voran. Die Jünger – etwa zwanzig haben sich versammelt – folgen ihm zu den Fleischtöpfen der Stadt, mit dem Ausdruck frommen Abscheus, allein Hamza scheint sich auf den Jahrmarkt zu freuen.

Vor den Zelten der Besitzer der Scheckigen Kamele finden sie Mahound, der mit geschlossenen Augen dasteht, sich für die Aufgabe rüstet. Sie stellen besorgte Fragen; er antwortet nicht. Nach wenigen Augenblicken betritt er das Dichterzelt.

❦

Im Zelt reagiert das Publikum auf die Ankunft des unbeliebten Propheten und seiner armseligen Anhänger mit Hohn und Spott. Aber während Mahound nach vorn geht, die Augen fest geschlossen, verstummen die Buhrufe und Pfiffe, und Stille tritt ein. Mahound öffnet die Augen nicht für eine Sekunde, aber seine Schritte sind sicher, und er erreicht die Bühne ohne Stolpern oder Zusammenstöße. Er geht die wenigen Stufen hinauf ins Licht; noch immer sind seine Augen geschlossen. Die versammelten Lyriker, Verfasser von Meuchelmord-Elogen, Verserzählungen und Satiren – Baal ist natürlich auch hier – blicken belustigt, aber auch mit ein wenig Unbehagen, auf den schlafwandelnden Mahound. In der Menge kämpfen seine Anhänger um gute Plätze. Die Schreiber drängen sich in seine Nähe, um festzuhalten, was immer er sagen wird.

Der Grande Abu Simbel lehnt sich an Polster auf einem Seidenteppich neben der Bühne. Bei ihm, mit golden glänzendem, ägyptischen Halsschmuck, ist seine Frau Hind, das legendäre griechische Profil mit den schwarzen Haaren, die so lang sind wie ihr Körper. Abu Simbel steht auf und ruft Mahound zu: »Willkommen.« Er ist ganz Liebenswürdigkeit. »Willkommen Mahound, der Seher, der Kahin.« Es ist eine öffentliche Ehrenbezeigung, und sie beeindruckt die versammelte Menge. Die Jünger des Propheten werden nicht mehr beiseitegeschoben, sondern durchgelassen. Verwirrt, halb erfreut, kommen sie nach vorn. Mahound spricht, ohne die Augen zu öffnen.

»Dies ist eine Zusammenkunft vieler Dichter«, sagt er klar und deutlich, »und ich beanspruche nicht, einer von ihnen zu sein. Aber ich bin der Verkünder und ich bringe Verse von einem Größeren als allen, die hier zugegen sind.«

Das Publikum wird ungeduldig. Die Religion gehört in den Tempel; Jahilier wie Pilger sind zum Vergnügen hier. Bringt den Kerl zum Schweigen! Werft ihn hinaus! Doch Abu Simbel spricht nochmals: »Wenn dein Gott wirklich zu dir gesprochen hat«, sagt er, »dann muß es die ganze Welt hören.« Und im Nu herrscht in dem großen Zelt vollkommene Stille.

»Der Stern«, ruft Mahound aus, und die Schreiber beginnen zu schreiben.

»Im Namen Allahs, des Allerbarmers, des Barmherzigen!

Bei den untergehenden Pleiaden: Euer Freund ist nicht im Irrtum, noch weicht er von der Wahrheit ab.

Noch spricht er nach eigenem Begehren. Eine Offenbarung ist ihm enthüllt worden: ein Mächtiger hat sie ihm zuteil werden lassen.

Er stand auf dem hohen Horizont: der Herr der Stärke. Dann kam er näher, näher als zwei Bogenlängen, und offenbarte seinem Diener das, was offenbart ist.

Des Dieners Herz war rein, als er sah, was er sah. Wagt ihr es also zu bezweifeln, was er sah?

Ich sah ihn auch beim Lotusbaum am äußersten Ende, in dessen Nähe der Garten der Ruhe liegt. Als der Baum von seiner Umhüllung umhüllt war, wandte sich mein Auge nicht ab, noch wanderte mein Blick, und ich sah einige der größten Zeichen des Herrn.«

Dann trägt er, ohne zu zaudern, und frei von Zweifeln zwei weitere Verse vor.

»Hast du an Lat und Uzza, und an Manat, die dritte, die andere, gedacht?« – Nach dem ersten Vers erhebt sich Hind; der Grande von Jahilia steht bereits aufrecht da. Und Mahound trägt mit schweigenden Augen vor: »Sie sind die erhabenen Vögel, und ihre Fürbitte ist wahrlich erwünscht.«

Während der Lärm – Schreie, Beifallsrufe, Lästerungen, an Al-Lat gerichtete Rufe der Verehrung – im Zelt anschwillt und explodiert, gewahrt die bereits verblüffte Menge das in zweifacher Hinsicht aufsehenerregende Schauspiel, wie der Grande Abu Simbel die Daumen an die Ohrläppchen legt, die Finger beider Hände fächerförmig spreizt und mit lauter Stimme die Formel spricht: »Allahu Akbar.« Worauf er auf die Knie fällt und eine besonnene Stirn auf den Boden drückt. Seine Frau Hind folgt unverzüglich seinem Beispiel.

Der Wasserträger Khalid hat sich während dieser Ereignisse am Zelteingang aufgehalten. Jetzt beobachtet er entsetzt, wie alle, die hier versammelt sind, sowohl die Menge im Zelt als auch die Männer und Frauen davor, sich hinknien, Reihe um Reihe, die Bewegung pflanzt sich von Hind und dem Granden wellenartig nach außen fort, als ob sie Steinchen wären, die in einen See geworfen wurden; bis die gesamte Versammlung außerhalb wie innerhalb des Zeltes mit den Hinterteilen in der Luft vor dem schlafenden Propheten kniet, der die Schutzgöttinnen der Stadt anerkannt hat. Der Verkünder selbst bleibt stehen, als ob er keine Lust hätte, sich der Versammlung bei ihrer Andacht anzuschließen. Der Wasserträger bricht in Tränen aus und flüchtet sich ins leere Herz der Stadt aus Sand. Während er läuft, brennen seine Tränen Löcher in die Erde, als ob sie eine scharfe, ätzende Säure enthielten.

Mahound verharrt reglos. Keine Spur von Feuchtigkeit ist auf den Wimpern seiner geschlossenen Augen zu erkennen.

❦

In jener Nacht des einsamen Triumphes des Geschäftsmannes im Zelt der Ungläubigen finden gewisse Morde statt, und die First Lady von Jahilia wird Jahre warten müssen, um sie auf schreckliche Weise rächen zu können.

Hamza, der Onkel des Propheten, ist allein auf dem Weg nach Hause, den Kopf geneigt und grau im Dämmerlicht jenes traurigen Sieges, als er ein Brüllen vernimmt, aufblickt und einen riesigen purpurroten Löwen sieht, der im Begriff ist, sich von der hohen Festungsmauer der Stadt auf ihn zu stürzen. Er kennt das Tier, die Sage. *Das Schimmern seines purpurroten Fells verschmilzt mit der flimmernden Helligkeit des Wüstensandes. Durch seine Nüstern atmet es den Schrecken der einsamen Orte der Erde aus. Es speit Pestilenz, und wenn Heere sich in die Wüste wagen, frißt es sie mit Haut und Haar.* Durch das blaue, letzte Licht des Abends schreit er das Untier an und bereitet sich, unbewaffnet wie er ist, auf seinen Tod vor. »Spring, Mantikor, du Schweinehund. Zu meiner Zeit habe ich Großkatzen mit bloßen Händen erwürgt.« Als ich jünger war. Als ich jung war.

Hinter ihm ertönt Gelächter, und entferntes Lachen hallt, so scheint es zumindest, von den Festungsmauern wider. Er schaut sich um; der Mantikor ist vom Wall verschwunden. Er wird von einer Gruppe kostümierter Jahilier umzingelt, die kichernd vom Jahrmarkt zurückkehren. »Jetzt, da diese Mystiker unsere Lat in die Arme geschlossen haben, sehen sie hinter jeder Ecke neue Götter, oder etwa nicht?« Hamza, der begreift, daß die Nacht voller Schrecken sein wird, geht nach Hause und verlangt nach seinem kampferprobten Schwert. »Mehr als alles in der Welt«, knurrt er den zerknitterten Kammerdiener an, der ihm seit vierundvierzig Jahren im Krieg wie im Frieden dient, »hasse ich es, zugeben zu müssen, daß meine Feinde gute Argumente haben.

Da ist es verdammt noch mal besser, die Schweinehunde umzubringen. War schon immer meine Meinung. Das ist die sauberste Lösung.« Seit dem Tage seiner Bekehrung durch seinen Neffen ist das Schwert in seiner Lederscheide geblieben, aber heute nacht, vertraut er dem Diener an, »ist der Löwe los. Der Friede muß warten.«

Es ist die letzte Nacht der Feierlichkeiten zu Ehren Ibrahims. Jahilia ist ganz Maskerade und Tollheit. Die fetten, geölten Leiber der Ringer haben ihre Verrenkungen beendet, und die sieben Gedichte sind an die Wände des Hauses des Schwarzen Steins genagelt worden. Jetzt treten singende Huren an die Stelle der Dichter, und auch tanzende Huren, mit ebenfalls geölten Leibern, sind am Werk; das Nacht-Ringen ersetzt die Spielart des Tages. Die Kurtisanen tanzen und singen in goldenen Masken mit Vogelschnäbeln, und das Gold spiegelt sich in den glänzenden Augen ihrer Kunden wider. Gold überall Gold, in den profitgierigen Händen der Jahilier und ihrer wollüstigen Gäste, in den lodernden Kohlenpfannen, an den glühenden Wänden der nächtlichen Stadt. Hamza geht geschmerzt durch die goldenen Straßen, an Pilgern vorüber, die bewußtlos daliegen, während Taschendiebe sich ihren Lebensunterhalt verdienen. Er hört die weinseligen Zechereien in jedem goldschimmernden Eingang und spürt, wie das Singen und das brüllende Gelächter und das Klimpern der Münzen ihn wie tödliche Beleidigungen verletzen. Aber er findet nicht, was er sucht, nicht hier, und so entfernt er sich von dem golden erleuchteten, lärmenden Trubel und beginnt, sich an die Schatten heranzupirschen, die Erscheinung des Löwen zu jagen.

Und findet nach Stunden der Suche das, von dem er wußte, daß es lauern würde, in einem finsteren Winkel der äußeren Stadtmauern, das Ding aus seiner Vision, den roten Mantikor mit den drei Zahnreihen. Der Mantikor hat blaue Augen und ein männliches Gesicht, und seine Stimme klingt halb wie eine Trompete und halb wie eine Flöte. Er ist schnell wie der Wind, seine Nägel sind Korkenzieherkrallen, und sein Schwanz schleudert vergiftete Stacheln aus. Er liebt Menschenfleisch … eine Rauferei ist im Gange. Messer zischen in der Stille, manchmal das Klirren von Metall gegen Metall. Hamza erkennt die Männer, die angegriffen werden: Khalid, Salman, Bilal. Jetzt selbst ein Löwe, zieht Hamza sein Schwert, zerstückelt die Stille mit seinem Brüllen, stürmt vorwärts, so schnell ihn seine sechzig Jahre alten Beine tragen. Die Angreifer seiner Freunde sind unter ihren Masken nicht zu erkennen.

Es war eine Nacht der Masken. In den verkommenen Straßen

von Jahilia hat Hamza, das Herz voller Galle, Männer und Frauen gesehen, verkleidet als Adler, Schakale, Pferde, Greife, Salamander, Warzenschweine, Vögel Rok gesehen; aus der Düsternis der Gassen stürzten zweiköpfige Schlangen und geflügelte Stiere, die als assyrische Sphinxen bekannt sind. Dschinns, Houris, Dämonen bevölkern die Stadt in dieser Nacht der Trugbilder und der Lust. Aber erst jetzt, an diesem dunklen Ort, sieht er die roten Masken, die er gesucht hat. Die Menschenlöwenmasken: er stürzt seinem Schicksal entgegen.

❦

In den Klauen eines selbstzerstörerischen Elends hatten die drei Jünger zu trinken begonnen, und infolge ihrer mangelnden Vertrautheit mit Alkohol waren sie bald nicht nur berauscht, sondern völlig besoffen. Sie standen auf einem kleinen Platz und beschimpften die Vorübergehenden, und nach einer Weile schwenkte Khalid prahlerisch seinen Wasserschlauch. Er könne die Stadt zerstören, er besitze die entscheidende Waffe. Wasser: es würde Jahilia, dic Schmutzige, säubern, sie wegwaschen, so daß man mit dem gereinigten weißen Sand einen Neuanfang machen könne. In diesem Augenblick begannen die Löwen-Männer, sie zu hetzen, und nach einer langen Verfolgungsjagd wurden sie in die Enge getrieben, vor Angst tropfte die Trunkenheit aus ihnen und als Hamza, gerade rechtzeitig, eintraf, starrten sie in die roten Masken des Todes.

... Gibril schwebt über der Stadt und beobachtet den Kampf. Nachdem Hamza den Schauplatz betreten hat, ist er bald zu Ende. Zwei maskierte Angreifer laufen weg, zwei liegen tot am Boden. Bilal, Khalid und Salman sind verletzt, aber nicht ernst. Schlimmer als die Wunden ist die Überraschung hinter den Löwenmasken der Toten. »Hinds Brüder«, sagt Hamza. »Es geht mit uns zu Ende.«

Als Mantikorschlächter, Wasserterroristen sitzen Mahounds Anhänger da und weinen im Schatten der Stadtmauer.

Was ihn betrifft, den Propheten Verkünder Geschäftsmann: seine Augen sind nun offen. Er schreitet im Innenhof seines Hauses auf und ab, des Hauses seiner Frau, und will nicht zu ihr hinein. Sie ist fast siebzig und fühlt sich gegenwärtig mehr als Mutter denn als Ehefrau. Sie, die reiche Frau, die ihn vor langer Zeit anstellte, damit er ihre Karawanen beaufsichtigte. Seine Managementfähigkeiten waren das erste, was sie an ihm mochte. Und nach einer Weile verliebten sie sich ineinander. Es ist nicht leicht, eine hochintelligente, erfolgreiche Frau zu sein in einer Stadt, in der die Götter zwar Frauen sind, die Frauen dagegen lediglich Ware. Die Männer hatten sich entweder vor ihr gefürchtet oder sie für zu stark gehalten, um ihrer Rücksichtnahme zu bedürfen. Er hatte sich nicht gefürchtet und ihr das Gefühl von Beständigkeit gegeben, das sie brauchte. Wogegen er, der Waise, in ihr viele Frauen in einer fand: Mutter Schwester Geliebte Seherin Freundin. Wenn er sich für verrückt hielt, war sie diejenige, die an seine Visionen glaubte. »Es ist der Erzengel«, sagte sie zu ihm, »nicht irgendein Hirngespinst. Es ist Gibril, und du bist der Verkünder Gottes.«

Er kann sie will sie jetzt nicht sehen. Sie beobachtet ihn durch das steinerne Gitterwerk eines Fensters. Er kann nicht stehenbleiben, läuft im Hof herum in einer ziellosen Abfolge unbewußter Geometrien, seine Schritte zeichnen Ellipsen, Trapeze, Rauten, Ovale, Ringe. Während sie sich daran erinnert, wie er von den Karawanenwegen zurückkehrte, voller Geschichten, die er in Oasen am Wegrand vernommen hatte. Ein Prophet namens Isa, geboren von einer Frau namens Maryam, geboren von keinem Mann unter einer Palme in der Wüste. Geschichten, die seine Augen leuchten und sie dann in die Ferne schweifen ließen. Sie entsinnt sich seiner Erregbarkeit: die Leidenschaft, mit der er, wenn nötig die ganze Nacht, behauptete, daß die alten, nomadischen Zeiten besser gewesen seien als diese Stadt aus Gold, in der die Menschen ihre neugeborenen Töchter in der Wildnis aussetzen. Bei den alten Stämmen war sogar für das ärmste Waisenkind gesorgt worden. Gott ist in der Wüste, sagte er immer, nicht hier in dieser Fehlgeburt von einem Ort. Und sie antwortete, niemand bestreitet das, Liebster, es ist spät, und morgen müssen wir die Bücher führen.

Ihren Ohren entgeht nichts; sie hat bereits gehört, was er über Lat, Uzza, Manat sagte. Na und? Früher wollte er die neugeborenen Töchter Jahilias schützen; warum sollte er nicht auch die Töchter Allahs unter seine Fittiche nehmen? Aber nachdem sie sich diese Frage gestellt hat, schüttelt sie den Kopf und lehnt sich schwer an die kühle Wand neben ihrem steinvergitterten Fenster. Während unter ihr ihr Mann in Fünfecken, Parallelogrammen, sechseckigen Sternen geht und dann in abstrakten und zunehmend verschlugenen Mustern, für die es keine Namen gibt, als ob er keine einfache Linie finden könnte.

Als sie jedoch ein paar Augenblicke später in den Hof hinunterblickt, ist er verschwunden.

Der Prophet erwacht zwischen seidenen Laken, mit schrecklichen Kopfschmerzen, in einem Zimmer, das er nie zuvor gesehen hat. Vor dem Fenster steht die Sonne fast in ihrem mörderischen Zenit, und von der Weiße hebt sich eine große Gestalt in einem schwarzen Mantel mit Kapuze ab, die leise mit kräftiger, tiefer Stimme singt. Das Lied ist dasjenige, das die Frauen von Jahilia im Chor singen, wenn sie die Männer trommelnd zum Krieg aufrufen.

Rückt vor, und wir umarmen euch,
umarmen euch, umarmen euch,
rückt vor, und wir umarmen euch
im weichen Licht.

Flieht, und wir verlassen euch,
verraten euch, verlassen euch,
weicht zurück, und wir hassen euch
und lieben euch nicht.

Er erkennt Hinds Stimme, setzt sich auf und merkt, daß er unter dem sanften Laken nackt ist. Er ruft ihr zu: »Bin ich überfallen worden?« Hind wendet sich ihm zu und lächelt das Lächeln der Hind. »Überfallen?« ahmt sie nach und klatscht in die Hände, um das Frühstück kommen zu lassen. Lakaien treten ein, stellen ab, tragen auf, servieren ab, trippeln davon. Mahound wird in ein schwarz-goldenes Gewand geholfen; übertrieben wendet Hind die Augen von ihm ab. »Mein Kopf«, fragt er nochmals. »Habe ich einen Schlag bekommen?« Sie steht am Fenster, mit gesenktem Haupt, spielt die sittsame Frau. »Ach, Verkünder, Verkünder«, verspottet sie ihn. »Was für ein ungalanter Verkünder er doch ist. Könntet Ihr nicht absichtlich in mein Zimmer gekommen sein, aus eigenem Antrieb? Nein, natürlich nicht, ich bin sicher abstoßend für Euch.« Er hat keine Lust, sich auf ihr Spiel einzulassen. »Bin ich ein Gefangener?« fragt er, und wieder lacht sie ihn aus. »Seid kein Dummkopf.« Und dann läßt sie sich achselzuckend erweichen. »Gestern Abend bin ich durch die Straßen der Stadt gegangen, maskiert, um mir die Festlichkeiten anzusehen, und worüber bin ich da gestolpert – über Euren bewußtlosen Leib. Wie ein Betrunkener in der Gosse, Mahound. Ich ließ meine Diener eine Sänfte holen und Euch hierher bringen. Bedankt Euch.«

»Danke.«

»Ich glaube nicht, daß man Euch erkannt hat«, sagt sie. »Sonst wärt Ihr vielleicht tot. Ihr wißt, wie es gestern Nacht in der Stadt zuging. Die Leute übertreiben. Selbst meine Brüder sind noch nicht nach Hause gekommen.«

Jetzt fällt es ihm wieder ein, sein verstörter, bekümmerter Gang durch die gottlose Stadt, wie er die Seelen anstarrte, die er angeblich gerettet hatte, die Simurg-Puppen, die Teufelsmasken, die Behemoths und Hippogryphen. Die Müdigkeit nach dem langen Tag, an dem er vom Mount Cone heruntergestiegen und in die Stadt gegangen war, sich der Anstrengung der Ereignisse im Dichterzelt unterzogen hatte – und danach der Zorn seiner Anhänger, die Zweifel –, all das hatte ihn überwältigt. »Ich bin ohnmächtig geworden«, erinnert er sich.

Sie geht zu ihm und setzt sich neben ihn aufs Bett, streckt einen Finger aus, findet eine Öffnung in seinem Gewand, streichelt seine Brust. »Ohnmächtig«, murmelt sie. »Das bedeutet Schwäche, Mahound. Seid Ihr im Begriff, schwach zu werden?«

Sie legt ihm den streichelnden Finger auf die Lippen, bevor er antworten kann. »Sagt nichts, Mahound. Ich bin die Frau des Granden, und beide sind wir nicht Eure Freunde. Mein Mann ist allerdings ein schwacher Mann. In Jahilia glaubt man, er sei klug, aber ich weiß es besser. Er weiß, daß ich mir Liebhaber nehme, und unternimmt nichts dagegen, weil die Tempel meiner Familie unterstehen. Lats, Uzzas, Manats Tempel. Die – soll ich sie *Moscheen* nennen? – Eurer neuen Engel.« Sie bietet ihm Melonenwürfel auf einem Teller an, versucht, ihn zu füttern. Er gestattet nicht, daß sie ihm die Früchte in den Mund schiebt, nimmt die Stückchen mit der eigenen Hand, ißt. Sie fährt fort. »Mein letzter Liebhaber war der Junge, Baal.« Sie bemerkt die Wut in seinem Blick. »Ja«, sagt sie zufrieden. »Ich habe gehört, er hat Euch verärgert. Aber er ist nicht wichtig. Weder er noch Abu Simbel sind Euch ebenbürtig. Aber ich bin es.«

»Ich muß gehen«, sagt er. »So schnell?« antwortet sie und kehrt ans Fenster zurück. Am Stadtrand bauen sie die Zelte ab, die langen Kamelzüge rüsten zum Aufbruch, Kolonnen von Lastkarren ziehen bereits durch die Wüste; der Karneval ist vorbei. Sie dreht sich wieder zu ihm um.

»Ich bin Euch ebenbürtig«, wiederholt sie, »und zugleich Eure Gegenspielerin. Ich will nicht, daß Ihr schwach werdet. Ihr hättet nicht tun sollen, was Ihr getan habt.«

»Aber Ihr werdet davon profitieren«, entgegnet Mahound verbittert. »Die Einnahmen aus Euren Tempeln sind nicht mehr gefährdet.«

»Ihr begreift nicht«, sagt sie leise, nähert sich und bringt ihr Gesicht nah an das seine. »Ihr seid für Allah, und ich bin für Al-Lat. Und sie glaubt Eurem Gott nicht, wenn er behauptet, daß er sie anerkennt. Ihre Gegnerschaft zu ihm ist unversöhnlich, unwiderruflich, grenzenlos. Der Krieg zwischen uns kann nicht mit einem Waffenstillstand enden. Und mit was für einem noch dazu! Euer Gott ist gönnerhaft, herablassend. Al-Lat verspürt nicht den leisesten Wunsch seine Tochter zu sein. Sie ist ihm ebenbürtig, genau wie ich Euch. Fragt Baal, er kennt sie. So wie er mich kennt.«

»Also wird der Grande seine Zusage brechen«, sagt Mahound.

»Wer weiß?« höhnt Hind. »Er kennt sich nicht einmal selbst. Er muß Für und Wider gegeneinander abwägen. Ein Schwächling, wie ich schon sagte. Aber Ihr wißt, daß ich die Wahrheit sage. Zwischen Allah und den Dreien kann es keinen Frieden geben. Ich will ihn nicht. Ich will den Kampf. Bis zum Tod; diese Art von Idee bin ich. Von welcher Art seid Ihr?«

»Ihr seid Sand und ich bin Wasser«, sagt Mahound. »Wasser überspült den Sand.«

»Und die Wüste saugt das Wasser auf«, gibt ihm Hind zur Antwort. »Seht Euch um.«

Bald nach seinem Aufbruch treffen die verwundeten Männer beim Palast des Granden ein, nachdem sie ihren ganzen Mut zusammengenommen haben, Hind davon zu unterrichten, daß der alte Hamza ihre Brüder getötet hat. Aber da ist der Verkünder nirgends mehr zu finden; ist wieder einmal, langsam, auf dem Weg zum Mount Cone.

❦

Wenn Gibril müde ist, möchte er am liebsten seine Mutter dafür umbringen, daß sie ihm einen so verdammt idiotischen Kosenamen gegeben hat, *Engel,* was für ein Wort, er bittet *waswen?*, ihn mit der Traumstadt zerfallender Sandburgen und den Löwen mit den drei Zahnreihen zu verschonen, kein Waschen der Herzen von Propheten mehr, keine Anweisungen mehr, etwas vorzutragen, keine Verheißungen des Paradieses mehr, Schluß mit den Offenbarungen, finito, khattam-shud. Wonach er sich sehnt: nach schwarzem, traumlosen Schlaf. Scheißträume, Ursache allen Unglücks der Menschheit, Scheißfilme, wenn ich Gott wäre, würde ich die Phantasie einfach aus den Menschen herausschneiden, und dann könnten arme Schweine wie ich vielleicht endlich ruhig schlafen. Er kämpft gegen den Schlaf an und zwingt sich, die Augen offenzuhalten, ohne zu blinzeln, bis der Sehpurpur auf der Regenbogenhaut verblaßt und ihn erblinden läßt, aber er ist nur ein Mensch, schließlich fällt er in das Kaninchenloch, und da ist er wieder, im Wunderland, auf dem Berg, und der Geschäftsmann wacht auf, und abermals beginnt sein Verlangen, sein Bedürfnis zu arbeiten, diesmal nicht an meinem Kiefer und an meiner Stimme, sondern an meinem ganzen Körper; er verkleinert mich bis auf seine eigene Größe und zieht mich in sich hinein, sein Kraftfeld ist unglaublich, stark wie das eines verdammten Riesensterns ... und dann ringen Gibril und der Prophet miteinander, beide nackt, wälzen sich herum in der Höhle des feinen weißen Sands, der sich wie ein Schleier um sie herum erhebt. *Als ob er mir etwas beibringen, mich erforschen will, als ob ich derjenige bin, der einer Prüfung unterzogen wird.*

In einer Höhle zweihundert Meter unterhalb des Gipfels von Mount Cone ringt Mahound mit dem Erzengel, schleudert ihn von einer Seite zur anderen, und ich muß sagen, er kommt *überall* hin, seine Zunge in mein Ohr seine Faust an meine Eier, nie zuvor hat es einen so wütenden Menschen gegeben, er muß es muß es wissen muß es WISSEN, und ich habe ihm nichts zu sagen, er ist körperlich doppelt so fit wie ich und viermal so intelligent, mindestens, wir haben vielleicht beide viel durch Zuhören gelernt, aber – es liegt auf der Hand – er ist ein besserer Zuhörer als ich; so wälzen wir uns treten kratzen, er wird ziemlich mitgenommen, aber meine Haut bleibt natürlich glatt wie die eines Babys, man kann einen Engel nicht in einen verdammten Dornbusch werfen, man kann ihn nicht gegen einen Felsen schmettern. Und sie haben Zuschauer: Dschinns und Afrits und alle möglichen Geister sitzen auf den Felsen und beobachten den Kampf, und am Himmel schweben die drei geflügelten Wesen, die aussehen wie Reiher oder Schwäne oder einfach Frauen, je nachdem, wie das Licht einfällt ... Mahound macht Schluß. Er gibt den Kampf auf.

Nachdem sie stunden- oder sogar wochenlang miteinander gerungen hatten, wurde Mahound unter dem Engel festgenagelt, er wollte es so, es war sein Wille, der mich erfüllte und mir die Kraft gab, ihn niederzuhalten, denn Erzengel können solche Kämpfe nicht verlieren, es wäre nicht richtig, nur Teufel werden unter solchen Umständen besiegt; in dem Augenblick also, in dem ich obenauf war, begann er, vor Freude zu weinen, und dann spielte er seinen alten Trick aus, er zwang meinen Mund auf und brachte es zuwege, daß die Stimme, die STIMME abermals aus mir drang, sich über ihn ergoß, wie Erbrochenes.

Nach seinem Ringkampf mit dem Erzengel Gibril sinkt der Prophet Mahound in den üblichen, erschöpften, postrevelatorischen Schlaf, aber diesmal erwacht er schneller als sonst. Als er in dieser hochgelegenen Wildnis wieder zu sich kommt, ist niemand zu sehen, keine geflügelten Wesen kauern auf Felsen, er springt auf, von der Dringlichkeit der Neuigkeiten erfüllt. »Es war der Teufel«, sagt er laut zu der leeren Luft, macht es wahr, indem er es ausspricht. »Das letzte Mal, das war der Schaitan.« Das ist es, was er beim *Zuhören gehört* hat, daß er getäuscht wurde, daß der Teufel als Erzengel verkleidet zu ihm gekommen war, so daß die Verse, die er auswendig lernte, die er im Dichterzelt vortrug, nicht das Wahre waren, sondern sein diabolisches Gegenteil, nicht göttlich, sondern satanisch. So schnell er kann, kehrt er in die Stadt zurück, um die unreinen Verse auszumerzen, die nach Schwefel stinken, um sie für alle Ewigkeit aus den Akten zu streichen, so daß sie nur in ein oder zwei unzuverlässigen Sammlungen alter Überlieferungen überdauern werden, und orthodoxe Exegeten werden darangehen, sie ungeschrieben zu machen, aber Gibril, der im höchsten Kamerawinkel schwebt und von dort aus zusieht, weiß ein kleines Detail, nur eine Winzigkeit, die etwas problematisch ist, nämlich daß es beide Male ich war, Baba, das erste Mal ich und das zweite Mal auch ich. Aus meinem Munde stammen Rede und Widerrede, Verse und Antiverse, Welten und Gegenwelten, alles, und wir alle wissen, wer sich an meinem Mund zu schaffen gemacht hat.

»Zuerst war es der Teufel«, murmelt Mahound, während er nach Jahilia eilt. »Aber diesmal der Engel, keine Frage. Er hat mich zu Boden gerungen.«

❦

Die Jünger halten ihn in den Schluchten am Fuß des Mount Cone auf, um ihn vor der Wut Hinds zu warnen, die weiße Trauerkleidung trägt und ihr schwarzes Haar gelöst hat, es wie einen Sturmwind wehen läßt oder es im Staub nachzieht und dabei ihre Fußspuren verwischt, so daß sie wie eine Inkarnation des Racheengels selbst erscheint. Sie sind aus der Stadt geflohen, und auch Hamza hält sich versteckt; aber es geht das Gerücht, daß Abu Simbel bisher noch nicht den Forderungen seiner Frau nach dem Blut, das Blut auswäscht, stattgegeben hat. Er wägt noch immer die Vor- und Nachteile ab, was Mahound und die Göttinnen betrifft... Entgegen dem Rat seiner Anhänger kehrt Mahound nach Jahilia zurück und geht direkt zum Haus des Schwarzen Steins. Die Jünger folgen ihm trotz ihrer Angst. Eine Menge versammelt sich in der Hoffnung auf weitere skandalöse Ereignisse oder Verstümmelungen oder solcherlei Vergnügungen. Mahound enttäuscht sie nicht.

Er steht vor den Statuen der Drei und verkündet die Auslöschung der Verse, die Schaitan ihm ins Ohr geflüstert hat. Diese Verse werden aus dem wahren Vortrag *al-qur'an,* getilgt. Neue Verse weren an ihrer Statt mit Donnerstimme gesprochen.

»Soll Er Töchter haben und ihr Söhne?« spricht Mahound. »Das wäre eine schöne Einteilung!

Dies sind nichts als Namen, von denen ihr geträumt habt, ihr und eure Väter. Allah mißt ihnen kein Gewicht bei.«

Er verläßt das sprachlose Haus, bevor es irgend jemandem einfällt, den ersten Stein aufzuheben – oder zu werfen.

❦

Nach der Widerrufung der Satanischen Verse kehrt der Prophet Mahound nach Hause zurück, wo ihn eine Art Strafe erwartet. Eine Art Rache – wessen? Des Lichts oder der Finsternis? Des Guten oder des Bösen? –, verübt an einer Unschuldigen, was nicht selten vorkommt. Die siebzigjährige Frau des Propheten sitzt unter einem steinvergitterten Fenster, aufrecht, mit dem Rücken zur Wand, tot.

In seinem Schmerz zieht sich Mahound zurück, spricht wochenlang kaum ein Wort. Der Grande von Jahilia ordnet Verfolgungen an, die Hind nicht streng genug sind. Der Name der neuen Religion ist UNTERWERFUNG; Abu Simbel verfügt, daß sich ihre Anhänger der Kasernierung im erbärmlichsten Stadtviertel voller Bruchbuden unterwerfen müssen; einem Ausgangsverbot, einem Arbeitsverbot. Und es kommt zu tätlichen Angriffen, Frauen werden in Geschäften angespuckt, die Gläubigen werden von Banden von Jungtürken mißhandelt, die der Grande im geheimen kontrolliert, nachts werden Brandsätze durch Fenster geworfen, die zwischen nichtsahnenden Schläfern landen. Und gemäß einem bekannten Paradox der Geschichte vervielfacht sich die Zahl der Gläubigen, wie eine Saat, die auf wundersame Weise aufgeht, während die Boden- und Klimabedingungen sich zunehmend verschlechtern.

Von den Bürgern der Oase Yathrib im Norden kommt ein Angebot: Yathrib will diejenigen-die-sich-unterwerfen aufnehmen, wenn sie Jahilia zu verlassen wünschen. Hamza ist der Meinung, daß sie gehen müssen. »Hier wirst du deine Botschaft nie zu Ende führen, Neffe, glaub mir. Hind wird nicht ruhen, bis sie dir die Zunge herausgerissen hat, ganz zu schweigen von meinen Eiern, verzeih.« Mahound, allein und voller Nachklänge im Haus seines schmerzlichen Verlustes, gibt seine Zustimmung, und die Gläubigen versammeln sich, um Pläne zu machen. Khalid der Wasserträger zaudert und der hohläugige Prophet wartet darauf, daß er etwas sagt. Verlegen meint er: »Verkünder, ich habe an dir gezweifelt. Aber du warst weiser, als wir dachten. Zuerst sagten wir, Mahound wird niemals Zugeständnisse machen, aber du tatest es. Dann sagten wir, Mahound hat uns verraten, aber du brachtest uns eine tiefere Wahrheit. Du brachtest uns den Teufel persönlich, damit wir Zeugen des Wirkens des Bösen und seiner Vernichtung durch den Rechten sein konnten. Du hast unseren Glauben bereichert. Es tut mir leid, was ich gedacht habe.«

Mahound entfernt sich vom Sonnenlicht, das durch das Fenster fällt. »Ja.« Bitterkeit, Zynismus. »Wundervoll, was ich da tat. Tiefere Wahrheit. Euch den Teufel bringen. Ja, das sieht mir ähnlich.«

❦

Auf dem Gipfel des Mount Cone sieht Gibril zu, wie die Gläubigen aus Jahilia fliehen, die Stadt der Trockenheit aufgeben für den Ort von kühlen Palmen und Wasser, Wasser, Wasser. In kleinen Gruppen, mit nahezu leeren Händen, durchqueren sie das Reich der Sonne, an diesem ersten Tag des ersten Jahres des Neubeginns der Zeit, die selbst neu geboren ist, während das Alte hinter ihnen stirbt und das Neue vor ihnen wartet. Und eines Tages macht auch Mahound sich davon. Als seine Flucht entdeckt wird, verfaßt Baal eine Abschiedsode:

> Was für eine Art Idee
> Scheint UNTERWERFUNG heut'?
> Eine Religion in spe,
> Eine Idee der Furchtsamkeit.

Mahound hat seine Oase erreicht: Gibril hat nicht soviel Glück. Oft sitzt er jetzt allein auf dem Gipfel des Mount Cone, benetzt von kalten Sternschnuppen, und dann fallen sie vom nächtlichen Himmel über ihn her, die drei geflügelten Wesen, Lat Uzza Manat, flattern um seinen Kopf, zielen mit ihren Klauen nach seinen Augen, beißen ihn, peitschen ihn mit ihrem Haar, ihren Flügeln. Er hebt die Hände, um sich zu schützen, aber ihre Rache ist unermüdlich, geht weiter, sobald er ausruht, sobald er nicht auf der Hut ist. Er kämpft gegen sie, aber sie sind schneller, beweglicher, geflügelt.

Er hat keinen Teufel, den er widerrufen könnte. Da er träumt, kann er sie nicht fortwünschen.

III

ELLOHENN DEEOHENN

1

Ich weiß, was ein Geist ist, versicherte sich die alte Frau stumm. Sie hieß Rosa Diamond; sie war achtundachtzig Jahre alt; und sie blinzelte mit vorgerecktem Kopf durch ihre salzverkrusteten Schlafzimmerfenster hinaus auf das Meer unter dem Vollmond. Und ich weiß auch, was keiner ist, nickte sie vor sich hin, es ist kein Schreckgespenst oder flatterndes Bettlaken, ach, papperlapapp, das ist doch *Humbug.* Und was ist ein Geist? Eine unerledigte Geschichte, weiter nichts. Woraufhin die alte Dame, einsachtzig groß, aufrecht, das Haar kurzgeschnitten wie ein Mann, befriedigt ihr Tragödinnengesicht aufsetzte – heruntergezogene Mundwinkel, schmollende Lippen –, sich einen selbstgestrickten blauen Schal um die knochigen Schultern legte und einen Moment lang die immerwachen Augen schloß, um darum zu beten, daß die Vergangenheit zurückkehren möge. Kommt doch, ihr normannischen Schiffe, flehte sie: zeig dich endlich, Wilder Wilhelm.

Vor neunhundert Jahren war das alles noch unter Wasser gewesen, dieses Uferstück, der private Kiesstrand, der steil anstieg bis zu der kleinen Reihe Villen mit abblätterndem Anstrich und den Bootshäusern aus verwitterndem Holz, die als Abstellkammer für Liegestühle dienten, für leere Bilderrahmen, uralte Bonbonschachteln, vollgestopft mit Briefen, gebündelt und mit Schleifchen versehen, eingemottete Seiden- und Spitzenunterwäsche, tränenbefleckte Jungmädchenlektüre, Lacrosseschläger, Briefmarkenalben und all die vergrabenen Schatzkästchen voller Erinnerungen und verlorener Zeit. Die Küstenlinie hatte sich verändert, hatte sich etwa eine Meile weit ins Meer vorgeschoben und damit die erste normannische Burg fern vom Wasser auf dem trockenen sitzenlassen oder vielmehr im naßkalten Marschland, das die Armen, die dort auf ihren wiesagtman *Besitzungen* wohnten, mit dumpfen, naßkalten, fiebrigen Plagen heimsuchte. Für sie, die alte Dame, war die Burg ein Fischskelett, das die See in uralten Zeiten verschmäht hatte; ein versteinertes Meeresungeheuer. Neunhundert Jahre! Neun Jahrhunderte zuvor war die normannische Flotte geradewegs durch das Haus dieser englischen Dame gesegelt. Und die wartete nun, in klaren Nächten, bei Vollmond, auf die Wiederkehr der normannischen Geister.

Der beste Platz, um sie kommen zu sehen, sagte sie sich, Tribünenplatz. Ständige Wiederholung war ihr in ihrem ehrwürdigen

Alter zum Trost geworden; abgenutzte Ausdrücke wie *unerledigte Geschichte* oder *Tribünenplatz* gaben ihr das Gefühl, robust, zeitlos, unvergänglich zu sein und nicht das Wesen mit Mängeln und Schwächen, das sie war. Wenn der Vollmond untergeht, in der Dunkelheit vor dem Morgengrauen, kommt ihre Stunde. Geblähte Segel, blanke Ruder, und Wilhelm der Eroberer am Bug des Flaggschiffs, das über den Strand hinaufzieht, mitten durch die hölzernen, muschelüberzogenen Wellenbrecher und die paar umgedrehten Skullboote. Oh, ich habe im Leben schon so mancherlei gesehen, hatte ja immer diese Gabe, dieses Geister-Gesicht. Wilhelm der Eroberer, in spitzem Helm mit Visier, wie er zu ihrer Tür hereinkommt, zwischen den Teetischchen und den Sofas mit Schonbezügen hindurchschwebt, gleich einem Echo, das leise durch das Haus der Erinnerungen und Sehnsüchte hallt und verstummt; dann: *Totenstille.*

Als junges Mädchen stand ich einmal auf dem Battle Hill, erzählte sie immer gern und mit immer denselben, von der Zeit abgeschliffenen Worten, das einzige Kind weit und breit, fand ich mich plötzlich, doch ohne mich zu wundern, mitten im Schlachtengetümmel wieder. Langbögen, Keulen, Piken. Die Flachshaar-Sachsen, dahingerafft in der Blüte ihrer Jugend. König Harold mit dem Pfeil im Auge und Wilhelm mit dem Mund voller Sand. Ja, diese Gabe, dieses Geister-Gesicht. Die Geschichte von jenem Tag, an dem das Mädchen Rosa eine Vision von der Schlacht von Hastings gehabt hatte, war für die alte Frau einer der Meilensteine ihres Daseins, obgleich sie sie schon so oft erzählt hatte, daß niemand, nicht einmal die Erzählerin selbst, hätte mit Gewißheit sagen können, ob sie der Wahrheit entsprach. *Manchmal sehne ich mich danach zurück,* dachte Rosa wie gewohnt. *Ach, die guten alten Zeiten: les beaux jours.* Sie schloß noch einmal ihre erinnerungsschweren Augen. Und als sie sie wieder öffnete, sah sie, wie sich unten, am Rande des Wassers, kein Zweifel möglich, auf einmal etwas bewegte.

Worauf sie in ihrer Aufregung laut sagte: »Das glaube ich nicht!« – »Das ist nicht wahr!« – »Er kann doch nicht hier sein!« Rosa, auf wackligen Beinen, mit klopfendem Herzen, schnappte sich Hut, Umhang, Stock. Während unten an der winterlichen Meeresküste Gibril Farishta erwachte, mit einem Mund voller, nein, nicht Sand.

Schnee.

Pfft!

Gibril spuckte; sprang auf, als würde er angetrieben von ausgehustetem Schneematsch, wünschte Chamcha – wie schon berichtet – alles Gute zum Geburtstag; und klopfte sich erst einmal den Schnee von den durchnäßten purpurroten Ärmeln. »Herrgott, yaar«, rief er und hüpfte dabei von einem Fuß auf den anderen. »Kein Wunder, daß die Leute hier Herzen aus Eis haben.«

Aber dann war die schiere Freude über diese Massen von Schnee um ihn herum doch stärker als sein anfänglicher Zynismus – er kam eben aus den Tropen –, und Gibril Farishta, dunkel und durchnäßt, legte los, machte Luftsprünge, warf mit Schneebällen auf seinen bäuchlings daliegenden Gefährten, dachte an einen Schneemann und sang eine wilde, stürmische Version des Weihnachtsliedes »Jingle Bells«. Die ersten Anzeichen der Dämmerung erschienen am Himmel, als an dieser idyllischen Meeresküste Luzifer tanzte, der Stern des Morgens.

Sein Atem, das sollte nicht unerwähnt bleiben, roch aus irgendwelchen Gründen nach gar nichts mehr...

»Na, komm schon, Baby«, rief der unbezwingbare Gibril, dessen Verhalten der Leser mit gutem Grund auf die bestürzenden, derangierenden Auswirkungen seines kürzlich überstandenen Falles zurückführen mag. »Auf, du Faulpelz! Laß uns diesen Ort im Sturm erobern!« Dabei drehte er dem Meer den Rücken zu, löschte die schlechten Erinnerungen aus, um Platz für Neues zu schaffen, denn der Reiz des Neuen war nach wir vor ungeheuer groß für ihn, und er hätte sogar eine Fahne in den Schnee gepflanzt (wenn er eine besessen hätte), um im Namen von Werweiß-wem Anspruch auf dieses weiße Land, sein neugefundenes Land, zu erheben. »Spoono«, bat er, »rühr dich, Baba, verdammt noch mal, oder bist du tot?« Worte, die den Sprecher wieder zur (oder zumindest an den Rand der) Besinnung brachten. Er beugte sich über die ausgestreckt daliegende Gestalt, wagte aber nicht, sie zu berühren. »Jetzt doch nicht, Chumch, mein Alter«, drängte er. »Jetzt doch nicht, wo wir's so weit geschafft haben.«

Saladin: war nicht tot. Er weinte. Die Tränen der Erschütterung gefroren auf seinem Gesicht. Und sein ganzer Körper war umhüllt von einer dünnen Haut aus Eis, glatt wie Glas; als wäre ein böser Traum Wirklichkeit geworden. In seiner miasmatischen Halb-Ohnmacht – Folge der niedrigen Körpertemperatur – war er besessen von der Alptraum-Angst, zu zerspringen, zu sehen, wie sein Blut aus den Sprüngen im Eis sprudelte, sein Fleisch sich mit den Splittern ablöste. Er war voller Fragen, haben wir wirklich, ich meine, du mit den Händen geflattert, und dann die Wasser, ich meine, du wirst doch nicht behaupten, daß sie *tatsächlich*, wie im Film, als Charlton Heston seinen Stab ausstreckte, so daß wir, über den Meeresboden, nicht möglich, kann nicht sein, aber wenn nicht, wie dann, oder sind wir igendwie unter Wasser, in Begleitung von Meerjungfrauen, und das Meer durch uns hindurch, als wären wir Fische oder Geister, ist das die Wahrheit, ja oder nein, ich brauche muß ... aber als er die Augen aufschlug, wurden diese Fragen undeutlich wie Träume, so daß er sie nicht länger festhalten konnte und sie mit den Schwänzen aufschlugen und vor seinen Augen verschwanden wie U-Boot-Flossen.

Er sah hinauf zum Himmel und bemerkte, daß der ganz und gar die falsche Farbe hatte, blutorange mit grün gesprenkelt, und der Schnee blau wie Tinte. Er blinzelte kräftig, aber die Farben wollten sich nicht ändern, was ihn auf den Gedanken brachte, daß er aus dem Himmel in irgendeine verkehrte Welt gefallen war, in irgendeine andere Gegend, nicht England oder vielleicht Nicht-England, irgendein Schein-Gebiet, Potemkinsches Dorf, verändertes Land. Vielleicht, dachte er kurz: Hölle? Nein, nein, versicherte er sich, als erneut Ohnmacht drohte, die kann es nicht sein, noch nicht, du bist noch nicht tot; aber du stirbst.

Also dann: ein Warteraum für Anschlußflüge.

Er begann zu zittern, und dieses Zittern wurde so stark, daß ihm der Gedanke kam, er könne unter der Erschütterung entzweibrechen wie ein, wie ein Flugzeug.

Dann war nichts mehr. Er war in einer Leere, und wenn er überleben sollte, würde er alles von Grund auf neu errichten müssen, würde den Boden unter seinen Füßen neu erfinden müssen, bevor er auch nur einen Schritt tun konnte, nur daß jetzt überhaupt keine Notwendigkeit bestand, sich über derlei Dinge Gedanken zu machen, weil das Unausweichliche vor ihm stand: die große, knochige Gestalt des Todes, mit breitkrempigem Strohhut, in einem dunklen Umhang, der in der Brise flatterte. Der Tod, auf einem Stock mit Silberknauf gestützt, in olivgrünen Gummistiefeln.

»Was glauben Sie eigentlich, daß Sie hier tun?« wollte der Tod wissen. »Das hier ist Privateigentum. Da hinten steht ein Schild.« Er sprach mit einer Frauenstimme, die ein bißchen zittrig und schon mehr als ein bißchen aufgeregt klang.

Wenige Augenblicke später beugte sich der Tod über ihn – *um mich zu küssen,* dachte er in stummer Panik. *Um den Atem aus meinem Körper zu saugen.* Er protestierte mit schwachen, nutzlosen Bewegungen.

»Na also, er lebt ja«, sagte der Tod zu, werwardas, Gibril. »Aber, mein Lieber. Sein Atem: was für ein *Gestank*. Wann hat er sich denn das letzte Mal die Zähne geputzt?«

❦

Der Atem eines Mannes war wohlriechend und der eines anderen, durch das gleiche und umgekehrte Geheimnis, übelriechend geworden. Was konnten sie auch erwarten? Einfach aus dem Himmel zu fallen: dachten sie, so etwas hätte keine Nebenwirkungen? Sie hatten das Interesse höherer Mächte erweckt, das hätten sie eigentlich merken müssen, und diese Mächte (ich spreche natürlich von mir selbst) haben eine boshafte, ja fast schon gemeine Art, mit Sturzflügen umzugehen. Und noch etwas, lassen Sie mich das klarstellen: ein großer Fall verändert den Menschen. Ja, denken Sie denn, die beiden wären weit gefallen? Was Sturzflüge betrifft, da gebe ich keinem den Vortritt, ob er nun sterblich ist oder un –. Von den Wolken zur Asche, den Schornstein runter, wie Sie vielleicht sagen würden, vom himmlischen Licht zum Höllenfeuer ... unter dem Druck eines langen Sturzes, will ich damit sagen, kommt es häufig zu Mutationen, die nicht unbedingt zufällig sind. Unnatürliche Auslese. Kein sehr hoher Preis, um zu überleben, um wiedergeboren, um neu zu werden, und das in ihrem Alter.

Was? Ich soll die Veränderungen aufzählen?

Wohlriechender/übelriechender Atem.

Und um den Rand von Gibril Farishtas Kopf, als er mit dem Rücken zur Morgendämmerung stand, schien es Rosa Diamond, als sähe sie einen schwachen, aber deutlich goldfarbenen *Schimmer.*

Und waren das Beulen an Chamchas Schläfen, unter seiner durchweichten und immer noch an Ort und Stelle sitzenden Melone?

Und, und, und.

❦

Als sie Gibril Farishta erblickte, diese bizarre, satyrartige Gestalt, die in dionysischer Freude im Schnee herumhüpfte, da dachte Rosa Diamond nicht an *sag schon* Engel. Sie sah ihn vom Fenster aus, durch salzverklebtes Glas und alterstrübe Augen und spürte, wie ihr Herz einen Schlag tat und noch einen, so schmerzhaft, daß sie fürchtete, es könnte stehenbleiben; weil sie in dieser verschwommenen Gestalt die Inkarnation der tief in ihrer Seele vergrabenen Sehnsüchte zu erkennen glaubte. Sie vergaß die normannischen Invasoren, als wären sie nie gewesen, und stieg den Abhang aus tückischen Kieselsteinen hinunter, mit Mühe, aber schneller, als ihren fast neunzigjährigen Gliedmaßen guttat, um dem unglaublichen Fremden mit gespielter Entrüstung zu verkünden, daß er sich auf ihrem Grund und Boden aufhalte.

Im allgemeinen war sie unnachgiebig, wenn es darum ging, ihr geliebtes Stück Land zu verteidigen, und wenn Wochenendausflügler oberhalb der Hochwassermarke herumstreunten, dann fiel Rosa über sie her wie *der Wolf über die Schafherde,* so nannte sie es, mit Erklärungen und Forderungen: Das ist mein Garten, verstehen Sie. Und wenn sie frech wurden, – jetztreichtsAlte, dasistStrandhier –, dann ging sie ins Haus zurück, um einen langen grünen Gartenschlauch zu holen und ihn gnadenlos auf ihre Schottenkarodecken und Plastikkricketschläger und Sonnenölflaschen zu richten; und mit einem freundlichen Lächeln machte sie die Sandburgen ihrer Kinder kaputt und durchweichte ihre Leberwurstbrote: *Es stört Sie doch nicht, wenn ich meinen Garten gieße?* Ja, sie war schon einmalig, man kannte sie im ganzen Dorf, eine wie sie ließ sich nicht ins Altersheim stecken, sie setzte ihre ganze Familie vor die Tür, als die wagte, so was vorzuschlagen, laßt euch nie wieder blicken, sagte sie zu ihnen, enterbte die ganze Truppe, bis auf den letzten Penny, ohne Wenn und Aber. Ganz allein war sie nun, und es konnten Wochen vergehen, ohne daß sie Besuch bekam, nicht mal von Dora Shufflebotham, die ihr den Haushalt geführt hatte, Dora war im letzten September gestorben, sie ruhe in Frieden, aber es ist schon ein Wunder, wie die komische Schachtel das schafft, in ihrem Alter, die vielen Stufen, wahrscheinlich wuselt sie den ganzen Tag rum, aber was soll's, da würde doch jeder überschnappen, so ganz allein.

Für Gibril gab es weder den Schlauch noch die *scharfe Zungenspitze.* Rosa ließ pro forma ein paar tadelnde Worte vom Stapel, hielt sich die Nasenlöcher zu, während sie den gefallenen und neuerdings schwefligen Saladin untersuchte (der zu diesem Zeitpunkt seine Melone noch nicht abgesetzt hatte), und dann, in einem Anfall von Schüchternheit, den sie mit nostalgischem Erstaunen willkommen hieß, stammelte sie eine Einladung, bbringen Ssie Ihren Ffreund am bbesten rrein ins Wwarme, und stapfte zurück, den Kiesstrand hoch, um den Wasserkessel aufzusetzen, dankbar für die beißend-kalte Winterluft, die ihre Wangen ohnehin zum Erröten brachte und ihr damit das Gesicht zu wahren half.

Als junger Mann hatte Saladin Chamcha ein Gesicht von außergewöhnlicher Unschuld besessen, ein Gesicht, das aussah, als hätte es noch keine Ernüchterung, noch nichts Böses erfahren, und eine Haut, die so weich und glatt war wie die Hand einer Prinzessin. Dieses Gesicht war ihm bei Frauen immer von Nutzen gewesen, ja, es hatte sogar zu den Gründen gehört, die seine zukünftige Frau Pamela Lovelace anführte dafür, daß sie sich in ihn verliebt hatte. »So rund, so engelhaft«, staunte sie und nahm sein Kinn in ihre Hände. »Wie ein Gummiball.«

Er war gekränkt. »Ich habe auch Knochen«, protestierte er. »Ein Knochen*gerüst.*«

»Irgendwo da drin«, räumte sie ein. »Wie alle Leute.«

Danach quälte ihn eine Zeitlang die Vorstellung, er sähe aus wie eine gesichtslose Qualle, und er ging daran, zum großen Teil, um dieses Gefühl loszuwerden, das bornierte, hochnäsige Betragen an den Tag zu legen, das ihm mittlerweile zur zweiten Natur geworden war. Es handelte sich daher um eine einigermaßen wichtige Angelegenheit, als er beim Erwachen aus einem langen Schlummer, in dem er pausenlos von unerträglichen Träumen heimgesucht worden war – mit immer wiederkehrenden Visionen von Zeeny Vakil, wie sie, in eine Meerjungfrau verwandelt, ihm von einem Eisberg aus quälend süße Melodien sang, Klagelieder über ihre Unfähigkeit, ihn aufs Festland zu begleiten, wie sie ihn rief und rief; doch als er zu ihr ging, sperrte sie ihn geschwind in ihren Berg aus Eis, und ihr Lied wurde zu einer Weise von Triumpf und Rache es war, will ich damit sagen, eine ernste Angelegenheit, als Saladin Chamcha aufwachte, in einen Spiegel mit japanisierendem blau-gold lackierten Rahmen blickte und gewahr wurde, daß ihm wieder sein altes engelhaftes Gesicht entgegenstarrte; während er an seinen Schläfen ein Paar fürchterlich verfärbte Schwellungen bemerkte, Indizien dafür, daß er irgendwann bei seinem jüngsten Abenteuer einige mächtige Schläge hatte einstecken müssen.

Während er im Spiegel sein verändertes Gesicht betrachtete, versuchte Chamcha, sich an sich selbst zu erinnern. Ich bin ein richtiger Mensch, erklärte er dem Spiegel, mit einer richtigen Geschichte und einer vorhergeplanten Zukunft. Ich bin ein Mann, für den bestimmte Dinge von Bedeutung sind: Härte, Selbstdisziplin, Vernunft, das Streben nach allem, was edel ist, ohne auf die alte Krücke namens Gott zurückgreifen zu müssen. Das Ideal von Schönheit, die Aussicht auf Erhabenheit, der Geist. Ich bin: ein verheirateter Mann. Aber trotz dieser Litanei ließen sich gewisse perverse Gedanken nicht abschütteln. Wie zum Beispiel der, das die Welt nicht über den Strand und im Augenblick auch nicht über das Haus hinaus existierte. Daß er, wenn er nicht vorsichtig war, wenn er vorschnell handelte, über den Rand fallen würde, in die Wolken. Die Dinge mußten erst wieder *gemacht* werden. Oder zweitens: daß wenn er bei sich zu Hause anrufen würde, jetzt gleich, was er eigentlich tun sollte, wenn er also seine liebende Gattin davon unterrichten würde, daß er nicht tot war, nicht mitten in der Luft in Stücke gerissen worden war, sondern sich tatsächlich hier befand, auf festem Boden, wenn er nun diesen ungemein vernünftigen Schritt tun würde, die Person, die ans Telefon käme, seinen Namen nicht erkennen würde. Oder: daß Geräusch von Schritten, das ihm in den Ohren klang – weit entfernte Schritte, aber im Anmarsch – kein vorübergehendes Ohrensausen war, durch den Fall verursacht, sondern das Geräusch von nahendem Verhängnis, Buchstabe für Buchstabe, Ellohenn, Deeohenn, London. *Hier bin ich in Großmutters Haus. Sie hat große Augen, Hände und Zähne.*

Auf seinem Nachtisch stand ein Telefon. Jetzt aber, ermahnte er sich. Heb ab, wähl, dann wird sich auch dein seelisches Gleichgewicht wiederherstellen. Diese Schlaffheit, das paßt doch nicht zu dir, ist deiner nicht würdig. Denk an ihren Kummer; ruf sie jetzt an.

Es war Nacht. Er wußte nicht, wie spät es war. Es gab keine Uhr im Zimmer, und seine Armbanduhr war ihm irgendwo abhanden gekommen. Sollte er sollte er nicht? Er wählte die neun Ziffern. Beim vierten Klingelzeichen meldete sich ein Mann.

»Was zum Teufel soll das?« Schläfrig, unidentifizierbar, bekannt.

»Entschuldigung«, sagte Saladin Chamcha. »Entschuldigen Sie bitte. Hab' mich verwählt.«

Während er noch das Telefon anstarrte, fiel ihm ein Theaterstück ein, das er einmal in Bombay gesehen hatte; es basierte auf einem englischen Original, aber er kam nicht mehr auf den Namen, Tennyson? Nein, nein. Somerset Maugham? Ach, weiß der Teufel. In der ursprünglichen und nun autorlosen Fassung kommt ein Mann, der nach jahrelanger Abwesenheit für tot erklärt worden ist, eines Tages zurück, wie ein lebender Geist, um die Orte aufzusuchen, die ihm früher wichtig gewesen waren. Eines Nachts kehrt er heimlich zu seinem ehemaligen Haus zurück und blickt durch ein offenes Fenster hinein. Er entdeckt, daß seine Frau, die sich für seine Witwe hält wieder geheiratet hat. Auf dem Fenstersims steht ein Kinderspielzeug. Er bleibt geraume Zeit stehen, im Dunkeln, und ringt mit seinen Gefühlen; schließlich nimmt er das Spielzeug vom Sims; und geht für immer fort, ohne zu verraten, daß er dagewesen ist. Die indische Version der Geschichte sah anders aus. Die Frau hatte den besten Freund ihres Mannes geheiratet. Der Ehemann erschien an der Haustür und marschierte nichtsahnend hinein. Als er seine Frau und seinen besten Freund beisammen sitzen sah, begriff er nicht, daß die beiden verheiratet waren. Er dankte seinem Freund dafür, daß er seine Frau getröstet hatte, aber jetzt war er ja wieder zu Hause und somit alles in Ordnung. Das Ehepaar wußte nicht, wie es ihm die Wahrheit beibringen sollte; schließlich war es ein Diener, der sie verriet. Der Ehemann, dessen lange Abwesenheit offenbar auf einen Anfall von Amnesie zurückzuführen war, reagierte auf die Nachricht von der Eheschließung, indem er verlautete, bestimmt habe auch er sich irgendwann während seiner langen Abwesenheit wieder verheiratet; doch nun, da die Erinnerung an sein früheres Leben zurückgekehrt war, hatte er unglücklicherweise vergessen, was in den Jahren seines Fernbleibens geschehen war. Er ging zur Polizei, um sie zu bitten, seine neue Frau ausfindig zu machen, obgleich er sich überhaupt nicht an sie erinnern konnte, nicht an ihre Augen, nicht einmal an die schlichte Tatsache ihrer Existenz.

Der Vorhang fiel.

Saladin Chamcha, allein in einem unbekannten Schlafzimmer in einem ungewohnten rot-weiß-gestreiften Pyjama, lag mit dem Gesicht nach unten auf einem schmalen Bett und weinte. »Verdammt seien alle Inder«, schluchzte er in die dämpfenden Bettdecken und schlug mit den Fäusten so wild auf die gerüschten Kissenbezüge von Harrods in Buenos Aires, daß es den fünfzig Jahre alten Stoff in Fetzen riß. *»Zum Teufel!* Diese Unanständigkeit, diese *Scheiß-Scheiß*-Geschmacklosigkeit. *Zum Teufel!* Dieses Schwein, diese Schweine und ihr *beschissener* Mangel an Taktgefühl.«

In diesem Moment traf die Polizei ein, um ihn festzunehmen.

❦

In der Nacht, nachdem sie die beiden vom Strand zu sich hereingeholt hatte, stand Rosa Diamond wieder am Fenster ihrer schlaflosen Nächte und sah sinnend hinaus auf die neunhundert Jahre alte See. Der mit dem üblen Geruch schlief, seit sie ihn ins Bett gebracht hatten, fest eingepackt mit Wärmflaschen, Schlaf ist das allerbeste, laß ihn erstmal zu Kräften kommen. Sie hatte die beiden im oberen Stock untergebracht, Chamcha im Gästezimmer und Gibril im früheren Arbeitszimmer ihres toten Mannes, und während sie die schimmernde Weite des Meeres betrachtete, konnte sie ihn dort oben herumlaufen hören, zwischen den ornithologischen Drucken und den Vogelrufpfeifen des verstorbenen Henry Diamond, den Bolas, den Peitschen und den Luftaufnahmen von der Los Alamos Estancia, lang war das her und weit weg; welcher Trost, in diesem Zimmer die Schritte eines Mannes zu hören. Farishta wanderte auf und ab, mied den Schlaf aus anderen Gründen. Und Rosa, die zu der Decke hochsah, auf der er schritt, nannte ihn flüsternd bei einem lange nicht mehr ausgesprochenen Namen. Martin, sagte sie. Der mit demselben Nachnamen wie die tödlichste Schlange seines Landes, die Viper. Die Vibora, *de la Cruz.*

Und plötzlich sah sie die Schatten über den Strand ziehen, so als hätte der verbotene Name die Toten heraufbeschworen. Nicht noch einmal, dachte sie, und holte ihr Opernglas. Bei ihrer Rückkehr fand sie den Strand voll von Schatten und diesmal hatte sie Angst, denn während die normannische Flotte stolz und offen und ohne Täuschungsmanöver angesegelt kam, wenn sie kam, waren diese Schatten verstohlen, stießen schreckliche, lautlose Verwünschungen und Japs- und Bell-Laute aus, geduckte Gestalten, offenbar ohne Köpfe, mit baumelnden Armen und Beinen, wie riesige ungeschälte Krabben. Hastiges Hin und Her und zur Seite, schwere Stiefel, die auf Kies knirschten. Unmengen von Gestalten. Sie sah, wie sie das Bootshaus erreichten, auf dem ein uralter, verblaßter Pirat mit Augenbinde grinsend sein Entermesser schwang, und das war zuviel, *das geht zu weit,* befand sie und stolperte die Treppe hinunter, um sich etwas Warmes anzuziehen und ihre geliebte Vergeltungswaffe zu holen: die lange Rolle mit dem grünen Gartenschlauch. Vor der Haustür rief sie mit klarer Stimme: »Ich kann Sie ganz deutlich sehen. Kommen Sie her, kommen Sie her, wer Sie auch sein mögen.«

Sie knipsten sieben Sonnen an und blendeten sie, und da geriet sie in Panik, angestrahlt von den sieben weißblauen Scheinwerfern ringsherum, um die, wie Glühwürmchen oder Satelliten, eine Unmenge kleinerer Lichte summten: Laternen Fackeln Zigaretten. Ihr drehte sich der Kopf, und für einen Moment verlor sie die Fähigkeit, zwischen *damals* und *jetzt* zu unterscheiden; in ihrer Aufregung fing sie an zu plappern, macht das Licht aus, wißt ihr nicht, daß Verdunkelung ist, ihr werdet uns die Nazis auf den Hals hetzen, wenn ihr so weitermacht. »Ich rede ja wirres Zeug«, stellte sie angewidert fest und knallte mit der Spitze ihres Stockes auf den Fußabtreter. Woraufhin sich, wie durch Zauberhand, in dem blendenden Kreis von Licht Polizisten materialisierten.

Wie sich herausstellte, hatte jemand eine verdächtige Person am Strand gemeldet, wißt ihr noch, früher kamen sie doch immer in Fischerbooten, die Illegalen, und dank dieses einen anonymen Anrufs waren nun siebenundfünfzig uniformierte Ordnungshüter dabei, den Strand zu durchkämmen, schwenkten ihre Taschenlampen wie verrückt durch die Dunkelheit, Polizisten aus so weit entfernten Bezirken wie Hastings Eastbourne Bexhill-upon-Sea, selbst eine Abordnung aus Brighton, weil niemand den Spaß versäumen wollte, den Kitzel der Jagd. Die siebenundfünfzig Strandläufer wurden begleitet von dreizehn Hunden, die alle Meeresluft schnüffelten und begeistert das Bein hoben. Während vor dem Haus, ein Stück entfernt von dem Massenaufgebot an Männern und Hunden, Rosa Diamond nichts anderes tat, als die Wachtmeister anzustarren, die die Ausgänge bewachten, Haustür, Erdgeschoßfenster, Küchentür, für den Fall, daß der mutmaßliche Bösewicht einen vergeblichen Fluchtversuch unternehmen sollte; und die drei Männer in Zivil, in unauffälligen Mänteln und unauffälligen Hüten und mit dazu passenden Gesichtern; und den jungen Inspektor Lime, der vor der ganzen Truppe stand und sich nicht traute, ihr in die Augen zu sehen, der mit den Füßen scharrte und sich die Nase rieb und mit seinen blutunterlaufenen Augen viel älter aussah als vierzig. Sie klopfte ihm mit dem Ende ihres Stockes an die Brust, *zu dieser nächtlichen Stunde, Frank, was soll das bedeuten,* aber er ließ nicht zu, daß sie ihn herumkommandierte, nicht heute nacht, nicht wenn drei Männer von der Einwanderungsbehörde jeden seiner Schritte beobachteten, also richtete er sich auf und reckte das eine Kinn, um das zweite zu verbergen.

»Entschuldigen Sie, Mrs. Diamond. Gewisse Anschuldigungen, Informationen, die uns zu Ohren gekommen sind. – Grund zu der Annahme. Nach gewissenhafter Prüfung. Müssen eine Durchsuchung Ihrer. Ist Haftbefehl erlassen.«

»Seien Sie doch nicht albern, lieber Frank«, begann Rosa, aber genau in diesem Moment richteten sich die drei Männer mit den unauffälligen Gesichtern zu voller Größe auf, schienen stocksteif zu werden, hoben alle drei leicht ein Bein, wie Vorstehhunde; der erste gab ein eigenartiges Zischen von sich, das recht vergnügt klang, während den Lippen des zweiten ein sanftes Stöhnen entwich und der dritte begann, die Augen auf seltsam zufriedene Art zu rollen. Dann deuteten sie alle über Rosa Diamonds Kopf hinweg auf die Stelle in dem hell angestrahlten Flur, wo Mr. Saladin Chamcha stand und sich mit der linken Hand die Pyjamahose hochzog, weil ein Knopf abgegangen war, als er sich aufs Bett geworfen hatte. Mit der rechten Hand rieb er sich ein Auge.

»Volltreffer«, sagte der zischende Mann, während der Stöhner seine Hände unterm Kinn faltete, um anzudeuten, daß seine Gebete erhört worden waren, und der Augenroller sich an Rosa vorbeidrängte, ohne die Etikette zu beachten, abgesehen von einem gemurmelten »Madam, Sie entschuldigen«.

Dann gab es so etwas wie eine Überschwemmung, und Rosa wurde von dem auf und ab wogenden Meer aus Polizistenhelmen in ihrem eigenen Wohnzimmer in die Ecke gedrängt, so daß sie Saladin Chamcha nicht mehr sehen und auch nicht hören konnte, was er sagte. So hörte sie nie seine Erklärung zu der Explosion der *Bostan,* da muß ein Irrtum vorliegen, schrie er, ich bin doch kein Schleichweg-Einwanderer im Fischerboot, keiner von Ihren Ugandakenianern, ich doch nicht. Die Polizisten fingen an zu grinsen, verstehe, Sir, in dreißigtausend Fuß, und dann sind Sie ans Ufer geschwommen. Sie haben das Recht, die Aussage zu verweigern, kicherten sie, doch gleich darauf brachen sie in schallendes Gelächter aus, kein Irrtum, wir haben schon den Richtigen. Aber Rosa erfuhr nichts von Saladins Protest, die lachenden Polizisten standen im Weg. Sie müssen mir glauben, ich bin Engländer, sagte er, mit Aufenthaltsberechtigung, aber als er keinen Paß und auch kein anderes Dokument zur Identifikation vorzeigen konnte, begannen sie, vor lauter Freude zu heulen, Tränen strömten sogar über die ausdruckslosen Gesichter der Männer in Zivil von der Einwanderungsbehörde. Ja, sagen Sie bloß, kicherten sie, die Papiere sind Ihnen bei Ihrem Sturz wohl aus der Tasche gefallen, oder haben die Meerjungfrauen Ihnen die Taschen im Wasser ausgeräumt? In der vor Lachen wogenden Brandung von Männern und Hunden konnte Rosa nicht sehen, ob ein paar der uniformierten Arme vielleicht etwas mit Chamchas Armen machten oder ihre Fäuste mit seinem Bauch oder ihre Stiefel mit seinen Schienbeinen; und sie konnte auch nicht sicher sein, ob es seine Stimme war, die aufschrie, oder ein Hund jaulte. Aber schließlich hörte sie, wie seine Stimme sich zu einem letzten, verzweifelten Aufschrei erhob: »Sieht von ihnen denn niemand fern? Erkennen Sie mich nicht? Ich bin Maxim. Maxim Alien.«

»Ach, der sind Sie«, sagte der glotzäugige Beamte. »Und ich bin Kermit, der Frosch.«

Was Saladin Chamcha aber nicht sagte, selbst als klar war, daß etwas furchtbar schiefgegangen war: »Es gibt eine Telefonnummer in London«, diese Information versäumte er, den Polizisten zu geben. »Am anderen Ende der Leitung werden Sie als Bürgen für mich, für die Wahrheit dessen, was ich sage, meine bezaubernde weiße englische Ehefrau finden.« Nein, Sir. *Scheißegal.*

Rosa Diamond nahm all ihre Kraft zusammen. »Einen Moment noch, Frank Lime«, rief sie laut. »Sehen Sie mal hierher«, aber die drei Männer in Zivil hatten wieder mit ihrer absonderlichen Nummer von Zischen Stöhnen Augenrollen begonnen, und in der Stille, die plötzlich den Raum erfüllte, deutete der Augenroller mit einem zitternden Finger auf Chamcha und sagte: »Lady, wenn Sie Beweise brauchen, dann werden Sie keine besseren finden als *die da.*«

Saladin Chamcha, der der Richtung von Glotzauges Finger folgte, hob die Hände an die Stirn, und da wußte er, daß er im erschreckendsten aller Alpträume erwacht war, in einem Alptraum, der soeben erst begonnen hatte, denn was er an seinen Schläfen fühlte, was mit jedem Moment länger wurde und scharf genug war, um Haut blutig zu ritzen, war, kein Zweifel möglich, ein Paar neuer Ziegenbockshörner.

❦

Bevor das Heer von Polizisten Saladin Chamcha fortbrachte, in sein neues Leben, geschah noch etwas Unerwartetes. Denn als Gibril Farishta das blendende Licht sah und das wahnsinnige Gelächter der Polizeibeamten hörte, kam er in kastanienbraunem Smoking und Reithosen, die aus Henry Diamonds Garderobe stammten und leicht nach Mottenkugeln rochen, die Treppe herunter; er blieb auf dem oberen Treppenabsatz stehen und beobachtete kommentarlos das Geschehen. Er stand dort unbemerkt, bis Chamcha, in Handschellen und auf dem Weg hinaus zur Grünen Minna, barfuß, immer noch die Pyjamahose festhaltend, seiner ansichtig wurde und rief: »Gibril, um Gottes willen, sag ihnen, was los ist.«

Zischer Stöhner Glotzauge drehten sich gespannt zu Gibril um. »Und wer könnte das sein?« erkundigte sich Inspektor Lime. »Ist der auch vom Himmel gefallen?«

Doch die Worte erstarben auf seinen Lippen, denn in diesem Moment wurden die Scheinwerfer ausgemacht, wofür Befehl ergangen war, sobald man Chamcha Handschellen angelegt und ihn in polizeilichen Gewahrsam genommen hatte, und nach Verlöschen der sieben Sonnen wurden alle gewahr, daß ein schwaches goldenes Licht von der Umgebung des Mannes im Smoking ausging, ja daß es direkt hinter seinem Kopf in sanftem Glanz erstrahlte. Inspektor Lime würde nie auch nur ein Wort über dieses

Licht verlieren, und hätte man ihn irgendwann einmal danach gefragt, hätte er geleugnet, jemals etwas derartiges gesehen zu haben, ein Heiligenschein im ausgehenden zwanzigsten Jahrhundert, wo kämen wir denn da hin.

Doch als Gibril fragte: »Was wollen diese Männer?«, da entstand in jedem Mann der heftige Wunsch, diese Frage wahrheitsgetreu und in aller Ausführlichkeit, zu beantworten, ja selbst persönliche Geheimnisse zu enthüllen, so als wäre er, als ob, aber nein, lächerlich, sie würden wochenlang die Köpfe schütteln, bis schließlich alle davon überzeugt waren, das, was sie getan hatten, aus rein logischen Gründen getan zu haben, er war Mrs. Diamonds alter Freund, die zwei hatten diesen Gauner Chamcha halb ertrunken am Strand gefunden und ihn aus rein menschlichen Gründen ins Haus gebracht, keinerlei Veranlassung, Rosa oder auch Mr. Farishta noch länger zu belästigen, ein ganz ehrenwerter Gentleman, das sah man doch gleich, sein Smoking und seine, seine, na ja, exzentrisches Aussehen ist schließlich kein Verbrechen.

»Gibril«, sagte Saladin Chamcha, »hilf mir.«

Aber Gibrils Augen waren von Rosa Diamonds Blick gebannt worden. Er sah sie an und konnte nicht wegsehen. Dann nickte er und ging wieder nach oben. Niemand unternahm den Versuch, ihn aufzuhalten.

Als Chamcha bei der Grünen Minna ankam, sah er den Verräter Gibril Farishta von dem kleinen Balkon oben vor Rosas Schlafzimmer aus auf ihn herabsehen, und nicht ein Fünkchen Licht schien um den Kopf des Mistkerls.

2

Kan ma kan/Fi qadim azzaman... Es war so, es war nicht so, in einer längst vergessenen Zeit, daß im Silber-Land von Argentinien ein gewisser Don Enrique Diamond lebte, ein Vogelkundler, aber kein Frauenkenner, und seine Frau Rosa, die nichts von Männern, aber eine ganze Menge von der Liebe verstand. Eines Tages, als die Señora ausritt, im Damensattel, einen Hut mit Feder auf dem Kopf, da geschah es, daß sie an den großen steinernen Toren der Diamond-Estancia, die absurderweise mitten in der leeren Pampa stand, einen Strauß erblickte, der auf sie zurannte, der um sein Leben rannte, so schnell er konnte, mit allen erdenklichen Tricks und Finten; denn der Strauß ist ein listiger Vogel und schwer zu fangen. Ein kleines Stück hinter dem Strauß schwebte eine Staubwolke voll von den Geräuschen jagender Männer, und als der Strauß bis auf zwei Meter an sie herangekommen war, sandte die Wolke Bolas aus, die sich um seine Beine wickelten und ihn zu Boden stürzten, vor die Füße ihrer grauen Stute. Der Mann, der vom Pferd stieg, um den Vogel zu töten, wandte seine Augen nicht mehr von Rosas Gesicht ab. Er nahm ein Messer mit silbernem Griff aus einer Gürtelscheide und stieß es dem Vogel in den Rachen, tief, bis zum Griff, und dabei sah er den sterbenden Strauß kein einziges Mal an, starrte nur in Rosas Augen, während er auf der lockeren gelben Erde kniete. Sein Name war Martín de la Cruz.

Nachdem Chamcha weggebracht worden war, wunderte Gibril Farishta sich oft über sein eigenes Verhalten. In diesem traumähnlichen Moment, als er vom Blick der alten Engländerin gebannt worden war, hatte er gefühlt, daß er nicht über seinen eigenen Willen bestimmen konnte, daß andere Bedürfnisse entscheidend waren. Aufgrund der verwirrenden jüngsten Ereignisse und seiner Entschlossenheit, solange wie möglich wach zu bleiben, dauerte es ein paar Tage, bevor er das, was vor sich ging, mit der Welt hinter seinen Augenlidern in Verbindung brachte, und erst dann begriff er, daß er fort mußte, denn das Universum seiner Alpträume hatte begonnen, in sein normales Leben einzusickern, und wenn er sich nicht in acht nahm, würde es ihm nicht gelingen, noch einmal von vorn anzufangen, mit ihr wiedergeboren zu werden, durch sie, Alleluia, die das Dach der Welt gesehen hatte.

Es war ein Schock, als er sich darüber klar wurde, daß er keinerlei Anstalten gemacht hatte, Kontakt zu Allie aufzunehmen; oder Chamcha in seiner Not zu helfen. Nicht einmal das Phänomen auf Chamchas Kopf – ein Paar spitzer, neuer Hörner – hatte ihn erschüttert, obgleich hier tatsächlich Anlaß zur Sorge bestanden hätte. Er war in einer Art Trance gewesen, und als er die alte Dame fragte, was sie von alldem halte, lächelte sie nur seltsam und sagte, es sei alles schon mal dagewesen, sie habe mancherlei Dinge gesehen, Erscheinungen von Männern mit gehörnten Helmen, in einem uralten Land wie England gebe es keinen Platz für neue Geschichten, über jeden Grashalm seien schon hunderttausend Füße gegangen. Einen Großteil der Zeit redete sie unzusammenhängendes, wirres Zeug, dann wieder bestand sie darauf, ihm gewaltige, schwere Mahlzeiten zu kochen, Shephard's Pie aus Hackfleisch und Kartoffelbrei, Rhabarber-Streuselkuchen mit dicker

Eiercreme, deftige Eintöpfe, die verschiedensten nahrhaften Suppen. Und stets trug sie dabei eine Miene von unerklärlicher Genugtuung zur Schau, als hätte sein Erscheinen sie auf tiefe, unerwartete Weise befriedigt. Er ging mit ihr ins Dorf zum Einkaufen; die Leute starrten; sie ignorierte alle, schwenkte gebieterisch ihren Stock. Die Tage vergingen. Gibril blieb.

»Verdammtes englisches Frauenzimmer«, sagte er sich. »Die Sorte müßte doch längst ausgestorben sein. Was zum Teufel tue ich hier eigentlich?« Blieb aber, von unsichtbaren Ketten festgehalten. Während sie bei jeder Gelegenheit ein altes Lied sang, auf spanisch, er konnte kein Wort verstehen. Waren das etwa Zaubersprüche? War sie etwa eine uralte Morgan Le Fay, die mit ihrem Gesang den jungen Merlin in ihre Kristallhöhle lockte? Gibril ging Richtung Haustür, Rosa machte den Mund auf, er blieb abrupt stehen. »Wieso auch nicht«, meinte er achselzuckend. »Die alte Frau braucht Gesellschaft, das ist doch klar. Und wenn ich so sehe, wohin es mit ihr gekommen ist... Wie auch immer, ich brauche jedenfalls eine Ruhepause. Muß Kräfte sammeln. Nur noch ein paar Tage.«

Abends saßen sie im Salon, inmitten von lauter Zierat aus Silber, einschließlich eines gewissen Messers mit Silbergriff an der Wand unter der Gipsbüste von Henry Diamond, der von seinem Platz auf dem Eckschränkchen aus zu ihnen herabstarrte, und wenn die Standuhr sechs schlug, goß er zwei Gläser Sherry ein, und sie begann zu reden, aber erst, nachdem sie, zuverlässig wie ein Uhrwerk, den einen Satz gesagt hatte. *Die Gute geht immer vier Minuten nach, denn es wäre unhöflich, allzu pünktlich zu sein.* Dann fing sie an, ohne sich mit Eswareinmal aufzuhalten, und ob das nun alles stimmte oder nicht, er konnte erkennen, welch wilde, verzweifelte Energie in ihr Erzählen einging, wie sie die letzten Reserven ihrer Willenskraft aufbot, *die einzig schöne Zeit, soweit ich mich erinnern kann,* sagte sie, und er spürte, daß dieser Lumpensack von Erinnerungsfetzen in Wahrheit ihr Herzstück war, ihr Selbstportrait, ihre Art, in den Spiegel zu sehen, wenn sonst niemand im Raum war, und daß ihr liebster Aufenthaltsort das Silber-Land der Vergangenheit war, nicht dieses baufällige Haus, in dem sie sich dauernd irgendwo anstieß – über Couchtische stolperte, sich blaue Flecke an den Türgriffen holte –, in Tränen ausbrach und rief: *Alles schrumpft.*

Als sie, frischvermählt mit dem Anglo-Argentinier Don Enrique von Los Alamos, 1935 mit dem Schiff nach Argentinien reiste, deutete ihr Gatte auf die See hinaus und sagte, das ist die Pampa. Durch bloßes Hinsehen wirst du nie ermessen können, wie groß sie ist, du mußt sie durchqueren, mußt sie erleben, diese immergleiche Weite, Tag für Tag. In einigen Gegenden ist der Wind so stark wie eine Faust, aber es herrscht vollkommene Stille, er wird dich zu Boden stoßen, aber du wirst niemals etwas hören. Keine Bäume, das ist der Grund: Kein Ombú, keine Pappel, nada. Ach, mit den Ombúblättern mußt du übrigens aufpassen. Ein tödliches Gift. Der Wind kann dich nicht umbringen, der Saft dieser Blätter schon. Sie klatschte wie ein Kind in die Hände: Wirklich, Henry, stille Winde, giftige Blätter. Bei dir kling es wie ein Märchen. Henry, mit hellem Haar, weichem Körper, großen Augen und plumper Statur, machte ein erschrockenes Gesicht. *O nein,* sagte er. *So schlimm ist es nicht.*

Sie kam in dieses riesige Land, unter dieses endlose blaue Himmelsgewölbe, weil Henry sie gefragt hatte, ob sie seine Frau werden wolle, und sie ihm die einzige Antwort gegeben hatte, die eine alte Jungfer von vierzig Jahren geben konnte. Doch als sie ankam, stellte sie sich eine viel größere Frage: wozu war sie fähig in dieser unermeßlichen Weite? Wozu würde sie den Mut haben, wohin konnte sie *wachsen?* Zum Guten oder zum Schlechten, sagte sie sich: nur *neu* mußte es sein. Unser Nachbar, Dr. Jorge Babington, erzählte sie Gibril, der mochte mich nicht; er erzählte mir immer Geschichten von den Engländern in Südamerika, alles so lose Vögel, sagte er verächtlich, Spitzel und Banditen und Plünderer. *Sind Sie denn lauter exotische Wesen in Ihrem kalten England?* fragte er und beantwortete die Frage gleich selbst, *Señora, ich glaube nicht. In diesen Sarg von einer Insel gepfercht, müssen Sie nach weiteren Horizonten suchen, um Ihre verborgenen Seiten auszuleben.*

Rosa Diamonds Geheimnis ihre Fähigkeit zu lieben war so groß, daß eines bald klar wurde; ihr armer, nüchterner Henry würde ihr nie gerecht werden, weil jegliches romantische Gefühl, das diese wabblige Gestalt aufbringen konnte, seinen geliebten Vögeln vorbehalten war. Kornweihe, Wehrvogel, Schnepfe. In den kleinen Seen der Umgebung verbrachte er seine glücklichsten Tage, in einem kleinen Ruderboot, zwischen den Binsen, ein Fernglas vor den Augen. Einmal, auf einer Eisenbahnfahrt nach Buenos Aires, brachte er Rosa in Verlegenheit, indem er, die Hände vor dem Mund zusammengelegt, seine schönsten Vogelrufe im Speisewagen vorführte: Rosalöffler, Ibis vanduria, Trupial. Warum kannst du mich nicht so lieben, wollte sie fragen. Tat es aber nie, denn für Henry war sie ein guter Kamerad, und Leidenschaft war ein exzentrisches Verhalten anderer Rassen. Rosa wurde oberste Befehlshaberin des Gutes und bemühte sich, ihre verruchten Sehnsüchte zu unterdrücken. Sie gewöhnte sich an, nachts in die Pampa hinauszugehen, sich auf den Rücken zu legen und die Milchstraße über sich zu betrachten, und manchmal, unter dem Einfluß dieses strahlenden Stromes von Schönheit, begann sie, am ganzen Leibe zu zittern, in tiefem Entzücken zu erbeben und eine unbekannte Melodie zu summen, und diese Sternenmusik kam dem am nächsten, was sie als Glück empfand.

Gibril Farishta spürte, daß ihre Geschichten sich um ihn zusammenzogen wie ein Netz, das ihn in der verlorenen Welt hielt, *wo wir jeden Abend fünfzig Mann am Tisch sitzen hatten, Männer waren das, unsere Gauchos, die hatten nichts Unterwürfiges, die waren wild und stolz, o ja. Die lebten nur von Fleisch, das kannst du auf den Bildern dort sehen.* In den langen Nächten ihrer beider Schlaflosigkeit erzählte sie ihm von dem Hitzeschleier, der über die Pampa zog, so daß die wenigen Bäume herausragten wie Inseln und ein Reiter aussah wie ein Fabelwesen, das auf dem Meer galoppierte. *Wie die Geister der See.* Sie erzählte ihm Lagerfeuergeschichten, zum Beispiel von dem ungläubigen Gaucho, der die Idee vom Paradies widerlegte, indem er, als seine Mutter starb, ihren Geist beschwor, zurückzukehren, jede Nacht, sieben Nächte lang. In der achten Nacht verkündete er, offenbar habe sie ihn nicht gehört, denn sonst wäre sie gewiß gekommen, um ihren geliebten Sohn zu trösten, daher mußte der Tod das Ende sein. Sie fesselte ihn mit Schilderungen von jenen Tagen, als die Perón-Leute mit ihren weißen Anzügen und nach hinten gekämmten Haaren kamen und die Tagelöhner, die Peones, sie fortjagten, sie erzählte ihm, wie die Anglos ein Schienennetz errichteten, um ihre Estancias beliefern zu können, und auch Dämme bauten sie, erzählte neben vielen anderen die Geschichte von ihrer Freundin Claudette, »die brach jedes Männerherz, mein Lieber, hat einen jungen Ingenieur namens Granger geheiratet, womit sie die halbe Stadt enttäuschte. Und auf ging's zu irgendeinem Damm, an dem er gerade baute, und als nächstes erfuhr sie, daß die Rebellen im Anmarsch waren, um das Ding in die Luft zu jagen. Granger zog mit seinen Leuten los, um den Damm zu bewachen, und ließ Claudette allein mit dem Hausmädchen zurück, und stell dir vor, ein paar Stunden später kam das Mädchen angelaufen, Señora, ein Hombre an der Tür, groß wie ein Haus. Ein Hauptmann der Rebellen. – ›Ihr Gatte, Madam?‹ – ›Wartet am Damm auf Sie, wie es sich gehört.‹ – ›Da er es nicht für angebracht hielt, Sie zu beschützen, wird die Revolution dies tun.‹ Und er ließ Wachen vor dem Haus aufstellen, was sagt man dazu, mein Lieber. Aber als es zum Kampf kam, wurden beide Männer getötet, Ehemann und Rebellenführer, und Claudette bestand auf einem Doppelbegräbnis, sah die beiden Särge Seite an Seite in der Erde versinken, trauerte um beide. Da wußten wir, daß sie eine ganz Gefährliche war, *trop fatale*, wie? Ja, ja, *trop fatale.*« In der phantastischen Geschichte von der schönen Claudette hörte Gibril die Musik von Rosas eigenen Sehnsüchten. In solchen Momenten ertappte er sie dabei, wie sie ihn aus den Augenwinkeln beobachtete, und spürte gleichzeitig ein Ziehen um seinen Bauchnabel, als würde irgend etwas versuchen herauszukommen, dann wandte sie den Blick ab, und das Ziehen ließ nach. Doch vielleicht war das nur eine Auswirkung der nervlichen Anspannung.

Eines Nachts fragte er sie, ob sie die Hörner gesehen hätte, die aus Chamchas Kopf gewachsen waren, aber sie stellte sich taub und erzählte, statt ihm zu antworten, wie sie damals auf einem Klapphocker am Galpón oder Stiergehege von Los Alamos gesessen hatte und wie die preisgekrönten Stiere zu ihr kamen und ihre gehörnten Köpfe in ihren Schoß legten. Eines Nachmittags ließ eine gewisse Aurora del Sol, die Verlobte von Martín de la Cruz, eine freche Bemerkung fallen: Ich dachte, die legen den Kopf nur in den Schoß einer Jungfrau, flüsterte sie deutlich vernehmbar ihren kichernden Freundinnen zu, und Rosa drehte sich zu ihr um und erwiderte freundlich: Dann würden Sie's vielleicht gern mal probieren, meine Liebe? Von da an war Aurora del Sol, die beste Tänzerin auf der Estancia und die begehrenswerteste aller Peon-Frauen, die Todfeindin der zu großen, zu knochigen Frau aus Übersee.

»Sie sehen aus wie er«, sagte Rosa Diamond, als sie nebeneinander an ihrem nächtlichen Fenster standen und aufs Meer hinaussahen. »Sein Ebenbild. Martín de la Cruz.« Bei der Erwähnung dieses Namens fühlte Gibril einen heftigen Schmerz in seinem Nabel, einen ziehenden Schmerz, so als hätte ihm jemand einen Haken in den Bauch gestoßen, und dann löste sich ein Schrei von seinen Lippen. Rosa Diamond schien nichts zu hören. »Sehen Sie, dort«, rief sie selig.

Was da über den mitternächtlichen Strand gelaufen kam, in Richtung Martello-Turm und Ferienlager – am Wasserrand, so daß die Flut seine Fußspuren verwischte –, was da fintenreich, hakenschlagend um sein Leben rannte, war ein leibhaftiger, ausgewachsener Strauß. Er floh über den Strand, und Gibrils Augen folgten ihm voller Erstaunen, bis er in der Dunkelheit nicht länger zu erkennen war.

❦

Das nächste Ereignis trug sich im Dorf zu. Sie waren losmarschiert, um einen Kuchen und eine Flasche Champagner zu kaufen, denn Rosa war eingefallen, daß sie an diesem Tag ihren neunundachtzigsten Geburtstag hatte. Ihre Familie war schon lange aus ihrem Leben verbannt, also hatte sie auch keine Glückwunschkarten oder Anrufe bekommen. Gibril bestand darauf, irgendeine Art von Feier mit ihr zu veranstalten, und zeigte ihr das Geheimnis unter seinem Hemd, einen dicken Geldgürtel, voll mit englischen Pfundnoten, die er sich vor seiner Abreise aus Bombay auf dem Schwarzmarkt besorgt hatte. »Außerdem jede Menge Kreditkarten«, sagte er. »Ich bin kein mittelloser Bursche. Na, kommen Sie schon. Ich lade Sie ein.« Er war so tief in den Bann von Rosas Erzählzauber geraten, daß er von Tag zu Tag weniger an das dachte, was auf ihn wartete, sein Leben, eine Frau, die er zumindest mit der Tatsache überraschen mußte, daß er am Leben war, oder etwas in der Art. Statt dessen trug er bescheiden Mrs. Diamond die Einkaufstaschen nach.

Er stand an einer Straßenecke herum, während Rosa noch mit dem Bäcker schwatzte, als er wieder den Haken in seinem Bauch spürte, und er fiel gegen einen Laternenpfahl und schnappte nach Luft. Er hörte etwas, das wie Klipp-Klapp klang, und dann kam ein uraltes Pony-Gespann um die Ecke, voll beladen mit jungen Leuten in einer Kleidung, die ihm zuerst ganz modern erschien: die Männer in engen schwarzen Hosen, unter den Knien mit Silberknöpfen besetzt, die weißen Hemden fast bis zur Taille offen; die Frauen in weiten Röcken mit Rüschen und Spitzen und in leuchtenden Farben, scharlachrot, smaragdgrün, goldgelb. Sie sangen in einer fremden Sprache und ihr Frohsinn ließ die Straße düster und häßlich erscheinen, aber Gibril erkannte, daß da etwas Seltsames vor sich ging, denn außer ihm nahm kein Mensch auf der Straße Notiz von dem Ponywagen. Dann kam Rosa, die die Kuchenschachtel an einem Band um den linken Zeigefinger trug, und rief: »Ach, da sind sie ja schon auf dem Weg zum Tanz. Wir haben immer getanzt, das mögen sie, das liegt ihnen im Blut.« Und nach einer Pause: »Das war der Tanz, bei dem er den Geier tötete.«

Das war der Tanz, bei dem ein gewisser Juan Julia, wegen seines leichenhaften Aussehens auch der Geier genannt, zuviel trank und die Ehre von Aurora del Sol beleidigte und nicht aufhörte, bis Martín keine Wahl mehr blieb, als ihn zum Kampf zu fordern, *he, Martín, wie kommt's, daß es dir Spaß macht, mit ihr zu bumsen, ich fand sie ziemlich langweilig.* »Gehen wir ein Stück«, sagte Martín, und in der Dunkelheit, in der ihre Gestalten sich gegen die bunten Lichter abhoben, die in den Bäumen rings um den Tanzboden hingen, wickelten die beiden Männer Ponchos um ihre Unterarme, zogen ihre Messer, umkreisten einander, kämpften. Juan starb. Martín de la Cruz hob den Hut des toten Mannes auf und warf ihn Aurora del Sol vor die Füße. Sie nahm den Hut und sah Martín davongehen.

Rosa Diamond, neunundachtzig Jahre alt, in einem langen silbernen Mantelkleid, mit einer Zigarettenspitze in der behandschuhten Hand und einem silbernen Turban auf dem Kopf, trank Gin-Wermut aus einem grünen, dreieckigen Glas und erzählte Geschichten aus der guten alten Zeit. »Ich möchte tanzen«, erklärte sie plötzlich. »Es ist mein Geburtstag, und ich habe noch nicht einmal getanzt.«

❦

Die Strapazen jener Nacht, in der Rosa und Gibril bis zur Morgendämmerung tanzten, waren offenbar doch zuviel gewesen für die alte Dame, die am nächsten Tag im Bett blieb, erschöpft und mit einem leichtem Fieber, das immer phantastischere Erscheinungen hervorrief: Gibril sah Martín de la Cruz und Aurora del Sol auf dem ziegelgedeckten Giebeldach des Diamond-Hauses Flamenco tanzen, und auf dem Bootshaus standen Peronisten in weißen Anzügen und sprachen zu einer Versammlung von Peones über ihre Zukunft: »Wenn Perón siegt, werden diese Ländereien enteignet und unter dem ganzen Volk aufgeteilt werden. Auch die britischen Eisenbahnen werden verstaatlicht werden. Schmeißen wir sie raus, diese Banditen, diese Freibeuter ...« Die Gipsbüste von Henry Diamond hing mitten in der Luft und beobachtete die Szene, und ein Agitator im weißen Anzug zeigte mit einem Finger auf ihn und schrie: »Das ist er, unser Unterdrücker; das ist der Feind.« Gibril tat der Bauch so entsetzlich weh, daß er um sein Leben bangte, aber just in dem Moment, als seine Vernunft ihm sagte, es könne sich sehr wohl um ein Magengeschwür oder eine Blinddarmentzündung handeln, flüsterte ihm der Rest seines Gehirns die Wahrheit zu, und die lautete, daß er durch Rosas Willenskraft gefangengehalten und manipuliert wurde, genauso wie der Engel Gibril durch das überwältigende Verlangen des Propheten Mahound zum Sprechen gezwungen worden war.

»Sie liegt im Sterben«, erkannte er. »Es wird nicht mehr lange dauern.« Rosa Diamond warf sich im Fieberwahn hin und her auf ihrem Bett, murmelte etwas von Ombúgift und der Feindseligkeit ihres Nachbarn Dr. Babington, der Henry fragte, hat Ihre Frau auch die nötige Ruhe für das ländliche Leben, und der ihr nach einer Typhuserkrankung zur Genesung eine Ausgabe von Amerigo Vespuccis Reisebericht schenkte. »Natürlich war der Mann ein notorischer Phantast.« Babington lächelte. »Doch die Phantasie kann stärker sein als alle Tatsachen; immerhin wurden sogar Kontinente nach ihm benannt.« Und während sie schwächer wurde, verströmte sie immer mehr der ihr noch verbliebenen Stärke in ihren ureigenen Traum von Argentinien, und Gibrils Nabel brannte wie Feuer. Er kauerte auf einem Lehnsessel an ihrem Bett, und die Erscheinungen vervielfachten sich von Stunde zu Stunde. Holzblasinstrumente erfüllten die Luft mit Musik, und dann geschah das Allerschönste, es erschien eine kleine weiße Insel, direkt vor der Küste, hüpfte auf den Wellen wie ein Floß; sie war so weiß wie Schnee, mit einem Hügel aus weißem Sand und darauf eine Gruppe von Albino-Bäumen, alle ganz weiß, kalkweiß, papierweiß, bis in die Spitzen der Blätter.

Nachdem die Insel erschienen war, wurde Gibril von tiefer Lethargie übermannt. Zusammengesackt hockte er im Schlafzimmer der sterbenden Frau, und die Augenlider fielen ihm zu, und er spürte, wie sein Körper schwerer und schwerer wurde, bis jegliche Bewegung unmöglich war. Dann war er in einem andern Schlafzimmer, in engen schwarzen Hosen mit Silberknöpfen von den Knien abwärts und einer schweren Silberschnalle auf dem Gürtel. *Sie haben nach mir geschickt, Don Enrique*, sagte er zu dem weichen, schweren Mann, dessen Gesicht eine Gipsbüste schien, aber er wußte, wer nach ihm geschickt hatte, und er wandte seine Augen nicht mehr von ihrem Gesicht ab, selbst dann nicht, als er unter der weißen Rüsche um ihren Hals die Röte hochsteigen sah.

Henry hatte sich geweigert, den Behörden zu gestatten, in der Angelegenheit Martín de la Cruz tätig zu werden, *diese Leute unterstehen meiner Verantwortung*, erklärte er Rosa, *es ist eine Ehrensache.* Statt dessen hatte er sich ziemlich darum bemüht, sein ungebrochenes Vertrauen in de la Cruz, den Mörder, unter Beweis zu stellen, zum Beispiel indem er ihn zum Kapitän der Polo-Mannschaft auf der Estancia machte. Aber seitdem Martín den Geier getötet hatte, war Don Enrique nicht mehr der alte. Er ermüdete zunehmend schnell und begann, an allem das Interesse zu verlieren, sogar an seinen Vögeln. Und so geschah es, daß Los Alamos allmählich verfiel, unmerklich zuerst, dann immer offensichtlicher. Die Männer mit den weißen Anzügen kamen wieder und wurden nicht weggejagt. Als Rosa Diamond an Typhus erkrankte, gab es viele auf der Estancia, die die Krankheit als Symbol für den Niedergang des alten Gutes betrachteten.

Was tue ich hier, dachte Gibril voller Panik, als er vor Don Enrique im Arbeitszimmer des Ranchers stand, während Doña Rosa im Hintergrund errötete, *dies ist der Platz eines anderen.* Setze großes Vertrauen in dich, sagte Henry, nicht auf englisch, aber Gibril konnte es trotzdem verstehen. Meine Frau wird eine Reise mit dem Automobil unternehmen, zum Zwecke der völligen Genesung, und du sollst zu ihrer Begleitung ... Verpflichtungen auf Los Alamos, die mich davon abhalten, selbst mitzukommen. *Jetzt muß ich sprechen, was soll ich sagen,* aber als sein Mund sich öffnete, kamen die fremden Worte heraus, es wird mir eine Ehre sein, Don Enrique, Hacken zusammengeschlagen, Drehung, Abgang.

Rosa Diamond, alters- und fieberschwach, hatte begonnen, die Geschichte der Geschichten zu träumen, die sie mehr als ein halbes Jahrhundert lang gehütet hatte, und Gibril ritt hinter ihrem Hispano-Suiza her, mit dem sie von Estancia zu Estancia fuhr, durch einen Wald von Arayanabäumen unter den hochragenden Kordilleren, und Halt machte bei den absonderlichsten Gutshöfen, erbaut im Stil von schottischen Burgen oder indischen Palästen, bei den Ländereien von Mr. Cadwallader Evans mit seinen sieben Ehefrauen, die alle herzlich froh darüber waren, daß sie nur eine Nacht pro Woche Dienst hatten, und dem Grundbesitz des berühmt-berüchtigten MacSween, der außerordentlich angetan war von den modernen Ideen aus Deutschland, die seit neuestem nach Argentinien herüberkamen, und angefangen hatte, am Fahnenmast eine rote Fahne zu hissen, in deren Mitte ein schwarzes Hakenkreuz in einem weißen Kreis tanzte. Und auf der MacSween-Estancia geschah es, daß sie die Lagune fanden und Rosa zum ersten Mal die weiße Insel ihres Schicksals sah und darauf bestand, hinauszurudern, um dort ein mittägliches Picknick abzuhalten, ohne die Begleitung von Dienstmädchen oder Chauffeur, nur mit Martín de la Cruz, der das Boot rudern, ein scharlachrotes Tuch auf dem weißen Sand ausbreiten und ihr Fleisch und Wein servieren würde.

Weiß wie Schnee, rot wie Blut, schwarz wie Ebenholz. Als sie sich in schwarzem Rock und weißer Bluse zurücklehnte, sich auf Scharlachrot legte, das wiederum auf Weiß lag, während er (der auch in schwarz und weiß gekleidet war) roten Wein in das Glas in ihrer weißbehandschuhten Hand goß und dann, zu seiner eigenen Überraschung, *gottverdammt,* als er nach ihrer Hand griff und sie zu küssen begann, da geschah etwas, die Szene wurde undeutlich, noch vor einer Minute lagen sie auf dem scharlachroten Tuch, rollten darüber hinweg, so daß Käse und kalter Aufschnitt und Salate und Pasteten unter dem Gewicht ihres Verlangens zerdrückt wurden, und als sie zum Hispano-Suiza zurückkehrten, war es unmöglich, irgend etwas vor Chauffeur oder Dienstmädchen zu verbergen, wegen der Flecken auf ihrer Kleidung, während sie schon im nächsten Moment vor ihm zurückwich, nicht aus Grausamkeit, sondern voller Trauer ihre Hand wegzog und eine winzige Kopfbewegung machte, *nein,* und er dastand, sich verneigte, sich entfernte, sie mit unversehrter Tugend und Mittagstafel zurückließ. Diese beiden Möglichkeiten wechselten einander dauernd ab, während sich die sterbende Rosa auf ihrem Bett hin und her warf, hatte-sie-hatte-sie-nicht, an der letzten Version der Geschichte ihres Lebens arbeitete und sich nicht entscheiden konnte, was für sie die Wahrheit sein sollte.

❦

»Ich werde verrückt«, dachte Gibril. »Sie liegt im Sterben, aber ich verliere den Verstand.« Der Mond schien, und Rosas Atem war das einzige Geräusch im Raum: ein Schnarchen, wenn sie Luft holte, und kleine Grunzlaute beim Ausatmen. Gibril versuchte, sich aus seinem Sessel zu erheben, aber es gelang ihm nicht. Selbst in den kurzen Zeiträumen zwischen den verschiedenen Visionen blieb sein Körper unglaublich schwer. Als wäre ihm ein Wackerstein auf die Brust gelegt worden. Und die Bilder kamen weiterhin in einer konfusen Reihenfolge, so daß er im einen Augenblick auf Los Alamos im Heu mit ihr lag und sie liebte, während sie seinen Namen murmelte, immer wieder, Martin vom Kreuz, und sie ihm im nächsten Moment, am hellichten Tag, vor den aufmerksamen Augen einer gewissen Aurora del Sol, die kalte Schulter zeigte, so daß es nicht möglich war, Erinnerungen von Wünschen zu unterscheiden oder schuldbewußte Rekonstruktionen von Beichtstuhl-Wahrheiten, weil Rosa Diamond selbst auf dem Totenbett nicht wußte, wie sie ihrer Geschichte ins Auge sehen sollte.

Mondlicht strömte ins Zimmer. Als die Strahlen auf Rosas Gesicht fielen, schienen sie geradewegs durch sie hindurchzugehen, und tatsächlich konnte Gibril schon bald die Spitzenstickerei auf ihrem Kopfkissen erkennen. Dann sah er Don Enrique und seinen Freund, den puritanischen und überkritischen Dr. Babington, auf dem Balkon stehen, wie zwei Menschen aus Fleisch und Blut. Und es kam ihm der Gedanke, daß die Erscheinungen an Deutlichkeit zunahmen, je schwächer Rosa wurde, je mehr sie dahinschwand; daß sie sozusagen die Plätze mit den Geistern tauschte. Und da er zudem begriffen hatte, daß die Materialisationen mit ihm verbunden waren, mit seinen Bauchschmerzen, seiner Steinesschwere, begann er, auch um sein eigenes Leben zu fürchten.

»Du wolltest, daß ich Juan Julias Todesurkunde fälsche«, sagte Dr. Babington. »Ich habe dies aus alter Freundschaft zu dir getan. Aber es war unrecht, und ich sehe die Folgen vor mir. Du hast einen Mörder gedeckt, und vielleicht ist es jetzt dein Gewissen, das dir keine Ruhe läßt. Geh nach Hause, Enrique. Geh nach Hause und nimm deine Frau mit, bevor noch etwas Schlimmeres geschieht.«

»Ich bin zu Hause«, sagte Henry Diamond. »Und ich verbitte mir, daß du so von meiner Frau sprichst.«

»Wo die Engländer sich auch niederlassen, England verlassen sie nie«, sagte Dr. Babington, während er sich in Mondlicht auflöste. »Es sei denn, sie verlieben sich, wie Doña Rosa.«

Eine Wolke zog über den Mond, und nun, da der Balkon wieder leer war, gelang es Gibril Farishta endlich, sich aus dem Sessel hochzuhieven und auf die Beine zu kommen. Das Gehen war so mühsam, als müßte er eine Eisenkette mit Kugel hinter sich herziehen, aber er schaffte es bis zum Fenster. Überall, soweit er blicken konnte, schwankten riesige Disteln im Wind. Wo vorher die See gewesen war, war jetzt ein Meer von Disteln, das bis zum Horizont reichte, Disteln so hoch wie ausgewachsene Männer. Er hörte die geisterhafte Stimme von Dr. Babington in sein Ohr murmeln: »Die erste Distelplage seit fünfzig Jahren. Es scheint, daß die Vergangenheit zurückkehrt.« Er sah eine Frau durch die dichte, wogende Wildnis laufen, barfuß, mit offenem dunklen Haar. »Sie war es«, erklang Rosas Stimme deutlich vernehmbar hinter ihm. »Nachdem sie ihn mit dem Geier betrogen und zum Mörder gemacht hatte. Danach hat er sie nie mehr eines Blickes gewürdigt. O ja, sie hat dafür gesorgt. Eine ganz Gefährliche war das. Eine ganz Gefährliche.« Gibril verlor Aurora del Sol zwischen den Disteln aus den Augen; ein Trugbild verdunkelte das andere.

Dann spürte er, wie ihn etwas von hinten packte, ihn herumwirbelte und flach auf den Rücken warf. Es war niemand zu sehen, aber Rosa Diamond saß kerzengerade im Bett, starrte ihn mit weit aufgerissenen Augen an, gab ihm zu verstehen, daß sie die Hoffnung aufgegeben hatte, sich noch länger ans Leben klammern zu können, und seine Hilfe brauchte, um ihre letzte Offenbarung zu vollenden. Und wie bei dem Geschäftsmann in seinen

Träumen fühlte er sich hilflos, unwissend... sie aber schien zu wissen, wie sie die Bilder aus ihm herausziehen konnte. Dann sah er, was sie beide verband, eine leuchtende Schnur, von Nabel zu Nabel.

Jetzt war er an einem Teich in der endlos weiten Distelsteppe, ließ sein Pferd trinken, und sie kam auf ihrer Stute angeritten. Jetzt umarmte er sie, zog sie aus, löste ihr Haar, und jetzt liebten sie sich. Jetzt flüsterte sie, wie kannst du mich mögen, ich bin so viel älter als du, und er sprach tröstende Worte.

Jetzt erhob sie sich, zog sich an, ritt davon, während er blieb, seinen matten, warmen Körper räkelte und nicht bemerkte, wie sich aus den Disteln eine Frauenhand heimlich nach seinem Messer mit dem Silbergriff ausstreckte ...

Nein! Nein! Nein, anders!

Jetzt kam sie zum Teich geritten, und in dem Moment, als sie abstieg und ihn nervös anblickte, fiel er über sie her, sagte ihr, daß er ihre Zurückweisungen nicht länger ertragen könne, und sie fielen zusammen auf den Boden, sie schrie, er riß an ihren Kleidern, und ihre Hände, die sich in seinen Körper krallten, fanden den Griff eines Messers ...

Nein! Nein, niemals, nein! Sondern: so!

Jetzt liebten sich die beiden, langsam und voller Zärtlichkeit; und jetzt kam ein dritter Reiter zur kleinen Wiese am Teich geritten, und die Liebenden ließen erschrocken voneinander ab; jetzt zog Don Enrique seine kleine Pistole und zielte auf das Herz seines Rivalen;

und er fühlte, wie Aurora ihm das Messer ins Herz stieß, immer wieder, das ist für Juan, und das ist dafür, daß du mich verlassen hast, und das ist für deine großartige englische Hure;

und er fühlte das Messer seines Opfers in sein Herz eindringen, als Rosa zustach, einmal, zweimal, und noch einmal;

und nachdem Henrys Kugel ihn getötet hatte, nahm der Engländer das Messer des toten Mannes und stach ihn viele Male in die blutende Wunde.

Gibril schrie laut auf und verlor das Bewußtsein.

Als er wieder zu sich kam, führte die alte Frau im Bett Selbstgespräche, aber so leise, daß er sie kaum verstehen konnte. »Der Pampero kam, der Südwestwind, und drückte die Disteln zu Boden. Und dann fanden sie ihn, oder war es schon vorher?« Das Ende der Geschichte. Wie Aurora del Sol Rosa Diamond ins Gesicht spuckte, auf der Beerdigung von Martín de la Cruz. Wie man sich darauf verständigt hatte, daß niemand wegen Mordes angeklagt würde, unter der Bedingung, daß Don Enrique mit

Doña Rosa auf schnellstem Wege nach England zurückkehrte. Wie sie am Bahnhof von Los Alamos in den Zug stiegen und die Männer mit den weißen Anzügen und den Borsalino-Hüten auf dem Bahnsteig standen, um sicherzustellen, daß sie auch wirklich abreisten, wie Rosa Diamond, sobald sie losgefahren waren, die Reisetasche auf dem Nebensitz öffnete und herausfordernd sagte: *Ich habe etwas mitgenommen. Ein kleines Souvenir.* Und etwas aus einem Stoffbündel wickelte, ein Gauchomesser mit Silbergriff.

»Henry starb im ersten Winter daheim. Das war alles. Der Krieg. Das Ende.« Sie machte eine Pause. »Mich in diese Enge einzupassen, nach solch ungeheurer Weite. Es ist nicht zum Aushalten.« Und nach einer weiteren Pause: »Alles schrumpft.«

Dann veränderte sich das Mondlicht, und Gibril fühlte, wie ein Gewicht von ihm genommen wurde, so plötzlich, daß er dachte, gleich müsse er zur Decke emporschweben. Rosa Diamond lag ruhig da, mit geschlossenen Augen, die Arme auf der Patchworkdecke. Ihr Aussehen: *normal.* Gibril begriff, daß es nichts mehr gab, was ihn davon abhalten konnte, zur Tür hinauszugehen.

Vorsichtig stieg er die Treppe hinunter, noch immer etwas wacklig auf den Beinen; fand den schweren Gabardinemantel, der einst Henry Diamond gehört hatte, und den grauen Filzhut, in dem Don Enriques Name von seiner Frau eigenhändig eingestickt worden war, und ging, ohne zurückzublicken. In dem Augenblick, als er vor die Tür trat, ergriff eine Windbö seinen Hut und ließ ihn über den Strand hüpfen. Gibril jagte ihn, erwischte ihn, setzte ihn wieder auf, und zog ihn bis zu den Ohren. *London Sharif, ich komme.* Er hatte die Stadt in der Tasche: Geographers London mit Eselsohren, die ganze Metropole, von A bis Z.

Was soll ich tun? überlegte er. Anrufen oder nicht anrufen? Nein, einfach auftauchen, klingeln und sagen: Baby, dein Wunsch ist in Erfüllung gegangen, vom Meeresgrund direkt in dein Bett, es braucht schon mehr als einen Flugzeugabsturz, um mich von dir fernzuhalten. Okay, vielleicht nicht genauso, aber in diesem Sinne. Ja. Überraschung ist die beste Methode. Allie Bibi, hal-lo!

Dann hörte er das Singen. Es kam aus dem alten Bootshaus mit dem aufgemalten einäugigen Piraten, und das Lied war fremdländisch, aber vertraut: ein Lied, das Rosa Diamond oft gesummt hatte, und auch die Stimme war vertraut, wenn gleich ein bißchen anders, weniger zittrig; *jünger.* Die Tür des Bootshauses war unerklärlicherweise unverschlossen und klapperte im Wind. Er ging dem Lied entgegen.

»Ziehen Sie Ihren Mantel aus«, sagte sie. Sie war gekleidet wie an jenem Tag auf der weißen Insel: schwarzer Rock und Stiefel, weiße Seidenbluse, kein Hut. Er breitete den Mantel auf dem Boden des Bootshauses aus, und das scharlachrote Futter leuchtete auf dem kleinen, vom Mond beschienenen Fleckchen. Sie legte sich mitten in das bunte Durcheinander eines englischen Lebens aus Kricket-Torstäben, einem vergilbten Lampenschirm, angeschlagenen Vasen, einem Klapptisch, Schrankkoffern, und streckte einen Arm nach ihm aus. Er legte sich an ihre Seite.

»Wie kannst du mich mögen?« flüsterte sie. »Ich bin so viel älter als du.«

3

Als sie ihm in dem fensterlosen Polizeibus die Pyjamahosen runterzogen und er die dichten, krausen Haare sah, die seine Oberschenkel bedeckten, brach Saladin Chamcha zum zweiten Mal in dieser Nacht zusammen; diesmal jedoch begann er, hysterisch zu kichern, vielleicht angesteckt von der nach wie vor ausgelassenen Stimmung der Männer, die ihn festgenommen hatten. Die drei Beamten von der Einwanderungsbehörde waren besonders guter Laune, und einer von ihnen – der glotzäugige Bursche, der, wie sich herausstellte, Stein hieß – hatte Saladin »die Hosen runtergelassen« mit dem fröhlichen Ausruf: »Vorhang auf! Jetzt wollen wir doch mal sehen, woraus du gemacht bist!« Dem protestierenden Chamcha wurden die roten und weißen Streifen vom Leib gerissen, während er auf dem Boden des Wagens lag, seine Arme von je zwei Polizisten festgehalten, der Stiefel eines fünften Ordnungshüters auf seiner Brust, und seine Proteste in der allgemeinen und lautstarken Heiterkeit untergingen. Seine Hörner stießen dauernd irgendwo an: an die Blechwände, den nackten Boden oder das Schienbein eines Polizisten – letzteres zog ein paar kräftige Ohrfeigen des verständlicherweise erbosten Beamten nach sich –, und er war, alles in allem, in einer Verfassung, wie er sie sich schlimmer nicht hätte vorstellen können. Doch als er sah, was unter seinem geliehenen Pyjama zum Vorschein kam, konnte er nicht verhindern, daß ein ungläubiges Kichern seinen Zähnen entschlüpfte.

Seine Oberschenkel waren ungewöhnlich breit, muskulös und dicht behaart. Der Haarwuchs endete unterhalb des Knies, wo seine Beine sich zu sehnigen, knochigen, fast fleischlosen Waden verdünnten, die in ein Paar glänzender Hufe ausliefen, wie man sie etwa bei Ziegenböcken findet. Genauso bestürzt war Saladin vom Anblick seines Phallus, der außerordentlich vergrößert und peinlicherweise erigiert war, ein Organ, das er nur mit größten Schwierigkeiten als sein eigenes zu akzeptieren vermochte. »Ja was haben wir denn da?« scherzte Novak – der frühere »Zischer« – und zupfte spielerisch daran. »Stehst du vielleicht auf einen von uns?« Woraufhin der »stöhnende« Beamte der Einwanderungsbehörde, Joe Bruno, sich auf die Schenkel klatschte, Novak einen Rippenstoß gab und rief: »Nee, Leute, ich glaub! wir machen ihn fuchsteufelswild.« »Ach so«, rief Novak zurück, während seine Faust Saladin versehentlich in die neuerdings vergrößerten Hoden boxte. »Hehe«, heulte Stein mit Tränen in den Augen. »Ich weiß noch was Besseres ... Kein Wunder, daß er so 'nen *Bock* hat.«

Daraufhin riefen alle drei viele Male: »Fuchsteufelswild ... hat 'nen Bock ...«, fielen einander in die Arme und heulten vor Entzücken. Chamcha wollte etwas sagen, hatte aber Angst, seine Stimme könnte sich in ein Ziegen-Gemecker verwandelt haben, und außerdem begann der Polizistenstiefel, den Druck auf seinen Brustkorb zu verstärken, und es war schwierig, überhaupt irgendwelche Worte zu bilden. Gleichzeitig war Chamcha allerdings darüber verblüfft, daß ein Sachverhalt, den er als äußerst verwirrend und beispiellos empfand – das heißt, seine Metamorphose in einen Teufel –, von den anderen so behandelt wurde, als wäre es die banalste und normalste Sache der Welt. »Dies ist nicht England«, dachte er, weder zum ersten noch zum letzten Mal. Wie hätte es denn auch England sein können; wo in diesem Land der Vernunft und des gesunden Menschenverstandes war Platz für einen solchen Polizeiwagen, in dessen Innerem sich solche Vorfälle ereignen konnten? Und so gelangte er zwangsläufig zu dem Schluß, daß er in Wirklichkeit in dem explodierenden Flugzeug gestorben war, und daß alles, was danach kam, eine Art Leben nach dem Tod war. Sollte das der Fall sein, dann sah seine alte Ablehnung des Allmächtigen reichlich komisch aus. Aber wo war bei alledem irgendein Zeichen eines allerhöchsten Wesens, ob nun gut oder böse? Und warum sah das Fegefeuer oder die Hölle oder was das hier sonst sein mochte, aus wie das Sussex, das Ferien- und Feenparadies, das jeder Schuljunge kannte? Ihm kam die Idee, daß er vielleicht bei der *Bostan* -Katastrophe gar nicht umgekommen war und jetzt schwerverletzt in irgendeinem Krankenhaus lag, gepeinigt von den wirren Träumen seines Deliriums. Diese Erklärung gefiel ihm, nicht zuletzt deshalb, weil sie einem nächtlichen Telefonanruf die Bedeutung nahm und auch dieser Männerstimme, die er erfolglos zu vergessen suchte ... Er spürte einen kräftigen Tritt auf seinen Rippen landen, schmerzhaft und real genug, um ihn an der Wahrheit aller dieser Halluzinationstheorien zweifeln zu lassen. Und so richtete er seine Aufmerksamkeit wieder auf das Jetzt, das Gegenwärtige, das aus einem verriegelten Polizeibus, drei Beamten der Einwanderungsbehörde und fünf Polizisten bestand und das, im Moment jedenfalls, die einzige Welt darstellte, die es für ihn gab. Es war eine Welt der Angst.

Die fröhliche Laune von Novak und der restlichen Truppe war urplötzlich umgekippt. »Das Tier«, verfluchte Stein ihn, während er ihm unablässig Tritte versetzte, und Bruno stimmte mit ein: »Es ist aber auch immer dasselbe mit euch. Man kann eben nicht erwarten, daß Tiere sich den Anforderungen der Zivilisation anpassen.« Und Novak nahm den Faden auf: »Die Rede ist von Hygiene, du kleiner Arsch.«

Chamcha war verwirrt. Dann bemerkte er, daß eine Menge von kleinen, weichen Kügelchen auf dem Boden der Grünen Minna herumlagen. Er war überwältigt von Bitterkeit und Scham. Es schien ihm, daß nun sogar seine natürlichen körperlichen Vorgänge ziegenartig waren. Welche Demütigung! Er war – und wieviel Arbeit ihn das gekostet hatte! – ein kultivierter Mann! Bei irgendwelchem Gesindel aus Sylhet oder in den Fahrradwerkstätten von Gujranwala mochten solche Erniedrigungen ja noch angehen, aber er war aus anderem Holz geschnitzt! »Werte Herren«, begann er und versuchte, seiner Stimme Autorität zu verleihen, was bei dieser würdelosen Position auf dem Rücken mit weit gespreizten, behuften Beinen und inmitten kleiner Häufchen seiner eigenen Exkremente nicht leicht zu bewerkstelligen war, »werte Herren, Sie täten besser daran, Ihren Irrtum einzusehen, bevor es zu spät ist.«

Novak wölbte eine Hand hinter seinem Ohr. »Was war das? Was war das für ein Krach?« erkundigte er sich und sah sich um, und Stein sagte: »Keine Ahnung.« – »Ich will euch sagen, wie sich das angehört hat«, steuerte Joe Bruno bei, und mit den Händen vor dem Mund brüllte er: »Määh-ääh-ääh!« Dann lachten sie alle drei noch einmal, so daß Saladin nicht hätte sagen können, ob sie ihn nur beleidigen wollten oder ob seine Stimmbänder ebenfalls, wie er befürchtete, von dieser gräßlichen Dämonitis befallen worden waren, die ihn ohne die leiseste Vorwarnung heimgesucht hatte. Wieder begann er zu zittern. Die Nacht war außerordentlich kalt.

Dann kam der Beamte Stein, offenbar der Anführer dieses Dreiergespanns oder zumindest der Primus inter Pares, unvermittel wieder auf die Dung-Kügelchen zu sprechen, die auf dem Boden des fahrenden Wagens umherrollten. »In diesem Land«, teilte er Saladin mit, »machen wir unseren Dreck selber weg.«

Die Polizisten hielten ihn nicht länger auf dem Boden fest, sondern zogen ihn auf die Knie. »Ganz recht«, sagte Novak. »Mach das weg.« Joe Bruno legte eine große Hand auf Chamchas Nakken und drückte seinen Kopf nach unten, auf den mit Kügelchen übersäten Boden. »Und los geht's«, sagte er im Plauderton. »Je eher du anfängst, desto eher hast du's weggeputzt.«

❦

Doch selbst, als er das letzte und gemeinste Ritual seiner ungerechtfertigten Demütigung vollzog (denn ihm blieb nichts anders übrig) – oder, anders gesagt, als die Begleitumstände seiner wunderbaren Lebensrettung immer scheußlicher und unerhörter wurden –, gewann Saladin Chamcha allmählich den Eindruck, daß die drei Beamten der Einwanderungsbehörde längst nicht mehr so seltsam aussahen und handelten wie am Anfang. Zum einen konnte er zwischen ihnen keinerlei Ähnlichkeit mehr feststellen. Der Beamte Stein, den seine Kollegen »Mack« oder »Jockey« nannten, entpuppte sich als ein großer, stämmiger Mann mit einer dicken, kurvenreichen Nase, sein übertriebener schottischer Akzent war nicht zu überhören. »So isses recht«, bemerkte er anerkennend, während Chamcha kläglich drauflosmampfte. »Beim Fernsehen, soso. Tja, für gute Schauspieler hab' ich wirklich was übrig.«

Diese Bemerkung veranlaßte den Beamten Novak – oder vielmehr »Kim« –, der plötzlich ein leichenblasses, asketischknochiges Gesicht bekommen hatte, das an mittelalterliche Ikonen erinnerte, und die Stirn in düstere Falten legte, was auf tiefe innere Qualen schließen ließ, eine kurze Rede über die Seifenopern-Stars und Spielshow-Gäste zu halten, die er am liebsten sah, während der Beamte Bruno, der Chamcha auf einmal enorm gutaussehend vorkam mit seinem vor Styling Gel glänzenden und in der Mitte gescheitelten Haar und seinem blonden Bart, der dramatisch mit dem dunklen Kopfhaar kontrastierte, während Bruno also, der jüngste der drei, anzüglich fragte, und was ist mit den Mädels, ich seh' mir am liebsten Mädels an. Zu diesem Stichwort fielen allen dreien die verschiedensten halbfertigen, mit bestimmten Anspielungen schwangeren Anekdoten ein, doch als die fünf Polizisten versuchten, sich der illustren Gesprächsrunde anzuschließen, wurden sie streng in ihre Grenzen verwiesen. »Kleine

Kinder«, ermahnte sie Mr. Stein, »sollte man weder sehen noch hören müssen.«

Mittlerweile würgte Chamcha heftig an seinem Mahl, zwang sich, sich nicht zu übergeben, wohl wissend, daß ein solcher Fehler sein Elend nur verlängern würde. Er kroch auf dem Boden des Wagens herum und suchte nach den Kügelchen seiner Qual, die von einer Ecke in die andere rollten, und die Polizisten, die nach der Rüge durch die Beamten der Einwanderungsbehörde ihre Frustration abreagieren mußten, fingen nun an, Saladin rundherum zu beschimpfen und an den Haaren auf seinem Hinterteil zu ziehen, um ihn sowohl sein Ungemach als auch sein Unglück noch deutlicher spüren zu lassen. Dann begannen sie demonstrativ und auf ihre Weise, das Gespräch der Beamten von der Einwanderungsbehörde untereinander fortzusetzen, und die Vorzüge diverser Filmstars, Dart-Spieler, Berufsringer und dergleichen mehr zu analysieren; aber weil Jockey Steins hochmütige Art ihnen die gute Laune verdorben hatte, waren sie nicht imstande, das abstrakte und intellektuelle Gesprächsniveau ihrer Vorgesetzten zu halten, und gerieten bald in Streit über die respektiven Vorzüge der ehemaligen Landes- und Pokalmeister »Tottenham Hotspurs« und ihrer neuerdings so starken Gegenspieler aus Liverpool, wobei die Liverpool-Anhänger die Fans der Spurs damit aufbrachten, daß sie behaupteten, der berühmte Danny Blanchflower sei ein »Luxus«-Spieler, ein Waschlappen, ein Blümchen mit Namen, ein warmer Bruder von Natur; was die beleidigten Sportsfreunde mit der Behauptung konterten, die Fans von Liverpool wären die eigentlichen Tunten, die Anhänger der Spurs könnten diese Bürschlein selbst dann auseinandernehmen, wenn man ihnen die Hände auf den Rücken binden würde. Natürlich waren die Ordnungshüter bestens vertraut mit den Methoden der Fußball-Rowdys, denn sie hatten viele Nachmittage damit zugebracht, in verschiedenen Stadien landauf landab mit dem Rücken zum Spielfeld die Zuschauer zu beobachten, und als ihr Streit hitziger wurden, kamen sie an den Punkt, wo sie ihren Kollegen von der Gegenseite gern vorführen wollten, was genau sie unter »zu Hackfleisch machen«, »die Eier polieren«, »mit der Flasche behandeln« und dergleichen verstanden. Die zerstrittenen Parteien starrten einander wütend an, und dann richteten sie alle gemeinsam den Blick auf Saladin Chamcha.

Jetzt wurde es erst so richtig laut im Polizeibus – um die Wahrheit zu sagen, trug auch Chamcha seinen Teil zu dem allgemeinen Tohuwabohu bei, indem er wie ein Schwein quiekte –, und die jungen Bobbys schlugen und boxten in diverse Teile seiner Anatomie, benutzten ihn als Versuchskaninchen und Ventil, achteten jedoch trotz aller Erregung darauf, ihre Schläge auf seine weicheren, fleischigeren Teile zu beschränken, um das Risiko von Brüchen und Prellungen zu verringern; und als Jockey, Kim und Joey sahen, was ihre Untergebenen im Schilde führten, entschlossen sie sich, tolerant zu sein, weil die Jungen auch einmal ihren Spaß brauchten.

Außerdem hatte das Gespräch über Zuschauer-Sehgewohnheiten Stein, Bruno und Novak auf ein noch gewichtigeres Thema gebracht, und nun unterhielten sie sich mit ernster Miene und ernster Stimme über die wachsende Bedeutung von Beobachtungsmaßnahmen, nicht nur im Sinne von »Zuschauen«, sondern von »Überwachung« oder »Observation«. Die Erfahrungen der jungen Polizeibeamten waren sehr wichtig, erklärte Stein: beobachte die Menge, nicht das Spiel. »Stete Wachsamkeit ist der Preis für die Freiheit«, formulierte er.

»Iiieh«, schrie Chamcha, der nicht verhindern konnte, ihnen ins Wort zu fallen. »Aaau, uuuh, oweh.«

❦

Nach einer Weile überkam Saladin ein seltsames Gefühl von Losgelöstsein. Er hatte keine Ahnung, wie lange er schon in der Grünen Minna seines harten Sturzes in die Ungnade unterwegs war, noch hätte er eine Vermutung gewagt, wohin die Reise nun eigentlich ging, obwohl das Klingeln in seinen Ohren allmählich lauter wurde, die unwirklichen Schritte von »Großmutter, wie weit darf ich reisen?«, Ellohenn, Deeohenn, London. Die Schläge, die jetzt auf ihn einprasselten, fühlten sich so zart an wie die Liebkosungen einer Geliebten, der groteske Anblick seines verwandelten Körpers schreckte ihn nicht mehr, und selbst die letzten Kügelchen Ziegenkot vermochten seinem schwer mißhandelten Magen nicht weiter zuzusetzen. Betäubt hockte er in seiner kleinen Welt und versuchte sich immer kleiner zu machen, in der Hoffnung, irgendwann vielleicht ganz verschwinden zu können und so seine Freiheit wiederzuerlangen.

Das Gespräch über Observationstechniken hatte die Beamten von Einwanderungsbehörde und Polizei wieder vereint und den durch Jockey Steins strengen Tadel verursachten Bruch gekittet. Chamcha, das Insekt auf dem Boden des Wagens, hörte wie aus weiter Ferner, wie durch einen Telefonzerhacker, eine angeregte Diskussion zwischen seinen Bewachern über die Notwendigkeit des verstärkten Einsatzes von Videokameras bei öffentlichen

Großveranstaltungen, über den Nutzen von Computerdateien und, in offenkundigem Widerspruch dazu, über die Zweckmäßigkeit, am Abend vor einem großen Spiel den Polizeipferden eine besonders nahrhafte, verdauungsfördernde Futtermischung in die Krippe zu schütten, denn wenn es Pferdeäpfel auf die Zuschauer regnete, dann provozierte das stets Gewalttätigkeiten, *und dann können wir richtig dazwischenfahren, aber hallo.* Worauf Chamcha, der nicht imstande war, diese Welt aus Seifenopern, Spiel des Tages und Thriller in irgendeinen logischen Zusammenhang zu bringen, seine Ohren vor dem Geschwätz verschloß und auf die Schritte in seinem Kopf lauschte.

Dann fiel der Groschen.

»Fragen Sie den Computer!«

Drei Beamte der Einwanderungsbehörde und fünf Polizisten verstummten, als das übelriechende Geschöpf sich aufsetzte und sie anbrüllte. »Was hat der denn?« fragte der jüngste Polizist – zufällig einer der Tottenham-Fans – verunsichert. »Soll ich ihm noch eine knallen?«

»Ich heiße Salahuddin Chamchawala, mit Künstlernamen Saladin Chamcha«, schnatterte der halbe Ziegenbock. »Ich bin Mitglied der Schauspielergewerkschaft, des Automobilclubs und des Garrick-Clubs. Meine Kfz-Zulassungsnummer lautet soundso. Fragen Sie den Computer. Bitte.«

»Wen willst du hier eigentlich verarschen?« fragte einer der Liverpool-Fans, aber auch er klang unsicher. »Guck dich doch bloß mal an, du alter Bock. Ein Scheiß-Pakistani bist du. Sally – was? Was ist denn das für'n Name für'n Engländer?«

Irgendwie gelang es Chamcha, ein letztes Fünkchen Wut aufzubringen. »Und was ist mit denen?« verlangte er zu wissen und riß seinen Kopf herum zu den Beamten der Einwanderungsbehörde. »Deren Namen klingen mir auch nicht sehr angelsächsisch.«

Einen Moment lang schien es, als würden sie alle gleichzeitig über ihn herfallen und ihm jeden Knochen einzeln brechen für diese Frechheit, aber dann versetzte ihm der Totenschädel Novak nur ein paar Ohrfeigen und meinte: »Ich bin aus Weybridge, du Drecksack. Damit du Arschloch mich richtig verstehst: *Weybridge*, wo früher die verdammten *Beatles* gewohnt haben.«

Stein sagte: »Wollen wir ihn doch lieber überprüfen.« Dreieinhalb Minuten später machte die Grüne Minna halt, und drei Beamte der Einwanderungsbehörde, fünf Polizisten und ein Polizeifahrer hielten eine Krisenkonferenz ab *jetzt sitzen wir in der Scheiße*, und Chamcha bemerkte, daß sie in dieser Verfassung plötzlich alle wieder das gleiche Aussehen angenommen hatten, einen Einheits-Look aus Anspannung und Angst. Und es dauerte nicht lange, bis er begriff, daß der Anruf beim Nationalen Polizeicomputer, der ihn prompt als britischen Staatsbürger erster Klasse identifizierte, seine Lage nicht verbessert, sondern ihn womöglich in noch größere Gefahr gebracht hatte.

Wir könnten doch sagen, schlug einer der neun vor, daß er bewußtlos am Strand lag. – Geht nicht, kam die Antwort, wegen der alten Dame und dieser anderen komischen Figur. – Dann hat er sich eben der Festnahme widersetzt und ist aggressiv geworden, und in der darauffolgenden heftigen Auseinandersetzung hat er gewissermaßen das Bewußtsein verloren. – Oder die alte Schachtel war plemplem, die konnte keiner von uns verstehen, und der andere Typ, wiehießernoch, der hat gar nichts gesagt, und dann dieser Wichser hier, den sollten wir mal kurz zusammenschlagen, der sieht doch aus wie der Leibhaftige, was hätten wir denn von dem halten sollen? – Und dann ist er vor unseren Augen in Ohnmacht gefallen, euer Ehren, alles was recht ist, was hätten wir denn anderes tun sollen, als ihn zur medizinischen Abteilung im Untersuchungsgefängnis bringen, zur ärztlichen Untersuchung und Versorgung, und dann erst zur Vernehmung, gemäß unseren Richtlinien, wie würdet ihr so was in der Art finden? – Wir sind neun gegen einen, aber die alte Schachtel und der zweite Typ machen die Sache ein bißchen vertrackt. – Hört mal, wir können die Story doch auch später festlegen; wie ich schon sagte, müssen wir ihn zuerst mal bewußtlos kriegen. – Richtig.

❦

Chamcha erwachte in einem Krankenhausbett; und grüner Schleim stieg aus seinen Lungen. Seine Knochen fühlten sich an, als hätte sie jemand ziemlich lange im Gefrierfach aufbewahrt. Er begann zu husten, und als der Anfall neunzehneinhalb Minuten später vorbei war, fiel er wieder in einen leichten, ungesunden Schlaf, ohne auch nur irgend etwas von seinem gegenwärtigen Aufenthaltsort wahrgenommen zu haben. Als er das nächste Mal auftauchte, blickte ein freundliches Frauengesicht auf ihn herab und lächelte beruhigend. »Sie werden schon wieder«, sagte die Frau und tätschelte ihm die Schulter. »'Ne leichte Lungenentzündung, mehr haben Sie nicht.« Sie stellte sich als Hyacinth Phillips vor, von Beruf Krankengymnastin. Und setzte hinzu: »Ich beurteile einen Menschen nie nach seinem Äußeren. Nein, mein Herr. Denken Sie bloß nicht so was von mir.«

Mit diesen Worten rollte sie ihn auf die Seite, legte ihm eine kleine Pappschachtel an den Mund, zog ihren weißen Kittel hoch, schleuderte ihre Schuhe weg, sprang gewandt auf das Bett und setzte sich rittlings auf ihn, fast so, als wäre er ein Pferd, mit dem sie gleich mitten durch die Wandschirme reiten wollte, die sein Bett umgaben, und hinaus in weiß Gott was für eine wundersam verwandelte Landschaft. »Anordnung vom Doktor«, erklärte sie. »Dreißig Minuten Behandlung, zweimal täglich.« Und sie begann, ohne weitere Einleitung, rasch und routiniert, mit leicht geballten Fäusten, auf seinen Leib einzutrommeln.

Für den armen Saladin war dieser tätliche Angriff so kurz nach den Prügeln im Polizeibus der berühmte Tropfen, der das Faß zum Überlaufen brachte. Er begann, sich gegen ihre trommelnden Fäuste zur Wehr zu setzen, und schrie dabei laut: »Laßt mich hier raus. Hat irgend jemand meine Frau benachrichtigt?« Diese Anstrengung führte jedoch zu einem zweiten Hustenanfall, der siebzehndreiviertel Minuten dauerte und ihm eine Rüge der Krankengymnastin Hyacinth eintrug. »Sie vergeuden nur meine Zeit«, sagte sie. »Ich sollte jetzt mit Ihrer rechten Lunge fertig sein, und statt dessen fange ich gerade erst an. Werden Sie sich jetzt benehmen oder nicht?« Sie war rittlings auf ihm sitzengeblieben, hüpfte auf und ab, während sein Körper sich krümmte, wie eine Rodeo-Reiterin, die sich bis zum Neun-Sekunden-Gong festhielt. Da gab er sich geschlagen und ließ zu, daß sie die grüne Flüssigkeit aus seinen Lungen preßte. Und als sie fertig war, mußte er zugeben, daß er sich ein ganzes Stück besser fühlte. Sie nahm die kleine Schachtel, die jetzt halb voll mit Schleim war, und sagte fröhlich: »Sie werden im Handumdrehen wieder stehen«, und dann wurde sie rot vor Verwirrung und entschuldigte sich: »Tut mir leid«, und floh, ohne daran zu denken, die Wandschirme vor seinem Bett zurückzuziehen.

»Zeit für eine Analyse der Lage«, sagte er sich. Eine schnelle physische Untersuchung ergab, daß seine neue mutierte Verfassung unverändert geblieben war. Dies dämpfte seine Stimmung, und er merkte, daß er halb gehofft hatte, der Alptraum würde enden, während er noch schlief. Er war mit einem ihm unbekannten neuen Pyjama bekleidet, in einer einheitlich hellgrünen Farbe, die sowohl zu dem Stoff der Schirme als auch zu dem paßte, was er an Wänden und Decke dieser rätselhaften, anonymen Station sehen konnte. Seine Beine endeten immer noch in diesen schrecklichen Hufen, und die Hörner an seinem Kopf waren genauso spitz wie zuvor... aber was ihn dann von dieser unerfreulichen Bestandsaufnahme ablenkte, war die Stimme eines Mannes ganz in seiner Nähe, der unter herzzerreißenden Schmerzen ausrief: »Oh, wenn je ein Leib gelitten hat...!«

»Was in aller Welt soll denn das?« dachte Chamcha und beschloß, der Sache nachzugehen. Doch jetzt drangen viele andere, ebenso beunruhigende Geräusche an sein Ohr. Es schien ihm, als könne er alle möglichen Tierlaute hören: das Schnauben von Stieren, das Schnattern von Affen, selbst das »Süße-Polly«-Gekreisch von Papageien oder sprechenden Wellensittichen. Dann vernahm er aus einer anderen Richtung das Stöhnen und Schreien einer Frau; es klang, als läge sie in den letzten, schmerzhaften Wehen; und kurz darauf folgte das Geheul eines neugeborenen Babys. Die Schreie der Frau verstummten jedoch nicht, als die des Babys einsetzten, eher schienen sie sogar noch intensiver, durchdringender zu werden, und ungefähr eine Viertelstunde später hörte Chamcha die Stimme eines zweiten Kindes, das sich dem ersten anschloß. Und immer noch wollten die Gebärqualen der Frau nicht enden; alle fünfzehn bis dreißig Minuten, über einen schier unendlichen Zeitraum hinweg, fügte sie der ohnehin unglaublich großen Zahl von Babys ein neues hinzu, ließ sie nacheinander, wie eine siegreiche Armee, aus ihrem Bauch marschieren.

Seine Nase verriet ihm, daß das Sanatorium oder wie sich der Ort sonst nennen mochte, nun auch noch begann, zum Himmel zu stinken; Dschungel- und Bauernhofsgerüche vermischten sich mit dem kräftigen Aroma exotischer Gewürze, die in geklärter Butter brutzelten – Koriander, Kurkuma, Zimt, Kardamom, Gewürznelken. »Das geht zuweit«, dachte er entschlossen. »Höchste Zeit, ein paar Dinge zu klären.« Er schwang die Beine aus dem Bett, versuchte aufzustehen und fiel prompt auf den Boden, denn er war an seine neuen Beine überhaupt nicht gewöhnt. Er brauchte etwa eine Stunde, um diese Hürde zu überwinden, um gehen zu lernen, indem er sich am Bett festhielt und darum herum humpelte, bis sein Zutrauen wuchs. Und als er sich schließlich nicht mehr wackelig fühlte, machte er sich auf den Weg zum nächsten Wandschirm; woraufhin, breit lächelnd wie die Katze aus Alice im Wunderland, das Gesicht des Beamten Stein zwischen zwei Wandschirmen zu seiner Linken erschien, gefolgt vom Rest des Burschen, der die Schirme verdächtig schnell hinter sich zusammenschob.

»Na, wie geht's?« fragte Stein, unverwandt lächelnd.

»Wann kann ich mit dem Arzt sprechen? Wann kann ich zur Toilette gehen? Wann werde ich entlassen?« fragte Chamcha schnell. Stein antwortete in der gleichen Reihenfolge: der Doktor würde bald vorbeischauen; Schwester Phillips würde ihm eine Bettschüssel bringen, er würde entlassen werden, sobald er wieder gesund sei. »Verdammt anständig von Ihnen, sich diese Lungensache zu holen«, fügte Stein hinzu, mit der Dankbarkeit eines Autors, dessen Romanfigur unerwarteterweise ein heikles technisches Problem gelöst hat. »Macht die Geschichte viel überzeugender. Offenbar waren Sie so krank, daß Sie vor unseren Augen in Ohnmacht gefallen sind. Neun von uns erinnern sich sehr gut daran. Danke.« Chamcha suchte vergeblich nach Worten. »Und noch etwas«, fuhr Stein fort, »das alte Fräulein, Mrs. Diamond. Wie wir erfahren haben, liegt sie tot im Bett, mausetot, und der andere Gentleman ist verschwunden. Ein Verbrechen kann beim derzeitigen Stand der Ermittlungen nicht ausgeschlossen werden.«

»Und zu guter Letzt«, sagte er, bevor er endgültig aus Saladins neuem Leben verschwand, »rate ich Ihnen, keine Zeit auf eine Beschwerde zu verschwenden. 'Tschuldigen Sie, daß ich so offen mit Ihnen spreche, aber mit Ihren kleinen Hörnchen und ihren riesigen Hufen sehen Sie nicht gerade wie ein besonders vertrauenswürdiger Zeuge aus. Also dann, einen schönen Tag noch.«

Saladin Chamcha schloß die Augen, und als er sie wieder aufschlug, hatte sich sein Peiniger in die Schwester und Krankengymnastin Hyacinth Phillips verwandelt.

»Warum wollten Sie herumspazieren?« fragte sie. »Was immer Ihr Herz begehrt, fragen Sie einfach mich, Hyacinth, und wir werden sehen, was sich machen läßt.«

❦

»Psst.«

In dieser Nacht, im grünlichen Licht der mysteriösen Institution, wurde Saladin von einem Zischen wie aus einem indischen Basar geweckt.

»Psst. Hallo, Beelzebub. Wachen Sie auf.«

Doch was da vor ihm stand, war ein so abartiges Geschöpf, daß Chamcha den Kopf unter die Decke stecken wollte; aber nicht konnte, denn war er nicht selbst...? »Ganz recht«, sagte das Wesen. »Wie Sie sehen, sind Sie nicht allein.«

Es hatte einen ganz und gar menschlichen Körper, doch sein Kopf war der eines wilden Tigers, mit drei Reihen Zähnen. »Nachts dösen die Wärter oft«, erklärte das Wesen. »Dadurch haben wir Gelegenheit zum Reden.«

Genau in diesem Moment erscholl lautes Jammern aus einem der anderen Betten – jedes Bett war, wie Chamcha mittlerweile wußte, von einem Sichtschutz aus Wandschirmen umgeben –: »Oh, wenn je ein Leib gelitten hat!« und der Mann-Tiger oder Mantikor, wie er sich selbst nannte, stieß ein wütendes Knurren aus. »Das ist Moaner Lisa«, rief er. »Dabei haben die nichts weiter getan, als ihn zu blenden.«

»Was hat wer getan?« Chamcha war verwirrt.

»Die Frage ist«, fuhr der Mantikor fort, »ob Sie sich damit abfinden wollen?«

Saladin Chamcha war noch immer verwirrt. Der andere schien anzudeuten, daß irgendwer die Schuld an diesen Mutationen trug – aber wer? Und wie konnte das sein? »Ich wüßte nicht«, wagte er einzuwenden, »wer daran Schuld haben könnte ...«

Der Mantikor knirschte, offensichtlich frustriert, mit seinen drei Reihen Zähnen. »Da drüben liegt eine Frau«, sagte er, »die mittlerweile zum größten Teil Wasserbüffel ist. Dann die Geschäftsleute aus Nigeria, denen kräftige Affenschwänze gewachsen sind. Und die Gruppe von Urlaubern aus dem Senegal, die nichts weiter taten, als auf ihren Anschlußflug zu warten, und in glibbrige Schlangen verwandelt wurden. Ich selbst habe eigentlich mit Klamotten zu tun; einige Jahre war ich ein hochbezahlter Dressman in Bombay; ich habe eine breite Palette an Anzugstoffen und Hemdenstoffen vorgeführt. Aber wer wird mich jetzt noch engagieren?«, und plötzlich und unerwartet brach er in Tränen aus. »Aber, aber«, sagte Saladin Chamcha automatisch. »Es wird schon alles wieder gut, da bin ich mir ganz sicher. Haben Sie nur Mut.«

Das Wesen beruhigte sich wieder. »Die Sache ist die«, sagte es grimmig, »daß sich das einige von uns nicht mehr gefallen lassen wollen. Wir werden ausbrechen, bevor sie uns in etwas noch Schlimmeres verwandeln. Jede Nacht spüre ich, wie sich ein neues Stück von mir zu verändern beginnt. Zum Beispiel fange ich an, ständig Winde zu lassen ... Entschuldigen Sie ... aber sie verstehen, was ich meine? Übrigens, versuchen Sie's mal damit«, und er reichte Chamcha eine Packung extrastarker Pfefferminzbonbons. »Das wird Ihnen mit Ihrem Atem helfen. Ich habe einen Wächter bestochen, daß er Nachschub reinbringt.«

»Aber wie machen die das?« wollte Chamcha wissen.

»Sie beschreiben uns«, flüsterte der andere ernst. »Das ist alles. Sie haben die Macht der Beschreibung, und wir sind den Bildern unterworfen, die sie sich von uns machen.«

»Kaum zu glauben«, wandte Chamcha ein. »Ich lebe seit vielen Jahren hier, und mir ist so was noch nie zuvor passiert ...« Seine Worte versiegten, weil er sah, wie der Mantikor ihn durch zusammengekniffene, mißtrauische Augen ansah, »Seit vielen Jahren?« fragte er. »Wie ist das möglich? Vielleicht sind Sie ein Informant? Ja, das ist es, ein Spitzel?«

Genau in diesem Moment drang ein lautes Jammern aus einer weiter entfernten Ecke des Krankensaals. »Laßt mich gehen«, bettelte eine Frau. »O Gott, ich will hier raus. Jesus Maria, ich muß raus, laßt mich raus, o Gott, o Herr Jesus.« Ein höchst lüstern aussehender Wolf steckte den Kopf zwischen Saladins Wandschirmen durch und sprach eindringlich mit dem Mantikor. »Die Wachen werden bald hier sein«, zischte er. »Die schreit schon wieder, die Glas-Bertha.«

»Glas ...?« begann Saladin. »Ihre Haut hat sich in Glas verwandelt«, erklärte der Mantikor ungeduldig, ohne zu wissen, daß er damit Chamchas schlimmsten Traum zum Leben erweckte. »Und diese Schweine haben es ihr kaputtgeschlagen. Jetzt kann sie nicht mal zur Toilette gehen.«

Eine neue Stimme zischte durch die grünliche Nacht. »Herrgott noch mal, Weib. Mach doch in die Bettschüssel.«

Der Wolf zog den Mantikor zur Seite. »Macht er nun mit oder nicht?« wollte er wissen. Der Mantikor zuckte die Achseln. »Er kann sich nicht entscheiden«, antwortete er. »Traut seinen eigenen Augen nicht, das ist sein Problem.«

Sie flohen, als sie die schweren, knirschenden Stiefel der Wärter nahen hörten.

❦

Am nächsten Tag war nichts von einem Arzt zu sehen und auch nichts von Pamela, und Chamcha, völlig verwirrt, pendelte zwischen Wachen und Schlafen, als würden diese beiden Zustände keine Gegensätze mehr bilden, sondern ineinander und auseinander fließen in einem nicht enden wollenden Delirium aller Sinne ... und so fand er sich im Traum mit der Queen, in zärtlicher Umarmung mit der Monarchin. Sie war der Leib Großbritanniens, das Avatara des Staates, und er hatte sie erwählt, sich mit ihr vereinigt; sie war seine Geliebte, der Mond seiner Wonne.

Hyacinth kam zu den vereinbarten Zeiten, um auf ihm zu reiten und herumzutrommeln, und er fügte sich anstandslos. Doch nach der Behandlung flüsterte sie ihm ins Ohr: »Machen Sie mit, wie die anderen?«, und er begriff, daß auch sie an der großen Verschwörung beteiligt war. »Wenn Sie dabei sind«, hörte er sich sagen, »dann mache ich auch mit.« Sie nickte und sah erfreut aus. Chamcha spürte, wie ihn eine Wärme erfüllte, und er spielte schon mit dem Gedanken, eine der zierlichen, wenngleich kräftigen kleinen Fäuste der Krankengymnastin zu ergreifen, aber in diesem Moment ertönte ein Schrei aus der Ecke, wo der Blinde lag: »Mein Stock, ich habe meinen Stock verloren.«

»Armer alter Kerl«, sagte Hyacinth und sprang von Chamcha ab, stürzte zum Bett des Blinden, hob den heruntergefallenen Stock auf, gab ihn seinem Eigentümer zurück und kam wieder zu Saladin. »Also«, sagte sie, »wir sehen uns heut' abend, okay, alles klar?«

Er wollte, daß sie dablieb, aber sie gab sich energisch. »Ich bin eine vielbeschäftigte Frau, Mr. Chamcha. Ich hab 'ne Menge Dinge zu erledigen, 'ne Menge Leute zu behandeln.«

Als sie gegangen war, legte er sich zurück und lächelte zum ersten Mal seit langer Zeit. Es kam ihm nicht in den Sinn, daß seine Metamorphose sogar noch fortschreiten würde, weil er romantische Gefühle für eine schwarze Frau hegte, und bevor er Zeit hatte, solch komplizierten Gedankengängen nachzuhängen, begann der blinde Mann von nebenan wieder zu reden.

»Ich habe Sie wohl bemerkt«, hörte Chamcha ihn sagen, »ich habe Sie bemerkt, und ich habe Ihre Freundlichkeit und Ihr Verständnis schätzen gelernt.« Saladin erkannte, daß der Mann eine feierliche Dankesrede in den leeren Raum hinein hielt, wo in seiner Vorstellung immer noch die Krankengymnastin stand. »Ich bin kein Mann, der Freundlichkeit vergißt. Eines Tages vielleicht werde ich imstande sein, sie zu vergelten, aber eines sollten Sie doch jetzt schon wissen: daß diese Ihre Freundlichkeit nicht vergessen, sondern in herzlicher Erinnerung behalten wird...« Chamcha hatte nicht den Mut zu rufen, *sie ist nicht da, alter Mann, sie ist schon längst gegangen.* Er hörte bedrückt zu, bis der Blinde schließlich einen Satz an die Luft richtete: »Darf ich hoffen, daß Sie sich vielleicht auch an mich erinnern werden? Ein bißchen? Bei Gelegenheit?« Dann herrschte Stille, gefolgt von einem trockenen Lachen; und Chamcha hörte, wie sich jemand auf einen Stuhl setzte, schwerfällig, abrupt. Wieder die unerträgliche Stille, und endlich der Umschlag ins Lächerliche: »Oh«, brüllte der Monologe, »oh, wenn je ein Leib gelitten hat...!«

Wir wollen alle hoch hinaus, aber dann verrät uns unsere Natur, dachte Chamcha; Hofnarren, die nach der Krone greifen. Tiefe Bitterkeit überkam ihn. *Einst war ich leichter, glücklicher, warm. Jetzt fließt schwarzes Wasser in meinen Adern.* Immer noch keine Pamela. *Scheißegal.* In dieser Nacht erklärte er dem Mantikor und dem Wolf, daß er mitmachen würde, hundertprozentig.

❦

Die große Flucht fand ein paar Nächte später statt, als Saladins Lungen dank der Dienste von Miss Hyacinth Phillips vollständig vom Schleim befreit waren. Wie sich herausstellte, handelte es sich um eine gut organisierte Angelegenheit in ziemlich großem Stil, die nicht nur die Insassen des Krankensaals betraf, sondern auch die nebenan hinter Drahtgittern in U-Haft gehaltenen *Detenus,* wie der Mantikor sie nannte. Da er nicht zu den großen Flucht-Planern gehörte, blieb Chamcha, wie abgesprochen, am Bettrand sitzen, bis Hyacinth ihm Bescheid gab, und dann rannten sie hinaus, aus dem Krankensaal der Alpträume in die Klarheit der kalten, mondhellen Nacht, vorbei an mehreren gefesselten, geknebelten Männern: ihren vormaligen Wärtern. Es waren viele schattenartige Gestalten, die durch die leuchtende Nacht liefen, und Chamcha erhaschte immer wieder einen Blick auf Wesen, wie er sie sich nie hätte vorstellen können, Männer und Frauen, von denen manche halbe Pflanzen waren oder riesige Insekten oder sogar teilweise aus Ziegeln oder Steinen bestanden; es gab Männer mit Rhinozeroshörnern anstelle von Nasen und Frauen mit langen giraffenartigen Hälsen. Die Monster liefen schnell, schweigend bis zum Rand des Gefängniskomplexes, wo der Mantikor und andere scharfzahnige Mutanten bei den großen Löchern standen, die sie in das Gitter des hohen Zaunes gebissen hatten, und dann waren sie draußen, frei, und konnten ihrer Wege gehen, ohne Hoffnung, aber auch ohne Scham. Saladin Chamcha und Hyacinth Phillips liefen Seite an Seite; seine Ziegenhufe machten klipp – klapp auf dem harten Pflaster: *nach Osten,* sagte sie zu ihm, und er hörte, wie seine eigenen Schritte das Klingeln in seinen Ohren ersetzten, und nach Osten Osten Osten liefen sie, durch die unbeleuchteten, unbewachten Straßen nach London.

4

Durch »schieren Zufall«, wie sie es später nannte, wurde Jumpy Joshi in der Nacht Pamela Chamchas Geliebter, in der sie vom Tod ihres Mannes bei der *Bostan*-Explosion erfuhr, so daß die Stimme seines alten Collegefreundes Saladin, die da mitten in der Nacht aus dem Jenseits mit ihm sprach und sechs Worte stammelte: *Entschuldigen sie bitte, hab' mich verwählt* – und das weniger als zwei Stunden, nachdem Jumpy und Pamela, nach Genuß von zwei Flaschen Whisky, das Tier mit den zwei Rücken gemacht hatten –, ihn in eine ganz vertrackte Lage brachte. »Wer war denn das?« fragte Pamela, noch im Halbschlaf, eine Dunkelmaske über den Augen, und kam herübergerollt, und er entschied sich zu antworten: »Bloß so'n Stöhner, mach dir keine Sorgen«, was ja auch schön und gut war, nur daß er sich jetzt die Sorgen allein machen mußte, nackt und aufrecht im Bett sitzend, den rechten Daumen im Mund, seinen Trostspender seit der Kindheit.

Er war ein kleiner Mann, ein schmales Hemd, mit einem enormen Potential an nervöser Unruhe, was sich in seinem blassen Gesicht und den tiefliegenden Augen niederschlug; seinem bereits schütteren, aber noch schwarzen, lockigen Haar, das von seinen hektischen Händen so oft zerzaust worden war, daß es auf Kamm und Bürste überhaupt nicht mehr reagierte, sondern wild nach allen Seiten abstand und seinem Eigner ständig das Aussehen eines Mannes verlieh, der gerade erst aufgewacht, spät dran und in Eile war, und seinem liebenswert hohen, schüchternen und selbstabwertenden, aber auch abgehackten, übererregten Kichern; was insgesamt dazu beigetragen hatte, seinen Namen Jamshed in *Jumpy* – der Sprung- oder Schreckhafte – umzuwandeln, mit dem ihn jetzt alle Leute, selbst flüchtige Bekannte, automatisch ansprachen, das heißt, alle außer Pamela Chamcha. Saladins Frau, dachte er, während er fieberhaft am Daumen lutschte. Oder Witwe? Oder, Gott steh mir bei, doch Saladins Frau. Er merkte, daß er Chamcha gram war. Die Rückkehr aus dem nassen Grab: das klang heutzutage doch so sehr nach Oper, daß es schon fast etwas Unanständiges hatte, etwas Böswilliges.

Als er die Nachricht gehört hatte, war er schnurstracks zu Pamela gefahren, aber sie war beherrscht und gefaßt und ließ ihn eintreten in das Chaos ihres Arbeitszimmers, an dessen Wänden zwischen Plakaten mit geballten Fäusten und der Aufschrift *Partido Socialista* Aquarelle von Rosengärten hingen, Fotos von Freunden und ein paar afrikanische Masken, und als er sich zwischen Aschenbechern und Stapeln von *The Voice* und feministischen Science Fiction-Romanen einen Weg bahnte, sagte sie trokken: »Als ich es hörte, war für mich das Überraschendste, daß ich dachte, also, eigentlich wird sein Tod nur ein ziemlich kleines Loch in mein Leben reißen.« Jumpy, der den Tränen nahe war und schier platzte vor Erinnerungen, blieb wie angewurzelt stehen und begann, mit den Armen zu rudern; in dem riesigen, sackartigen schwarzen Mantel und mit dem bleichen, schreckerfüllten Gesicht sah er aus wie ein Vampir, der unerwartet und zu seinem Entsetzen vom Tageslicht überrascht worden war. Dann sah er die leeren Whiskyflaschen. Pamela sagte, sie habe ein paar Stunden vorher mit dem Trinken begonnen; seither hatte sie sich stetig und ausdauernd und mit der Hingabe eines Langstreckenläufers durch ihre Flaschenvorräte gearbeitet. Er setzte sich neben sie auf ihre niedrige, weiche Bettcouch und bot an, für sie den Schrittmacher zu spielen. »Wenn du willst«, sagte sie und reichte ihm die Flasche.

Jetzt, da er im Bett saß, am Daumen nuckelnd statt an einer Flasche, gepeinigt von der Last des Geheimnisses und einem dicken Kater (denn fürs Trinken oder für Heimlichkeiten hatte er nie etwas übrig gehabt), fühlte Jumpy die Tränen noch einmal aufsteigen und entschloß sich, aufzustehen und etwas herumzulaufen. Sein Weg führte ihn die Treppe hinauf in Saladins Reich, in seine »Höhle«, wie er sie immer genannt hatte, einen großen Speicherraum mit Oberlichten und Fenstern und einem weiten Blick über städtische Gartenanlagen, ein Idyll aus Eichen, Lärchen, der letzten Ulme, die die Seuchenjahre überlebt hatte. *Zuerst die Ulmen, jetzt wir,* sann Jumpy. *Vielleicht waren die Bäume eine Warnung.* Er schüttelte sich, um diese düsteren Morgengedanken zu vertreiben, und hockte sich auf den Rand von Saladins Mahagonischreibtisch. Einmal, bei einer College-Party, hatte er genauso dagehockt, auf einem Tisch mit lauter Wein- und Bierlachen, neben einem Mädchen in schwarzem Spitzen-Minikleid, purpurroter Federboa und mit Augenlidern wie Silberhelme, unfähig, den Mut aufzubringen und hallo zu sagen. Schließlich drehte er sich doch zu ihr um und gab stotternd irgendwelche Banalitäten zum besten, und sie warf ihm einen höchst verächtlichen Blick zu und sagte, ohne ihre schwarz lackierten Lippen zu bewegen, *hier läuft nichts, Mann.* Darüber hatte er sich ziemlich aufgeregt, so sehr, daß ihm herausgerutscht war, *sag mal, warum sind alle Mädchen in dieser Stadt so furchtbar unhöflich?*, und sie hatte, ohne nachzudenken, erwidert, *weil die meisten Jungen so sind wie du.* Wenige Augenblicke später kam Chamcha vorbei, nach Patschuli stinkend, in weißer Kurta, eine billige Karikatur der Geheimnisse des Fernen Ostens, und fünf Minuten später ging das Mädchen mit ihm fort. Dieser Scheißkerl, dachte Jumpy Joshi, als die alte Bitterkeit wieder in ihm hochkam, er hatte einfach kein Schamgefühl, er war bereit, alles zu sein, was sie kaufen wollten, dieser Handleser-Flickendeckenjacken-Hare-Krishna-Gammler, aber nicht mit mir, nur über meine Leiche. Das ließ ihn innehalten, dieses Wort an dieser Stelle. Leiche. Sei ehrlich, Jamshed, die Mädchen haben nie für dich geschwärmt, das ist die Wahrheit, und der Rest ist Neid. Na gut, mag ja was dran sein, räumte er ein, aber andererseits. Vielleicht eine Leiche, fügte er hinzu, andererseits vielleicht auch nicht.

Auf den schlaflosen Eindringling wirkte Chamchas Zimmer gekünstelt und daher traurig: die Karikatur eines Schauspielerzimmers, voller signierter Fotos von Kollegen, Werbezettel, gerahmter Programmhefte, Probenfotos, Zitate, Auszeichnungen, Memoirenbücher von Filmstars, ein Zimmer wie von der Stange, Meterware, eine Imitation des Lebens, die Maske einer Maske. Nippes auf jedem Möbelstück: Aschenbecher in Form von Klavieren, chinesische Papageien, die hinter einem Bücherregal hervorlugten. Und überall an den Wänden, auf den Filmplakaten, im Schein der Lampe, die ein bronzener Eros trug, in dem Spiegel, der wie ein Herz geformt war, vom blutroten Teppich abstrahlend, von der Decke tropfend, Saladins Bedürfnis nach Liebe. Beim Theater wird jeder geküßt, ist jeder ein Darling. Das Leben des Schauspielers bietet, auf einer täglichen Basis, das Abbild von Liebe; eine Maske findet Befriedigung oder zumindest Trost schon im Echo dessen, was sie sucht. Die Verzweiflung steckte ihn ihm, erkannte Jumpy, er tat alles, zog jedes noch so alberne Kostüm an, verwandelte sich in jede nur denkbare Gestalt, wenn ihm das ein liebevolles Wort einbrachte. Saladin, der bei den Frauen ja beileibe nicht erfolglos war, siehe oben. Der arme Tölpel. Selbst Pamela mit all ihrer Schönheit und ihrem Strahlen war ihm nicht genug gewesen.

Und offensichtlich war auch er ihr längst immer weniger genug gewesen. Irgendwann, als die zweite Whiskyflasche zur Neige ging, lehnte sie ihren Kopf an seine Schulter und sagte benebelt: »Du kannst dir nicht vorstellen, was für eine Erleichterung es ist, mal mit jemandem zusammen zu sein, gegen den ich nicht andauernd kämpfen muß, wenn ich meine Meinung sage. Weil er das Gute für sich gepachtet hat.« Er wartete; nach einer Pause kam mehr. »Er und seine königliche Familie; du würdest es nicht glauben. Kricket, das Parlament, die Queen. Das ist für ihn immer eine Postkartenidylle geblieben. Man konnte ihn nicht dazu bringen, sich das anzusehen, was wirklich Wirklichkeit war.« Sie schloß die Augen und legte ihre Hand ganz zufällig auf seine. »Er war wirklich ein Saladin«, sagte Jumpy. »Ein Mann, der ein heiliges Land zu erobern hatte, sein England, das, woran er glaubte. Du warst auch ein Teil davon.« Sie rollte zur Seite, um sich auf Zeitschriften, zerknülltem Abfallpapier, Durcheinander auszustrecken. »Ein Teil davon? Ich war die gottverdammte Britannia. Warmes Bier, gefüllte Fleischpasteten, gesunder Menschenverstand und ich. Aber ich bin auch wirklich Wirklichkeit, J. J.; das bin ich wirklich wirklich.« Sie streckte die Hände nach ihm aus, zog ihn zu sich, dahin, wo ihr Mund wartete, gab ihm einen langen Pamela-untypisch nassen Kuß. »Verstehst du, was ich meine?« Ja, er verstand.

»Du hättest ihn zum Thema Falkland-Krieg hören sollen«, sagte sie etwas später, als sie sich von ihm freimachte und begann, mit ihrem Haar herumzuspielen. »Pamela, mal angenommen, du würdest mitten in der Nacht ein Geräusch unten im Haus hören und runtergehen, um nachzusehen, und im Wohnzimmer einen riesigen Mann mit einer Schrotflinte vorfinden, und dieser Mann würde sagen, geh wieder nach oben, was würdest du tun? Ich würde nach oben gehen, sagte ich. ›Und so ist das auch damit. Eindringlinge im eigenen Haus. Das geht so nicht.‹« Jumpy fiel auf, daß sie ihre Fäuste geballt hatte und ihre Knöchel kalkweiß hervortraten. »Ich sagte, wenn du schon diese blöden häuslichen Metaphern verwenden mußt, dann aber auch richtig. Es ist nämlich *so,* als würden zwei verschiedene Leute behaupten, sie wären Eigentümer eines Hauses, und einer von beiden besetzt es, und *dann* erscheint der andere mit der Schrotflinte. *So* ist das nämlich.« – »Ja, das ist wirklich die Wirklichkeit«, nickte Jumpy mit ernster Miene. *»Richtig«,* sie schlug ihm aufs Knie. »Das ist wirklich richtig... so ist das echt wirklich. Tatsache. Noch einen Drink.«

Sie beugte sich vor zum Kassettenrecorder und drückte auf einen Knopf. Mein Gott, dachte Jumpy, *Boney M.*? Muß das jetzt sein? Trotz ihrer ganz harten, professionell antirassistischen Linie hatte die Dame immer noch eine Menge über Musik zu lernen. Jetzt ging es auch schon los, bummschickabumm. Und dann begann er unvermittelt zu weinen, zu echten Tränen gerührt durch unechte Emotionen, durch eine Disco-Beat-Imitation von Schmerz. Es war der hundertsiebenunddreißigste Psalm, »Super-Flumina«. König David, der über die Jahrhunderte hinweg rief. Wie könnten wir des HERREN Lied singen in fremdem Lande?

»Ich mußte die Psalmen in der Schule lernen«, sagte Pamela Chamcha, die auf dem Fußboden saß, den Kopf an die Bettcouch gelehnt, die Augen fest geschlossen. *By the river of Babylon, where we sat down, oh oh we wept ...* sie hielt das Band an, lehnte sich wieder zurück, begann vorzutragen. »Vergesse ich dich, Jerusalem, so verdorre meine Rechte. Meine Zunge soll an meinem Gaumen kleben, wenn ich deiner nicht gedenke, wenn ich nicht lasse Jerusalem meine höchste Freude sein.«

Später, im Bett, träumte sie von ihrer Klosterschule, von Frühmetten und Abendandachten, von Psalmengesang, als Jumpy hereingestürmt kam und sie wachrüttelte und dabei rief: »Es hat keinen Sinn, ich muß es dir sagen. Er ist nicht tot. Saladin: verdammt noch mal, er lebt.«

Sie war sofort hellwach und schob sich die Hände in ihr dickes, lockiges hennagefärbtes Haar, in dem sich allmählich die ersten weißen Strähnen zeigten; sie kniete auf dem Bett, nackt, Hände im Haar, ohne sich rühren zu können, bis Jumpy aufgehört hatte zu reden, und dann begann sie urplötzlich, auf ihn einzuschlagen, ihn auf Brust und Arme und Schultern und sogar aufs Gesicht zu schlagen, so hart sie konnte. Er saß neben ihr auf dem Bett, ein lächerlicher Anblick in ihrem gerüschten Morgenmantel, während sie ihn schlug; er entspannte seinen Körper, ließ ihn die Schläge entgegennehmen, sich fügen. Als ihr die Schläge ausgingen, war ihr Körper mit Schweiß bedeckt, und er dachte, daß sie ihm vielleicht einen Arm gebrochen hatte. Sie setzte sich neben ihn, keuchend, und beide schwiegen.

Dann kam ihr Hund ins Schlafzimmer, offensichtlich beunruhigt, und tapste zum Bett, um ihr seine Pfote entgegenzustrecken und sie am linken Bein zu lecken. Jumpy bewegte sich vorsichtig. »Ich dachte, der wäre gestohlen worden«, sagte er schließlich. Pamela riß den Kopf zurück, ihre *Ja, aber*-Geste. »Die Diebe haben sich gemeldet. Ich hab' das Lösegeld bezahlt. Jetzt hört er auf den Namen Glenn. Macht nichts; Sher Khan konnte ich sowieso nie richtig aussprechen.«

Nach einer Weile merkte Jumpy, daß er reden wollte. »Was du da gerade getan hast«, begann er.

»O Gott.«

»Nein. Es ist wie das, was ich einmal getan habe. Vielleicht das Vernünftigste, was ich je getan habe.« Im Sommer 1967 hatte er den »apolitischen« zwanzigjährigen Saladin auf eine Anti-Kriegs-Demonstration geschleift. »Einmal im Leben, Mr. Hochnäsig, werde ich Sie auf meine Ebene herunterzerren.« Harold Wilson kam in die Stadt, und wegen der Unterstützung, die das US-amerikanische Engagement in Vietnam bei der Labour-Regierung fand, waren Massenproteste organisiert worden. Chamcha kam mit, »aus Neugier«, wie er sagte. »Ich möchte sehen, wie angeblich intelligente Menschen sich in einen Mob verwandeln.«

An jenem Tag regnete es einen Ozean. Die Demonstranten auf dem Market Square waren völlig durchnäßt. Jumpy und Chamcha wurden von der Menge mitgerissen und schließlich gegen die Treppe vorm Rathaus geschoben; *Tribünenplätze,* sagte Chamcha spöttisch. Neben ihm standen zwei als russische Attentäter verkleidete Studenten mit schwarzen Filzhüten, Armeemänteln und dunklen Sonnenbrillen; sie trugen Schuhschachteln, die mit in Tinte getauchten Tomaten gefüllt waren und auf denen in großen Blockbuchstaben *Bomben* stand. Kurz vor Ankunft des Premierministers klopfte einer von beiden einem Polizisten auf die Schulter und sagte: »Entschuldigen Sie bitte. Wenn ankommt Mr. Wilson, Premierminister von eigenen Gnaden, mit langem Auto, bitten wir freundlich, Fenster runterkurbeln, damit mein Freund Bomben werfen kann auf ihn.« Der Polizist erwiderte: »Ha ha, Sir. Sehr gut. Nun will ich Ihnen aber mal was sagen. Sie können ihn mit Eiern bewerfen, Sir, dagegen hab' ich nichts. Sie können ihn auch mit Tomaten bewerfen, Sir, mit solchen, wie Sie sie in der Schachtel haben, auf der *Bomben* draufsteht, denn dagegen hab' ich auch nichts. Aber wenn Sie mit irgend etwas Hartem auf ihn werfen, Sir, dann erwischt Sie mein Kollege hier mit seiner Kanone.« Ach, die Tage der Unschuld, als die Welt noch jung war... als das Auto angefahren kam, entstand ein Riesengedränge, und Chamcha und Jumpy wurden voneinander getrennt. Dann tauchte Jumpy wieder auf, kletterte auf die Motorhaube von Harold Wilsons Limousine und begann, auf dieser Motorhaube herumzuspringen, große Beulen hineinzutreten, sprang wie ein Wilder im Rhythmus der Massen-Sprechchöre: *Ho-Ho-Ho Tschi Minh, Ho-Ho-Ho Tschi Minh.*

»Saladin begann, auf mich einzuschreien, ich solle runterkommen, zum Teil, weil die Männer von der Staatssicherheit, die sich unter die Menge gemischt hatten, schon im Anmarsch waren, aber vor allem, weil es ihm so verdammt peinlich war.« Doch er hüpfte weiter, höher nach oben, fester nach unten, durchweicht bis auf die Knochen mit fliegendem, langen Haar. Jumpy, der Springer, ersprang sich einen Platz in der Mythologie jener frühen Jahre. Und Wilson und Marcia kauerten auf dem Rücksitz. *Ho-Ho-Ho Tschi Minh!* Im letztmöglichen Moment atmete Jumpy tief durch und stürzte sich kopfüber in ein Meer von nassen und freundlichen Gesichtern; und verschwand. Sie erwischten ihn nie: Bullen Schweine Abschaum. »Saladin hat über eine Woche lang nicht mit mir geredet«, erinnerte Jumpy sich. »Und als er es schließlich wieder tat, sagte er nur: ›Du bist dir ja hoffentlich darüber im klaren, daß die Jungs von der Polizei dich hätten in Stükke schießen können; aber sie haben's nicht getan.‹«

Sie saßen immer noch Seite an Seite auf dem Bettrand. Jumpy berührte Pamela am Unterarm. »Ich will damit nur sagen, daß ich weiß, was für ein Gefühl das ist. Krach, Bumm. Es war unglaublich. Es war notwendig für mich.«

»O mein Gott«, sagte sie und wandte sich ihm zu. »O mein Gott, tut mir leid, aber ja, genauso war es.«

❦

Am Morgen dauerte es eine Stunde, bis sie die Fluggesellschaft dranhatten, weil die Katastrophe eine Flut von Anrufen ausgelöst hatte, und dann weitere fünfundzwanzig Minuten Beharrlichkeit – *aber er hat angerufen, es war seine Stimme* –, während am anderen Ende der Leitung die Stimme einer Frau, speziell darin geschult, mit Menschen in Krisensituationen umzugehen, verstand, wie sie sich fühlte, und mit ihr in diesem furchtbaren Moment mitfühlen konnte und sehr geduldig blieb, aber ganz klar nicht ein Wort von dem glaubte, was Pamela sagte. *Tut mir leid, Madam, ich möchte nicht grausam klingen, aber das Flugzeug ist in dreißigtausend Fuß Höhe auseinandergebrochen.* Am Ende des Telefongesprächs kreischte Pamela Chamcha, eine sonst außerordentlich kontrollierte Frau, die sich im Badezimmer einschloß, wenn sie weinen wollte, durch die Leitung, um Himmels willen, Frau, können Sie nicht mal Ihre Gute-Samariter-Reden sein lassen und sich anhören, was ich zu sagen habe? Schließlich knallte sie den Hörer auf und fiel über Jumpy her, der den Ausdruck in ihren Augen sah und den Kaffee verschüttete, den er ihr bringen wollte, weil er vor lauter Angst begonnen hatte, an allen Gliedern zu zittern. »Du gottverdammtes Arschloch«, verfluchte sie ihn. »Lebt noch, hä? Ich nehme an, er ist auf beschissenen *Flügeln* aus dem Himmel runtergeschwebt und hat gleich die nächste Telefonzelle angesteuert, um das verdammte Superman-Kostüm auszuziehen und sein Frauchen anzurufen.« Sie waren in der Küche, und Jumpys Blick fiel auf eine Reihe von Küchenmessern, die an einem Magnetstreifen an der Wand neben Pamelas linkem Arm hingen. Er öffnete den Mund, um etwas zu sagen, aber sie ließ ihn nicht. »Hau ab, bevor ich dir was antue«, sagte sie. »Ich kann nicht glauben, daß ich darauf reingefallen bin. Du und Stimmen am Telefon: Ich hätt's wissen müssen, verdammte Scheiße.«

Anfang der siebziger Jahre hatte Jumpy vom Rücksitz seines gelben Mini-Busses aus eine reisende Diskothek betrieben. Er nannte sie Finns Daumen zu Ehren des legendären schlafenden Riesen von Irland, Finn MacCool, auch so ein Daumenlutscher, wie Chamcha immer sagte. Eines Tages hatte Saladin Jumpy zum Narren gehalten, indem er ihn anrief, einen südländischen Akzent auflegte und im Auftrag von Mrs. Jacqueline Kennedy Onassis die Dienste des Musikalischen Daumens auf der Insel Skorpios erbat, gegen ein Honorar von zehntausend Dollar zuzüglich freiem Transport nach Griechenland im Privatflugzeug für bis zu sechs Personen. Einem so unschuldigen und redlichen Menschen wie Jamshed Joshi so etwas anzutun, war wirklich grausam. »Ich brauche eine Stunde Bedenkzeit«, hatte er gesagt und war dann in seelische Agonie verfallen. Als Saladin eine Stunde später zurückrief und hörte, daß Jumpy Mrs. Onassis' Angebot aus politischen Gründen ablehnte, begriff er, daß sein Freund dafür trainierte, ein Heiliger zu werden, und daß es keinen Sinn hatte, ihn weiter auf die Schippe zu nehmen. »Mrs. Onassis wird bestimmt im Herzen gebrochen sein«, hatte er zum Schluß gesagt, und Jumpy hatte bekümmert geantwortet: »Bitte richten Sie ihr aus, daß es nichts Persönliches ist, persönlich bewundere ich sie nämlich sehr.«

Wir kennen einander alle zu lang, dachte Pamela, als Jumpy ging. Wir können einander mit Erinnerungen verletzen, die zwei Jahrzehnte alt sind.

❦

Beim Thema Stimmen und Mißverständnisse, dachte sie, als sie an diesem Nachmittag in ihrem Sportwagen, einem alten MG Hardtop, viel zu schnell über die M 4 brauste – ein »ideologisch ziemlich inkorrektes« Vergnügen, wie sie selbst fröhlich zugab –, bei dem Thema sollte ich wirklich toleranter sein.

Pamela Chamcha, geborene Lovelace, besaß eine Stimme, die zu kompensieren in gewisser Weise ihre Lebensaufgabe war. Es war eine Stimme, die sich aus Tweed und Kopftüchern zusammensetzte, aus Sommerpudding, Hockeystöcken, strohgedeckten Landhäusern, Lederseife, Haus-Partys, Nonnen, reservierten Kirchenbänken, großen Hunden und Banausentum, und trotz aller Versuche sie zu dämpfen, war sie so laut wie ein Betrunkener im Dinnerjackett, der im Club mit Brötchen um sich warf. Es war die Tragödie ihrer Jugend gewesen, daß ihr dank dieser Stimme die Gutsherren und die Partylöwen und die Londoner Jemands nachgestellt hatten, die Männer also, die sie aus vollem Herzen verabscheute, während die grün Angehauchten und Friedensmarschierer und Weltverbesserer, bei denen sie sich instinktiv daheim fühlte, sie mit tiefer Skepsis behandelten, die an Ablehnung grenzte. Wie hätte jemand, der bei jedem Wort, bei jeder Silbe nach Taugenichts klang, denn auch zu den Guten gehören können? Pamela biß die Zähne zusammen, gab Gas, ließ Reading hinter sich. Einer der Gründe, warum sie – *gib's zu* – beschlossen hatte, diese Ehe aufzulösen, bevor das Schicksal dies für sie tat, lag darin, daß sie eines Morgens aufgewacht war und gewußt hatte, daß Chamcha nicht in sie verliebt war, sondern in diese Stimme, die nach Yorkshirepudding und Eichenkernholz stank, diese joviale, rosige Stimme des guten alten Traum-Englands, in dem er so schrecklich gern gelebt hätte. Es war eine Ehe gewesen, in der sich die Ziele kreuzten wie zwei Züge, in der jeder auf das losraste, wovor der andere gerade floh.

Keine Überlebenden. Und dann, mitten in der Nacht, Jumpy der Spinner und sein idiotischer falscher Alarm. Das hatte sie so aufgewühlt, daß sie noch nicht einmal dazu gekommen war, sich von der Tatsache aufwühlen zu lassen, daß sie mit Jumpy ins Bett gegangen war und mit ihm geschlafen hatte und zwar – *gib's zu* – auf eine ziemlich befriedigende Art und Weise, *verschon mich mit deiner Nonchalance,* wies sie sich zurecht, *wann hast du das letzte Mal soviel Spaß gehabt.* Sie hatte sich um eine Menge Dinge zu kümmern, und sie kümmerte sich darum, indem sie davonlief, so schnell sie konnte. Ein paar Tage Selbstverwöhnung in einem teuren Landgasthof, und die Welt, die ihr jetzt wie die reinste Hölle erschien, würde wieder freundlicher aussehen. Therapie durch Luxus: jajaja, räumte sie ein, ich weiß: meine Klasse bricht mal wieder durch. Verdammte Scheiße, da kannst du mal sehen. Wenn du irgendwas dagegen hast, dann schieb's dir in den Arsch. Hintern. Arsch.

Mit hundert Meilen pro Stunde vorbei an Swindon, und das Wetter wurde schlecht. Plötzlich dunkle Wolken, Blitze, starker Regen; sie hielt den Fuß weiter auf dem Gaspedal. *Keine Überlebenden.* Immer starben ihr die Leute weg, immer blieb sie zurück, mit einem Mund voller Worte, aber ohne einen Menschen, dem sie sie ins Gesicht schleudern konnte. Ihr Vater, der klassische Bildungsbürger, der Wortspiele auf Altgriechisch machen konnte und von dem sie die STIMME geerbt hatte – Vermächtnis und Fluch –, und ihre Mutter, die sich im Krieg um den Vater gegrämt hatte, der als Pfadfinder-Pilot einhundertundelfmal den Auftrag gehabt hatte, von Deutschland nach Hause zu fliegen, in einem langsamen Flugzeug und durch eine Nacht, die von seinen eigenen Leuchtkugeln erhellt wurde, damit die Bomber es leichter hatten – und die, als er mit dem Dröhnen des Flakfeuers in den Ohren zurückkehrte, ihm feierlich gelobte, daß sie ihn nie verlassen würde, und die ihm deshalb überallhin folgte, auf dem langsamen Abstieg in das tiefe Loch der Depression, aus dem er nie wieder richtig auftauchte, und in die Schulden, weil er nicht das richtige Gesicht zum Pokerspielen hatte und ihr Geld verbrauchte, als ihm sein eigenes ausgegangen war, und zuletzt bis zur Spitze eines hohen Gebäudes, wo sie sich endlich zurechtfanden. Pamela konnte ihnen nicht verzeihen, vor allen Dingen deshalb nicht, weil sie es ihr unmöglich gemacht hatten zu sagen, daß sie ihnen nicht verzeihen konnte. Um sich zu rächen, begann sie, all das abzulehnen, was sie ihr hinterlassen hatten. Ihren Verstand zum Beispiel: sie weigerte sich, aufs College zu gehen. Und weil sie ihre Stimme nicht abschütteln konnte, ließ sie sie Ideen aussprechen, die ihre konservativen Selbstmörder-Eltern verdammt hätten. Sie heiratete einen Inder. Und hätte ihn verlassen, da er ihnen zu ähnlich war. Hatte sich entschlossen, ihn zu verlassen. Als der Tod ihr wieder einmal einen Strich durch die Rechnung machte.

Sie überholte gerade einen Sattelschlepper mit Tiefkühlkost, als sie – geblendet durch die Gischt, die von seinen Rädern hochgewirbelt wurde – in die riesige Wasserlache fuhr, die in einer leichten Senke auf sie gewartet hatte, und dann verlor der MG bei erschreckend hoher Geschwindigkeit die Bodenhaftung, brach aus, kam von der Überholspur ab und drehte sich, so daß sie in die Scheinwerfer des Straßenschiffes sah, die sie anstarrten wie die Augen Asraels, des Würgeengels. »Das war's«, dachte sie; aber ihr Auto schleuderte seitlich an dem Sattelschlepper vorbei und trudelte, sich um die eigene Achse drehend, über alle drei Spuren der Autobahn, die wie durch ein Wunder leer waren, und kam dann mit einem dumpfen, aber unerwartet harmlosen Schlag an der Leitplanke neben der Standspur zum Stehen, nachdem es sich noch einmal um hundertachtzig Grad gedreht hatte, blickte wieder Richtung Westen, wo mit dem richtigen Timing für Kitsch, den das wirkliche Leben bietet, die Sonne gerade durch die Wolken brach.

❦

Überhaupt am Leben zu sein, glich manche Unbill des Lebens aus. An diesem Abend trug Pamela Chamcha ihr schönstes Kleid, als sie in einem eichenholzgetäfelten, mit mittelalterlichen Fahnen dekorierten Speisesaal an einem schwer mit Silber und Kristall beladenen Tisch saß, Wild aß und eine Flasche Château Talbot trank und den neuen Anfang feierte, das Entkommen aus dem Rachen des, das neue Leben, um wiedergeboren zu werden, mußt du erst na ja, jedenfalls beinahe. Unter den lüsternen Augen von Amerikanern und Vertretern aß und trank sie allein und zog sich früh zurück in ihr Prinzessinnenschlafzimmer in einem steinernen Turm, um ein langes Bad zu nehmen und sich alte Filme im Fernsehen anzuschauen. Sie stand noch unter den Nachwirkungen ihres Zusammenstoßes mit dem Tod, als sie spürte, wie die Vergangenheit langsam von ihr abglitt: Zum Beispiel ihre Teenagerjahre in der Obhut ihres bösen Onkels Henry Higham, der in einem Herrenhaus aus dem siebzehnten Jahrhundert lebte, das einst einem entfernten Verwandten gehört hatte, Matthew Hopkins, dem Oberhexenjäger, der es *Gremlins* genannt hatte – zweifellos ein makaberer Versuch, Humor zu zeigen. Und während sie sich an den Richter Higham erinnerte, um ihn zu vergessen, murmelte sie dem abwesenden Jumpy zu, daß auch sie ihre Vietnam-Story hatte. Nach der ersten großen Demonstration am Grosvenor Square, bei der viele Leute den anstürmenden Polizeipferden Murmeln unter die Hufe warfen, ereignete sich der in der englischen Rechtsprechung einmalige Fall, daß Murmeln als tödliche Waffe eingestuft und junge Leute wegen des Besitzes von kleinen Glaskugeln eingesperrt, ja sogar ausgewiesen wurden. Der Vorsitzende Richter im Grosvenor-Murmel-Prozeß war ebendieser Henry (seither bekannt als ›Häng-sie‹) Higham, und seine Nichte zu sein, hatte ein zusätzliches Handikap für die junge Frau bedeutet, die bereits durch ihre reaktionär klingende Stimme vorbelastet war. Jetzt, warm im Bett, eine Schloßherrin auf Zeit, befreite Pamela Chamcha sich von diesem alten Dämon, *lebwohl, Häng-sie, ich hab' keine Zeit mehr für dich;* und von den Geistern ihrer Eltern; und machte sich daran, auch den jüngsten Geist loszuwerden.

Pamela schlürfte Cognac, sah sich Vampire im Fernsehen an und gönnte es sich, sich wohl zu fühlen. Hatte sie sich denn nicht nach ihrem eigenen Bilde erschaffen? Ich bin, die ich bin, toastete sie sich mit Napoleon-Weinbrand zu. Ich arbeite im Amt für multikulturelle Angelegenheiten, Bezirk Brickhall, in London NE 1. Ich bin Beauftragte für Einwandererberatung und verdammt gut in diesem Job, wennichdasmalsagendarf. Prost! Wir haben gerade erstmals einen Schwarzen zum Vorsitzenden gewählt, und alle Gegenstimmen kamen von Weißen. Zum Wohl! Letzte Woche wurde ein angesehener asiatischer Straßenhändler, für den sich Parlamentarier aller Parteien stark gemacht hatten, nach achtzehnjährigem Aufenthalt in Großbritannien des Landes verwiesen, weil er vor fünfzehn Jahren ein ganz bestimmtes Formular achtundvierzig Stunden zu spät abgeschickt hatte. Chinchin! Nächste Woche werden ein paar Polizisten im Gericht von Brickhall versuchen, eine fünfzigjährige Nigerianerin, die sie vor kurzem bewußtlos geprügelt haben, reinzureißen und sie der Körperverletzung zu beschuldigen. Skol! Das ist mein Kopf: siehst du? Das nenn' ich meinen Job: mit dem Kopf gegen Brickhall anrennen.

Saladin war tot, und sie war am Leben.

Darauf trank sie. Es gibt ein paar Dinge, die ich dir noch erzählen wollte, Saladin, ein paar wichtige Dinge: die Geschichte von dem neuen Hochhaus in der Brickhall High Street, gegenüber von McDonald's; laut Plan sollte das Gebäude absolut schallisoliert sein, aber die Leute, die darin arbeiten, machte die Stille so verrückt, daß sie jetzt Tonbänder mit weißem Rauschen über Lautspieler abspielen. – Das hätte dir gefallen, was? – Und die Sache mit der Parsi-Frau, einer Bekannten von mir, Bapsy heißt sie, die hat eine Weile in Deutschland gelebt und sich in einen Türken verliebt. Ihr Problem ist, daß ihre einzige gemeinsame Sprache Deutsch war, jetzt hat Bapsy fast alles vergessen, was sie wußte, während er immer besser wird, er schreibt höchst poetische Briefe, auf die sie gerade noch mit Kinderreimen antworten kann. Die Liebe stirbt, wegen sprachlicher Ungleichheiten, was hältst du davon? – Die Liebe stirbt. Das ist ein Thema für uns, was? Saladin? Was meinst Du?

Und ein paar klitzekleine Dinge. Zwischen unseren Blumenbeeten läuft ein Mörder frei herum; er hat sich auf den Mord an alten Frauen spezialisiert; also mach dir keine Sorgen, ich bin nicht in Gefahr. Da gibt's genug, die älter sind als ich.

Und noch eines: ich verlasse dich. Es ist aus. Wir sind fertig miteinander.

Ich konnte dir nie etwas sagen, nicht wirklich, nicht einmal Kleinigkeiten. Wenn ich sagte, du hättest zugenommen, dann schriest du eine Stunde lang herum, als könnte dein Schreien das ändern, was du im Spiegel sahst, was das Kneifen an deinem Hosenbund dir verriet. In aller Öffentlichkeit fielst du mir ins Wort. Die Leute merkten, was du von mir hieltest. Ich verzieh dir, das war mein Fehler; ich konnte dein Innerstes sehen, diese Frage, die dir solche Angst einjagte, daß du es mit all der vorgetäuschten Selbstsicherheit schützen mußtest. Diese Leere.

Leb wohl, Saladin. Sie leerte ihr Glas und stellte es neben sich. Der Regen hatte wieder eingesetzt, klopfte an die Bleiglasfenster; sie zog die Vorhänge zu und löschte das Licht.

Und während sie in den Schlaf sank, dachte sie an das, was sie ihrem toten Ehemann als letztes noch zu sagen hatte. »Im Bett«, kamen die Worte, »hast du dich nie für mich interessiert, für mein Vergnügen, für das, was ich brauchte. Nein. Schließlich kam ich darauf, daß du keine Geliebte wolltest; sondern ein Dienstmädchen.« Das war's. Jetzt ruhe in Frieden.

Sie träumte von ihm; sein Gesicht erfüllte den Traum. »Alles geht zu Ende«, erklärte er ihr. »Diese Zivilisation. Das Netz zieht sich zu. Was war das aber auch für eine Kultur; großartig und verderbt, kannibalisch und christlich, die Herrlichkeit auf Erden. Wir sollten sie feiern, solange wir können; bis die Nacht anbricht.«

Sie stimmte ihm nicht zu, nicht einmal im Traum, aber sie wußte, noch während sie träumte, daß es keinen Sinn hatte, ihm das jetzt zu sagen.

❦

Nachdem Pamela ihn hinausgeworfen hatte, ging Jumpy Joshi zu Mr. Sufyans Café Shaandaar in der Brickhill High Street und setzte sich, um zu überlegen, ob er wirklich ein Idiot war. Es war früh am Tag und das Café noch fast leer, abgesehen von einer dicken Dame, die eine Schachtel Pista Barfi und Jalebis kaufte, ein paar unverheirateten Textilarbeitern, die Chaloo Chai tranken, und einer älteren Polin, die aus jenen Tagen stammte, als die Juden noch die Nähstuben in der Gegend betrieben, und die den ganzen Tag lang mit zwei Gemüse-Samosas, einem Puri und einem Glas Milch in der Ecke saß und jedem, der hereinkam, verkündete, daß sie bloß da war, weil »es fast so gut ist wie koscheres Essen und man immer versuchen sollte, was Gutes zu kriegen«. Jumpy setzte sich mit einem Kaffee unter das schauderhafte Gemälde einer barbusigen Sagengestalt mit mehreren Köpfen und Wolkenstreifen, die ihre Brustwarzen verbargen, lebensgroß und in Lachsrosa, Neongrün und Gold ausgeführt, und weil noch kein Hochbetrieb herrschte, fiel Mr. Sufyan auf, daß er niedergeschlagen war.

»He, Sankt Jumpy«, rief er laut, »du machst ein Gesicht wie drei Tage Regenwetter. Regnet's in diesem Land nicht sowieso schon genug?«

Jumpy wurde rot, als Sufyan zu ihm herübergelaufen kam, der die kleine weiße Gebetsmütze wie üblich an der richtigen Stelle befestigt hatte und den Backenbart seit der kürzlichen Pilgerfahrt nach Mekka hennarot färbte. Muhammed Sufyan war ein stämmiger Bursche mit dicken Unterarmen und einem mächtigen Bauch, ein überaus gottesfürchtiger und un-fanatischer Gläubiger; und für Joshi war er so etwas wie ein älterer Verwandter. »Hör mal, Onkel«, sagte er, als der Café-Besitzer sich zu ihm beugte, »hältst du mich auch für einen echten Idioten oder was?«

»Kommst du hin und wieder mal zu Geld?« fragte Sufyan.

»Ich doch nicht, Onkel.«

»Machst du hin und wieder mal Geschäfte? Import-Export? Im Stehausschank? Im Laden an der Ecke?«

»Ich hab nie was von Zahlen verstanden.«

»Und wo ist deine Familie?«

»Ich hab' keine Familie, Onkel. Ich bin ganz allein.«

»Dann wirst du wohl ständig zu Gott beten, daß er dir in deiner Einsamkeit beisteht?

»Du kennst mich doch, Onkel. Ich bete nicht.«

»Keine Frage«, meinte Sufyan abschließend. »Du bist sogar ein noch größerer Idiot, als du denkst.«

»Danke, Onkel«, sagte Jumpy und trank seinen Kaffee aus. »Du warst mir eine große Hilfe.«

Sufyan, wohl wissend daß sein liebevoller Spott den anderen aufheiterte, auch wenn er ein langes Gesicht zog, rief ein paar Worte zu dem hellhäutigen blauäugigen Asiaten hinüber, der da gerade – in einem flotten Kaschmirmantel mit extrabreiten Revers – eingetreten war. »He, Hanif Johnson«, rief er, »komm her, du sollst ein Rätsel lösen.« Johnson, ein cleverer Anwalt, ein Junge aus der Gegend, der es zu etwas gebracht hatte und direkt über dem Café Shaandaar ein Büro hatte, riß sich von Sufyans zwei schönen Töchtern los und steuerte auf Jumpys Tisch zu. »Erklär du mir diesen Kerl«, sagte Sufyan. »Bei dem komm' ich nicht mit. Trinkt nicht, hält Geld für eine Krankheit, besitzt vielleicht zwei T-Shirts und keinen Videorecorder, ist vierzig Jahre alt und nicht verheiratet, arbeitet für 'ne halbe Rupie im Sportcenter als Lehrer für Kampfsportarten und sonst was, lebt von Luft, benimmt sich wie ein Rishi oder Pir, aber hat keinen Glauben, macht keine Pläne, aber sieht aus, als würde er ein Geheimnis kennen. Das alles und eine Collegeausbildung, werd' du da mal schlau draus.«

Hanif Johnson schlug Jumpy auf die Schulter. »Er hört Stimmen«, sagte er. Sufyan warf seine Hände in gespielter Überraschung hoch. »Stimmen, hoppla, Baba. Stimmen von woher? Telefon? Himmel? Sony Walkman, unterm Mantel versteckt?«

»Innere Stimmen«, sagte Hanif ernst. »Oben auf seinem Schreibtisch liegt ein Stück Papier, und darauf stehen ein paar Verse. Der Titel heißt: *Fluß aus Blut.*«

Jumpy sprang auf, stieß seine leere Tasse um. »Ich schlag' dich tot«, schrie er Hanif an, der schnell durch den Raum lief und dabei laut rief: »Wir haben einen Dichter in unseren Reihen, Sufyan Sahib. Mit Respekt zu behandeln. Mit Vorsicht zu genießen. Er sagt, eine Straße ist ein Fluß, und wir sind das, was dahinströmt; die Menschheit ist ein Fluß aus Blut, das ist der Standpunkt des Dichters. Und auch der Mensch als Individuum«, er brach ab und rannte los, um einen Acht-Personen-Tisch herum, und Jumpy hinterher, zornesrot, mit rudernden Armen. »Und in unseren Leibern, strömt da nicht auch der Fluß aus Blut?« *Wie der Römer,* lautete ein Satz des frettchenhaften Enoch Powell, *scheine auch ich den Tiber vom vielen Blut schäumen zu sehen.* Fordere die Metapher zurück, hatte Jumpy Joshi sich gesagt. Dreh sie herum, mach etwas daraus, das wir nutzen können. »Das ist Vergewaltigung«, protestierte er. »Um Gottes willen, Hanif, hör auf.«

»Stimmen, die man hört, kommen von außen, aber«, dachte der Cafébesitzer laut nach. »Die Jungfrau von Orleans, na. Oder dieser wie-heißt-er-noch mit der Katze: Whittington, Bürgermeister von London. Aber mit solchen Stimmen kann man nur berühmt werden oder zumindest reich. Dieser hier ist aber nicht berühmt und arm.«

»Genug.« Jumpy hielt beide Hände über dem Kopf und grinste, obgleich er das eigentlich nicht wollte. »Ich geb' auf.«

Die nächsten drei Tage war Jumpy nicht ganz er selbst, trotz aller Bemühungen von Mr. Sufyan, Mrs. Sufyan, ihren Töchtern Mishal und Anahita und dem Anwalt Hanif Johnson. »Eher ein Hänger als ein Hüpfer«, wie Sufyan sagte. Er machte seine Arbeit in den Jugendclubs, den Büros der Film-Kooperative, der er angehörte, und in den Straßen, wo er Flugblätter verteilte, gewisse Zeitungen verkaufte, herumhing; aber sein Schritt war schwer, wenn er seiner Wege ging. Dann, am vierten Abend, klingelte das Telefon hinter der Theke des Café Shaandaar.

»Mr. Jamshed Joshi«, trällerte Anahita Sufyan, den englischen Oberschicht-Akzent imitierend. »Würde Mr. Joshi bitte an den Apparat kommen? Ein Privatgespräch für Sie.«

Ihr Vater sah mit einem Blick, welche Freude sich auf Jumpys Gesicht ausbreitete, und murmelte leise zu seiner Frau: »Misses, die Stimme, die dieser Junge hören möchte, ist ganz sicher keine innere.«

❦

Das Ding der Unmöglichkeit trat zwischen Pamela und Jamshed, nachdem sie sieben Tage damit verbracht hatten, sich der Liebe hinzugeben: mit unerschöpflicher Begeisterung, unendlicher Zärtlichkeit und solch geistiger Frische, daß man hätte denken können, der Vorgang wäre eben erst erfunden worden. Sieben Tage blieben sie unbekleidet, bei hochgedrehter Zentralheizung, und taten so, als wären sie ein Liebespaar in den Tropen, in irgendeinem heißen hellen Land des Südens. Jamshed, der sich bei Frauen immer ungeschickt angestellt hatte, erzählte Pamela, so wohl und glücklich habe er sich seit seinem achtzehnten Lebensjahr nicht mehr gefühlt, genauer gesagt, seit dem Tag, als er endlich Fahrradfahren lernte. Kaum waren diese Worte heraus, bekam er Angst, daß er alles verdorben hätte, daß der Vergleich zwischen der großen Liebe seines Lebens und dem klapprigen Fahrrad seiner

Schülertage als die Beleidigung aufgefaßt werden würde, die er unbestreitbar darstellte; aber er hätte sich nicht zu sorgen brauchen, denn Pamela küßte ihn auf den Mund und dankte ihm dafür, daß er ihr das Schönste gesagt habe, was ein Mann einer Frau überhaupt sagen könne. Und da begriff er, daß er nichts falsch machen konnte, und zum ersten Mal in seinem Leben begann er, sich sicher zu fühlen, sicher wie ein Haus, sicher wie ein Mensch, der geliebt wird; und Pamela Chamcha erging es ebenso.

In der siebten Nacht wurden sie durch ein unmißverständliches Geräusch aus dem Schlaf geweckt; es klang, als versuchte jemand, ins Haus einzubrechen. »Ich habe einen Hockeystock unter meinem Bett«, flüsterte Pamela entsetzt. »Gib ihn mir«, zischte Jumpy, der genauso erschrocken war. »Ich komme mit dir«, bibberte Pamela, und Jumpy stammelte: »O nein, das tust du nicht.« Am Ende schlichen beide nach unten, beide mit einem von Pamelas gerüschten Morgenmänteln bekleidet, beide mit einer Hand am Hockeystock, den zu benutzen beide sich nicht getraut hätten. Angenommen, es ist ein Mann mit einem Gewehr, dachte Pamela, ein Mann, der sagt, geh wieder nach oben… Sie kamen zum Fuß der Treppe. Jemand machte Licht an.

Pamela und Jumpy schrien unisono, ließen den Hockeystock fallen und rannten nach oben, so schnell sie konnten; während unten im Flur, hell angestrahlt neben der Haustür aus Glas, die es eingeschlagen hatte, um den Knauf des Kastenschlosses drehen zu können (in der Hitze ihrer Leidenschaft hatte Pamela vergessen, die Sicherheitsschlösser vorzulegen), ein Geschöpf wie aus einem Alptraum oder einem mitternächtlichen Fernsehfilm stand, ein Geschöpf, mit Matsch und Eis und Blut bedeckt, die haarigste Gestalt, die man sich vorstellen konnte, mit den Haxen und Hufen eines riesigen Ziegenbocks und dem Torso eines Mannes über und über mit Ziegenhaar bewachsen, menschlichen Armen und einem gehörnten, ansonsten aber menschlichen Kopf, mit Dreck und Kot beschmiert und mit den Anflügen eines Bartes. Und dieses Ding der Unmöglichkeit stürzte nun, allein und unbeobachtet, auf den Fußboden und blieb reglos liegen.

Oben, ganz oben unterm Dach, das heißt, in Saladins Höhle, wand Pamela sich in den Armen ihres Geliebten, weinte sich das Herz aus und heulte aus vollem Halse: »Es ist nicht wahr. Mein Mann ist explodiert. Keine Überlebenden. Hörst du mich? Ich bin die Witwe Chamcha, deren Ehemann mausetot ist.«

5

Auf der Zugfahrt nach London wurde Mr. Gibril Farishta verständlicherweise noch einmal von der Angst ergriffen, daß Gott beschlossen hätte, ihn für seinen Abfall vom Glauben zu bestrafen, indem er ihn in den Wahnsinn trieb. Er hatte sich auf einen Fensterplatz in einem Nichtraucherabteil der Ersten Klasse gesetzt, mit dem Rücken in Fahrtrichtung, weil leider schon ein anderer Mensch auf dem anderen Fensterplatz saß, und er hockte da, den Filzhut weit in die Stirn gezogen, die Fäuste tief in scharlachrotgefüttertem Gabardine vergraben, und durchlitt einen neuerlichen Anfall von Panik. Die schreckliche Angst davor, den Verstand an ein Paradox zu verlieren, von etwas vernichtet zu werden, an dessen Existenz er nicht mehr glaubte, sich in seinem Wahnsinn in das Avatara eines schimärenhaften Erzengels zu verwandeln, diese Angst in ihm war so stark, daß er nicht imstande war, sich längere Zeit damit zu befassen; aber wie sonst sollte er die Wunder, Metamorphosen und Erscheinungen der letzten Tage erklären? »Es gibt nur eine Alternative«, dachte er in stummem Entsetzen. »A, ich bin nicht mehr richtig im Kopf, oder B, Baba, irgend jemand hat einfach die Spielregeln geändert.«

Jetzt aber befand er sich im tröstlichen Kokon dieses Eisenbahnabteils, in dem beruhigenderweise nichts Übernatürliches vor sich ging, die Armlehnen durchgescheuert waren, die Leselampe über seiner Schulter nicht funktionierte, der Spiegel im Rahmen fehlte, und dann waren da noch die Vorschriften: die kleinen, runden rot-weißen Zeichen, die das Rauchen verboten, die Aufkleber, die den unbefugten Gebrauch der Notbremse unter Strafe stellten, die Pfeile, die den Punkt anzeigten, bis zu dem – und nicht weiter – es erlaubt war, die kleinen Schiebefenster zu öffnen. Gibril stattete der Toilette einen Besuch ab, und auch hier erfreute eine kleine Sammlung von Verboten und Anweisungen sein Herz. Zu dem Zeitpunkt, als der Schaffner mit der Autorität seines Halbmonde knipsenden Zangendruckers erschien, hatte Gibril sich von diesen Manifestationen von Recht und Ordnung schon halbwegs beruhigen lassen und begann, sich zu entspannen und Rationalisierungen zu erfinden. Er war dem Tod knapp entkommen und danach in eine Art Delirium gefallen, und jetzt, da er wieder zu sich gefunden hatte, konnte er damit rechnen, daß sich die Fäden seines alten Lebens – das heißt, seines alten neuen Lebens, des Lebens, das er äh vor dieser Unterbrechung geplant hatte – wieder aufnehmen ließen. Und während der Zug ihn immer weiter wegbrachte von dem zwielichtigen Ort seiner Ankunft und der anschließenden mysteriösen Gefangenschaft, ihn über angenehm berechenbare, parallele Metallstränge trug, spürte er, wie die Anziehungskraft der großen Stadt begann, ihren Zauber auf ihn auszuüben, und seine alte Gabe der Hoffnung meldete sich wieder, sein Talent, das Neue willkommen zu heißen, sich von vergangenen Nöten abzuwenden, so daß die Zukunft in Sicht kommen konnte. Er sprang von seinem Sitz auf und ließ sich auf einen Platz gegenüber fallen, um sein Gesicht symbolisch gen London zu richten, selbst wenn das bedeutete, den Fensterplatz aufzugeben. Aber was machte er sich schon aus Fenstern? Das London, das er wollte, war sowieso da, vor seinem geistigen Auge. Er sprach ihren Namen laut aus: »Alleluia.«

»Alleluia, Bruder«, bekräftigte der einzige andere Fahrgast im Abteil seinen Ausruf. »Hosianna, mein guter Herr, und Amen.«

❦

»Obwohl ich zugeben muß, Sir, daß mein Glaube in keiner Weise konfessionell gebunden ist. Hätten Sie gesagt: ›La-ilaha‹, so hätte ich Ihnen freudig und aus vollem Herzen mit einem ›illallah‹ geantwortet.«

Gibril merkte, daß sein Platzwechsel innerhalb des Abteils und die unabsichtliche Nennung von Allies ungewöhnlichem Namen bei seinem Mitreisenden den irrtümlichen Eindruck eines sowohl sozialen als auch theologischen Annäherungsversuches erweckt hatte. »John Maslama«, schrie der Bursche, riß eine Karte aus einer kleinen krokodilledernen Brieftasche und drängte sie Gibril auf. »Ich persönlich lebe meine eigene Version des universellen Glaubens, wie ihn Kaiser Akbar entwickelt hat. Gott, würde ich sagen, ist so etwas ähnliches wie die Musik der Sphären.«

Es war offenkundig, daß Mr. Maslama vor Mitteilungsdrang platzte und daß es jetzt, da er geplatzt war, keine andere Möglichkeit gab, als das Ganze auszusitzen, zuzulassen, daß die reißende Sturzflut ihren lautstarken Lauf nahm. Da der Bursche die Statur eines Berufsboxers hatte, schien es nicht ratsam, ihn zu verärgern. In seinen Augen entdeckte Farishta den Glanz des wahrhaft Gläubigen, ein Leuchten, das ihm bis vor kurzem jeden Tag aus seinem Rasierspiegel entgegengeblickt hatte.

»Ich habe es ziemlich weit gebracht, Sir«, prahlte Maslama in seinem gut modulierten Oxford-Englisch. »Ganz besonders für einen dunkelhäutigen Menschen, wenn man die genaueren Umstände bedenkt, unter denen wir heute leben – Sie gestatten, daß ich das so sage.« Mit einer kleinen, aber vielsagenden Bewegung seiner dicken Patschhand deutete er den Reichtum seiner Aufmachung an: des maßgeschneiderten dreiteiligen Nadelstreifenanzugs, der goldenen Taschenuhr mit Kette, der italienischen Schuhe, der wappenverzierten Seidenkrawatte, der juwelenbesetzten Manschettenknöpfe an seinem gestärkten weißen Hemd. Über diesem Kostüm eines englischen Lords erhob sich ein Kopf von erstaunlicher Größe, bedeckt mit dickem, angeklatschten Haar und unglaublich übbig wuchernden Augenbrauen, unter denen die wilden Augen blitzten, die Gibrils Aufmerksamkeit nicht entgangen waren. »Ziemlich ausgefallen«, räumte Gibril ein, denn offensichtlich war irgendeine Antwort gefordert. Maslama nickte. »Ich habe«, gestand er, »schon immer zum Dekorativen geneigt.«

Er hatte seinen *ersten Batzen*, wie er sich ausdrückte, mit der Produktion von einprägsamen Werbeliedchen verdient, »mit diesem teuflischen Gedudel«, das Frauen auf Unterwäsche und Lippenstift scharf machte und Männer in Versuchung führte. Jetzt besaß er Schallplattenläden überall in der Stadt, einen gutgehenden Nachtclub namens Hot Wax und einen Laden voll glänzender Musikinstrumente, der sein ganzer Stolz war. Er war ein Inder aus Guyana, »aber dort ist nichts mehr los, Sir. Die Leute hauen schneller ab, als Flugzeuge fliegen können.« Daß er es so rasch so weit gebracht hatte, lag an der »Gnade Gottes des Allmächtigen. Ich bin ein regelmäßiger Kirchgänger, Sir, ich gebe zu, daß ich eine Schwäche für das englische Gesangbuch habe; ich singe immer aus voller Kehle.«

Seine Autobiografie schloß mit einer kurzen Bemerkung über die Existenz einer Ehefrau und etwa eines Dutzends Kinder. Gibril äußerte seine Glückwünsche und hoffte auf anschließende Ruhe, aber jetzt ließ Maslama seine Bombe platzen. »Sie brauchen mir nichts über sich zu erzählen«, sagte er jovial. »Natürlich weiß ich, wer Sie sind, selbst wenn man nicht erwartet, eine so bedeutende Persönlichkeit auf der Strecke Eastbourne – Victoria zu treffen.« Er zwinkerte anzüglich und legte einen Finger an die Nase. »Diskretion Ehrensache. Ich respektiere das Privatleben eines jeden Menschen, das ist gar keine Frage, überhaupt keine Frage.«

»Ich? Wer bin ich?« Gibril war völlig perplex. Der andere nickte gewichtig; seine Augenbrauen bewegten sich wie biegsame Geweihe. »Das ist meiner Meinung nach die Preisfrage. Sir, es sind schwierige Zeiten für einen Menschen mit Moral. Wenn ein Mensch nicht sicher ist, was sein innerstes Wesen ausmacht, wie soll er dann wissen, ob er gut oder schlecht ist? Aber Sie finden mich bestimmt langweilig. Ich beantworte meine eigenen Fragen durch meinen Glauben an das Eine, Sir –« hier deutete Maslama hoch zur Decke des Eisenbahnabteils, »und natürlich sind Sie sich überhaupt nicht im unklaren über Ihre Identität, denn Sie sind der berühmte, um nicht zu sagen legendäre Mr. Gibril Farishta, Star der Leinwand und zunehmend, wie ich leider hinzufügen muß, auch der Raubkopien; meine zwölf Kinder, meine Frau und ich sind alle eingefleischte, hundertprozentige Bewunderer Ihrer göttlichen Heldenepen.« Er packte und schüttelte Gibrils rechte Hand.

»Da ich nun einmal zur pantheistischen Sichtweise neige«, dröhnte Maslama weiter, »Gründet meine persönliche Sympathie für Ihre Arbeit in Ihrer Bereitschaft, Gottheiten jeder erdenklichen Couleur darzustellen. Sie, Sir, sind eine Regenbogenkoalition des Himmlischen; eine wandelnde UNO der Götter! Sie sind, kurz gesagt, die Zukunft. Erlauben Sie mir, Sie zu grüßen.« Er begann, den unverkennbaren Geruch des wahrhaft Verrückten auszuströmen, und obgleich er bisher nichts gesagt oder getan hatte, was mehr als bloß eigenartig war, wurde Gibril unruhig und warf kleine nervöse Blicke Richtung Tür, um die Entfernung abzuschätzen. »Ich, Sir«, sagte Maslama gerade, »neige zu der Meinung, daß jeder Name, den man dem Einen gibt, nicht mehr als ein Kode ist; eine Ziffer, Mr. Farishta, hinter welcher der wahre Name verborgen liegt.«

Gibril schwieg, und Maslama, der keinen Versuch machte, seine Enttäuschung zu verhehlen, war genötigt, an seiner Stelle zu sprechen. »Was ist sein wahrer Name, höre ich Sie fragen«, sagte er, und da wußte Gibril, daß er recht hatte; der Mann war ein echter Wahnsinniger und seine Autobiografie wahrscheinlich ebenso Erfindung wie sein »Glaube«. Wohin er auch ging, überall wanderten Fiktionen herum, dachte Gibril, Fiktionen, die sich als wirkliche Menschen ausgaben. Ich hab' ihn mir auch noch selbst eingebrockt, warf er sich vor. Indem ich um meine eigene geistige Gesundheit fürchtete, habe ich diesen redseligen und vielleicht sogar gefährlichen Spinner aus weiß Gott welcher dunklen Ecke heraus auf die Szene gerufen.

»Sie wissen es nicht!« schrie Maslama plötzlich und sprang auf. »Scharlatan! Heuchler! Betrüger! Sie behaupten, der Unsterbliche der Leinwand zu sein, das Avatara von hundertundeinem Gott, und Sie haben keinen blassen *Schimmer!* Wie ist es möglich, daß ich, ein armer Junge aus Bartica am Essequibo, der es zu etwas gebracht hat, solche Dinge weiß, während Gibril Farishta keine Ahnung hat? Pfui, Sie Schwindler, pfui!«

Gibril erhob sich, aber der andere nahm fast die ganze Stehfläche ein, und er, Gibril, mußte sich ungeschickt zur Seite lehnen, um Maslamas kreisenden Armen zu entgehen, wovon ihm schließlich einer den grauen Filzhut herunterschlug. Und da ließ Maslama plötzlich den Mund offenstehen. Er schien um Zentimeter zu schrumpfen, und nach ein paar Momenten völliger Erstarrung fiel er mit einem dumpfen Schlag auf die Knie.

Was tut er da unten, fragte Gibril sich, meinen Hut aufheben? Doch der Wahnsinnige flehte um Vergebung. »Ich habe nie daran gezweifelt, daß Sie kommen würden«, sagte er. »Entschuldigen Sie meine taktlose Wut.« Der Zug fuhr in einen Tunnel ein, und Gibril sah, daß sie von einem warmen goldenen Licht umgeben waren, das von einem Punkt direkt hinter seinem Kopf ausging. Im Glas der Schiebetür sah er die Reflektion des Heiligenscheins um seinen Kopf.

Maslama mühte sich mit seinen Schnürsenkeln ab. »Sir, mein ganzes Leben lang wußte ich, daß ich auserwählt war«, sagte er mit einer Stimme, die jetzt so demütig klang, wie sie vorher drohend geklungen hatte. »Schon als Kind in Bartica wußte ich es.« Er zog seinen rechten Schuh aus und begann, die Socke herunterzurollen. »Mir wurde«, sagte er, »ein Zeichen gegeben.« Dann zog er die Socke ganz aus und enthüllte etwas, das wie ein völlig normaler, wenn auch übergroßer Fuß aussah. Gibril zählte und zählte noch einmal von eins bis sechs. »Der andere Fuß ist genauso«, sagte Maslama stolz. »Ich habe die Bedeutung dieses Zeichens nie auch nur für eine Minute bezweifelt.« Er war der selbsternannte Gehilfe des Herrn, die sechste Zehe am Fuß des Universellen Dings. Irgend etwas konnte einfach nicht stimmen mit dem spirituellen Leben des Planeten, dachte Gibril Farishta. Zu viele Teufel im Menschen, die behaupteten, an Gott zu glauben.

Der Zug fuhr aus dem Tunnel heraus. Gibril traf eine Entscheidung. »Steh auf, sechszehiger Johannes«, intonierte er in seiner besten Hindi-Filmstimme. »Maslama, erhebe dich.«

Der andere rappelte sich hoch und zog mit gesenktem Kopf an seinen Fingern. »Aber eins möchte ich doch wissen, Sir«, murmelte er, »was wird es sein? Vernichtung oder Erlösung? Warum sind Sie zurückgekehrt?«

Gibril dachte rasch nach. »Es geht um die Urteilsfindung«, antwortete er schließlich. »In diesem Fall müssen die Fakten sehr genau geprüft werden. Die menschliche Rasse steht vor Gericht, und sie ist eine Angeklagte mit einem ansehnlichen Vorstrafenregister: eine Geschichtsklitterin, ein faules Ei. Es müssen sorfältig

Bewertungen vorgenommen werden. Im Augenblick steht das Urteil noch nicht fest; es wird zu gegebener Zeit verkündet werden. Einstweilen jedoch muß meine Anwesenheit hier ein Geheimnis bleiben, aus elementaren Sicherheitsgründen.« Er setzte den Hut wieder auf, war mit sich zufrieden.

Maslama nickte wild. »Sie können sich auf mich verlassen«, versprach er. »Ich bin ein Mann, der das Privatleben eines jeden Menschen respektiert. Diskretion« – zum zweiten Mal! – »Ehrensache.«

Gibril floh in höchster Eile aus dem Abteil, verfolgt von den Hymnen des Wahnsinnigen. Noch während er bis zum Zugende rannte, konnte er Maslamas Lobgesänge leise erklingen hören. »Alleluia! Alleluia!« Offenbar hatte sich sein neuer Jünger in ein Potpourri aus Händels *Messias* gestürzt.

Aber: Gibril wurde nicht verfolgt, und zum Glück gab es auch ein Erste-Klasse-Abteil am Schluß des Zuges, mit bequemen orangefarbenen Sitzen, die zu viert um Tische gruppiert waren, und Gibril ließ sich an einem Fenster nieder, um London entgegenzusehen, mit pochendem Herzen und tief ins Gesicht gezogenem Hut. Er versuchte, die unbestreitbare Tatsache des Heiligenscheins zu bewältigen, und schaffte es nicht, denn jetzt, da der Wahnsinn von John Maslama hinter ihm und die Aufregung mit Alleluia Cone vor ihm lag, fiel es ihm schwer, seine Gedanken zu ordnen. Dann kam zu seiner Verzweiflung Mrs. Rekha Merchant neben sein Fenster geschwebt, auf ihrem fliegenden Buchara, offenbar unempfindlich gegen den Schneesturm, der sich dort draußen zusammenbraute und England wie ein Fernsehgerät nach Sendeschluß aussehen ließ. Sie winkte ihm kurz zu, und er spürte, wie seine Hoffnung versiegte. Vergeltung auf einem frei schwebendem Teppich: er schloß die Augen und konzentrierte sich darauf, nicht zu zittern.

❦

»Ich weiß, was ein Geist ist«, sagte Allie Cone zu einer Klasse weiblicher Teenager, deren Gesichter von dem sanften inneren Licht der Verehrung erleuchtet waren. »In den Höhen des Himalaja geschieht es so manchem Bergsteiger, daß ihn die Geister derer begleiten, die beim Versuch der Besteigung gescheitert sind, oder die noch traurigeren, aber auch stolzeren Geister derer, denen es gelang, den Gipfel zu erreichen, und die dann den Abstieg nicht überlebten.«

Draußen, auf den Fields, legte sich der Schnee auf die hohen, kahlen Bäume und die weiten Rasenflächen des Parks. Zwischen den niedrigen, düsteren Schneewolken und der mit einem weißen Teppich bedeckten Stadt war das Licht von schmutzig-gelber Farbe – ein verhaltenes, nebliges Licht, das die Herzen abstumpfen ließ und das Träumen unmöglich machte. *Dort* oben, erinnerte Allie sich, dort oben in achttausend Meter Höhe, war das Licht von solcher Klarheit, daß es mitzuschwingen, zu singen schien, wie Musik. Hier im Flachland war auch das Licht flach und erdenschwer. Nichts flog hier, das Riedgras war verdorrt, und kein Vogel sang. Bald würde es dunkel sein.

»Miss Cone?« Die vielen in die Luft gereckten Hände holten sie zurück ins Klassenzimmer. »Geister, Miss? Ganz oben?« – »Sie wollen uns auf den Arm nehmen, stimmts?« In ihren Gesichtern rang Skepsis mit Bewunderung. Sie kannte die Frage, die sie eigentlich stellen wollten, aber wahrscheinlich nicht stellen würden: die Frage nach dem Wunder ihrer Haut. Sie hatte sie aufgeregt tuscheln hören, als sie das Klassenzimmer betrat; es is' wahr, guckt mal, wie *bleich,* is' ja unglaublich. Alleluia Cone, deren Eiseskälte dem Ungestüm der Sonne in achttausend Meter Höhe trotzen konnte. Allie, die Schneejungfrau, die Eiskönigin. *Miss, wieso werden Sie eigentlich nie braun?* Als sie mit der siegreichen Collingwood-Expedition auf den Everest stieg, nannten die Zeitungen sie »Schneewittchen mit den sieben Zwergen«, obwohl sie kein Walt-Disney-Püppchen war: die vollen Lippen eher blaß als rosenrot, das Haar eisblond statt schwarz, die Augen nicht in aller Unschuld aufgerissen, sondern zusammengekniffen, aus Gewohnheit, zum Schutz vor grellem Sonnenschein. Eine Erinnerung an Gibril Farishta stieg in ihr auf, packte sie unerwartet: Gibril, der irgendwann während ihrer dreieinhalb Tage mit seinem üblichen Hang zum Tritt ins Fettnäpfchen dröhnte: »Baby, du bist kein Eisberg, egal, was die anderen sagen. Du bist ein leidenschaftliches Weib, Bibi. Scharf und heiß wie ein frischgebackenes Kachori.« Er hatte auf seine Fingerspitzen gepustet, als wären sie verbrannt, und dazu noch die Hand geschüttelt: *Viel zu heiß. Wasser, schnell.* Gibril Farishta. Sie riß sich zusammen: *Auf, auf, an die Arbeit.*

»Geister«, wiederholte sie in entschiedenem Ton. »Als ich bei meiner Everestbesteigung durch den gefrorenen Wasserfall gekommen war, da sah ich einen Mann auf einer Felsnase hocken, im Lotussitz, mit geschlossenen Augen und einer Schottenkaromütze auf dem Kopf, der das alte Mantra sang: om mani padmé hum.« Aus seiner altmodischen Kleidung und seinem überraschenden Verhalten hatte sie sofort geschlossen, daß es der Geist Maurice Wilsons war, des Yogi, der sich im Jahre 1934 auf einen

Alleinaufstieg auf den Everest vorbereitet hatte, indem er drei Wochen lang hungerte, um die Bindung zwischen seinem Körper und seiner Seele so sehr zu festigen, daß der Berg nicht die Kraft haben würde, sie auseinanderzureißen. Er war in einem kleinen Flugzeug hinaufgeflogen, so weit es ihn trug, dann absichtlich in einem Schneefeld bruchgelandet, Richtung Gipfel losgeklettert und nie zurückgekehrt. Wilson öffnete die Augen, als Allie vorbeikam, und nickte kurz zur Begrüßung. Den Rest des Tages schlenderte er neben ihr her oder hing in der Luft, während sie sich an einer Wand hocharbeitete. Einmal, an einem steilen Hang, machte er eine Bauchlandung in den Schnee und glitt dann bergaufwärts, als würde er auf einem unsichtbaren Anti-Schwerkraftschlitten fahren. Allie war aufgefallen, daß sie sich ganz natürlich benahm, so als hätte sie zufällig einen alten Bekannten getroffen, aus Gründen, die sie später nicht mehr wußte.

Wilson schwatzte einfach drauflos – »Hab' dieser Tage so oder so nicht viel Gesellschaft« – und äußerte unter anderem seine große Enttäuschung darüber, daß im Jahre 1960 die chinesische Expedition seine Leiche gefunden hatte. »Und die kleinen gelben Scheißer hatten wirklich die Stirn, die Dreistigkeit, meinen Leichnam zu filmen.« Alleluia Cone war beeindruckt von dem leuchtenden schwarz-gelben Karo seiner makellosen Knickerbockerhose. Das alles erzählte sie den Mädchen der Brickhall Fields Girls' School, die sie in so vielen Briefen darum gebeten hatten, einen Vortrag zu halten, daß sie einfach nicht hatte nein sagen können. »Sie müssen kommen«, schrieben sie in ihren Briefen. »Sie leben doch auch hier.« Vom Fenster des Klassenzimmers aus konnte sie durch das dichter werdende Schneetreiben ihre Wohnung am anderen Ende des Parks gerade noch erkennen.

Was sie der Klasse nicht erzählte, war folgendes: wie Maurice Wilsons Geist in aller Ausführlichkeit seinen eigenen Aufstieg, aber auch seine posthumen Entdeckungen beschrieb, zum Beispiel das langsame, umständliche, unendlich delikate und stets unproduktive Paarungsritual des Yeti, das er kürzlich auf dem Südpaß miterlebt hatte, so daß ihr der Gedanke kam, ihre Vision dieses Exzentrikers aus dem Jahr 1934, des ersten Menschen, der je versucht hatte, den Everest ganz allein zu besteigen, der also selbst eine Art scheußlicher Schneemensch war, sei gar kein Zufall gewesen, sondern ein Wegweiser, ein Zeichen von Verwandtschaft. Eine Prophezeiung für die Zukunft vielleicht, denn in diesem Moment geschah es, daß ihr heimlicher Traum geboren wurde, dieses Ding der Unmöglichkeit; der Traum vom Alleinaufstieg. Doch es konnte auch sein, daß Maurice Wilson ihr Todesengel war.

»Ich wollte mit euch über Geister sprechen«, sagte sie, »weil die Bergsteiger, die vom Gipfel herunterkommen, meistens verlegen sind und diese Dinge nicht zur Sprache bringen. Aber sie existieren wirklich, das muß ich zugeben, obgleich ich zu den Leuten gehöre, die mit beiden Füßen fest auf der Erde stehen.«

Das war ein Witz. Ihre Füße. Schon vor der Everestbesteigung hatte sie angefangen, an stechenden Schmerzen zu leiden, und war von ihrer praktischen Ärztin, einer nüchternen Person aus Bombay namens Dr. Mistry, darüber aufgeklärt worden, daß ihre Fußgewölbe zusammengebrochen waren. »Das heißt, Sie haben Plattfüße.« Ihre von jeher schwachen Fußgewölbe waren durch jahrelanges Tragen von Turnschuhen und anderem unpassenden Schuhwerk weiter geschwächt worden. Dr. Mistry konnte ihr nicht allzuviel raten: Übungen mit den Zehen, barfuß die Treppe rauflaufen, vernünftige Fußbekleidung. »Sie sind noch jung«, sagte sie. »Wenn Sie acht geben, wird sich's aushalten lassen. Wenn nicht, werden Sie mit vierzig ein Krüppel sein.« Als Gibril – verdammt! – erfuhr, daß sie den Everest mit Messern in den Füßen erklommen hatte, verfiel er darauf, sie sein China-Girl zu nennen. Er hatte ein Märchenbuch gelesen und darin die Geschichte von der Seejungfrau gefunden, die das Meer verließ und Menschengestalt annahm, um des Mannes willen, den sie liebte. Sie bekam Füße statt Flossen, aber jeder Schritt, den sie tat, war eine Qual, als würde sie über zerbrochenes Glas gehen; und doch ging sie weiter, immer geradeaus, fort vom Meer und übers Land. Du hast es für so einen blöden Berg getan, sagte er. Würdest du es auch für einen Mann tun?

Sie hatte die Fußschmerzen vor ihren Bergsteigerkollegen verheimlicht; so überwältigend war der Reiz des Everest gewesen. Aber die Schmerzen waren immer noch da und wurden mit der Zeit stärker. Ihr waren die Füße durch Zufall eingebunden worden, durch eine angeborene Schwäche. Ende des Abenteuers, dachte Allie; im Stich gelassen von meinen Füßen. Das Bild der eingebundenen Füße ging ihr nicht aus dem Kopf. *Gottverdammte Chinesen,* dachte sie, ein Echo von Wilsons Geist.

»Für manche Menschen ist das Leben so einfach«, hatte sie in Gibril Farishtas Armen geschluchzt. »Warum gehen *denen* nicht die Füße kaputt, verdammt noch mal?« Er hatte sie auf die Stirn geküßt. »Für dich wird es vielleicht immer ein Kampf sein«, sagte er. »Du willst es einfach zu sehr.«

Die Klasse wartete, wurde ungeduldig bei dem vielen Gerede über Phantome. Sie wollten *die* Geschichte, ihre Geschichte. Sie wollten auf dem Gipfel des Berges stehen. *Wißt ihr, wie sich das anfühlt,* wollte sie sie fragen, *wenn sich euer ganzes Leben auf einen Moment konzentriert, der ein paar Stunden dauert? Wißt ihr, wie es ist, wenn es nur noch abwärts geht?* »Ich war im zweiten Zweier-Team mit Sherpa Pemba«, sagte sie. »Das Wetter war perfekt, perfekt. So klar, daß man das Gefühl hatte, man könne direkt durch den Himmel in das hineinsehen, was dahinterlag. Das erste Team muß mittlerweile den Gipfel erreicht haben, sagte ich zu Pemba. Das Wetter hält sich, wir können aufbrechen. Pemba wurde sehr ernst, eine ziemliche Veränderung, denn er war einer der Clowns der Expedition. Auch er war noch nie auf dem Gipfel gewesen. Zu dem Zeitpunkt hatte ich nicht den Plan, ohne Sauerstoff zu gehen, aber als ich sah, daß Pemba keinen mitnahm, dachte ich, okay, ich auch nicht. Es war eine Schnapsidee, total unprofessionell, aber plötzlich wollte ich eine Frau sein, die oben auf dem Wahnsinnsberg sitzt, ein menschliches Wesen, keine Atemmaschine. Pemba sagte, Allie Bibi, tu das nicht, aber ich marschierte einfach los. Nach einer Weile kamen wir an den anderen vorbei, die beim Abstieg waren, und ich konnte das wunderbare Etwas in ihren Augen sehen. Sie waren high, in unglaublicher Hochstimmung, und merkten nicht einmal, daß ich meine Sauerstoffausrüstung nicht dabei hatte. Paßt auf, riefen sie zu uns herüber, Achtung vor den Engeln. Pemba war in einen guten Atemrhythmus gefallen, und ich schloß mich an, atmete aus, wenn er ausatmete, und ein, wenn er einatmete. Ich spürte, wie etwas meine Schädeldecke anhob, und ich grinste, ich mußte übers ganze Gesicht grinsen, und als Pemba in meine Richtung schaute, sah ich, daß auch er grinste. Es wirkte wie eine Grimasse, als hätte er Schmerzen, aber es war bloß die närrische Freude.« Sie war eine Frau, die durch harte körperliche Arbeit, durch das Hochhangeln an eisbedeckten Felswänden, zur Transzendenz geführt worden war. »In diesem Augenblick«, erzählte sie den Mädchen, die jeden Schritt des Weges neben ihr kletterten, »glaubte ich alles: daß das Universum einen Klang hat, daß man den Schleier lüften und Gottes Gesicht sehen kann, alles. Ich sah, wie die Berge des Himalaja sich unter mir hinzogen, und auch das war Gottes Gesicht. Pemba muß in meinem Ausdruck etwas gesehen haben, das ihn beunruhigte, denn er rief herüber, Vorsicht, Allie Bibi, die Höhe. Ich erinnerte mich daran, daß ich den letzten Überhang mehr oder weniger hochschwebte, hoch zum Gipfel, und dann waren wir da, auf einem Stück Fels, der nach allen Seiten hin abfiel. Dieses Licht; die Welt war zu Licht geläutert. Ich wollte mir die Kleider vom Leibe reißen und es in meine Haut einziehen lassen.« Nicht ein Kichern in der Klasse; sie tanzten nackt mit ihr auf dem Dach der Welt. »Dann begannen die Visionen, die Regenbogen, die sich über den Himmel schlängelten, die tanzten, und die Strahlen der Sonne, die sich wie ein Wasserfall über uns ergossen, und da waren Engel, die anderen hatten keine Witze gemacht. Ich habe sie gesehen, und Sherpa Pemba auch. Zu dem Zeitpunkt lagen wir schon auf den Knien. Seine Pupillen waren ganz weiß, und meine bestimmt auch. Ich glaube, wir wären dort oben wohl gestorben, schneeblind und bergnärrisch, aber dann hörte ich ein Geräusch, einen lauten, scharfen Knall wie von einem Gewehr. Das riß mich raus. Ich mußte Pem anschreien, bis auch er sich schüttelte, und wir uns an den Abstieg machten. Das Wetter änderte sich rapide; ein Schneesturm war im Anmarsch. Die Luft war jetzt schwer, Schwere statt jener Leichtigkeit, jenes Lichtes. Wir schafften es bloß bis zum Treffpunkt, und dort drängelten wir uns alle vier in das kleine Zelt von Lager Sechs in achttausend Meter Höhe. Da oben wird nicht viel geredet. Wir mußten alle noch einmal unseren Everest erklimmen, immer wieder, die ganze Nacht über. Aber irgendwann fragte ich: ›Was war das für ein Geräusch da oben? Hat jemand ein Gewehr abgefeuert?‹ Sie sahen mich an, als wäre ich nicht ganz bei Trost. Wer würde in dieser Höhe so etwas Blödsinniges tun, sagten sie, und überhaupt, Allie, du weißt verdammt genau, daß nirgendwo auf dem Berg ein Gewehr ist. Sie hatten natürlich recht, aber ich konnte mich genau daran erinnern: Wumm Bumm, Schuß und Echo. Das war's«, schloß sie abrupt. »Das Ende. Die Geschichte meines Lebens.« Sie nahm einen Stock mit Silberknauf und wandte sich zum Gehen. Die Lehrerin, Mrs. Bury, trat vor die Klasse, um die üblichen Platitüden abzugeben. Doch die Mädchen ließen sich nicht so leicht abspeisen. »Ja, was war es dann?« fragten sie beharrlich; und Allie, die plötzlich zehn Jahre älter aussah als ihre dreiunddreißig, zuckte die Achseln. »Kann ich nicht sagen«, meinte sie. »Vielleicht war es Maurice Wilsons Geist.«

Sie verließ das Klassenzimmer, schwer auf ihren Stock gestützt.

❦

Die Stadt – das Große London, yaar, und kein bißchen weniger! – präsentierte sich ganz in Weiß, wie ein Trauernder bei einer Beerdigung. Wessen Beerdigung, verdammt noch mal, fragte sich Gibril Farishta erregt, meine nicht, das will ich doch verdammt hoffen und glauben. Als der Zug in die Victoria Station einfuhr, sprang er heraus, ohne zu warten, bis er vollständig zum Stehen gekommen war, verdrehte sich dabei das Fußgelenk und ging zu Boden, lag unter den Gepäckwagen und dem Hohnlächeln der wartenden Londoner; hielt im Fallen seinen mittlerweile ziemlich ramponierten Hut fest. Rekha Merchant war nirgendwo zu sehen, und Gibril ergriff die Gelgenheit und rannte durch die sich zerstreuende Menge wie ein Besessener, nur um sie an der Fahrkartensperre wiederzutreffen, wo sie, unsichtbar für aller Augen außer den seinen, einen Meter über dem Boden geduldig auf ihrem Teppich schwebte.

»Was hast du vor«, platzte er heraus, »was willst du von mir?« – »Dich fallen sehen«, entgegnete sie sofort. »Sieh dich um«, fügte sie hinzu, »ich hab schon einen ganz schönen Narren aus dir gemacht.«

Die Leute traten zur Seite neben Gibril, dem wilden Mann mit dem übergroßen Mantel und dem Landstreicherhut, *der redet ja mit sich selbst,* sagte eine Kinderstimme, und die Mutter antwortete: *Psst, mein Schatz, es ist nicht nett, sich über Kranke lustig zu machen.* Willkommen in London. Gibril Farishta lief auf die Treppe zu, die zur U-Bahn hinunterführte. Rekha auf ihrem Teppich ließ ihn gehen.

Doch als er in größter Eile auf dem Bahnsteig Nord der Victoria Line ankam, sah er sie wieder. Diesmal war sie ein Farbfoto auf einem Riesen-Werbeplakat an der Wand hinter dem Gleis und pries die Vorzüge des internationalen Direktwählsystems an. *Lassen Sie Ihre Stimme auf einem Zauberteppich nach Indien fliegen,* riet sie. *Das geht auch ohne Dschinns und Wunderlampen.* Er stieß einen lauten Schrei aus, was wiederum seine Mitreisenden dazu veranlaßte, an seiner geistigen Gesundheit zu zweifeln, und floh auf die andere Seite, zu Bahnsteig Süd, wo gerade ein Zug einfuhr. Er sprang hinein, und da saß ihm Rekha Merchant gegenüber, den Teppich zusammengerollt auf den Knien. Mit einem Knall schlossen sich die Türen hinter ihm.

An diesem Tag floh Gibril Farishta in jede Richtung des Londoner U-Bahn-Netzes, und Rekha Merchant fand ihn, wo er auch hinfuhr; sie saß neben ihm auf der endlosen Rolltreppe am Oxford Circus, und im vollgepackten Fahrstuhl von Tufnell Park rieb sie sich von hinten an ihm auf eine Art, die sie zu Lebzeiten ziemlich unerhört gefunden hätte. An der Endstation der Metropolitan Line schleuderte sie die Geister ihrer Kinder von den Kronen klauenartiger Bäume, und als er vor der Bank von England ausstieg, um frische Luft zu schnappen, warf sie sich theatralisch von der Spitze eines neoklassizistischen Ziergiebels. Und obwohl er von der tatsächlichen Form dieser vielgestaltigsten und chamäleonartigsten aller Städte keinerlei Vorstellung hatte, wuchs in ihm die Überzeugung, daß sie ihre Form ständig veränderte, während er unter ihr herumrannte, so daß die U-Bahnhöfe offenbar nach dem Zufallsprinzip aufeinander folgten und dauernd die Linien wechselten. Mehr als einmal tauchte er, halb am Ersticken, aus dieser unterirdischen Welt auf, in der die Gesetze von Zeit und Raum nicht mehr galten und versuchte, ein Taxi anzuhalten; nicht eines war dazu bereit, und so war er gezwungen, sich erneut in diesen höllischen Irrgarten zu stürzen, in dieses Labyrinth ohne Ausgang, und seine dramatische Flucht fortzusetzen. Schließlich, hoffnungslos erschöpft, ergab er sich der verhängnisvollen Logik seines Wahnsinns und stieg an einer x-beliebigen Haltestelle aus, die er als letzte, bedeutungslose Station seiner weiten und vergeblichen Reise auf der Suche nach der Schimäre Erneuerung ansah. Er stieg hinauf in die herzzerreißende Gleichgültigkeit einer mit Müll übersäten, von Lastwagen verpesteten Straßenkreuzung. Die Nacht war bereits angebrochen, als er unter Aufbietung seiner letzten Reste an Optimismus über die Straße wankte, zu einem unbekannten, durch die ektoplasmische Wirkung der Wolframlampen gespenstisch anmutenden Park. Und als er dort in der Abgeschiedenheit der Winternacht auf die Knie sank, sah er die Gestalt einer Frau, die über das Leichentuch ging, das auf dem Gras lag, und er dachte, es könne niemand anders sein als Rekha Merchant, seine Nemesis, die nun kam, um ihm den Todeskuß zu geben, um ihn hinabzuziehen in eine Unterwelt, die viel tiefer lag als jene, in der sie seinen verwundeten Geist gebrochen hatte. Doch es bedeutete ihm nichts mehr, und als die Frau bei ihm anlangte, war er nach vorn auf die Unterarme gefallen, sein Mantel hing lose an ihm herunter, was ihm das Aussehen eines großen, sterbenden Käfers gab, der aus unerfindlichen Gründen einen schmutzigen grauen Filzhut trug.

Wie aus großer Entfernung hörte er den schockierten Schrei, der den Lippen der Frau entwich, einen Schrei, in dem sich ungläubiges Erstaunen, Freude und seltsamerweise auch Groll vermischten, und bevor er die Besinnung verlor, begriff er, daß Rekha ihm gestattete, sich einen Moment lang der Illusion hinzugeben, er sei in einem sicheren Hafen gelandet, nur damit ihr Triumph, wenn es endgültig soweit wäre, noch süßer sein würde.

»Du lebst«, sagte die Frau und wiederholte damit die ersten Worte, die sie jemals an ihn gerichtet hatte. »Du hast dein Leben wieder. Das ist das Entscheidende.«

Lächelnd schlief er vor Allies Plattfüßen ein. Es schneite.

IV

AISCHA

Selbst die Serien-Träume wandern jetzt hin und her; sie kennen die Stadt besser als er. Und nach den Erlebnissen mit Rosa und Rekha werden die Traum-Welten seines anderen Ichs als Erzengel allmählich genauso real wie die ständig wechselnden Wirklichkeiten, in denen er lebt, wenn er wach ist. Diese kommt zum Beispiel seit neuestem zu ihm: ein hochherrschaftlicher Häuserblock, holländischer Stil, in einer Gegend von London, die er später als Kensington kennenlernen wird, zu dem ihn der Traum in schnellem Fluge bringt: vorbei an Barkers Kaufhaus und dem kleinen grauen Haus mit den Doppelfenstern, wo Thackeray *Jahrmarkt der Eitelkeiten* schrieb, und dem Platz mit dem Kloster, wo immer kleine Mädchen in Uniformen hineingehen, aber nie eines herauskommt, und dem Haus, in dem Talleyrand im Alter lebte, offiziell in der Rolle des französischen Botschafters in London, nachdem er, gleich einem Chamäleon, tausendundeinmal Parteien und Prinzipien gewechselt hatte, und endlich zu einem siebenstöckigen Eckhaus mit grünen, schmiedeeisernen Balkonen bis hinauf zum vierten Stock, und jetzt treibt der Traum ihn die Außenwand des Hauses hoch, und im vierten Stock schiebt er die schweren Vorhänge des Wohnzimmerfensters zur Seite, und schließlich sitzt er da, wie gewöhnlich schlaflos, die Augen weit aufgerissen in dem schwachen gelben Licht, und starrt in die Zukunft, der bärtige, beturbante Imam.

Wer ist er? Ein Verbannter, ein Mann im Exil. Nicht zu verwechseln, nicht in einen Topf zu werfen mit all den anderen Worten, mit denen die Leute so um sich werfen: Emigrant, Asylant, Flüchtling, Immigrant, Schweigen, Schlauheit. Das Exil ist ein Traum von der glorreichen Rückkehr. Das Exil ist eine Vision von der Revolution: Elba, nicht St. Helena. Es ist ein unendliches Paradox: der Blick nach vorn durch den ewigen Blick zurück. Das Exil ist ein Ball, der hoch in die Luft geschleudert wird. Und dort hängenbleibt: gefroren in der Zeit verwandelt in eine Fotografie, eine aufgehobene Bewegung; in unmöglicher Position über seiner heimatlichen Erde, wartet er auf den unvermeidlichen Augenblick, wenn die Fotografie sich bewegen und die Erde ihr Eigentum zurückfordern muß. Dies sind die Gedanken des Imam. Sein Zuhause ist eine Mietwohung. Sie ist ein Warteraum, eine Fotografie, Luft.

Die dicke Tapete – olivgrüne Streifen auf cremefarbenem Untergrund – ist ein wenig verblichen, genug, um die helleren Rechtekke und Ovale zu betonen, die erkennen lassen, wo früher einmal Bilder hingen. Der Imam ist der Feind der Bildnisse. Als er einzog, glitten die Bilder geräuschlos von den Wänden und verdrückten sich aus dem Zimmer, wichen seiner unausgesprochenen, wütenden Mißbilligung. Einige Darstellungen dürfen jedoch bleiben. Auf dem Kaminsims hat er eine kleine Sammlung von Postkarten stehen, alle mit konventionellen Motiven aus seinem Heimatland, das er einfach Desch nennt: ein Berg, der sich über einer Stadt erhebt; eine malerische Dorfszene unter einem gewaltigen Baum; eine Moschee. Aber an der Wand in seinem Schlafzimmer, der harten Pritsche gegenüber, auf der er liegt, hängt eine mächtigere Ikone, das Portrait einer Frau von außergewöhnlicher Härte, berühmt wegen ihres an griechische Statuen erinnernden Profils und ihrer schwarzen Haare, die so lang sind, wie sie groß ist. Eine mächtige Frau, seine Feindin, die Andere; er hält sie in seiner Nähe. Genau wie sie, weit weg in den Palästen ihrer Allmacht, sein Portrait unter ihrem königlichen Gewand umklammern oder es in einem Medaillon an ihrer Kehle verstecken wird. Sie ist die Kaiserin, und ihr Name ist – was sonst? – Aischa. Auf dieser Insel, der Imam im Exil, und zu Hause in Desch, sie. Beide schmieden Mordkomplotte gegeneinander.

Die Vorhänge aus dickem goldenem Samt bleiben den ganzen Tag geschlossen, weil sich sonst das Böse in die Wohnung einschleichen könnte: Fremde, Ausland, das feindselige Volk. Die bittere Tatsache, daß er hier ist und nicht Dort, worauf sich all seine Gedanken richten. Bei jenen seltenen Gelegenheiten, wenn der Imam ausgeht, um in Kensington frische Luft zu schöpfen, im Zentrum eines Vierecks, das von acht jungen Männern mit Sonnenbrillen und ausgebeulten Anzügen gebildet wird, faltet er seine Hände vor dem Bauch und sieht sie mit starrem Blick an, damit keine Spur, kein Teilchen dieser verhaßten Stadt – dieser Stätte des Lasters, die ihn demütigt, indem sie ihm Zuflucht gewährt, so daß er ihr trotz all ihrer Lüsternheit, Mißgunst und Eitelkeit verpflichtet sein muß – sich wie ein Staubkörnchen in seinen Augen einnisten kann. Wenn er dieses verabscheute Exil verläßt, um im Triumphzug zu dieser anderen Stadt am Fuß des Postkartenbergs zurückzukehren, wird er stolz darauf sein, sagen zu können, daß er diesem Sodom gegenüber vollkommen ignorant geblieben ist; ignorant und dabei unbefleckt, unverändert, rein.

Und ein weiterer Grund für die zugezogenen Vorhänge ist der, daß es um ihn herum natürlich viele Augen und Ohren gibt, die ihm nicht alle wohlgesonnen sind. Die orangefarbenen Gebäude sind nicht neutral. Irgendwo auf der anderen Straßenseite wird es Zoomobjektive geben, Videoausrüstungen, Riesenmikrofone; und immer das Risiko von Heckenschützen. Über und unter und neben dem Imam liegen die unbedenklichen Wohnungen, in denen seine Wachen einquartiert sind, die als Frauen verkleidet durch die Straßen von Kensington bummeln, verschleiert und mit silbrig schimmernden Hakennasen; aber übervorsichtig zu sein hat auch sein Gutes. Für den Mann im Exil ist Paranoia eine Vorbedingung des Überlebens.

Eine Fabel, die er von einem seiner Günstlinge gehört hat, dem amerikanischen Konvertiten, der einmal ein erfolgreicher Sänger war und jetzt als Bilal X bekannt ist: In einem Nachtclub, zu dem der Imam regelmäßig seine Statthalter schickt, um zu erfahren, was gewisse andere Personen sagen, die zu gewissen Oppositionsgruppen gehören, lernte Bilal einen jungen Mann aus Desch kennen, ebenfalls eine Art Sänger, also kamen die beiden ins Gespräch. Es stellte sich heraus, daß dieser Mahmud ein schrecklich verängstigter Mensch war. Er hatte sich vor kurzem mit einer Gori *zusammengetan*, einer großgewachsenen, rothaarigen Frau mit üppiger Figur, und dann stellte sich heraus, daß der vorherige Liebhaber seiner angebeteten Renata der Exilchef der SAVAK war, der Folterorganisation des Schahs von Persien. Und zwar die Nummer Eins, der Obermufti, nicht irgendein unbedeutender Sadist mit einem besonderen Talent für das Herausreißen von Zehennägeln oder das Ansengen von Augenlidern, sondern der berühmte Haramzada höchstpersönlich. Am Tag, nachdem Mahmud und Renata in ihre neue Wohnung gezogen waren, kam ein Brief für Mahmud. *Hallo, Scheißefresser, du fickst also meine Frau, ich wollte mich nur mal bei dir melden.* Am nächsten Tag kam ein zweiter Brief. *Übrigens, du Drecksack, ich hab' vergessen, dir deine neue Telefonnummer zu geben.* Zu diesem Zeitpunkt hatten Mahmud und Renata bei der Telefongesellschaft um eine Geheimnummer gebeten, diese neue Nummer aber noch nicht bekommen. Als sie zwei Tage später mitgeteilt wurde und es dieselbe war wie in dem Brief, fielen Mahmud sofort sämtliche Haare aus. Und als er sie auf seinem Kissen liegen sah, faltete er die Hände und flehte Renata an: »Baby, ich liebe dich, aber du bist zu heiß für mich, bitte geh woanders hin, weit weg.« Als dem Imam diese Geschichte erzählt wurde, schüttelte er den Kopf und sagte, diese Hure, wer wird sie jetzt noch berühren wollen, trotz ihres lustspendenden Leibes? Sie hat sich einen Makel zugefügt, der noch schlimmer ist als Lepra; auf diese Weise verstümmeln sich die Menschen selbst. Doch die wahre Moral dieser Fabel war die Notwendigkeit ewiger

Wachsamkeit. London war eine Stadt, in der der Ex-SAVAK-Chef hervorragende Kontakte zur Telefongesellschaft besaß und der Ex-Koch des Schahs in Hounslow ein gutgehendes Restaurant betrieb. Eine so einladende Stadt, ein solcher Zufluchtsort, die nehmen wirklich jeden. Laßt die Vorhänge zugezogen.

Die Stockwerke drei bis fünf in diesem Mietshaus sind im Augenblick alles, was der Imam an Heimat besitzt. Hier sind die Gewehre und Kurzwellenradios und die Zimmer, in denen die cleveren jungen Männer in Anzügen sitzen und mit eindringlicher Stimme in verschiedene Telefone sprechen. Hier gibt es keinen Alkohol, Spielkarten und Würfel sind nirgendwo zu sehen, und die einzige Frau ist die, die im Schlafzimmer des alten Mannes an der Wand hängt. In diesem Heimatlandersatz, den der schlaflose Heilige als sein Wartezimmer ansieht, ist die Zentralheizung Tag und Nacht voll aufgedreht, sind die Fenster fest geschlossen. Was der Mann im Exil nicht vergessen kann und daher simulieren muß, ist die trockene Hitze von Desch, dem einstigen und zukünftigen Land, wo selbst der Mond heiß ist und tropft wie ein frisch gebuttertes Chapati. Oh, dieses Land der Sehnsucht, wo Sonne und Mond männlich sind, ihr heißes, süßes Licht aber weibliche Namen trägt. Nachts schiebt der Mann im Exil die Vorhänge zur Seite, und das fremdländische Mondlicht schleicht sich ins Zimmer, bohrt sich mit Eiseskälte in seine Augäpfel, wie ein Nagel. Er zuckt zusammen, verengt die Augen zu Schlitzen. Im losen Gewand, mit gerunzelter Stirn, unheilverkündend, wach: das ist der Imam.

Das Exil ist ein seelenloses Land. Im Exil sind die Möbel häßlich, teuer, alle zur selben Zeit im selben Laden und in zu großer Eile gekauft; silbrig glänzende Sofas mit Flossen wie alte Buicks DeSotos Oldsmobiles, verglaste Bücherschränke, die keine Bücher, sondern Ordner mit Zeitungsausschnitten enthalten. Im Exil wird es siedendheiß unter der Dusche, wenn in der Küche jemand einen Wasserhahn aufdreht, so daß immer dann, wenn der Imam ein Bad nimmt, sein gesamtes Gefolge daran denken muß, keine Kessel zu füllen, keinen schmutzigen Teller abzuspülen, und wenn der Imam auf die Toilette geht, springen seine Jünger mit verbrühter Haut aus der Dusche. Im Exil wird nie gekocht; die Leibwächter mit den dunklen Brillen holen das Essen. Im Exil sehen alle Versuche, Wurzeln zu schlagen, wie Verrat aus: sie sind Eingeständnisse der Niederlage.

Der Imam ist das Zentrum eines Kreises.

Er strahlt Bewegung aus, rund um die Uhr. Sein Sohn Khalid betritt das Allerheiligste; er bringt ihm ein Glas Wasser, trägt es mit der rechten Hand, hält die Linke unter das Glas. Der Imam trinkt ständig Wasser, alle fünf Minuten ein Glas, um sich sauberzuhalten; das Wasser wird, bevor er daran nippt, mit Hilfe eines amerikanischen Filterapparates von allen Verunreinigungen befreit. Die jungen Männer, mit denen er sich umgibt, kennen seine berühmte Monographie über das Wasser, dessen Reinheit, die sich, wie der Imam glaubt, dem Trinkenden mitteilt, seine Dünnflüssigkeit und Schlichtheit, die asketischen Freuden seines Geschmacks. »Die Kaiserin«, betont er, »trinkt Wein.« Burgunder, Bordeaux, weißer Rheinwein verteilen ihre berauschenden, verderblichen Einflüsse in diesem schönen und zugleich schmutzigen Körper. Genug an Sünden, um sie für alle Zeit zu verurteilen, ohne Hoffnung auf Erlösung. Das Bild an seiner Schlafzimmerwand zeigt die Kaiserin Aischa, wie sie mit beiden Händen einen menschlichen Schädel hält, der mit dunkelroter Flüssigkeit gefüllt ist. Die Kaiserin trinkt Blut, aber der Imam ist ein Mann des Wassers. »Nicht umsonst behandeln die Völker unserer heißen Länder es mit Ehrfurcht«, heißt es in der Monographie. »Wasser, Bewahrer des Lebens. Kein zivilisierter Mensch kann es einem anderen verweigern. Eine Großmutter – mögen ihre Glieder noch so steif sein vom Rheuma – wird sich sofort erheben und zum Wasserhahn gehen, wenn ein kleines Kind zu ihr kommt und bittet, Pani, Nani. Die ihr es nicht achtet, hütet euch! Wer es verunreinigt, schwächt seine Seele.«

Der Imam hat schon oft seinen Zorn am Andenken des verstorbenen Aga Khan ausgelassen, wegen eines Zeitungsartikels, in dem das Oberhaupt der Ismailis dabei beobachtet wurde, wie er edlen Champagner trank. *Ach, wissen Sie, Champagner ist das nur nach außen hin, sobald er meine Lippen berührt, verwandelt er sich in Wasser.* Teufel, pflegt der Imam zu donnern. Abtrünniger, Gotteslästerer, Betrüger. Wenn die Zukunft kommt, werden solche Individuen gerichtet werden, erklärt er seinen Leuten. Der Tag des Wassers wird kommen, und Blut wird fließen wie Wein. Solcherart ist die wundersame Zukunft der Männer im Exil; was zuerst in der Ohnmacht einer überhitzten Wohnung geäußert wurde, wird zum Schicksal von Nationen. Wer hat diesen Traum nicht schon geträumt, König für einen Tag zu sein? Doch der Imam träumt von mehr als einem Tag, spürt, ausgehend von seinen Fingerspitzen, die Spinnenfäden, mit denen er die Bewegung der Geschichte kontrollieren wird.

Nein: nicht Geschichte.

Sein Traum ist seltsamerer Natur.

Sein Sohn, der wassertragende Khalid, verneigt sich vor seinem Vater wie ein Pilger vor einem Schrein, unterrichtet ihn davon, daß der diensthabende Wächter vor dem Allerheiligsten Salman Farsi heißt. Bilal ist am Radiosender, übermittelt die Botschaft des Tages auf der vereinbarten Frequenz nach Desch.

Der Imam ist eine gewaltige Ruhe, eine Reglosigkeit. Er ist lebender Stein. Seine großen knotigen Hände, grau wie Granit, ruhen schwer auf den Armstützen seines hochlehnigen Stuhles. Sein Kopf, der zu groß wirkt für den Körper, hängt über dem erstaunlich dürren Hals, den man durch die grauschwarzen Haarbüschel seines Bartes erkennen kann. Die Augen des Imam sind getrübt, seine Lippen bewegen sich nicht. Er ist reine Kraft, ein elementares Wesen; er bewegt sich ohne jede Regung, handelt ohne jedes Tun, spricht, ohne einen Laut von sich zu geben. Er ist der Geisterbeschwörer und die Geschichte ist sein Trick.

Nein, nicht die Geschichte: etwas Seltsameres.

Die Aufklärung dieses Rätsels kann man in genau diesem Augenblick auf bestimmten, geheimen Radiowellen hören, auf denen die Stimme des amerikanischen Konvertiten Bilal das heilige Lied des Imam singt. Bilal der Muezzin: seine Stimme wird aufgenommen von einer Amateur-Radiostation in Kensington und entlassen im erträumten Desch, umgewandelt zur donnernden Rede des Imam höchstpersönlich. Er beginnt mit rituellen Beschimpfungen der Kaiserin, mit der Auflistung ihrer Verbrechen, Morde, Bestechungen, sexuelle Beziehungen zu Echsen und so weiter, verkündet schließlich schallend den allabendlichen Auftrag des Imam an sein Volk, sich gegen das Unheil ihrer Staatsführung zu erheben. »Es wird eine Revolution geben«, erklärt der Imam durch ihn, »eine Revolte nicht nur gegen eine Tyrannin, sondern auch gegen die Geschichte.« Denn es gibt einen Feind jenseits von Aischa, und das ist die Geschichte selbst. Die Geschichte ist der Blutwein, der nicht länger getrunken werden darf. Die Geschichte, das Rauschmittel, die Schöpfung und das Eigentum des Teufels, des Schaitan, die größte aller Lügen – Fortschritt, Wissenschaft, Rechte –, der sich der Imam widersetzt. Die Geschichte ist eine Abweichung vom Pfad, Wissen ist eine Illusion, denn an dem Tag, als Al-Lah seine Offenbarungen an Mahound vollendete, war auch alles Wissen vollendet. »Wir werden den Schleier der Geschichte vernichten«, wettert Bilal hinaus in die lauschende Nacht, »und wenn wir ihn zerrissen haben, werden wir das Paradies dahinter liegen sehen, in all seinem Glanz und Licht.« Daß der Imam Bilal für diese Aufgabe erwählt hat, liegt an der Schönheit seiner Stimme, der es in ihrer vorherigen Inkarnation gelang, den Mount Everest der Hitparade zu erklimmen, nicht nur einmal, sondern dutzendmal, bis zur Spitze. Die Stimme ist voll und respekteinflößend; eine Stimme, die es gewohnt ist, daß man ihr zuhört; gutgenährt, hochtrainiert, die Stimme der amerikanischen Zuversicht, eine Waffe des Westens, die sich gegen ihre Schöpfer gewandt hat, deren Macht die Kaiserin und ihre Tyrannei stützt. In früheren Zeiten protestierte Bilal X gegen eine solche Beschreibung seiner Stimme. Auch er gehöre einem unterdrückten Volk an, wurde er nicht müde zu betonen, so daß es unfair sei, ihn mit den Yankee-Imperialisten gleichzusetzen. Der Imam antwortete nicht ohne Freundlichkeit: Bilal, dein Leiden ist auch das unsere. Aber im Hause der Macht erzogen zu werden, heißt, ihre Methoden zu erlernen, sie aufzusaugen, durch eben diese Haut, die der Grund für deine Unterdrückung ist. Die Gewohnheiten der Macht, ihr Timbre, ihre Haltung, ihre Art, mit Menschen umzugehen. Es ist eine Krankheit, Bilal, die jeden ansteckt, der ihr zu nahe kommt. Wenn die Mächtigen über dich hinwegtrampeln, stecken sie dich noch durch ihre Fußsohlen an.

Bilal spricht weiter in die Dunkelheit. »Tod der Kaiserin Aischa und ihrer Tyrannei, dem Kalender, den Vereinigten Staaten, der Zeit! Wir suchen die Ewigkeit, die Zeitlosigkeit Gottes. Seine stillen Wasser, nicht ihren strömenden Wein.« Verbrennt die Bücher und vertraut dem BUCH; zerreißt die Papiere und hört das WORT, wie es der Engel Gibril dem Verkünder Mahound offenbart und wie es euer Deuter und Imam erläutert hat. »Amen«, sagt Bilal und beschließt damit die nächtliche Veranstaltung. Während der Imam in seinem Allerheiligsten eine eigene Botschaft aussendet: eine Anrufung, eine Beschwörung des Erzengels Gibril.

❦

Er sieht sich selbst in dem Traum: so stellt man sich keinen Engel vor; das ist nur ein Mann in gewöhnlicher Straßenkleidung, in Henry Diamonds posthum weitergegebenen Kleidungsstücken: Gabardinemantel und Filzhut, darunter übergroße Hosen, von Hosenträgern gehalten, ein Anglerpullover aus Wolle, ein bauschiges weißes Hemd. Dieser Traum-Gibril, der so sehr dem wachenden Gibril gleicht, steht zitternd im Allerheiligsten des Imam, dessen Augen weiß wie Wolken sind.

Gibril spricht in nörgelndem Ton, um seine Angst zu verbergen. »Warum bestehen Sie auf einem Erzengel? Sie sollten doch wissen, daß die Zeiten vorbei sind.«

Der Imam schließt die Augen, seufzt. Der Teppich streckt lange, haarige Ranken aus, die sich um Gibril wickeln, ihn festhalten.

»Sie brauchen mich nicht«, betont Gibril. »Die Offenbarung ist vollendet. Lassen Sie mich gehen.«

Der andere schüttelt den Kopf und spricht, nur daß seine Lippen sich nicht bewegen, und es ist Bilals Stimme, die Gibrils Ohren erfüllt, obgleich der Rundfunksprecher nirgendwo zu sehen ist, *heute nacht ist es soweit,* sagt die Stimme, *und du mußt mich nach Jerusalem fliegen.*

Dann löst sich die Wohnung auf, und sie stehen auf dem Dach neben dem Wassertank, weil der Imam, wenn er sich bewegen möchte, still bleiben und die Welt um sich herum bewegen kann. Sein Bart weht im Wind. Er ist jetzt länger; wenn der Wind nicht wäre, der ihn erfaßt, als wäre er ein wallender Chiffonschal, würde er den Boden vor seinen Füßen berühren; der Imam hat rote Augen, und seine Stimme lungert um ihn herum am Himmel. *Nimm mich mit.* Gibril erhebt Einwände, sieht so aus, als könnten Sie das auch allein. Doch mit einer einzigen Bewegung von erstaunlicher Schnelligkeit wirft der Imam sich den Bart über die Schulter, schürzt seine Röcke, wobei er zwei spindeldürre Beine mit fast schon monströser Behaarung entblößt, springt hoch hinauf in die Nachtluft, wirbelt herum und läßt sich auf Gibrils Schultern nieder, klammert sich an ihm fest mit Fingernägeln, die zu langen gebogenen Krallen gewachsen sind. Gibril spürt, wie er sich in die Lüfte erhebt, den alten Mann des Meers auf seinem Rücken, den Imam, dessen Haar mit jeder Minute länger wird, in jede Richtung wallt; seine Augenbrauen sind wie Wimpel im Wind.

Jerusalem, denkt er, in welcher Richtung liegt das? Und dann, es ist ein heikles Wort, es kann ein Ort sein, aber auch eine Idee, ein Ziel, eine Leidenschaft. Wo liegt das Jerusalem des Imam? »Der Fall der Metze«, hallt die geisterhafte Stimme in seinen Ohren nach. »Der Sturz der babylonischen Hure.«

Sie sausen durch die Nacht. Der Mond erhitzt sich, beginnt Blasen zu bilden, wie Käse im Grill; er, Gibril, sieht ab und zu Stükke herabfallen, Mond-Tropfen, die zischen und blubbern auf der heißen, gußeisernen Platte des Himmels. Dann taucht Land unter ihnen auf. Die Hitze wird stärker.

Es ist eine gewaltige Landschaft, rötlich, Bäume mit flachen Kronen. Sie fliegen über Berggipfel, die ebenfalls flach sind; selbst die Steine sind von der Hitze abgeflacht. Dann sehen sie einen Berg von nahezu konischer Form, einen Berg, der weit weg auch als Postkarte auf einem Kaminsims steht, und im Schatten dieses Berges eine Stadt, die an seinem Fuß ausgestreckt liegt wie eine

Bittstellerin, und auf den untern Hängen des Berges einen Palast, den Palast: den Palast der Kaiserin, die durch Radiobotschaften vernichtet wurde. Dies ist eine Revolution von Rundfunkamateuren.

Gibril, auf dem der Imam hockt wie auf einem Teppich, stößt im Sturzflug herab, und in der dampfenden Nacht sehen die Straßen aus, als wären sie lebendig, sie scheinen sich zu winden wie Schlangen, während vor dem Palast der kaiserlichen Niederlage ein neuer Hügel zu wachsen scheint, *was geht hier vor, Baba, während wir zusehen?* Die Stimme des Imam hängt in der Luft: »Laß uns landen. Ich will dir zeigen, was Liebe ist.«

Sie sind in Höhe der Hausdächer, als Gibril erkennt, daß es überall wimmelt von Menschen. Menschliche Wesen, die sich in diesen gewundenen Straßen drängen, so dicht aneinander, daß sie aufgegangen sind in ein größeres, zusammengesetztes Ganzes, ein unaufhörliches Geschlängel. Die Menschen bewegen sich langsam, mit gleichmäßigen Schritten, durch Wege auf Gassen, durch Gassen auf Straßen, durch Seitenstraßen auf breitere Straßen, die allesamt auf eine große Prachtstraße zulaufen, zwölfspurig und von riesigen Eukalyptusbäumen gesäumt, und diese Straße führt zu den Palasttoren. Sie quillt über von Menschen, sie ist das vitale Zentrum dieses neugeschaffenen, vielköpfigen Wesens. Immer siebzig nebeneinander, so marschieren die Leute ernst auf die Tore der Kaiserin zu. Vor denen ihre Leibgarde in drei Reihen wartet, liegend, knieend und stehend, mit Maschinengewehren im Anschlag. Die Leute gehen den Hang hinauf, auf die Gewehre zu; immer siebzig auf einmal, so kommen sie in Schußweite; die Gewehre plappern und sie sterben, und dann steigen die nächsten siebzig über die Leiber der Toten, die Gewehre kichern noch einmal, und der Hügel aus Toten wird höher. Die dahinter beginnen, der Reihe nach darüber zu klettern. In den dunklen Toren der Stadt stehen mit bedeckten Häuptern Mütter, die ihre geliebten Söhne auf die Straße stoßen, *geh, sei ein Märtyrer, tu das Nötige, stirb.* »Du siehst, wie sie mich lieben«, sagt die geisterhafte Stimme. »Keine Tyrannei auf Erden kann der Macht dieser langsam marschierenden Liebe standhalten.«

»Das ist keine Liebe«, entgegnet Gibril weinend. »Das ist Haß. Sie hat sie in Ihre Arme getrieben.« Die Erklärung klingt dünn, oberflächlich.

»Sie lieben mich«, sagt die Stimme des Imam, »weil ich Wasser bin. Ich bin Fruchtbarkeit, und sie ist Fäulnis. Sie lieben mich dafür, daß ich Uhren zerschlage. Menschen, die sich von Gott abwenden, verlieren Liebe und Sicherheit und dazu das Gefühl für

Seine grenzenlose Zeit, die Vergangenheit, Gegenwart und Zukunft umfaßt, die zeitlose Zeit, die sich nicht zu bewegen braucht. Wir sehnen uns nach dem Ewigen, und ich bin die Ewigkeit. Sie ist ein Nichts, ein Tick oder ein Tack. Sie sieht jeden Tag in ihren Spiegel und erschrickt bei dem Gedanken an das Alter, an die vergehende Zeit. Folglich ist sie die Gefangene ihrer eigenen Natur; auch sie liegt in den Ketten der Zeit. Nach der Revolution wird es keine Uhren mehr geben; wir werden sie alle zerschlagen. Das Wort *Uhr* wird aus unseren Wörterbüchern gestrichen werden. Nach der Revolution wird es keine Geburtstage mehr geben. Wir werden alle wiedergeboren werden, alle im selben unveränderlichen Alter im Angesicht des Allmächtigen Gottes.«

Jetzt verstummt er, weil unter uns der große Augenblick gekommen ist: die Leute haben die Gewehre erreicht. Die jetzt ihrerseits zum Schweigen gebracht werden, als die endlose Menschenschlange, die Riesenpython der sich erhebenden Massen, die Wachen umarmt, sie erstickt, und das tödliche Kichern ihrer Waffen zum Schweigen bringt. Der Imam seufzt schwer. »Geschafft.«

Die Lichter des Palastes werden gelöscht, als die Leute darauf zumarschieren, mit denselben gemäßigten Schritten wie zuvor. Und da erhebt sich aus dem dunklen Palast ein grauenhafter Schrei, der als hohes, dünnes, durchdringendes Wehklagen beginnt und dann zu einem tiefen Brüllen wird, ein Heulen, laut genug, um jede Ritze in der Stadt mit seiner Wut zu füllen. Und dann platzt die goldene Palastkuppel auf wie ein Ei, und daraus steigt, schwarz-glühend, eine mythologische Erscheinung auf mit riesigen schwarzen Flügeln und losem, wallendem Haar, so lang und schwarz, wie das des Imam lang und weiß ist: es ist Al-Lat, begreift Gibril, die aus Aischas Schale ausbricht.

»Töte sie«, befiehlt der Imam.

Gibril setzt ihn auf dem Ehrenbalkon des Palastes ab; der Imam hält die Arme ausgebreitet, um den Jubel der Massen zu umfangen – einen Klang, der selbst das Heulen der Göttin übertönt und sich erhebt wie ein Lied. Und dann wird Gibril in die Luft gerissen, er hat keine Wahl, er ist eine Marionette, die in den Krieg zieht; und sie, die ihn kommen sieht, kauert in der Luft und geht schrecklich stöhnend auf ihn los, mit all ihrer Kraft. Gibril begreift, daß der Imam, der seine Kämpfe immer von Stellvertretern ausfechten läßt, ihn genauso bereitwillig opfern wird wie die Menschen vor dem Palasttor, daß er, Gibril, ein Selbstmord-Soldat im Dienste des Klerus ist. Ich bin schwach, denkt er, ich bin kein Gegner für sie, aber auch sie ist durch ihre Niederlage geschwächt. Die Kraft des Imam treibt Gibril an, legt ihm Donner und Blitz in die Hände, und der Kampf beginnt; er schleudert Blitze in ihre Beine, und sie jagt Kometen in seine Leisten, *wir töten einander*, denkt er, *wir werden sterben, und dann wird es zwei neue Sternbilder am Himmel geben, Al-Lat und Gibril.* Wie erschöpfte Krieger auf einem leichenübersäten Feld wanken sie und schlagen aufeinander ein. Beiden schwinden schnell die Kräfte.

Sie fällt.

Hinab stürzt sie, Al-Lat, Königin der Nacht; kracht kopfüber auf die Erde, ihr Schädel wird zermalmt; da liegt sie, ein Häuflein zerschmetterter Glieder, an einem kleinen Gatter im Palastgarten, ein kopfloser schwarzer Engel mit abgerissenen Flügeln. Und Gibril, der sich mit Entsetzen von diesem Anblick abwendet, sieht, wie der Imam ins Ungeheuerliche gewachsen ist, wie er im Vorhof des Palastes mit aufgerissenem Maul hinter den Toren liegt; sowie Menschen durch die Tore marschieren, verschlingt er sie mit Haut und Haar.

Al-Lats Leib ist auf dem Gras geschrumpft, hat nur einen dunklen Fleck hinterlassen; und jetzt beginnen alle Glocken in Desch zu läuten, und hören nicht auf, zwölf Schläge, vierundzwanzig Schläge, tausendundein Schlag, und hören nicht auf, verkünden das Ende der Zeit, die Stunde, die jenseits allen Bemessens ist, die Stunde der Rückkehr des Verbannten aus dem Exil, des Sieges von Wasser über Wein, den Beginn der Unzeit des Imam.

Wenn die nächtliche Geschichte ihre Gestalt ändert, wenn ohne Vorwarnung der Verlauf der Ereignisse in Jahilia und Yathrib von den Kampfszenen zwischen Imam und Kaiserin abgelöst wird, hofft Gibril für kurze Zeit, daß der Fluch aufgehoben ist, daß seine Träume wieder exzentrische Zufallsprodukte des normalen Lebens geworden sind; dann aber, da auch die neue Geschichte in das alte Muster verfällt, das heißt, immer dann, wenn er einschläft, an genau dem Punkt weitergeht, an dem sie unterbrochen wurde, und da sein eigenes Abbild, in ein Avatara des Erzengels verwandelt, wieder die Szene betritt, stirbt seine Hoffnung, und er beugt sich erneut dem Unumstößlichen. Der Punkt ist gekommen, da ihm manche seiner nächtlichen Sagas erträglicher erscheinen als andere, und nach der Apokalypse des Imam ist er nahezu erfreut, als die nächste Geschichte beginnt, die sein inneres Repertoire erweitert, denn zumindest legt sie den Schluß nahe, daß die Gottheit, die er, Gibril, erfolglos zu töten versucht hat, auch eine Göttin der Liebe sein kann, nicht nur eine Göttin der Rache, der Macht, der Pflicht, der Regeln und des Hasses; und es ist auch so etwas wie eine nostalgische Geschichte von einem verlorenen Heimatland; wie eine Rückkehr in die Vergangenheit … was für eine Geschichte ist das? Einen Moment noch. Um mit dem Anfang anzufangen: Am Morgen seines vierzigsten Geburtstags, in einem Raum voller Schmetterlinge, betrachtete Mirza Said Akhtar seine schlafende Frau …

❦

An dem schicksalschweren Morgen seines vierzigsten Geburtstags, in einem Raum voller Schmetterlinge, wachte der Zamindar Mirza Said Akhtar über seine schlafende Frau und fühlte, wie sich sein Herz bis zum Zerreißen mit Liebe füllte. Er war ausnahmsweise früh erwacht und vor Tagesanbruch aufgestanden, nach einem schlimmen Traum, der einen bitteren Nachgeschmack in seinem Mund hinterlassen hatte, einen immer wiederkehrenden Traum vom Ende der Welt, in dem unweigerlich er die Schuld an der Katastrophe trug. Am Abend zuvor hatte er Nietzsche gelesen – ›Der Mensch, eine kleine, überspannte Tierart, die – glücklicherweise – ihre Zeit hat‹ – und war eingeschlafen, mit dem aufgeschlagenen Buch auf der Brust. Als er in dem kühlen, schattigen Schlafzimmer vom Rascheln der Schmetterlingsflügel geweckt wurde, ärgerte er sich darüber, bei der Wahl seiner Bettlektüre so unvorsichtig gewesen zu sein. Doch jetzt war er hellwach. Er stand leise auf, schlüpfte in seine Chappals und schlenderte gemächlich über die Veranden des großen Herrenhauses, die hinter den geschlossenen Rolläden noch im Dunkeln lagen und die Schmetterlinge tanzten hinter ihm her wie Höflinge. In weiter Ferne spielte jemand Flöte. Mirza Said zog die Rolläden hoch und machte die Schnüre fest. In den Gärten hing noch Nebel, durch den die Schmetterlingswolken wirbelten: Nebelschwaden, die sich mit Nebelschwaden kreuzten. Diese abgelegene Gegend war seit jeher berühmt für ihre Falter, diese wundersamen Geschwader, die die Luft bei Tag und bei Nacht erfüllten, Schmetterlinge mit Chamäleon-Eigenschaften, deren Flügel die Farbe wechselten, je nachdem, ob sie sich auf zinnoberroten Blumen niederließen, ockergelben Vorhängen, Obsidian-Pokalen oder Bernstein-Ringen. Im Hause des Zamindar und auch im nahegelegenen Dorf war das Schmetterlingswunder etwas so Normales, daß es schon banal erschien, aber die weiblichen Dienstboten konnten sich daran erinnern, daß die Schmetterlinge erst vor neunzehn Jahren zurückgekehrt waren. Sie waren – so ging jedenfalls die Legende – die guten Geister einer Heiligen aus dem Dorf gewesen, der heiligen Frau, die man nur als Bibiji kannte, die zweihundertzweiundvierzig Jahre alt geworden war und deren Grab, bis es der Vergessenheit anheimfiel, über heilende Kräfte verfügt und Warzen und Impotenz kuriert hatte. Bei Bibijis Tod vor hundertzwanzig Jahren waren die Schmetterlinge ins selbe Reich der Legende verschwunden wie Bibiji selbst, so daß ihre Rückkehr genau einhundertundein Jahr nach ihrem Verschwinden den Menschen zunächst wie das Omen für ein nahe bevorstehendes Wunder erschien. Nach Bibijis Tod – das sollte schnell gesagt werden – war es mit dem Dorf weiter aufwärts gegangen, die Kartoffelernte fiel stets reichlich aus, aber in vielen Herzen war eine Leere geblieben, obgleich die jetzigen Dorfbewohner an die Zeit der alten Heiligen keine Erinnerung mehr hatten. So stimmte die Rückkehr der Schmetterlinge viele fröhlich, doch als die erwarteten Wunder sich nicht einstellten, versanken die Einheimischen wieder in die Unzulänglichkeiten des Alltags. Der Name des Herrenhauses, *Peristan,* hatte seine Ursprünge vielleicht in den Elfenflügeln dieser magischen Wesen, und der Name des Dorfes, *Titlipur,* stammte sicherlich daher. Doch sobald Namen Allgemeingut geworden sind, werden sie schnell zu bloßem Klang, wird das Wissen um ihre Herkunft, wie so viele Wunder der Erde, unter dem Staub der Gewohnheit begraben. Die menschlichen Bewohner von Titlipur und seine Schmetterlingsschwärme brachten füreinander nur so etwas wie gegenseitige Geringschätzung auf. Die Dorfbewohner und die Familie des Zamindar hatten längst den Versuch aufgegeben, die Schmetterlinge von ihren Heimen auszuschließen, so daß jetzt immer, wenn eine Truhe geöffnet wurde, eine ganze Schar Flügel aufstieg – wie die Kobolde aus Pandoras Büchse – und dabei die Farbe wechselte; es gab Schmetterlinge unter den geschlossenen Deckeln der Wasserkästen in den Toiletten von Peristan und in jedem Kleiderschrank und zwischen den Seiten von Büchern. Beim Aufwachen fand man schlafende Schmetterlinge auf dem eigenen Gesicht.

Irgendwann wird das Alltägliche unsichtbar, und Mirza Said hatte die Schmetterlinge seit ein paar Jahren nicht mehr richtig wahrgenommen. Am Morgen seines vierzigsten Geburtstags jedoch, als das erste Licht der Dämmerung auf das Haus fiel und die Schmetterlinge augenblicklich zu leuchten begannen, verschlug ihm die Schönheit dieses Augenblicks den Atem. Er lief sofort zum Schlafzimmer im Zenana-Flügel, wo seine Frau Mishal unter dem Schleier eines Moskitonetzes schlief. Die magischen Schmetterlinge ruhten auf ihren entblößten Zehen, und ein

Moskito hatte offenbar ebenfalls den Weg hinein gefunden, denn am oberen Rand ihres Schlüsselbeines war eine Reihe kleiner Stiche zu sehen. Er wollte das Netz anheben, zu ihr hineinklettern und die Stiche küssen, bis sie verblaßten. Wie entzündet sie aussahen! Wie sie jucken würden, wenn Mishal erwachte! Doch er hielt sich zurück, genoß statt dessen die Unschuld ihrer schlafenden Gestalt. Sie hatte weiches rotbraunes Haar, weiße weiße Haut, und ihre Augen hinter den geschlossenen Lidern waren von einem seidigen Grau. Ihr Vater war Direktor bei der Staatsbank, deswegen war sie zunächst eine unwiderstehlich gute Partie gewesen; die arrangierte Ehe mit ihr hatte der alten, im Niedergang begriffenen Familie des Mirza wieder zu Reichtümern verholfen und dann, mit der Zeit, und trotz ihrer vergeblichen Versuche, Kinder zu bekommen, war diese Ehe zu wahrer Liebe herangereift. Voller Rührung sah Mirza Said Mishal schlafen und verjagte die letzten Fetzen des Alptraums aus seinem Kopf. »Wie kann die Welt am Ende sein«, folgerte er zufrieden, »wenn sie solche Momente der Vollendung bieten kann wie dieses wundervolle Morgengrauen?«

Aus diesen glücklichen Gedanken heraus begann er, eine stumme Rede an seine ruhende Frau zu formulieren. »Mishal, ich bin vierzig Jahre alt und so zufrieden wie ein vierzig Tage alter Säugling. Ich erkenne jetzt, daß ich mit den Jahren immer tiefer in unsere Liebe gesunken bin, und nun schwimme ich wie ein Fisch in diesem warmen Meer.« Wieviel sie ihm gab, staunte er, wie sehr er sie brauchte! Ihre eheliche Verbindung ging über bloße Sinnlichkeit hinaus, war so eng, daß eine Trennung undenkbar war. »Neben dir alt zu werden«, sagte er zu ihr, während sie schlief, »wird mir ein Privileg sein, Mishal.« Er gestattete sich die sentimentale Anwandlung, ihr eine Kußhand zuzuwerfen, und ging dann auf Zehenspitzen aus dem Zimmer. Und wieder draußen auf der Hauptveranda vor seinen Privatgemächern im oberen Stockwerk des Hauses, warf er erneut einen Blick auf die Gärten, die jetzt, da die Morgendämmerung den Nebel vertrieb, allmählich sichtbar wurden, und da sah er, was seinen Seelenfrieden für immer zerstören, hoffnungslos zerschlagen sollte, und er sah es genau in dem Augenblick, als er die Sicherheit gewonnen hatte, dem Wüten des Schicksals gegenüber unverwundbar zu sein.

Eine junge Frau hockte im Gras, mit ausgestreckter linker Hand, auf der sich viele Schmetterlinge niedergelassen hatten. Immer wieder nahm sie mit der Rechten einen aus der fügsam wartenden Schar, steckte ihn in den Mund und machte sich daran, ihn in alle Ruhe zu verzehren.

Auf Lippen, Wangen und Kinn – überall hatten sterbende Schmetterlinge bunte Farbflecke hinterlassen.

Als Mirza Said die junge Frau bei ihrem leichten, zarten Frühstück auf seinem Rasen beobachtete, spürte er eine so gewaltige Lust in ihm aufsteigen, daß er sich sofort dafür schämte. Was soll denn das, schalt er sich, ich bin doch kein Tier. Die junge Frau trug einen safrangelben Sari, der in der Art der armen Frauen dieser Gegend lose um ihren bloßen Leib gewickelt war, und während sie sich über die Schmetterlinge beugte, gewährte der Sari dem wie angewurzelt dastehenden Zamindar den Anblick ihrer nackten kleinen Brüste. Mirza Said streckte die Hände aus, umklammerte die Balkonbrüstung, und die leise Bewegung seiner weißen Kurta muß ihr ins Auge gesprungen sein, denn sie hob rasch den Kopf und sah ihm direkt ins Gesicht.

Sie blickte nicht gleich wieder zu Boden. Und stand auch nicht auf, um wegzurennen, wie er es halb erwartet hatte.

Was sie tat: sie wartete ein paar Sekunden, wie um zu sehen, ob er vorhatte, sie anzusprechen. Als er dies nicht tat, machte sie sich wieder an ihr seltsames Mahl, ohne jedoch die Augen von seinem Gesicht abzuwenden. Das Seltsamste war, daß es schien, als strömten die Schmetterlinge bereitwillig wie durch einen Trichter aus der jetzt sonnenhellen Luft nach unten auf ihre ausgestreckte Hand und in den sicheren Tod. Sie ergriff sie an den Flügelspitzen, warf den Kopf zurück und holte sie mit der Spitze ihrer schmalen Zunge in den Mund. Einmal ließ sie ihren Mund geöffnet, die dunklen Lippen teilten sich herausfordernd, und Mirza Said zitterte, als er sah, wie ein Schmetterling in der dunklen Höhle seines Todes umherflatterte, ohne daß er zu fliehen versuchte. Als sie überzeugt war, daß er dies gesehen hatte, schloß sie den Mund und begann zu kauen. So blieben sie an ihrem Platz, die Bäuerin unten, der Grundbesitzer oben, bis sie urplötzlich die Augen verdrehte und heftig zuckend mit voller Wucht auf die linke Seite fiel.

Nach ein paar Sekunden starren Entsetzens rief der Mirza: »Ohé, Haus! Ohé, aufwachen, zu Hilfe!« Im selben Moment schon lief er auf die prächtige englische Treppe aus Mahagoniholz zu, die aus einer unvorstellbaren Gegend namens Warwickshire stammte, irgendeinem unwirklichen Ort, wo in einer feuchten und lichtlosen Priorei König Charles I ebendiese Stufen erklommen hatte, bevor er seinen Kopf verlor – im siebzehnten Jahrhundert einer anderen Zeitrechnung. Und diese Stufen hinunter eilte jetzt Mirza Said Akhtar, der letzte seines Geschlechts, und trampelte über die geisterhaften Abdrücke von enthaupteten Füßen, auf dem Weg in den Garten.

Das Mädchen wand sich in Krämpfen, zerquetschte Schmetterlinge unter ihrem hin und her rollenden Leib, schlug mit Armen und Beinen um sich. Mirza Said gelangte als erster bei ihr an, obgleich die Diener und Mishal, von seinen Schreien geweckt, gleich hinterherkamen. Er packte das Mädchen, zwang ihre Kiefer auseinander und schob einen herumliegenden Zweig dazwischen, den sie sofort entzweibiß. Blut tröpfelte aus ihrem Mund, und er fürchtete um ihre Zunge, aber genau in diesem Moment zog sich die Krankheit zurück, sie wurde ruhig und schlief ein. Mishal ließ sie in ihr eigenes Schlafzimmer bringen, und nun mußte Mirza Said eine zweite schlafende Schönheit in diesem Bett betrachten und war zum zweitenmal erfüllt von einer Empfindung, die ihm zu köstlich und zu tief erschien, um sie mit dem derben Wort *Lust* zu benennen. Er stellte fest, daß er zwar angewidert war von seinen unreinen Absichten, zugleich aber auch beglückt über die Gefühle, die ihn bedrängten, frische Gefühle, die ihn in ihrer Neuartigkeit überaus erregten. Dann trat Mishal neben ihren Gatten. »Kennst du sie?« fragte Said, und sie nickte. »Ein Waisenmädchen. Sie stellt kleine Emaille-Tiere her und verkauft sie an der Fernstraße. Sie hatte die Fallsucht schon als ein kleines Kind.« Mirza Said war, nicht zum erstenmal, ergriffen von der Gabe seiner Frau, alles über andere Menschen zu wissen. Er selbst konnte kaum ein Dutzend der Dorfbewohner auseinanderhalten, aber sie kannte die Kosenamen, Familiengeschichte und Einkommensverhältnisse jedes Einzelnen. Die Leute erzählten ihr sogar ihre Träume, obgleich nur wenige von ihnen öfter als einmal im Monat träumten, denn sie waren zu arm, um sich solchen Luxus leisten zu können. Die überströmende Liebe, die er im Morgengrauen verspürt hatte, kehrte zurück, und er legte einen Arm um ihre Schultern. Sie lehnte den Kopf an ihn und sagte leise: »Herzlichen Glückwunsch zum Geburtstag.« Er küßte sie aufs Haar. So standen sie da, einander umarmend, und betrachteten das schlafende Mädchen. Aischa: seine Frau nannte ihm ihren Namen.

❦

Als das Waisenmädchen Aischa in die Pubertät gekommen und aufgrund ihrer geistesabwesenden Schönheit und ihrer Art, in eine andere Welt zu starren, der Wunschtraum vieler junger Männer geworden war, begannen die Leute zu sagen, sie halte wohl Ausschau nach einem himmlischen Liebhaber, weil ihr die Sterblichen alle nicht gut genug waren. Ihre abgewiesenen Verehrer beschwerten sich, sie habe – richtig besehen – gar keinen Grund, so wählerisch zu sein, zum ersten, weil sie eine Waise, und zum zweiten, weil sie vom Dämon der Epilepsie besessen war, der gewiß jedes himmlische Wesen abschrecken würde, das ansonsten vielleicht Interesse für sie gezeigt hätte. Einige enttäuschte junge Männer gingen soweit zu behaupten Aischas Makel würde ohnehin verhindern, daß sie jemals einen Ehemann fand, also könne sie sich genausogut Liebhaber zulegen, damit diese Schönheit nicht vergeudet wäre, die gerechterweise einem weniger schwierigem Menschenkind zugestanden hätte. Doch trotz aller Versuche der jungen Männer von Titlipur, sie zu einer Hure zu machen, blieb Aischa keusch; was sie schützte, war ihr Blick, den sie stets mit äußerster Konzentration auf das Stückchen Luft direkt über der linken Schulter ihres Gegenübers gerichtet hielt, und der regelmäßig als Ausdruck von Verachtung mißdeutet wurde. Dann wurde bekannt, daß sie neuerdings Schmetterlinge verspeiste, und die Leute revidierten ihre Meinung über sie, waren sie doch jetzt überzeugt davon, daß Aischa nicht ganz bei Trost sei, und wer hätte da noch bei ihr liegen und riskieren wollen, daß die Dämonen auf ihn überwechselten? Also ließen die lüsternen Männer des Dorfes sie allein in ihrer Hütte, allein mit ihren Spielzeugtieren und ihrer seltsamen, flatternden Kost. Ein junger Mann jedoch machte es sich zur Gewohnheit, ein paar Schritte neben ihrer Tür zu sitzen, mit diskret abgewandtem Gesicht, als würde er Wache halten, obgleich sie keinen Beschützer mehr brauchte. Es war ein ehemals Unberührbarer aus dem Nachbardorf Chatnapatna, der zum Islam übergetreten war und den Namen Osman angenommen hatte. Aischa nahm Osmans Gegenwart nie zur Kenntnis, noch bat er sie darum. Die blattreichen Äste des Dorfes wiegten sich im Wind über ihren Köpfen.

Das Dorf Titlipur lag im Schatten eines riesigen Banyanbaumes, eines Alleinherrschers, der mit seinen zahlreichen Wurzeln über ein Gebiet von mehr als einer halben Meile Durchmesser regierte. Mittlerweile war der Baum so tief ins Dorf hinein und das Dorf so tief in den Baum hineingewachsen, daß es unmöglich war, zwischen den beiden zu unterscheiden. Bestimmte Gegenden des Baumes dienten als Liebesnester, in anderen fanden die Hühner ihren Auslauf. Einige der ärmeren Landarbeiter hatten sich in den Verzweigungen dicker Äste Behelfsunterkünfte gebaut und wohnten mitten im Blätterwerk. Es gab Äste, auf denen man durchs Dorf gehen konnte, aus den Grannen des alten Baums wurden Kinderschaukeln, und an den Stellen, wo der Baum sich weit hinab zur Erde beugte, bildeten seine Blätter das Dach für so manche Hütte, die im grünen Laub zu hängen schien wie das Nest eines Webervogels. Wenn sich der Dorf-Panchayat versammelte, saß er auf dem mächtigsten Ast. Im Laufe der Zeit hatten die Dorfbewohner es sich angewöhnt, den Namen des Dorfes zu verwenden, wenn sie vom Baum sprachen, und das Dorf einfach »den Baum« zu nennen. Den nichtmenschlichen Bewohnern des Banyan – Honigameisen, Eichhörnchen, Eulen – wurde der gleiche Respekt gewährt, der auch jedem Mitbürger zustand. Nur die Schmetterlinge wurden ignoriert, wie Hoffnungen, die sich längst als falsch erwiesen hatten.

Es war ein moslemisches Dorf, und aus diesem Grund war der Konvertit Osman hierhergekommen, samt Clownskostüm und seinem »Bum-Bum«-Ochsen, nachdem er aus schierer Verzweiflung den Glauben angenommen hatte; hoffte er doch, daß der Wechsel zu einem moslemischen Namen sich günstiger erweisen würde als frühere Namensänderungen, wie zum Beispiel die Umbenennung der Unberührbaren in »Kinder Gottes«. Als einem Kind Gottes war es ihm in Chatnapatna nicht gestattet gewesen, Wasser aus dem Dorfbrunnen zu schöpfen, weil die Berührung eines Kastenlosen das Trinkwasser verunreinigt hätte... Landlos und verwaist wie Aischa, verdiente sich Osman seinen Lebensunterhalt als Clown. Sein Ochse trug hellrote Papiertüten über den Hörnern und viel Glitzerschmuck auf Nase und Rücken. Osman zog von Dorf zu Dorf, trat bei Hochzeiten und anderen Festlichkeiten auf und führte seine Clownsnummer vor, bei der ihm der Ochse als Spielpartner und Gegenüber diente, indem er Osmans Fragen mit Kopfnicken beantwortete, einmal für Nein, zweimal für Ja.

»Ist das nicht ein hübsches Dorf, in das wir da gekommen sind?« fragte Osman etwa.

Bum, widersprach der Ochse.

»Was? Ich finde doch. Sieh dich mal um: sind das nicht rechtschaffene Leute?«

Bum.

»Was? Ist es etwa ein Dorf voller Sünder?«

Bum, Bum.

»Baapu-ré! Dann werden wohl alle in die Hölle kommen?«

Bum, Bum.

»Aber, Bhaijan. Gibt es denn irgendwelche Hoffnungen für sie?«

Bum, Bum, offerierte der Ochse Seelenrettung. Gespannt beugte Osman den Kopf, legte sein Ohr an das Maul des Ochsen. »Schnell, sag es mir. Was sollen sie tun, um gerettet zu werden?« An dieser Stelle zupfte der Ochse Osman die Mütze vom Kopf und trug sie in der Menge herum, sammelte Geld, und Osman nickte fröhlich dazu: Bum, Bum.

Osman, der Konvertit, und sein Bum-Bum-Ochse waren gern gesehen in Titlipur, doch der junge Mann sehnte sich nur nach der Gunst einer einzigen Person, und die wollte sie ihm nicht gewähren. Er gestand ihr, daß sein Übertritt zum Islam überwiegend taktischer Natur gewesen war: »Nur damit ich was zu trinken kriege, Bibi, was soll ich denn machen?« Seine Beichte hatte sie empört; er sei überhaupt kein Moslem, erklärte sie ihm, seine Seele sei in Gefahr, ihretwegen könne er ruhig nach Chatnapatna zurückkehren und verdursten. Während sie sprach, verfärbte sich ihr Gesicht aus einer unerklärlich starken Enttäuschung heraus, und es war die Heftigkeit dieser Enttäuschung, die ihm die Kraft gab, ein Dutzend Schritte von ihrem Haus entfernt hocken zu bleiben, Tag für Tag, aber weiterhin stolzierte sie mit hocherhobenem Kopf an ihm vorbei, ohne ein Guten Morgen oder Wie geht's?

Einmal in der Woche rumpelten die Kartoffelkarren auf dem gefurchten, schmalen, vier Stunden langen Weg nach Chatnapatna, wo der Feldweg auf die große Fernstraße stieß. In Chatnapatna standen die hohen, glänzenden Aluminiumsilos der Kartoffelgroßhändler, aber damit hatten Aischas regelmäßige Besuche in der Stadt nichts zu tun. Sie fuhr auf irgendeinem Kartoffelkarren mit, um ihre Waren, die sie in einem kleinen Bündel aus Sackleinen mit sich trug, auf den Markt zu bringen. Chatnapatna war in der ganzen Gegend bekannt für sein Kinderspielzeug: geschnitzte Holztiere und emaillierte Figürchen. Osman und sein Ochse standen am Rande des Banyanbaumes und sahen sie auf den Kartoffelsäcken herumhopsen, bis sie nur noch als Punkt zu erkennen war.

In Chatnapatna begab sie sich zu den Räumlichkeiten von Sri Srinivas, dem Besitzer der größten Spielzeugfabrik im Ort. An den Hauswänden standen tagespolitische Graffiti: *Wählt die Hand.* Oder höflicher: *Bitte wählen Sie KP(M).* Über diesen Ermahnungen hing die stolze Bekanntmachung: *Srinivas' Spielzeug-Universum. Unser Moto: Ehrlichkeit & Kreativität.* Drinnen wartete Srinivas: ein großer Wackelpudding von einem Mann, mit einem Kopf wie eine unbehaarte Sonne, ein Bursche um die Fünfzig, dem ein Leben in der Spielzeugbranche die gute Laune nicht verdorben hatte. Aischa verdankte ihm ihren Lebensunterhalt. Er war so angetan von ihrer kunstfertigen Schnitzerei, daß er ihr zugesagt hatte, soviel zu kaufen, wie sie herstellen konnte. Doch trotz seiner üblichen Jovialität verdunkelte sich seine Miene, als

Aischa ihr Bündel aufmachte, um ihm zwei Dutzend Figuren von einem jungen Mann mit Clownshut und einem reich geschmückten Ochsen, der den Kopf heben und senken konnte, zu zeigen. Sri Srinivas, der annahm, Aischa habe Osman den Glaubensübertritt vergeben, rief aus: »Dieser Mann ist ein Verräter an seiner Herkunft, wie du sehr wohl weißt. Was für ein Mensch ist das, der seinen Gott so leicht wie sein Lendentuch wechselt? Weiß der Himmel, was in dich gefahren ist, meine Tochter, aber ich will diese Puppen nicht.« An der Wand hinter seinem Schreibtisch hing eine gerahmte Urkunde, auf der in kunstvoller Schnörkelschrift stand: *Hiermit wird bescheinigt, daß* MR. SRI S. SRINIVAS *dank seinem erfolgreich absolvierten Flug mit* SCENIC AIRLINES *durch den Grand Canyon den Titel eines Experten für geologische Geschichte des Planeten Erde erworben hat.* Srinivas schloß die Augen und verschränkte die Arme, ein ernster Buddha, mit der unbestreitbaren Autorität eines Mannes, der schon einmal geflogen ist. »Dieser Junge ist ein Teufel«, sagte er mit Entschiedenheit, und Aischa wickelte die Puppen in ihr Stück Sackleinen und wandte sich ohne Widerrede zum Gehen. Srinivas riß die Augen auf. »Verdammt«, rief er, »willst du mir denn keine Szene machen? Glaubst du, ich wüßte nicht, daß du das Geld brauchst? Warum hast du bloß so was Dummes gemacht? Was willst du jetzt tun? Hör zu, du gehst jetzt los und machst mir ein paar FP-Puppen, extra schnell, und ich werd' sie dir zum Höchstpreis abkaufen, weil ich ein viel zu großzügiger Mensch bin.« Die Familienplanungspuppe, Mr. Srinivas' eigene Erfindung, war eine gesellschaftlich verantwortungsvolle Variante der alten Russenpuppenidee. In einer Abba-Puppe mit Anzug und Stiefeln steckte eine Amma in schlichtem Sari, und in ihr eine Tochter, die wiederum einen Sohn enthielt. Zwei Kinder sind genug: das war die Botschaft der Puppe. »Los, schnell-schnell«, rief Srinivas Aischa nach, die bereits an der Tür stand. »Mit FP-Puppen ist ein guter Umsatz zu machen.« Aischa drehte sich um und lächelte. »Keine Sorge, Srinivas«, sagte sie und ging.

Aischa, die Waise, war neunzehn Jahre alt, als sie ihren Rückmarsch nach Titlipur über den gefurchten Kartoffelweg antrat, doch als sie etwa achtundvierzig Stunden später in ihrem Dorf ankam, hatte sie eine Art Alterslosigkeit erlangt, denn ihr Haar war so weiß wie Schnee geworden, während ihre Haut die strahlende Vollkommenheit der Haut eines neugeborenen Kindes zurückgewonnen hatte, und obgleich sie völlig nackt war, hatten sich Schmetterlinge in so dicken Schwärmen auf ihr niedergelassen, daß sie ein Kleid aus dem feinsten Material der Welt zu tragen schien. Osman der Clown probte gerade mit dem Bum-Bum-Ochsen in der Nähe des Feldwegs, denn obwohl ihre lange Abwesenheit ihn vor Sorgen krank gemacht hatte und er die ganze vergangene Nacht auf der Suche nach ihr gewesen war, mußte er dennoch seinen Lebensunterhalt verdienen. Als er sie erblickte, wurde der junge Mann, der nie einen Gott geachtet hatte, weil er als Unberührbarer geboren war, von heiligem Schrecken erfüllt und wagte es nicht, sich dem Mädchen zu nähern, in das er so hoffnungslos verliebt war.

Sie begab sich in ihre Hütte und schlief einen Tag und eine Nacht, ohne zu erwachen. Dann suchte sie das Dorfoberhaupt auf, den Sarpanch Muhammad Din, und teilte ihm mit nüchternen Worten mit, daß ihr der Erzengel Gibril in einer Vision erschienen sei und sich neben ihr zur Ruhe gelegt habe. »Etwas Großes ist über uns gekommen«, teilte sie dem beunruhigten Sarpanch mit, der bislang mehr mit Kartoffelkontingenten als mit Transzendenz zu tun gehabt hatte. »Alles wird von uns verlangt werden, und alles wird uns auch gegeben werden.«

In einem anderen Teil des Baums tröstete Khadija, die Frau des Sarpanch, einen weinenden Clown, der es nur schwer hinnehmen konnte, daß er seine geliebte Aischa an ein höheres Wesen verloren hatte, denn wenn ein Erzengel sich zu einer Frau legt, ist sie den Männern für immer verloren. Khadija war alt und vergeßlich und häufig ungeschickt, wenn sie versuchte, liebevoll zu sein, und sie konnte Osman nur leeren Trost geben: »Die Sonne geht immer dann unter, wenn der Tiger zu fürchten ist«, zitierte sie das alte Sprichwort: schlechte Nachrichten kommen immer auf einmal.

Schon bald, nachdem die Geschichte von dem Wunder durchgesickert war, wurde das Mädchen Aischa zu dem großen Haus bestellt, und in den folgenden Tagen verbrachte sie lange Stunden hinter verschlossenen Türen mit der Frau des Zamindar, Begum Mishal Akhtar, deren Mutter ebenfalls zu Besuch gekommen und äußerst angetan war von der weißhaarigen Frau des Erzengels.

❦

Der Träumer, träumend, will (kann aber nicht) protestieren: ich hab' sie doch überhaupt nicht berührt, was soll denn das sein, eine Art feuchter Traum oder was? Verdammt will ich sein, wenn ich weiß, woher das Mädchen ihre Information/Inspiration hat. Nicht aus dieser Ecke, das steht fest.

Folgendes geschah: Sie war auf dem Rückweg zu ihrem Dorf,

aber dann schien sie urplötzlich müde zu werden und verließ den Pfad, um sich unter eine Tamarinde zu legen und auszuruhen. In dem Moment, als sie ihre Augen schloß, war er da, neben ihr, der träumende Gibril in Hut und Mantel, schmachtend in der Hitze. Sie sah ihn an, aber er konnte nicht sagen, was sie sah, Flügel vielleicht, einen Heiligenschein, das ganze Drum und Dran. Dann lag er da und stellte fest, daß er nicht aufstehen konnte, seine Glieder waren schwerer als Eisenstangen, fast schien es, als würde sein Körper durch sein eigenes Gewicht in die Erde gedrückt. Als sie ihre Betrachtung abgeschlossen hatte, nickte sie ernst, als hätte er zu ihr gesprochen, und dann legte sie ihren Fetzen von Sari ab und streckte sich neben ihm aus, nackt. Dann schlief er im Traum ein, war sofort weg, als hätte jemand den Stecker herausgezogen, und als er sich wieder wach träumte, stand sie vor ihm mit diesem losen weißen Haar und den Schmetterlingen, die sie bekleideten: verwandelt. Und wieder nickte sie mit einem verzückten Ausdruck auf dem Gesicht; sie erhielt eine Botschaft von irgendwoher oder irgendwem, den sie Gibril nannte. Dann ließ sie ihn dort liegen und kehrte zurück zum Dorf, zu ihrem großen Auftritt.

Also habe ich jetzt eine Traum-Ehefrau, dringt es dem Träumer ins Bewußtsein. Und was zum Teufel soll ich mit ihr? Aber das ist nicht seine Angelegenheit. Aischa und Mishal Akhtar sitzen zusammen in dem großen Haus.

❦

Seit seinem Geburtstag war Mirza Said voll von leidenschaftlichem Verlangen, »als würde das Leben tatsächlich erst mit vierzig beginnen«, staunte seine Frau. Ihr Eheleben wurde so vital, daß die Diener dreimal am Tag die Bettlaken wechseln mußten. Mishal hoffte insgeheim, daß die derart gestärkte Libido ihres Mannes bei ihr zur Empfängnis führen würde, denn sie war der festen Überzeugung, daß Begeisterung dazu gehörte, ganz gleich, was die Ärzte dagegen sagen mochten, und daß sie in den Jahren, in denen sie jeden Morgen vor dem Aufstehen ihre Temperatur gemessen und dann die Ergebnisse auf Millimeterpapier eingetragen hatte, um ihren Eisprung zu ermitteln, in Wirklichkeit die Babys davon abgehalten hatte, geboren zu werden, teils weil es schwierig war, die rechte Leidenschaft aufzubringen, wenn die Wissenschaft mit ins Bett ging, teils aber auch, weil ihrer Ansicht nach kein Fötus mit gesunder Selbstachtung sich wünschen konnte, im Schoß einer so mechanisch vorprogrammierten Mutter zu liegen. Mishal betete immer noch um ein Kind, obwohl sie darüber längst nicht mehr mit Said sprach, weil sie ihm das Gefühl ersparen wollte, in dieser Hinsicht versagt zu haben. Mit geschlossenen Augen, Schlaf vortäuschend, pflegte sie Gott um ein Zeichen zu bitten, und als Said so häufig so zärtlich wurde, fragte sie sich, ob dies nicht vielleicht das erhoffte Zeichen sei. Und daher hatte sie sein seltsames Anliegen, sie möge sich von jetzt an bei ihren Aufenthalten in Peristan »nach alter Sitte« in die Frauengemächer zurückziehen, nicht mit der Verachtung aufgenommen, die es verdiente. In der Stadt, wo sie ein großes und gastfreundliches Haus führten, waren der Zamindar und seine Frau als eines der »modernsten« und »schicksten« Paare der Szene bekannt; sie sammelten zeitgenössische Kunst und gaben wilde Partys und luden Freunde ein, im Dunkeln herumzufummeln, während sie sich Softporno-Videos ansahen. Als Mirza Said dann sagte: »Wäre es nicht höchst ergötzlich, Mishu, wenn wir unser Verhalten diesem alten Hause anpaßten«, hätte sie ihm ins Gesicht lachen müssen. Statt dessen antwortete sie: »Wie du willst, Said«, denn er gab ihr zu verstehen, daß es sich dabei um eine Art erotisches Spiel handele. Ja, er deutete sogar an, seine Leidenschaft für sie sei so überwältigend geworden, daß sie ihn jederzeit überkommen könne, und wenn dies in aller Öffentlichkeit geschehe, könne es dem Personal vielleicht peinlich sein; in jedem Fall würde dessen Anwesenheit es ihm unmöglich machen, sich auf irgendeine seiner Aufgaben zu konzentrieren, und außerdem, in der Stadt, »werden wir auch weiterhin ganz modern leben.« Daraus schloß sie, daß die Stadt für den Mirza voller Ablenkungen war, so daß ihre Chancen zu empfangen, hier in Titlipur am größten waren. Sie beschloß, dort zu bleiben. Und aus diesem Grunde lud sie ihre Mutter zu sich ein, denn wenn sie sich nur in den Frauengemächern aufhielt, würde sie Gesellschaft brauchen. Mrs. Qureishi traf schwabbelnd vor praller Wut ein, entschlossen, ihrem Schwiegersohn solange mit Schimpftiraden in den Ohren zu liegen, bis er diesen Purdah-Blödsinn aufgab, aber Mishal erstaunte ihre Mutter mit der Bitte: »Bitte, tu's nicht.« Mrs. Qureishi, die Frau des Direktors der Staatsbank, war eine Frau von Welt. »Ach, Mishu, deine ganze Jugend über warst du eine graue Maus, während ich alles mitgemacht habe; und jetzt dachte ich, du hättest dich aus diesem Graben herausgezogen, aber siehe da, er hat dich wieder voll hineingestoßen.« Schon seit jeher war die Frau des Bankiers der Meinung gewesen, insgeheim sei ihr Schwiegersohn ein alter Geizkragen – eine Meinung, die all die Jahre überdauert hatte, obgleich sie durch keinerlei Beweise bestätigt worden war. Mrs. Qureishi setzte sich über das Veto ihrer Tochter hinweg und ging den Mirza Said suchen, fand ihn in den Parkanlagen, stellte ihn zur Rede und ließ nachdrücklich, wie das so ihre Art war, ihre Leibesfülle erzittern. »Was für ein Leben führst du eigentlich?« wollte sie wissen. »Meine Tochter ist nicht zum Einsperren da, sondern zum Ausführen! Wofür hast du denn dein ganzes Vermögen, wenn du es nur hinter Schloß und Riegel hältst? Mein Sohn, öffne Geldbeutel und Türen und laß deine Frau heraus! Nimm sie irgendwohin mit, erneuere deine Liebe zu ihr auf irgendeinem amüsanten *Ausflug!*« Mirza Said machte den Mund auf, fand keine Antwort, schloß ihn wieder. Geblendet von ihrer eigenen Redekunst, begann Mrs. Qureishi sofort, sich für ihr neues Thema, die Idee eines Ferientages, zu erwärmen. »Schwing dich auf und geh!« drängte sie. »Geh, mein Sohn, geh! Geh mit ihr irgendwohin, oder willst du sie so lange einsperren, bis sie weggeht« – hier streckte sie einen Finger unheilverkündend zum Himmel –, »und zwar für *immer?*«

Schuldbewußt versprach Mirza Said, über die Sache nachzudenken.

»Worauf wartest du noch?« rief sie triumphierend. »Du großer Weichling? Du ... du *Hamlet?*«

Der Angriff seiner Schwiegermutter löste einen der regelmäßigen Anfälle von Selbstvorwürfen aus, die Mirza Said das Leben schwer machten, seit er Mishal dazu überredet hatte, hinter dem Purdah zu bleiben. Um Trost zu finden, ließ er sich nieder und las eine Geschichte von Tagore, *Ghare-Baire,* in der ein Zamindar seine Frau dazu überredet, hinter dem Purdah vorzukommen, woraufhin sie sich mit einem radikalen Aufrührer einläßt, der in die »Swadeshi«-Kampagne verwickelt ist, und der Zamindar am Ende mit dem Leben büßt. Die Lektüre heiterte ihn für einen Moment auf, doch dann kehrte sein Argwohn zurück. Entsprachen die Gründe, die er seiner Frau genannt hatte, auch wirklich der Wahrheit? Oder hatte er damit nur einen Weg gesucht, sich freie Bahn zu verschaffen für seine Jagd auf die Madonna der Schmetterlinge, die Epileptikerin Aischa? »Freie Bahn«, dachte er, und sah Mrs. Qureishi vor sich, wie sie ihn mit Argusaugen beobachtete, »so ein Quatsch.« Aber gleich darauf widersprach er sich. War nicht die Anwesenheit seiner Schwiegermutter gerade ein Beweis für seine ehrlichen Absichten? Hatte er Mishal denn nicht zugeredet, sie kommen zu lassen, obwohl er genau wußte, daß der alte Fettkloß ihn nicht leiden konnte und ihn jeder erdenklichen Arglist auf Erden bezichtigte? »Wäre ich so darauf erpicht gewesen, daß sie herkommt, wenn ich ein Techtelmechtel geplant hätte?« fragte er sich. Aber die inneren Stimmen nörgelten weiter:

»Diese ganze neue Sinnlichkeit, das frisch erwachte sexuelle Interesse an deinem Weibe, ist nichts weiter als Übertragung. In Wirklichkeit sehnst du dich danach, daß dein Bauernflittchen kommt und mit dir rumflittert.«

Schuldgefühle gaben dem Zamindar stets die Gewißheit, ein völlig wertloser Mensch zu sein, und so kamen ihm in seinem Unglück die Beleidigungen seiner Schwiegermutter wie die reine Wahrheit vor. »Weichling«, nannte sie ihn, und während er in seinem Arbeitszimmer saß, umgeben von Bücherschränken, in denen sich zufriedene Würmer durch Sanskrit-Texte von unschätzbarem Wert fraßen, wie sie noch nicht einmal in den Landesarchiven zu finden waren, oder durch die weniger erhebenden Gesammelten Werke von Percy Westerman, G. A. Henty und Dornford Yates, gestand sich Mirza Said ein, jawohl, seht alle her, ich bin ein Weichling. Das Haus war sieben Generationen alt, und seit sieben Generationen war hier auch die Verweichlichung vorangeschritten. Er ging auf den Korridor, wo seine Vorfahren unheilvoll in vergoldeten Rahmen hingen, und betrachtete nachdenklich den Spiegel, den er an den letzten freien Platz gehängt hatte, zur ständigen Erinnerung daran, daß auch er eines Tages an dieser Wand enden würde. Er war ein Mann ohne rauhe Ecken und scharfe Kanten; sogar seine Ellbogen waren mit Fleischpölsterchen bedeckt. Im Spiegel sah er den dünnen Schnurrbart, das kaum entwickelte Kinn, die mit Paan befleckten Lippen. Backen, Nase, Stirn: alles weich, weich, weich. »Was soll denn überhaupt jemand an mir finden?« rief er, und als ihm klar wurde, daß er laut mit sich selbst gesprochen hatte, wußte er, wie aufgewühlt er sein mußte und daher verliebt, krank vor Liebe wie ein Hund, und daß diese heftigen Gefühle nicht länger seiner liebenden Ehefrau galten.

»Ach, was bin ich doch für ein elender, oberflächlicher, gemeiner, verlogener Kerl«, seufzte er vor sich hin, »daß ich mich so sehr und so schnell verändern kann. Ich sollte einfach Schluß machen, das wäre das Beste.« Aber er war nicht der Typ, der sich ins Schwert stürzte. Statt dessen schlenderte er eine Weile durch die Flure von Peristan, ließ sich von der Atmosphäre des Hauses verzaubern und war schon bald wieder einigermaßen gutgelaunt.

Das Haus: trotz seines Elfennamens war es ein stabiles, eher nüchternes Gebäude und nur deswegen exotisch, weil es im falschen Land stand. Vor sieben Generationen war es von einem gewissen Perowne erbaut worden, einem englischen Architekten, der bei der Kolonialverwaltung in hohem Ansehen stand und der seine Häuser stets im neo-klassischen englischen Landhausstil entwarf. Zu jener Zeit waren die Zamindars verrückt nach europäischer Architektur gewesen. Saids Ururururgroßvater hatte den Architekten bei einem Empfang des Vizekönigs kennengelernt und ihn schon nach fünf Minuten engagiert, um öffentlich zu zeigen, daß nicht alle indischen Moslems das Vorgehen der Meerut-Soldaten unterstützt oder mit den nachfolgenden Aufständen sympathisiert hatten, nein, keinesfalls; und hatte ihm dann Blankovollmacht erteilt; und so stand Peristan nun hier, inmitten fasttropischer Kartoffelfelder und neben dem großen Banyanbaum, überwuchert von Bougainvillea, mit Schlangen in der Küche und Schmetterlingsskeletten in den Schränken. Manche sagten, seinen Namen verdanke es wohl eher dem Engländer als irgendeiner Märchenphantasie: es war eine bloße Verkürzung von *Perownistan.*

Nach sieben Generationen begann es endlich auszusehen, als gehörte es in diese Landschaft aus Ochsenkarren und Palmen und hohen, klaren, sternenschweren Himmeln. Selbst das farbige Glasfenster, das auf das Treppenhaus von König Charles dem Kopflosen hinabsah, schien hier auf nicht angebbare Weise eine neue Heimat gefunden zu haben. Nur wenige dieser alten Zamidar-Häuser hatten die egalitären Verwüstungen der Gegenwart überstanden, und daher hing über Peristan etwas von der muffigen Luft eines Museums, obwohl – oder vielleicht weil – Mirza Said sehr stolz auf das alte Gemäuer war und stattliche Summen ausgegeben hatte, um es in gutem Zustand zu erhalten. Er schlief unter einem hohen Baldachin aus bearbeitetem, gehämmertem Messing in einem schiffsartigen Bett, das schon drei Vizekönigen als Liegestatt gedient hatte. Im großen Salon nahm er mit Mishal und Mrs. Qureishi gern Platz auf dem ungewöhnlichen, wie eine Drei geformten Sofa. An einem Ende des Raumes stand ein riesiger, aufgerollter Schirazteppich auf Holzklötzen und wartete auf den glanzvollen Empfang, der sein Aufrollen wert wäre, und der doch nie stattfand. Im Speisezimmer standen dicke klassische Säulen mit prunkvollen korinthischen Kapitellen, auf der Haupttreppe zum Haus stolzierten Pfaue, echte und solche aus Stein, und in der Eingangshalle klirrten leise venezianische Kronleuchter. Sogar die alten Punkahs funktionierten noch tadellos; die Schnüre wurden auf Rollen durch Löcher in Wänden und Böden gezogen, bis hoch zu dem kleinen Dienstbotenzimmer, in dem der Punkahwalla saß und an den Schnüren zog, eingesperrt in einen fensterlosen Raum, und übelriechende, stickige Luft einatmen mußte, während er die anderen Teile des Hauses mit kühlen Brisen versorgte. Ja, auch die Dienerschaft reichte sieben Generationen zurück und hatte daher die Kunst der Beschwerde verlernt. Hier herrschten noch die alten Sitten: selbst der Süßwarenverkäufer von Titlipur war verpflichtet, die Zustimmung des Zamindar einzuholen, bevor er irgendwelche neuartigen Leckereien, die er vielleicht erfunden hatte, auf den Markt bringen konnte. So hart, wie das Leben unter dem Banyanbaum war, so weich lag man in Peristan; doch selbst gut gepolsterte Existenzen sind vor schweren Schlägen nicht gefeit.

❦

Die Entdeckung, daß seine Frau den größten Teil ihrer Zeit hinter verschlossenen Türen mit Aischa verbrachte, erfüllte den Mirza mit einer unerträglichen Irritation, einem Ekzem des Geistes, das ihn verrückt machte, weil er nicht daran kratzen konnte. Mishal hoffte, daß der Erzengel, Aischas Mann, ihr ein Kind gewähren würde, da sie dies ihrem Mann aber nicht sagen konnte, wurde sie verdrießlich und zuckte bloß die Achseln, wenn er sie fragte, warum sie soviel Zeit mit dem verrücktesten Mädchen vom Dorf verschwendete. Mishals ungewohnte Zurückhaltung verschlimmerte den Juckreiz in Mirza Saids Herz und ließ ihn dazu noch eifersüchtig werden, obgleich er nicht wußte, ob er nun auf Mishal oder Aischa eifersüchtig war. Erst jetzt bemerkte er, daß die Herrin der Schmetterlinge Augen im selben schimmernden Grauton hatte wie seine Frau, und aus irgendeinem Grund ärgerte ihn auch das, als wäre es ein Beweis dafür, daß die Frauen sich gegen ihn verschworen, sich weiß Gott welche Geheimnisse zuflüsterten: vielleicht plapperten und schnatterten sie ja über *ihn!* Die häusliche Geschlechtertrennung hatte sich als Reinfall erwiesen; selbst Mrs. Qureishi, der alte Wackelpudding, war auf Aischa hereingefallen. Ein schönes Dreiergespann, dachte Mirza Said; sobald der Hokuspokus zur Tür hereinkommt, verschwindet der gesunde Menschenverstand durchs Fenster.

Und Aischa: wenn sie dem Mirza auf dem Balkon begegnete oder im Garten, wo er herumwanderte und Urdu-Liebesgedichte las, war sie stets ehrerbietig und scheu; aber ihr gutes Benehmen, in dem nicht ein Fünkchen erotischen Interesses erkennbar war, trieb Said nur noch tiefer in ratlose Verzweiflung. Und so kam es, daß er an jenem Tag, als er Aischa in die Gemächer seiner Frau huschen sah und ein paar Minuten später den melodramatischen, schrillen Schrei seiner Schwiegermutter hörte, von einer Anwandlung störrischer Rachsucht ergriffen wurde und absichtlich volle drei Minuten wartete, bevor er nachsehen ging. Im Schlafgemach stand Mrs. Qureishi, raufte sich die Haare und schluchzte wie ein Filmstar, während Mishal und Aischa mit gekreuzten Beinen auf dem Bett saßen, einander zugewandt, graue Augen in graue Augen starrten, und Mishals Gesicht in Aischas ausgestreckten Händen ruhte.

Wie sich herausstellte, hatte der Erzengel Aischa mitgeteilt, daß die Frau des Zamindar unheilbar an Krebs erkrankt war, daß ihre Brüste voll waren von den bösartigen Knötchen des Todes und daß sie nur noch ein paar Monate zu leben hatte. Daß der Krebs genau an dieser Stelle ausgebrochen war, betrachtete Mishal als Beweis für die Grausamkeit Gottes, denn nur einer boshaften Gottheit konnte es einfallen, Krebs in der Brust einer Frau entstehen zu lassen, deren einziger Traum es war, neues Leben zu nähren. Als Said eintrat, hatte Aischa Mishal eindringlich zugeflüstert: »So darfst du nicht denken. Gott wird dich retten. Dies ist eine Glaubensprüfung.«

Mrs. Qureishi verkündete Mirza Said die schlimme Nachricht mit viel Gekreisch und Geheul, und für den verwirrten Zamindar war dies der Tropfen, der das Faß zum Überlaufen brachte. Er geriet in Wut und begann, laut zu schreien und zu zittern, als würde er im nächsten Moment die Möbel im Raum mitsamt den Bewohnern kurz und klein schlagen.

»Zur Hölle mit deinem Krebs-Gespenst«, schrie er Aischa in seiner Verzweiflung an. »Du bist mit deinem Wahnsinn und deinen Engeln in mein Haus gekommen und hast Gift in die Ohren meiner Familie geträufelt. Verschwinde von hier mit deinen Visionen und deinem unsichtbaren Ehemann. Das hier ist die moderne Welt, und es sind Ärzte und keine Geister in Kartoffelfeldern, die uns sagen, ob wir krank sind. Du hast dieses verfluchte Spektakel für nichts und wieder nichts veranstaltet. Verschwinde und laß dich nie wieder auf meinem Land blicken.«

Aischa ließ ihn ausreden, ohne Blick und Hände von Mishal zu nehmen. Als Said innehielt, um Luft zu holen, und dabei Fäuste ballte und öffnete, sagte sie leise zu seiner Frau: »Alles wird von uns verlangt werden, und alles wird gegeben werden.« Als er diese Formel hörte, die die Leute im Dorf schon nachzubeten begannen, als wüßten sie, was sie bedeutete, verlor Mirza Said Akhtar für einen Augenblick den Verstand, hob die Hand und schlug Aischa bewußtlos. Sie fiel zu Boden, blutete, aus dem Mund: ein Zahn hatte sich durch seinen Faustschlag gelockert. Und während sie dalag, schleuderte Mrs. Qureishi ihrem Schwiegersohn alle möglichen Schimpfworte an den Kopf. »O Gott, ich habe meine Tochter einem Mörder anvertraut. O Gott, ein Mann, der Frauen schlägt. Na los, schlag mich auch, damit du in der Übung bleibst. Heiligenschänder, Gotteslästerer, Teufel, Unreiner.« Said verließ den Raum, ohne ein Wort zu sagen.

Am nächsten Tag bestand Mishal Akhtar darauf, in die Stadt zurückzukehren, um sich von Kopf bis Fuß untersuchen zu lassen. Said machte ihr seinen Standpunkt klar. »Wenn du dem Aberglauben frönen willst, dann geh, aber erwarte nicht, daß ich mitkomme. Die Fahrt dauert acht Stunden, zum Teufel.« Noch am selben Nachmittag fuhr Mishal mit ihrer Mutter und dem Chauffeur los, und infolgedessen war Mirza Said nicht da, wo er hätte sein sollen, das heißt, an der Seite seiner Frau, als ihr die Ergebnisse der Tests bekanntgegeben wurden: positiv, inoperabel, zu weit fortgeschritten, die Klauen des Krebs tief in ihre ganze Brust geschlagen. Ein paar Monate noch, sechs, wenn sie Glück hatte, und vorher, bald, die Schmerzen. Mishal kehrte nach Peristan zurück und begab sich direkt in ihre Räume, wo sie ihrem Mann einen formellen Brief auf lavendelfarbenem Papier schrieb und ihm die ärztliche Diagnose mitteilte. Als er ihr eigenhändig geschriebenes Todesurteil las, wäre er am liebsten in Tränen ausgebrochen, aber seine Augen blieben trocken. Viele Jahre lang hatte er keine Zeit für das Höchste Wesen gehabt, aber nun tauchten plötzlich ein paar von Aischas Sätzen in seinem Kopf auf. *Gott wird dich retten. Alles wird gegeben werden.* Dann kam ihm ein bitterer, abergläubischer Gedanke. »Es ist ein Fluch«, dachte er. »Weil ich Aischa begehrt habe, ermordet sie meine Frau.«

Als er vor den Frauengemächern ankam, weigerte sich Mishal, ihn zu sehen, aber ihre Mutter, die ihm die Tür versperrte, reichte ihm eine zweite Nachricht auf parfümiertem blauen Briefpapier. »Ich möchte Aischa sehen«, stand darauf. »Bitte gestatte mir dies.« Mirza Said senkte den Kopf, gab seine Zustimmung und schlich beschämt von dannen.

Mit Mahound gibt es immer einen Kampf; mit dem Imam Knechtschaft; aber mit diesem Mädchen, da ist rein gar nichts. Gibril ist träge, gewöhnlich schläft er im Traum wie im Leben. Sie findet ihn unter einem Baum oder in einem Graben, hört, was er nicht sagt, nimmt sich, was sie braucht, und verschwindet. Was weiß er zum Beispiel über Krebs? Überhaupt nichts.

Überall um ihn herum, denkt er, während er halb träumt, halb wacht, sind Menschen, die Stimmen hören, die von Worten verführt werden. Aber nicht von seinen; das ist nie sein Originaltext.

Aber wessen dann?Wer flüstert in ihre Ohren, läßt sie Berge bewegen, Uhren anhalten, Krankheiten diagnostizieren?

Er wird nicht schlau daraus.

❦

Am Tag nach Mishal Akhtars Rückkehr nach Titlipur verschwand das Mädchen Aischa, das die Leute anfingen, eine Kahin zu nennen, eine Pir, für eine ganze Woche. Osman der Clown, ihr glückloser Verehrer, der ihr in einiger Entfernung auf dem staubigen Kartoffelweg nach Chatnapatna gefolgt war, erzählte den Dorfbewohnern, daß eine Brise aufgekommen sei und ihm Staub in die Augen geblasen habe; als er den Staub aus den Augen gerieben hatte, war sie »einfach weg.« Wenn Osman und sein Ochse ihre unglaublichen Geschichten über Dschinns und Wunderlampen und Sesam-öffne-dichs erzählten, blickten die Dorfbewohner meist nachsichtig drein oder zogen ihn auf, okay, Osman, heb dir das für die Idioten in Chatnapatna auf; die fallen vielleicht auf so'n Zeug rein, aber hier in Titlipur wissen wir, wo oben und wo unten ist und daß Paläste nicht einfach erscheinen, es sei denn, tausendundein Arbeiter erbauten sie, und daß sie auch nicht so leicht verschwinden, es sei denn, ebensoviele Arbeiter rissen sie nieder. Diesmal jedoch lachte niemand über den Clown, denn wenn es um Aischa ging, waren die Dorfbewohner bereit, alles zu glauben. Sie waren zu der Überzeugung gelangt, daß das schneehaarige Mädchen die wahre Nachfolgerin der alten Bibiji sein mußte, denn waren die Schmetterlinge nicht im Jahr ihrer Geburt zurückgekehrt und bedeckten sie sie nicht wie ein Gewand? Aischa war die Rechtfertigung der lange schon schal gewordenen Hoffnung, die sie mit der Rückkehr der Schmetterlinge verbunden hatten, und der Beweis, daß in diesem Leben noch große Dinge geschehen konnten, selbst für die Schwächsten und Ärmsten im Land.

»Der Engel hat sie weggebracht«, staunte Khadija, die Frau des Sarpanch, und Osman brach in Tränen aus. »Aber nein, das ist doch etwas Wunderbares«, erklärte die alte Khadija verständnislos. Die Dörfler machten sich über den Sarpanch lustig: »Wie du mit einer so taktlosen Frau Dorfoberhaupt geworden bist, ist uns ein Rätsel.«

»Ihr habt mich gewählt«, entgegnete er mürrisch.

Am siebten Tag nach ihrem Verschwinden wurde Aischa gesichtet, wie sie aufs Dorf zukam, wieder nackt und in goldene Schmetterlinge gekleidet; ihr silbernes Haar wehte hinter ihr im

Wind. Sie begab sich geradewegs zum Hause des Sarpanch Muhammad Din und bat ihn, sofort den Panchayat von Titlipur zu einer dringlichen Sondersitzung einzuberufen. »Das größte Ereignis in der Geschichte des Baums ist über uns gekommen«, vertraute sie ihm an. Und Muhammed Din, der sie nicht abweisen konnte, setzte die Zeit für das Treffen auf den selben Tag nach Einbruch der Dunkelheit an.

An diesem Abend nahmen die Mitglieder des Panchayat ihre Plätze auf dem üblichen Ast des Baums ein, während Aischa, die Kahin, vor ihnen auf dem Boden stand. »Ich bin mit dem Engel in höchste Höhen geflogen«, sagte sie. »Ja, selbst zum Lotusbaum am äußersten Rand. Der Erzengel Gibril: er hat uns eine Botschaft gebracht, die auch ein Befehl ist. Alles wird von uns verlangt, und alles wird gegeben.«

Nichts im Leben hatte den Sarpanch Muhammad Din auf die Entscheidung vorbereitet, vor die er sich gleich gestellt sehen sollte. »Was verlangt denn der Engel, Tochter Aischa?« fragte er, darum bemüht, seine Stimme unter Kontrolle zu bringen.

»Es ist der Wille des Engels, daß wir alle, Männer, Frauen und Kinder im Dorf, uns sofort auf eine Pilgerreise vorbereiten. Uns ist befohlen, von diesem Ort aus nach Mekka Sharif zu gehen, um den Schwarzen Stein in der Kaaba im Zentrum der Haram Sharif, der heiligen Moschee, zu küssen. Dorthin müssen wir gehen.«

Daraufhin begann der Fünferrat hitzig zu debattieren. Es galt, die Ernte zu bedenken und die Unmöglichkeit, das Heimatdorf in Scharen zu verlassen. »Das kann ich mir nicht vorstellen, mein Kind«, erklärte ihr der Sarpanch. »Es ist wohlbekannt, daß Allah all diejenigen von Hadsch und Umra befreit, die nicht imstande sind zu gehen, weil sie zu arm oder zu krank sind.« Doch Aischa schwieg, und die Dorfältesten stritten weiter. Dann war es jedoch, als würde ihr Schweigen alle anderen anstecken, und für einen langen Augenblick, in dem die Frage entschieden wurde – obwohl keiner je zu verstehen vermochte, auf welche Weise dies geschah –, wurde kein einziges Wort gesprochen.

Schließlich war es Osman der Clown, der das Wort ergriff, Osman der Konvertit, dem sein neuer Glaube nicht mehr als ein paar Schlucke Wasser bedeutet hatte. »Von hier bis zum Meer sind es fast zweihundert Meilen«, rief er. »Und wir haben alte Frauen und Säuglinge. Wie könnten wir da gehen?«

»Gott wird uns die Kraft geben«, erwiderte Aischa gelassen.

»Ist dir noch nicht der Gedanke gekommen«, rief Osman, der nicht aufgeben wollte, »daß zwischen uns und Mekka Sharif ein gewaltiger Ozean liegt? Wie sollten wir je hinüber gelangen? Wir haben kein Geld für Pilgerboote. Vielleicht wird der Engel uns Flügel wachsen lassen, damit wir fliegen können?«

Darauf fielen viele der Dorfbewohner über den Gotteslästerer Osman her. »Sei jetzt still«, wies ihn der Sarpanch Muhammad Din zureckt. »Du bist noch nicht lange bei uns, weder im Glauben noch im Dorf. Also halt deinen Mund und lern, dich zu benehmen.«

Osman jedoch erwiderte frech: »So also heißt ihr Neuankömmlinge willkommen. Nicht als Gleiche, sondern als Leute, die tun müssen, was man ihnen sagt.« Da begann das Knäuel aus rotgesichtigen Männern, sich um Osman zusammenzuziehen, doch bevor irgend etwas passieren konnte, überraschte die Kahin Aischa die Menge aufs Neue, indem sie die Fragen des Clowns beantwortete.

»Auch das hat der Engel erklärt«, sagte sie leise. »Wir werden zweihundert Meilen gehen, und wenn wir das Meeresufer erreichen, werden wir unsere Füße in den Schaum setzen, und die Wasser werden sich für uns öffnen. Die Wellen werden geteilt werden, und wir werden über den Meeresgrund nach Mekka gehen.«

❦

Am nächsten Morgen erwachte Mirza Said Akhtar in einem Haus, in dem es ungewöhnlich still war, und als er nach den Dienern rief, erhielt er keine Antwort. Die Stille hatte sich auch über die Kartoffelfelder gebreitet; aber unter dem riesigen, ausladenden Dach des Baumes von Titlipur herrschte geschäftiges Treiben. Der Panchayat hatte sich einstimmig dafür ausgesprochen, dem Befehl des Erzengels Gibril Folge zu leisten, und die Dorfbewohner bereiteten sich auf die Abreise vor. Zunächst wollte der Sarpanch den Zimmermann Isa einige Sänften bauen lassen, die von Ochsen gezogen werden und auf denen die Alten und Gebrechlichen reisen sollten, aber seine eigene Frau hatte diese Idee über den Haufen geworfen, indem sie sagte: »Du hörst nicht zu, Sarpanch Sahibji! Hat der Engel nicht gesagt, daß wir zu Fuß gehen müssen? Nun, dann müssen wir das auch tun.« Nur die kleinsten Kinder waren vom Fußmarsch ausgenommen und würden (so war beschlossen worden) von allen Erwachsenen reihum auf dem Rücken getragen werden. Die Dorfbewohner hatten ihre Lebensmittel zusammengetragen, und Kartoffeln, Linsen, Reis, bittere Kürbisse, Chilis, Auberginen und anderes Gemüse häuften sich neben dem Panchayat-Ast. Die Last des Proviants würde unter allen Pilgern gleichmäßig verteilt werden. Auch Kochgeschirr wurde gesammelt und alles Bettzeug, das sich finden ließ. Lasttiere wollte man mitnehmen und ein paar Karren mit lebenden Hühnern und dergleichen, aber im allgemeinen folgten die Pilger der Anweisung des Sarpanch, ihr persönliches Reisegepäck auf ein Minimum zu beschränken. Die Vorbereitungen waren vor Morgengrauen angelaufen und daher zu dem Zeitpunkt, als ein erzürnter Mirza Said ins Dorf stürmte, schon weit fortgeschritten. Eine Dreiviertelstunde lang verzögerte der Zamindar den Fortgang, indem er zornige Reden schwang und einzelne Dörfler an den Schultern packte und schüttelte, aber dann gab er zum Glück auf und ging, so daß die Arbeit mit der früheren Schnelligkeit fortgesetzt werden konnte.

Als der Mirza das Dorf verließ, schlug er sich mehrmals gegen den Kopf und verfluchte die Leute unter anderem als *Bekloppte* und *Einfaltspinsel* und dergleichen mehr, aber er war schon immer ein gottloser Mensch gewesen, der schwache Letzte eines starken Geschlechts, und er mußte in Ruhe gelassen werden, um sein eigenes Schicksal zu finden; mit Männern wie ihm war nicht gut streiten.

Bei Sonnenuntergang waren die Dörfler abreisebereit, und der Sarpanch forderte alle auf, sich in den frühen Morgenstunden zum Gebet zu erheben, so daß sie direkt danach aufbrechen und somit der schlimmsten Hitze des Tages entgehen konnten. Als er sich in dieser Nacht auf seine Matte neben die alte Khadija gelegt hatte, murmelte er: »Endlich. Ich wollte schon immer die Kaaba sehen und sie umrunden, bevor ich sterbe.« Und sie griff von ihrer Matte aus nach seiner Hand. »Auch ich habe es erhofft, gegen jede Hoffnung«, sagte sie. »Wir werden gemeinsam durch die Wasser gehen.«

Mirza Said, den der Anblick des packenden Dorfes in ohnmächtige Wut versetzt hatte, stürmte, ohne Umstände zu machen, in die Gemächer seiner Frau. »Du solltest mal sehen, was da los ist, Mishu«, rief er, wild mit den Armen fuchtelnd. »Ganz Titlipur hat den Verstand verloren und will zum Meer wandern. Was soll mit den Häusern passieren, mit den Feldern? Das bedeutet den Ruin. Dahinter stecken bestimmt politische Agitatoren. Irgendwer hat irgendwen bestochen. Glaubst du, daß sie hierbleiben und sich wie vernünftige Menschen verhalten werden, wenn ich ihnen Geld anbiete?« Seine Stimme versiegte. Aischa war im Zimmer.

»Du Mistweib«, verfluchte er sie. Sie saß mit gekreuzten Beinen auf dem Bett, während Mishal und ihre Mutter auf dem Boden hockten, ihre Habseligkeiten durchsahen und ausrechneten, mit wie wenig sie auf der Pilgerfahrt auskommen konnten.

»Du wirst nicht gehen«, tobte Mirza Said. »Ich verbiete es dir, der Teufel allein weiß, mit welchem Bazillus diese Hure die Dorfbewohner angesteckt hat, aber du bist meine Frau, und ich weigere mich, dich bei diesem selbstmörderischen Unternehmen mitmachen zu lassen.«

»Schöne Worte«, lachte Mishal bitter. »Was für schöne Worte du gewählt hast, Said. Du weißt, daß ich nicht leben kann, aber du sprichst von Selbstmord. Said, hier geht etwas vor sich, und du mit deinem importierten europäischen Atheismus weißt nicht, was es ist. Oder vielleicht wüßtest du's, wenn du einmal unter deinen englischen Anzugsstoffen nachsehen und versuchen würdest, dein Herz zu finden.«

»Es ist unglaublich«, schrie Said. »Mishal, Mishu, bist du das? Ganz plötzlich hast du dich in eine gottgläubige Gestalt aus grauer Vorzeit verwandelt?«

Mrs. Qureishi sagte: »Geh, mein Sohn. Hier ist kein Platz für Ungläubige. Der Engel hat Aischa gesagt, wenn Mishal die Pilgerreise nach Mekka vollendet, wird ihr Krebs verschwunden sein. Alles wird verlangt, und alles wird gegeben werden.«

Mirza Said Akhtar legte seine Hände an eine Wand des Schlafzimmers und preßte die Stirn gegen den Verputz. Nach einer langen Pause sagte er: »Wenn es darum geht, Umra zu vollziehen, dann laß uns um Himmels willen in die Stadt fahren und ins nächste Flugzeug steigen. In ein paar Tagen können wir in Mekka sein.«

Mishal antwortete: »Es ist uns befohlen, zu Fuß zu gehen.«

Said verlor die Beherrschung. »Mishal? Mishal?« kreischte er. »Befohlen? Erzengel, Mishu? *Gibril?* Gott mit weißem Bart und Engel mit Flügeln? Himmel und Hölle, Mishal? Der Teufel mit einem spitzen Schwanz und gespaltenem Fuß? Wie weit willst du damit noch gehen? Haben Frauen eine Seele, was meinst du? Oder andersherum: haben Seelen ein Geschlecht? Ist Gott schwarz oder weiß? Wenn sich die Wasser des Meeres teilen, wohin geht dann das Extra-Wasser? Richtet es sich zu beiden Seiten auf, wie Mauern? Mishal? Antworte mir. Gibt es Wunder? Glaubst du ans Paradies? Werden mir meine Sünden vergeben werden?« Er begann zu weinen und fiel auf die Knie; den Kopf drückte er noch immer gegen die Wand. Seine sterbende Frau trat zu ihm und umarmte ihn von hinten. »Dann geh mit auf die Pilgerfahrt«, sagte er matt. »Aber nimm wenigstens den Mercedes

Kombi mit. Er hat Klimaanlage, und du kannst dir eine Kühltasche mit Cola einpacken.«

»Nein«, sagte sie sanft. »Wir werden zu Fuß gehen, wie alle anderen. Wir sind Pilger, Said. Dies ist kein Picknick am Strand.«

»Ich weiß nicht, was ich tun soll«, weinte Mirza Said Akhtar. »Mishu, damit komme ich nicht allein klar.«

Aischa sprach vom Bett aus. »Mirza Sahib, komm mit uns«, sagte sie. »Deine Ideen haben ausgedient. Komm mit und rette deine Seele.«

Said stand auf, mit roten Augen. »Einen verdammten Ausflug wolltest du«, sagte er boshaft zu Mrs. Qureishi. »Na, der Schuß ging nach hinten los. Dein Ausflug wird uns fertigmachen, alle sieben Generationen, bums, aus.«

Mishal legte ihre Wange an seinen Rücken. »Komm mit uns, Said. Komm einfach mit.«

Er wandte sich um, sah Aischa ins Gesicht. »Es gibt keinen Gott«, sagte er mit fester Stimme.

»Es gibt keinen Gott außer Gott, und Muhammad ist sein Prophet«, erwiderte sie.

»Das mystische Erlebnis ist eine subjektive, keine objektive Wahrheit«, fuhr er fort. »Die Wasser werden sich nicht öffnen.«

»Auf Befehl des Engels wird das Meer sich teilen«, antwortete Aischa.

»Du führst diese Leute in die sichere Katastrophe.«

»Ich führe sie zu Gott.«

»Ich glaube nicht an dich«, beharrte Mirza Said. »Aber ich werde mitkommen und mit jedem Schritt, den ich tue, versuchen, diesen Irrsinn zu beenden.«

»Gott wählt viele Mittel«, jubelte Aischa, »viele Wege, auf denen die Zweifelnden in Seine Geborgenheit gebracht werden.«

»Geh zur Hölle«, schrie Mirza Said Akhtar und rannte, Schmetterlinge aufscheuchend, aus dem Zimmer.

❦

»Wer ist verrückter«, flüsterte Osman der Clown seinem Ochsen ins Ohr, während er ihn in seinem kleinen Stall striegelte, »die Verrückte oder der Narr, der die Verrückte liebt?« Der Ochse antwortete nicht. »Vielleicht hätten wir unberührbar bleiben sollen«, fuhr Osman fort. »Die Pflichtreise zum Ozean klingt schlimmer als ein verbotener Brunnen.« Und der Ochse nickte, zweimal für Ja, Bum-Bum.

V

EINE STADT:
SICHTBAR, ABER UNGESCHAUT

1

Einmal eine Eule, welcher Zauber oder welches Gegengift verwandelt mich wieder zurück in mein wahres Selbst?« Mr. Muhammad Sufyan – Inhaber des Café Shaandaar und Wirt der darüberliegenden Absteige, Mentor der mannigfaltigen, vielfarbigen, immer neuen Gäste, von unerschütterlichem Wesen, allerduldsamster Hadschi und allerungeniertester Videofreak, ehemaliger Lehrer, als Autodidakt mit den klassischen Schriften zahlreicher Kulturen vertraut, hinausgeworfen aus seiner Stellung in Dakka aufgrund kultureller Differenzen mit gewissen Generälen, damals, als Bangladesch lediglich ein Ostflügel war, und daher, wie er es ausdrückte »weniger ein Ein- als ein Raus- oder Mauswanderer« – dies eine humorige Anspielung auf seine geringe Körpergröße, denn trotz beträchtlicher Leibesfülle maß er nicht mehr als einszweiundfünfzig – stand blinzelnd auf der Schwelle seines Schlafzimmers, geweckt durch Jumpy Joshis hartnäckiges mitternächtliches Klopfen, putzte die halbgefaßten Brillengläser mit einem Zipfel seiner bengalischen Kurta (die Bänder um den Hals zu einer ordentlichen Schleife gebunden), klappte die Lider über kurzsichtigen Augen zu auf zu, setzte die Brille wieder auf, öffnete die Augen, strich sich über den hennagefärbten Bakkenbart, sog an den Zähnen und reagierte auf die mittlerweile nicht mehr wegzudiskutierenden Hörner auf dem Kopf des zitternden Kerls, den Jumpy, wie eine Katze, hinter sich hergezerrt hatte, mit dem oben zitierten Ausspruch, gestohlen – für einen aus dem Schlaf Gerissenen mit erstaunlicher geistiger Wachheit – bei Lucius Apuleius von Madaura, einem marokkanischen Priester, ca. 120–180 n. Chr., Untertan früherer Kolonialherren, der zwar den Vorwurf bestritt, eine reiche Witwe verzaubert zu haben, jedoch einräumte, als junger Mann durch Zauberei (nicht in eine Eule, sondern) in einen Esel verwandelt worden zu sein. »Ja, ja«, sagte Sufyan, trat hinaus auf den Korridor und hauchte weißen Winteratem in die hohlen Hände. »Armer Kerl, aber es hat keinen Sinn zu jammern. Gefordert ist eine konstruktive Haltung. Ich werde meine Frau wecken.«

Chamchas Pelz war struppig und verschmutzt. Er hatte eine Decke wie eine Toga übergeworfen, an deren unterem Rand die komische Entstellung von Ziegenhufen hervorlugte, während darüber eine traurig-komische Schaffelljacke zu sehen war, die er von Jumpy entliehen hatte, den Kragen hochgestellt, so daß sich nur wenige Zentimeter neben den spitzen Bockshörnern einfältige Schafslocken ringelten. Er schien der Sprache nicht mächtig, schwerfällig der Leib, stumpf der Blick, und wiewohl Jumpy sich bemühte, ihn aufzumuntern – »Paß auf, wir werden das gleich haben« –, blieb er, Saladin, ein höchst lahmer und passiver – ja, was? Sagen wir: Satyr. Unterdessen spendete Sufyan weiteren apuleischen Trost: »Im Falle des Esels bedurfte die Rückverwandlung der persönlichen Intervention der Göttin Isis«, strahlte er. »Aber das Altertum ist was für alte Knacker. In Ihrem Fall, junger Mann, wäre vielleicht ein Teller kräftiger heißer Suppe der erste Schritt.«

In diesem Moment wurden seine freundlichen Worte von einer anderen Stimme übertönt, die dramatisch aufschrie. Gleich darauf wurde seine gedrungene Gestalt gerempelt und gestoßen von einem Fleischberg von Frau, die sich offenbar nicht entscheiden konnte, ob sie ihn beiseite drängen oder als Schutzschild vor sich her schieben sollte. Hinter Sufyan versteckt, streckte dieses neue Wesen einen bebenden Arm aus, der in einem zittrigen, dunkelrot lackierten Wurstfinger endete. »Da!« heulte sie auf. »Was ist da über uns gekommen?«

»Ein Freund von Joshi«, sagte Sufyan sanft und wandte sich dann an Chamcha: »Entschuldigen Sie bitte, die Überraschung und so, ja? Trotzdem, darf ich Ihnen meine Frau vorstellen, meine Begum Sahiba, Hind.«

»Ein Freund? Wie? Was?« rief die sich Duckende. »Ya Allah! Die Augen sind ja nicht mal neben der Nase!«

Der Korridor – rohe Dielen, an der Wand zerfetzte Blümchentapete – füllte sich langsam mit verschlafenen Hausbewohnern, unter denen besonders zwei Teenager auffielen, das eine Mädchen mit Stiftenkopf, das andere mit Pferdeschwanz: Sufyans Töchter, Mishal (siebzehn) und die fünfzehnjährige Anahita, erfreut über die Gelegenheit, ihre bei Jumpy erworbenen Kenntnisse in den Kampfsportarten Karate und Wing Chun zu demonstrieren, stürzten in Kampfkleidung, Bruce-Lee-Pyjama locker über einem T-Shirt mit dem Bild der neuen Madonna, aus ihrem Schlafzimmer, erblickten den armen Saladin und schüttelten den Kopf in großäugigem Entzücken.

»Stark«, sagte Mishal voller Bewunderung, und ihre Schwester nickte zustimmend: »Astrein! Affengeil!«, ohne diesmal von ihrer Mutter wegen dieser Ausdrucksweise getadelt zu werden, denn Hind war mit den Gedanken woanders, klagte lauter als zuvor. »Schaut euch meinen Mann an! Was für ein Hadschi! Hier kommt der Schaitan persönlich zur Tür hereinspaziert, und ich soll ihm heiße Hühner Yakhni zu essen geben, die ich selbst mit der rechten Hand zubereitet habe!«

Jeder Versuch Jumpy Joshis, Hind um Toleranz und Solidarität zu bitten, ihr etwas zu erklären, wäre jetzt zwecklos gewesen. »Wenn er nicht der Teufel auf Erden ist«, rief die Dame mit wogender Brust und unwiderlegbarer Logik, »woher kommt diese Pestbeule dann? Etwa aus dem Garten der Wohlgerüche?«

»Bostan, nicht Gulistan«, sagte Chamcha plötzlich. »Flug AJ-420.« Als Hind aber seine Stimme hörte, kreischte sie furchtbar auf und stürzte an ihm vorbei, in Richtung Küche.

»Mister«, sagte Mishal zu Saladin, während ihre Mutter die Treppe hinunterfloh, »jeder, der ihr einen solchen Schrecken einjagt, muß wirklich böse sein.«

»Niederträchtig«, stimmte Anahita zu. »Willkommen an Bord.«

❦

Diese Hind, jetzt so tief in der exklamatorischen Tonart verwurzelt, war früher – seltsamaberwahr – ein überaus schüchternes Mädchen gewesen, eine Seele von Sanftmut, der Inbegriff von Toleranz und guter Laune. Als Frau des belesenen Lehrers aus Dakka hatte sie bereitwillig ihre Pflichten erfüllt, sie war die vollkommene Ehegefährtin gewesen, die ihrem Mann, wenn er spätabends noch Prüfungsarbeiten korrigierte, mit Kardamom gewürzten Tee brachte, die sich bei den regelmäßigen Ausflügen des Lehrerkollegiums beim Schuldirektor einschmeichelte, die sich mit den Romanen von Bibhutibhushan Banerji und der Metaphysik des Tagore herumplagte, um einem Ehemann würdig zu sein, der aus dem Rig-Veda ebenso mühelos zitieren konnte wie aus dem Koran, den Kriegsberichten des Julius Caesar oder der Offenbarung des Johannes. Damals hatte sie seinen nach allen Seiten hin aufgeschlossenen Geist bewundert und sich in ihrer Küche um einen vergleichbaren Eklektizismus bemüht, hatte gelernt, sowohl die südindischen Dosas und Uttapams als auch die milden Fleischbällchen à la Kaschmir zuzubereiten. Aus ihrer Parteinahme für den gastronomischen Pluralismus entwickelte sich mit der Zeit eine große Leidenschaft, und während sich der freidenkerische Sufyan die kulturelle Mannigfaltigkeit des Subkontinents einverleibte – »Wir wollen doch nicht so tun, als gäbe es hier keine abendländische Kultur; wie könnte sie, nach diesen Jahrhunderten, nicht gleichfalls Teil unseres Erbes sein?« –, kochte und verspeiste seine Frau in immer größeren Mengen das, was er an Nahrungsmitteln zur Verfügung stellte. Sie verschlang die stark gewürzten Gerichte aus Haiderabad und die überkandidelten Joghurtsoßen aus Lucknow, und langsam, weil all diese Speisen ein Zuhause finden mußten, veränderte sich ihr Körper, und sie begann, der weiten, hügeligen Landmasse ähnlich zu werden, dem Subkontinent ohne Grenzen, denn Nahrungsmittel überwinden jede Hürde.

Mr. Muhammad Sufyan nahm indes nicht zu, kein Tola, kein Gramm.

Mit seiner Weigerung, fett zu werden, fing der ganze Ärger an. Als sie ihm Vorwürfe machte – »Schmeckt dir denn nicht, was ich koche? Für wen stehe ich denn die ganze Zeit in der Küche und gehe selbst auf wie ein Hefekloß?« –, blickte er über seine halbgefaßte Brille hinweg zu ihr auf (Hind war größer als er) und sagte freundlich: »Zu unseren Traditionen gehört auch das Maßhalten, Begum. Zwei Bissen weniger als man Hunger hat: Selbstverleugnung, Askese.« Was für ein Mann! Alle Antworten, aber unfähig zu einem anständigen Streit.

Maßhalten war nichts für Hind. Vielleicht, wenn Sufyan sich einmal beklagt hätte, wenn er nur einmal gesagt hätte, *ich habe gedacht, ich hätte eine Frau geheiratet, aber heutzutage kann man zwei aus dir machen,* wenn er sie herausgefordert hätte! – dann vielleicht hätte sie sich zurückgehalten, warum nicht, doch doch; so lag es an ihm, weil er nicht aggressiv war. Was für ein Mann war er überhaupt, daß er seine fette Frau nicht zu beleidigen verstand? Allerdings hätte Hind ihre Freßgelüste möglicherweise selbst dann nicht unterdrückt, wenn Sufyan mit den erforderlichen Beschimpfungen und flehentlichen Bitten aufgewartet hätte; da er aber nichts dergleichen tat, mampfte sie weiter und war es zufrieden, die Schuld für ihre Figur ganz allein ihm aufzuhalsen.

Nachdem sie einmal angefangen hatte, ihm etwas vorzuwerfen, stellte sie selbstverständlich fest, daß es noch viele andere Dinge gab, für die sie ihn verantwortlich machen konnte. Sie fand auch ihre Sprache wieder, so daß in der bescheidenen Wohnung des Lehrers regelmäßig die Sorte Standpauke erdröhnte, die seinen Schülern zu halten er viel zu feige war. Beschimpft wurde er vor allem wegen seiner übertrieben hohen Prinzipien, dank derer er, wie Hind ihm vorhielt, ihr niemals gestatten würde, die Frau eines reichen Mannes zu werden; was ließ sich schon von einem Mann sagen, der, als er feststellte, daß ihm ein Monatsgehalt versehentlich doppelt gutgeschrieben wurde, diesen Irrtum prompt seiner Bank *zur Kenntnis brachte* und das Geld zurückgab? Welche Hoffnung bestand schon für einen Lehrer, der, angesprochen von den reichsten Eltern, sich schlankweg weigerte, für gewisse

Dienste beim Korrigieren der Arbeiten ihres Kindes die übliche Zuwendung zu akzeptieren?

»Aber all das könnte ich verzeihen«, pflegte sie düster zu murren und ließ den Rest des Satzes, *wenn da nicht deine beiden wahren Vergehen wären, deine sexuellen und politischen Verbrechen,* unausgesprochen.

Seit ihrer Heirat hatten sie den Geschlechtsakt nur selten vollzogen, in vollständiger Dunkelheit, lautlos, so daß man eine Stecknadel hätte zu Boden fallen hören, und fast völlig bewegungslos. Nie wäre es Hind eingefallen, sich zu regen und zu rühren, und da Sufyan die Sache mit einem Minimum an Bewegung hinter sich zu bringen schien, ging sie davon aus, war immer davon ausgegangen, daß sie beide in bezug auf diese Angelegenheit der gleichen Meinung waren, das heißt, daß es eine schmutzige Sache war, über die man weder vorher noch hinterher sprach und der man im währenden keine Beachtung schenkte. Daß die Kinder erst nach einiger Zeit kamen, nahm sie als Gottesurteil hin, denn nur er allein wußte von den Sünden ihres bisherigen Lebens; die Schuld dafür, daß es beide Male Mädchen waren, gab sie nicht Allah, sondern dem kraftlosen Samen, den sie von ihrem unmännlichen Gemahl empfangen hatte, eine Haltung, der sie mit großem Nachdruck und zum Erschrecken der Hebamme just während der Geburt der kleinen Anahita Ausdruck verlieh. »Noch ein Mädchen«, stöhnte sie angewidert. »Na ja, wenn ich bedenke, wer das Kind gemacht hat, sollte ich mich glücklich schätzen, daß es nicht eine Küchenschabe oder eine Maus ist.« Nach dieser zweiten Tochter erklärte sie Sufyan, genug sei genug, und befahl ihm, sein Bett in der Diele aufzustellen. Er nahm ihre Weigerung, noch mehr Kinder haben zu wollen, widerspruchslos hin, doch dann merkte sie, daß der Lüstling noch immer glaubte, von Zeit zu Zeit ihr dunkles Zimmer betreten und dieses merkwürdige Ritual von Schweigen und fast völliger Bewegungslosigkeit praktizieren zu können, dem sie sich nur im Namen der Fortpflanzung unterworfen hatte. »Was bildest du dir ein?« hatte sie ihn beim ersten Versuch angebrüllt. »Glaubst du, ich mach' das aus *Spaß?*»

Als er endlich in seinen dicken Schädel hineinbekommen hatte, daß sie es ernst meinte, Schluß mit den Faxen, Schluß damit, sie sei eine anständige Frau und keine mannstolle Herumtreiberin, begann er, abends lange wegzubleiben. Das war die Zeit – Hind hatte fälschlicherweise geglaubt, er besuche Prostituierte –, in der er politisch aktiv wurde und zwar nicht irgendwo, o nein, die Intelligenzbestie mußte sich den Teufeln anschließen, der Kommunistischen Partei, darunter tat er es nicht. Soviel zu seinen Prinzipien. Teufel waren das, viel schlimmer noch als Huren. Wegen ebendieses Herumdilettierens im Untergrund mußte sie Hals über Kopf die Koffer packen und mit den beiden kleinen Kindern im Schlepptau nach England abreisen; wegen dieses ideologischen Hokuspokus' mußte sie all die Schmach und Schande der Einwanderungsformalitäten erdulden, und wegen dieses Teufelszeugs saß sie nun für immer in diesem England fest und würde ihr Dorf nie wiedersehen. »England«, sagte sie einmal zu ihm, »ist deine Rache an mir, weil ich dir nicht erlaube, deine obszönen Handlungen an meinem Körper zu vollziehen.« Er hatte nicht geantwortet, doch Schweigen bedeutet Zustimmung.

Und womit verdienten sie in diesem Vilayet ihres Exils, diesem Jukéh ihres rachsüchtigen, sexbesessenen Mannes ihren Lebensunterhalt? Womit? Etwa mit seiner Belesenheit? Mit seinem *Gitanjali*, den *Eklogen* oder diesem Stück *Othello*, das, wie er erklärte, eigentlich Attallah oder Attaullah hieß, der Autor könne nicht buchstabieren, was für ein Schriftsteller war das überhaupt?

Mit: ihren Kochkünsten. »Shaandaar«, wurden sie gepriesen. »Hervorragend, ausgezeichnet, köstlich.« Aus ganz London kamen die Leute, um ihre himmlischen Samosas, ihr Bombay Chaat, ihre paradiesischen Gulab Jamans zu essen. Was gab es für Sufyan zu tun? Kassieren, den Tee servieren, von hier nach dort laufen, sich trotz seiner Bildung wie ein Diener benehmen. O doch, natürlich war er bei den Gästen beliebt, seine gewinnende Art ließ nie nach, aber in einem Restaurant ist es nicht die Konversation, für die man am Ende bezahlt. Jalebis, Barfi, Menü des Tages. Wie hatte sich alles verändert! Jetzt war sie der Chef.

Sieg!

Tatsache war aber auch, daß sie, Köchin und Ernährerin, verantwortliche Architektin des Erfolgs des Café Shaandaar – der sie schließlich in den Stand versetzt hatte, das ganze viergeschossige Gebäude zu kaufen und die Zimmer zu vermieten –, daß sie diejenige war, die den Pesthauch des Scheiterns ausatmete wie schlechten Mundgeruch. Während Sufyan noch immer funkelte, wirkte sie erloschen, wie eine Glühbirne mit gerissenem Faden, wie ein verglühter Stern, wie eine Flamme. Wieso? Warum, da doch Sufyan, dem Beruf, Schüler und Anerkennung versagt waren, herumtollte wie ein junges Lamm und sogar anfing, zuzunehmen, und im Großen London zulegte, was er zu Hause nie getan hatte; warum, da die Macht aus seinen Händen genommen und in die ihren gelegt war, benahm sie sich, wie ihr Mann es nannte, wie eine »Flasche«, »Trauerweide« und »trübe Tasse«? Ganz einfach: nicht trotz, sondern wegen. Ihre Wertvorstellungen waren dank der Veränderung durcheinandergeraten, in diesem Umstellungsprozeß abhanden gekommen.

Ihre Sprache: jetzt, da sie diese fremdartigen Laute produzieren mußte, die ihre Zunge ermüdeten, hatte sie da kein Recht, zu klagen? Ihr Zuhause: was half es ihr, daß sie jetzt, dank unternehmerischem Spürsinn, Erspartem und gastronomischem Geschick, dieses viergeschossige Gebäude bewohnten und nicht wie in Dakka in einer bescheidenen Lehrerwohnung lebten? Wo war jetzt die Stadt, in der sie sich auskannte? Wo das Dorf ihrer Kindheit und die grünen Wasserstraßen der Heimat? Auch die Sitten, nach denen sie ihr Leben eingerichtet hatte, waren verloren oder zumindest schwer zu finden. Niemand in diesem Vilayet hatte Zeit für die gemächlich-freundliche Lebensart, wie sie zu Hause üblich war, noch für die zahlreichen religiösen Vorschriften. Überdies: mußte sie sich nicht mit einem unbedeutenden Ehemann zufriedengeben, während sie sich früher in der Würde seines Amtes hatte aalen können? Was war so ehrenvoll daran, für ihren, für seinen Lebensunterhalt aufkommen zu müssen, während sie früher in angemessenem Pomp zu Hause hatte herumsitzen können? Und sie spürte, ja, wie denn nicht, die Traurigkeit hinter seiner Jovialität, und auch das war eine Niederlage: noch nie hatte sie sich als Ehefrau so unzulänglich gefühlt, denn was ist das für eine Frau, die nicht imstande ist, ihren Ehemann fröhlich zu stimmen, sondern sich geheuchelter Zufriedenheit gegenübersieht, als ob alles bestens und in Ordnung wäre? Außerdem: sie waren in eine Teufelsstadt gekommen, in der alles passieren konnte; mitten in der Nacht wurden einem grundlos die Fensterscheiben eingeworfen, auf der Straße wurde man von unsichtbaren Händen gestoßen, in Geschäften so übel beschimpft, daß einem fast die Ohren abfielen, doch wandte man sich in die Richtung, aus der die Worte kamen, sah man nur Luft und freundliche Gesichter, und jeden Tag hörte man, daß dieser Junge, jenes Mädchen von Gespenstern verprügelt worden war. Ja, ein Land von Phantomkobolden, wie es erklären. Am besten, man ging nicht aus dem Haus, nicht einmal, um einen Brief einzuwerfen, sondern blieb daheim, verschloß die Tür und betete, dann würden sich die Kobolde (vielleicht) fernhalten. Gründe für die Niederlage? Baba, wer könnte sie zählen! Nicht nur war sie die Frau eines kleinen Restaurantbesitzers und eine Küchensklavin, auch auf ihr eigenes Volk konnte sie sich nicht mehr verlassen: Männer, die sie für noble, ehrenwerte Leute gehalten hatte, ließen sich telefonisch von ihren Frauen in der Heimat scheiden und liefen mit irgendeinem Flittchen davon, und Mädchen, wurden wegen ihrer Mitgift umgebracht (das eine oder andere Stück konnte man zollfrei ins Ausland schaffen); aber das Schlimmste war, daß das Gift dieser Teufelsinsel ihre beiden kleinen Töchter infiziert hatte, die sich weigerten, ihre Muttersprache zu sprechen, obwohl sie jedes Wort verstanden, sie taten es, um ihr weh zu tun; warum sonst hatte Mishal sich die Haare raspelkurz schneiden und in allen Regenbogenfarben färben lassen? Und täglich gab es Kampf, Streit, Ungehorsam. Und das Schlimmste: ihre Klagen waren immer dieselben, immer ging es um die gleichen Sachen, so war es eben für Frauen wie sie; sie war nicht mehr sie selbst, nicht mehr Hind, die Frau des Lehrers Sufyan; sie war in der Anonymität, der eigenschaftslosen Menge aller Frauen wie sie versunken. Das war die Lehre der Geschichte: für Frauen wie sie gab es nichts als Leiden, Erinnern und Sterben.

Was sie tat: um die Schwäche ihres Mannes zu verleugnen, behandelte sie ihn die meiste Zeit wie einen Lord, wie einen Monarchen, denn in ihrer verlorenen Welt hatte ihr Ruhm auf dem seinen beruht; um die Gespenster draußen vor dem Café zu verleugnen, blieb sie im Haus, schickte andere hinaus, Lebensmittel und notwendige Dinge für den Haushalt einzukaufen und auch den endlosen Nachschub an Videokassetten mit Bengali- und Hindifilmen, durch die sie (abgesehen von dem immer größer werdenden Stapel an indischen Filmmagazinen) in Verbindung bleiben konnte mit den Ereignissen draußen in der »wirklichen Welt«, etwa dem seltsamen Verschwinden des unvergleichlichen Gibril Farishta und der späteren Meldung, er habe bei einem Flugzeugabsturz tragischerweise den Tod gefunden. Und um ihren Gefühlen von unterdrückter Erschöpfung und Verzweiflung Luft zu machen, brüllte sie ihre Töchter an. Die ältere schor sich aus Rache das Haar und trug so aufreizend enge Hemden, daß die Brustwarzen sich durch den Stoff bohrten.

Das Erscheinen eines ausgewachsenen Teufels, eines gehörnten Ziegenbockmannes, war, im Lichte des vorstehend Gesagten, nun wirklich der Tropfen, der das Faß zum Überlaufen brachte, oder jedenfalls beinahe.

❦

Die Bewohner des Shaandaar versammelten sich in der nächtlichen Küche, um eine improvisierte Krisenkonferenz abzuhalten. Während Hind Verwünschungen in die Hühnersuppe schleuderte, führte Sufyan Chamcha an einen Tisch, stellte dem armen Kerl einen Aluminiumstuhl mit blauem Plastiksitz hin und eröffnete die nächtliche Sitzung. Ich freue mich, mitteilen zu können, daß der verbannte Lehrer in bester pädagogischer Manier von den Lamarckschen Theorien sprach. Nachdem Jumpy die unglaubliche Geschichte von Chamchas Fall vom Himmel erzählt hatte – der Protagonist selbst war viel zu vertieft in Hühnersuppe und sein Unglück, um selbst zu sprechen –, kam Sufyan, an den Zähnen saugend, auf die letzte Ausgabe von *Über die Entstehung der Arten* zu sprechen, »in der sogar der große Charles die Auffassung akzeptiert, daß unter extremen Bedingungen, zwecks Überleben der Gattung, Mutationen möglich sind; was macht es da schon, wenn seine Jünger, allemal darwinistischer als Darwin selbst, posthum die Lamarcksche Ketzerei zurückwiesen und ausschließlich die natürliche Auslese gelten ließen, wobei ich zugeben muß, daß diese Theorie sich nicht auf das Überleben einzelner Exemplare bezieht, sondern nur auf die Gattung als Ganzes; und was das Wesen der Mutation angeht, so besteht das Problem darin, ihren konkreten Nutzen zu verstehen.«

»Pa-haps«, Anahita Sufyan, die Augen gen Himmel erhoben, die Wange auf die Handfläche gestützt, unterbrach diese Überlegungen, »gib's auf. Die Frage ist doch: wie konnte er sich in so ein, so ein« – voller Bewunderung – »Monster verwandeln.«

Woraufhin der Teufel selbst von seiner Hühnersuppe aufblickte und rief: »Nein, bin ich nicht. Ich bin kein Monster. O nein, wirklich nicht!« Seine Stimme, die aus abgrundtiefem Kummer emporzusteigen schien, berührte und erschreckte das jüngere Mädchen, es lief zu ihm hinüber, streichelte ungestüm die Schulter der elenden Kreatur und sagte um Wiedergutmachung bemüht: »Natürlich nicht, entschuldige, natürlich finde ich nicht, daß du ein Monster bist, du siehst halt nur so aus.«

Saladin Chamcha brach in Tränen aus.

Mrs. Sufyan, entsetzt über den Anblick ihrer jüngeren Tochter, die diese Kreatur tatsächlich mit Händen berührte, wandte sich, mit einer Suppenkelle herumfuchtelnd, an die Gäste im Nachtgewand zwecks Unterstützung. »Wie soll man das tolerieren? Eine Gefahr für Ehre und Sicherheit junger Mädchen. Und das in meinem Haus, nein so etwas ...!«

Mishal Sufyan verlor die Geduld: »Herrgott noch mal, Mama.«

»Herrgott?«

»Glaubt ihr, es ist was Vorübergehendes?« wollte Mishal, die der empörten Hind den Rücken zugekehrt hatte, von Sufyan und Jumpy wissen. »'Ne Art Besessenheit? Vielleicht hilft Exorzismus oder so?« In ihren Augen leuchteten funkelnd Omen, Shinings, Grule, Nightmares on Elm Street, und ihr Vater, genauso videobegeistert wie jeder Teenager, schien diese Möglichkeit ernsthaft in Betracht zu ziehen. »Im *Steppenwolf*«, setzte er an, aber Jumpy wollte davon nichts mehr hören. »Die Sache«, verkündete er, »muß in erster Linie vom ideologischen Standpunkt aus gesehen werden.«

Das brachte alle zum Schweigen.

»Was«, sagte er mit einem kleinen, bedauernden Lächeln, »ist objektiv denn passiert? A: Widerrechtliche Festnahme, Einschüchterung, Gewalt. Zweitens: Ungesetzliche Verlängerung der Haft, dubiose medizinische Experimente im Krankenhaus« – zustimmendes Gemurmel an dieser Stelle, denn in den Anwesenden stiegen Erinnerungen an intravaginale Untersuchungen, Conterganskandale, nicht authorisierte postnatale Sterilisationen auf und, von noch weiter her, das Wissen, wie die Dritte Welt mit Pharmaprodukten überschwemmt wurde, so daß die Anspielungen des Vortragenden sich mit Inhalt füllten – man glaubt ja nur, was man gesehen hat, und zwar nicht nur, was zu sehen ist, sondern was man auch wirklich sehen will – und überhaupt, für die Hörner und Hufe mußte es doch eine Erklärung geben; in diesen polizeilich bewachten Krankenhäusern war alles möglich – »und drittens«, fuhr Jumpy fort, »seelischer Zusammenbruch, Persönlichkeitsverlust, Handlungsunfähigkeit. Alles schon mal dagewesen.«

Niemand widersprach, nicht einmal Hind; es gab Wahrheiten, die konnte man unmöglich leugnen. »Ideologisch«, sagte Jumpy, »lehne ich den Begriff Opfer ab. Er ist zwar zum Opfer gemacht worden, doch wir wissen, daß Machtmißbrauch teilweise auch die Schuld des Opfers ist; unsere Passivität begünstigt solche Verbrechen, ermöglicht sie.« Nachdem er dergestalt die Versammlung in schamrote Unterwerfung gescholten hatte, forderte er Sufyan auf, die kleine Dachkammer, die gegenwärtig nicht belegt war, zur Verfügung zu stellen; Sufyan wiederum sah sich, aus Solidarität und einem Gefühl der Schuld heraus, nicht imstande, auch nur einen Penny Miete zu verlangen. Hind – traurig, aber wahr – murrte: »Jetzt weiß ich, daß die Welt verrückt ist, da ein Teufel in meinem Haus absteigt«, aber sie murrte sehr leise, und nur ihre älteste Tochter Mishal hörte, was sie sagte.

Auf einen Wink seiner jüngeren Tochter hin ging Sufyan zu Chamcha, der in seine Decke gehüllt enorme Mengen von Hinds unübertrefflicher Hühnersuppe aß, hockte sich daneben und legte einen Arm um den noch immer zitternden Unglücklichen. »Hier bist du gut aufgehoben«, sagte er, als spräche er zu einem Einfaltspinsel oder einem Kleinkind. »Wo sonst könntest du deine

Entstellungen auskurieren und wieder gesund werden. Wo, wenn nicht hier, bei uns, unter deinen Leuten, unter deinesgleichen?«

Erst als Saladin Chamcha allein in seiner Mansarde war, am Ende seiner Kräfte, antwortete er auf Sufyans rhetorische Frage: »Ich bin nicht euresgleichen«, sagte er deutlich in die Nacht hinein. »Ihr seid nicht meine Leute. Mein halbes Leben lang habe ich versucht, von euch wegzukommen.«

❦

Sein Herz begann, sich danebenzubenehmen, zu treten und zu stolpern, als wollte es ebenfalls eine neue, diabolische Gestalt annehmen, seinen alten regelmäßigen Schlag gegen die Unvorhersehbarkeit einer komplexen Tablaimprovisation eintauschen. Während er schlaflos in seinem schmalen Bett lag, sich herumwälzte und dabei die Hörner in Laken und Kissenbezüge verwikkelte, nahm er die erneute Überspanntheit seines Herzens mit einer Art fatalistischer Ergebenheit hin: wenn schon alles andere, warum dann nicht auch dies. Badummbumm, machte sein Herz, und sein Leib zuckte zusammen. *Paß bloß auf, oder du bist wirklich erledigt. Dummbummbadumm.* Ja: das war die Hölle, ganz recht. London, verwandelt zu Jahannum, Gehenna, Muspellheim.

Werden Teufel in der Hölle gepeinigt? Sind nicht sie diejenigen mit den Mistgabeln?

Durch das Mansardenfenster tropfte jetzt unablässig Wasser. Draußen, in der tückischen Stadt, war Tauwetter aufgekommen, das den Straßen die unzuverlässige Konsistenz von durchweichter Pappe verlieh. Schwerfällige weiße Massen glitten von schrägen, schiefergrauen Dächern. Radspuren von Lieferwagen durchfurchten den Matsch. Das erste Licht. Und der Chor der Morgendämmerung setzte ein: das Dröhnen von Preßlufthämmern, das Heulen von Alarmglocken, das Trompeten bereifter Wesen, die an den Kreuzungen aneinandergerieten, das tiefe Brummen eines großen olivgrünen Müllfressers, kreischende Radiostimmen auf einem hölzernen Malergerüst, das sich an das obere Geschoß einer Gaststätte schmiegte, das Brüllen der mächtigen, eben aufgewachten Schwerlastzüge, die furchterregend auf diesem langen, aber schmalen Weg dahineilten. Erschütterungen unter der Erdoberfläche zeigten die Bewegungen riesiger unterirdischer Würmer an, die Menschen gierig verschlangen und wieder ausspuckten, und von oben der Trommelwirbel der Hubschrauber und noch weiter oben das durchdringende Schreien glitzernder Vögel.

Die Sonne ging auf und wickelte die Stadt aus dem Dunst wie ein Geschenk. Saladin Chamcha schlief.

Ohne daß ihm Linderung gewährt wurde: denn er kehrte zurück in jene andere Nachtstraße, die er, begleitet von der Krankengymnastin Hyacinth Phillips, entlanggelaufen war, seinem Schicksal entgegen, klipp-klapp, auf unsicheren Hufen, und er erinnerte sich, je ferner die Gefangenschaft rückte und die Stadt sich näherte, daß Gesicht und Körper Hyacinths sich zu verwandeln schienen. Er sah eine Lücke zwischen ihren oberen Schneidezähnen sich öffnen und größer werden und ihr Haar, das sich medusenartig verflocht, und ihr merkwürdig dreieckiges Profil, das in einer schrägen Linie von der Stirn zur Nasenspitze abfiel und von dort in einer ununterbrochenen Linie zum Hals führte. Er sah in dem gelben Licht, daß ihre Haut mit jeder Minute dunkler wurde und ihre Zähne weiter hervorstanden und ihr Körper so lang war wie die Strickmännchenzeichnung eines Kindes. Gleichzeitig warf sie ihm Blicke von immer eindeutigerer Lüsternheit zu und griff mit so knochigen und gierigen Fingern nach ihm, daß ihm war, als wollte ein Skelett ihn in ein Grab hinabziehen; in ihrem Atem, auf ihren Lippen roch er den widerlichen Geruch frisch ausgehobener Erde ... Ekel packte ihn. Wie konnte er sie jemals anziehend gefunden, ja begehrt haben, sogar, während sie rittlings auf ihm saß und Flüssigkeit aus seiner Lunge preßte, soweit gegangen sein, sich vorzustellen, sie seien ein Liebespaar mitten in der leidenschaftlichsten Vereinigung? ... Die Stadt um sie herum wurde dicht wie ein Wald, die Gebäude drängten sich aneinander und wuchsen so verfilzt wie ihr Haar. »Hierher fällt kein Licht«, flüsterte sie ihm zu. »Alles ist schwarz, ganz schwarz.« Sie machte Anstalten, sich hinzulegen und ihn zu sich herabziehen, auf die Erde, doch er rief »Die Kirche, schnell!« und stürzte, mehr als nur eine Art von Refugium suchend, in ein schmuckloses, kastenförmiges Bauwerk. Im Innern jedoch saßen auf den Bänken lauter Hyacinthen, junge und alte, Hyacinthen, die unförmige blaue Kostüme trugen, falsche Perlen und kleine Pillboxhüte mit Schleier, Hyacinthen, die jungfräulich-weiße Nachthemden trugen, jede erdenkliche Art Hyacinthe, alle sangen laut »Sieh mich an, Jesus«, bis sie Chamcha erblickten, mit ihrem Gesang aufhörten und »Satan, der Bock, der Bock« und dergleichen unfromme Sachen zu schreien begannen. Jetzt zeigte sich, daß die Hyacinth, mit der er gekommen war, ihn mit anderen Augen betrachtete, genauso wie er sie auf der Straße angesehen hatte, daß auch sie jetzt etwas sah, was sie einigermaßen abstieß; und als er den Ekel auf diesem abscheulich spitzen und düsteren Gesicht sah, tat er sich keinen Zwang mehr an. »Hubshees«, verfluchte er sie, aus irgendeinem Grund in seiner abgelegten Muttersprache. Unruhestifterinnen und Wilde nannte er sie. »Ihr könnt mir leid tun«, rief er. »Jeden Morgen müßt ihr in den Spiegel gucken, aus dem euch die Finsternis anstarrt: die Schandmale, der Beweis, daß ihr die Gemeinsten der Gemeinen seid.« Da drängten sich die Hyacinthen um ihn, seine eigene Hyacinth mitten unter ihnen, nicht mehr auszumachen, kein Individuum mehr, sondern eine Frau wie alle anderen, und er wurde furchtbar verprügelt, lief, ein herzzerreißendes Blöken ausstoßend, im Kreis herum und suchte einen Ausweg; bis er merkte, daß die Angst seiner Angreiferinnen größer war als ihr Zorn; und er richtete sich zu voller Größe auf, breitete die Arme aus und schleuderte ihnen teuflische Laute entgegen, so daß sie davonhasteten, um sich hinter dem Kirchengestühl in Sicherheit zu bringen, während er, blutend, aber ungebeugt, vom Schlachtfeld ging.

Träume haben ihre eigene Wirklichkeit; Chamcha indes, der für kurze Zeit aufwachte, als sein Herzschlag sich in einem neuerlichen Anfall von Synkopen überschlug, erkannte schmerzlich, daß der Alptraum nicht sehr weit von der Wirklichkeit entfernt gewesen war; der Geist, der dahinter steckte, zumindest stimmte. Das war das Letzte von Hyacinth, dachte er und dämmerte wieder weg. – Um sich schlotternd in der Diele seines eigenen Hauses wiederzufinden, während, auf einer höheren Ebene, Jumpy Joshi heftig mit Pamela stritt. *Mit meiner Frau.*

Und als die Traum-Pamela, Wort für Wort ein Echo der echten, ihren Mann hundertundeinmal zurückgewiesen hatte, *er lebt nicht, so etwas gibt es ja nicht,* war es Jamshed der Tugendhafte, der Liebe und Lust hintanstellte und half. Er ließ die weinende Pamela allein. – *wehe, du bringst ihn wieder zurück,* rief sie vom obersten Stockwerk, von Saladins Kammer aus – und wickelte den Geschwächten in Schafspelz und Decke, führte ihn durch die Schatten zum Café Shaandaar und versprach ihm mit leerer Freundlichkeit: »Es wird alles wieder gut, du wirst sehen, wir werden das schon hinkriegen.«

Als Saladin Chamcha aufwachte, erfüllte ihn die Erinnerung an diese Worte mit bitterem Zorn. Wo ist Farishta, dachte er. Dieser Mistkerl! Ich wette, er läßt es sich gut gehen. Das war ein Gedanke, auf den er, mit ungewöhnlichen Folgen, noch zurückkommen würde; im Augenblick hatte er Wichtigeres zu erledigen.

Ich bin die Inkarnation des Bösen, dachte er. Damit mußte er sich abfinden. Wie es auch passiert sein mochte, es ließ sich nicht bestreiten. *»Ich bin nicht mehr,* oder nicht nur, *ich selbst.* Ich bin die Verkörperung des Schlechten, des Hassenswerten, der Sünde.

Warum? Warum ich?

Was hatte er Böses getan, welche Gemeinheiten konnte, würde er begehen?

Wofür – dieses Gedankens konnte er sich nicht erwehren – wurde er bestraft? Und, wenn er schon dabei war: *von wem?* (Ich hielt den Mund.)

Hatte er nicht seine eigene Idee des *Guten* verfolgt, danach gestrebt, das zu werden, was er am meisten bewunderte, sich mit einer an Obsession grenzenden Entschlossenheit daran gemacht, ein richtiger Engländer zu werden? Hatte er nicht hart gearbeitet, allen Ärger vermieden, sich angestrengt, etwas Neues zu werden? Beharrlichkeit, hohe Ansprüche, Mäßigung, Disziplin, Selbstvertrauen, Redlichkeit, Häuslichkeit: worauf lief das alles hinaus, wenn nicht auf einen Sittenkodex? War es seine Schuld, daß Pamela und er keine Kinder hatten? War er für die Genetik verantwortlich? Konnte es sein, in dieser auf den Kopf gestellten Zeit, daß er vom Schicksal – so wollte er das ausführende Organ nennen – eben *wegen* seines Strebens nach »dem Guten« bestraft wurde? Daß ein solches Streben heutzutage als absonderlich, ja sogar schlecht galt? Wie grausam war dieses Schicksal dann, das veranlaßte, daß er aus dieser Welt gejagt wurde, um die er so entschlossen geworben hatte; wie deprimierend, einer Stadt verwiesen zu werden, die man glaubte schon längst erobert zu haben! Welch niederträchtige Kleinkariertheit, ihn an den Busen *seines Volkes* zurückzustoßen, dem er sich schon so lange entfremdet hatte! Gedanken an Zeeny Vakil stiegen an dieser Stelle auf, und schuldbewußt, nervös unterdrückte er sie.

Sein Herz trat heftig nach ihm, und er setzte sich auf, beugte sich vornüber, rang nach Luft. *Beruhige dich, oder du bist geliefert. Keine belastenden Gedanken mehr!* Er holte tief Luft, lehnte sich zurück, leerte seinen Kopf. Der Verräter in seiner Brust nahm den normalen Betrieb wieder auf.

Schluß jetzt, sagte sich Saladin Chamcha nachdrücklich. Hör auf, dich schlecht zu finden. Der Schein trügt, der Schutzumschlag sagt nichts über die Qualität eines Buches. Teufel, Ziegenbock, Schaitan? Ich nicht.

Ich nicht. Jemand anders.

Wer?

❦

Mishal und Anahita kamen mit Frühstück auf dem Tablett und Aufregung im Gesicht. Chamcha stürzte sich auf Cornflakes und Nescafé, während die Mädchen, nach einigen Momenten der Schüchternheit, simultan und pausenlos auf ihn einschnatterten.

»Also, du hast ja für ganz schöne Aufregung hier gesorgt, echt.« – »Du hast dich in der Nacht nicht zurückverwandelt, oder?« – »Sag mal, ist das ein Trick oder was? Ich mein', ist das ein Kostüm oder so was Theatermäßiges? Ich mein', Jumpy sagt, du bist Schauspieler, und ich hab' gedacht, also ...« und hier verstummte die junge Anahita, weil Chamcha, Cornflakes spuckend, voller Wut aufheulte: »Kostüm? Theater? *Trick?*«

»Schon gut, schon gut«, sagte Mishal eifrig in Vertretung ihrer Schwester. »Es ist bloß so, wir haben uns überlegt, weißt du ähm, es wär doch furchtbar, wenn du's nicht wärst, aber du bist es, klar, du bist's also, das ist schon okay«, beendete sie hastig den Satz, da Chamcha sie erneut anfunkelte. »Die Sache ist die«, nahm Anahita den Faden auf, stockte, »ich mein', ähm, wir finden, es ist toll.« – »Gemeint bist du«, verbesserte Mishal. »Wir finden dich toll, verstehst du.« »Scharf«, sagte Anahita und strahlte den verwirrten Chamcha an. »Phantastisch, ähm, *stark!*«

»Wir haben die ganze Nacht nicht geschlafen«, sagte Mishal. »Haben uns was überlegt.«

»Und zwar«, Anahita zitterte vor Aufregung, »wo du dich doch verwandelt hast – in, äh ... was du jetzt bist, vielleicht, also, wahrscheinlich, äh, selbst wenn du's noch nicht probiert hast, es könnte ja sein, daß du ...« Und das ältere Mädchen führte den Gedanken zu Ende: »Daß du bestimmte, du weißt schon, *Kräfte* entwickelt hast.«

»Jedenfalls haben wir uns das so gedacht«, fügte Anahita zaghaft hinzu, als sie sah, wie Chamchas Stirn sich umwölkte. Und sagte noch, während sie rückwärts zur Tür ging: »Aber wahrscheinlich haben wir uns geirrt. Ja. Wir haben uns bestimmt geirrt. Guten Appetit noch!« Bevor Mishal sich verzog, holte sie aus einer Tasche ihrer schwarz-rot karierten Arbeitsjacke ein Fläschchen mit einer grünen Flüssigkeit, stellte es neben die Tür auf den Fußboden und verabschiedete sich mit der Bemerkung: »Ach, entschuldige, aber Mama sagt, du kannst es benutzen, es ist Mundwasser, wegen deinem Atem.«

❦

Daß Mishal und Anahita für die Verunstaltungen die er zutiefst verabscheute, schwärmten, bestätigte ihn in seiner Ansicht, daß »sein Volk« so verrückt und verschroben war, wie er es schon längst vermutet hatte. Daß die beiden auf seine Verbitterung – als sie ihm am zweiten Morgen ein Masala Dosa anstatt einem Paket Cornflakes samt silbrigen Spielzeugastronauten in seine Dachkammer brachten und er undankbar brüllte: »Was denn, soll ich etwa diesen scheußlichen ausländischen Fraß essen?« – mit Sympathiebekundungen reagierten, machte die Sache nur noch schlimmer, »Ekelhaftes Zeugs«, pflichtete Mishal ihm bei. »Gibt aber leider keine Würstchen hier,« Im Bewußtsein, daß er ihre Gastfreundschaft beleidigt hatte, versuchte er zu erklären, daß er sich inzwischen, äh, na ja, als Brite fühle. »Und was ist mit uns?« wollte Anahita wissen. »Wofür hälst du uns?«, und Mishal bekannte: »Bangladesch sagt mir nix. Irgendein Land, über das Paps und Mama sich dauernd in die Haare geraten.« Und Anahita, abschließend: »Banglapest.« Mit einem zufriedenen Kopfnicken. »So sag' ich jedenfalls dazu.«

Sie seien aber keine Engländer, wollte er ihnen sagen, nicht wirklich, für ihn zumindest nicht erkennbar. Und doch entglitten ihm in diesem Moment mit seinem alten Leben auch seine alten Gewißheiten … »Wo ist das Telefon?« erkundigte er sich. »Ich muß ein paar Anrufe machen.«

Es war im Flur; Anahita plünderte ihr Erspartes und borgte ihm Kleingeld. Den Kopf in einen geliehenen Turban gewickelt, die Beine in einer geliehenen (Jumpys) Hose und die Füße in Mishals Schuhen versteckt, wählte Chamcha die Vergangenheit.

»Chamcha«, sagte die Stimme von Mimi Mamoulian. »Du bist tot.«

Während seiner Abwesenheit war dies passiert: Mimi kippte um und verlor die Zähne. »Mir wurde nicht schwarz, sondern weiß vor Augen«, sagte sie, und ihre Aussprache wurde wegen ihrer Kieferprobleme noch härter. »Warum? Frag mich nicht. Wer fragt in diesen Zeiten schon nach dem Warum? Welche Nummer hast du?« fragte sie, als seine Sprechzeit zu Ende war. »Ich ruf' sofort zurück.« Doch es dauerte geschlagene fünf Minuten. »Ich war rasch noch auf dem Klo. Kannst du mir einen Grund nennen, warum du noch am Leben bist? Warum sich das Meer für dich und den anderen Typen geteilt und den Rest ertränkt hat? Erzähl mir nicht, du seist ein besserer Mensch. Das glaubt dir heutzutage niemand, nicht einmal du selbst, Chamcha. Ich war gerade in der Oxford Street, hab' mich nach Krokodillederschuhen umgesehen, als es passierte: mitten im Gehen fiel ich wie ein Baum nach vorn, landete auf dem Kinn, und alle meine Zähne rollten über den Bürgersteig, vor die Füße eines Mannes, der den Kartentrick ›Such die Dame‹ vorführte. Manche Menschen sind so aufmerksam, Chamcha. Als ich wieder zu mir kam, lagen meine Zähne in einem Häufchen neben meinem Gesicht. Ich schlug die Augen auf, und die kleinen Mistdinger starrten mich an. War das nicht nett? Zuerst dachte ich, Gott sei Dank, ich hab' ja Geld. Ich hab' sie mir wieder einsetzen lassen, privat natürlich, hat er toll hingekriegt, sitzen besser als vorher. Also hab' ich eine Weile Pause gemacht. Die Stimmenbranche ist heruntergekommen, ich sage dir, nach deinem Tod und mit meinen Zähnen. Die haben kein Verantwortungsbewußtsein. Das Niveau ist gesunken, Chamcha. Stell den Fernseher an oder das Radio, dann wirst du hören, wie abgedroschen die Pizzawerbung ist, die Bierreklame der Jungs vom zentralen Besetzungsbüro mit ihrem kermanischen Akzent, die Marsmenschen, die Kartoffelbrei aus der Tüte fressen und sich anhören, als kämen sie vom Mond. Sie haben uns aus der *Aliens Show* rausgeworfen. Werd bald wieder gesund! Übrigens, das könntest du auch mir wünschen.«

Also hatte er neben seiner Frau und seinem Zuhause auch seine Arbeit verloren, jeden Halt im Leben. »Es ist nicht bloß das Gebiß, das mir Sorgen macht«, brach es aus Mimi heraus. »Ich hab' eine Wahnsinnsangst vor den Scheißverschlußlauten. Ich denke andauernd daran, daß ich wieder hinsegeln werde. Das Alter, Chamcha. Eine einzige Erniedrigung. Man wird geboren, man wird geschlagen und getreten, und am Ende legt man den Löffel weg und wird in eine Urne geschaufelt. Na ja, auch wenn ich nie wieder arbeite, werde ich ohne finanzielle Sorgen sterben. Wußtest du, daß ich mit Billy Battuta zusammen bin? Richtig, wie solltest du, du warst ja schwimmen. Tja, ich hab's aufgegeben, auf dich zu warten, und mir einen deiner jungen Landsleute geangelt. Kannst es als Kompliment auffassen. Muß jetzt wieder los. War schön, mit einem Toten zu sprechen, Chamcha. Nächstes Mal spring aber vom niedrigen Brett! Tschüüß.«

Ich bin von Natur aus ein introvertierter Mensch, sagte er wortlos in den stummen Telefonhörer. Ich habe mich auf meine Art darum bemüht, die höheren Werte zu würdigen, eine gewisse Klasse zu erlangen. An guten Tagen spürte ich sie in greifbarer Nähe, in mir, in meinem Innern. Doch ich bekam sie nicht zu packen. Ich habe mich verstricken lassen, in Dinge, in die Welt und ihren Schmutz, und kann mich nicht dagegen wehren. Das Groteske hat mich in seinem Griff wie zuvor das Alltägliche. Das Meer hat mich losgelassen, das Land zieht mich hinunter.

Er rutschte einen grauen Hang hinab, das schwarze Wasser schwappte gegen sein Herz. Warum erschien ihm die Wiedergeburt, die zweite Chance, die ihm und Gibril Farishta eingeräumt worden war, in seinem Fall so sehr wie ein unaufhörliches Ende? Er war wiedergeboren worden in das Wissen vom Tod, und die Unausweichlichkeit der Veränderung, das Nichts-wird-so-seinwie-früher, das Es-führt-kein-Weg-zurück machte ihm angst. Wenn man die Vergangenheit verliert, steht man nackt vor Asrael, dem verächtlich blickenden Würgeengel. Laß nicht locker, sagte er sich. Halt das Gestern fest. Krall dich, während du hinunterrutschst, in den grauen Abhang.

Billy Battuta, dieses wertlose Stück Scheiße. Pakistanischer Playboy, der ein unbedeutendes Unternehmen der Touristikbranche – *Battuta's Travels* – in eine Flotte von Supertankern umgewandelt hatte. Im Grunde ein Hochstapler, berühmt für seine Affären mit den bekanntesten Hindi-Filmschauspielerinnen und, wie der Klatsch es wollte, für seine Vorliebe für weiße Frauen mit riesigen Brüsten und viel Fleisch, die er »schlecht behandelte«, wie es euphemistisch hieß, und »großzügig belohnte«. Was wollte Mimi von dem bösen Billy mit seinen Sexualhilfsmitteln und seinem Maserati Bi-Turbo? Für Jungs wie Battuta waren weiße Frauen – wohlgemerkt fette, jüdische, selbstbewußte weiße Frauen – dazu da, daß man sie fickte und dann rauswarf. Was man an Weißen haßt – daß sie auf braune Zuckerstückchen stehen –, muß man auch hassen, wenn es sich, in umgekehrter Form, bei Schwarzen zeigt. Bigotterie ist nicht bloß eine Funktion der Macht.

Am nächsten Abend rief ihn Mimi aus New York an. Anahita holte ihn mit ihrem besten Verdammte-Yankees-Englisch ans Telefon, und er zwängte sich in seine Verkleidung. Als er unten ankam, hatte sie bereits wieder aufgelegt, rief aber sofort erneut an. »Nur fürs Warten sind die transatlantischen Telefongebühren zu hoch.« »Mimi«, sagte er mit deutlich verzweifelter Stimme, »du hast nichts davon gesagt, daß du abreisen würdest.« – »Und du hast mir nicht einmal deine verdammte Adresse gegeben«, erwiderte sie. »Also haben wir beide Geheimnise.« Er wollte sagen, Mimi, komm nach Hause, du wirst auf die Schnauze fliegen. »Ich habe ihn meiner Familie vorgestellt«, sagte sie etwas zu fröhlich. »Du kannst es dir ausmalen: Yassir Arafat zu Gast bei den Begins. Was soll's. Das Leben wird weitergehen.« Er wollte sagen, Mimi, du bist alles, was ich habe, schaffte es aber nur, ihr auf den Wekker zu gehen. »Ich wollte dich bloß vor Billy warnen«, sagte er.

Sie wurde zum Eisberg. »Chamcha, hör zu. Ich werde ein einziges Mal mit dir über diese Sache sprechen, weil sich hinter all dem Quatsch, den du vom Stapel läßt, vielleicht ein wenig Sympathie für mich verbirgt. Nimm also bitte zur Kenntnis, daß ich eine intelligente Frau bin. Ich habe *Finnegans Wake* gelesen und stehe auf vertrautem Fuß mit der postmodernen Kritik am Westen, zum Beispiel weiß ich, daß wir es mit einer Gesellschaft zu tun haben, die nur noch zum Plagiat fähig ist: eine verflachte Welt.

Wenn ich die Stimme einer Schaumbadflasche bin, betrete ich wissentlich dieses Flachland, mir ist klar, was ich tue und warum. Will sagen: ich verdiene Geld. Und als intelligente Frau, die fünfzehn Minuten über die Stoiker reden kann und noch länger über den japanischen Film, sage ich dir, Chamcha, daß ich mir über Billyboys Ruf völlig im klaren bin. Komm mir nicht mit Ausbeutung. Wir wurden ausgebeutet, als ihr noch in Fellen rumgelaufen seid. Stell dir mal vor, du bist eine Jüdin und obendrein noch häßlich. Du wirst darum betteln, schwarz zu sein. Entschuldige: braun.«

»Du gibst also zu, daß er dich ausbeutet«, fuhr Chamcha fort, doch ein Wortschwall fegte ihn beiseite. »Na und, was macht das schon?« trillerte sie in ihrer Backmischungsstimme. »Billy ist ein komischer Kerl, der geborene Gauner, einer der ganz Großen. Wer weiß, wie lange noch. Ich werd' dir sagen, worauf ich verzichten kann: Patriotismus, Gott und Liebe. Kein Bedarf. Ich mag Billy, weil er weiß, worauf es ankommt.«

»Mimi«, sagte er, »mit mir ist etwas passiert.« Aber sie ereiferte sich immer noch und überhörte ihn. Er legte den Hörer auf, ohne ihr seine Adresse gegeben zu haben.

Ein paar Wochen später rief sie noch einmal an, die unausgesprochenen Präzedenzfälle waren inzwischen geschaffen, sie erkundigte sich nicht nach seiner Adresse, und er gab sie ihr nicht, und beiden war klar, daß eine Epoche zu Ende war, ihre Wege hatten sich getrennt, es war Zeit, einander Lebewohl zu sagen. Bei Mimi drehte sich noch immer alles um Billy, seine Pläne, indische Filme in England und Amerika zu produzieren, die größten Stars, Vinod Khanna und Sridevi, einzufliegen und sie vor dem Rathaus von Bradford und der Golden Gate Brücke herumhüpfen zu lassen. »Ist natürlich irgendeine Art Steuertrick«, kicherte Mimi. Tatsächlich war es für Billy brenzlig geworden; Chamcha hatte seinen Namen in der Zeitung gelesen, im Zusammenhang mit den Ausdrücken *Betrugsdezernat* und *Steuerflucht.* Aber einmal ein Gauner, immer ein Gauner, meinte Mimi. »Da sagt er zu mir, willst du einen Nerz? Ich sag', Billy, kauf mir keine Klamotten, aber er sagt, wer redet denn von kaufen? Du brauchst einen Nerz. Reine Geschäftssache.« Sie waren wieder in New York gewesen, und Billy hatte eine riesige Mercedes-Limousine gemietet, »plus einen riesigen Chauffeur.« Als sie das Pelzgeschäft betraten, sahen sie aus wie Ölscheich und Gespielin. Mimi probierte die fünfstelligen Pelze an, wobei sie immer auf ein Zeichen von Billy wartete. Schließlich sagte er, gefällt dir der? Ist hübsch. Billy, flüsterte sie, er kostet *vierzigtausend,* aber er umgarnte bereits den

Verkäufer, es sei Freitagnachmittag, die Banken geschlossen, ob er einen Scheck nehme. »Na ja, mittlerweile *wissen* sie, daß er ein Ölscheich ist, also sagen sie ja, wir mit dem Mantel raus, fahren eine Straße weiter, in einen anderen Laden, er zeigt auf den Mantel und sagt, den da habe ich gerade für vierzigtausend Dollar gekauft, hier ist die Quittung, geben Sie mir dreißigtausend dafür, ich brauche Geld, habe am Wochenende einiges vor.« Mimi und Billy mußten warten, während der zweite Laden den ersten anrief, im Kopf des dortigen Geschäftsführers schrillten sämtliche Alarmglocken, und fünf Minuten später erschien die Polizei und nahm Billy unter der Beschuldigung fest, mit einem ungedeckten Scheck bezahlt zu haben, und er und Mimi verbrachten das Wochenende im Gefängnis. Montag früh, als die Banken öffneten, stellte sich heraus, daß Billys Konto ein Guthaben von zweiundvierzigtausendeinhundertsiebzehn Dollar aufwies, sein Scheck also die ganze Zeit gedeckt gewesen war. Er teilte dem Pelzhändler mit, daß er ihn auf zwei Millionen Dollar Schadenersatz wegen Rufschädigung zu verklagen gedenke, der Fall lag sonnenklar, und innerhalb von achtundvierzig Stunden hatte man sich außergerichtlich auf eine Entschädigungssumme von zweihundertfünfzigtausend Dollar geeinigt, bar auf die Hand. »Findest du ihn nicht toll?« fragte Mimi. »Der Junge ist genial. Ich meine, das hatte einfach Klasse.«

Ich bin ein Mann, dachte Chamcha, der nicht weiß, worauf es ankommt, und lebe in einer unmoralischen Welt, einer Ellbogengesellschaft, in der man mit Frechheit weiterkommt. Mishal und Anahita Sufyan, die ihn aus unerfindlichen Gründen noch immer als eine Art Gesinnungsgenossen behandelten, trotz all seiner Bemühungen, sie davon abzubringen, waren Menschen, die Schwarzarbeiter, Ladendiebe, kleine Betrüger, ganz allgemein: gewitzte Gauner offenkundig bewunderten. Er verbesserte sich: nicht bewunderten, das nicht. Keine von ihnen würde auch nur eine Stecknadel klauen. Aber sie betrachteten solche Leute als Repräsentanten des Wie-es-war, des wirklichen Lebens. Versuchsweise erzählte er ihnen die Geschichte von Billy Battuta und dem Nerzmantel. Ihre Augen leuchteten, und am Ende klatschten sie begeistert in die Hände und lachten. Ein krummes Ding drehen, sich aber nicht erwischen zu lassen: das fanden sie toll. So müssen, dachte Chamcha, die Leute einstmals geklatscht und gelacht haben über die Taten früherer Banditen, Dick Turpin, Ned Kelly, Phoolan Devi und natürlich dieser andere Billy: William Bonney, auch er ein Kid.

»Die nichtsnutzige Jugend und ihre kriminellen Idole.« Mishal hatte seine Gedanken gelesen und übersetzte sie – belächelte seine Mißbilligung – in eine Schlagzeile der Boulevardpresse, während sie mit ihrem hochgewachsenen und, wie Chamcha fand, bemerkenswerten Körper eine übertrieben reizvolle Pose einnahm. Sie warf die Lippen zu einem ungeheuerlichen Schmollmund auf und flötete, sehr wohl wissend, daß sie ihn erregt hatte: »Na, Schätzchen?«

Ihre jüngere Schwester, die sich nicht lumpen lassen wollte, versuchte, Mishals Pose zu kopieren, mit weniger großem Erfolg. Etwas unwirsch gab sie auf und meinte säuerlich: »Die Sache ist die, wir haben gute Chancen, wir beide. Familienbetrieb, keine Brüder, was willst du mehr. Diese Bude ist doch 'ne Goldgrube, hm? Also.« Das Haus Shaandaar wurde in der Kategorie »Bed & Breakfast« geführt, jenem Typ Herberge, auf den die Sozialämter aufgrund der Krise im öffentlichen Wohnungsbau mehr und mehr zurückgriffen: fünfköpfige Familien steckten sie in Einzelzimmer, übersahen dabei geflissentlich Hygiene- und Sicherheitsbestimmungen und forderten von der Regierung Zuschüsse für die »einstweilige Unterbringung Wohnungssuchender«. »Zehn Pfund pro Nacht und Nase«, erfuhr Chamcha von Anahita. »So kommen wir gewöhnlich auf dreihundertfünfzig Pfund wöchentlich für jedes Zimmer. Sechs belegte Zimmer: du kannst's dir selbst ausrechnen. Im Moment verlieren wir dreihundert Pfund monatlich mit dieser Dachkammer. Ich hoffe also, du fühlst dich wirklich mies.« Für soviel Geld, dachte Chamcha, bekam man schon eine enigermaßen annehmbare Wohnung auf dem privaten Markt. Aber das würde nicht als einstweilige Einquartierung gelten; für derartige Lösungen gäbe es keine staatlichen Zuschüsse. Und die Lokalpolitiker, die sich dem Kampf gegen die »Budgetkürzungen« verschrieben hatten, wären auch dagegen. *La lutte continue;* unterdessen scheffelten Hind und ihre Töchter Geld, der weltfremde Sufyan fuhr nach Mekka und gab nach seiner Rückkehr einfache Weisheiten, Freundlichkeit und Lächeln von sich. Und hinter, sechs Türen, die sich jedesmal, wenn Chamcha telefonierte oder auf die Toilette ging, einen Spaltbreit öffneten: vielleicht dreißig einstweilige menschliche Wesen ohne viel Hoffnung, zu ständigen erklärt zu werden.

Die wirkliche Welt.

»Du brauchst nicht so fischgesichtig und heilig zu gucken«, erklärte Mishal Sufyan. »Du siehst ja, wohin dich deine Anständigkeit gebracht hat.«

»Dein Universum schrumpft.« Hal Valance, Schöpfer der *Aliens Show* und alleiniger Inhaber aller Urheberrechte, nahm sich, vielbeschäftigter Mann, der er war, exakt siebzehn Sekunden, um Chamcha zu gratulieren, daß er am Leben war, bevor er zu erklären begann, warum dies nichts an seiner Entscheidung ändere, bei der Show auf seine Dienste zu verzichten. Valance hatte in der Werbebranche angefangen, und von diesem Schlag hatte sich sein Vokabular nicht mehr erholt. Chamcha konnte freilich mithalten. In all seinen Jahren als Off-Sprecher hatte er den einen oder anderen unanständigen Ausdruck gelernt. In der Marketingsprache war ein »Universum« der gesamte potentielle Markt für ein Produkt oder eine Dienstleistung: das Schokoladen-Universum, das Schlankheits-Universum. Das Zahn-Universum umfaßte alle Menschen mit eigenen Zähnen, die anderen waren das Gebiß-Universum. »Ich rede«, keuchte Valance mit seiner besten Deep-Throat-Stimme ins Telefon, »vom Immigranten-Universum.«

Schon wieder mein Volk: Chamcha, verkleidet in Turban und den anderen, schlecht sitzenden Frauensachen, hing in der Diele am Telefon, während die Augen nicht-ständiger Frauen und Kinder durch nur einen Spaltbreit geöffnete Türen funkelten; und fragte sich, was sein Volk ihm diesmal angetan hatte. »Nixe kapiere«, sagte er, sich an den Italo-Slang erinnernd, den Valance so mochte, der immerhin der Schöpfer des Fast-Food-Spruchs *Getta pizza da action* war. Aber diesmal war Valance nicht zu Späßen aufgelegt. »Publikumsumfragen haben ergeben«, keuchte er, »daß Immigranten sich keine Shows ansehen, in denen Immigranten auftreten. Das interessiert sie einfach nicht. Sie wollen den Denver Clan sehen, wie alle anderen auch. Du hast das falsche Profil, wenn du weißt, was ich meine: wenn du dabei bist, bekommt der Rassenaspekt einfach ein zu großes Gewicht. Die *Aliens Show* ist eine viel zu tolle Idee, als daß sie von irgend welchen rassistischen Dimensionen beeinträchtig werden dürfte. Allein schon die Werbemöglichkeiten, aber das brauch' ich dir ja nicht zu erzählen.«

Chamca sah sein Bild in dem kleinen, zerbrochenen Spiegel über dem Telefonapparat. Er sah aus wie ein gestrandetes Genie auf der Suche nach einer Wunderlampe. »Das ist Ansichtssache«, erwiderte er, obwohl er wußte, daß mit Valance nicht zu diskutieren war. Bei Hal liefen Erklärungen immer auf nachträgliche Rationalisierungen hinaus. Er war ein ausgesprochen instinktgeleiteter Mensch, der als sein Motto den Rat von Deep Throat an Bob Woodward angenommen hatte. *Folge dem Geld!* Diesen Spruch hatte er sich in großer Groteskschrift drucken lassen und in seinem Büro über einem Standphoto aus den *Unbestechlichen* aufgehängt: Hal Holbrook (noch ein Hal!) auf dem Parkplatz, im Schatten stehend. Folge dem Geld: das erklärte, worauf er immer wieder gern verwies, seine fünf Frauen, alle von Haus aus reich, von denen er jeweils bei der Scheidung eine hübsche Abfindungssumme kassiert hatte. Momentan war er mit einem verwöhnten Kind verheiratet, das vielleicht ein Drittel so alt war wie er, mit hüftlangem kastanienbraunem Haar und einem gespenstischen Aussehen, das ihm vor fünfundzwanzig Jahren den Ruf einer großen Schönheit eingetragen hätte. »Sie hat keinen Penny, sie nimmt mich aus, und wenn sie genug hat, dann macht sie die Fliege«, hatte Valance einmal erzählt, in glücklicheren Tagen. »Was soll's. Ich bin auch nur ein Mensch. Diesmal ist es Liebe.« Noch so einer, der sich mit Kindern einließ. Unvermeidlich heutzutage. Chamcha stellte fest, daß er den Namen des Kindchens vergessen hatte. »Du kennst ja mein Motto«, sagte Valance. »Ja«, sagte Chamcha sachlich. »Es paßt genau zum Produkt.« Das Produkt – das bist du, du Mistkerl.

Als er Hal Valance kennenlernte (vor wie vielen Jahren? Fünf, vielleicht sechs), beim Mittagessen in White Tower, war der Mann schon ein Monster: ein pures, selbstgebasteltes Image, eine Reihe von Eigenschaften in großen Lettern über den Leib geschrieben, der, mit Hals Worten, »darauf hintrainierte, zu werden wie Orson Welles«. Er rauchte absurde Karikaturen von Zigarren, aufgrund seines entschieden kapitalistischen Standpunkts aber keine kubanischen. Er besaß eine Weste, die aus einem Union Jack geschneidert war, und legte großen Wert darauf, daß über seiner Agentur und auch über dem Tor zu seiner Villa in Highgate die Fahne flatterte; er kostümierte sich gern als Maurice Chevalier und sang, unter Einsatz von Strohhut und Stöckchen mit Silberknauf, bei größeren Veranstaltungen den erstaunten Gästen vor; er behauptete, das erste Loire-Schloß zu besitzen, das mit Telex und Telefax ausgestattet war, und machte viel Aufhebens um seine »enge« Beziehung zur Premierministerin, von der er liebevoll als »Mrs. Torture« sprach. Hal mit seinem amerikanischen Akzent – die Verkörperung eines auftrumpfenden Spießertums – war eine der glanzvollsten Erscheinungen der Zeit, die fürs Kreative zuständige Hälfte der Valance & Lang Partnership, der heißesten Agentur in London. Wie Billy Battuta hatte er eine Schwäche für große Limousinen mit großen Chauffeuren. Man erzählte, daß sich einmal, als er mit hoher Geschwindigkeit auf einer Straße in Cornwall entlanggefahren wurde, um ein langbeiniges, besonders unterkühltes finnisches Modell »anzuheizen«, ein Unfall ereignet habe: keine Verletzten, aber als der andere Fahrer wütend aus seinem schrottreifen Auto kletterte, stellte sich heraus, daß er noch größer war als Hals Beschützer. Als dieser Koloß auf ihn zusteuerte, ließ Hal das automatische Fenster herunter und keuchte freundlich lächelnd: »Ich empfehle Ihnen dringend, kehrtzumachen und Leine zu ziehen. Sollten Sie meiner Aufforderung binnen fünfzehn Sekunden nicht Folge geleistet haben, mein Herr, werde ich Sie ins Jenseits befördern lassen.« Andere Werbekoryphäen waren berühmt für ihre Arbeit: Mary Wells für ihre pinkfarbenen Braniff-Flugzeuge, David Ogilvy für seine Augenklappe, Jerry della Femina für sein »Von diesen wunderbaren Menschen, die Ihnen Pearl Harbor geschenkt haben«. Valance, dessen Agentur billige, ordinäre Sprüche bevorzugte, war in der Branche bekannt für dieses (wahrscheinlich apokryphe) »Ich werde Sie ins Jenseits befördern lassen«, eine Formulierung, die den Insidern bewies, daß der Knabe wirklich ein Genie war. Chamcha vermutete seit langem, daß er diese Geschichte mit ihren perfekten Werbeland-Ingredienzen – skandinavische Eiskönigin, zwei Schlägertypen, teure Limousinen, Valance in der Rolle des Blofeld und 007 nirgendwo zu sehen – erfunden und verbreitet hatte, wohl wissend, daß sie geschäftsfördernd war.

Das Mittagessen war seine Art, Chamcha dafür zu danken, daß er an einem sehr erfolgreichen Spot für Slimbix (kalorienreduzierte Lebensmittel) mitgewirkt hatte. Saladin war die Stimme einer piepsigen Cartoon-Figur gewesen: *Hallo, mein Name ist Cal, ich bin eine traurige Kalorie.* Vier Gänge und Champagner in rauhen Mengen als Belohnung dafür, die Leute zum Hungern zu überreden. *Ich arme Kalorie verdiene Geld so gut wie nie. Dank Slimbix hab' ich meinen Job verloren.* Chamcha hatte nicht gewußt, was von Valance zu erwarten war. Was dann kam, war wenigstens ungeschminkt. »Für jemand von der gefärbten Sorte«, gratulierte Hal, »warst du gar nicht schlecht.« Und dann, ohne den Blick von Chamcha zu wenden: »Aber ich will dir mal ein paar Fakten nennen. In den vergangenen drei Monaten haben wir ein Plakat für Erdnußbutter neu fotografieren müssen, weil es ohne den kleinen Schwarzen im Hintergrund besser ankam. Wir haben den Spot einer Wohnungsbaugesellschaft neu vertonen müssen, weil der Oberboß fand, daß sich der Sänger wie ein Schwarzer anhörte, obwohl er weiß wie ein bescheuertes Laken war und obwohl wir im Jahr zuvor einen Schwarzen hatten, bei dem, zum Glück für ihn, von einem Übermaß an Soul in der Stimme nicht die Rede sein konnte. Eine große Fluggesellschaft teilte uns mit, daß wir nicht mit Schwarzen für sie werben dürfen, obwohl Schwarze zu ihren Mitarbeitern gehören. Einmal kam ein schwarzer Schauspieler zum Vorsprechen in mein Büro, mit einem Anti-Rassismus-Button am Revers, eine schwarze Hand, die eine weiße Hand schüttelt. Ich habe zu ihm gesagt: Glaub ja nicht, daß du bei mir mit einer Sonderbehandlung rechnen kannst, mein Freund. Verstanden? Hast du mich verstanden?« Das ist eine Prüfung, sagte Saladin sich. »Ich hatte nie das Gefühl, irgendeiner Rasse anzugehören«, erwiderte er. Was vielleicht erklärte, weshalb Chamcha, als Hal Valance seine Produktionsfirma gründete, ganz oben auf der Liste stand und weshalb ihm schließlich der Maxim Alien angeboten wurde.

Als von seiten radikaler Schwarzer erste Kritik an der *Aliens Show* aufkam, erhielt Chamcha einen Spitznamen. Weil er eine Privatschule besucht hatte und dem verhaßten Valance nahestand, nannte man ihn den »braunen Onkel Tom«.

In Chamchas Abwesenheit hatte sich offenbar, dirigiert von einem gewissen Dr. Uhuru Simba, der politische Druck auf die Show verstärkt. »Keinen Schimmer, worin der seinen Doktor hat«, hauchte Valance in den Telefonhörer. »Unsere, äh, Rechercheure haben noch nichts herausgefunden.« Massenhafte Proteste, ein peinlicher Auftritt in der Sendung *Das Recht auf Widerrede.* »Der Typ ist gebaut wie ein beschissener Panzer.« Chamcha stellte sich die beiden vor, Valance und Simba, ein an Gegensätzlichkeit nicht zu überbietendes Paar. Es schien, als hätten die Proteste gefruchtet: Valance »entpolitisierte« die Show, indem er Chamcha rauswarf und einen blonden, teutonischen Kleiderschrank mit muskulöser Brust und Stirnlocke in die computergesteuerte Phantasiewelt holte, einen Latex-und-Quantel Schwarzenegger, eine synthetische, hochgestochen daherquatschende Ausgabe von Rutger Hauer aus *Blade Runner.* Weg vom Fenster waren auch die Juden: anstelle von Mimi Mamoulian würde eine vollbusige Schickse in der neuen Show auftreten. »Ich habe Dr. Simba, diesem Arschloch, geschrieben, daß die Sache damit ja wohl erledigt sei. Er hat nicht geantwortet. Er muß sich schon etwas mehr anstrengen, wenn er dieses kleine Land übernehmen will. Ich», verkündete Hal Valance, »ich liebe dieses beschissene Land. Deshalb werde ich es an die ganze Welt verkaufen, an Japan, Amerika, den Scheißargentiniern. Ich werde es verkaufen, bis nichts mehr davon übrig ist. Mein ganzes verfluchtes Leben lang habe ich nichts anderes verkauft: das Land, die *Fahne.«* Er hörte nicht, was er sagte. Wenn er bei diesem Thema einmal in Fahrt kam, lief er dunkelrot an und weinte oft. So war es auch im White Tower gewesen, an jenem Tag, während er griechisches Essen in sich hineinschaufelte. Chamcha erinnerte sich jetzt, wann das gewesen war: kurz nach dem Falkland-Krieg. Die Leute neigten damals dazu, patriotische Bekenntnisse abzulegen, im Bus »Pomp and Circumstance« vor sich hinzusummen. Als Valance, mit einem großen Glas Armagnac in der Hand, anhob – »Ich werd' dir sagen, warum ich England liebe« –, glaubte Chamcha, selbst pro-Falkland, zu wissen, was als Nächstes kommen würde. Aber Valance sprach über das Forschungsprojekt eines britischen Raumfahrtkonzerns, einer seiner Klienten, der den Bau von Raketenleitsystemen durch das Studium der Flugbewegungen der Gemeinen Hausfliege revolutioniert hatte. »Kurskorrekturen während des Fluges«, flüsterte er theatralisch, »üblicherweise in Flugrichtung: mit der Nase ein bißchen höher oder tiefer, eine Idee nach links oder nach rechts. Wissenschaftler haben mit Hilfe von Zeitlupenaufnahmen die Flugmuster der niederen Fliege studiert und herausgefunden, daß die kleinen Tierchen immer, aber auch immer, Korrekturen im *rechten Winkel* vornehmen.« Er demonstrierte es mit der flach ausgestreckten Hand. »Bsst! Bsst! Sie fliegen tatsächlich senkrecht nach oben, nach unten, zur Seite. Viel genauer. Energiemäßig viel sparsamer. Versuch das mal mit einer Maschine, die auf einen von vorn kommenden Luftstrom angewiesen ist, und was passiert? Das blöde Ding kann nicht atmen, sackt ab, fällt vom Himmel, landet deinen Alliierten auf der Birne. Schlechtes Karma, du verstehst. Verstehst du, was ich meine? Also erfinden diese Jungs ein Flugzeug, das für Luftströme aus drei Richtungen geeignet ist, von vorne, von oben, von der Seite. Und schon haben wir eine Rakete, die wie eine verdammte Fliege fliegt und auf drei Meilen Entfernung eine 50-Penny-Münze trifft, die mit hundert Sachen dahinsaust. Was ich an England liebe, ist: sein Genius. Die größten Erfinder auf der Welt. Es ist schön: Stimmt's oder hab' ich recht?« Er hatte es völlig ernst gemeint. Chamcha antwortete: »Sie haben recht.« »Und wie ich recht habe!« bekräftigte er.

Das letzte Mal trafen sie sich kurz vor Chamchas Abflug nach Bombay: draußen in Highgate zum sonntäglichen Mittagessen, im fahnengeschmückten Haus. Rosenholztäfelung, eine Terrasse mit steinernen Krügen und Blick über einen baumbestandenen Hang. Valance beklagte sich über neue Bauvorhaben, die den Ausblick verschandeln würden. Es gab, kaum überraschend, ein chauvinistisches Mittagessen: *Rosbif, Boudin Yorkshire, Choux de Bruxelles.* Baby, das Nymphchen, leistete ihnen nicht Gesellschaft, sondern spielte in einem Nebenzimmer Billard und aß nebenbei Schwarzbrot mit scharfer Pastrami. Diener, ein schwerer Burgunder, noch mehr Armagnac, Zigarren. Das Paradies des

Selfmademan, dachte Chamcha und wurde sich des Neids bewußt, der in diesem Gedanken lag.

Nach dem Essen: eine Überraschung. Valance führte ihn in ein Zimmer, in dem zwei außerordenlich zierliche und leichte Klavichorde standen. »Ich baue sie«, bekannte sein Gastgeber, »um mich zu entspannen. Baby will, daß ich ihr eine verfluchte Gitarre baue.« Hal Valances handwerkliches Talent war nicht zu leugnen und paßte irgendwie nicht zu ihm. »Mein Vater war in der Branche«, gestand er auf Chamchas Fragen, und Saladin begriff, daß es ein Privileg war, einen Blick auf das einzige Stück werfen zu dürfen, das von dem ursprünglichen Valance übriggeblieben war, auf den Harold, der sich aus Geschichte und Blut herleitete und nicht aus seinem übergeschnappten Denken.

Kaum hatten sie die Geheimkammer mit den Klavichorden verlassen, erschien sofort der vertraute Hal Valance wieder auf der Bildfläche. An die Balustrade der Terrasse gelehnt, bekannte er: »Das Erstaunliche an ihr ist die Größe dessen, was sie vorhat.« Wer? Baby? Chamcha war verwirrt. »Ich spreche von du-weißt-schon-wem«, erläuterte Valance bereitwillig. »Torture. Maggie, das Biest.« Ach so. »Sie ist wirklich radikal. Was sie vorhat – und sie ist tatsächlich überzeugt, es verdammt noch mal schaffen zu können – ist, buchstäblich eine völlig neue Mittelschicht in England zu etablieren. Weg mit den alten, wirren, inkompetenten Scheißkerlen aus Surrey und Hampshire, her mit den Neuen. Leute ohne Hintergrund, ohne Geschichte. Hungrige Leute. Leute, die wirklich was *wollen* und wissen, daß sie mit ihr wirklich alles bekommen. Noch nie hat jemand versucht, eine ganze Klasse durch eine andere zu ersetzen, und das Erstaunliche ist, daß sie es schaffen wird, wenn die anderen nicht schneller sind. Die alte Klasse. Die Toten. Wenn du weißt, was ich meine.« »Ja, ja«, log Chamcha. »Und nicht bloß die Geschäftsleute«, nuschelte Valance. »Auch die Intellektuellen. Weg mit dem ganzen schwulen Gesocks. Her mit den hungrigen Typen, die auf die falsche Schule gegangen sind. Neue Professoren, neue Künstler, alles neu. Eine blutige Revolution. Dieses England, in dem es nur so wimmelt von alten, stinkenden Leichen, wird völlig umgekrempelt. Da wird's was zu sehen geben. Gibt's schon heute.«

Mit gelangweiltem Gesicht kam Baby zu ihnen heraus. »Wird Zeit, daß du verschwindest, Chamcha«, kommandierte ihr Mann. »Sonntag nachmittag gehen wir immer ins Bett und gucken uns Pornovideos an. Es ist eine ganz neue Welt, Saladin. Irgendwann muß jeder beitreten.«

Keine Kompromisse. Mitmachen oder untergehen. Das war

nicht Chamchas Art; weder seine noch die Art jenes Englands, das er bewundert hatte und das zu erobern er gekommen war. Er hätte es sofort und auf der Stelle verstehen müssen: Er wurde, war gewarnt worden.

Und dann der Gnadenstoß: »Nimm's nicht so schwer«, murmelte Valance in sein Ohr. »Laß dich mal wieder blicken, ja? Also dann.«

»Hal«, zwang er sich einzuwenden, »ich habe einen Vertrag.«

Wie eine Ziege zum Metzger. Die Stimme an seinem Ohr klang jetzt offen amüsiert. »Stell dich nicht so an«, sagte sie. »Von wegen Vertrag. Lies mal das Kleingedruckte! Nimm dir einen Anwalt, er soll dir das Kleingedruckte vorlesen. Bring mich vor den Kadi. Tu, was du nicht lassen kannst. Mich kratzt das nicht. Hast du's nicht kapiert? Du bist Geschichte.«

Aufgelegt.

❦

Im Stich gelassen von einem fremden England, gestrandet in einem anderen, erhielt Mr. Saladin Chamcha in seiner tiefen Niedergeschlagenheit Nachricht von einem alten Kameraden, der es offensichtlich besser getroffen hatte. Der Schrei seiner Wirtin – *»Tini bénché achén!«* – informierte ihn, daß etwas passiert war. Hind schlingerte die Korridore des Shaandaar Bed and Breakfast auf und ab und wedelte dabei – wie sich heraustellte – mit der jüngsten Nummer des importierten indischen Filmmagazins *Ciné-Blitz* herum. Türen gingen auf, einstweilige Wesen steckten die Köpfe heraus, blickten verwirrt und erschrocken. Mishal Sufyan kam aus ihrem Zimmer, mit viel nackter Haut zwischen dem kurzen Top und der 501. Aus dem Büro, das er am anderen Ende des Korridors unterhielt, trat Hanif Johnson, in einem absurd eleganten Dreiteiler, kollidierte mit der nackten Taille und bedeckte sein Gesicht. »Gott sei mir gnädig«, betete er. Mishal ignorierte ihn und schrie ihrer Mutter hinterher: »Was ist los? Wer lebt?«

»Schamlose!« rief Hind durch den Korridor, »bedecke deine Blößen.«

»Fresse!« murmelte Mishal und sah Hanif Johnson aufmüpfig an. »Und die Rettungsringe, die zwischen ihrem Sari und ihrem Choli hervorquellen, was ist damit?« Ganz hinten, im Dämmerlicht am anderen Ende des Flurs, war zu sehen, wie Hind mit dem *Ciné-Blitz* vor den Mietern herumfuchtelte und immer wieder »Er lebt« rief, mit der Inbrunst jener Griechen, die nach dem Verschwinden des Politikers Lambrakis überall im Land mit weißer Farbe den Buchstaben Z aufmalten. *Zet: Er lebt.*

»Wer?« fragte Mishal erneut.

»Gibril«, erscholl der Ruf nicht-ständiger Kinder. *»Farishta bénché achén.«* Hind verschwand nach unten, sah nicht, wie ihre ältere Tochter in ihr Zimmer zurückging, die Tür weit offen ließ, und ihr, nachdem er sich vergewissert hatte, daß die Luft rein war, der stadtbekannte Rechtsanwalt Hanif Johnson folgte, in Anzug und Stiefeln, der hier ein Büro unterhielt, um den Kontakt zur Basis nicht zu verlieren, zudem noch eine elegante, florierende Kanzlei im Zentrum hatte, über gute Beziehungen zu den örtlichen Vertretern der Labour Party verfügte und von dem gegenwärtigen Abgeordneten beschuldigt wurde, er arbeite darauf hin bei einer möglichen Nachwahl seinen Platz einzunehmen.

Wann wurde Mishal achtzehn? In ein paar Wochen erst. Und wo war ihre Schwester, Zimmergefährtin, Kumpel, Schatten, Echo und Abziehbild? Wo war die potentielle Anstandsdame? Sie war: nicht zu Hause.

Aber fahren wir fort:

Die Meldung des *Ciné-Blitz* besagte, daß eine neue, in London ansässige Produktionsfirma, mit dem Senkrechtstarter und Magnaten Billy Battuta an der Spitze, dessen Interesse für das Kino allgemein bekannt war, sich mit dem angesehen, unabhängigen indischen Produzenten Mr. S. S. Sisodia zusammengetan hatte in der Absicht, einen Film zu produzieren, der dem legendären Gibril, von dem exklusiv gemeldet wurde, er sei zum zweiten Mal dem Rachen des Todes entronnen, die Chance eines Comebacks bieten würde. »Es stimmt, daß ich unter dem Namen Najmuddin für diesen Flug gebucht war«, wurde der Star zitiert. »Ich weiß, daß zu Hause große Trauer aufkam, als die nachforschenden Schnüffler herausfanden, daß dies mein Inkognito war – mein richtiger Name, genauer gesagt –, und dafür muß ich mich bei meinen Fans aufrichtig entschuldigen. Sehen Sie, es war so, daß ich, Gott sei's gedankt, diesen Flug irgendwie verpaßt habe, und da ich ohnehin vorhatte, unterzutauchen – entschuldigen Sie, das sollte kein Witz sein –, habe ich meinen angeblichen Tod nicht dementieren lassen und eine spätere Maschine genommen. Welches Glück: ein Engel muß mich wirklich beschützt haben.« Nach reiflicher Überlegung habe er sich aber gesagt, daß es nicht richtig sei, seinem Publikum auf so unfaire und schmerzhafte Weise die Wahrheit und auch seine Leinwandauftritte vorzuenthalten. »Ich habe daher dieses Angebot mit großer Begeisterung freudig angenommen.« Es sollte – was sonst – ein Theological werden, in seiner Art aber etwas Neues. Er würde in einer imaginären, sagenumwobenen Stadt aus Sand spielen und die Geschichte der Begegnung zwischen einem Propheten und einem Erzengel erzählen, auch: die Versuchung des Propheten und seine Entscheidung für den Weg der Reinheit statt für einen billigen Kompromiß. »Es ist ein Film darüber«, so Produzent Sisodia zum *Ciné-Blitz,* »wie das Neue in die Welt kommt.« Aber würde er nicht als Blasphemie aufgefaßt werden, als Verbrechen gegen... »Aber keineswegs«, entgegnete Billy Battuta. »Phantasie ist Phantasie, und Fakt ist Fakt. Wir haben nicht vor, ein solches Machwerk wie den Film *Die Botschaft* zu drehen, in dem man, jedesmal, wenn der Prophet Mohammed (Friede seinem Namen!) sprach, nur den Kopf seines Kamels sah, das sein Maul bewegte. *Das* – entschuldigen Sie diese Bemerkung – hatte keine Klasse. Wir machen einen ästhetisch anspruchsvollen Qualitätsfilm. Eine moralische Erzählung: vergleichbar einer – wie sagt man – Fabel.«

»Einem Traum«, sagte Mr. Sisodia.

Als Anahita und Mishal Sufyan später am Tag die Nachricht zu Chamcha in die Mansarde hochbrachten, wurde er von dem gemeinsten Zornanfall gepackt, den die beiden je erlebt hatten, von einer so unbändigen Wut, unter deren furchteinflößendem Einfluß seine Stimme, immer schriller wurde, zu zerreißen drohte, als wären Messer in seinem Hals gewachsen, die seine Schreie zerfetzten; sein pestbringender Atem hätte die beiden Mädchen fast aus dem Zimmer gefegt, und mit hoch erhobenen Armen und tanzenden Ziegenbeinen sah er, endlich, wie der leibhaftige Teufel aus, zu dessen Ebenbild er geworden war. »Lügner«, brüllte er den abwesenden Gibril an, »Verräter, Deserteur, Abschaum! Das Flugzeug verpaßt, ja? Wessen Kopf war es denn, den ich in meinem Schoß, mit meinen eigenen Händen...? Wer wurde gestreichelt, wer sprach von Alpträumen und fiel schließlich singend vom Himmel?«

»Na, na«, flehte Mishal erschrocken. »Beruhige dich. Wenn du so weitermachst, kreuzt Mama jeden Augenblick hier auf.«

Saladin fügte sich, wieder ein elendes Häuflein Ziege, drohte niemandem mehr. »Es ist nicht wahr«, wimmerte er. »Was passiert ist, ist uns beiden passiert.«

»Aber klar«, sprach ihm Anahita Mut zu. »Was in diesen Filmheftchen steht, glaubt eh niemand. Die lügen doch das Blaue vom Himmel...

Die Schwestern zogen sich mit angehaltenem Atem aus dem Zimmer zurück, überließen Chamcha seinem Elend, und ihnen entging dabei etwas äußerst Bemerkenswertes. Was man ihnen nicht anlasten kann, Chamchas grotesker Anfall hätte noch das schärfste Auge abgelenkt. Fairerweise sollte festgestellt werden, daß die Veränderung auch Saladin selbst entging.

Was war geschehen? Dies: während seines kurzen, aber heftigen Wutausbruchs waren die Hörner auf Chamchas Kopf (die – man kann es ruhig zugeben –, während er in der Dachkammer des Shaandaar Bed and Breakfast schmachtete, um einige Zentimeter gewachsen waren) eindeutig, unverkennbar etwa zwei Zentimeter *kleiner* geworden.

Im Interesse größter Genauigkeit sollte zudem darauf hingewiesen werden, daß weiter unten an seinem verwandelten Körper, unter der geliehenen Hose (Feingefühl verbietet uns, Einzelheiten zu veröffentlichen), etwas anderes, wollen wir es bei dieser Formulierung bewenden lassen, ebenfalls ein wenig kleiner geworden war.

Wie dem auch sei: es sickerte durch, daß der Optimismus des Berichts in jenem importierten Filmmagazin ganz und gar unbegründet war, denn nur wenige Tage nach seiner Veröffentlichung meldeten die örtlichen Zeitungen, daß Billy Battuta, zusammen mit seiner Begleiterin, der vierzigjährigen Schauspielerin Mildred Mamoulian, in einer New Yorker Sushi-Bar verhaftet worden war. Berichtet wurde, daß er sich einer Reihe von älteren Damen, Angehörigen einer religiösen Gemeinschaft, genähert und sie um »erhebliche« Geldbeträge gebeten hatte, die er angeblich benötigte, um sich von einer Sekte von Teufelsanbetern freikaufen zu können. Einmal ein Hochstapler, immer ein Hochstapler: Mimi Mamoulian hätte es bestimmt als phantastischen Coup bezeichnet. Mit seinem Hilferuf, der mitten ins Herz der amerikanischen Religiosität zielte – »Wer seine Seele verkauft, darf nicht erwarten, daß er sie billig zurückbekommt« –, hatte er nach Angaben der Ermittlungsbeamten »sechsstellige Summen« eingestrichen. In den späten achtziger Jahren bestand weltweit ein großes Bedürfnis der Gläubigen nach direktem Kontakt zum Übernatürlichen, und Billy stellte mit seiner Behauptung, teuflische Dämonen beschworen zu haben (und daher vor ihnen gerettet werden zu müssen), eine todsichere Investition dar, zumal der von ihm offerierte Teufel dem Diktat des Allmächtigen Dollars auf so demokratische Weise Folge leistete. Was Billy den Matronen von der West Side für ihre fetten Schecks bot, war Bestätigung: Jawohl, es gibt einen Teufel, ich habe ihn mit eigenen Augen gesehen – Gott, es war furchtbar –, und wenn Luzifer existierte, dann mußte auch Gabriel existieren; wenn jemand das Höllenfeuer hatte lodern sehen, dann mußte irgendwo über dem Regenbogen bestimmt das Paradies leuchten. Mit Tränen und Appellen sollte Mimi Mamoulian eine wesentliche Rolle bei diesen Betrugsmanövern gespielt haben. Durch allzu selbstsicheres Auftreten flogen sie auf: im Takesushi (wo sie ausgelassen feierten und mit dem Chef Witze rissen) wurden sie von einer Mrs. Aileen Struwelpeter gesehen, die erst tags zuvor dem hilfesuchenden, verängstigten Paar einen Fünftausenddollarscheck übergeben hatte. Mrs. Struwelpeter war nicht ohne Einfluß im New Yorker Polizeipräsidium, und die blaugekleideten Jungs trafen ein, noch ehe Mimi ihre Tempura aufgegessen hatte. Beide ließen sich ruhig abführen. Auf den Zeitungsfotos war Mimi mit einem Nerzmantel zu sehen, den Chamcha auf vierzigtausend Dollar schätzte, und einem Gesichtsausdruck, der nur eine Deutung zuließ.

Ihr könnt mich alle mal.

Für eine ganze Weile war daraufhin von Farishtas Film nichts mehr zu hören.

❦

Es war so und auch wieder nicht, daß der Zustand Saladin Chamchas, dessen Gefangenschaft im Körper eines Teufels und in der Dachkammer des Shaandaar Bed and Breakfast nun schon Wochen und Monate dauerte, sich unübersehbar verschlechterte. Seine Hörner (ungeachtet jener einmaligen, kurzlebigen und unbemerkten Verkürzung) waren sowohl dicker als auch länger geworden, drehten sich mittlerweile zu phantastischen Arabesken, wickelten sein Haupt in einen Turban aus nachdunkelndem Knochen. Ihm war ein dichter, langer Bart gewachsen, eine irritierende Entwicklung bei jemandem, dessen rundes Mondgesicht noch nie durch besondere Behaarung aufgefallen war; er war überhaupt am ganzen Körper haariger geworden, und dort, wo sein Rückgrat endete, war ein schöner Schwanz gewachsen, der mit jedem Tag länger wurde und ihn bereits dazu zwang, auf das Tragen von Hosen zu verzichten; er stopfte das neue Körperteil statt dessen in sackartige Salwarhosen, die Anahita Sufyan aus der großzügig geschneiderten Kollektion ihrer Mutter entwendet hatte. Wie sehr ihn diese fortwährende Metamorphose in eine Art Flaschenteufel bekümmerte, kann man sich leicht vorstellen. Sogar sein Appetit veränderte sich. Schon immer ein wählerischer Esser, stellte er mit Entsetzen fest, daß sein Geschmackssinn sich vergröberte, so daß alle Speisen irgendwie gleich zu schmecken begannen, und gelegentlich ertappte er sich dabei, wie er geistesabwesend an seinem Laken oder an alten Zeitungen herumknabberte, und erschrocken kam er dann zu sich, schuldbewußt und beschämt ob dieses neuerlichen Beweises seiner Entfernung vom Menschlichen hin zu – jawohl – zum Ziegenhaften. Immer größere Mengen Mundwasser waren vonnöten, um seinen Atem auf einem erträglichen Niveau zu stabilisieren. Es war wirklich nicht auszuhalten.

Seine Anwesenheit im Haus war ein ständiger Stachel im Fleisch der Hind, in der sich Bedauern über den entgangenen Profit mit den Überbleibseln ihres anfänglichen Schreckens vermengten, obwohl gesagt werden muß, daß der wohltuende Prozeß der Gewöhnung sie bereits in seinen Bann gezogen hatte, ihr geholfen hatte, Saladins Zustand als eine Art Elefantenmensch-Krankheit zu betrachten, als etwas Abstoßendes, aber nicht unbedingt Beängstigendes. »Wenn er mir aus dem Weg geht, dann gehe ich ihm auch aus dem Weg«, sagte sie zu ihren Töchtern. »Und ihr, Kinder meiner Verzweiflung, warum verbringt ihr eure Zeit dort oben bei einem Kranken, während eure Jugend vorüberfliegt, wer weiß es schon, aber in diesem Vilayet scheint alles, was ich einmal wußte, eine Lüge zu sein, zum Beispiel die Vorstellung, daß junge Mädchen ihren Müttern helfen, ans Heiraten denken, fleißig lernen und nicht bei Ziegen herumsitzen sollen, denen wir am Großen Id die Kehle durchschneiden, wie es unser Brauch ist.«

Ihr Mann blieb indes besorgt, selbst nach dem merkwürdigen Vorfall, der sich ereignete, als er zur Dachkammer hinaufstieg und Saladin zu bedenken gab, daß sich die Mädchen womöglich doch nicht geirrt hätten, daß äh, wie sollte er es ausdrücken, die Besessenheit seines Körpers vielleicht durch Fürsprache eines Mullahs geheilt werden könne. Kaum war die Rede auf einen Geistlichen gekommen, baute Chamcha sich auf seinen Füßen auf, hob beide Arme hoch über den Kopf, und irgendwie füllte sich der Raum mit dichtem, schwefligen Rauch, während ein hohes, vibrierendes, durchdringendes Gekreisch wie ein Stachel an Sufyans Trommelfell kratzte. Der Rauch verzog sich rasch, weil Chamcha ein Fenster aufstieß und fieberhaft die Schwaden zu vertreiben suchte, während er sich überaus verlegen bei Sufyan entschuldigte. »Ich weiß wirklich nicht, was über mich gekommen ist, aber manchmal habe ich Angst, daß ich mich in etwas verwandle, was die Bezeichnung *böse* verdient.«

Sufyan, liebenswürdiger Bursche, der er war, ging zu Chamcha, der seine Hörner umklammerte, klopfte ihm auf die Schulter und versuchte, ihn so gut er konnte zu trösten. »Problem der Wandlungsfähigkeit des Subjekts«, begann er unbeholfen, »ist schon lange Gegenstand tiefschürfender Debatten. Der Große Lukrez beispielsweise sagt in *De Rerum Natura* das Folgende: *quodcumque suis mutatum finibus exit, continuo hoc mors est illius quod fuit ante.* Übersetzt heißt das, entschuldigen Sie meine wenig elegante Formulierung: ›Was, indem es sich verwandelt, seine Grenzen überschreitet‹, das heißt, über seine Ufer tritt, oder vielleicht seine Schranken überwindet, gewissermaßen seine eigenen Gesetze mißachtet, aber das ist wohl zu frei, ich überlege gerade... ›Dieses Ding‹, so jedenfalls Lukrez, ›bringt dadurch seinem ursprünglichen Wesen den sofortigen Tod‹. Aber«, und der Zeigefinger des Ex-Lehrers ging in die Höhe, »der Dichter Ovid vertritt in den *Metamorphosen* eine diametral entgegengesetzte Ansicht. Er behauptet: ›So wie weiches Wachs‹ – erhitzt etwa für das Versiegeln von Dokumenten oder dergleichen, verstehen Sie – ›mit neuen Mustern versehen wird und seine Form verändert und nicht mehr dasselbe zu sein scheint, so bleibt es doch dasselbe, und das gilt ebenso für unsere Seelen.‹ – Hören Sie? Unsere Seelen! Unser unsterbliches Wesen! – ›Sie bleiben dieselben, nehmen auf ihrer Wanderschaft aber stets neue Formen an.‹«

Vor Begeisterung über die alten Worte hüpfte er jetzt von einem Bein aufs andere. »Für mich kommt Ovid immer vor Lukrez«, erklärte er. »Ihre Seele, mein lieber armer Freund, bleibt dieselbe. Nur auf ihrer Wanderschaft hat sie zur Zeit diese Form angenommen.«

»Ein ziemlich schwacher Trost.« Chamcha gelang es, eine Spur seiner alten Trockenheit aufzubringen. »Entweder ich akzeptiere Lukrez und ziehe den Schluß, daß in meinem Innersten eine teuflische und irreversible Mutation stattfindet, oder ich halte es mit Ovid und erkenne an, daß alles, was jetzt ans Tageslicht kommt, lediglich eine Manifestation des bereits Vorhandenen ist.«

»Ich habe mich schlecht ausgedrückt«, entschuldigte sich Sufyan niedergeschlagen. »Ich wollte Sie nur trösten.«

»Welchen Trost gibt es schon für einen Mann«, erwiderte Chamcha, dessen Sinn für Ironie vom Gewicht seines Kummers erdrückt wurde, mit bitterer Logik, »dessen alter Freund und Retter auch der nächtliche Liebhaber seiner Frau ist und so dafür sorgt – wie Ihre alten Bücher zweifellos bestätigen werden –, daß dem betrogenen Ehemann Hörner wachsen.«

❦

Der alte Freund, Jumpy Joshi, konnte sich in wachem Zustand auch nicht für einen einzigen Augenblick von dem Wissen befreien, daß er, nach seiner Erinnerung zum ersten Mal, den Willen verloren hatte, ein Leben gemäß seinen eigenen Moralvorstellungen zu führen. Im Sportzentrum, wo er eine wachsende Anzahl von Jugendlichen in asiatischen Kampfsportarten unterrichtete, wobei er, sehr zur allgemeinen Belustigung, den spirituellen Aspekt der verschiedenen Disziplinen betonte (»Ah, so, Fliegengewicht«, pflegte seine Musterschülerin Mishal Sufyan ihn aufzuziehen, »wenn honoliges Fasistenswein dich in dunklel Gasse angleift, du ihn Buddha pledigen, bevor du ihm in honolige Eiel tlittst«), begann er, eine so heftige Kampfeswut an den Tag zu legen, daß seine Schüler immer besorgter wurden, denn sie spürten, daß sich da irgendein seelischer Schmerz ausdrückte. Am Ende einer Unterrichtsstunde, in der sich Lehrer und Schülerin, die angeschlagen und japsend dastanden, wie ausgehungerte Liebende aufeinandergestürzt hatten, sprach Mishal ihn darauf an, doch er gab ihr die Frage mit einem untypischen Mangel an Offenheit zurück. »Wer im Glashaus sitzt«, sagte er. »Ist eine Frage von Splitter und Balken.« Sie standen bei den Automaten. Sie zuckte die Schultern. »Na schön«, meinte sie. »Ich gestehe, aber nicht weitersagen.« Er griff nach seiner Coke. »Was denn?« Naiver Jumpy. Mishal wisperte in sein Ohr: »Dein Freund, Mister Hanif Johnson, Rechtsanwalt, treibt's mit mir.«

Er war schockiert, was sie ärgerte. »Na, hör mal. Ich bin doch keine fünfzehn.« Zaghaft erwiderte er: »Wenn das deine Mutter wüßte«, und wieder wurde sie ungeduldig: »Wenn du's unbedingt wissen willst« – gereizt – »Sorgen mache ich mir wegen Anahita. Was ich habe, will sie auch haben. Und sie ist übrigens wirklich erst fünfzehn.« Jumpy stellte fest, daß er seinen Pappbecher umgestoßen hatte, Cola lief über seine Schuhe. »Na los!« drängte Mishal. »Ich hab's gestanden. Jetzt bist du dran.« Aber Jumpy konnte es nicht sagen, noch immer schüttelte er den Kopf über Hanif. »Das könnte sein Ende sein«, sagte er. Das genügte. Mishal reckte die Nase in die Luft. »Aha, ich verstehe«, sagte sie. »Nicht gut genug für ihn, was?« Und im Weggehen, über die Schulter: »Sag mal, Fliegengewicht, ficken heilige Männer nie?«

Nicht so heilig. Er war nicht für Heiligkeit geschaffen, nicht mehr als die David-Carradine-Figur der alten Kung-Fu-Filme: wie Fliegengewicht, wie Jumpy. Jeden Tag zerschliß er sich in dem Versuch, dem großen Haus in Notting Hill fernzubleiben, und doch stand er jeden Abend vor Pamelas Haustür, den Daumen im Mund, am Nagelbett knabbernd, kämpfte gegen den Hund und sein Schuldbewußtsein an, steuerte, ohne viel Zeit zu verlieren direkt auf das Schlafzimmer zu, in dem sie übereinander herfielen, mit den Mündern jene Stellen suchten, bei denen anzufangen sie beschlossen oder gelernt hatten: zuerst seine Lippen an ihren Brustwarzen, dann ihre Lippen an seinem unteren Daumen.

Inzwischen liebte sie diese Ungeduld an ihm, weil ihr eine Geduld folgte, die sie noch nie zuvor erlebt hatte, die Geduld eines Mannes, der nie »attraktiv« gewesen war und sich daher zufriedengab mit dem, was er bekam, so zumindest hatte es anfangs für sie ausgesehen; doch dann lernte sie seine Aufmerksamkeit schätzen, sein Gefühl für ihre inneren Spannungen, sein Gespür für die Schwierigkeiten, mit der ihr schlanker, knochiger, flachbrüstiger Körper zu einem Rhythmus fand, ihn lernte und sich ihm schließlich hingab, sein Zeitgefühl. Sie liebte an ihm auch, daß er sich selbst überwand; sie liebte, obwohl sie wußte, daß es ein unzulässiger Grund war, seine Entschlossenheit, seine Skrupel zu besiegen, damit sie zusammensein konnten: liebte das Begehren in ihm, das sich über alles hinwegsetzte, was ihn sonst beherrschte: liebte, ohne in dieser Liebe den Anfang des Endes sehen zu wollen.

Kurz vor dem Höhepunkt wurde sie laut. »Jaah!« schrie sie, und die ganze Vornehmheit ihrer Stimme sammelte sich in den bedeutungslosen Silben ihrer Lust. »Aaahh! Hhmmmh! *Ha!*«

Sie trank noch immer übermäßig Scotch Bourbon Rye, und mitten in ihrem Gesicht breitete sich ein roter Streifen aus. Unter Alkoholeinfluß wurde das rechte Auge halb so groß wie das linke, und zu seinem Entsetzen begann sie, ihn dann anzuwidern. Über ihre Trunksucht durfte jedoch nicht gesprochen werden: das eine Mal, als er es versuchte, fand er sich auf der Straße wieder, in der rechten Hand seine Schuhe und den Mantel über dem linken Arm. Doch selbst danach kam er zurück, und sie öffnete ihm die Tür und ging sofort nach oben, als ob nichts geschehen wäre. Pamelas Tabus: Witze über ihre Herkunft, Anspielungen auf die Batterien leerer Flaschen und jegliche Andeutung, daß ihr verstorbener Mann, der Schauspieler Saladin Chamcha, noch am Leben war und sich in derselben Stadt, in einer billigen Pension aufhielt, in Gestalt eines übernatürlichen Monsters.

Jumpy, der sie anfangs wegen Saladin ständig genervt, sie gedrängt hatte, sie solle sich von ihm scheiden lassen, dieses Witwe-Spielen sei unerträglich – wie steht der Mann denn finanziell da, ist er Miteigentümer des Hauses und so weiter, sie würde ihn doch bestimmt nicht mittellos dastehen lassen –, Jumpy protestierte inzwischen nicht mehr gegen ihr unvernünftiges Verhalten. »Ich habe eine amtliche Bestätigung, daß er tot ist«, sagte sie jenes eine Mal zu ihm, als sie überhaupt bereit war, sich zu diesem Thema zu äußern. »Und was hast du? Einen Ziegenbock, ein Zirkusmonster, hat nichts mit mir zu tun.« Und wie ihre Trinkerei, so hatte sich auch dies zwischen sie gestellt. Je mehr ihn diese Probleme belasteten, desto ungestümer wurde sein Sportunterricht.

Ironischerweise war Pamela, die sich strikt weigerte, der Wahrheit über ihren von ihr getrennt lebenden Mann ins Auge zu blikken, durch ihre Arbeit im Amt für multikulturelle Angelegenheiten in eine Untersuchung verwickelt worden, die Meldungen nachging, daß sich unter den Beamten des örtlichen Polizeireviers eine Neigung zu Hexerei ausbreite. Einige Polizeireviere genossen tatsächlich den Ruf, von Zeit zu Zeit »außer Kontrolle zu geraten« – Notting Hill, Kentish Town, Islington –, aber Hexerei? Jumpy war skeptisch. »Dein Fehler ist«, hielt Pamela ihm in ihrer arrogantesten Tennisclub-Stimme vor, »daß du Normalität noch immer für etwas Normales hältst. Mein Gott, schau dich doch nur um, was hierzulande los ist. Ein paar hirnrissige Bullen, die sich ausziehen und Urin aus ihren Helmen trinken, das ist gar nicht so verrückt. Nenn es proletarisches Freimaurertum, wenn du willst. Jeden Tag kommen total verängstigte Schwarze in mein Büro, reden von Obis, Hühnereingeweiden und allem möglichen. Den Mistkerlen macht es auch noch Spaß. Jagen den Niggern mit ihrem eigenen Hokus-Pokus eine Wahnsinnsangst ein und machen sich obendrein noch ein paar wilde Nächte. Unwahrscheinlich? Wach endlich auf!« Die Jagd auf Hexen lag anscheinend in der Familie: von Matthew Hopkins bis zu Pamela Lovelace. Aus Pamelas Stimme, der man bei öffentlichen Veranstaltungen, im Radio, ja sogar im Regionalprogramm des Fernsehens begegnete, war der ganze Eifer und die Autorität des alten Oberhexenjägers herauszuhören, und daß ihre Kampagne nicht sofort ausgelacht und eingestellt wurde, lag nur an der Stimme jener zeitgenössischen Gloriana. *Neuer Besen gesucht, um alte Hexen auszutreiben.* Von einer offiziellen Untersuchung war die Rede. Was Jumpy allerdings aufbrachte, war Pamelas Weigerung, eine Verbindung zwischen den okkultistischen Polizeibeamten und dem Fall ihres Ehemannes herzustellen: weil schließlich die Verwandlung Saladin Chamchas mit genau jener Vorstellung zu tun hatte, daß Normalität nicht mehr (wenn überhaupt je) aus banalen, normalen Elementen bestand. »Hat nichts damit zu tun«, sagte sie knapp, als er ansetzte, es ihr zu erklären: überheblich, dachte er, wie ein Blutrichter.

❦

Nachdem Mishal Sufyan ihm von ihren ungesetzlichen sexuellen Beziehungen zu Hanif Johnson erzählt hatte, mußte Jumpy, unterwegs zu Pamela Chamcha, eine Reihe bigotter Gedanken unterdrücken, wie etwa: *wenn sein Vater kein Weißer gewesen wäre, hätte er es nie getan.* Er war fuchsteufelswild: Hanif, dieser unreife Bastard, der wahrscheinlich Kerben in seinen Schwanz schnitt, um den Überblick über die Zahl seiner Eroberungen nicht zu verlieren, dieser Johnson mit seinem Ehrgeiz, sein Volk zu vertreten, das er schon beschiß, noch ehe es volljährig war ... sah er denn nicht, daß Mishal mit ihrem allwissenden Körper bloß ein, bloß ein, Kind war? *Nein, war sie nicht ...* Verflucht soll er sein, verflucht dafür (und hier erschrak Jumpy über sich), daß er der Erste war.

Auf dem Weg zu seiner Geliebten, versuchte Jumpy, sich klarzumachen, daß seine Wut auf Hanif, *seinen Freund Hanif,* in erster Linie – wie sollte er es ausdrücken? – *linguistischer* Natur war. Hanif beherrschte die Sprachen, auf die es ankam: die Sprache der Soziologen, der Sozialisten, der schwarzen Radikalen, der Anti-Anti-Anti-Rassisten, der Demagogen, der Volksredner, der Prediger: die Vokabulare der Macht. *Aber du Dreckskerl wühlst in meinen Schubläden herum und lachst über meine törichten Gedichte. Das eigentliche Problem der Sprache: wie sie beugen, gestalten, wie sie zu unserer Freiheit machen, wie ihre vergifteten Quellen zurückerobern, wie den Fluß der Worte der Zeit des Blutes lenken: von all dem hast du keinen Schimmer.* Wie schwer dieser Kampf, wie unausweichlich die Niederlage. *Niemand wird mich zu irgend etwas wählen. Keine Machtbasis, keine Wählerschaft: nur der Kampf mit den Wörtern.* Aber er, Jumpy, mußte sich auch eingestehen, daß sein Neid auf Hanif ebenso in der Tatsache wurzelte, daß der andere die Sprache des Begehrens besser beherrschte. Mishal Sufyan war schon etwas, eine hochgewachsene röhrenförmige Schönheit, aber er hätte nicht gewußt wie, selbst wenn er es sich vorgenommen hätte, er hätte es niemals gewagt, Sprache ist Mut: die Fähigkeit einen Gedanken zu fassen, ihn auszusprechen und so Wirklichkeit werden zu lassen.

Als Pamela Chamcha ihm öffnete, erfuhr er, daß ihr Haar über Nacht schlohweiß geworden war und sie auf dieses unerklärliche Malheur damit reagiert hatte, daß sie sich den Kopf kahlschor und ihn in einem lächerlichen burgunderroten Turban versteckte, den abzunehmen sie sich weigerte.

»Einfach so«, sagte sie. »Man kann nicht ausschließen, daß ich verhext worden bin.«

Derlei ließ er nicht gelten. »Oder war es eine Reaktion, wie verzögert auch immer, auf die Nachricht von dem veränderten, aber doch existenten Zustand deines Mannes?«

Auf halber Höhe der Treppe blieb sie stehen, wandte sich zu ihm um und wies mit theatralischer Geste auf die offene Wohnzimmertür: »Wenn das so ist«, rief sie triumphierend, »warum ist dann dasselbe mit dem Hund passiert?«

❦

In dieser Nacht hätte er ihr vielleicht gesagt, daß er aufhören wollte, daß sein Gewissen es nicht länger zuließ, er hätte vielleicht ihre Wut ertragen und mit dem Widerspruch gelebt, daß eine Entscheidung zugleich aufrichtig und unmoralisch (weil grausam, einseitig, egoistisch) sein konnte; aber als er das Schlafzimmer betrat, faßte sie sein Gesicht mit beiden Händen und gestand – und beobachtete ihn dabei genau, um zu sehen, wie er die Nachricht aufnahm –, daß sie ihn bezüglich empfängnisverhütender Vorkehrungen belogen hatte. Sie war schwanger. Wie sich herausstellte, traf sie einseitige Entscheidungen sehr viel besser als er und hatte sich einfach von ihm das Kind geholt, das ihr Saladin Chamcha nicht hatte geben können. »Ich habe es gewollt«, rief sie trotzig und aus nächster Nähe, »und ich werde es bekommen.«

Ihr Egoismus war schneller gewesen als der seine. Jumpy bemerkte, daß er erleichtert war; befreit von der Notwendigkeit, moralische Entscheidungen zu treffen und sich demgemäß zu verhalten – wie konnte er sich jetzt von ihr trennen? –, verscheuchte er solche Gedanken aus seinem Kopf und wehrte sich nicht, als sie ihn, sanft aber unmißverständlich, in Richtung Bett stieß.

❦

Ob sich der beständig weiter ummodelnde Saladin Chamcha in eine Art Science-Fiction- oder Horrorvideo-Monster verwandelte, in eine zufallsbedingte Mutation, die kraft natürlicher Auslese bald von der Bildfläche verschwunden sein würde, oder in ein Avatara des Herrn der Hölle – wie auch immer: Tatsache ist (und in dieser Angelegenheit empfiehlt es sich, vorsichtig vorzugehen, von einem unwiderlegbaren Beweis zum nächsten, keine voreiligen Schlüsse zu ziehen, bis wir auf dem endlosen, gewundenen, steinigen Weg der Erkenntnis – unanfechtbar – Zentimeter vor dem Ziel stehen), daß die beiden Töchter des Hadschi Sufyan ihn unter ihre Fittiche genommen hatten, sich um das Biest kümmerten wie nur Schöne es können; und daß er mit der Zeit eine tiefe Zuneigung zu den beiden faßte. Mishal und Anahita waren ihm lange unzertrennlich erschienen, Faust und Schatten, Schuß und

Echo, die Jüngere immer bemüht, der hochgewachsenen, lebhaften Schwester nachzueifern, Karatetritte und Wing-Chun-Stöße auszuteilen, in schmeichelhafter Imitation der kompromißlosen Art Mishals. In letzter Zeit hatte er jedoch mit Bedauern eine wachsende Feindseligkeit zwischen den Schwestern bemerkt. Eines Abends stand Mishal an seinem Mansardenfenster und zeigte ihm einige Typen auf der Straße: dort ein alter Sikh, der aus Schock über einen rassistischen Angriff in völliges Schweigen verfallen war; fast sieben Jahre, so hieß es, habe er nicht mehr gesprochen, vorher war er einer der wenigen »schwarzen« Friedensrichter der Stadt gewesen, aber jetzt verkündete er keine Urteile mehr, befand sich stets in Begleitung seiner griesgrämigen Frau, die ihn herablassend und gereizt behandelte, *ach, lassen Sie ihn, der sagt nicht mal mehr piep*, und dort drüben ein ganz unscheinbarer »kleiner Beamter« (Mishals Ausdruck) auf dem Nachhauseweg, mit einer Aktenmappe und einer Schachtel Bonbons; er war im Viertel bekannt für seine merkwürdige Angewohnheit, allabendlich eine halbe Stunde lang die Wohnzimmereinrichtung umzuräumen, die Stühle in Reihen, getrennt durch einen Mittelgang, aufzustellen und so zu tun, als sei er der Schaffner eines Omnibusses auf dem Weg nach Bangladesch, eine Zwangsvorstellung, bei der seine gesamte Familie mitspielen mußte, *und nach exakt einer halben Stunde hört er auf, und die übrige Zeit ist er der langweiligste Kerl, den man sich denken kann;* und nach ein paar weiteren Beispielen warf die fünfzehnjährige Anahita gehässig ein: »Sie will damit sagen, daß du nicht der einzige Pflegefall bist, hier in der Gegend wimmelt es von Monstern, du brauchst dich nur mal umzuschauen.«

Mishal hatte die Neigung entwickelt, von der Straße zu sprechen, als handelte es sich um ein mythologisches Schlachtfeld, und als wäre sie selbst, oben an Chamchas Mansardenfenster, der Engel, der die guten und die bösen Taten der Menschen aufzeichnete, wie auch der Würgeengel. Von ihr erfuhr Chamcha die Fabeln der neuen Kurus und Pandavas, der weißen Rassisten und schwarzen »Selbsthilfe« – oder Schutztruppen, die Stars in diesem modernen *Mahabharata,* genauer gesagt: *Mahavilayet.* Dort unter dieser Eisenbahnbrücke schlugen sich die Jungs von der National Front mit den furchtlosen Radikalen von der Socialist Workers Party, »jeden Sonntagnachmittag, zwischen den Schankzeiten«, spottete sie, »und an den übrigen bescheuerten Wochentagen mußten wir die Trümmerhaufen wegschaffen.« Dort in dieser Gasse waren die Brickhall Three unter falschen Beschuldigungen verhaftet, zu Geständnissen gezwungen, verschaukelt worden; in jener Seitenstraße war der Mord an dem Jamaikaner Ulysses E. Lee verübt worden, und in dieser Kneipe markierte ein Fleck auf dem Teppich die Stelle, wo Jatinder Singh Mehta seinen letzten Atemzug tat. »Der Thatcherismus zeigt Wirkung«, deklamierte Mishal, während Chamcha, der keine Lust oder auch keine Worte mehr hatte, um sich mit ihr zu streiten, um über Gerechtigkeit und Rechtsstaatlichkeit zu sprechen, Anahitas wachsenden Zorn beobachtete. »Gibt keine heißen Schlachten mehr«, klärte Mishal ihn auf. »Angesagt sind Aktionen in kleinerem Rahmen und die Verherrlichung des Individuums, richtig? Anders gesagt: fünf oder sechs weiße Schweine ermorden uns, jeweils einen Einzelnen.« In diesen Tagen patrouillierten die Selbstschutzgruppen auf der nächtlichen Straße, rechneten stets mit Gewalt. »Es ist unsere Rennbahn«, sagte Mishal Sufyan über diese Straße, auf der nicht ein einziger Grashalm zu sehen war. »Sollen sie kommen und sie sich nehmen, wenn sie' schaffen.«

»Schau mal an«, brach es aus Anahita heraus. »Wie vornehm sie ist! Ganz die feine Dame! Stellt euch vor, was Mama sagen würde, wenn sie davon wüßte.« »Wenn sie was wüßte, du kleines Fliegen –« Aber Anahita ließ sich nicht einschüchtern. »O ja«, schrie sie. »O ja, wir wissen es, glaub ja nicht, daß wir nicht Bescheid wissen. Wie sie jeden Sonntag vormittag zu den Bhangra Beatshows geht und sich auf der Toilette in diese ordinären Klamotten schmeißt und mit wem sie in der Hot-Wax-Disco herumhampelt und -wackelt, von der sie glaubt, ich hätte noch nie von ihr gehört; was bei diesem Blues passiert ist, zu dem sie mit Mister Dingsbums, diesem Angeber angeschlichen kam. Wirklich 'ne tolle Schwester«, und dann das packende Finish: »wird bestimmt sterben an Wie–heißt's–noch *Chance.«* Gemeint war, Chamcha und Mishal wußten es natürlich – diese Kinoreklame, expressionistische Grabsteine, die aus Erde und Meer aufragten, hatte sich mit ihrer Botschaft allen eingeprägt, keine Frage – *Aids.*

Mishal fiel über ihre Schwester her, zog sie an den Haaren. Anahita heulte auf, konnte trotzdem noch einen Treffer landen. »Wenigstens hab' ich mir nicht so eine verrückte Nadelkissenfrisur schneiden lassen, wer darauf steht, tickt ja wohl nicht richtig«, und nachdem die beiden verschwunden waren, überlegte Chamcha, warum Anahita sich so plötzlich und absolut die Moralvorstellungen ihrer Mutter zu eigen gemacht hatte. *Riecht nach Ärger,* schlußfolgerte er.

Der Ärger kam: früh genug.

❦

Wenn er allein war, spürte er immer mehr, wie eine schleichende Schwere ihn niederdrückte, bis er das Bewußtsein verlor, auslief wie ein aufgezogenes Spielzeug, und in diesen Phasen der Stase, die immer kurz vor dem Eintreffen von Besuchern endeten, gab sein Körper erschreckende Geräusche von sich, das Jaulen infernalischer Wahwahs, das schnarrende Knacken satanischer Knochen. Das waren die Zeiten, in denen er ganz allmählich wuchs. Und mit ihm wuchsen auch die Gerüchte um seine Existenz; man kann nicht einen Teufel in einer Dachkammer einsperren und glauben, daß niemand davon erfährt.

Wie es herauskam (wer Bescheid wußte, hielt den Mund: die Sufyans, weil sie finanzielle Einbußen befürchteten, die einstweiligen Wesen, weil sie sich aus einem Gefühl der Vergänglichkeit der Zeit heraus nicht imstande sahen zu handeln, und alle Beteiligten aus Furcht vor der Polizei, die keine Hemmungen hatten derartige Etablissements zu betreten, zufällig gegen ein Möbelstück zu stoßen und wie unbeabsichtigt auf ein paar Arme Beine Hälse zu treten): Er begann, den Leuten des Viertels in ihren Träumen zu erscheinen. Die Mullahs in der Jamme Masjid die früher einmal die Machzikel Ha-Dath Synagoge gewesen war, die ihrerseits die kalvinistische Hugenottenkirche abgelöst hatte, und Dr. Uhuru Simba, der Berg von einem Mann, mit afrikanischem Pillboxhut und rot-gelb-schwarzem Poncho, der den erfolgreichen Protest gegen die *Aliens Show* angeführt hatte und den Mishal mehr als jeden anderen Schwarzen haßte, wegen seiner Neigung, hochnäsigen Frauen ins Gesicht zu schlagen, zum Beispiel ihr selbst, in aller Öffentlichkeit, auf einer Versammlung, jede Menge Zeugen, aber das konnte den Doktor nicht abhalten, *er ist verrückt,* sagte sie zu Chamcha, als sie eines Tages von der Dachkammer aus auf ihn zeigte, *zu allem fähig, er hätte mich umbringen können, und zwar nur, weil ich allen gesagt habe, daß er kein Afrikaner ist. Ich habe ihn gekannt, als er noch schlicht Sylvester Roberts aus New Cross war; Scheißmedizinmann, wenn du mich fragst;* und Mishal selbst und Jumpy und Hanif und auch der Busschaffner, sie alle träumten von ihm, wie er sich auf der Straße wie eine Apokalypse erhob und die Stadt wie Toast verbrannte. Und in jedem der tausendundein Träume sang er, Saladin Chamcha, mit riesigen Gliedmaßen und hornbeturbantem Haupt, mit einer Stimme so grauenvoll diabolisch und guttural, daß man die Strophen nicht unterscheiden konnte, obgleich die Träume, wie sich herausstellte, etwas erschreckend Serienmäßiges hatten, ein jeder fand in der darauffolgenden Nacht seine Fortsetzung und so weiter, Nacht für Nacht, bis selbst der Schweigende Mann, der ehemalige Friedensrichter, der nicht mehr gesprochen hatte seit jenem Abend, als ihm in einem indischen Restaurant ein betrunkener junger Mann ein Messer unter die Nase gehalten und gedroht hatte, ihn zu erstechen, und dann das viel schockierendere Vergehen beging und ihm auf den Teller spuckte bis also dieser sanftmütige Herr seine Frau dadurch überraschte, daß er sich im Schlaf aufsetzte, den Hals wie eine Taube nach vorn streckte, die Innenseiten der Handgelenke am rechten Ohr aufeinanderschlug und mit lauter Stimme ein Lied herausschmetterte, das so eigenartig und statisch klang, daß sie kein einziges Wort verstand.

Sehr schnell, weil eben nichts mehr viel Zeit beansprucht, begann das Bild des Traum-Teufels, sich festzusetzen und populär zu werden, wohlgemerkt nur unter denen, die Hal Valance als »gefärbte Sorte« bezeichnet hatte. Während die nicht-gefärbten Neo-Georgianer von einem schwefelspeienden Ungeheuer träumten, das ihre perfekt restaurierten Häuser mit seinem rauchenden Huf zermalmte, sahen sich Braune-und-Schwarze im Schlaf diesem Was-denn-sonst-wenn-nicht-Schwarzen applaudieren, der durch Schicksal Klasse Rasse Geschichte vielleicht ein wenig entstellt war, schon möglich, der sich aber aufrappelte und, mehr recht als schlecht, Bewegung in den Laden brachte.

Zuerst waren die Träume Privatsache, aber sehr bald drangen sie auch in den hellichten Alltag ein, asiatische Händler und Fabrikanten von Buttons Sweatshirts Postern verstanden die Macht des Traumes, und plötzlich war er überall, auf dem Busen junger Mädchen und in zum Schutz vor Steinewerfern vergitterten Schaufenstern, er war Herausforderung und Warnung. Sympathy for the Devil: ein alter Song in neuem Gewand. Die Kids auf der Straße fingen an, Gummihörner auf dem Kopf zu tragen, so wie sie ein paar Jahre zuvor, Marsmenschen imitierend, Kappen mit Drähten getragen hatten, an denen pinkfarbene und grüne Bälle steckten. Das Symbol des Ziegenbockmannes, die machtvoll erhobene Faust, tauchte bei Demonstrationen auf Spruchbändern auf, Rettet die Sechs, Freiheit für die Vier, Eßt die Siebenundfünfzig von Heinz. *Pleasechu meechu,* sangen die Radios, *hopeyu guessma nayym.* Die örtliche Polizei bezeichnete den »unter jungen Schwarzen und Asiaten um sich greifenden Teufelskult« als eine »beklagenswerte Tendenz« und benutzte dieses »Wiederaufleben von Satanismus«, um sich gegen die Beschuldigungen von Ms. Pamela Chamcha und dem örtlichen AMKA zu wehren: »Wer sind denn die Hexen?« »Chamcha«, sagte Mishal aufgeregt, »du bist ein Held. Ich meine, die Leute können sich wirklich mit dir identifizieren. Das ist ein Image, das die Weißen schon so lange abgelegt haben, daß wir es nehmen können, besetzen, bewohnen, zurückfordern, uns zu eigen machen können. Es wird Zeit, daß du was unternimmst.«

»Verschwinde«, rief Saladin in seiner Verwirrung. »Das habe ich nicht gewollt. Das war nicht meine Absicht, nie und nimmer.«

»Du wächst langsam aus der Dachkammer heraus«, meinte Mishal verstimmt. »Bald wird es hier zu eng für dich sein.«

Keine Frage, die Lage spitzte sich zu.

❦

»Gestern ahmd is wieder ne alte Frau alle gemacht worn«, verkündete Hanif in seinem gekünstelten Trinidad-Akzent. »Jezz kriegt se keine Rente mehr.« Anahita Sufyan, die hinter der Theke des Café Shaandaar stand, klapperte mit Tassen und Tellern. »Ich weiß nicht, warum du so sprichst«, beschwerte sie sich. »Macht mich echt sauer.« Hanif ignorierte sie, setzte sich neben Jumpy, der geistesabwesend murmelte: »Was haben sie gesagt?« Die Aussicht, Vater zu werden, lastete schwer auf Jumpy Joshi, aber Hanif schlug ihm auf den Rücken. »Na Bruder, deine Gedichte verkaufen sich wohl nicht gut?« sagte er mitleidsvoll. »Siehst aus, als wäre dein Fluß aus Blut geronnen.« Ein Blick von Jumpy, und er änderte den Tonfall. »Sie sagen, was sie sagen«, antwortete Hanif. »Vorsicht vor Farbigen, die in Autos herumfahren. Tja, wenn sie 'ne Schwarze gewesen wäre, würde es heißen ›Kein Grund, rassische Motive zu unterstellen‹. Ich sage dir«, fuhr er fort, »manchmal bekomme ich eine Wahnsinnsangst vor dem Aggressionspotential, das in dieser Stadt knapp unter der Oberfläche brodelt. Es ist nicht bloß der Omamörder. Es ist überall. Du fällst in der U-Bahn während des Berufsverkehrs in die Zeitung eines anderen, und schon läufst du Gefahr, die Fresse poliert zu kriegen. Alle sind so furchtbar gereizt, scheint mir. Einschließlich dir, mein Freund«, sagte er. Jumpy stand auf, entschuldigte sich und ging ohne ein Wort der Erklärung hinaus. Hanif breitete die Arme aus und warf Anahita sein gewinnendstes Lächeln zu. »Was hab' ich bloß getan?«

Anahita lächelte süß zurück. »Kannst du dir vorstellen, Hanif, daß andere Leute dich vielleicht nicht besonders leiden können?«

Als bekannt wurde, daß der Omamörder erneut zugeschlagen hatte, hörte man immer öfter, daß sich die abscheulichen Morde an alten Frauen, verübt von einem »Satan in Menschengestalt«, der stets die inneren Organe seiner Opfer hübsch ordentlich um die Leichen drapierte, eine Lunge neben einem Ohr, und das

Herz, aus offensichtlichen Gründen, im Mund, höchstwahrscheinlich dann aufklären ließen, wenn man den neuen Okkultismus unter der schwarzen Bevölkerung, der den Behörden viel Kopfzerbrechen bereitete, einmal unter die Lupe nähme. Also wurden die Ermittlungen gegen »Gefärbte«, Festnahmen und Verhöre, ebenso intensiviert wie Razzien von Etablissements, die im Verdacht standen, »okkultistische Zellen zu beherbergen«. Auch wenn niemand es zugab oder anfänglich überhaupt verstand, jeder, ob Schwarz Braun Weiß, stellte sich die Traumfigur jetzt als eine reale vor, als ein Wesen, das unter Umgehung der üblichen Kontrollen ins Land eingereist war und jetzt frei in der Stadt herumlief. Illegaler Einwanderer, geächteter König, mieser Verbrecher oder Held der Minderheiten, Saladin Chamcha wurde allmählich wahr. In der Stadt kursierten alle möglichen Geschichten: eine Krankengymnastin wollte einer Sonntagszeitung ein surrealistisches Märchen andrehen, das man ihr aber nicht abnahm, doch die Leute sagten, *kein Rauch ohne Feuer;* es war eine prekäre Situation, und bis zur Razzia im Café Shaandaar, bei der alles auffliegen würde, konnte es nicht mehr lange dauern. Priester mischten sich ein, reicherten die Mischung mit einem weiteren instabilen Element an: die Verknüpfung des Wortes *schwarz* mit der Sünde *Gotteslästerung.* Saladin Chamcha in seiner Dachkammer wuchs langsam.

❦

Er entschied sich für Lukrez und gegen Ovid. Die wandelbare Seele, die Veränderlichkeit allen Seins, des Ichs, jedes kleinsten Atoms. Ein Wesen, das durch das Leben geht, kann sich so weit von sich selbst entfernen, daß es ein anderes wird, getrennt, losgelöst von der Geschichte. Gelegentlich dachte er an Zeeny Vakil in Bombay, diesem anderen Planeten am äußersten Rand der Galaxis: Zeeny, Eklektizismus, Hybridisierung. Der Optimismus dieser Ideen! Die Gewißheiten, auf denen sie gründeten: des Willens, der freien Entscheidung. Aber, liebe Zeeny, das Leben passiert einem einfach: wie ein Unfall. Nein: es passiert einem als Folge des eigenen Zustands. Keine Wahl, sondern – bestenfalls – ein Prozeß, und schlimmstenfalls eine erschreckende, totale Verwandlung. Das Neue: er hatte nach einer anderen Wesensart gestrebt, doch diese hatte er bekommen.

Auch Verbitterung und Haß, all diese unfeinen Dinge. Er würde in sein neues Ich hineinschlüpfen, er würde sein, was er geworden war: laut, stinkend, ekelhaft, überdimensional, grotesk, unmenschlich, mächtig. Ihm war, als könne er mit ausgestrecktem kleinen Finger Kirchtürme umstürzen, mit der Kraft, die in ihm wuchs, dem Zorn, dem Zorn, dem Zorn. *Kräfte.*

Er suchte jemanden, dem er die Schuld geben konnte. Auch er träumte, und in seinen Träumen schwamm eine Gestalt, ein Gesicht auf ihn zu, gespensterhaft noch, undeutlich, aber eines Tages, bald, würde er sie bei ihrem Namen rufen können.

Ich bin, akzeptierte er, *was ich bin.*

UNTERWERFUNG.

❦

Seine Kokonexistenz im Shaandaar Bed and Breakfast platzte an jenem Abend, als Hanif Johnson hereinkam und schrie, Uhuru Simba sei als Omamörder festgenommen worden, und man wolle ihm auch die Sache mit der Schwarzen Magie anhängen, er sei der Voodoopriester Baron-Samedi Sündenbock, und zu den Vergeltungsschlägen – Überfälle, Sachbeschädigung, das Übliche – werde bereits ausgeholt. »Schließt eure Türen ab«, sagte Hanif zu Sufyan und Hind. »Heute nacht geht's rund.«

Hanif stand mitten im Café und verließ sich voll auf die Wirkung seiner Nachricht, als Hind auf ihn zukam und ihm mit aller Kraft ins Gesicht schlug; der Hieb erwischte ihn so unvorbereitet, daß er, mehr aus Überraschung als vor Schmerz, tatsächlich ohnmächtig wurde. Er wurde von Jumpy ins Leben zurückgerufen, der ihm ein Glas Wasser ins Gesicht schüttete, wie er es aus Filmen gelernt hatte, aber inzwischen war Hind schon dabei, seine Büroeinrichtung aus dem Fenster auf die Straße zu werfen, Farbbänder und rote Kordeln, wie er sie zum Verschnüren von Dokumenten verwandte, flatterten festlich in der Luft. Anahita Sufyan, außerstande, den teuflischen Stichen ihrer Eifersucht länger zu widerstehen, hatte Hind von Mishals Verhältnis mit dem vielversprechenden Anwalt-Politiker erzählt, woraufhin es für Hind kein Halten mehr gegeben hatte, all die Jahre der Demütigung waren aus ihr herausgebrochen, nicht genug, daß sie in diesem Land mit lauter Juden und Fremden festsaß, die sie mit den Negern über einen Kamm scherten, nicht genug, daß ihr Mann ein Schwächling war, der sich als Hadschi aufführte, aber im eigenen Haus nicht für gottesfürchtiges Verhalten sorgte, jetzt mußte ihr auch noch das passieren; sie war mit einem Küchenmesser auf Mishal losgegangen, und ihre Tochter hatte sich mit schmerzhaften Tritten und Stößen gewehrt, die reine Selbstverteidigung, sonst hätte man es nur Muttermord nennen können. Hanif kam wieder zu sich, Hadschi Sufyan sah zu ihm hinunter, bewegte die Hände in ratlosen kleinen Kreisen, weinte hemmungslos, vermochte keinen Trost in seiner Bildung zu finden, denn die Reise nach Mekka, für die meisten Moslems eine große Gnade, war für ihn der Anfang eines Fluchs gewesen. »Geh«, sagte er. »Hanif, mein Freund, verschwinde.« Doch Hanif wollte nicht gehen, ohne noch etwas loszuwerden. *Ich habe viel zu lange den Mund gehalten,* rief er, *ihr, die ihr euch für so moralisch haltet, bereichert euch am Elend eures eigenen Volkes,* woraufhin sich herausstellte, daß Hadschi Sufyan nie gewußt hatte, welche Preise seine Frau verlangte, die es ihm nie erzählt und ihre Töchter mit schrecklichen und bindenden Schwüren zum Schweigen verpflichtet hatte, wohl wissend, daß er, einmal daraufgekommen, einen Weg fände, das Geld zurückzugeben, so daß sie weiter in Armut dahinvegetieren würden; und er, die gute Seele des Café Shaandaar verlor jetzt alle Lebensfreude. Und nun kam Mishal ins Café, o welche Schande, die familiären Verhältnisse so in Szene zu setzen, wie ein billiges Theaterstück, vor den Augen der zahlenden Gäste, obwohl de facto die letzte Teetrinkerin den Schauplatz so schnell verließ, wie ihre alten Beine es erlaubten. Mishal hatte Taschen dabei. »Ich gehe ebenfalls«, verkündete sie. »Versucht nicht, mich aufzuhalten. Es sind nur noch elf Tage.«

Als Hind sah, daß ihre ältere Tochter im Begriff war, ein für allemal aus ihrem Leben zu treten, wurde ihr klar, welchen Preis man zahlte, wenn man den Fürsten der Finsternis unter seinem Dach beherbergte. Sie bat ihren Mann, Vernunft anzunehmen, zu begreifen, daß sie durch seine Gutmütigkeit und Großzügigkeit in diese Hölle geraten seien und daß sie, wenn nur dieser Teufel, Chamcha, aus dem Haus geworfen würde, wieder die glückliche und fleißige Familie werden könnten, die sie früher gewesen waren. Kaum hatte sie den Satz beendet, begann das Haus über ihr, zu rumpeln und zu erzittern, und man hörte ein Geräusch von der Treppe her, etwas kam herunter, knurrend und – so schien es jedenfalls – singend, mit einer so abscheulich heiseren Stimme, daß man kein Wort verstand.

Es war Mishal, die sich am Ende entschloß, ihm entgegenzugehen, Hanif Johnson hielt ihre Hand, während die treulose Anahita vom Fuß der Treppe zusah. Chamcha war auf zweieinhalb Meter angwachsen, und aus seinen Nasenlöchern quoll Rauch in zwei verschiedenen Farben, aus dem linken gelber Rauch und aus dem rechten schwarzer. Er trug keine Kleidung. Seine Körperbehaarung war dick und lang geworden, sein Schwanz peitschte zornig, seine Augen waren von einem leuchtenden hellen Rot, und es war ihm gelungen, die gesamte einstweilige Bevölkerung des Bed-and-Breakfast-Etablissements in sprachloses Entsetzen zu stürzen. Mishal indes war nicht allzu verängstigt. »Wohin gehst du?« fragte sie. »Glaubst du, du schaffst es fünf Minuten da draußen, so wie du aussiehst?« Chamcha blieb stehen, blickte an sich hinunter, bemerkte die ansehnliche Erektion, die aus seinem Unterleib hervorwuchs, und zuckte die Schultern. »Es wird Zeit, daß ich etwas unternehme«, sagte er zu ihr, ihre eigene Formulierung zitierend, die jedoch in dieser Stimme aus Lava und Donner nicht mehr von ihr zu stammen schien. »Ich muß jemand finden.«

»Immer mit der Ruhe«, sagte Mishal, »wir werden uns was ausdenken.«

❦

Was gibt's hier schon zu sehen, eine Meile vom Shaandaar, hier, im Hot-Wax-Club, dem früheren Blak-An-Tan, dem Diskoschuppen des Viertels? Sehen wir uns die Gestalten an, die in dieser unglückseligen und mondlosen Nacht zusammenströmen, die einen großtuerisch, herausgeputzt, geil, die anderen verstohlen, den Schatten suchend, scheu, um plötzlich durch diese nichtssagende Tür zu gehen, unterzutauchen. Und wie sieht es im Innern aus? Lichter, Flüssigkeiten, Puder, Körper, die sich schütteln, einzeln, zu zweit, zu dritt, Möglichkeiten austaxierend. Doch was sind diese anderen Figuren, undeutlich in der in allen Regenbogenfarben flackernden Luft, diese in ihrer Haltung erstarrten Formen mitten unter den wahnsinnigen Tänzern? Was hüpft und hopst da, ohne sich auch nur einen Zentimeter zu bewegen? »Ihr seid Klasse, Leute!« Unser Gastgeber spricht: Schwadroneur, Festredner, Didschäy Nonpareil – der tänzelnde Pinkwalla, dessen Lichteranzug rhythmisch errötet. Gewiß, er ist außergewöhnlich, ein Albino von zweizehn, das Haar von hellstem Rosa, das Weiße in seinen Augen ebenso, seine Gesichtszüge unverkennbar indisch, die Hakennase, lange dünne Lippen, ein Gesicht wie aus einem *Hamza-Nama*-Bild. Ein Inder, der Indien noch nie gesehen hat, Ostindienfahrer von den Westindischen Inseln, weißer Schwarzer. Ein Stern.

Noch immer tanzen die bewegungslosen Figuren zwischen den sich wiegenden Schwestern, der sich rüttelnden und schüttelnden Jugend. Was sind sie? Na, Wachsfiguren, was sonst. Wer sind sie? Die Geschichte. Schaut, da ist Mary Seacole, die auf der Krim so etwas wie eine Lady mit der Wunderlampe war, nur daß man sie, weil sie dunkel ist, wegen Florences Kerze nicht sieht. Und da drüben! Ein Abdul Karim, alias Der Munshi, den Königin Victoria protegieren wollte, der aber von rassistischen Ministern übers Ohr gehauen wurde. Sie alle sind hier, tanzen reglos in heißem Wachs: rechts der schwarze Hofnarr des Septimius Severus, links der Barbier von George IV, im Tanz mit der Sklavin Grace Jones. Ukawsaw Gronniosaw, der afrikanische Prinz, der für drei Ellen Tuch verkauft wurde, tanzt nach alter Art mit dem Sklavensohn Ignatius Sancho, der 1782 als erster afrikanischer Schriftsteller in England veröffentlichen konnte. Die Wanderer der Vergangenheit, ebenso Ahnen der lebenden Tänzer wie deren eigenes Fleisch und Blut, drehen sich still im Kreis, während Pinkwalla auf der Bühne tobt ansagt rapt, *Now-mi-feel-indignation-when-dem-talk-immigration-when-dem-make-insinuation-we-no-part-a-de-nation-an-mi-make-proclamation-a-de-true-situation-how-we-make-contribution-since-de-Rome-Occupation* und in einem anderen Teil des überfüllten Raums, in gräßliches grünes Licht getaucht, kauern und schneiden Wachsschurken Grimassen: Mosley, Powell, Edward Long, all die lokalen Avataras von Legree. Und jetzt erhebt sich ein Gemurmel im Bauch des Clubs, schwillt an, wird ein einziges Wort, immer wieder skandiert. »Schmelzen«, verlangen die Gäste, »schmelzen, schmelzen, schmelzen.«

Pinkwalla greift das Stichwort der Menge auf. *So-it-melt-down-time-when-de-men-of-crime-gonna-get-in-line-for-some-hell-fire-fryin,* und dann wendet er sich der Menge zu, die Arme ausgebreitet, die Füße im Rhythmus bewegend, und fragt: »Wer soll's denn sein? Wen wollt ihr seh'n?« Namen werden gebrüllt, konkurrieren, verschmelzen, bis die versammelte Mannschaft wieder vereint ist und ein einziges Wort ruft. Pinkwalla klatscht in die Hände. Hinter ihm teilt sich ein Vorhang, Assistentinnen in pinkfarben glänzenden Shorts und Trikots rollen einen gruseligen Schrank heraus: mannshoch mit einer Glasscheibe vorne, innen beleuchtet – der Mikrowellenherd, inklusive Heißem Stuhl, den Stammgästen als Höllenküche bekannt. »Okay!« brüllt Pinkwalla. »Es kann losgehen!«

Assistentinnen gehen auf die Galerie der Haßfiguren zu, stürzen sich auf das Opfer des heutigen Abends, die, um die Wahrheit zu sagen, am häufigsten auserlesen wird; mindestens dreimal die Woche. Ihre dauergewellte Frisur, ihre Perlen, ihr blaues Kostüm. *Maggie-Maggie-Maggie,* bellt die Menge. *Brenn-brenn-brenn.* Die Puppe – die Schießbudenfigur – wird auf den Heißen Stuhl geschnallt. Pinkwalla drückt auf den Schalter. Und ach, wie schön sie dahinschmilzt, von innen nach außen, sich auflöst. Dann ist sie nur noch eine Lache, und ekstatisch seufzt die Menge: *geschafft.* »Schluß für heute«, ruft Pinkwalla. Musik erobert die Nacht zurück.

❦

Als Pinkwalla, der Didschäy, sah, was im Schutze der Dunkelheit auf seinen Transporter kletterte, den zum Hinterausgang des Shaandaar zu bringen, seine Freunde Hanif und Mishal ihn überredet hatten, erfüllte Angst vor dem Obi sein Herz; andererseits stellte er mit Freude fest, daß der mächtige Held seiner zahlreichen Träume ein Lebewesen aus Fleisch und Blut war. Er stand auf der anderen Straßenseite, unter einer Laterne, fror, obwohl es nicht besonders kalt war, und rührte sich eine halbe Stunde nicht von der Stelle, während Mishal und Hanif auf ihn einredeten, *er braucht ein Dach über dem Kopf, wir müssen an seine Zukunft denken.* Dann zuckte er die Schultern, ging hinüber zum Transporter und ließ den Motor an. Hanif setzte sich nach vorn zu ihm, Mishal fuhr hinten mit Saladin, vor Blicken geschützt.

Es war fast vier Uhr früh, als sie Chamcha in dem leeren, geschlossenen Nachtclub zu Bett brachten. Pinkwalla – sein richtiger Name, Sewsunker, wurde von niemandem verwendet – hatte in einem Hinterzimmer ein paar Schlafsäcke ausgegraben, und das genügte. Hanif Johnson, der dem furchterregenden Wesen, vor dem seine Geliebte Mishal anscheinend überhaupt keine Angst hatte, gute Nacht sagen wollte, versuchte, ernsthaft mit ihm zu sprechen. »Du mußt verstehen, wie wichtig du für uns sein kannst, es steht mehr auf dem Spiel als nur deine privaten Bedürfnisse«, aber Saladin, der Mutant, schnaubte nur, gelb und schwarz, und Hanif zog sich rasch zurück. Allein mit den Wachsfiguren, konnte Chamcha seine Gedanken wieder auf das Gesicht konzentrieren, das schließlich vor seinem geistigen Auge erschienen war, strahlend, in Licht getaucht, das von einem Punkt hinter seinem Kopf ausging, Mister Perfekto, Götterdarsteller, der immer auf den Füßen landete, dem seine Sünden stets verziehen wurden, den man liebte, lobte, anbetete ... das Gesicht, das er in seinen Träumen zu identifizieren versucht hatte, Mr. Gibril Farishta, so unzweifelhaft verwandelt in das Abbild eines Engels wie er selbst das Spiegelbild des Teufels war.

Wen sollte der Teufel verantwortlich machen, wenn nicht Gibril, den Erzengel?

Die Kreatur auf den Schlafsäcken schlug die Augen auf; Rauch begann, aus ihren Poren zu dringen. Jede der wächsernen Puppen hatte jetzt dasselbe Gesicht, Gibrils Gesicht mit seinem spitz zulaufenden Haaransatz und seinen langen, schmalen, finsteren, attraktiven Zügen. Die Kreatur bleckte die Zähne und stieß einen nicht enden wollenden Schwall pestbringender Luft aus, und die Wachspuppen, allesamt, jede einzelne, lösten sich auf in Pfützen und leere Kleidungsstücke. Die Kreatur legte sich wieder zurück, zufrieden. Und richtete ihre Gedanken auf ihren Widersacher.

Woraufhin sie ein höchst unerklärliches Pressen, Saugen, Ziehen in sich verspürte; sie wurde von furchtbaren, stechenden Schmerzen gemartert und stieß durchdringende Schreie aus, welchen niemand, nicht einmal Mishal, die mit Hanif in Pinkwallas Wohnung über dem Club geblieben war, nachzugehen wagte. Die Schmerzen wurden immer stärker, und die Kreatur tobte und stampfte und heulte erbärmlich auf der Tanzfläche herum, bis ihr schließlich eine Atempause vergönnt wurde und sie einschlief.

Als Mishal, Hanif und Pinkwalla sich einige Stunden später in den Clubraum hinunterwagten, bot sich ihnen ein Anblick furchtbarer Verwüstung, umgestürzte Tische, zerbrochene Stühle, und natürlich jede Wachsfigur – ob gut oder böse, Topsy und Legree – geschmolzen wie Papiertiger, denen man die Luft ausgelassen hatte; und in der Mitte des Schlachtfelds lag schlummernd wie ein Baby, kein mythisches Wesen mehr, keine Ikone mit Hörnern und Teufelsodem, sondern Mr. Saladin Chamcha höchstpersönlich, offenbar wieder in seiner alten Gestalt, splitternackt, aber von gänzlich menschlichem Aussehen und Proportionen, vermenschlicht durch – welche Schlußfolgerung läge näher? – die furchterregende Konzentration seines Hasses.

Er öffnete die Augen, die noch immer hell und rot glühten.

2

Alleluia Cone sah während ihres Abstiegs vom Everest, westlich von Camp Sechs, hinter dem Rock Band, unterhalb des Cho-Oyu-Massivs, eine Stadt aus Eis in der Sonne glitzern. *Shangri-La,* dachte sie kurz; doch dies war kein grünes Tal der Unsterblichkeit, sondern eine Metropolis aus gigantischen Eiszapfen, dünn, spitz und kalt. Ihre Aufmerksamkeit wurde abgelenkt vom Sherpa Pemba, der sie bat, in ihrer Konzentration nicht nachzulassen, und als sie wieder hinsah, war die Stadt verschwunden. Sie befand sich noch immer in einer Höhe von gut achttausend Metern, doch die Erscheinung der unmöglichen Stadt warf sie zurück, quer durch Raum und Zeit, nach Bayswater, in das Arbeitszimmer mit den alten, dunklen Holzmöbeln und den schweren Samtvorhängen, in dem ihr Vater, der Kunsthistoriker und Picabia-Biograph Otto Cone, in ihrem vierzehnten und seinem letzten Lebensjahr zu ihr gesprochen hatte von der »gefährlichsten aller Lügen, die wir uns im Laufe unseres Lebens anhören müssen«, die seiner Meinung nach die Idee des Kontinuums war. »Wenn jemand versuchen sollte, dir einzureden, daß dieser schönste und schrecklichste aller Planeten irgendwie homogen ist, daß er nur aus miteinander vereinbaren Elementen besteht, daß alles einen Sinn ergibt, dann lauf zum Telefon und laß den Zwangsjakkenschneider kommen«, riet er ihr, wobei er den Eindruck zu erzeugen vermochte, als habe er, bevor er zu seiner Schlußfolgerung gelangte, mehr als nur einen Planeten bereist. »Die Welt ist ein einziger Widerspruch, vergiß das niemals. Gaga. Gespenster, Nazis, Heilige, alle leben zur gleichen Zeit; an einem Ort Glückseligkeit, und nur ein Stück weiter das Inferno. Einen unzivilisierteren Ort kann man sich nicht vorstellen.« Städte aus Eis auf dem Dach der Welt hätten Otto nicht durcheinandergebracht. Er war, wie seine Frau Alicja, Allies Mutter, aus Polen emigriert, Überlebender eines Lagers, dessen Name während Allies Kindheit kein einziges Mal erwähnt wurde. »Er wollte so tun, als hätte es nie existiert«, erzählte Alicja später ihrer Tochter. »Er war in vielerlei Hinsicht unrealistisch. Aber ein guter Mensch, der beste, den ich kannte.« Sie lächelte dabei in sich hinein, erinnerte sich seiner mit einer Nachsicht, die sie ihm zu Lebzeiten, da er häufig unausstehlich gewesen war, nicht hatte entgegenbringen können. Zum Beispiel: Er entwickelte einen haßerfüllten Antikommunismus, der zu extrem peinlichen Verhaltensweisen führte, besonders zu Weihnachten, wenn dieser Jude darauf bestand, mit seiner jüdischen Familie und anderen diesen – wie er es nannte – »englischen Ritus« zu feiern, zum Zeichen des Respekts für ihr neues »Gastgeberland«, und dann (aus der Sicht seiner Frau) alles verdarb, indem er in den Salon platzte, wo die versammelte Mannschaft sich bei glühendem Kaminfeuer, brennenden Weihnachtskerzen und Brandy entspannte, und rief: »Der Weihnachtsmann ist tot! Ich habe ihn umgebracht! Ich bin Mao: Geschenke gibt's nicht! Ha ha ha!« Allie, auf dem Everest, zuckte zusammen bei der Erinnerung und merkte, daß es das Zucken ihrer Mutter war, das sich auf ihr eiskaltes Gesicht übertragen hatte.

Die Unvereinbarkeit der Lebenselemente: diese Vorstellung (zuweilen erschien sie ihr als der Geist ihres Vaters) klang in einem Zelt in Camp Vier, in achttausendvierhundertzwölf Meter Höhe, banal, als hätte sie durch die Höhe jede Bedeutung, jede

Atmosphäre verloren. »Der Everest läßt einen verstummen«, gestand sie Gibril Farishta in einem Bett, über dem ein Baldachin aus Fallschirmseide einen hohlen Himalaja formte. »Wenn man herunterkommt, hat man das Gefühl, daß es nichts zu sagen gibt, absolut nichts. Man ist in Nichts eingehüllt wie in Töne. Nicht-Sein. Natürlich bleibt es nicht ewig so. Die Welt stürzt früh genug wieder auf einen ein. Was einem den Mund verschließt, ist wohl, daß man etwas Vollkommenes gesehen hat: warum sprechen, wenn einem keine vollkommenen Gedanken, keine vollkommenen Sätze gelingen? Es wäre Verrat an dem, was man erlebt hat. Aber es geht vorbei. Man akzeptiert, daß bestimmte Kompromisse nötig sind, wenn es weitergehen soll.« Ihre ersten gemeinsamen Wochen verbrachten sie überwiegend im Bett: ihr Appetit aufeinander schien unersättlich, sie liebten sich sechs-, siebenmal am Tag. »Du hast mich aufgetaut«, sagte sie. »Du, mit dem Schinken im Mund. Es war genau so, als ob du zu mir gesprochen hättest, als ob ich deine Gedanken hätte lesen können. Nein, nicht als ob«, verbesserte sie sich, »ich habe sie wirklich lesen können, stimmt's?« Er nickte: es stimmte. »Ich habe deine Gedanken gelesen und dann einfach das Richtige gesagt«, staunte sie. »Einfach so. Schwuppdiwupp: die Liebe. Am Anfang war das Wort.«

Ihre Mutter betrachtete diese dramatische Wendung in Allies Leben, die Rückkehr eines verblichenen Liebhabers, eher fatalistisch. »Ich werd' dir sagen, was ich wirklich gedacht habe, als du mir davon erzählt hast«, sagte sie über der mittäglichen Suppe mit Kreplach bei Bloom's in Whitechapel. »Ach, du meine Güte, habe ich gedacht, das ist die große Leidenschaft: da muß die arme Allie jetzt durch, das arme Kind.« Alicjas Strategie bestand darin, ihre Gefühle stets im Griff zu haben. Sie war eine große, füllige Frau mit sinnlichem Mund, aber sie war – wie sie es nannte – »nie laut gewesen«. Sie erzählte Allie freimütig von ihrer sexuellen Passivität und offenbarte ihr, daß Otto »wollen wir mal sagen: sich anderweitig umsah. Er hatte eine Schwäche für die große Leidenschaft, aber es deprimierte ihn immer, daß ich mich nie dafür begeistern konnte.« Es beruhigte sie, daß die Frauen, mit denen ihr kleiner, glatzköpfiger, nervöser Mann verkehrte, »ihr Typ« waren, groß und drall, »aber außerdem noch laut. Sie taten, was er wollte, sagten Dinge, die ihn in Fahrt brachten, schauspielerten so gut sie konnten. Es war sein Enthusiasmus, auf den sie abfuhren, und vielleicht auch sein Scheckbuch. Er war ein Kavalier der alten Schule und machte großzügige Geschenke.«

Otto hatte seine Tochter »Perle von unschätzbarem Wert« genannt und sich eine große Zukunft für sie ausgemalt, als Konzertpianistin etwa oder, wenn es damit nichts würde, als Muse. »Deine Schwester ist offen gestanden eine Enttäuschung für mich«, sagte er drei Wochen vor seinem Tod, in diesem Arbeitszimmer voller Großer Bücher und Picabia-Zeugs – ein ausgestopfter Affe, der, wie er behauptete, ein »erster Entwurf« war zu dem berühmten *Cézanne-Portrait, Rembrandt-Portrait, Renoir-Portrait,* zahlreiche mechanische Apparate, darunter auch sexuelle Stimulatoren, die kleine Elektroschocks verabreichten, sowie eine Erstausgabe von Jarrys *König Ubu.* »Elena hat Bedürfnisse anstelle von Gedanken.« Er anglisierte ihren Namen – aus Yelyena wurde Eläyna –, so wie es sein Einfall gewesen war, »Alleluia« zu »Allie« zu verkürzen und aus seinem eigenen Namen, Cohen aus Warschau, einen bereinigten Cone zu machen. Erinnerungen an die Vergangenheit deprimierten ihn; er las keine polnische Literatur, kehrte Herbert, Milosz, und »jüngeren Burschen« wie Baranczak den Rücken, weil für ihn die Sprache durch die Geschichte auf nicht wiedergutzumachende Weise verschmutzt worden war. »Ich bin jetzt Engländer«, pflegte er mit seinem starken osteuropäischen Akzent stolz zu sagen. »Der lahme Mittelfeldspieler! Quatsch! Königinmutter! Leck mich am Arsch!« Trotz seiner Vorbehalte schien er hochzufrieden, ein, wenn auch pantomimisches, Mitglied des englischen Kleinadels zu sein. Im nachhinein war es wohl eher so, daß er sich der Verwundbarkeit seiner Vorstellung nur allzu bewußt war, weshalb die schweren Vorhänge fast ständig zugezogen waren, damit er nicht, aufgrund der Widersprüchlichkeit allen Seins, draußen anstelle der vertrauten Moscow Road Monster oder Mondlandschaften sah.

»Er war ein ausgesprochener Schmelztiegelmensch«, sagte Alicja und nahm eine große Portion Tsimmis in Angriff. »Als er unseren Namen änderte, sagte ich zu ihm, Otto, das ist nicht notwendig, wir sind hier nicht in Amerika, sondern in London, aber er wollte alles vergessen, sogar daß er Jude war, entschuldige, aber ich weiß es. Diese Kämpfe mit dem Gemeindevorstand! Immer sehr kultiviert, sehr verbindlich in der Form, aber knallhart in der Sache.« Nach seinem Tod kehrte sie schnurstracks zu Cohen, der Synagoge, Chanukka und Bloom's zurück. »Kein Pseudoleben mehr«, schmatzte sie und fuchtelte plötzlich mit der Gabel herum. »Dieser Film. Ich war verrückt danach. Lana Turner, stimmt's? Und Mahalia Jackson, die in einer Kirche singt.«

Otto Cone war über siebzig, als er sich durch einen Sprung in einen leeren Liftschacht das Leben nahm. Das war ein Thema, über das Alicja, die bereitwillig die meisten Tabus ansprach, nicht reden wollte: warum lebt einer, der die Vernichtungslager überlebt hat, noch vierzig Jahre weiter, um dann zu vollenden, was die Bestien nicht geschafft haben? Triumphiert am Ende das Große Böse, gleichgültig, wie sehr man es auch bekämpfen mag? Läßt es einen Eissplitter im Blut zurück, der sich durch den Körper arbeitet, bis er im Herzen steckt? Oder, schlimmer noch: kann der Tod eines Menschen unvereinbar mit seinem Leben sein? Allie, die auf die Nachricht vom Tod ihres Vaters mit Empörung reagiert hatte, schleuderte ihrer Mutter solche Fragen entgegen. Die, steinernen Gesichts unter einem breitkrempigen schwarzen Hut, nur sagte: »Du hast seinen Mangel an Selbstbeherrschung geerbt, meine Liebe.«

Alicja trennte sich nach Ottos Tod von ihren eleganten Kleidern und Gebärden, die ihre Gaben auf dem Altar seiner Integrationsgier gewesen waren, ihr Versuch, ihm eine vornehme Grande Dame zu sein. »Puh!« gestand sie Allie. »Was für eine Erleichterung, meine Liebe, zur Abwechslung mal schlampig herumlaufen zu können.« Sie trug ihr graues Haar jetzt zu einem widerspenstigen Knoten gebunden, hatte sich im Supermarkt eine Reihe gleichaussehender Kleider mit Blumenmuster besorgt, schminkte sich nicht mehr, ließ sich ein schlecht sitzendes Gebiß anfertigen, pflanzte Gemüse im Garten, der nach Ottos Bestimmung ein englischer Blumengarten hätte sein sollen (gepflegte Blumenbeete rings um den symbolischen Baum in der Mitte, eine »Pfropf-Schimäre« aus Ginster und Goldregen) und gab anstelle von Dinnergesellschaften, bei denen geistvoll geplaudert wurde, Mittagessen – schwere Eintopfgerichte und mindestens drei unerhörte Puddings –, bei denen ungarische Dissidenten-Poeten Gurdjiff-Mystikern langatmige Witze erzählten, oder, wenn keine rechte Stimmung aufkam, die Gäste auf Kissen auf dem Fußboden saßen, trübsinnig auf ihre überladenen Teller starrten und so etwas wie totales Schweigen herrschte, das eine halbe Ewigkeit anzudauern schien. Allie kehrte schließlich diesen Sonntagnachmittag-Ritualen den Rücken, hockte schmollend in ihrem Zimmer, bis sie alt genug war, um (mit Alicjas bereitwilliger Zustimmung) auszuziehen, und schlug einen anderen Weg ein, als den, den ihr Vater für sie bestimmt hatte, über dessen Verrat am eigenen Überleben sie sich so empört hatte. Sie wollte handeln; und stellte fest, daß sie Berge zu besteigen hatte.

Alicja Cohen, die Allies Kursänderung völlig verständlich, ja lobenswert gefunden und sie tatkräftig unterstützt hatte, konnte (wie sie beim Kaffee einräumte) ihre Tochter in der Angelegenheit Gibril Farishta, des wieder auferstandenen indischen Filmstars, nicht ganz begreifen. »Wenn ich dir so zuhöre, meine Liebe, dann würde ich sagen, der Mann ist nicht in deinem Club«, meinte sie, wobei sie einen Ausdruck verwendete, der ihrer Ansicht nach gleichbedeutend mit *nicht dein Typ* war, und sie wäre schockiert gewesen, hätte sie erfahren, daß er eine rassistische oder religiöse Verunglimpfung darstellte: und genau so hatte ihn ihre Tochter natürlich verstanden. »Das kann mir nur recht sein«, konterte Allie schlagfertig und stand auf. »Ich kann meinen Club nämlich selbst nicht leiden.«

Ihre Füße schmerzten, zwangen sie, aus dem Restaurant zu humpeln, statt zu stürmen. »Die große Leidenschaft«, hörte sie hinter sich ihre Mutter durch den Raum rufen. »Die Gabe des Zungenredens; das bedeutet, ein Mädchen kann jeden Blödsinn daherquatschen.«

❦

Gewisse Aspekte ihrer Erziehung waren unerklärlicherweise vernachlässigt worden. Eines Sonntags, nicht lange nach dem Tod ihres Vaters, als sie am Kiosk an der Ecke die Sonntagszeitungen kaufte, sagte der Verkäufer: »Das ist die letzte Woche. Dreiundzwanzig Jahre habe ich an dieser Ecke Zeitungen verkauft, aber jetzt haben mich die Päkis aus dem Geschäft verdrängt.« Sie hörte das Wort *P-ä-k-i* und hatte ein bizarres Bild von Elephanten vor Augen, die die Moscow Road entlangtrotteten und die Verkäu-fer von Sonntagszeitungen niedertrampelten. »Was ist ein Päki?« fragte sie naiv, und die Antwort schmerzte: »Ein brauner Jude.« Sie ging wieder und stellte sich die Besitzer der örtlichen Süßigkeiten/Tabakwaren/Zeitungsläden als *lederhäutige Päkis* vor: als Menschen, die sich aufgrund ihrer Hautbeschaffenheit von anderen unterscheiden und deswegen anstößig waren. Auch diese Geschichte erzählte sie Gibril. »Oh«, antwortete er vernichtend, »ein Elefantenwitz.« Er war kein einfacher Mensch.

Aber da lag er in ihrem Bett, dieser große, ordinäre Kerl, für den sie sich öffnen konnte, wie sie sich noch nie zuvor geöffnet hatte; er drang bis in ihren Brustkasten und liebkoste ihr Herz. Auf Sexualität hatte sie sich seit Jahren nicht mehr so schnell eingelassen, und nie zuvor war eine so rasch eingegangene Liaison völlig frei von Gefühlen der Reue oder der Selbstverachtung geblieben. Sein anhaltendes Schweigen (sie nahm es als solches, bis sie erfuhr, daß sein Name auf der Passagierliste der *Bostan* stand) hatte sie geschmerzt, denn es schien darauf hinzudeuten, daß er bei ihrer Begegnung etwas anderes empfunden hatte als sie, aber sich in seiner Lust, in diesem selbstvergessenen, wirbelnden Ding getäuscht zu haben – war das überhaupt möglich? Die Nachricht von seinem Tod löste demzufolge eine zweifache Reaktion aus: einerseits spürte sie eine Art dankbare Freude und Erleichterung darüber, daß er quer durch die ganze Welt gerast war, um sie zu überraschen, daß er sein bisheriges Leben aufgegeben hatte, um mit ihr ein neues anzufangen; andererseits war da der dumpfe Schmerz darüber, ihn genau in dem Augenblick verloren zu haben, da sie mit Sicherheit wußte, daß sie wirklich geliebt worden war. Später machte sich noch eine andere, weniger großzügige Reaktion in ihr bemerkbar. Was hatte er sich eigentlich dabei gedacht, ohne ein Wort der Ankündigung vor ihrer Tür stehen zu wollen, in der Annahme, sie werde ihn mit offenen Armen erwarten, ihm ein sorgenfreies Leben bieten und eine Wohnung, die zweifellos für sie beide groß genug war? Das war die Art Verhalten, das man von einem verwöhnten Filmschauspieler erwartet, der glaubt, daß ihm die Objekte seiner Begierden einfach wie reife Früchte in den Schoß fallen... kurz, sie hatte sich überfallen gefühlt, zumindest potentiell. Doch dann hatte sie sich scharf zurechtgewiesen, derartige Gedanken in das dunkle Loch zurückverbannt, in das sie gehörten, denn Gibril hatte für seine Vermessenheit teuer bezahlt, wenn es denn Vermessenheit war. Ein toter Liebhaber verdient, daß im Zweifelsfall zu seinen Gunsten entschieden wird.

Dann lag er zu ihren Füßen, bewußtlos im Schnee, und so abwegig erschien ihr dieser Anblick, daß es ihr den Atem verschlug, und sie fragte sich kurz, ob es sich nicht um eine jener visuellen Anomalien handelte – der neutrale Ausdruck war ihr lieber als das gewichtigere *Visionen* –, die ihr zu schaffen machten, seit sie beschlossen hatte, den Chomolungma ohne Sauerstoffgeräte, allein mit Lungenkraft zu besteigen. Die Anstrengung, ihn aufzuheben, sich den einen Arm um die Schulter zu legen und ihn in ihre Wohnung zu schleppen – mehr tragen als schleppen, ehrlich gesagt – überzeugte sie restlos, daß er keine Chimäre war, sondern schweres Fleisch und Blut. Ihre Füße peinigten sie den ganzen Heimweg über, und der Schmerz ließ in ihr all den Groll wieder aufsteigen, den sie unterdrückt hatte, als sie ihn für tot gehalten hatte. Was sollte sie jetzt mit ihm anfangen, mit diesem Tolpatsch, der da ausgestreckt auf ihrem Bett lag? Gott, sie hatte vergessen, wie sehr dieser Mann sich breitmachen konnte, wie er nachts das ganze Bett okkupierte und einem alle Bettdecken wegzog. Aber auch andere Gefühle meldeten sich erneut, und sie gewannen die Oberhand; denn hier schlief er, von ihr behütet, die aufgegebene Hoffnung: endlich Liebe.

Eine Woche lang schlief er praktisch rund um die Uhr, wachte nur auf, um die elementaren Bedürfnisse des Hungers und der Hygiene zu stillen, sprach kaum ein Wort. Er schlief unruhig, warf sich im Bett hin und her, und gelegentlich entschlüpften ihm einzelne Wörter: *Jahilia, Al-Lat, Hind.* In wachem Zustand schien er sich gegen den Schlaf wehren zu wollen, doch dann packte er ihn, wogte über ihn hinweg, und während er kraftlos, herzzerreißend fast, mit dem Arm ruderte, zog es ihn hinab. Sie konnte sich nicht vorstellen, welche traumatischen Erlebnisse Anlaß zu einem solchen Verhalten gegeben haben mochten, und ein wenig beunruhigt rief sie ihre Mutter an. Alicja kam, inspizierte den schlafenden Gibril, schürzte die Lippen und verkündete: »Ein Besessener.« Sie hatte sich mehr und mehr in eine Art Singersche Dybbuk-Welt zurückgezogen, und ihr Mystizismus machte ihre pragmatische, bergsteigende Tochter immer wieder wütend. »Versuch's mal mit einer Saugpumpe am Ohr«, empfahl Alicja. »Das ist der Ausgang , den diese Kreaturen bevorzugen.« Allie brachte ihre Mutter zur Tür. »Vielen Dank«, sagte sie, »ich melde mich wieder.«

Am siebenten Tag wurde er hellwach, riß die Augen weit auf wie eine Puppe und griff sofort nach ihr. Sie lachte über die Plumpheit seiner Annäherung fast ebenso sehr wie vor Überraschung, aber da war wieder dieses Gefühl von Natürlichkeit, von Richtigkeit; sie grinste, »Na schön, du hast es so gewollt«, und sie schlüpfte aus der unförmigen, elastischen kastanienbraunen Hose und der weitgeschnittenen Jacke – sie mochte keine Sachen, die ihre Formen betonten –, und das war der Anfang des sexuellen Marathons, an dessen Ende sie wund, glücklich und erschöpft zurücksanken.

Er erzählte ihr: er fiel vom Himmel und lebte. Sie holte tief Luft und glaubte ihm, weil ihr Vater an die unzähligen und widersprüchlichen Möglichkeiten des Lebens geglaubt hatte und auch wegen der Dinge, die der Berg sie gelehrt hatte. »Okay«, sagte sie und atmete aus, »ich nehm's dir ab. Aber sag meiner Mutter nichts davon, ja?« Das Universum war ein Ort der Wunder, und nur die Gewöhnung, die Narkose des Alltags, stumpft unseren Blick ab. Erst vor wenigen Tagen hatte sie gelesen, daß, während die Sterne verglühten, aus Kohlenstoff Diamanten entstanden. Die Vorstellung, daß Sterne Diamanten ins All schleuderten: auch das klang wie ein Wunder. Wenn das passieren konnte, dann auch dies. Babys fielen aus höchsten Stockwerken und blieben unversehrt. In Francois Truffauts Film *Taschengeld* gab es so eine Szene... Sie ordnete ihre Gedanken. »Manchmal«, sagte sie schließlich, »passieren solche wunderbaren Sachen auch mir.«

Sie erzählte ihm dann, was sie noch keinem Menschen erzählt hatte: von ihren Visionen am Everest, den Engeln und der Eis-Stadt. »Übrigens nicht nur am Everest«, sagte sie, und fuhr nach einigem Zögern fort. Nach London zurückgekehrt, machte sie einen langen Spaziergang am Themseufer, um ihn und den Berg loszuwerden. Es war frühmorgens, ein gespenstischer Nebel hing in der Luft, und eine dicke Schneedecke verwischte alle Konturen. Und dann tauchten die Eisberge auf.

Sie kamen zu zehnt in einem majestätischen Zug hintereinander die Themse herauf. Der Nebel um sie herum war dichter, so daß sie ihre Umrisse erst ausmachen konnte, als sie genau vor ihr waren, die akkurat verkleinerten Formen der zehn höchsten Berge der Welt, in aufsteigender Rangfolge, mit ihrem Berg, *dem* Berg, als Schlußlicht. Sie überlegte noch, wie die Berge unter den Flußbrücken hatten durchkommen können, als sich der Nebel verdichtete und sich dann, ein paar Augenblicke später, völlig auflöste und die Eisberge mit ihm. »Aber sie waren da«, sagte sie mit Nachdruck zu Gibril. »Nanga Parbat, Dhaulagiri, Xixabangma Feng.« Er machte keine Einwände. »Wenn du es sagst, dann weiß ich, daß es wirklich so gewesen ist.«

Ein Eisberg ist Wasser, das zu Erde werden will; ein Berg, besonders im Himalaja, besonders der Everest, ist der Versuch der Erde, sich in Himmel zu verwandeln, ist ein Flugzeug ohne Starterlaubnis, ist Erde, fast zu Luft geworden und, im wahrsten Sinne des Wortes, erhaben. Ehe Allie Bekanntschaft mit dem Berg schloß, hatte sie ihn schon lange dumpf in sich gefühlt. Ihre Wohnung war vollgestellt mit lauter Himalajas, Everest-Modelle aus Kork, Plastik, Ton, Stein, Acryl, Ziegelstein drängten sich auf engstem Raum; es gab sogar ein ganz aus Eis geformtes Modell, ein winziger Berg, den sie im Kühlschrank aufbewahrte und von Zeit zu Zeit herausholte, wenn sie vor ihren Freunden angeben wollte. Warum so viele? *Weil* – eine andere Antwort gab es nicht – *sie da waren.* »Schau mal«, sagte sie und streckte, ohne aufzustehen, die Hand zum Nachttisch aus, auf dem ihre neueste Erwerbung stand, ein schlichter Everest aus verwittertem Pinienholz. »Ein Geschenk von den Sherpas aus Namche Bazar.« Gibril nahm ihn in die Hand, betrachtete ihn von allen Seiten. Pemba hatte ihn ihr beim Abschied schüchtern überreicht, hatte darauf hingewiesen, daß er ein Geschenk aller Sherpas sei, obgleich sonnenklar war, daß er ihn selbst geschnitzt hatte. Es war ein Modell mit allen Details, einschließlich Eisfall und Hillary-Step, dem letzten großen Hindernis vor dem Gipfel, und die Route, die sie zum Gipfel genommen hatten, war tief in das Holz eingekerbt.

Als Gibril ihn umdrehte, entdeckte er auf der Unterseite des Sokkels eine Mitteilung: *Für Ali Bibi. Wir hatten Glück. Keine weiteren Versuche.*

Allie erzählte Gibril nicht, daß die Warnung des Sherpas sie erschreckt, ihr klargemacht hatte, daß sie, falls sie je wieder ihren Fuß auf den Göttinnenberg setzen sollte, gewiß umkommen würde, da es Sterblichen nicht erlaubt ist, mehr als einmal das Gesicht der Götter zu schauen. Der Berg aber war sowohl diabolisch als auch transzendent, vielmehr: diabolisch und transzendent in einem, so daß sie, während sie über Pembas Warnung nachdachte, einen schmerzhaften Wunsch verspürte, der sie laut aufstöhnen ließ, als wäre es Lust oder Verzweiflung. »Der Himalaja«, sagte sie zu Gibril, um nicht zu sagen, woran sie wirklich dachte, »das sind emotionale und physische Höhepunkte: wie eine Oper. Das macht ihn so ehrfurchtgebietend. Nichts als schwindelerregende Höhen. Ist nicht leicht, so eine Nummer durchzuhalten.« Allie hatte eine Art, vom Konkreten zum Abstrakten zu springen, so beiläufig bildliche Ausdrücke einzuflechten, daß der Zuhörer sich fragte, ob sie den Unterschied zwischen den beiden kannte, oder (sehr oft) unsicher war, ob am Ende ein solcher Unterschied überhaupt existierte.

Allie behielt für sich, daß sie den Berg versöhnlich stimmen mußte oder sterben würde, daß sie trotz ihrer Plattfüße, die jede ernsthafte Bergsteigerei indiskutabel machten, noch immer Everest-infiziert war, und daß sie tief in ihrem Herzen einen unmöglichen Plan versteckte, die fatale Vision des Maurice Wilson, die bis auf den heutigen Tag nicht verwirklicht worden ist, nämlich: den Alleinaufstieg.

Was sie verschwieg: daß sie Maurice Wilson seit ihrer Rückkehr nach London gesehen hatte, wie er zwischen den Schornsteinen saß, ein winkender Kobold in Knickerbockern und Schottenmütze. Und Gibril Farishta erzählte ihr nichts von dem Geist Rekha Merchants, der ihn verfolgte. Zwischen ihnen gab es, bei aller physischen Intimität, noch verschlossene Türen: jeder behielt einen gefährlichen Geist für sich. Und als Gibril von Allies anderen Visionen hörte, verbarg er hinter seinen neutralen Worten – *wenn du es sagst, dann weiß ich* – eine große Erregung, hervorgerufen von diesem neuerlichem Beweis, daß die Welt der Träume in die Welt der Wirklichkeit eindrang, daß die Siegel, die sie trennten, brachen und die beiden Firmamente in jedem Moment eins werden konnten, das heißt, daß das Ende aller Dinge nahe war. Als Allie eines Morgens aus erschöpftem und traumlosem Schlaf erwachte, sah sie Gibril in ihrer seit langem nicht mehr aufgeschlagenen Ausgabe von Blakes *Hochzeit von Himmel und Hölle* vertieft, die sie in jungen Jahren, ohne Respekt vor Büchern, mit vielen Anmerkungen versehen hatte: Unterstreichungen, Kreuzchen am Rand, Ausrufezeichen, Fragezeichen. Als er sah, daß sie aufgewacht war, las er mit boshaftem Grinsen einige dieser Stellen vor. »Von den Sprichworten der Hölle«, begann er. *»Die Lust des Ziegenbocks ist der Lohn Gottes.«* Sie wurde knallrot. »Und jetzt kommt's«, fuhr er fort. *»Die alte Überlieferung, die Welt werde nach sechstausend Jahren im Feuer vergehen ist richtig, wie ich aus der Hölle vernommen habe.* Dann, weiter unten: *Dies wird als Steigerung der Sinnenfreude angesehen werden.* Sag mal, wer ist das? Ich habe sie hier zwischen den Seiten gefunden.« Er reichte ihr das Foto einer Toten: ihre Schwester Elena, hier begraben und vergessen. Noch eine nach Visionen Süchtige und ein Opfer dieser Gewohnheit. »Wir sprechen nicht oft von ihr.« Sie kniete nackt auf dem Bett, das helle Haar bedeckte ihr Gesicht. »Leg sie dorthin zurück, wo du sie gefunden hast.«

Weder sah noch hörte ich Gott in einem endlichen, organischen Ding, doch meine Sinne spürten das Unendliche in allem. Er blätterte weiter und legte Elena Cohen neben das Bild des Wiedergeborenen, der nackt und im Schneidersitz auf einem Berg hockte, und die Sonne schien aus seinem Gesäß. *Ich habe immer gefunden, daß Engel die Eitelkeit besitzen, sich für die einzig Weisen zu halten.* Allie bedeckte ihr Gesicht mit den Händen. Gibril wollte sie aufmuntern. »Du hast auf das Deckblatt geschrieben: ›Erschaffung der Welt gem. Erzbisch. Usher 4004 v. Chr., Apokalypse vorauss. 1996‹. Dann bleibt uns ja noch Zeit für die Steigerung der Sinnenfreude.« Sie schüttelte den Kopf: Hör auf. Er hörte auf. »Erzähl's mir«, sagte er und legte das Buch weg.

❦

Mit zwanzig hatte Elena London im Sturm erobert. Ihr wilder, hochgewachsener Körper schimmerte durch ein goldenes Kettenhemd von Rabanne. Sie war immer mit nachtwandlerischer Selbstsicherheit aufgetreten, als ob ihr die Welt gehörte. Die Stadt war ihr Element, sie schwamm darin wie ein Fisch. Mit einundzwanzig war sie tot, ertrunken in einer Badewanne mit kaltem Wasser, ihr Körper vollgestopft mit psychotropischen Drogen. Kann man in seinem eigenen Element umkommen, hatte Allie sich vor langer Zeit gefragt. Wenn Fische im Wasser ertrinken können, können Menschen dann an der Luft ersticken? Damals hatte Allie, achtzehn-neunzehn, Elena um ihre Sicherheiten beneidet. Was war *ihr* Element? In welchem Periodensystem des

Geistes wäre es zu finden? Jetzt, plattfüßig, himalajaerfahren, trauerte sie seinem Verlust nach. Wenn man auf dem Dach der Welt gestanden hat, ist es nicht leicht, in seine kleine Kiste zurückzukehren, auf eine kleine Insel, eine immerwährende Frustration. Aber ihre Füße waren Verräter, und der Berg würde töten.

Die mythologische Elena, das in Plastikcouture gekleidete Covergirl, hatte sich für unsterblich gehalten. Allie, die sie einmal in ihrer World's End Bude besuchte, lehnte ein angebotenes Stück Würfelzucker ab, murmelte etwas von Gehirnschäden, fühlte sich der Situation nicht gewachsen, wie immer in Elenas Gegenwart. Ihre Schwester, deren Gesicht mit seinen zu weit auseinanderstehenden Augen und dem zu spitzen Kinn eine überwältigende Ausstrahlung hatte, sah sie spöttisch an. »Hast genug graue Zellen«, sagte sie, »kannst ruhig ein paar abgeben.« Überschüssige Gehirnzellen waren Elenas Kapital. Sie verschleuderte sie wie Geld auf der Suche nach ihren eigenen Gipfeln; sie wollte, wie es damals hieß, fliegen lernen. Der Tod kam, genauso wie das Leben, im Zuckergußmantel zu ihr.

Sie hatte die jüngere Alleluia »verbessern« wollen. »Mensch, du siehst phantastisch aus, warum versteckst du dich in diesen Latzhosen? Mein Gott, du hast doch eine Traumfigur.« Eines Abends steckte sie Allie in ein olivgrünes Teil, das aus Spitze und nichts dazwischen bestand und kaum ihren Körper verhüllte, der in einem Bodystocking steckte. *Sie macht ein Bonbon aus mir,* schoß es Allie durch den puritanischen Kopf, *meine eigene Schwester will eine Schaufensterpuppe aus mir machen, besten Dank.* Sie gingen in einen Club mit ekstatischen Lordlingen, und sobald Elenas Aufmerksamkeit abgelenkt war, verzog sich Allie. Eine Woche später, beschämt über ihre Feigheit, den Versuch ihrer Schwester, ihr Vertrauen zu gewinnen, zurückgewiesen zu haben, saß sie im World's End auf einem Sitzkissen und gestand Elena, daß sie keine Jungfrau mehr war. Woraufhin die ältere Schwester ihr eine Ohrfeige gab und altmodische Ausdrücke an den Kopf warf: Schlampe, Luder, Dirne. »Elena Cone dürfen die Kerle nicht mal mit einem Finger anfassen«, schrie sie und bewies damit, daß sie von sich in der dritten Person reden konnte, »nicht mit einem gottverdammten Fingernagel! Ich weiß genau, was ich wert bin, Schätzchen, ich weiß, daß das Geheimnisumwitterte in dem Moment futsch ist, wenn sie ihr Dings reinstecken, ich hätte mir denken können, daß aus dir mal 'ne Hure wird. Irgend so ein Scheißkommunist vermutlich!« sagte sie abschließend. In diesen Dingen hatte sie die Vorurteile ihres Vaters geerbt, im Gegensatz zu Allie, wie Elena sehr wohl wußte.

Danach hatten sie sich nicht mehr oft gesehen. Elena blieb bis zu ihrem Tod die schönste Jungfrau der Stadt – die Leichenschau bestätigte eine *virgo intacta* –, während Allie aufhörte, Unterwäsche zu tragen, verschiedene Jobs bei kleinen, zornigen Zeitschriften annahm, und weil ihre Schwester unberührbar gewesen war, wurde sie das genaue Gegenteil, jeder Geschlechtsakt ein Schlag in das finstere, weißlippige Gesicht ihrer Schwester. Drei Abtreibungen in zwei Jahren und die späte Erkenntnis, daß sie dank der Pille in der gefährdetsten Krebs-Risikogruppe gelandet war.

Sie erfuhr vom Tod ihrer Schwester durch Zeitungsreklame an einem Kiosk, FOTOMODELL: TOD IM »SÄUREBAD«. Nicht einmal im Tod ist man vor Wortspielen sicher, war ihr erster Gedanke. Dann stellte sie fest, daß sie nicht weinen konnte.

»Monatelang habe ich sie noch in Zeitschriften gesehen«, erzählte sie Gibril. »Wegen der langen Vorlaufzeit der Hochglanzmagazine.« Elenas Leiche tanzte in durchsichtige Schleier gehüllt durch die marokkanische Wüste oder wurde auf dem Mond präsentiert, im Meer der Schatten, nackt bis auf einen Astronautenhelm und einem halben Dutzend Seidenkrawatten, um Brüste und Lenden geschlungen. Allie machte es sich zur Gewohnheit, Bärte auf die Fotos zu malen, zum Ärger der Zeitungsverkäufer; sie riß ihre tote Schwester aus den Illustrierten ihres zombiehaften Nicht-Todes und zerknüllte sie. Verfolgt von Elenas periodisch erscheinendem Geist, dachte Allie über die Gefahren des Fliegens nach; welche farbenprächtige Stürze, welche makabren Höllen waren für solche Ikarus-Menschen reserviert! Elena wurde für sie zu einer gemarterten Seele, sie glaubte, daß diese Gefangenschaft in einer starren Welt von Aktfotokalendern, auf denen sie mit schwarzen Plastikbrüsten abgebildet war, die dreimal so groß waren wie ihre eigenen, von pseudoerotischen Verrenkungen, von quer über den Nabel gedruckten Werbesprüchen, im Grunde Elenas persönliche Hölle war. Allie begann, den Aufschrei in den Augen ihrer Schwester zu sehen, die Qual, auf ewig zwischen diesen Doppelseiten eingeschlossen zu sein. Elena wurde von Teufeln gefoltert, von Flammen verzehrt, und sie konnte nicht einmal davonlaufen... nach einer Weile mußte Allie nicht einen Bogen um die Läden machen, in denen sie damit zu rechnen war, daß ihre Schwester von den Regalen herabstarrte. Sie konnte keine Zeitschrift mehr aufschlagen und versteckte sämtliche Fotos von Elena, die sie besaß. »Mach's gut, Yel!« rief sie der Erinnerung an ihre Schwester zu, ihren alten Kindernamen verwendend. »Ich kann dich nicht mehr ansehen.«

»Aber letztlich bin ich wie sie.« Die Berge hatten angefangen, ihr etwas vorzusingen; daraufhin riskierte auch sie Gehirnzellen, um hoch hinauszukommen. Berühmte Ärzte, Spezialisten in Fragen der Bergsteigerei hatten wiederholt und unanfechtbar nachgewiesen, daß Menschen in achttausend Meter Höhe ohne Sauerstoffgeräte nicht überleben konnten. Irreparable Schäden durch Augenblutungen würden auftreten und auch das Gehirn würde explodieren, würde Milliarden Zellen verlieren, viel zu viele und viel zu plötzlich; das Resultat wäre eine unter dem Namen »Höhenkoller« bekannte, bleibende Schädigung, die in kürzester Zeit zum Tod führte. Im ewigen Schnee der höchsten Gipfel lägen die hervorragend erhaltenen Leichen Erblindeter. Doch Allie und Sherpa Pemba stiegen hinauf und stiegen herunter und erzählten ihre Geschichte. Zellen aus dem Gehirndepot ersetzten die laufenden Verluste. Und auch die Augen nahmen keinen Schaden. Warum hatten sich die Wissenschaftler geirrt? »Vorurteil, hauptsächlich«, log Allie, unter Fallschirmseide an Gibril gekuschelt. »Sie können die Willen nicht messen, also berücksichtigen sie ihn bei ihren Berechnungen nicht. Aber es ist Willenskraft, die einen den Everest bezwingen läßt, Willenskraft plus Zorn, und sie kann jedes beliebige Naturgesetz außer Kraft setzen, zumindest kurzfristig, die Schwerkraft nicht ausgeschlossen. Jedenfalls, wenn man sein Glück nicht herausfordert.«

Schädigungen waren trotzdem aufgetreten. Sie litt zuweilen an unerklärlichen Gedächtnislücken: kleine, unvorhersehbare Dinge. Einmal, beim Fischhändler, war ihr das Wort Fisch nicht mehr eingefallen. Und eines Morgens im Badezimmer griff sie zur Zahnbürste, ohne zu wissen, wozu sie diente. Und eines anderen Morgens, als sie neben dem schlafenden Gibril aufwachte, wollte sie ihn schon wachrütteln, um ihn zu fragen »Verdammt, wer bist du? Wie bist du in mein Bett gekommen?« als, gerade rechtzeitig, die Erinnerung zurückkehrte. »Hoffentlich ist es nichts Bleibendes«, sagte sie zu ihm. Behielt aber selbst jetzt für sich, daß ihr der Geist Maurice Wilsons auf den Dächern rings um die Fields erschienen war und ihr einladend zugewinkt hatte.

Sie war eine kompetente Frau, eindrucksvoll in vielerlei Hinsicht: durchaus der Typ Profisportlerin der achtziger Jahre, betreut von dem Werbegiganten MacMurray, bis zur Halskrause gesponsort. Jetzt tauchte auch sie in der Werbung auf, führte ihre eigene Kollektion von Bergsteigerausrüstung und Freizeitkleidung vor, wobei sie eher Urlauber und Amateure ansprach als professionelle

Alpinisten, um zu maximieren, was Hal Valance das Universum genannt hätte. Sie war das Goldene Mädchen vom Dach der Welt, die Überlebende »meines teutonischen Zweiers«, wie Otto Cone seine Töchter gern bezeichnet hatte. *Wieder einmal trete ich in deine Fußstapfen, Yel.* Sich als attraktive Frau in einem von, sagen wir: haarigen Männern dominierten Sport zu behaupten, war etwas, das sich verkaufen ließ, und das Image der »Eiskönigin« schmerzte sie nicht. Das Geschäft versprach Geld, und nun, da sie alt genug war, von ihren alten, feurigen Idealen mit einem Schulterzucken und einem Lachen Abschied zu nehmen, war sie bereit, dieses Geld zu machen, sogar bereit, in Talkshows aufzutreten, um mit zweideutigen Anspielungen sich den unvermeidlichen und stets gleichen Fragen nach dem Liebesleben in achttausend Metern Höhe zu erwehren. Sich mit derartigen Kapriolen öffentlich zu exponieren, vertrug sich nur schlecht mit dem Selbstbild, an das sie sich noch immer leidenschaftlich klammerte: die Vorstellung, daß sie eine geborene Einzelgängerin war, durch und durch Privatperson, die nicht von den Zwängen des Geschäftslebens zerrissen werden wollte. Zu ihrem ersten Streit mit Gibril kam es, weil er in seiner unverblümten Art sagte: »Es ist okay, vor den Kameras wegzulaufen, solange du weißt, daß sie hinter dir her sind. Aber angenommen, sie sind nicht mehr hinter dir her? Vermutlich würdest du kehrtmachen und in die andere Richtung laufen.« Später, nachdem sie sich versöhnt hatten, zog sie ihn mit ihrer wachsenden Berühmtheit auf (seit sie als erste sexuell attraktive Blondine den Everest bezwungen hatte, gab es erheblich mehr Wirbel um sie, mit der Post kamen Fotos höchst gutaussehender Männer, auch Einladungen zu exklusiven Soireen plus eine Unmenge abstruser Beschimpfungen): »Jetzt, da du dich aus dem Geschäft zurückgezogen hast, könnte ich ja zum Film gehen. Wer weiß. Vielleicht werd' ich's wirklich tun.« Worauf er erwiderte, und sie erschrak über die Schärfe seiner Worte: »Nur über meine Leiche.«

Trotz ihrer pragmatischen Bereitschaft, in das schmutzige Wasser der Realität zu springen und in der Strömung mitzuschwimmen, verlor sie nie das Gefühl, daß ihr an der nächsten Wegbiegung ein furchtbares Unglück auflauerte – das Vermächtnis des plötzlichen Todes von Vater und Schwester. Dieses Prickeln zu Berge stehender Haare ließ sie zu einer umsichtigen Bergsteigerin werden, zu einem »hundertprozentigen Mann«, wie es ihre Kollegen nannten, und als verehrte Freunde auf diversen Bergen ihr Leben ließen, wurde sie noch vorsichtiger. Das gab ihr im städtischen Alltagsleben zuweilen etwas Angespanntes, Nervöses; mit der Zeit vermittelte sie den Eindruck einer mit schweren Geschützen bewehrten Festung, die sich auf den unausweichlichen Angriff vorbereitete. Dies verstärkte ihr Image eines Eisberges von Frau. Die Menschen hielten Distanz, und sie akzeptierte die Einsamkeit als Preis für die Abgeschiedenheit. Aber es gab noch andere Widersprüche. Immerhin hatte sie erst kürzlich mit ihrem Entschluß, den letzten Everestaufstieg ohne Sauerstoffgerät zu unternehmen, alle Vorsicht über Bord geworfen. »Abgesehen von all den anderen Aspekten«, versicherte ihr die Werbeagentur in einem formalen Glückwunschschreiben, »verleiht Ihnen das menschliche Züge, es zeigt, daß Sie diese Zum-Teufel-damit-Unbekümmertheit besitzen, und das ist eine neue, positive Dimension.« Daran wurde bereits gearbeitet. Und inzwischen, dachte Allie und lächelte Gibril müde-aufmunternd zu, während er sich an ihr herunterschob, bist du da. Nahezu ein Fremder, bist du bei mir eingezogen. Mein Gott, ich habe dich sogar über die Schwelle getragen, auch wenn das nicht viel ändert. Kann dir keinen Vorwurf machen, daß du das Angebot angenommen hast.

Stubenrein war er nicht. An Diener gewöhnt, ließ er Kleidungsstücke, Essensreste, nasse Teebeutel fallen, ließ sie wirklich zu Boden fallen, wo er gerade stand und sie aufgehoben werden mußten. Ohne sich im mindesten bewußt zu sein, was er tat, bewies er sich stets von neuem, daß er, der arme kleine Straßenjunge, es nicht mehr nötig hatte, hinter sich aufzuräumen. Das war nicht das einzige an ihm, was sie wahnsinnig machte. Wenn sie Wein einschenkte, trank er sein Glas schnell aus und griff dann, wenn sie gerade nicht hinsah, nach ihrem und beschwichtigte sie mit einem engelsgleichen, superunschuldigen Gesicht: »Ist doch noch genug da!« Sein schlechtes Benehmen im Haus. Er furzte gern. Er beschwerte sich – beschwerte sich doch tatsächlich, nachdem sie ihn buchstäblich aus dem Schnee gekratzt hatte! – über die beengten Wohnverhältnisse. »Wenn ich zwei Schritte mache, stoße ich schon mit dem Kopf an die Wand.« Er war unverschämt am Telefon, wirklich unverschämt, ohne sich zu erkundigen, wer der Anrufer war: automatisch, so wie Filmstars in Bombay eben waren, wenn gerade kein Lakai anwesend war, der sie vor solchen Störungen schützte. Nachdem Alicja einen Schwall unflätiger Beschimpfungen über sich hatte ergehen lassen müssen, sagte sie als ihre Tochter schließlich den Hörer nahm: »Entschuldige, daß ich es anspreche, Liebes, aber ich finde, dein Freund ist ein Fall.«

»Ein Fall, Mutter?« Dies rief Alicjas hochmütigste Stimmlage auf den Plan. Sie konnte noch immer die Grande Dame sein, besaß ein Talent dafür, ungeachtet ihres Entschlusses nach Ottos Tod, sich als Pennerin zu verkleiden. »Ein Fall«, verkündete sie eingedenk Gibrils indischer Herkunft, »von subkontinentaler Unzurechnungsfähigkeit.«

Allie stritt sich nicht mit ihrer Mutter, da sie keineswegs sicher war, ob sie mit Gibril weiterhin würde zusammenleben können, auch wenn er quer durch die Welt gereist, auch wenn er vom Himmel gefallen war. Die längerfristigen Chancen waren schwer vorherzusagen, selbst mittelfristig sah es bewölkt aus. Im Augenblick konzentrierte sie sich auf den Versuch, diesen Mann kennenzulernen, der von Anfang an einfach davon ausgegangen war, daß er die große Liebe ihres Lebens war, so unberührt von irgendwelchen Zweifeln, daß er entweder recht hatte oder verrückt war. Es gab eine Menge schwieriger Situationen. Sie wußte nicht, was er wußte, was sie als selbstverständlich voraussetzen konnte: einmal brachte sie die Rede auf Nabokovs dem Untergang geweihten Schachspieler Lushin, der ahnte, daß es im Leben wie beim Schachspiel zwangsläufig gewisse Kombinationen gab, denen er nicht gewachsen war, wollte ihm sozusagen per Analogie klarmachen, daß auch sie eine (freilich etwas anders geartete) Ahnung von einer bevorstehenden Katastrophe hatte (was nichts mit ständig wiederkehrenden Mustern, sondern mit der Unabwendbarkeit des Unvorhersehbaren zu tun hatte), doch er starrte sie nur mit einem gekränkten Blick an, der ihr bewies, daß er noch nie von dem Schriftsteller, geschweige denn von *Lushins Verteidigung* gehört hatte. Umgekehrt überraschte er sie, als er sie einmal aus heiterem Himmel fragte: »Wieso Picabia?« Es sei doch merkwürdig, nicht wahr, daß Otto Cohen, ein Überlebender der Schreckenslager, sich für diese ganze neofaschistische Maschinenschwärmerei, für brutale Gewalt und für die Verherrlichung der Entmenschlichung habe begeistern können. »Wer nur einmal mit einer Maschine zu tun hatte«, fügte er hinzu, »und das haben wir alle, Baby, der weiß, daß man von ihnen nur eins mit Sicherheit behaupten kann, ob Computer oder Fahrrad: sie funktionieren nicht.« Wie kommst du denn darauf, setzte sie an und geriet ins Stocken, weil ihr der herablassende Tonfall nicht gefiel, aber er antwortete ohne Eitelkeit. Als er das erste Mal von Marinetti gehört habe, sagte er, habe er alles falsch verstanden und geglaubt, daß Futurismus etwas mit Puppen zu tun habe. »Marionetten, Kathputli, damals wollte ich in einem Film unbedingt moderne Puppenspieltechniken verwenden, vielleicht um Dämonen oder andere übernatürliche Wesen darzustellen. Also habe ich mir ein Buch besorgt.« Ein Buch besorgt. Aus dem Munde Gibrils, des

Autodidakten, klang es wie: Stoff besorgt. Für ein Mädchen aus einem Haus, in dem Bücher verehrt wurden – ihr Vater hatte ihnen befohlen, jedes zufällig zu Boden gefallene Buch zu küssen, und dessen Reaktion darin bestanden hatte, ihnen übel mitzuspielen, Seiten herauszureißen, die sie behalten wollte oder für schlecht befunden hatte, in die Bücher hineinzukritzeln und sie zu zerkratzen, um klarzustellen, wer das Sagen hatte –, war Gibrils gutmütige Respektlosigkeit, Bücher als das zu nehmen, was sie waren, ohne das Bedürfnis zu verspüren, vor ihnen niederzuknien oder sie zu ruinieren, etwas Neues; und, wie sie fand, auch Sympathisches. Sie lernte von ihm. Er dagegen stellte sich taub gegen jede Art von Wissen, das sie mit ihm teilen wollte, etwa: was der richtige Platz für schmutzige Socken sei. Als sie ihm einmal vorschlug, »im Haus mitzuhelfen«, zog er sich in ein zutiefst beleidigtes Schmollen zurück und erwartete, daß sie ihm solange um den Bart ging, bis er wieder guter Laune war. Und angewidert stellte sie fest, daß sie, zumindest im Moment, willens war, seinen Erwartungen zu entsprechen.

Das Schlimmste an ihm, so folgerte sie versuchsweise, war sein Talent, sich herabgesetzt, lächerlich gemacht, angegriffen zu fühlen. Es wurde nahezu unmöglich, ihm irgend etwas zu sagen, egal, wie vernünftig es war, wie vorsichtig es formuliert wurde. »Hau ab, verschwinde, zieh Leine!« brüllte er dann und verschloß sich in seinem verwundeten Stolz. Und das Verführerischste an ihm war, daß er instinktiv wußte, was sie wollte, daß er, wenn er dazu aufgelegt war, ihre geheimsten Wünsche erfüllen konnte. Was zur Folge hatte, daß es sexuell zwischen ihnen buchstäblich funkte. Der winzige Funke, der bei ihrem ersten Kuß geflogen war, blieb keine einmalige Angelegenheit; immer wieder funkte es, und wenn sie sich liebten, glaubte Allie manchmal, das Knistern der Elektrizität um sich herum hören zu können; zuweilen spürte sie, wie sich ihre Haare aufstellten. »Es erinnnert mich an den elektrischen Dildo in Vaters Arbeitszimmer«, sagte sie zu Gibril, und sie lachten. »Bin ich die Liebe deines Lebens?« fragte sie schnell, und er antwortete genauso schnell: »Na klar.«

Sie gestand ihm frühzeitig, daß die Gerüchte über ihre Unnahbarkeit, ja Gefühlskälte nicht unbegründet waren. »Nach Yels Tod übernahm ich auch diese Seite von ihr.« Sie hatte es nicht mehr nötig, der Schwester ihre Liebhaber ins Gesicht zu schleudern. »Und es hat mir auch keinen Spaß mehr gemacht. Es waren meistens revolutionäre Sozialisten, die mit mir vorlieb nahmen, während sie von den heroischen Frauen träumten, denen sie auf ihren dreiwöchigen Kubareisen begegnet waren. Die haben sie natürlich nie angerührt. Der anstrengende Kampf und die Sorge um ideologische Sauberkeit sind ihnen in die Knochen gefahren. Sie kehrten nach Hause zurück, summten ›Guantanamera‹ und riefen mich an.« Sie stieg aus. »Ich dachte, sollen die besten Köpfe meiner Generation ihre Monologe über die Macht doch auf dem Körper einer anderen Frau halten, nicht mit mir.« Sie begann mit der Bergsteigerei, behauptete sie damals, als sie damit anfing, »weil ich wußte, daß sie mir dorthin nicht folgen würden. Aber dann dachte ich, Scheiße. Ich hab's nicht für sie getan. Ich hab's für mich getan.«

Wegen ihrer Plattfüße lief sie jeden Abend eine Stunde lang die Treppe hinauf und hinunter, barfuß und auf Zehenspitzen, um sich dann wütend in einen Haufen Kissen fallen zu lassen. Gibril sah hilflos zu, und gewöhnlich endete es damit, daß er ihr etwas Starkes zu trinken brachte, meist irischen Whisky. Sie trank, seitdem ihr das Problem mit ihren Füßen richtig bewußt geworden war. (»Sag um Gotteswillen nichts davon«, empfahl ihr eine Stimme aus der Werbeagentur surrealistisch am Telefon, »wenn es rauskommt, dann ist Sense, finito, Sayonara, Schluß, aus.«) In ihrer einundzwanzigsten gemeinsamen Nacht sagte sie, mit fünf doppelten Jamesons intus: »Warum ich wirklich dort hinaufgestiegen bin? Lach nicht: um von Gut und Böse wegzukommen.« Er lachte nicht. »Stehen Berge, deiner Meinung nach, jenseits jeglicher Moral?« fragte er ernst. »Das habe ich während der Revolution gelernt«, fuhr sie fort. »Folgendes: irgendwann im zwanzigsten Jahrhundert wurde die Information abgeschafft. Weiß nicht genau, wann; ist klar, das gehört ja zu der Information, die abgeschafft wurde, ab-ge-schafft. Seitdem leben wir in einem Märchen. Kapiert? Alles geschieht durch Zauberhand. Wir Märchenfiguren haben keinen Schimmer, was vorgeht. Woher sollen wir also wissen, ob es gut oder schlecht ist. Wir wissen ja nicht mal, was es ist. Ich hab' mir also gedacht, entweder rackert man sich ab, um es herauszukriegen, oder man hockt sich auf einen Berg, weil alle Wahrheit dorthin gegangen ist, ob du's glaubst oder nicht, sie ist einfach weggelaufen aus diesen Städten, in denen sogar das Zeug unter unseren Füßen künstlich ist, eine Lüge, und hat sich dort oben in der dünnen, dünnen Luft versteckt, wohin die Lügner sich nicht trauen, aus Angst, ihr Gehirn explodiert. Sie hockt wirklich da oben. Ich bin dort gewesen. Ich weiß es.« Sie schlief ein, er trug sie ins Bett.

Nachdem sie erfahren hatte, daß er bei dem Flugzeugunglück ums Leben gekommen war, hatte sie sich damit gequält, ihn zu erfinden, das heißt, sich in Spekulationen über ihren verlorenen

Liebhaber ergangen. Er war der erste Mann gewesen, mit dem sie seit über fünf Jahren geschlafen hatte, keine unbedeutende Zahl in ihrem Leben. Sie hatte sich von ihrer Sexualität abgewandt, denn ihre Instinkte warnten sie, daß sie andernfalls von ihr aufgefressen würde, daß sie ein großes Thema für sie war, immer sein würde, ein großer, dunkler, unerforschter Kontinent, und daß sie nicht darauf vorbereitet war, sein Erforscher zu sein, seine Gestade abzustecken: nicht mehr oder, vielleicht, noch nicht. Aber nie hatte sie das Gefühl abgeschüttelt, daß diese Unkenntnis in Sachen Liebe ihr schadete, daß es ihr schadete, nicht zu wissen, wie es war, völlig besessen zu sein von diesem archetypischen DSCHINN, dieses Empfinden für nicht zu kennen, das Verschwimmen der eigenen Grenzen, dieses Freilegen, bis man, vom Adamsapfel bis zum Schritt, offen war: bloße Worte, weil sie von der Sache selbst nichts wußte. Angenommen, er wäre zu mir gekommen, träumte sie. Ich hätte ihn kennenlernen können, ganz allmählich, hätte ihn bis zum Gipfel besteigen können. Da mir meine schwachen Füße die Berge verweigern, hätte ich den Berg in ihm gesucht: das Basislager aufgeschlagen, Routen geprüft, gefrorene Wasserfälle, Gletscherspalten, Überhänge bezwungen. Ich hätte den Gipfel in Angriff genommen und die Engel tanzen sehen. Aber er ist tot und liegt auf dem Grund des Meeres.

Dann stieß sie auf ihn. Und vielleicht hatte auch er sie ein bißchen erfunden, eine Frau erfunden, die zu lieben es sich lohnte, aus seinem alten Leben herauszustürmen. Nichts sonderlich Bemerkenswertes dabei. Passiert oft genug; und die beiden Erfinder gehen daran, die rohen Kanten des anderen abzuschleifen, ihre Erfindungen anzupassen, die Phantasie nach der Wirklichkeit zu gestalten, zu lernen, wie man miteinander lebt, oder auch nicht. Es klappt oder es klappt nicht. Aber anzunehmen, Gibril Farishta und Alleluia Cone hätten diesen bekannten Weg beschreiten können, hieße, den Fehler machen, ihre Beziehungen für etwas Gewöhnliches zu halten. Das war sie nicht, nicht einmal ansatzweise.

Es war eine Beziehung mit erheblichen Schwachpunkten.

(»Die moderne Stadt«, hatte Otto Cone einst seinem Steckenpferd gefrönt und bei Tisch vor gelangweilter Familie doziert, »ist der klassische Ort unvereinbarer Realitäten. Existenzen, die nichts miteinander verbindet, sitzen Seite an Seite im Omnibus. Ein Universum, das auf einem Zebrastreifen eine Straße überquert, wird für einen Augenblick, verständnislos wie ein Kaninchen, von den Scheinwerfern eines Automobils eingefangen, in dem sich ein völlig fremdes und widersprüchliches Kontinuum befindet. Und solange es dabei bleibt, gehen sie nachts aneinander vorüber, drängen sich in U-Bahnhöfe, nehmen in irgendwelchen Hotelkorridoren die Hüte ab, kein Grund zur Aufregung. Aber wenn sie aufeinander treffen! Das ist Uran und Plutonium, die sich gegenseitig auflösen, bummms!« – »Eigentlich«, sagte Alicja, »komme ich mir selbst oft ein wenig unvereinbar vor, mein Lieber.«)

Die Schwachpunkte in der großen Liebe zwischen Alleluia Cone und Gibril Farishta waren wie folgt: ihre heimliche Angst vor ihrer heimlichen Sehnsucht, also der Liebe; aufgrund derer sie dazu neigte, den Menschen, dessen Zuneigung sie am meisten suchte, zu meiden, ja heftig zu attackieren; und je größer die Vertrautheit, desto heftiger schlug sie um sich; so daß der andere, der an einen Ort absoluten Vertrauenes geführt worden war und seine Abwehr aufgegeben hatte, die ganze Wucht des Schlages abbekam und zu Boden ging; was Gibril Farishta tatsächlich widerfuhr, als ihm nach drei Wochen ekstatischer Liebeslust, wie sie beide sie noch nie erlebt hatten, ohne Umschweife und ziemlich scharf gesagt wurde, er solle sich eine andere Wohnung suchen, weil sie, Allie, mehr Ellbogenfreiheit benötige als ihr gegenwärtig zur Verfügung stehe.

Und seine maßlose Besitzgier und Eifersucht, von der er selbst überhaupt nichts gewußt hatte, weil er noch nie zuvor Frauen als Schatz betrachtet hatte, den es um jeden Preis zu beschützen galt, vor Piraten, die selbstverständlich versuchen würden, ihn zu stehlen – wozu gleich noch mehr zu sagen sein wird.

Und der verhängnisvolle Schwachpunkt, nämlich Gibril Farishtas unmittelbar bevorstehende Erkenntnis – oder, wenn man so will, *Wahnsinnsidee* –, daß er doch tatsächlich ein Erzengel in Menschengestalt sei, und zwar nicht irgendein Erzengel, sondern der Engel des Vortrags, von allen (nachdem Schaitan gestürzt war) der erhabenste.

❦

Derart isoliert hatten sie ihre Tage verbracht, eingehüllt in die Laken ihrer Begierde, daß seine wilde, unbändige Eifersucht, die, wie Jago warnte, »das Fleisch verspottet, das sie nährt«, nicht sogleich ans Tageslicht kam. Sie offenbarte sich zuerst in der absurden Sache mit den drei Karikaturen, die Allie neben der Wohnungstür aufgehängt hatte, beigefarbene Passepartouts und in Altgold gerahmt, allesamt übermittelten dieselbe Botschaft. *Für A. hoffnungsvoll, Brunel,* auf die rechte untere Ecke der Passepartouts geschrieben. Als Gibril diese Schriftzüge entdeckte, verlangte er eine Erklärung, mit dem Zeigefinger am ausgestreckten Arm auf die Zeichnungen deutend, mit der anderen Hand hielt er ein um den Körper geschlungenes Laken fest (er war in dieser informellen Weise gekleidet, weil er sich gesagt hatte, daß die Zeit gekommen sei, eine gründliche Inspektion des Anwesens vorzunehmen, *kann nicht das ganze Leben auf meinem, geschweige denn auf deinem Rücken verbringen,* hatte er gesagt); Allie lachte versöhnlich. »Du siehst aus wie Brutus, würdevoll und zum Mord entschlossen«, zog sie ihn auf. »Wie ein Ehrenmann.« Er erschreckte sie mit dem wütenden Ruf: »Sag mir sofort, wer dieser Mistkerl ist.«

»Das kann doch nicht dein Ernst sein«, sagte sie. Jack Brunel war Trickfilmzeichner, Ende Fünfzig und hatte ihren Vater gekannt. Sie hatte sich nie für ihn interessiert, aber ihm war eingefallen, ihr auf diese verklemmte, stumme Weise den Hof zu machen und ihr von Zeit zu Zeit diese Blätter zu schicken.

»Warum hast du sie nicht in den Papierkorb geworfen?« heulte Gibril. Allie, die das Ausmaß seines Zorns noch immer nicht erfaßte, erwiderte leichthin. Sie hatte diese Bilder behalten, weil sie ihr gefielen. Das erste war eine alte Karikatur aus *Punch,* die Leonardo da Vinci in seinem Atelier zeigte, umringt von Schülern, wie er die Mona Lisa wie eine Frisbee-Scheibe durch das Zimmer schleuderte. »Merkt euch meine Worte«, sagte er in der Bildunterschrift, *»eines Tages werden die Menschen in solchen Dingern nach Padua fliegen.«* Im zweiten Rahmen war eine Seite aus *Toff,* einem englischen Comic-Heft für Jungen, das aus dem Zweiten Weltkrieg stammte. Damals, als so viele Stadtkinder evakuiert wurden, hatte man es für nötig befunden, das, was in der Welt der Erwachsenen passierte, in Form von Comics zu erklären. Hier nun war eine der wöchentlichen Begegnungen zwischen dem heimischen Team – Toff (ein häßliches Kind mit Monokel, Etonjacke und gestreifter Hose) und Bert mit Schiebermütze und zerschundenen Knien) – und dem feigen Gegner, dem Bösen Adolf und seiner Schreckensbande zu sehen (ein Trupp brutaler Gesellen mit furchterregenden Körperteilen, zum Beispiel ein Stahlhaken statt einer Hand, klauenartigen Füßen, Zähnen, die einem den Arm durchbeißen konnten). Sieger war stets das britische Team. Gibril starrte voller Verachtung auf das eingerahmte Bild. »Ihr verfluchten Engländer! So denkt ihr wirklich. Der Krieg hat für euch wirklich so ausgesehen!« Allie beschloß, weder ihren Vater zu erwähnen, noch Gibril davon zu erzählen, daß einer der *Toff*-Zeichner, ein aus Berlin stammender, leidenschaftlicher Antifaschist namens Wolf eines Tages verhaftet und zusammen mit all den anderen Deutschen in England interniert worden war und daß, Brunel zufolge, seine Kollegen nicht einen Finger gerührt hatten, um ihn zu retten. »Herzlosigkeit«, hatte Jack gemeint. »Das einzige, was ein Karikaturist wirklich braucht. Was für ein Künstler wäre Disney geworden, wenn er kein Herz gehabt hätte. Das war sein entscheidender Schwachpunkt.« Brunel gehörte ein kleines Trickfilmstudio namens Scarecrow Productions, nach der Figur in *The Wizard of Oz*.

Der dritte Rahmen enthielt die letzte Zeichnung aus einem Film des großen japanischen Trickfilmzeichners Yoji Kuri, dessen einzigartig zynische Arbeiten ein hervorragendes Beispiel waren für Brunels unsentimentale Auffassung von der Kunst des Karikaturisten. In diesem Film fällt ein Mann aus einem Wolkenkratzer, ein Feuerwehrwagen rast zum Ort des Geschehens und nimmt unter dem Fallenden Aufstellung, das Wagenverdeck wird geöffnet und ein mächtiger Stahldorn ausgefahren, und auf dem Blatt an Allies Wand fiel der Mann kopfüber auf den Dorn und rammte ihn sich ins Gehirn. »Krankhaft«, verkündete Gibril Farishta.

Nachdem diese großzügigen Geschenke nichts bewirkt hatten, mußte Brunel seine Deckung verlassen und persönlich erscheinen. Eines Abends stand er vor Allies Tür, unangemeldet und schon ziemlich betrunken, und holte aus seiner abgewetzten Aktentasche eine Flasche dunklen Rum. Um drei Uhr morgens hatte er die Flasche Rum ausgetrunken, machte aber keine Anstalten aufzubrechen. Allie ging ostentativ ins Badezimmer, um sich die Zähne zu putzen, und bei ihrer Rückkehr stand der Trickfilmer splitternackt auf ihrem Wohnzimmerteppich, ein überraschend wohlgeformter Körper, bedeckt von einem dichten Pelz grauer Haare. Als er sie sah, breitete er die Arme aus und rief: »Nimm mich! Mach mit mir, was du willst!« Sie bat ihn, so freundlich wie möglich, sich anzuziehen, und schob ihn mitsamt Aktenmappe sanft aus der Wohnung. Er kam nie wieder.

Allie erzählte Gibril diese Geschichte kichernd und in einer offenen Art, die darauf schließen ließ, daß sie auf den Sturm, den sie damit auslöste, völlig unvorbereitet war. Möglich ist allerdings auch (zwischen ihnen war es in der letzten Zeit zu Spannungen gekommen), daß ihre arglose Miene ein wenig unaufrichtig war, daß sie fast hoffte, er würde den Streit vom Zaun brechen, damit für alles Weitere er die Verantwortung trug und nicht sie ... wie auch immer, Gibril explodierte, warf Allie vor, den Ausgang der Geschichte gefälscht zu haben, behauptete, daß der arme Brunel noch immer am Telefon wartete und daß sie beabsichtige, ihn anzurufen, sobald er, Farishta, ihr den Rücken zugekehrt habe. Mit einem Wort: Raserei, Eifersucht der schlimmsten Art auf Vergangenes. Als ihn dieses schreckliche Gefühl überwältigte, erfand er reihenweise Liebhaber und stellte sich vor, daß an jeder Ecke einer auf sie wartete. Brunels Geschichte habe sie nur benutzt, um ihn zu verhöhnen, brüllte er, es sei eine absichtliche und grausame Drohung. »Du willst, daß die Männer vor dir auf die Knie gehen«, schrie er, schon längst nicht mehr Herr seiner selbst. »Darauf kannst du bei mir lange warten!«

»Jetzt reicht's«, sagte sie. »Raus!«

Seine Wut verdoppelte sich. Die Toga fest um den Leib geschlungen, stakste er in das Schlafzimmer, um sich anzuziehen, die einzigen Sachen, die er besaß, einschließlich des scharlachrotgefütterten Gabardinemantels und des grauen Filzhutes von Don Enrique Diamond. Allie stand in der Tür und sah zu. »Glaub ja nicht, daß ich zurückkomme«, gellte er, wissend, daß seine Wut mühelos ausreichte, ihn zum Verlassen des Hauses zu bringen, und wartete darauf, daß sie ihn besänftigen, ihm leise zureden, ihm eine Möglichkeit geben würde zu bleiben. Aber sie zuckte die Schultern und entfernte sich, und es war genau in diesem Augenblick, im Augenblick seines größten Zorns, als die Grenzen der Erde einstürzten, daß er ein Geräusch hörte, als bräche ein Damm, die Geister der Traumwelt strömten durch den Riß in das Universum des Alltäglichen, und dann schaute Gibril Farishta Gott.

Für den Blakeschen Jesaja war Gott schlicht eine Immanenz gewesen, eine immaterielle Entrüstung, aber Gibrils Vision des Allerhöchsten war alles andere als abstrakt. Er sah, auf dem Bett sitzend, einen etwa gleichaltrigen Mann, mittelgroß, ziemlich kräftig gebaut, mit gestutztem, graumeliertem Backenbart. Am meisten erstaunte ihn, daß die Erscheinung schütteres Haar hatte, zu Schuppen neigte und eine Brille trug. So hatte er sich den Allmächtigen nicht vorgestellt. »Wer bist du?« fragte er neugierig. (Alleluia Cone, die stehengeblieben war, als sie ihn mit sich selbst sprechen hörte, und ihn jetzt mit einem Ausdruck echter Panik beobachtete, interessierte ihn nicht mehr.)

»Ooparvala«, antwortete die Erscheinung. »Der von oben.«

»Woher soll ich wissen, daß du nicht der Andere bist?« fragte Gibril listig. »Neechayvala, der Typ von unten?«

Eine mutige Frage, die eine bissige Antwort herausforderte. Wenn dieser Gott auch wie ein kurzsichtiger Stadtschreiber aussah, so konnte Er doch zweifellos den traditionellen Apparat göttlichen Zorns in Bewegung setzen. Wolken zogen vor dem Fenster auf, Wind und Donner erschütterten das Zimmer. Draußen im Park knickten die Bäume um. »Wir verlieren die Geduld mit dir, Gibril Farishta. Du hast Uns lange genug in Zweifel gezogen.« Von Gottes Zorn unter Beschuß genommen, ließ Gibril den Kopf hängen. »Wir sind nicht verpflichtet, dir die Natur Unseres Wesens zu erklären«, ging die Standpauke weiter. »Ob Wir vieles und vielförmig sind, die Vereinigung-durch-Hybridisierung solcher Extreme wie *Oopar* und *Neechay* verkörpern, oder ob Wir rein sind, stark, unnachgiebig – das wird hier nicht geklärt werden.« Das unordentliche Bett, auf dem der Besucher Seinen Hintern gesetzt hatte (der, wie Gibril jetzt sah, einen schwachen Lichtschein ausstrahlte, wie der ganze übrige Leib), wurde mit einem höchst mißbilligenden Blick bedacht. »Entscheidend ist, ab sofort wird nicht mehr gezaudert. Du wolltest klare Beweise Unserer Existenz haben? Wir haben dir in deinen Träumen die Offenbarung geschickt, in der nicht nur Unser Wesen, sondern auch das deine erklärt wurde. Du aber hast dich dagegen gewehrt, hast gegen den Schlaf gekämpft, in dem Wir dich erwecken wollten. Deine Furcht vor der Wahrheit hat Uns schließlich dazu gezwungen, zu dieser vorgerückten nächtlichen Stunde in der Wohnung dieser Frau zu erscheinen, wiewohl es mit einigen persönlichen Unannehmlichkeiten verbunden war. Es wird jetzt Zeit, daß du dich zusammennimmst! Haben Wir dich vom Himmel fallen lassen, damit du mit einer (fraglos bemerkenswerten) plattfüßigen Blondine 'rumturnst und dich mit ihr überwirfst? Wir haben viel zu tun.«

»Ich bin bereit«, sagte Gibril ergeben. »Ich wollte sowieso gerade gehen.«

»Hör mal«, sagte Allie Cone, »Gibril, verdammt noch mal, vergiß, daß wir uns gestritten haben. Ich liebe dich.«

Sie waren jetzt nur noch zu zweit in der Wohnung. »Ich muß gehen«, sagte Gibril ruhig. Sie hakte sich bei ihm unter. »Echt, ich finde, du siehst wirklich schlecht aus.« Er war wieder im Vollbesitz seiner Würde. »Nachdem du mich aufgefordert hast zu gehen, fällt meine Gesundheit nicht mehr in deine Zuständigkeit.« Er ging. Alleluia wollte ihm folgen, verspürte aber so stechende Schmerzen in beiden Füßen, daß sie nicht anders konnte, als schluchzend zu Boden zu sinken: wie eine Filmschauspielerin in einem indischen Schmachtfetzen; oder Rekha Merchant am Tag, als Gibril sich endgültig von ihr trennte. Jedenfalls wie eine Figur in jener Art von Geschichte, in der aufzutreten, sie sich nie hätte vorstellen können.

Die meteorologischen Turbulenzen, die der Zorn Gottes auf seinen Diener zusammengebraut hatte, waren einer klaren, milden Nacht gewichen, über der ein fetter, sahniger Mond hing. Nur die umgeknickten Bäume zeugten noch von der Macht des Wesens das inzwischen verschwunden war. Gibril, den weichen Hut tief ins Gesicht gezogen, den Geldgürtel fest um die Taille geschnallt, die Hände in Gabardine vergraben – die Rechte spürte dort drinnen etwas Taschenbuchartiges – dankte stumm für seine Errettung. Da er sich seines Status' als Erzengel nunmehr sicher war, verbannte er aus seinen Gedanken jegliche Reue über die Zeit des Zweifelns und setzte an ihre Stelle eine neue Entschlossenheit: diese Metropole der Gottlosigkeit, dieses neuzeitliche 'Ad oder Thamoud, zu Gott zurückzuführen, auf daß der Segen des Vertrags, des heiligen Wortes, über sie käme. Er spürte, wie sein altes Ich von ihm abfiel, und er ließ es mit einem Schulterzucken fallen, wahrte aber fürs erste seine menschlichen Maße. Dies war nicht die Zeit zu wachsen, bis er den Himmel erfüllte, von Horizont zu Horizont, obwohl auch dies bald bestimmt geschehen würde.

Die Straßen der Stadt wanden, ringelten sich wie Schlangen um ihn. London war wieder einmal ins Schwanken geraten, offenbarte seine wahre, launenhafte, gepeinigte Natur, die Qual einer Stadt, die das Gefühl für sich selbst verloren hat und folglich in der ohnmächtigen, egoistischen, zornigen Gegenwart von Masken und Parodien schwelgte und erwürgt und entstellt von der unerträglichen, nicht zurückgewiesenen Last der Vergangenheit in die Trostlosigkeit ihrer verelendeten Zukunft starrte. Er streifte durch die Straßen, in dieser Nacht und am nächsten Tag und in der darauffolgenden Nacht und immer weiter, bis Licht und Dunkelheit keine Rolle mehr spielten. Er schien weder Nahrung noch Ruhe zu brauchen, sondern nur noch rastlos durch diese gequälte Metropole laufen zu müssen, deren Substanz sich völlig verändert hatte, die Häuser in den reichen Vierteln waren aus erstarrter Angst gebaut, die Regierungsgebäude teils aus Hochmut, teils aus Verachtung, und die Wohnungen der Armen aus Verwirrung und dinglichen Träumen. Mit den Augen eines Engels sah man das Wesen und nicht die Oberfläche, sah den Verfall der Seelen auf der Haut der Menschen Blasen werfen, sah die Großzügigkeit bestimmter Geister in Form von Vögeln auf ihren Schultern sitzen. Auf seinen Streifzügen durch die verwandelte Stadt sah er fledermausflüglige Kobolde auf Häusern hocken, die aus Betrug gebaut waren, und andere, die wurmgleich durch die zersprungenen Kacheln öffentlicher Männerpissoire krochen. So wie Richalmus, ein deutscher Mönch, im dreizehnten Jahrhundert mit geschlossenen Augen sofort Wolken winziger Teufel um jeden Erdbewohner schwirren und im Sonnenlicht wie Staubflocken tanzen sah, so entdeckte Gibril jetzt, mit offenen Augen und im Licht des Mondes wie der Sonne, die Gegenwart seines Widersachers, seines – um dem alten Wort seine alte Bedeutung wiederzugeben – *Schaitan.*

Lange vor der Sintflut, erinnerte er sich – jetzt, da er wieder die Rolle des Erzengels angenommen hatte, wurde nach und nach offenbar die ganze Skala erzengelhafter Erinnerung und Weisheit instand gesetzt –, waren einige Engel (die Namen Semjaza und Azazel fielen ihm zuerst ein) aus dem Himmel verstoßen worden, weil sie des Menschen Töchter begehrt hatten, die nach angemessener Zeit eine üble Rasse von Giganten gebärten. Er begann, das Ausmaß der Gefahr zu verstehen, vor der er bewahrt worden war, als er Alleluia Cone verließ. O du falsches Wesen! O, du Fürstin der Mächte der Luft! Als der Prophet, Friede seinem Namen, zum ersten Mal, den *Wahi,* die Offenbarung, empfing, hatte er da nicht um seinen Verstand gefürchtet? Und wer hatte ihm die Sicherheit, die Gewißheit gegeben, derer er bedurfte? Jawohl: Khadija, seine Frau. Sie war es, die ihn davon überzeugte, daß er kein tobender Wahnsinniger war, sondern der Verkünder Gottes. Was hatte demgegenüber Alleluia für ihn getan? *Du bist ja völlig außer dir. Ich finde, du siehst wirklich schlecht aus.* O Bringerin von Drangsal, Schöpferin von Zwist, von Herzeleid! Sirene, Versucherin, Satan in menschlicher Gestalt! Dieser schneeweiße Körper mit seinem hellen hellen Haar: wie hatte sie ihn benutzt, um seine Seele zu vernebeln, und wie schwer war es ihm gefallen, angesichts der Schwäche seines Fleisches, zu widerstehen … verstrickt von ihr im Netz einer Liebe, die so kompliziert war, daß sie sich jedem Verständnis entzog, hatte er am Rande des Sündenfalls gestanden. Wie großherzig war das Höchste Wesen doch zu ihm gewesen! Jetzt erkannte er, daß er vor einer einfachen Wahl stand: die teuflische Liebe der Menschentöchter oder die himmlische Gottesverehrung. Er hatte, im allerletzten Augenblick, zu der Möglichkeit gefunden, sich für letzteres zu entscheiden.

Aus der rechten Manteltasche zog er das Buch, das dort steckte, seit er vor einem Jahrtausend Rosas Haus verlassen hatte: das Buch der Stadt, die zu retten er gekommen war, das Große London, Hauptstadt von Vilayet, für ihn aufgezeichnet, bis ins kleinste Detail, einfach alles. Er würde diese Stadt erlöschen: Geographer's London, von A bis Z.

An einer Straßenecke in einem Viertel, das einst bekannt war für seine Künstler, Radikalen und für Männer auf der Suche nach Prostituierten und jetzt von Werbeleuten und kleinen Filmproduzenten in Beschlag genommen war, stieß der Erzengel Gibril zufällig auf eine verlorene Seele. Sie war jung, männlich, groß und von außerordentlicher Schönheit, mit einer auffälligen Adlernase und langem, schwarzem, pomadisierten Haar, das in der Mitte gescheitelt war; ihre Zähne waren aus Gold. Die verlorene Seele stand am Rand des Bürgersteigs, mit dem Rücken zur Straße, leicht vorgebeugt, und umklammerte mit der rechten Hand etwas, an dem ihr offenbar viel lag. Ihr Verhalten war auffällig: zuerst starrte sie wild auf das Ding in ihrer Hand, dann sah sie sich um, wandte den Kopf von rechts nach links, blickte den Passanten prüfend und mit lodernder Konzentration ins Gesicht. Gibril, der nicht zu schnell nähertreten wollte, sah, als er das erste Mal an ihr vorbeiging, daß der Gegenstand, den die verlorene Seele festhielt, ein kleines Paßfoto war. Bei seinem zweiten Annäherungsversuch steuerte er direkt auf den Unbekannten zu und bot seine Hilfe an. Der andere musterte ihn mißtrauisch, hielt ihm dann das Foto unter die Nase. »Dieser Mann« sagte er und tippte mit einem langen Zeigefinger auf das Foto, »kennen Sie diesen Mann?«

Als Gibril erkannte, daß ein junger Mann von außerordentlicher Schönheit, mit einer auffälligen Adlernase und langen, schwarzen, pomadisiertem Haar, das in der Mitte gescheitelt war, aus dem Foto herausstarrte, wußte er, daß sein Instinkt ihn nicht betrogen hatte, daß hier, an einer belebten Straßenecke, eine Seele stand, auf der Suche nach ihrem abhandengekommenen Körper, die Menge beobachtete für den Fall, daß sie selbst vorüberkäme, ein Geist, der dringend seiner verlorenen körperlichen Hülle bedurfte – denn Erzengel wissen, daß die Seele oder das Ka nicht länger als eine Nacht und einen Tag leben kann, wenn die goldene Lichtschnur, die sie mit dem Körper verbindet, durchtrennt ist. »Ich kann dir helfen«, versprach er, und die junge Seele sah ihn ungläubig an. Gibril beugte sich vor, nahm das Gesicht des Ka zwischen seine Hände und küßte es fest auf den Mund, denn ein Geist, der von einem Erzengel geküßt wird, erhält sofort seinen verlorengegangenen Orientierungssinn zurück und wird auf den wahren, rechten Pfad geführt. Die verlorene Seele reagierte jedoch in einer sehr überraschenden Weise auf die Gunst des erzenglischen Kusses. »Scheiße!« rief sie, »kann ja sein, daß ich auf dem Schlauch stehe, Alter, aber so nun auch wieder nicht!« und dann schlug sie, mit einer für einen körperlosen Geist höchst ungewöhnlichen Kraft, dem Erzengel des Herrn geräuschvoll auf die Nase, mit ebender Faust, die ihr Foto umklammerte; mit verwirrenden und blutigen Folgen.

Als er wieder klar sehen konnte, war die verlorene Seele verschwunden, aber dort, auf einem fliegenden Teppich, etwa einen Meter über dem Boden, saß Rekha Merchant und verspottete ihn ob seines Mißgeschicks. »Kein besonders toller Anfang«, schnaubte sie verächtlich. »Erzengel, daß ich nicht lache! Gibril Janab, du bist übergeschnappt, glaub mir. Du hast zu viele geflügelte Typen gespielt, das ist dir nicht bekommen. Ich an deiner Stelle würde auch diesem Gott nicht glauben«, fügte sie eher verschwörerisch hinzu, wenngleich Gibril den Verdacht nicht loswurde, daß sie immer noch höhnte. »Er hat ja selber so eine Andeutung gemacht, so wie er deiner Frage nach dem Oopar-Neechay ausgewichen ist. Diese Vorstellung einer Rollentrennung, Licht versus Dunkelheit, Gut versus Böse, mag im Islam durchaus ehrlich gemeint sein – *Ihr Kinder Adams! Daß euch der Satan nur nicht in Versuchung führt, so wie er eure Eltern aus dem Paradies vertrieben hat, indem er ihnen ihre Kleider auszog, um sie ihre Scham sehen zu lassen* –, aber geh ein bißchen weiter zurück, und du wirst sehen, daß es sich um eine ziemlich junge Erfindung handelt. Amos, 8. Jahrhundert vor Christus, fragt: ›Ist etwa ein Unglück in der Stadt, das der HErr nicht tut?‹ Und auch Jahweh, zitiert von Jesaja zweihundert Jahre später, sagt: ›Ich mache das Licht und schaffe die Finsternis; ich gebe Frieden und schaffe Unheil. Ich bin der HErr, der dies alles tut.‹ Erst mit dem Buch der Chronik, 4. Jahrhundert vor Christus, wird mit dem Wort Schaitan ein Wesen bezeichnet und nicht nur ein Attribut Gottes.« Diesen Vortrag hätte die wirkliche Rekha gewiß nicht halten können, da sie einer polytheistischen Tradition entstammte und auch nie das geringste Interesse an vergleichender Religionswissenschaft oder ausgerechnet den Apokryphen an den Tag gelegt hatte. Die Rekha jedoch, die ihn verfolgte, seit er aus der *Bostan* gefallen war, war, das wußte Gibril, nicht wirklich in einer objektiven, psychologisch oder physisch konsistenten Art und Weise. Was war sie dann? Man könnte sie sich leicht als ein von ihm fabriziertes Ding vorstellen, als seine Komplizin-Gegnerin, seinen inneren Dämon. Das würde ihr gutes Verhältnis zu den Mysterien erklären. Doch wie war er selbst an dieses Wissen gekommen? Hatte er es früher tatsächlich besessen und dann verloren, wie ihn jetzt sein Gedächtnis informierte? (Hier hatte er ein Gefühl der Ungenauigkeit, aber als er versuchte, die Gedanken auf sein »dunkles Alter« zu konzentrieren, das heißt auf die Phase, in der er unerklärlicherweise an seiner Engelsexistenz gezweifelt hatte, stand er vor einer dicken Wolkenbank, durch die er, so angestrengt er auch spähen und blinzeln mochte, doch nur Schatten ausmachen konnte.) Oder konnte es sein, daß der Stoff, der jetzt seine Gedanken füllte, das Echo jener Situation – um nur ein einziges Beispiel zu nennen –, als seine Stellvertreter Ithuriel und Zephon im Garten Eden den Widersacher erblickten, der wie eine Kröte an Evas Ohr saß und all seine List aufwandte, »um die Organe ihrer Phantasie anzusprechen und mit ihnen, nach Belieben, Illusionen zu schmieden, Phantasmagorien und Träume«, ihm vielmehr von derselben zweideutigen Kreatur eingegeben worden war, diesem Oben-Unten-Ding, das ihm in Alleluias Boudoir gegenübergetreten war und ihn aus seinem langen Wachschlaf erweckt hatte? Dann war vielleicht auch Rekha ein Emissär dieses Gottes, ein äußerer, göttlicher Gegner und nicht ein innerer, aus Schuldgefühlen entstandener Schatten; einer, der geschickt worden war, mit ihm zu ringen, ihn wiederherzustellen.

Seine Nase, aus der Blut sickerte, begann schmerzhaft zu pochen. Schmerzen hatte er noch nie ertragen können. »Wehleidige Heulsuse!« lachte Rekha ihn aus. Schaitan hatte mehr verstanden:

Lebt dort, wer seinen Schmerz liebt?
Wer würde nicht, einen Weg wissend, der Hölle entfliehen,
Wiewohl dorthin verdammt?
Du selbst würdest es tun, zweifellos,
Und kühn dich wagen, überall dorthin, wo der Schmerz
Am entferntesten ist, wo du Qualen gegen Ruhe einzutauschen
Hoffst ...

Er hätte es nicht besser formulieren können. Wer sich in einem Inferno wiederfindet, würde alles tun, um zu entkommen, Vergewaltigung, Erpressung, Mord, Selbstmord ... er tupfte sich die Nase mit einem Taschentuch, während Rekha, die noch immer auf ihrem fliegenden Teppich saß und seinen Aufstieg (Abstieg?) in das Reich metaphysischer Spekulationen ahnte, das Gespräch auf ein vertrauteres Thema brachte. »Du hättest bei mir bleiben sollen«, sagte sie. »Du hättest mich lieben können, so wie es sich gehört. Ich wußte, wie man liebt. Nicht jeder hat diese Fähigkeit. Ich habe sie, das heißt, ich hatte sie. Nicht wie diese egoistische blonde Sexbombe, die sich heimlich vornimmt, ein Kind zu bekommen, und dir nicht mal was davon erzählt. Und auch nicht wie dein Gott; es ist nicht mehr wie in der guten alten Zeit, als solche Personen noch wirkliches Interesse aufbrachten.«

Dieser Beitrag mußte aus mehreren Gründen zurückgewiesen werden. »Du warst verheiratet«, erwiderte er. »Kugellager. Ich war deine Beilage. Und nachdem ich so lange auf Ihn gewartet habe, werde ich jetzt, post facto, nach seinem persönlichen Auftritt, nicht schlecht über Ihn sprechen. Und überhaupt, was soll das ganze Geschwätz? Du schreckst wohl vor nichts zurück?«

»Du weißt nicht, was die Hölle ist«, entgegnete sie aufbrausend und ließ ihren gespielten Gleichmut fallen. »Aber du wirst es schon noch merken, Freundchen. Wenn du nur ein Wort gesagt hättest, ich hätte diesen langweiligen Kugellagerfritzen im Handumdrehen rausgeworfen, aber du hast den Mund gehalten. Jetzt werden wir uns da unten wiedersehen: in Neechayvalas Hotel.«

»Du hättest dich nie von deinen Kindern getrennt«, beharrte er. »Arme Kerlchen, hast sie sogar, noch bevor du selbst gesprungen bist, runtergeworfen.« Da platzte ihr der Kragen. »Schweig! Daß du es wagst, so zu reden. Mann, ich mach' dich fertig! Ich werde dein Herz braten und auf Toast essen! Und was dein Schneewittchen angeht, ist es der Ansicht, daß Kinder allein der Mutter gehören, weil Männer kommen und gehen, sie aber bleibt, nicht wahr? Du bist nur der Samen, pardon, sie ist der Garten. Wer fragt einen Samen schon um Erlaubnis, ihn pflanzen zu dürfen! Was weißt du überhaupt, du dummer Junge aus Bombay. Misch dich nicht ein in die Ideen moderner Frauen.«

»Und du«, bellte er zurück, »hast du beispielsweise ihren Daddyji um Erlaubnis gefragt, bevor du seine Kinderchen vom Dach geworfen hast?«

Sie löste sich explosionsartig in Zorn und gelben Rauch auf, so daß er torkelte und ihm der Hut vom Kopf gerissen wurde (er landete ihm zu Füßen auf dem Bürgersteig). Sie setzte zudem einen derart widerlichen Gestank frei, daß er würgen und sich erbrechen mußte. Mit leerem Magen: da er mehrere Tage nichts zu sich genommen hatte, war keinerlei feste Nahrung und Flüssigkeit in ihm. Ah, Unsterblichkeit! dachte er, ah, edle Erlösung von der Tyrannei des Leibes! Er bemerkte, daß zwei Menschen ihn neugierig beobachteten, der eine ein aggressiv aussehender Jugendlicher in Leder-und-Nieten-Kluft, mit Irokesenschnitt und einem aufgemalten Blitz, der in Zickzacklinie über seine Nase lief, und der andere eine freundliche Frau mittleren Alters mit Kopftuch. Also dann: ergreife die Gelegenheit! »Bereut!« rief er leidenschaftlich. »Denn ich bin der Erzengel des Herrn.«

»Armes Schwein«, sagte der Irokese, warf eine Münze in Farishtas heruntergefallenen Hut und ging weiter. Die freundlich lächelnde Frau hingegen beugte sich vertraulich zu Gibril und reichte ihm ein Flugblatt. »Wird Sie interessieren.« Sofort erkannte er, daß es sich um einen rassistischen Text handelte, der die »Repatriierung« der schwarzen Bevölkerung des Landes forderte. Sie hält mich, folgerte er, für einen weißen Engel. Diese Kategorien gelten also auch für Engel, stellte er staunend fest. »Sehen Sie es mal so«, sagte die Frau, die sein Schweigen als Unsicherheit interpretierte und, indem sie in eine überdeutliche, überlaute Sprechweise verfiel, zum Ausdruck brachte, daß sie ihn für nicht ganz lupenrein hielt, für einen levantinischen Engel, einen Zyprioten oder Griechen vielleicht, der ihrer besten Nothelfer-Stimme bedurfte. »Wenn die alle dorthin gingen und sich breit machten, wo Sie herkommen, na, das würde Ihnen doch auch nicht gefallen!«

❦

Die Nase blutig geschlagen, von Phantomen verhöhnt, mit Almosen bedacht statt mit Ehrfurcht und in mancherlei Weise auf die Abgründe hingewiesen, in welche die Bewohner der Stadt hinabgesunken waren, die Unversöhnlichkeit des Bösen offenkundig – Gibril verspürte eine immer größere Entschlossenheit anzufangen, Gutes zu tun, das große Werk zu beginnen, die Grenzen des Reichs des Widersachers zurückzudrängen. Der Atlas in seiner Tasche war sein Generalstabsplan. Er würde die Stadt erlösen, Planquadrat für Planquadrat, von Hockley Farm in der nordwestlichen Ecke des kartographierten Gebiets bis nach Chance Wood in der südöstlichen; anschließend würde er das Ende seiner Bemühungen vielleicht mit einer Runde Golf feiern, auf dem Platz am Kartenrand mit dem passenden Namen: Wildernesse.

Und irgendwo unterwegs würde der Widersacher warten. Schaitain, Iblis oder welchen Namen er auch angenommen haben mochte. Und ebendieser Name lag Gibril auf der Zunge, so wie er das Gesicht des Widersachers, gehörnt und boshaft, noch immer nicht klar erkennen konnte ... Na ja, es würde schon bald an Kontur gewinnen, und der Name würde ihm wieder einfallen. Dessen war sich Gibril sicher. Wuchsen seine Kräfte denn nicht mit jedem Tag, war er nicht derjenige, der, wieder zu Ruhm gekommen, den Widersacher abermals in die Dunkelsten Tiefen stürzen würde? Dieser Name, wie war er gleich noch? Tsch ... und weiter? Tschu Tsché Tschin Tschow. Egal. Alles zu seiner Zeit.

❦

Die Stadt in ihrer Korrumpiertheit mochte sich der Herrschaft der Kartographen indes nicht unterwerfen, veränderte ihre Form nach Lust und Laune und ohne Vorankündigung und verhinderte, daß Gibril sich in der systematischen Weise, die er bevorzugt hätte, an die Arbeit machen konnte. An manchen Tagen geschah es, daß er am Ende einer imposanten Kolonnade aus Menschenfleisch und Haut, die sofort blutete, wenn man an ihr kratzte, um die Ecke bog und sich auf einem nicht verzeichneten Ödland wiederfand, an dessen fernem Rand er hohe, bekannte Bauwerke sah, die Wrensche Kathedrale oder die lange, metallische Zündkerze des Fernsehturms, die im Wind abbröckelten wie Sandburgen. Er stolperte durch irreführende und unbekannte Parks, um auf den belebten Straßen des Westends zu landen, auf die, zur Bestürzung der Autofahrer, Säure vom Himmel regnete, die große Löcher in die Asphaltdecke brannte. In diesem Pandämonium von Trugbildern vernahm er oft Gelächter: die Stadt machte sich lustig über seine Ohnmacht, wartete auf seine Kapitulation, auf sein Eingeständnis, nicht zu verstehen, was hier existierte, geschweige denn, es verändern zu können. Er verfluchte seinen noch immer gesichtslosen Widersacher, flehte Gott um ein weiteres Zeichen an, befürchtete, daß seine Kräfte in Wahrheit der Aufgabe nicht gewachsen waren. Kurz, er wurde zum bedauernswertesten und heruntergekommensten Erzengel, seine Kleidung verdreckt, sein Haar strähnig und fettig, an seinem Kinn sprossen Haare in widerspenstigen Büscheln. In dieser jämmerlichen Verfassung traf er am U-Bahnhof Angel ein.

Es muß frühmorgens gewesen sein, denn das Bahnhofspersonal schloß gerade das nächtliche Eisengatter auf und schob es zurück. Er folgte ihnen hinein, schlurfend, den Kopf gesenkt, die Hände tief in den Taschen (der Stadtplan war schon lange ausrangiert), und als er schließlich aufblickte, sah er in ein Gesicht, das kurz davor war, in Tränen auszubrechen.

»Guten Morgen«, wagte er sich vor, und die junge Frau hinter dem Fahrkartenschalter antwortete bitter: »Was soll daran schon gut sein, möchte ich wissen«, und jetzt kamen ihr die Tränen, dick, kugelrund und reichlich. »Na, na, mein Kind«, sagte er, und sie sah ihn ungläubig an. »Sie sind kein Priester«, hielt sie dafür. Er entgegnete, ein wenig zaghaft: »Ich bin Gibril, der Engel.« So abrupt, wie sie in Tränen ausgebrochen war, fing sie jetzt zu lachen an. »Die einzigen Engel, die es hier gibt, hängen zu Weihnachten an den Straßenlaternen. Lichterschmuck. Die Stadtverwaltung läßt sie dort herumbaumeln.« Er ließ sich nicht entmutigen. »Ich bin Gibril«, wiederholte er, während er sie fixierte.

»Sprich!« Und zu ihrer eigenen, emphatisch ausgedrückten Verwunderung – *Nich zu fassen, daß ich einem Penner mein Herz ausschütte, is sonst nich meine Art, ey* – begann die Fahrkartenverkäuferin zu sprechen.

Sie hieß Orphia Phillips, war zwanzig Jahre alt, beide Eltern lebten noch und waren abhängig von ihr, besonders jetzt, da ihre törichte Schwester Hyacinth ihren Job als Krankengymnastin verloren hatte, weil sie sich auf »dummes Zeug« eingelassen hatte. Der junge Mann, denn natürlich gab es einen jungen Mann, hieß Uriah Moseley. Im U-Bahnhof waren kürzlich zwei funkelnagelneue Aufzüge installiert worden, und Orphia und Uriah waren die Fahrstuhlführer. Während des Berufsverkehrs, wenn beide Aufzüge in Betrieb waren, hatten sie kaum Zeit füreinander; aber für den Rest des Tages fuhr nur ein Aufzug. Orphia bezog Posten an der Sperre, gegenüber dem Liftschacht, und Uri schaffte es, eine Menge Zeit dort unten bei ihr zu verbringen, an die Tür seines blitzenden Aufzugs gelehnt und mit dem silbernen Zahnstocher, den sein Urgroßvater bei irgendeinem Plantagenboß abgestaubt hatte, in den Zähnen stochernd. Es war die wahre Liebe. »Es hat mich einfach erwischt«, klagte Orphia, »ich verlier' immer sofort den Kopf.« Eines Nachmittags, es war gerade nicht viel los, hatte sie ihren Arbeitsplatz verlassen und war direkt vor Uriah hingetreten, der dastand und in den Zähnen herumstocherte, und als er den Ausdruck in ihren Augen sah, steckte er den Zahnstocher weg. Von nun an kam er beschwingt zur Arbeit, und auch sie fühlte sich wie im siebten Himmel, wenn sie tagtäglich in den Bauch der Erde hinunterfuhr. Ihre Küsse wurden länger und leidenschaftlicher. Manchmal konnte sie sich nicht von ihm trennen, wenn der Summton ertönte und jemand nach dem Lift verlangte. Uriah mußte sie von sich stoßen und zur Ordnung rufen. »Nimm dich zusammen, Mädchen, die Leute.« Uriah faßte seine Arbeit als Berufung auf. Er erzählte Orphia von seinem Stolz auf die Uniform, von seiner Befriedigung darüber, im öffentlichen Dienst beschäftigt zu sein, sein Leben der Allgemeinheit zu widmen. Sie fand ihn ein wenig hochtrabend und wollte sagen »Mensch, Uri, du bist hier bloß ein Liftboy«, ahnte aber, daß solcher Realismus nicht gut ankäme, und hielt daher ihre eigensinnige Zunge, oder besser gesagt, steckte sie in seinen Mund.

Aus ihren Umarmungen im Tunnel wurden Kriege. Jetzt versuchte er, ihr zu entkommen, strich sich die Jacke glatt, während sie ihm ins Ohr biß und die Hand in seine Hose schob. »Du bist verrückt«, sagte er, aber sie, ohne innezuhalten, fragte: »Was denn? Schiß?«

Natürlich wurden sie erwischt: eine freundliche Dame in Tweedkostüm und Kopftuch hatte sich beschwert. Sie konnten von Glück reden, daß sie nicht entlassen wurden. Orphia hatte man nach oben versetzt, weg von den Aufzügen, und in die Fahrkartenausgabe gesteckt. Schlimmer noch: ihren Job der Bahnhofsschönheit Rochelle Watkins gegeben. »Ich weiß, was Sache ist«, rief sie wütend. »Ich seh' doch Rochelles Ausdruck, wenn sie hochkommt, ihre Frisur ordnet und so.« Uriah ging Orphia neuerdings aus dem Weg.

»Keine Ahnung, wie Sie es schaffen, daß ich Ihnen von mir erzähle«, schloß sie unsicher. »Sie sind kein Engel, das steht fest.« Aber so sehr sie sich auch anstrengte, sie war nicht imstande, sich seinem durchdringenden Blick zu entziehen. »Ich weiß«, sagte er, »wie es in deinem Herzen aussieht.«

Er langte durch das Schalterfenster und ergriff ihre Hand, die keinen Widerstand leistete. – Jawohl, das war es, die Kraft ihrer Begierden erfüllte ihn, befähigte ihn, sie ihr zurückzugeben, ermöglichte Taten, erlaubte ihr, zu sagen und zu tun, was sie am stärksten wollte; daran erinnerte er sich, an dieses Verbundensein mit demjenigen, dem er erschien, so daß das Folgende aus ihrer Verbindung resultierte. Endlich, dachte er, sind die Funktionen des Erzengels wiederhergestellt. – Hinter dem Schalter hatte die Angestellte Orphia Phillips die Augen geschlossen, ihr behäbiger und schwerer Körper war auf dem Stuhl zusammengesunken, und ihre Lippen bewegten sich. Und die seinen unisono mit ihren. Jetzt. Es war geschafft.

In diesem Augenblick stürzte der Bahnhofsvorsteher herein, ein wütendes Männchen mit neun langen, quer über seine Glatze drapierten Haaren, wie ein Kuckuck aus seiner kleinen Tür. »Was wollen Sie denn hier?« fuhr er Gibril an. »Verschwinden Sie, bevor ich die Polizei rufe.« Gibril rührte sich nicht von der Stelle. Der Bahnhofsvorsteher sah Orphia aus ihrer Trance aufwachen und begann zu brüllen. »Phillips! So was ist mir ja noch nie vorgekommen! Keiner, der Hosen trägt, ist vor Ihnen sicher, ja das ist lächerlich. Mein Lebtag nicht gesehen. Und während der Arbeit eingepennt!« Orphia stand auf, zog ihren Regenmantel an, nahm ihren Knirps, kam hinter dem Schalter hervor. »Staatseigentum unbeaufsichtigt zu lassen! Sie gehen augenblicklich zurück oder können sich als entlassen betrachten, garantiert!« Orphia ging zur Wendeltreppe, stieg hinunter. Der Vorsteher, seiner Angestellten beraubt, drehte sich um und glotzte Gibril an. »Verschwinde!« sagte er. »Zieh Leine! Kriech unter deinen Stein zurück.«

»Ich warte«, erwiderte Gibril würdevoll, »auf den Aufzug.«

Als Orphia Phillips am unteren Ende der Treppe angekommen war und um eine Ecke bog, sah sie Uriah Moseley, in der vertrauten Art und Weise an die Sperre gelehnt und hörte Rochelle Watkins vor Entzücken albern lachen. Orphia aber wußte, was zu tun war. »Hast du 'Chelle schon mal deinen Zahnstochter gezeigt, Uri?« flötete sie. »Sie würde ihn bestimmt gern mal anfassen.«

Erschrocken richteten sich beide auf. Uriah stammelte: »Sei nicht so gemein, Orphia«, doch ihr Blick brachte ihn zum Schweigen. Dann begann er, auf sie zuzugehen, wie im Traum, ließ Rochelle stehen. »Gut so, Uri«, flüsterte sie und ließ ihn nicht einen Moment aus den Augen. »Komm hierher! Komm zu Mama.« *Geh jetzt rückwärts zum Lift und zieh ihn rein und dann ab die Post mit uns.* Doch irgend etwas klappte nicht. Er bewegte sich nicht mehr. Rochelle Watkins stand jetzt neben ihm, viel zu dicht, und er war stehengeblieben. »Sag's ihr, Uriah«, meinte Rochelle. »Ihr blöder Zauber wirkt hier unten nicht.« Uriah legte einen Arm um Rochelle Watkins. So hatte sie es sich nicht vorgestellt, sie war, nachdem Gibril ihre Hand genommen hatte, fest davon überzeugt gewesen, daß es anders kommen würde, einfach so, als wären sie füreinander bestimmt. Koooomisch, dachte sie, was passiert eigentlich mit mir? Sie ging vorwärts. »Hilf mir, Uriah!« rief Rochelle, »sie macht mir die ganze Uniform kaputt.« Uriah hielt die um sich schlagende Fahrkartenverkäuferin an beiden Handgelenken fest und verkündete: »Wir wollen heiraten.« Woraufhin alle Kampfeslust aus Orphia wich. Perlschnurartige Zöpfchen wirbelten nicht mehr durch die Luft. »Orphia Phillips, du bist nicht mehr gefragt«, fuhr Uriah fort, ein wenig außer Atem. »Und wie die Dame schon sagte, Zauberei ändert daran auch nichts mehr.« Orphia, ebenfalls heftig atmend, ihre Kleidung durcheinander, warf sich zu Boden, mit dem Rücken zur gekrümmten Tunnelwand. Das Geräusch eines einfahrenden Zuges war zu hören; das verlobte Paar eilte an seine Plätze, brachte seine Kleidung in Ordnung, ließ Orphia sitzen. »Mädchen«, meinte Uriah Moseley zum Abschied, »du bist mir zu anstrengend.« Rochelle Watkins warf Uriah von der Sperre aus eine Kußhand zu; er, an seinen Lift gelehnt, stocherte in den Zähnen. »Anständige Küche«, versprach Rochelle ihm. »Und keine Überrachungen.«

»Du dreckiger Penner«, schrie Orphia Phillips Gibril an, nachdem sie die zweihundertsiebenundvierzig Stufen der Wendeltreppe ihrer Niederlage hochgestiegen war. »Scher dich zum Teufel! Wer hat dich gebeten, mein Leben durcheinanderzubringen?«

Selbst der Heiligenschein ist ausgegangen wie eine kaputte Glühbirne, und ich weiß nicht, wo man einen neuen bekommt. Auf einer Bank in dem kleinen Park nahe dem U-Bahnhof dachte Gibril über die Vergeblichkeit seiner bisherigen Anstrengungen nach. Und stellte fest, daß blasphemische Gedanken wieder in ihm aufstiegen: wenn die Dabba falsch adressiert war und daher dem falschen Empfänger zugestellt wurde, hatte dann der Dabbawalla schuld? Wenn ein Trickeffekt – fliegender Teppich oder dergleichen – nicht funktionierte und man eine blaue Linie rings um den fliegenden Kerl schimmern sah, lag das am Schauspieler? Und wenn seine Engelsbemühungen sich als ungenügend erwiesen, wessen Schuld, bitteschön, war das? Seine oder die einer anderen Persönlichkeit? Kinder spielten im Garten seiner Zweifel, zwischen Mückenschwärmen und Rosenbüschen und Verzweiflung. Großmutter, wie weit darf ich reisen?, Ghostbusters, Fangen, Ellohenn Deeohenn London. Den Engelssturz, überlegte Gibril, konnte man nicht in den gleichen Topf werfen wie den Fall von Adam und Eva. Bei den Menschen war es um Moral gegangen. Vom Baum der Erkenntnis sollst du nicht essen, und doch aßen sie. Zuerst die Frau, und auf ihre Anregung hin der Mann, sie machten sich die verbotenen ethischen Normen zu eigen, die stark nach Apfel schmeckten: die Schlange lieferte ihnen ein Wertsystem. Das sie, unter anderem, befähigte, Gott selbst zu beurteilen, und nach entsprechender Zeit all die unangenehmen Fragen zu stellen. Warum das Böse? Warum Leiden? Warum Tod? Also: raus mit ihnen. ER wünschte nicht, daß Seine netten Geschöpfe sich einen Rang anmaßten, der ihnen nicht zustand. Kinder kicherten ihn an. *Kooomisches Ding hier in der Gegend.* Bewaffnet mit Schleudern, taten sie, als wollten sie ihn wie ein gewöhnliches, gemeines Gespenst verjagen. *Geht weg dort!* kommandierte eine aufgedonnerte Frau, weiß, rothaarig, mit einem breiten Streifen Sommersprossen im Gesicht, die Stimme voller Ekel. *Habt ihr gehört? Los jetzt!* Während der Sturz der Engel eine simple Machtfrage war: ein hervorragendes Beispiel für das Wirken der Himmelspolizei, eine gerechte und harte Strafe für Aufstand, »pour encourager les autres«. Wie wenig Selbstvertrauen mußte doch dieser Gott haben, wenn er nicht wollte, daß Seine besten Geschöpfe Gut und Böse unterscheiden konnten; und der mit Terror herrschte und darauf bestand, daß selbst Seine allernächsten Verbündeten sich bedingungslos unterwarfen, der alle Dissidenten in Sein loderndes Sibirien verbannte, in die Gulag-Infernos der Hölle … er riß sich zusammen. Das waren satanische Gedanken, ihm eingegeben von Iblis-Beelzebub-Schaitan.

Falls Gott ihn noch immer für seinen Abfall vom Glauben bestrafte – damit würde er keine Vergebung erlangen. Er mußte einfach weitermachen, bis er, geläutert, wieder über seine ganze Kraft verfügte. Er dachte an gar nichts mehr, saß in der Dämmerung und schaute den Kindern zu, die (jetzt in einiger Entfernung) spielten. *Eene-meene-muh wer-bist-denn-du bist-nicht-schmutzig bist-nicht-putzig,* und in diesem Moment, er war ganz sicher, sah einer der Jungen, ein ernster Elfjähriger mit riesigen Augen, zu ihm herüber: *Eene-meene-muh und-schwul-bist-du.*

Juwelenbehangen und elegant tauchte plötzlich Rekha Merchant auf. »Die Kinder singen anzügliche Lieder über dich, du Engel des Herrn«, höhnte sie. »Selbst diese kleine Fahrkartenverkäuferin da hinten ist nicht sehr beeindruckt. Hast noch immer keinen Erfolg, Baba, was?«

❦

Diesmal jedoch war der Geist der Selbstmörderin Rekha Merchant nicht bloß des Spottes wegen zurückgekehrt. Zu Gibrils Verwunderung behauptete sie, daß seine vielen Qualen ihr Werk gewesen seien. »Glaubst du, nur Ein Ding lenkt die Welt?« rief sie. »Na, dann werd' ich dir mal die Augen öffnen, mein Kleiner.« Ihr arrogantes Bombay-Englisch erfüllte ihn plötzlich mit einer stechenden Sehnsucht nach seiner verlorenen Stadt, aber Rekha wartete nicht, bis er sich wieder in der Gewalt hatte. »Vergiß nicht, daß ich aus Liebe zu dir gestorben bin, du Widerling. Das gibt mir Rechte. Vor allem, mich an dir zu rächen, indem ich dir das Leben total vermassele. Ein Mann muß leiden, wenn die Geliebte seinetwegen stürzt, findest du nicht? Das ist jedenfalls die Regel. Ich bin jetzt schon so lange dabei, dich umzukrempeln, jetzt reicht's mir einfach. Vergiß nicht, ich konnte so gut vergeben! Dir hat es doch auch gefallen, na? Deswegen will ich dir sagen, daß ein Kompromiß allemal möglich ist. Wollen wir darüber sprechen oder möchtest du lieber in diesem Wahnsinn aufgehen und nicht ein Engel werden, sondern ein abgerissener Penner, ein dummer August?«

Gibril fragte: »Was für ein Kompromiß?«

»Was sonst?« fragte sie wie ausgewechselt, sanft, mit glänzenden Augen. »Mein Farishta, mein Kleiner!«

Wenn er doch nur sagte, daß er sie liebte.

Wenn er es nur sagte und einmal in der Woche, wenn sie käme, um bei ihm zu liegen, ihr seine Liebe zeigte.

Wenn es in einer Nacht seiner Wahl so sein könnte, wie es während der geschäftlichen Abwesenheit des Kugellagermannes gewesen war:

»Dann werde ich Schluß machen mit den Verrücktheiten der Stadt, mit denen ich dich verfolge, und du wirst nicht mehr besessen sein von der wahnsinnigen Vorstellung, die Stadt zu verändern, sie zu erlösen wie einen Gegenstand in der Pfandleihe. Überall wird Ruhe einkehren, du kannst sogar mit deinem bleichgesichtigen Dämchen leben und der größte Filmstar der Welt sein, wie könnte ich eifersüchtig sein, Gibril, wo ich doch schon tot bin, du brauchst nicht zu erklären, daß ich so wichtig bin wie sie, im Gegenteil, die Rolle einer amourösen Beilage würde mir reichen; die andere ist der Hauptgang. Na, wie sieht's aus, Gibril, bloß drei-kleine-Wörter, was meinst du?«

Laß mir Zeit.

»Es ist ja nicht so, als würde ich um etwas Neues bitten, etwas, womit du nicht schon mal einverstanden gewesen wärst, was du nicht schon mal getan, genossen hättest. Bei einem Phantom zu liegen, ist gar nicht schlecht. Weißt du noch, die Nacht in dem Bootshaus der alten Mrs. Diamond? Das war ein Spaß, findest du nicht? Also: was glaubst du, wer hat ihn inszeniert? Paß auf: ich kann für dich jede beliebige Gestalt annehmen; einer der Vorteile meines Zustandes. Du willst dieses Bootshausmädchen aus der Steinzeit wieder? Simsalabim. Du willst ein Ebenbild deiner Bergsteigerin, dieses schwitzenden, draufgängerischen Eisbergs? Ebenfalls: Abrakadabra. Wer hat denn auf dich gewartet, nachdem die alte Dame gestorben war?«

Die ganze Nacht lief er durch die Straßen, die fest und normal blieben, als gehorchten sie wieder den allgewaltigen Naturgesetzen, während Rekha auf ihrem Teppich vor ihm herflog wie eine Artistin auf der Bühne, knapp über Kopfhöhe, und ihm die süßesten Liebeslieder sang (sich dabei auf einem alten elfenbeinverzierten Harmonium begleitete), von den Ghaselen des Faiz Ahmad Faiz bis hin zu den schönsten alten Filmmelodien, etwa das herausfordernde Lied aus *Mughal-e-Azam,* jenem Klassiker der fünfziger Jahre, mit dem die Tänzerin Arkali vor dem Großmogul Akbar ihre unmögliche, verbotene Liebe zu dem Prinzen Salim besang – »Pyaar kiya to darna kya?« – Das heißt ungefähr, *warum sollten wir Angst vor der Liebe haben?* und Gibril, den sie im Garten seiner Zweifel angesprochen hatte, fühlte, wie die Musik sein Herz band und ihn zu ihr führte, weil das, was sie sich wünschte, wie sie schon gesagt hatte, eigentlich nur ganz wenig war.

Er kam zur Themse, unterhalb Cleopatra's Needle, eine Bank,

gußeiserne Kamele trugen die Holzbretter. Er setzte sich, schloß die Augen. Rekha sang Faiz:

> Frag mich nicht, meine Liebe,
> nach der Liebe, die ich einst …
> Wie lieblich bist du noch immer, meine Liebe,
> Doch hilflos bin auch ich;
> Denn die Welt kennt andere Sorgen als die Liebe
> Und andere Freuden auch;
> Frag mich nicht, meine Liebe,
> nach der Liebe, die ich einst für dich empfand.

Gibril sah, hinter geschlossenen Augen, einen Mann vor sich: nicht Faiz, sondern einen anderen Dichter, der weit über den Gipfel seines Ruhms hinaus war, eine klapprige Gestalt. Richtig, so hieß er: Baal. Was wollte der denn hier? Was hatte er zu sagen? Denn offensichtlich versuchte er, etwas zu sagen; seine Rede, dumpf und undeutlich, war nur mit Mühe zu verstehen … *Jeder neuen Idee, Mahound, werden zwei Fragen gestellt. Die erste wird gestellt, wenn sie schwach ist:* WAS FÜR EINE ART IDEE BIST DU? *Gehörst du zu der Art, die Kompromisse eingeht, die Abkommen trifft, sich an die Gesellschaft anpaßt, bestrebt ist, eine Nische zu finden, zu überleben; oder bist du der sture, verflucht rücksichtslose, stocksteife Typ von Idee, der lieber zerbricht als sich nach dem Wind dreht? – Von jener Art, die höchstwahrscheinlich, in neunundneunzig von hundert Fällen, zerschmettert wird, aber im hundertsten Fall die Welt verändert?*

»Wie lautet die zweite Frage?« fragte Gibril laut.

Beantworte zuerst die erste.

❦

Als Gibril im Morgengrauen die Augen öffnete, stellte er fest, daß Rekha nicht mehr singen konnte, vor lauter Erwartung und Unsicherheit zum Schweigen verurteilt. Sofort ging er zum Angriff über. »Das ist ein Trick. Es gibt keinen Gott außer Gott. Du bist weder das höchste Wesen noch sein Widersacher, sondern irgendein keifender Nebel. Keine Kompromisse. Mit Nebeln treffe ich keine Abkommen.« Da sah er, daß die Smaragde und der Brokat von ihrem Körper abfielen, dann das Fleisch, bis nur noch das Skelett übrig war, und auch das löste sich auf. Schließlich erklang ein erbärmlicher, durchdringender Schrei, und was von Rekha geblieben war, flog ohne Zorn zur Sonne.

Und kehrte nicht wieder bis zum Ende oder kurz davor.

Überzeugt, eine Prüfung bestanden zu haben, wurde Gibril bewußt, daß eine große Last von ihm genommen war; seine Laune verbesserte sich mit jeder Sekunde, so daß er, als die Sonne am Himmel stand, buchstäblich freudetrunken war. Jetzt konnte es richtig losgehen: die Tyrannei seiner Feinde, Rekhas und Alleluia Cones und all der Frauen, die ihm die Ketten ihrer Begierden und Lieder hatten anlegen wollen, war ein für allemal gebrochen; jetzt spürte er, daß von dem unsichtbaren Punkt hinter seinem Kopf wieder Licht ausströmte, und auch sein Gewicht begann sich zu verringern. Jawohl, er verlor die letzten Spuren seines Menschseins, die Gabe des Fliegens wurde ihm wiedergegeben, als er sich in ein ätherisches Wesen aus erleuchteter Luft verwandelte. Er wäre imstande gewesen, augenblicklich, von diesem geschwärzten Ufergeländer abzuheben und über den alten grauen Fluß zu schweben; oder von einer der Brücken zu springen und nie wieder festen Boden zu berühren. Also: es wurde Zeit, der Stadt einen überwältigenden Anblick zu bieten, denn wenn sie den Erzengel Gibril sahen, der in all seiner Majestät auf dem westlichen Horizont stand, in das Licht der aufgehenden Sonne getaucht, dann würden sich ihre Bewohner gewiß sehr fürchten und ihre Sünden bereuen.

Er begann sich zu vergrößern.

Wie erstaunlich dann, daß von all den Autofahrern, die am Ufer entlangfuhren – immerhin herrschte Berufsverkehr – nicht einer zu ihm aufsah oder ihn erkannte! Dieses Volk hatte wahrlich das Sehen verlernt. Und weil das Verhältnis zwischen Menschen und Engeln ein ambivalentes ist – die Engel oder mala'ika sind sowohl die Kontrolleure der Natur als auch die Vermittler zwischen Gott und den Menschen; aber zugleich, wie der Koran unzweifelhaft behauptet, wurde *den Engeln befohlen, werft euch vor Adam nieder,* das heißt, hier wird symbolisch die Fähigkeit des Menschen angesprochen, durch Erkenntnis die von den Engeln repräsentierten Kräfte der Natur zu beherrschen –, gab es nicht viel, was der Malak Gibril, ignoriert und wütend, daran hätte ändern können. Erzengel konnten nur sprechen, wenn die Menschen bereit waren zuzuhören. Was für ein Verein! Hatte er das Über-Wesen nicht gleich zu Anfang vor dieser Horde von Kriminellen und Halunken gewarnt? »Willst du auf die Erde setzen, die Unheil anrichten und Blut vergießen?« hatte er gefragt, und das Wesen hatte wie üblich nur erwidert, daß es wisse, was es tue. Nun denn, da waren sie, die Herren der Erde, zusammengepfercht wie Ölsardinen auf Rädern und blind wie Fledermäuse, die Köpfe voller Unheil und die Zeitungen voller Blut.

Es war wirklich unglaublich. Da erschien ein himmlisches Wesen, strahlend, glänzend, gütig, größer als Big Ben, fähig, mit gespreizten Beinen wie ein altbekannter Koloß über der Themse zu stehen, und diese winzigen Ameisen achteten auf nichts anderes als auf ihre Autoradios und die Streitereien mit anderen Verkehrsteilnehmern. »Ich bin Gibril!« rief er mit einer Stimme, die jedes Gebäude am Ufer erschütterte: niemand merkte auf. Nicht ein einziger Mensch kam aus den schwankenden Häusern gelaufen, um dem Erdbeben zu entgehen. Blind, taub, schlafend.

Er beschloß, die Sache zu forcieren.

Der Verkehrsstrom wälzte sich an ihm vorbei. Er holte tief Luft, hob einen gigantischen Fuß und trat auf die Straße.

❦

Gibril Farishta wurde zurück in geistige Zurechnungsfähigkeit geschleudert und, übel zugerichtet, mit zahlreichen Schürfwunden an Armen und im Gesicht, vor Allies Haustür abgeliefert von einem kleinen, geschniegelten, fortgeschritten stotternden Gentleman, der sich mit einiger Mühe als Filmproduzent S.S. Sisodia vorstellte, »bekannt als Whiwhisky, weil ich gegern einen pipichele, Mamadam: meine Kaka-Karte!« (Als sie sich etwas besser kannten, konnte Sisodia bei Allie wahre Lachkrämpfe hervorrufen, wenn er sein rechtes Hosenbein hochkrempelte, das Knie entblößte und seine gigantische Regisseursbrille ans Schienbein hielt und dann sagte: »Selsel-Selbstporträt.« Er war stark weitsichtig: »Im Kino brauche ich keine B-B-Brille, aber das wiwiwirkliche Leben kommt mir vivi-viel zu nahe.«) Es war Sisodias Mietwagen, der Gibril angefahren hatte, wegen des großen Verkehrsaufkommens zum Glück langsam. Der Schauspieler landete auf der Motorhaube und sprach die bekanntesten Worte der Filmgeschichte: *Wo bin ich?* und als Sisodia die legendären Gesichtszüge des verschollenen Halbgottes, an die Windschutzscheibe der Limousine gequetscht, erkannte, war er versucht zu antworten: Wiwi-wieder da, wo du hihi-hingehörst: vor Publikum. – »Nichts gebrochen«, sagte Sisodia zu Allie. »Ein Wuwu-Wunder. Er ist mir genau vor das Auau-Auto gelaufen.«

Da bist du ja wieder, begrüßte Allie ihn stumm. *Nach jedem Fall landest du anscheinend bei mir.*

»Auch Scotch-und-Sisodia«, kam der Filmproduzent auf Spitznamen zu sprechen. »Spa-spaßig gemeint. Mein be-be-bevorzugtes Gift.«

»Sehr freundlich von Ihnen, Gibril nach Hause zu bringen.« Allie kam etwas spät zur Sache. »Dürfen wir Ihnen noch einen Drink anbieten?«

»Gewiß! Gewiß!« Sisodia klatschte tatsächlich in die Hände. »Für mich, für das gaga-ganze indische Kiki-Kino ist heute ein Freu-Freudentag.«

❦

»Kennst du die Geschichte von dem schizophrenen Paranaoiker, der sich für Kaiser Napoleon hielt und bereit war, sich einem Lügendetektortest zu unterziehen?« Alicja Cohen, die hungrig *gefilte Fish* aß, fuchtelte ihrer Tochter mit einer von Bloom's Gabeln unter der Nase herum. »Sie fragten ihn: Sind Sie Napoleon? Und er antwortete, sicher mit einem bösen Lächeln: Nein. Also untersuchen sie die Maschine, die mit dem Scharfblick der modernen Wissenschaft feststellt, daß der Geisteskranke lügt.« Schon wieder Blake, dachte Allie. *Dann fragte ich: wird ein Ding so durch die feste Überzeugung, daß es so ist? Er* – Jesaja – *erwiderte. Alle Dichter glauben das und in phantasievollen Zeiten konnte diese feste Überzeugung Berge versetzen; aber nicht viele sind imstande, eine feste Überzeugung zu irgendeinem Ding zu entwickeln.* »Hörst du mir zu, junge Frau? Ich meine es ernst. Dieser Herr, der in deinem Bett liegt: er bedarf nicht deiner nächtlichen Fürsorge – verzeih mir, aber ich will offen reden, da es mir notwendig erscheint –, sondern, um ehrlich zu sein, einer Gummizelle.«

»Das würdest du tun, nicht wahr?« schlug Allie zurück. »Du würdest den Schlüssel wegwerfen. Würdest ihn vielleicht sogar an irgendwelche Apparate anschließen, die Teufel aus seinem Kopf herausbrennen, seltsam, daß sich unsere Vorurteile nicht ändern.«

»Hmmmm«, kaute Alicja und setzte ihren nichtssagendsten und naivsten Gesichtsausdruck auf, um ihre Tochter zu ärgern. »Was kann es schon schaden? Ja, ein kleiner Stromstoß vielleicht, eine kleine Dosis von dem Saft ...«

»Er bekommt, was er braucht, Mutter. Richtige ärztliche Versorgung, viel Ruhe und etwas, was du vielleicht schon vergessen hast.« Sie stockte plötzlich, die Zunge verknotet, und mit völlig veränderter, leiser Stimme bekam sie, ihren unberührten Salat anstarrend, das letzte Wort heraus: »Liebe.«

»Ah, die Macht der Liebe«, Alicja tätschelte die (sofort zurückgezogene) Hand ihrer Tochter. »Nein, ich habe sie nicht vergessen, Alleluia. Du hast gerade erst angefangen in deinem wunderschönen Leben, die Liebe kennenzulernen. Und wen hast du dir ausgesucht?« Jetzt war sie wieder zum Angriff übergegangen.

»Einen Faulpelz, Nichtsnutz, Spinner. Also wirklich, meine Liebe: Engel, so was ist mir noch nie vorgekommen. Männer halten sich immer für was Besonderes, aber dieser hier schlägt dem Faß den Boden aus.«

»Mutter …«, begann Allie, doch Alicjas Stimmung hatte sich wieder verändert, und diesmal achtete Allie nicht auf die Worte, sondern hörte den Schmerz, den sie offenbarten und verbargen, das Leid einer Frau, die Geschichte auf brutalste Weise erlebt hatte, die ihren Mann verloren hatte und eine Tochter, deren Tod sie einmal mit unvergeßlichem schwarzen Humor (sie mußte die Sportseiten zufällig gelesen haben, um auf diesen Ausdruck zu stoßen) mit *vorzeitig baden gegangen* umschrieben hatte. »Allie, mein Kleines«, sagte Alicja Cohen, »wir werden gut auf dich aufpassen müssen.«

Ein Grund, weshalb Allie Panik und Schmerz im Gesicht ihrer Mutter erkannte, war der Umstand, daß ihr die gleiche Kombination unlängst bei Gibril Farishta aufgefallen war. Nachdem Sisodia ihn bei ihr abgeliefert hatte, wurde ihr klar, daß Gibril etwas Markerschütterndes zugestoßen sein mußte, und er hatte diesen gehetzten Ausdruck, diese glubschäugige Angst, die ihr das Herz zerriß. Er fand sich couragiert damit ab, daß er geisteskrank war, lehnte es ab, die Krankheit herunterzuspielen oder mit einem anderen Namen zu bezeichnen, aber die Anerkennung der Fakten hatte ihn, verständlicherweise, niedergedrückt. Nicht mehr (jedenfalls vorläufig) jener kraftstrotzende Wüstling, für den sie eine »große Leidenschaft« empfunden hatte, wurde er in dieser ungewohnt verletzlichen Inkarnation liebenswerter für sie als je zuvor. Sie war fest entschlossen, ihm zur Gesundheit zurückzuhelfen, auszuharren, den Sturm abzuwarten und dann den Gipfel zu erklimmen. Und er war, jedenfalls im Moment, ein überaus angenehmer und gefügiger Patient, ein wenig benommen von den starken Medikamenten, die ihm die Ärzte vom Maudsley-Krankenhaus verabreichten, er schlief lange, und wenn er wach war, fügte er sich in alles, worum sie ihn bat, ohne ein Wort des Protestes. In hellen Momenten erzählte er ihr die Geschichte seiner Krankheit: die merkwürdigen Serienträume und, davor, der beinahe tödliche Zusammenbruch in Indien. »Ich fürchte mich jetzt nicht mehr vor dem Schlaf«, sagte er. »Weil das, was passiert, wenn ich wach bin, viel schlimmer ist.« Seine größte Furcht erinnerte sie an die Angst des wiedereingesetzten Charles II., dauernd »auf Reisen« gehen zu müssen. »Ich würde alles dafür geben, wenn ich bloß wüßte, daß es nie wieder passiert«, sagte Gibril ergeben wie ein Lamm.

Lebt dort, wer seinen Schmerz liebt? »Es wird nicht mehr passieren«, versicherte sie ihm. »Du bekommst die beste Hilfe, die es gibt.« Er erkundigte sich nach der Bezahlung und bestand darauf, als sie seinen Fragen auswich, daß sie die psychiatrische Behandlung von dem Geld bezahlen sollte, das in seinem Gürtel gehortet war. Er blieb niedergeschlagen. »Ganz gleich, was du sagst«, murmelte er, wenn sie versuchte, ihn aufzumuntern. »Der Wahnsinn sitzt hier drin, und der Gedanke, er könnte jeden Moment wieder ausbrechen, jetzt sofort, und *er* hätte alles wieder im Griff – macht mich rasend.« Er hatte begonnen, von seinem »besessenen, erzenglischen« Ich wie von einer anderen Person zu sprechen, nach der Beckettschen Formel: *Nicht ich. Er.* Sein ganz privater Mr. Hyde. Allie versuchte, sich gegen solche Beschreibungen zu wehren. »Es ist nicht *er,* sondern du, und wenn du gesund bist, wird es ihn nicht mehr geben.«

Es klappte nicht. Eine Weile jedoch sah es aus, als schlüge die Behandlung an. Gibril wirkte ruhiger, kontrollierter; die Fortsetzungsträume suchten ihn weiterhin heim – nachts rezitierte er noch immer Verse auf arabisch, einer ihm unbekannten Sprache, zum Beispiel *tilk al-gharaniq al-'ula wa inna shafa' ata-hunna laturtaja,* was, wie sich herausstellte, bedeutete (Allie, aufgewacht durch sein nächtliches Gemurmel, hatte sie phonetisch notiert, ging mit ihrem Zettel zur Moschee von Brickhall, las dem Mullah die Worte vor, so daß ihm die Haare einzeln zu Berge standen): »Dies sind erhabene weibliche Wesen, deren Fürsprache wahrlich erwünscht ist«, aber offenbar war er imstande, diese nächtlichen Shows als etwas außerhalb seiner selbst zu sehen, was bei Allie und den Krankenhauspsychiatern den Eindruck erweckte, daß Gibril allmählich wieder den Grenzwall zwischen Traumwelt und Realität errichtete und sich auf dem Weg der Besserung befand; tatsächlich aber war, wie sich zeigte, diese Grenzziehung verwandt, ja identisch mit der Spaltung seines Bewußtseins in zwei Wesen, deren eines er heldenhaft zu unterdrücken suchte, zugleich aber, indem er es als andere Person betrachtete, konservierte, pflegte und insgeheim stärkte.

Was Allie betraf, so verlor sie für eine Weile dieses prickelnde, *verkehrte* Gefühl, in einer falschen Umgebung gelandet zu sein, in einer fremden Geschichte. Sie sorgte für Gibril, investierte in sein Gehirn, wie sie es nannte, rackerte sich ab für seine Errettung, damit sie den großen, aufregenden Kampf ihrer Liebe wieder aufnehmen konnten; denn sie würden wohl bis ins Grab miteinander streiten, dachte sie amüsiert, zwei alte Käuze, die auf der abendlichen Veranda ihres Lebens sitzen und mit zusammengerollten Zeitungen matt aufeinander einschlagen, und sie fühlte sich ihm mit jedem Tag näher, sozusagen verwurzelt in seiner Erde. Es war schon eine Weile her, seit Maurice Wilson gesichtet worden war, wie er zwischen den Kaminen hockte und sie in den Tod lockte.

❦

Mr. »Whisky« Sisodia, dieses strahlende und höchst charmante Knie mit Brille, war ein regelmäßiger Gast während Gibrils Rekonvaleszenz – drei oder vier Besuche wöchentlich –, und stets kam er mit Paketen voller Leckereien. Gibril hatte sich in seiner »Engels-Periode« buchstäblich zu Tode gefastet, und die Ärzte vertraten die Ansicht, daß Hunger in erheblichem Maße zu seinen Halluzinationen beigetragen habe. »Na, dann päp-päpp-päppeln wir ihn mal wieder auf.« Sisodia klatschte in die Hände, und sobald der Magen des Invaliden wieder aufnahmebereit war, überhäufte »Whisky« ihn mit Delikatessen: chinesischer Zuckermais und Hühnersuppe, Bhelpuri à la Bombay aus dem schicken, neuen Restaurant mit dem unglücklich gewählten Namen »Pagal Khana«, dessen »verrückte Küche« (das Wort ließ sich aber auch mit *Irrenhaus* übersetzen) vor allem unter den jüngeren Asiaten populär geworden war und sogar mit der traditionellen Beliebtheit des Café Shaandaar zu konkurrieren vermochte, aus dem Sisodia, um nicht ungehöriger Parteilichkeit geziehen, zu werden, ebenfalls Speisen (Süßigkeiten, Samosas, Hühner Patties) für den immer unersättlicheren Gibril holte. Er brachte zudem auch Selbstgekochtes mit, Fisch-Curries, Raitas, Sivayyan, Khir, und tischte nicht nur Eßbares auf, sondern auch Klatschgeschichten von Prominentenpartys. Wie gut Pavarotti Whiskys Lassis geschmeckt hatten, und wie der arme James Mason seine scharf gewürzten Garnelen verschlungen hatte – Vanessa, Amitabh, Dustin, Sridevi, Christopher Reeve, sie alle waren dabei. »Ein Susu-Superstar sollte wissen, welchen Geschmack seine Koko-Kollegen haben.« Allie erfuhr von Gibril, daß Sisodia selbst so etwas wie eine Legende war. Der gerissenste und redegewandteste Mann in der Branche, hatte er eine Reihe von »anspruchsvollen« Filmen mit mikroskopisch kleinem Budget produziert, und seit über zwanzig Jahren gelang es ihm, seine Erfolge mit nichts als Charme und ständigen Gaunereien zu erzielen. Wer für Sisodia arbeitete, bekam sein Geld immer nur unter den allergrößten Schwierigkeiten, ohne ihm dies jedoch übelzunehmen. Einmal hatte Sisodia eine Schauspielerrevolte – natürlich in Sachen Bezahlung – im Keim erstickt, indem er die ganze Truppe zu einem großen Picknick in einen der märchenhaftesten Maharadscha-Paläste Indiens scheuchte, ein Bauwerk, das normalerweise nur der hochwohlgeborenen Elite zugänglich war, den Gwaliors, den Jaipurs und Kashmirs. Niemand erfuhr, wie er es organisiert hatte, doch die meisten Mitglieder jener Truppe hatten sich hinterher, nachdem die Geldfrage unter der Erhabenheit solcher Geste begraben war, zur Mitarbeit an weiteren Sisodia-Projekten verpflichtet. »Und wenn man ihn braucht, ist er immer da«, fügte Gibril hinzu. »Als sich Charulata, eine begnadete Tänzerin und Sängerin, mit der er oft gearbeitet hatte, einer Krebsbehandlung unterziehen mußte, waren plötzlich, über Nacht, jahrelang unbezahlte Honorare da.«

Heutzutage verfügte Sisodia, dank einer Reihe von Kassenschlagern, verfilmten Geschichten aus dem *Katha-Sarit-Sagar* – Kompendium – dem »Ozean der Ströme der Erzählungen«, länger als Tausendundeine Nacht und genauso phantastisch – nicht nur über sein winziges Büro an der Readymoney Terrace in Bombay, sondern über Wohnungen in London und New York und Oscars in seinen Toiletten. Man erzaählte sich, daß er in seiner Brieftasche ein Foto des in Hongkong ansässigen Kung-Fu-Produzenten Run Run Shaw bei sich trug, seines mutmaßlichen Idols, mit dessen Namen er die größten Schwierigkeiten hatte. »Manchmal vier Runs, manchmal sechs«, sagte Gibril, und Allie freute sich, ihn lachen zu sehen. »Aber beschwören kann ich's nicht. Es ist nur ein Branchengerücht.«

Allie war dankbar, daß Sisodia sich Gibrils annahm. Der berühmte Produzent schien unbegrenzt Zeit zu haben, wohingegen ihr Terminkalender nahezu ausgebucht war. Sie hatte einen Vertrag mit dem Besitzer einer Kette von Tiefkühlkostläden abgeschlossen, dessen PR-Agent, Mr. Hal Valance, im Verlauf eines Arbeitsfrühstücks – Grapefruit, trockener Toast, koffeinfreier Kaffee, alles zu Dorchester-Preisen – Allie klarmachte, daß ihr *Profil* »genau auf der richtigen Linie liegt, da es die (aus der Sicht unserer Klienten) positiven Parameter ›kalt‹ und ›cool‹ in sich vereinigt. Manche Stars enden als Vampire, saugen alles Interesse vom Produkt ab, Sie verstehen, aber bei Ihnen scheint es sich wirklich um Synergie zu handeln.« Jetzt also standen Eröffnungen von Tiefkühlmärkten an, bei denen sie Bänder zerschneiden mußte, und Marketingkonferenzen und Werbefilmaufnahmen mit Bottichen voller Softeis; daneben die regelmäßigen Besprechungen mit den Designern und Fabrikanten ihrer eigenen Sportausrüstung und Freizeitkleidung; und natürlich ihr Fitneßprogramm. Sie hatte sich im nahegelegenen Sportzentrum für einen der allseits empfohlenen Karatekurse von Mr. Joshi eingeschrieben und zwang sich täglich, fünf Meilen rings um Brickhall Fields zu laufen, trotz der Fußsohle-auf-Glasscherben-Schmerzen. »Kein Propp-Problem«, pflegte Sisodia sie mit einer aufmunternden Handbewegung loszuschicken. »Ich wewe-werde hier sitzen blbbl-bleiben, bis Sie zuzu-zurück sind. Bei Gigibril zu sein, ist ein Brrr-Brrr-Privileg für mich.« Sie ging, ließ ihn Farishta mit einem unerschöpflichen Vorrat an Anekdoten, Meinungen und Klatsch unterhalten, und wenn sie zurückkehrte, schwatzte er noch immer. Mit der Zeit stellte sie fest, daß er bestimmte Themen immer wieder aufwärmte; vor allem das Thema: Das-Problem-mit-den-Engländern, wofür er einen ansehnlichen Korpus von Ansichten parat hatte. »Das Problem mit den Eng-Engländern ist, daß ihre Gege-Geschichte in Übersee pa-passiert ist, dada-daher wissen sie nicht, was Geschichte bedeutet.« – »Das Geheimnis einer Dindin-Dinnerparty in London be-besteht darin, zahzah-zahlenmäßig stärker zu sein als die Engländer. Wenn sie in der Mimi-Minderzahl sind, verhalten sie sich anständig, wenn nicht, mama-machen sie einem Schwierigkeiten.« – »Besuchen Sie mal die Che-Che-Chamber of Horrors und Sie werden merken, wawas für eine Mama-Macke die Engländer haben. Leilei-Leichen in Blubb-Blutbädern, ausgeflippte Barbiere ätz-ätz-zetera. Auf soso-solche Sachen stehen sie. Ihre Zeitungen sind voll von ababartigem Sex and Crime. Aber erzählen tun sie der gaga-ganzen Welt, daß sie rereserviert sind, immer be-be-beherrscht und so weiter, und wir sind so blöd, es zu glauben.« Gibril hörte sich dieses Sammelsurium von Vorurteilen mit, wie es schien, völligem Einverständnis an, was Allie zutiefst ärgerte. Waren diese Verallgemeinerungen denn wirklich alles, was sie von England sahen? »Nein«, gestand Sisodia mit einem schamlosen Lächeln. »Aber es macht Spaß, diese Sachen mamal rauszulassen.«

Als die Maudley-Leute eine erheblich geringere Dosierung von Gibrils Medikamenten glaubten empfehlen zu können, war Sisodia bereits eine so feste Institution an seinem Bett geworden, eine Art inoffizieller, eigenwilliger, amüsanter entfernter Verwandter, daß Gibril und Allie aus allen Wolken fielen, als er seine Falle zuschnappen ließ.

❦

Er hatte mit den Kollegen in Bombay gesprochen: den sieben Produzenten, die Gibril im Stich gelassen hatte, als er an Bord der *Bostan,* Air India Flug 420, gegangen war. »Sie sind alle hocherfreut über die Nana-Nachricht, daß du am Leben bist«, berichtete er Gibril. »Leider können sie dir mit Vertragsbruch kommen.« Diverse andere Parteien waren ebenfalls daran interessiert, den wiedergeborenen Farishta wegen allem möglichen zu verklagen, vor allem ein Starlet namens Pimple Billimoria, die Verdienstausfall und berufliche Schädigung als Gründe anführte. »Könnte auf Unsummen hihi-hinauslaufen«, meinte Sisodia und blickte bekümmert drein. Allie war wütend. »Sie haben in dieses Hornissennest hineingestochen«, sagte sie. »Ich hätte es wissen müssen. Es war viel zu schön, um wahr zu sein.«

Sisodia fuhr auf: »Sch... Sch... Sch...«

»Achtung, nicht vor der Dame!« warnte Gibril, noch immer ein wenig medikamenten-benebelt, aber Sisodia fuchtelte mit den Armen herum, was hieß, daß er Wörter durch seine übererregten Zähne zu pressen versuchte. Schließlich: »Schadensbegrenzung. War meine Absicht. Kein Verrat, dada-das darfst du nicht glauben.«

Sisodia zufolge wollte eigentlich niemand in Bombay Gibril verklagen, die Gans vor Gericht schlachten, das goldene Eier legte. Alle Betroffenen seien sich einig, daß die alten Projekte nicht von neuem aufgerollt werden könnten: Schauspieler, Regisseure, die wichtigsten Teammitglieder, sogar die Studios hatten anderweitig disponiert. Alle Betroffenen waren sich zudem einig, daß Gibrils Rückkehr aus dem Reich der Toten eine Sache von viel größerer wirtschaftlicher Bedeutung war als irgendein begrabener Film; die Frage war, wie sich Gibrils Auferstehung am besten nutzen ließ, zum Vorteil aller. Sein Auftauchen in London deutete auch auf die Möglichkeit einer internationalen Koproduktion hin, möglicherweise amerikanisches Geld, nicht-indische Drehorte, Beteiligung ausländischer Stars und so weiter; kurz: es sei Zeit, daß Gibril seinen Ruhestand aufgebe und wieder vor die Kameras trete. »Du hast keine andere Wawahl«, erklärte Sisodia, und Gibril saß aufrecht im Bett und bemühte sich um einen klaren Kopf. »Wenn du dich weigerst, werden sie en bloc gegen dich vorgehen, und dein ganzes Ververmögen würde nicht reireichen. Bankrott, Gehgeh-Gefängnis, funtoosh.«

Sisodia saß auf Kohlen: alle Beteiligten waren damit einverstanden gewesen, ihm in dieser Angelegenheit Vollmacht zu erteilen, und er hatte ein ziemliches Paket zusammengeschnürt. Der von England aus operierende Unternehmer Billy Battuta brannte darauf, nicht nur Sterling, sondern auch »blockierte Rupien« zu investieren, jene von diversen britischen Filmverleihern auf dem indischen Subkontinent erzielten nicht-transferierbaren Gewinne, die er außerordentlich günstig (37% Rabatt) gegen konvertierbare Devisen übernommen hatte. Alle indischen Produzenten würden mitmachen, und Miss Pimple Billimoria sollte, damit ihr Schweigen garantiert wäre, eine groß herausgestellte Nebenrolle mit mindestens zwei Tanznummern angeboten werden. Die Außenaufnahmen sollten auf drei Kontinente verteilt werden – Europa, Indien, Nordafrika. Gibril würde noch vor dem Filmtitel genannt werden und drei Prozent des Nettoerlöses bekommen… »Zehn«, unterbrach Gibril, »oder zwei Prozent der Bruttoeinnahmen.« In seinem Kopf wurde es offensichtlich etwas klarer. Sisodia zuckte mit keiner Wimper. »Zehn oder zwei«, willigte er ein. »Papa-Publicity wie folgt…«

»Aber worum geht's bei dem Projekt eigentlich«, rief Allie Cone. Mr. »Whisky« Sisodia strahlte bis hinter beide Ohren. »Mamadam«, sagte er, »er wird den Erzengel spielen, Gibril.«

❦

Vorgesehen war eine Folge von Filmen, historisch und zeitgenössisch zugleich, die sich um jeweils ein Ereignis aus dem langen und illustren Leben des Engels drehten: mindestens eine Trilogie. »Sagen Sie bloß«, meinte Allie mit einem spöttischen Blick auf den kleinen, glänzenden Mogul. *»Gibril in Jahilia, Gibril und der Imam, Gibril und das Schmetterlingsmädchen.«* Sisodia war kein bißchen verlegen, sondern nickte stolz. »Haha-Handlung, Drehbücher, Bebe-Besetzungslisten, alles schon in Arbeit.« Das war zuviel für Allie. »Das ist doch oberfaul«, fuhr sie ihn an, so daß er, ein zitterndes und ein besänftigendes Knie, vor ihr davonlief und Allie hinter ihm her, durch die ganze Wohnung, sie drosch auf Möbel ein und knallte mit den Türen. »Ihr beutet doch nur seine Krankheit aus, nehmt keine Rücksicht auf seinen gegenwärtigen Zustand und legt eine außerordentliche Verachtung für seine eigenen Wünsche an den Tag. Er hat sich zurückgezogen. Könnt ihr das nicht respektieren? Er hat keine Lust, ein Star zu sein. Und bleiben Sie doch endlich stehen. Ich werde Sie nicht auffressen.«

Er blieb stehen, ein dämpfendes Sofa zwischen sich und ihr. »Bitte verstehen Sie, es ist un-un-un«, rief er, und seine Zunge war vor Panik fast gelähmt. »Kaka-kann sich der Mond zurückziehen? Und, es tut mir leid: hier sind seine sie-sieben Unterschriften. Er hat sich eineindeutig festgelegt. Es sei denn, Sie stekken ihn in ein Papa.« Er gab auf, schweißüberströmt.

»In ein *was?«*

»Pagal Khana. Irrenhaus. Das wäre noch eine Mö-Möglichkeit.«

Allie griff zu einem schweren, metallenen Tintenfaß in Form des Mount Everest und schickte sich an, es zu werfen. »Sie sind wirklich eine miese Ratte«, begann sie, aber Gibril stand in der Tür, noch immer reichlich blaß, mager und hohläugig. »Alleluia«, sagte er. »Ich überlege, ob ich nicht mitmachen soll. Vielleicht brauche ich die Arbeit wieder.«

❦

»Gibril Sahib! Ich kann Ihnen gar nicht sagen, wie sehr ich mich freue! Ein Star ist wiederauferstanden.« Billy Battuta war eine Überraschung: nicht mehr der Klatschspalten-Gauner mit Brillantine im Haar und jeder Menge Ringe an den Fingern, sondern dezent gekleidet, blauer Blazer mit Messingknöpfen, Bluejeans, und statt des selbstbewußten, überheblichen Auftretens, das Allie erwartet hatte, übte er sympathische, geradezu respektvolle Zurückhaltung. Er hatte sich einen gepflegten Ziegenbart stehen lassen, der ihm eine auffallende Ähnlichkeit mit dem Christus des Turiner Leichentuchs verlieh. Nachdem er die drei (Sisodia hatte sie in seiner Limousine abgeholt, und der elegant gekleidete Chauffeur, Nigel aus St. Lucia, erzählte Gibril unterwegs, wie viele Fußgänger außer ihm er durch seine blitzschnellen Reflexe vor schweren Verletzungen oder dem Tod bewahrt habe, wobei er diese Reminiszenzen immer wieder mit Telefonanten unterbrach, in denen über mysteriöse Geschäfte und sagenhafte Geldbeträge verhandelt wurde) willkommen geheißen und Allie herzlich die Hand geschüttelt hatte, war er über Gibril hergefallen und hatte ihn mit unverstellter, ansteckender Begeisterung umarmt. Seine Begleiterin Mimi Mamoulian war viel direkter: »Es ist schon alles arrangiert«, verkündete sie, »Obst, Stars, Paparazzi, Talkshows, Gerüchte, angedeutete Skandälchen, alles was eine internationale Berühmtheit braucht. Blumen, Leibwächter, Verträge über zig Millionen Pfund. Macht's euch bequem!«

So lief es immer, dachte Allie. Ihr anfänglicher Widerstand gegen den ganzen Plan war gescheitert an Gibrils eigenem Interesse, das wiederum seine Ärzte veranlaßte, sich einverstanden zu erklären, in der Annahme, daß seine Rückkehr in das vertraute Milieu, eine *Heimkehr* gewissermaßen, seiner Genesung nur förderlich sein könne. Und wenn Sisodia sich die Träume, die er an Gibrils Bett gehört hatte, unter den Nabel gerissen hatte, so konnte das als genialer Einfall aufgefaßt werden: sobald diese Geschichten nämlich eindeutig erkennbar in der künstlichen, gefälschten Welt des Kinos untergebracht wären, müßte es auch Gibril leichter fallen, sie als Phantasiegebilde zu sehen. Vielleicht ließe sich dann auch jene Berliner Mauer zwischen Träumen und Wachen sehr viel schneller wiederaufbauen. Grundsätzlich lohnte es jedenfalls den Versuch.

Die Dinge (weil es Dinge waren) entwickelten sich nicht ganz wie geplant. Allie mißfiel, wie sehr Sisodia, Battuta und Mimi sich in Gibrils Leben breitmachten, über seine Garderobe und seinen Tagesablauf bestimmten und ihn mit der Erklärung, daß »imagemäßig« die Zeit noch nicht reif sei für eine »feste Beziehung«, aus Allies Wohnung herausholten. Nach dem Auftritt im Ritz bekam der Filmstar drei Zimmer in Sisodias großzügiger, durchgestylter Wohnung, die sich in der Nähe von Grosvenor Square in einem alten, herrschaftlichen Häuserblock mit Art-Deco-Marmorfliesen auf den Fußböden und dezent gehaltenen Wänden befand. Gibrils passives Hinnehmen dieser Veränderungen war für Allie das, was sie am meisten in Rage brachte, und sie begann, die Dimension seines früheren Entschlusses zu verstehen, als er alles, was ihm offensichtlich zweite Natur war, um ihretwillen aufgegeben hatte. Würde er sie jetzt, da er zurücksank in jenes Universum von bewaffneten Leibwächtern und kichernden Zimmermädchen mit Frühstückstabletts, ebenso dramatisch fallenlassen wie er in ihr Leben getreten war? Hatte sie mitgeholfen, seine umgekehrte Heimkehr in die Wege zu leiten, an deren Ende sie einsam und verlassen dastehen würde? Gibril starrte sie aus Zeitungen, Zeitschriften, Fernsehgeräten heraus an, mit den unterschiedlichsten Frauen am Arm, einfältig grinsend. Sie war wütend, doch er weigerte sich, es wahrzunehmen. »Warum machst du dir Gedanken?« winkte er ab und sank in ein Ledersofa von der Größe eines kleinen Lieferwagens. »Es sind doch nur Fotos: Busineß, mehr nicht.«

Das Schlimmste: *er* wurde eifersüchtig. In dem Maße, wie er von den starken Medikamenten loskam und ihnen seine (und auch ihre) Arbeit Trennungen aufzwang, ergriff wieder jenes irrationale, unkontrollierbare Mißtrauen von ihm Besitz, das den lächerlichen Streit über Brunels Geschenke ausgelöst hatte. Wenn sie sich sahen, nahm er sie jedesmal in die Zange, unterzog sie einem minuziösen Verhör: wo sie gewesen sei, mit wem sie sich getroffen habe, sie solle ihm nichts vormachen. Es kam ihr vor, als würde sie ersticken. Seine Geisteskrankheit, die neuen Einflüsse in seinem Leben, und jetzt diese nächtlichen Folterverhöre: es war, als würde ihr wirkliches Leben, das Leben, das sie führen wollte, für das sie gequält wurde und kämpfte, tiefer und tiefer unter dieser Lawine von Unrecht begraben. *Was ist mit meinen Bedürfnissen?* wollte sie schreien. *Wann wird mal nach meiner Pfeife getanzt?* An den Rand ihrer Selbstbeherrschung getrieben, blieb ihr als letzter Ausweg nur noch, ihre Mutter um Rat zu fragen. Im ehemaligen Arbeitszimmer ihres Vaters im Haus in der Moscow Road – Alicja hatte es genau so gelassen, wie Otto es gefallen hatte, außer, daß jetzt die Vorhänge aufgezogen waren, so daß hereinfallen konnte, was England an Licht hervorbrachte, und an strategischen Stellen standen Blumenvasen – hatte Alicja zunächst nicht viel mehr als Resigniertheit zu bieten. »Die Lebenspläne einer Frau werden also von einem Mann zu Fall gebracht«, sagte sie, nicht unfreundlich. »Dein Geschlecht heißt dich willkommen! Ich sehe, du bist es nicht gewohnt, nicht mehr weiter zu wissen.« Und Allie gestand: sie wolle sich von ihm trennen, sehe sich aber außerstande. Nicht bloß wegen des Schuldgefühls, einen wirklich kranken Menschen allein zu lassen, auch wegen der »großen Leidenschaft«, wegen des Wortes, das noch immer ihre Zunge verbrannte, wenn sie es aussprechen wollte. »Du willst sein Kind«, Alicja legte den Finger darauf. Zuerst brauste Allie auf: »Ich will *mein* Kind«, aber dann gab sie plötzlich nach, putzte sich die Nase, nickte schwach und war den Tränen nahe.

»Du solltest deinen Kopf untersuchen lassen, das wär' angebracht«, tröstete Alicja sie. Wie lange hatten sie einander nicht mehr in die Arme genommen? Viel zu lange. Und vielleicht war dies das letzte Mal … Alicja zog ihre Tochter an sich und sagte: »Wisch dir die Tränen ab. Jetzt kommt die gute Nachricht. Deine Affäre ist vielleicht kaputt, aber deine alte Mutter ist besser dran.«

Es gab einen amerikanischen Professor, einen gewissen Boniek, ein großes Tier in der Genforschung. »Reg dich nicht auf, meine Liebe, du hast gar keine Ahnung. Es sind nicht lauter Frankensteins, und es gibt auch viele nützliche Anwendungsbereiche«, sagte Alicja mit offensichtlicher Nervosität, und Allie, die ihre Verblüffung und ihre rotgeränderte Verzweiflung überwand, brach in ein krampfhaftes, erleichtertes, schluchzendes Lachen aus, in das ihre Mutter einfiel. »In deinem Alter«, weinte Allie, »du solltest dich schämen.« – »Ich denke nicht daran«, entgegnete die zukünftige Mrs. Boniek. »Ein Professor, und in Stanford, Kalifornien, also bringt er auch Sonnenschein. Ich habe vor, mich ausgiebig in die Sonne zu legen.«

❦

Als Allie entdeckte (in Sisodias Palazzo fand sie zufällig in einer Schublade einen Bericht), daß Gibril sie beobachten ließ, entschloß sie sich endlich, mit ihm zu brechen. Sie schrieb auf einen Zettel: *Das halte ich nicht mehr aus,* schob ihn in den Bericht, den sie auf den Schreibtisch legte, und ging ohne ein Wort des Abschieds. Gibril rief nicht an. Er probte damals gerade für sein großes öffentliches Comeback in der jüngsten Folge einer beliebten Serie von Musikshows mit indischen Filmstars, die von einer der Firmen Billy Battutas in Earls Court produziert wurde. Er sollte der unangekündigte Überraschungsgast und der absolute Höhepunkt der Show sein und hatte wochenlang mit dem Ensemble die Choreographie einstudiert und sich erneut mit der Kunst vertraut gemacht, den Mund zu Playbackmusik zu bewegen. Von Battutas PR-Leuten wurden sorgfältig Gerüchte über die Identität des Großen Geheimnisvollen, des Dunklen Stars ausgestreut und überwacht, und die Werbeagentur Valance war beauftragt worden, eine Serie von »anheizenden« Radiospots und riesige Plakate für eine Werbeaktion zu entwerfen. Gibrils Auftritt in Earls Court – er sollte von oben zwischen Wolken aus Pappe und Rauch herunterschweben – war als Höhepunkt der englischen Phase seines Wiedereintritts in die Welt der Superstars gedacht; nächster Auftritt: Bombay. Im Stich gelassen, wie er es nannte, von Alleluia Cone, stürzte er sich in die Arbeit. Er wollte nicht »klein beigeben«.

Das nächste Problem war, daß Billy Battuta in New York wegen seines Satanischen Schwindels verhaftet wurde. Als Allie in der Sonntagszeitung davon las, schluckte sie ihren Stolz hinunter und rief Gibril während der Probe an, um ihn davor zu warnen, sich mit solch offenkundig kriminellen Elementen einzulassen. »Battuta ist ein Gangster«, sagte sie. »Alles war Theater, er hat uns was vorgemacht. Er wollte sicher sein, daß er bei den Witwen von Manhattan ankommt, und hat uns als Publikum für seine Probevorstellung benutzt. Dieser Spitzbart! Und ein College-Blazer, du meine Güte! Wie konnten wir nur auf ihn reinfallen.« Aber Gibril reagierte kühl und distanziert. Sie hatte ihm seiner Ansicht nach den Laufpaß gegeben, und er war nicht geneigt, von Fahnenflüchtigen Ratschläge anzunehmen. Abgesehen davon hatten Sisodia und Battutas PR-Leute ihm versichert – und er hatte sie wirklich gelöchert –, daß Billys Probleme keinerlei Einfluß auf den Galaabend (Filmmela, so sollte der Name sein) haben würden, weil die Finanzierung auf soliden Füßen stand, die Gelder für Honorare und Bürgschaften bereits überwiesen waren, die Stars aus Bombay zugesagt hatten und wie geplant auftreten würden. »Läuft alles wie ge-geplant«, versprach Sisodia. »Können nicht mehr zuzu-zurück.«

Das nächste Problem war Gibril selbst.

❦

Sisodias Entschlossenheit, die Leute über die Identität des Dunklen Stars im Unklaren zu lassen, führte dazu, daß Gibril den Bühneneingang von Earls Court in einer Burqa betreten mußte, so daß nicht einmal zu erkennen war, welchen Geschlechts er war. Er bekam die größte Garderobe – an der Tür war ein schwarzer fünfzackiger Stern angebracht worden – und wurde umstandslos vom Produzenten bebrillter Kniegestalten eingeschlossen. In der Garderobe fand er sein Engelskostüm einschließlich einer Vorrichtung, die, um die Stirn gebunden, einen Glühbirnenkranz hinter seinem Kopf zum Leuchten bringen und die Illusion eines Heiligenscheins erzeugen würde; einen Monitor, auf dem er den Fortgang der Show verfolgen konnte – Mithun und Kimi, die als Repräsentanten der »Disco-Diwané«-Gruppe herumhüpften, Jayapradha und Rekha (kein Bezug: der Megastar und nicht das Phantom auf dem Teppich), die sich würdevoll auf der Bühne interviewen ließen, wobei Jaya ihre Ansichten über Polygamie kundtat, während Rekha sich in Phantasien über alternative Lebensformen erging: »Wenn ich nicht in Indien geboren wäre, dann wäre ich Malerin in Paris geworden«; Kraftakte von Vinod und Dharmendra; Sridevi, deren Sari durchnäßt wurde –, bis es für Gibril Zeit war, seinen Platz hoch über der Bühne auf einem mittels Winde betriebenen »Triumphwagen« einzunehmen. Es gab ein drahtloses Telefon, über das Sisodia ihm mitteilte, daß das Haus ausverkauft sei – »alle möglichen Leute sind gekommen«, triumphierte er und setzte Gibril seine Methode der Publikumsanalyse auseinander: die Pakistanis erkenne man, weil sie sich in Schale würfen, die Inder, weil sie diesbezüglich keinerlei Aufwand trieben, und die Bangladeschis, weil sie sich geschmacklos kleideten, »haben eine Vorliebe für *Gotas* in Purpur und Pipi-Pink und Gold« –, und das ansonsten stumm blieb; und schließlich eine große, in Geschenkpapier eingewickelte Kiste, ein kleines Präsent seines aufmerksamen Produzenten, der Miss Pimple Billimoria entstieg, ein gewinnendes Lächeln auf den Lippen und einen goldenen Fummel am Leib. Alle Filmstars waren versammelt.

❦

Während er in dem Triumphwagen saß und darauf wartete, hinuntergelassen zu werden, setzte das eigenartige Gefühl ein, das heißt, es kehrte zurück. In Gedanken sah er sich einen Weg entlanggehen, auf dem er jederzeit eine Wahl zu treffen hätte, eine Wahl – der Gedanke entstand ohne eigenes Zutun in seinem Kopf – zwischen zwei Realitäten, dieser Welt und einer anderen, die ebenfalls existierte, sichtbar, aber ungeschaut. Er fühlte sich träge, schwer, entfernt von seinem eigenen Bewußtsein, und erkannte, daß er nicht die leiseste Idee hatte, für welchen Weg er sich entscheiden, welche Welt er betreten würde. Jetzt wurde ihm klar, daß die Ärzte ihn zu Unrecht wegen Schizophrenie behandelt hatten: die Spaltung war nicht in ihm, sondern im Universum. Als der Triumphwagen seine Abwärtsfahrt begann, dem ungeheuren, wogenden Tosen entgegen, das unter ihm aufbrandete, sagte Gibril noch einmal seine erste Textzeile auf – *Mein Name ist Gibril Farishta, und ich bin wieder da* – und hörte sie sozusagen in Stereo, denn auch sie gehörte in zwei Welten, mit jeweils unterschiedlicher Bedeutung; und jetzt erfaßten ihn die Scheinwerfer, er streckte beide Arme hoch, kehrte von Wolken umgeben zurück, und die Menge und auch seine Kollegen hatten ihn erkannt; die Zuschauer sprangen von ihren Plätzen auf, Männer, Frauen, Kinder, alle drängten zur Bühne, unaufhaltsam, wie ein Meer. Der erste, der ihn erreichte, konnte noch ausrufen: *Erinnern Sie sich an mich, Gibril? Der mit den sechs Zehen? Maslama, Sir, John Maslama. Ich habe Ihre Anwesenheit unter uns geheimgehalten; aber ich habe von der Ankunft des* HERRN *gesprochen, ich bin Ihnen vorausgegangen, ein Rufer in der Wüste, die Gebeugten sollen aufgerichtet werden und das Unebene soll geebnet werden* –, aber dann wurde er weggezerrt, und die Leibwächter umringten Gibril: *Die sind ja außer Rand und Band, ein echter Tumult, Sie müssen* –, doch er weigerte sich zu gehen, weil er bemerkt hatte, daß mindestens die Hälfte der Zuschauer eine groteske Kopfbekleidung trug, Gummihörner, mit denen sie wie Teufel aussahen, als wären sie Zeichen von Dazugehörigkeit und Herausforderung; und in dem Augenblick, als er das Zeichen des Widersachers sah, spürte er, wie das Universum sich gabelte, und er stieg auf dem linken Weg hinunter.

Die offizielle, von allen Medien übernommene Version dessen, was folgte, lautete, daß Gibril Farishta in demselben Wagen aus der Gefahrenzone herausgehievt worden sei, in dem er heruntergekommen war, und aus dem auszusteigen ihm gar keine Zeit geblieben sei; und daß er, von seinem abgeschiedenen, nicht einsehbaren Platz aus, hoch über dem Gewühl, mühelos die Flucht habe antreten können. Diese Version erwies sich als widerstandsfähig genug, um die »Enthüllung« in *Voice* zu überleben, der für die Winde zuständige Bühnenassistent habe diese nicht, betone: nicht, wieder in Bewegung gesetzt, nachdem der Wagen unten angekommen war; vielmehr habe der Wagen während des Aufruhrs der ekstatischen Filmfans seine Position auf der Bühne beibehalten; und überhaupt seien erhebliche Summen an das Bühnenpersonal gezahlt worden, um sicherzustellen, daß es die offizielle Version mittrage, die, weil absolut phantastisch, doch so realistisch war, daß sie von der Öffentlichkeit akzeptiert wurde. Das Gerücht aber, Gibril Farishta sei tatsächlich mit eigener Kraft von der Bühne in Earls Court aufgestiegen und weiß Gott wohin verschwunden, verbreitete sich rasch unter der asiatischen Bevölkerung der Stadt und wurde bestärkt von den zahlreichen Berichten, man habe einen Heiligenschein hinter seinem Kopf erkennen können. Nur wenige Tage nach Gibril Farishtas abermaligem Verschwinden wurden in Brickhall, Wembley und Brixton genausoviel Heiligenscheine (am beliebtesten waren grün-fluoreszierende Reifen) wie Kopfbedeckungen mit zwei Gummihörnern verkauft.

❦

Er schwebte hoch über London! Haha, jetzt konnten sie ihm nichts mehr anhaben, die Teufel, die in jenem Pandämonium auf ihn eingestürmt waren! Er blickte hinab auf die Stadt und sah die Engländer. Das Problem mit den Engländern war, daß sie Engländer waren: verdammt kalte Fische! Leben die meiste Zeit des Jahres unter Wasser, und ihre Tage sind dunkel wie die Nacht! Also: jetzt war er hier, der große Umgestalter, und diesmal würde sich einiges ändern – die Naturgesetze sind die Gesetze ihrer Veränderung, und er war derjenige, der sie sich zunutze machen würde! Jawohl: diesmal Klarheit.

Er würde ihnen – jawohl! – seine *Kraft* zeigen! Diese kraftlosen Engländer! Waren sie denn nicht der Ansicht, daß sie von ihrer Geschichte loskämen? »Der Eingeborene ist ein Unterdrückter, der ständig davon träumt, Verfolger zu werden.« (Fanon) Engländerinnen würden ihn nicht mehr an die Leine legen; die Verschwörung war aufgedeckt! Und weg mit all dem Nebel. Er würde dieses Land neu erschaffen. Er war der Erzengel, Gibril. *Und ich bin wieder da!*

Das Gesicht des Widersachers stand wieder vor ihm, wurde schärfer, deutlicher. Ein Vollmondgesicht mit einem spöttischen Zug um die Lippen: aber der Name fiel ihm immer noch nicht ein … *Tscha,* wie Tee? *Schah,* ein König? Oder wie ein (Königs-? Tee-?) Tanz: Schahtschascha. – Fast. – Und das Wesen des Widersachers? Selbsthaß, ein falsches Selbstbild, selbstzerstörerisch. Noch einmal Fanon: »So nimmt das Individuum« – der Fanonsche Eingeborene – »den Zerfall als von Gott beschlossen hin, er wirft sich vor dem Kolonialherrn und dem Schicksal auf den Bauch und gelangt durch eine Art innere Wiederherstellung des Gleichgewichts zu steinerner Gelassenheit.« *Ich werde ihm zu steinerner Gelassenheit verhelfen!* Eingeborener und Kolonialherr, dieser alte Konflikt, der sich heute unter umgekehrten Vorzeichen auf den regennassen Straßen fortsetzte. Ihm kam der Gedanke, daß er auf ewig mit dem Widersacher verbunden war, die Arme um den Leib des anderen geschlungen, Mund an Mund, Kopf an Zahl, wie damals, als sie zur Erde gefallen waren: sie kolonisierten. Wie es anfängt, so geht es auch weiter. Ja, er kam näher. Tschitschi? Sasa? *My other, my love …*

… Nein! Er schwebte über Parklandschaften und brüllte, schreckte die Vögel auf. Schluß mit diesen (von England bewirkten) Unklarheiten, diesem biblisch-satanischen Durcheinander! Klarheit, Klarheit, Klarheit um jeden Preis! Dieser Schaitan war kein gefallener Engel. Vergiß diese Sohn-der-Morgenröte-Fiktion. Er war nicht der eigentlich-gute-nur-böse-gewordene Typ, sondern das Böse in reinster Form. Tatsächlich war er überhaupt kein Engel! »Er war von den Dschinn, und er versündigte sich.« Koran 18,50: da stand es, schwarz auf weiß. Um wieviel geradeliniger diese Version doch war! Um wieviel praktischer, realistischer, verständlicher! Iblis/Schaitan stand für die Dunkelheit, Gibril für das Licht. Weg, weg mit diesem sentimentalen Zeug: *sich finden, einander in die Arme schließen, lieben.* Finden und vernichten: basta.

… O du gefährlichste, teuflischste aller Städte! In der solch starke, alles beherrschende Gegensätze unter einem endlos nieselnden Grau ertränkt wurden. Wie recht er doch gehabt hatte, beispielsweise, seine satanisch-biblischen Zweifel zu verbannen – jene Zweifel, die Gottes Unwillen betrafen, Meinungsverschiedenheiten unter seinen Statthaltern zu dulden –, denn da Iblis/Schaitan kein Engel war, gab es auch keine Dissidenten unter den Engeln, die Gott hätte zügeln müssen; und die Zweifel hinsichtlich der verbotenen Frucht und der angeblichen Weigerung Gottes, seinen Geschöpfen eine moralische Wahl zuzugestehen, denn nirgendwo im gesamten Vortrag war (im Gegensatz zur Bibel) der Baum als die Wurzel der Erkenntnis von Gut und Böse bezeichnet worden. *Es war einfach ein anderer Baum!* Als Schaitan das Paar im Garten Eden in Versuchung führte, nannte er ihn nur den »Baum der Unsterblichkeit«, und da er ein Lügner war, lautete die (durch Umkehrschluß erkannte) Wahrheit, daß die verbotene Frucht (daß es Äpfel waren, wurde nicht erwähnt) am Todesbaum hing, das heißt, dem Mörder des Menschen. Was blieb nun von diesem moralfürchtenden Gott? Wo war er zu finden? – Nur dort unten, in englischen Herzen. Die er, Gibril, gekommen war zu wandeln.

Abrakadabra!

Hokuspokus!

Doch wo sollte er anfangen? Also, das Problem mit den Engländern war ihr:

Ihr:

Mit einem Wort, sprach Gibril feierlich, *ihr Wetter.*

Gibril Farishta schwebte auf einer Wolke und gelangte zu der Auffassung, daß die moralische Verschwommenheit der Engländer meteorologisch bedingt war. »Wenn der Tag nicht wärmer ist als die Nacht«, argumentierte er, »wenn das Licht nicht heller ist als das Dunkel, wenn das Land nicht trockener ist als das Meer, dann wird ein Volk natürlich die Kraft verlieren, Unterscheidungen zu treffen, und alles – angefangen von politischen Parteien über Sexualpartner bis hin zu religiösen Überzeugungen – als mehr oder weniger gleich betrachten, als unterschiedslosen Einheitsbrei, plus/minus. Wie töricht! Denn die Wahrheit ist extrem, es ist so und nicht *anders,* es ist *er* und nicht *sie;* eine Sache, die Parteilichkeit erfordert und kein Zuschauersport. Sie ist, kurz gesagt: hitzig. Stadt«, rief er, und seine Stimme rollte wie Donner über die Metropole, »ich werde dir einheizen.«

Gibril zählte die Vorzüge der geplanten Metamorphose Londons in eine tropische Stadt auf: größere moralische Eindeutigkeit, landesweite Einführung der Siesta, Entwicklung von lebhaften und extravertierten Verhaltensmustern in der Bevölkerung, qualitativ bessere Popmusik, neue Vögel auf den Bäumen (Aras, Pfaue, Kakadus), neue Bäume für die Vögel (Kokospalmen, Tamarinden, Banyans mit hängenden Grannen). Ein verbessertes Straßenleben, unerhört bunte Blumen in den Farben: Magenta, Zinnoberrot, Neongrün, Klammeraffen in den Eichen. Ein neuer, riesiger Markt für Klimaanlagen, Deckenventilatoren, Moskitonetze und -sprays. Eine Kokosfasergarn- und Kopraindustrie. Größere Attraktivität Londons als Konferenzzentrum und so weiter; bessere Kricketspieler; stärkere Betonung der Ballkontrolle seitens der Profifußballer, da sich das traditionelle und geistlose englische Festhalten an »Leistung und Einsatz« wegen der Hitze überholt haben wird. Religiöser Eifer, politische Unruhe, neu erwachtes Interesse an den Intellektuellen. Keine britische Reserviertheit mehr; Wärmflaschen werden auf ewig verbannt, statt dessen wird in den stinkenden Nächten langsam und wohlriechend Liebe gemacht. Neue soziale Werte bilden sich heraus: Freunde fangen an, einander spontan zu besuchen, ohne sich vorher anzukündigen. Seniorenheime werden geschlossen, die Großfamilie gefördert. Schärfer gewürzte Speisen kommen auf den Tisch. In englischen Toiletten wird sowohl Wasser als auch Papier benutzt; die Freude, in voller Montur durch den ersten Monsunregen zu laufen.

Nachteile: Cholera, Typhus, Legionärskrankheit, Küchenschaben, Staub, Lärm, eine Kultur des Exzesses.

Gibril stand auf dem Horizont, breitete die Arme aus, bis sie den Himmel erfüllten, und rief: »So soll es sein!«

Dreierlei passierte, und zwar schnell.

Erstens: während die unvorstellbar kolossalen, elementaren Kräfte des Verwandlungsprozesses aus seinem Körper wichen (war er denn nicht ihre *Verkörperung?*), wurde er zeitweilig von einer warmen, wirbelnden Schwere überwältigt, einem einschläfernden Schütteln (keineswegs unangenehm), das ihn veranlaßte, kurz die Augen zu schließen.

Zweitens: in dem Moment, als er die Augen schloß, erschienen auf seinem geistigen Bildschirm die gehörnten und ziegenhaften Gesichtszüge von Mr. Saladin Chamcha, so scharf und deutlich wie nur möglich, sowie der Name des Widersachers, als wäre das Bild untertitelt.

Und drittens: als Gibril Farishta die Augen aufschlug, fand er sich abermals zusammengebroochen vor Alleluia Cones Wohnungstür wieder, bat sie um Vergebung, weinte: *O Gott, es ist passiert, es ist wirklich wieder passiert.*

❦

Sie brachte ihn zu Bett; er spürte, wie er in den Schlaf flüchtete, sich hineinstürzte, weg aus dem Großen London, auf nach Jahilia, denn der Alptraum hatte die eingestürzte Grenzmauer überschritten und ging in seinen wachen Stunden um.

»Heimkehrvermögen: ein Verrückter findet den anderen«, sagte Alicja, als ihre Tochter ihr am Telefon die Neuigkeit beibrachte. »Du sendest bestimmt ein Signal, einen Piepton aus.« Wie üblich verbarg sie ihre Besorgnis hinter Frotzeleien. Schließlich sprach sie es aus: »Diesmal sei vernünftig, Alleluia, ja? Diesmal bringst du ihn ins Irrenhaus.«

»Wir werden sehen, Mutter. Im Moment schläft er.«

»Irgendwann wird er schließlich aufwachen«, fauchte sie, hatte sich aber sofort wieder in der Gewalt. »Na schön. Es ist dein Leben. Hör mal, haben wir nicht ein tolles Wetter? Es kann noch monatelang so weitergehen: ›stabile Wetterlage‹, haben sie im Fernsehen gesagt, Regen über Moskau, während wir hier eine tropische Hitzewelle haben. Ich habe Boniek in Stanford angerufen und gesagt: Jetzt haben wir aber ein Wetter in London!«

VI

RÜCKKEHR NACH JAHILIA

Als Baal, der Dichter, eine blutrote Träne aus dem linken Auge der Statue Al-Lats im Haus des Schwarzen Steins treten sah, wußte er, daß der Prophet Mahound nach fünfundzwanzig Jahren Exil auf dem Heimweg nach Jahilia war. Er rülpste lang und laut – eine Beschwerde des Alters, deren Derbheit der im Lauf der Zeit eingetretenen allgemeinen Verfettung zu entsprechen schien, einer Verfettung von Zunge und Körper, einem allmählichen Gerinnen des Blutes, das aus dem Fünfzigjährigen eine Figur gemacht hatte, die mit dem jungen flinken Baal nicht mehr viel Ähnlichkeit besaß. Manchmal war ihm, als wäre sogar die Luft dicker geworden, als setzte sie ihm Widerstand entgegen, so daß er selbst bei kürzeren Spaziergängen außer Atem geriet, Schmerzen im Arm und eine Unregelmäßigkeit in der Brust verspürte… und auch Mahound mußte sich verändert haben, wenn er in Glanz und Gloria an einen Ort zurückkehrte, aus dem er mit leeren Händen geflohen war, nicht einmal mit einer Frau. Mahound war fünfundsechzig. Unsere Namen begegnen sich, trennen sich, begegnen sich wieder, dachte Baal, aber die, die diese Namen tragen, sind nicht mehr dieselben. Er verließ Al-Lat, trat hinaus in das grelle Sonnenlicht und hörte hinter seinem Rücken ein leises Kichern. Schwerfällig drehte er sich um; niemand war zu sehen. Ein Gewandzipfel verschwand hinter einer Ecke. Heutzutage kam es oft vor, daß Fremde auf der Straße über den heruntergekommenen Baal lachten. »Dreckskerl!« schrie er so laut er konnte, sehr zum Verdruß der anderen Besucher des Hauses. Baal, der altersschwache Dichter, benahm sich mal wieder daneben. Er zuckte die Schultern und ging nach Hause.

Die Stadt Jahilia war nicht mehr aus Sand gebaut. Das heißt, die Jahre, die Zauberei der Wüstenwinde, der Mond, der versteinerte, die Vergeßlichkeit der Menschen und die Unvermeidlichkeit des Fortschritts hatten die Stadt gehärtet, so daß sie ihren früheren, unsteten, einstweiligen Charakter einer Fata Morgana, in der Menschen leben konnte, verloren hatte und ein prosaischer Ort geworden war, alltäglich und (wie seine Dichter) mittellos. Mahounds Arm war lang geworden; seine Macht hatte Jahilia eingekreist, ihre Lebensadern abgeschnitten, die Pilger und Karawanen. Die Jahrmärkte von Jahilia waren heutzutage ein erbärmlicher Anblick.

Selbst der Grande bot inzwischen ein jämmerliches Bild, das

weiße Haupthaar ebenso lückenhaft wie die Zähne. Seine Konkubinen starben an Altersschwäche, und ihm fehlte die Energie – oder, wie es die Gerüchte in den verwinkelten Gassen der Stadt wollten: der Wunsch –, sie zu ersetzen. An manchen Tagen vergaß er, sich zu rasieren, was den Eindruck von Verfall und Niederlage noch verstärkte. Einzig Hind war noch dieselbe.

Sie war seit jeher im Ruf einer Hexe gestanden, die demjenigen, der es unterlassen hatte, sich vor ihrer Sänfte zu verneigen, Krankheiten anhexen konnte, eine Magierin, die imstande war, Männer in Wüstenschlangen zu verwandeln, wenn sie genug von ihnen hatte, und sie beim Schwanz zu packen und ungehäutet zu kochen, um sie zum Abendessen zu verspeisen. Die Legenden, die sich um ihre Nekromantie rankten, erhielten jetzt, da sie sechzig war, neue Nahrung aufgrund ihrer außergewöhnlichen und unnatürlichen Fähigkeit, nicht zu altern. Während alles um sie herum in Stagnation verfiel, während aus den Banden der Schark ältere Männer geworden waren, die bei Karten- und Würfelspiel an den Straßenecken hockten, während die alten Zauberinnen mit den Knotenschnüren und die Schlangenmenschen in der Gosse verhungerten, während eine neue Generation heranwuchs, deren konservative Haltung und unkritische Anbetung alles Materiellen ihrem Wissen entsprang, daß mit Arbeitslosigkeit und Entbehrung jederzeit zu rechnen war, während die große Stadt das Gefühl für sich selbst verlor und sogar der Totenkult zunehmend unbeliebter wurde, zur großen Erleichterung der Kamele von Jahilia, deren Abneigung dagegen, mit durchgeschnittenen Kniesehnen auf den Gräbern der Menschen sitzen gelassen zu werden, durchaus verständlich war… kurzum: während Jahilia verfiel, blieb Hind unverändert, faltenlos, der Körper straff wie der einer jungen Frau, das Haar schwarz wie Krähenfedern, die Augen funkelnd wie Messer, die Haltung noch immer hochmütig, die Stimme noch immer keinerlei Widerspruch duldend. Hind, nicht Simbel, herrschte mittlerweile über die Stadt, das jedenfalls war unbestreitbar ihre Überzeugung.

Während aus dem Granden ein schlaffer, kurzatmiger Greis wurde, ging Hind dazu über, Episteln oder *Bullen* zu verfassen, die zwecks Ermahnung der Stadtbevölkerung in allen Straßen angeschlagen wurden. So kam es, daß Hind und nicht Abu Simbel von den Jahiliern als Verkörperung der Stadt betrachtet wurde, als ihr lebendiges Avatara, denn sie erblickten in der Alterslosigkeit ihres Körpers und der unnachgiebigen Entschiedenheit ihrer Bekanntmachungen ein Abbild ihrer selbst, das ihnen sehr viel besser gefiel als das Spiegelbild, das ihnen aus Simbels verfallendem Gesicht entgegensah. Hinds Anschläge waren einflußreicher als die Verse der Dichter. Sie war sexuell noch immer unersättlich und hatte mit jedem Schriftsteller der Stadt geschlafen (wenn es auch lange her war, daß sie Baal in ihr Bett geholt hatte); jetzt waren die Schriftsteller aufgebraucht, ausrangiert, und sie war zügellos. Mit dem Schwert genauso wie mit der Feder. Sie war Hind, die, als Mann verkleidet, in das Heer von Jahilia eingetreten war, sich mit Zauberei vor Speeren und Schwertern zu schützen gewußt und im wildesten Kriegsgetümmel den Mörder ihrer Brüder ausfindig gemacht hatte. Hind, die den Onkel des Propheten schlachtete und Leber und Herz des alten Hamza verzehrte.

Wer vermochte ihr zu widerstehen? Die Leute verziehen ihr, wegen ihrer ewigen Jugend, die auch die ihre war, wegen ihrer Unbändigkeit, die ihnen die Illusion von Unbesiegbarkeit bescherte, und wegen ihrer Bullen, in denen die Zeit, die Geschichte, das Alter geleugnet wurden, die den ungetrübten Glanz der Stadt besangen und dem Dreck und der Hinfälligkeit der Straßen trotzten, die auf Größe beharrten, auf Führertum, auf Unsterblichkeit, auf dem Status der Jahilier als den Hütern des Göttlichen… wegen dieser Schriften verziehen ihr die Leute ihre Promiskuität, sie drückten ein Auge zu, wenn berichtet wurde, Hind sei an ihrem Geburtstag in Smaragden aufgewogen worden, sie nahmen Gerüchte über Orgien nicht zur Kenntnis, sie lachten, wenn sie vom Umfang ihrer Garderobe hörten, von den fünfhunderteinundachtzig goldgewirkten Nachtgewändern, von den vierhundertzwanzig Paar rubingeschmückten Pantoffeln. Die Bürger von Jahilia schleppten sich durch die immer gefährlicheren Straßen, in denen Morde für ein paar Münzen an der Tagesordnung waren, in denen alte Frauen vergewaltigt und rituell hingeschlachtet wurden, in denen Hinds private Polizeitruppe, das Mantikorps, die Aufstände der Hungernden brutal niederschlug, und obwohl ihre Augen sahen, ihre Bäuche und ihre Brieftaschen eine deutliche Sprache sprachen, glaubten sie, was Hind ihnen einflüsterte: Herrsche, Jahilia, Zierde der Welt.

Natürlich nicht alle. Zum Beispiel Baal. Der seinen Blick von öffentlichen Angelegenheiten abwandte und Gedichte über unerwiderte Liebe schrieb.

Er kaute an einem weißen Rettich, als er bei seinem Haus anlangte und durch einen dunklen Torbogen in der zerfallenen Mauer trat. Er stand in einem kleinen, nach Urin stinkenden Hof voller Federn, Gemüseresten, Blut. Kein Zeichen menschlichen Lebens: nur Fliegen, Schatten, Angst. Man mußte auf der Hut sein, heutzutage. Eine Sekte mörderischer Haschaschine machte die Stadt unsicher. Wohlhabenden Leuten wurde empfohlen, sich ihren Häusern auf der gegenüberliegenden Straßenseite zu nähern und sich zu vergewissern, daß ihr Haus nicht beobachtet wurde; wenn die Luft rein war, liefen sie rasch zur Tür und verriegelten sie hinter sich, ehe irgendein lauernder Verbrecher sich hereindrängen konnte. Baal ließ solche Vorsichtsmaßnahmen außer acht. Früher war er reich gewesen, aber das war schon ein Vierteljahrhundert her. Jetzt bestand kein Bedarf mehr an Satiren; die allgemeine Furcht vor Mahound hatte den Markt für Unverschämtheiten und Witziges ruiniert. Und mit dem Niedergang des Totenkults war das Interesse an Totengedichten und triumphalen Racheoden deutlich zurückgegangen. Es waren schwere Zeiten.

Von weit zurückliegenden Gastmählern träumend, stieg Baal die wacklige Holztreppe zu seinem kleinen Zimmer im oberen Geschoß hinauf. Was gab es bei ihm schon zu stehlen. Er war das Messer nicht wert. Er öffnete die Tür, trat ein, als ihn ein Stoß zum Stolpern brachte und er sich die Nase an der Wand blutig schlug. »Töte mich nicht!« kreischte er wie ein Wahnsinniger. »O Gott, bring mich nicht um! Hab Erbarmen!«

Die andere Hand schloß die Tür. Baal wußte, daß sie, so laut er auch rufen mochte, allein bleiben würden in diesem mitleidlosen Raum, abgeschirmt von aller Welt. Niemand würde ihm zu Hilfe kommen. Er selbst hätte, wenn sein Nachbar geschrien hätte, sein Bett vor die Tür gerückt.

Das Gesicht des Eindringlings war von der Kapuze seines Gewands verdeckt. Baal wischte sich die blutende Nase ab, kniete nieder, zitterte hilflos. »Ich habe kein Geld«, wimmerte er. »Ich habe nichts.« Jetzt sprach der Unbekannte: »Wenn ein hungriger Hund Futter sucht, dann sucht er nicht in der Hundehütte.« Und nach einer Pause: »Baal. Von dir ist nicht mehr viel übrig. Ich hatte mir mehr erhofft.«

In Baals Angst mischte sich jetzt auch ein eigenartiges Gefühl von Demütigung. War dies ein wahnsinniger Fan, der ihn umbringen wollte, weil er nicht mehr so kraftvoll schrieb wie früher? Noch immer zitternd, versuchte er es mit Nestbeschmutzung. »Einem Schriftsteller zu begegnen, ist meistens eine Enttäuschung«, sagte er. Der andere ignorierte seine Bemerkung. »Mahound ist unterwegs«, sagte er.

Diese kurze Feststellung erfüllte Baal mit großem Schrecken. »Was hat das mit mir zu tun?« rief er. »Was will er? Es ist schon lange her, eine Ewigkeit, länger als eine Ewigkeit. Was will er denn? Kommst du von ihm, hat er dich geschickt?«

»Sein Gedächtnis ist so lang wie sein Gesicht«, sagte der Eindringling und schob seine Kapuze zurück. »Nein, ich bin nicht sein Bote. Du und ich, wir haben etwas gemeinsam. Wir haben beide Angst vor ihm.«

»Du kommst mir bekannt vor«, sagte Baal.

»Ja.«

»Deine Aussprache. Du bist ein Ausländer.«

»›Eine Revolution von Wasserträgern, Einwanderern und Sklaven‹«, zitierte der Fremde. »Deine Worte.«

»Du bist der Einwanderer.« Baal erinnerte sich. »Der Perser. Sulaiman.« Der Perser grinste schief. »Salman«, verbesserte er ihn. »Nicht weise, sondern friedfertig.«

»Du warst doch einer seiner Vertrauten«, sagte Baal perplex.

»Je näher du einem Geisterbeschwörer bist«, erwiderte Salman bitter, »desto leichter durchschaust du seine Tricks.«

Und Gibril träumte:

In der Oase Yathrib waren die Anhänger des neuen Glaubens, der UNTERWERFUNG, landlos und daher arm. Viele Jahre lang lebten sie von Straßenraub, von Überfällen auf die reichen Kamelkarawanen von und nach Jahilia. Mahound hatte keine Zeit für Skrupel, sagte Salman zu Baal, keine Bedenken, was Mittel und Zweck anging. Die Gläubigen lebten in Gesetzlosigkeit, doch in jenen Jahren war Mahound – oder sollte man sagen der Erzengel Gibril? – sollte man sagen Al-Lah? – besessen von dem Gedanken an das Gesetz. Unter den Palmen der Oase erschien Gibril dem Propheten und spuckte Vorschriften, Vorschriften, Vorschriften aus, bis die Gläubigen, sagte Salman, die Aussicht auf weitere Offenbarungen kaum noch ertragen konnten, Vorschriften über alles und jedes, wenn ein Mann einen Furz ließ, sollte er sein Gesicht in den Wind richten, eine Vorschrift, mit welcher Hand man seinen Hintern säubern durfte. Es war, als sollte kein Aspekt des menschlichen Daseins ungeregelt, frei bleiben. Die Offenbarung – der Vortrag – schrieb den Gläubigen vor, wieviel sie essen durften, wie tief sie schlafen sollten und welche Stellungen beim Geschlechtsverkehr göttliche Billigung erhalten hatten: Sodomie und die Missionarsstellung hatten die Zustimmung des Erzengels, während zu den verbotenen Stellungen all jene gehörten, bei denen die Frau über dem Mann war. Des weiteren zählte Gibril die erlaubten und verbotenen Gesprächsthemen auf und spezifizierte die Körperteile, die man nicht kratzen durfte, und wenn sie noch so juckten. Er untersagte den Verzehr von Garnelen, jenen bizarren außerirdischen Geschöpfen, die noch kein Gläubiger gesehen hatte, und verlangte, daß Tiere langsam, durch Ausbluten, geschlachtet werden sollten, auf daß sie den Tod in allen Phasen miterlebten und dadurch den Sinn des Lebens verstanden, denn erst im Augenblick des Todes begreifen Lebewesen, daß das Leben Wirklichkeit gewesen ist und kein Traum. Weiterhin legte der Erzengel Gibril fest, auf welche Weise ein Mann bestattet und wie sein Besitz aufgeteilt werden sollte, so daß Salman, der Perser, sich fragte, was für ein Gott das sein mochte, der sich dermaßen wie ein Geschäftsmann anhörte. Dieser Gedanke war es, der seinen Glauben zerstörte, denn Salman erinnerte sich, daß Mahound ja selber Geschäftsmann gewesen war, und zwar ein verdammt erfolgreicher, ein Mensch, für den Organisation und Vorschriften eine Selbstverständlichkeit waren; wie überaus praktisch also, daß er auf einen so geschäftsmännisch denkenden Erzengel traf, der die Managemententscheidungen dieses höchst körperschaftlichen, wenngleich körperlosen Gottes weitergab.

Als nächstes fiel Salman auf, wie nützlich und zeitlich klug abgestimmt die Offenbarungen des Engels zumeist waren. Wenn die Gläubigen über Mahounds Ansichten zu egal welchem Thema diskutierten, von der Möglichkeit des Reisens im Weltall bis hin zur Frage, ob die Hölle ewig sei, tauchte sofort der Engel mit einer Antwort auf, und immer schlug er sich auf die Seite Mahounds, erklärte mit einer jeden Zweifel ausschließenden Bestimmtheit, daß der Mensch niemals den Mond betreten werde, und ebenso eindeutig äußerte er sich über die zeitlich begrenzte Dauer der Verdammnis: noch die schlimmsten Sünder würden schließlich im Höllenfeuer gereinigt und in die Paradiesgärten Gulistan und Bostan eingehen. Etwas anderes wäre es gewesen, beklagte sich Salman, wenn Mahound seine Ansichten nach empfangener Offenbarung formuliert hätte; aber nein, er stellte die Vorschriften auf, und der Engel Gibril bestätigte sie im nachhinein. Und dann registrierte ich diesen üblen Geruch in meiner Nase, und ich dachte, das muß der Geruch dieser sagenumwobenen legendären, unreinen Wesen sein, dieser wie heißen sie gleich: Garnelen.

Der fischige Geruch ließ Salman nicht mehr los. Dank der Überlegenheit des damaligen persischen Schulsystems war Salman der gebildetste unter Mahounds Vertrauten, und wegen seiner weitreichenden Kenntnisse wurde er zu seinem offiziellen Schreiber, so daß ihm die Aufgabe zukam, die unaufhörlich verkündeten Vorschriften niederzuschreiben. All diese nützlichen Offenbarungen, sagte er zu Baal, und je länger ich den Job machte, desto schlimmer wurde es. Eine Zeitlang aber mußte er seinen

Argwohn zurückstellen, weil die Heere von Jahilia gegen Yathrib marschierten, um die Fliegen totzuschlagen, die ihre Kamelkarawanen belästigten und das Geschäft beeinträchtigten. Was dann kam, ist bekannt, brauche ich nicht zu wiederholen, sagte Salman, doch dann brach seine Eitelkeit aus ihm heraus und zwang ihn, Baal zu erzählen, wie er persönlich Yathrib vor der sicheren Zerstörung bewahrt, wie er mit seiner Idee von einem Graben Mahounds Kopf gerettet hatte. Salman hatte dem Propheten geraten, rings um die nicht ummauerte Oasensiedlung einen tiefen Graben ziehen zu lassen, der so breit sein sollte, daß nicht einmal die legendären Araberpferde der berühmten Kavallerie von Jahilia ihn würden überwinden können. Ein Graben gespickt mit spitzen Pfählen. Als die Jahilier dieses widerliche Beispiel unanständiger Grabenzieherei erblickten, waren sie aus Ritterlichkeit und ihrem Ehrgefühl heraus verpflichtet, so zu tun, als gäbe es diesen Graben nicht, und mit ihren Pferden in vollem Galopp auf ihn zuzureiten. Die Blüte des Heeres von Jahilia, Mensch und Tier, endete aufgespießt auf den spitzen Pfählen von Salmans persischer Verschlagenheit. Und nach dem Sieg über Jahilia? Salman klagte Baal sein Leid: Man sollte annehmen, daß ich als Held gefeiert worden wäre, ich bin kein eitler Mann, aber wo waren die öffentlichen Ehrungen, wo war Mahounds Dankbarkeit, warum hat *mich* der Erzengel in seinen Botschaften nicht erwähnt? Nichts, keine Silbe, es war, als hielten auch die Gläubigen meinen Graben für einen billigen Trick, für barbarisch, ehrlos, unfair; als ob das Ding sie in ihrer Mannesehre getroffen hätte, als ob ich sie, indem ich ihnen das Leben rettete, in ihrem Stolz verletzt hätte. Ich hielt den Mund und sagte nichts. Aber ich habe eine Menge Freunde verloren. Ich sage dir: die Menschen vertragen es nicht, wenn man ihnen etwas Gutes tut.

Trotz des Grabens von Yathrib verloren die Gläubigen im Krieg gegen Jahilia viele Männer. Bei ihren Strafexpeditionen waren ihre eigenen Verluste genauso hoch wie die des Feindes. Und nach Beendigung des Krieges, Simsalabim, tauchte der Erzengel Gibril auf und gab den überlebenden Männern Anweisung, die verwitweten Frauen zu heiraten, damit jene nicht durch auswärtige Wiederverheiratung der UNTERWERFUNG verlorengingen. O ja, wirklich ein praktisch denkender Engel, höhnte Salman. Inzwischen hatte er aus seinen Gewandfalten eine Flasche Palmwein hervorgeholt, und die beiden Männer tranken in dem schwächer werdenden Licht vor sich hin. Salman wurde immer redseliger, je mehr sich die Flasche mit der gelben Flüssigkeit leerte; Baal konnte sich nicht erinnern, wann er zuletzt jemanden sich derart in Rage hatte reden hören. O diese sachlichen Offenbarungen, rief Salman, uns wurde sogar gesagt, daß es keine Rolle spielt, ob wir bereits verheiratet sind, wir dürfen vier Frauen haben, wenn wir es uns leisten können, na ja, du kannst es dir denken, davon waren die Jungs wirklich begeistert.

Was Salman und Mahound schließlich endgültig entzweite: die Sache mit den Frauen, und die mit den Satanischen Versen. Weißt du, ich bin kein Klatschmaul, gestand Salman betrunken, aber Mahound war nach dem Tod seiner Frau kein Engel, du verstehst, was ich meine. In Yathrib hätte er aber fast seine Meisterin gefunden. Die Frauen dort: dank ihrer war sein Bart nach einem Jahr fast grau geworden. Mit unserem Propheten ist es nämlich so, mein lieber Baal, daß er es nicht leiden kann, wenn seine Frauen ihm widersprechen, er steht mehr auf Mütter und Töchter, denk nur mal an seine erste Frau und dann Aischa: die eine zu alt, die andere zu jung. Er will keine Frau haben, die ihm ebenbürtig ist. Aber in Yathrib sind die Frauen anders, weißt du, hier in Jahilia ist man daran gewöhnt, die Frauen herumzukommandieren, doch die da oben lassen sich das nicht gefallen. Wenn ein Mann heiratet, zieht er zur Familie seiner Frau! Stell dir mal vor! Wahnsinn, was? Und die Frau behält ihr eigenes Zelt. Wenn sie ihren Mann loswerden will, dreht sie ihr Zelt um, so daß der Mann, wenn er zu ihr kommt, vor einer Stoffwand steht statt vor der Tür, und damit hat sich's, er ist geschieden und kann nichts dran ändern. Tja, unsere Mädchen fanden allmählich Geschmack an solchen Dingen, ließen sich ich weiß nicht was für Ideen einfallen, also wird hopphopp das Gesetzbuch herausgeholt, und der Engel fängt an, Vorschriften auszuspucken, was Frauen alles verboten ist, er drängt sie in die unterwürfige Haltung zurück, die der Prophet so gern sieht, gehorsam oder mütterlich, drei Schritte hinter dem Mann herlaufen oder zu Hause sitzen und vernünftig sein, schwatzen und sich die Haare am Kinn auszupfen. Wie die Frauen von Yathrib die Gläubigen ausgelacht haben, ich schwör's, aber dieser Mann ist ein Zauberer, niemand konnte seinem Charme widerstehen. Die gläubigen Frauen taten, wie ihnen befohlen war. Sie Unterwarfen sich: immerhin versprach er ihnen das Paradies.

»Jedenfalls«, sagte Salman, als die Flasche schon fast ausgetrunken war, »am Ende beschloß ich, ihn auf die Probe zu stellen.«

Eines Nachts träumte dem persischen Schreiber, er schwebe über der Gestalt Mahounds, bei der Höhle des Propheten auf dem Mount Cone. Zuerst dachte Salman, daß dies bloß eine nostalgische Erinnerung an die alte Zeit in Jahilia war, aber dann fiel ihm auf, daß er im Traum die Position des Erzengels eingenommen hatte, und in diesem Moment erinnerte er sich an den Vorfall mit den Satanischen Versen, so deutlich, als wäre er erst am Tag zuvor passiert. »Vielleicht hatte ich mich auch gar nicht als Gibril geträumt«, sagte Salman, »vielleicht war ich Schaitan.« Diese Überlegung brachte ihn auf eine diabolische Idee. Und er begann, jedesmal, wenn er zu Füßen des Propheten saß und Vorschriften Vorschriften Vorschriften notierte, heimlich das eine oder andere zu verändern.

»Zuerst nur Kleinigkeiten. Wenn Mahound einen Vers zitierte, in dem Gott als *der Allhörende, der Allwissende* bezeichnet wurde, dann schrieb ich *der Allwissende, der Weise.* Und jetzt paß auf: Mahound bemerkte die Veränderungen nicht. Da habe ich doch tatsächlich Das Buch geschrieben oder umgeschrieben, wie auch immer, jedenfalls das Wort Gottes mit meiner eigenen profanen Sprache verunreinigt. Aber wenn nicht einmal der Prophet Gottes meine armseligen Worte von der Offenbarung unterscheiden konnte, was hatte das eigentlich zu bedeuten? Was besagte das über die Qualität der göttlichen Verse? Du, ich schwöre, ich war total verunsichert. Es ist eine Sache, ein kluges Bürschchen zu sein und zu ahnen, daß hier krumme Geschäfte abgewickelt werden, aber herauszufinden, daß du recht hast, das ist etwas ganz anderes. Schau mal, ich habe mein Leben für diesen Mann geändert. Ich habe meine Heimat verlassen, bin durch die Welt gereist, habe mich unter Leuten niedergelassen, für die ich ein schmieriger, feiger Ausländer war, bloß weil ich ihnen das Leben, die sich kein einziges Mal bedankt, aber egal. Ich hatte mir das so vorgestellt: als ich diese erste winzige Änderung vornahm – *weise* statt *allhörend* –, wollte ich dem Propheten den Text vorlesen und er würde sagen, was ist los mit dir, Salman, bist du schwerhörig? und ich würde sagen, na, so was, das ist ja'n Ding, kleiner Flüchtigkeitsfehler, wie konnte ich, und würde die Stelle korrigieren. Aber es ist nicht passiert; und jetzt schrieb ich die Offenbarung, und kein Mensch merkte etwas, und ich hatte nicht den Mut, es zuzugeben. Ich sage dir: ich hatte eine Mordsangst, und ich war auch zu Tode betrübt. Also, ich mußte weitermachen. Vielleicht hat er bloß nicht richtig aufgepaßt, dachte ich, jeder kann mal einen Fehler machen. Das nächste Mal habe ich was Größeres verändert. Er sagte *Christen,* und ich schrieb *Juden.* Das mußte er merken; völlig undenkbar, daß nicht. Als ich ihm aber das Kapitel vorlas, nickte er und dankte mir höflich, und ich ging mit Tränen in den Augen aus seinem Zelt. Da wußte ich, daß meine Tage in Yathrib gezählt waren, aber ich mußte weitermachen. Ich konnte nicht anders. Es gibt keine größere Verbitterung als die eines

Mannes, der feststellt, daß er an ein Gespenst geglaubt hat. Ich würde fallen, das war mir klar, aber er würde mit mir fallen. Also machte ich weiter mit meinen Teufeleien, veränderte den Text, bis ich ihm eines Tages meine Zeilen vorlas und sah, wie er die Stirn runzelte und den Kopf schüttelte, als wollte er seine Gedanken klären, doch dann nickte er langsam zustimmend, aber nicht ganz überzeugt. Ich wußte, ich war bis zum Äußersten gegangen, das nächste Mal würde er alles merken. In jener Nacht lag ich wach, hatte sein Schicksal und auch das meine in der Hand. Wenn ich meinen Sturz herbeiführte, dann konnte ich auch ihn stürzen. In jener schrecklichen Nacht mußte ich mich entscheiden, ob ich lieber Tod und Rache wollte oder ein Leben ohne alles. Wie du siehst, habe ich mich für das Leben entschieden. Vor Tagesanbruch verließ ich Yathrib auf meinem Kamel und ritt, mancherlei Unbill erleidend, das zu erzählen ich mir erspare, zurück nach Jahilia. Und jetzt kommt Mahound triumphierend hierher. Und ich werde mein Leben zu guter Letzt doch noch verlieren. Und er ist viel zu mächtig geworden, als daß ich ihn heute noch vernichten könnte.«

Baal fragte: »Warum bist du so sicher, daß er dich töten wird?«

Salman, der Perser, antwortete: »Sein Wort steht gegen meines.«

Nachdem Salman zu Boden gesunken und eingeschlafen war, legte sich Baal auf seine kratzige Strohmatratze, fühlte ein stählernes Band von Schmerzen um seine Stirn und das warnende Flattern seines Herzens. Oft hatte er sich aus Lebensüberdruß einen frühen Tod gewünscht, aber, wie Salman gesagt hatte, von einer Sache zu träumen ist etwas ganz anderes als sie wirklich zu erleben. Schon seit einiger Zeit schien die Welt immer näher zu rükken. Er konnte nicht mehr so tun, als hätte er keine Schwierigkeiten mit den Augen, und ihre Trübung machte sein Leben noch grauer, noch schwerer zu verstehen. All diese Unschärfen, Konturlosigkeiten: kein Wunder, daß es mit seiner Dichtung bergab gegangen war. Auch auf seine Ohren konnte er sich immer weniger verlassen. Wenn es in diesem Tempo weiterging, würde er, all seiner Sinne beraubt, bald völlig isoliert sein ... Aber vielleicht würde es nicht soweit kommen. Mahound war unterwegs. Vielleicht würde er nie wieder eine Frau küssen. Mahound, Mahound. Warum ist dieser schwatzhafte Trunkenbold zu mir gekommen, dachte er ärgerlich. Was habe ich mit seinem Verrat zu tun? Jeder weiß, warum ich vor Jahren diese Satiren geschrieben habe; er muß es wissen. Wie mir der Grande drohte und mich einschüchterte. Mich kann man nicht dafür verantwortlich machen. Und überhaupt: wo ist er denn, dieser leichtfüßige, spöttische Wunderknabe, der scharfzüngige Baal? Ich erkenne ihn nicht wieder.: Sieh mich an: schwer, plump, kurzsichtig, beinahe taub. Für wen bin ich denn eine Bedrohung? Für niemanden. Er begann, Salman zu schütteln: wach auf! Ich möchte nicht mit dir in Verbindung gebracht werden, wegen dir bekomme ich noch Ärger.

Der Perser, der breitbeinig auf dem Boden hockte, mit dem Rücken an der Wand, den Kopf schief wie eine Puppe, schnarchte weiter. Baal, von Kopfschmerzen gepeinigt, ließ sich wieder auf sein Lager fallen. Seine Gedichte, überlegte er, worum war es gegangen? was für eine ART IDEE, verdammt, nicht einmal genau erinnern konnte er sich, scheint UNTERWERFUNG heut', ja, ähnlich, kein Wunder nach der langen Zeit, eine IDEE DER FURCHTSAMKEIT, so jedenfalls lautete der Schluß. Mahound, jede neue Idee muß sich zwei Fragen stellen lassen. Wenn sie schwach ist: wird sie bereit sein, Kompromisse einzugehen? Wir kennen die Antwort. Und jetzt, Mahound, da du nach Jahilia zurückkehrst, ist es Zeit für die zweite: Was wirst du tun, wenn du gewinnst? Wenn deine Feinde deiner Gnade ausgeliefert sind und du über uneingeschränkte Macht verfügst: was dann? Wir alle haben uns verändert, wir alle außer Hind. Die, nach allem, was dieser Trunkenbold erzählt, mehr wie eine Frau aus Yathrib wirkt als eine aus Jahilia. Kein Wunder, daß ihr nicht miteinander ausgekommen seid. Sie wollte weder deine Mutter noch deine Tochter sein.

Während Baal in den Schlaf sank, überdachte er seine Nutzlosigkeit, sein künstlerisches Scheitern. Nun, da er auf alle öffentlichen Auftritte verzichtete, handelten seine Gedichte vom Verlust: der Jugend, Schönheit, Liebe, Gesundheit, Unschuld, Entschlossenheit, Energie, Zuversicht, Hoffnung. Verlust des Wissens. Verlust des Wohlstands. Verlust von Hind. In seinen Oden wurde er von den Menschen verlassen, und je leidenschaftlicher er nach ihnen rief, desto schneller entfernten sie sich. Die Landschaft seiner Gedichte war noch immer die Wüste, waren die Wanderdünen mit dem Federkleid aus weißem Sand, der von ihren Anhöhen herabgeweht wurde. Sanfte Berge, unvollendete Reisen, vergängliche Zelte. Wie vermaß man ein Land, das täglich in eine neue Form geblasen wurde? Solche Fragen ließen seine Sprache allzu abstrakt werden, seine Metaphern allzu unscharf, sein Metrum allzu ungleichmäßig. So schuf er phantastische Formen, löwenköpfige ziegenleibige schlangenschwänzige Unmöglichkeiten, die, sobald sie Gestalt angenommen hatten, sich verändern mußten, so daß Umgangssprachliches in Zeilen von klassischer Reinheit vordrang und Bilder der Liebe stets durch Elemente der Farce entwertet wurden. Niemand interessiert sich für solches Zeug, sagte er sich zum tausendundersten Mal und tröstete sich, schon halb eingeschlafen: Niemand erinnert sich an mich. Vergessenheit bedeutet Sicherheit. Dann setzte sein Herz für einen Schlag aus, und er erwachte, erschrocken, kalt. Mahound, vielleicht werde ich dich um deine Rache bringen. Er fand keinen Schlaf in dieser Nacht, hörte auf Salmans rollendes, ozeanisches Schnarchen.

Gibril träumte von Lagerfeuern:

Eines Nachts bewegt sich eine berühmte und unerwartete Gestalt zwischen den Feuern im Lager von Mahounds Heer. Vielleicht wegen der Dunkelheit, oder vielleicht, weil mit seiner Anwesenheit niemand rechnet, scheint der Grande von Jahilia in diesem letzten Augenblick seiner Macht etwas von seiner früheren Stärke wiedererlangt zu haben. Er ist allein gekommen und wird von Khalid, dem ehemaligen Wasserträger, und Bilal, dem ehemaligen Sklaven, zu Mahounds Quartier geleitet.

Dann träumte Gibril von der Heimkehr des Granden:

In der Stadt wimmelt es von Gerüchten, und vor dem Haus wartet eine Menschenmenge. Nach einer Weile ist deutlich Hinds zornig laute Stimme zu hören. Dann erscheint Hind auf einem Balkon und fordert die Menge auf, ihren Mann in Stücke zu reißen. Der Grande tritt neben sie und bekommt von seiner liebenden Gattin links und rechts zwei schallende, demütigende Ohrfeigen. Hind hat erfahren, daß sie, trotz aller Anstrengungen, den Granden nicht hat davon abhalten können, die Stadt Mahound zu übergeben.

Mehr noch: Abu Simbel hat den Glauben angenommen.

Der besiegte Simbel hat viel von seiner jüngsten Kraftlosigkeit verloren. Er läßt sich von Hind ohrfeigen und spricht dann ruhig zu der Menge. Er sagt: Mahound hat versprochen, daß verschont wird, wer sich im Hause des Granden befindet. »Kommt also alle herein und bringt eure Familien mit.«

Hind spricht für die wütende Menge. »Alter Schwachkopf, du! Wie viele Leute passen denn in ein einziges Haus, selbst in dieses? Du hast ein Abkommen getroffen, um deine eigene Haut zu retten. Sollen sie dich in Stücke reißen und den Ameisen vorwerfen.«

Doch der Grande bleibt ruhig. »Mahound verspricht auch, daß all denjenigen, die sich in ihrem Hause hinter verschlossenen Türen aufhalten, nichts passieren wird. Wenn ihr nicht in mein Haus kommen wollt, dann geht in euer eigenes und wartet.«

Ein drittes Mal versucht seine Frau, die Menge gegen ihn aufzubringen: eine Balkonszene nicht der Liebe, sondern voller Haß. Mit Mahound wird es keine Kompromisse geben, ihm ist nicht zu trauen, schreit sie, das Volk soll Abu Simbel nicht glauben, sondern sich darauf vorbereiten, bis auf den letzten Mann, bis auf die letzte Frau zu kämpfen. Sie selbst wird an der Seite des Volkes kämpfen, ist bereit, für die Freiheit Jahilias ihr Leben zu lassen. »Werdet ihr euch vor diesem falschen Propheten, diesem Dajjal, in den Staub werfen? Darf man Ehrgefühl von einem Mann erwarten, der sich anschickt, die Stadt seiner Geburt zu erstürmen? Kann man von dem Kompromißlosen Kompromißbereitschaft erwarten, Gnade von dem Gnadenlosen? Wir sind die Mächtigen von Jahilia, und unsere Göttinnen, glorreich im Kampf, werden siegen.« Sie ruft jedermann auf, im Namen Al-Lats zu kämpfen. Aber schon entfernen sich die Leute.

Mann und Frau stehen auf dem Balkon, und die Leute sehen sie klar und deutlich. Seit langem sind die zwei die Spiegel der Stadt; und weil die Jahilier in letzter Zeit Hind dem ergrauten Granden vorziehen, sind sie zutiefst erschüttert. Ein Volk, das von seiner Größe und Unbesiegbarkeit überzeugt ist, das trotz aller gegenteiligen Beweise an diesem Mythos festhält, ist entweder im Schlaf oder in Verrücktheit gefangen. Jetzt hat der Grande es aus diesem Schlaf geweckt; sie stehen ratlos da, reiben sich die Augen, zunächst noch unfähig zu glauben – wenn wir so mächtig sind, wieso sind wir dann so schnell gefallen und so tief? –, doch dann kommt der Glaube und führt ihnen vor Augen, daß ihr Selbstvertrauen auf Wolken gebaut war, auf der Leidenschaft von Hinds Verlautbarungen und auf wenig sonst. Sie geben Hind auf und mit ihr alle Hoffnung. Verzweifelt gehen die Leute von Jahilia nach Hause und verschließen die Türen.

Sie schreit, fleht, rauft sich das Haar. »Kommt zum Haus des Schwarzen Steins! Kommt und bringt Lat ein Opfer!« Doch sie sind fort. Hind und der Grande stehen allein auf dem Balkon, eine große Stille breitet sich über Jahilia, eine große Lautlosigkeit setzt ein. Hind lehnt sich an die Mauer ihres Palastes und schließt die Augen.

Das ist das Ende. Der Grande murmelt leise: »Nicht viele von uns haben soviel Grund wie du, sich vor Mahound zu fürchten. Wenn du die Innereien des Lieblingsonkels eines Mannes verspeist, roh, ohne Salz und Knoblauch, dann darfst du dich nicht wundern, wenn er seinerseits dich wie ein Stück Fleisch behandelt.« Dann läßt er sie stehen und geht hinunter auf die Straße, von der selbst die Hunde verschwunden sind, um die Stadttore zu öffnen.

Gibril träumte von einem Tempel:

Neben den geöffneten Toren von Jahilia stand der Tempel Uzzas. Und Mahound sprach zu Khalid, der früher Wasserträger gewesen war und jetzt bedeutendere Lasten trug: »Gehe hin und säubere diesen Ort.« Also begab sich Khalid mit einer stattlichen Zahl Männern zum Tempel, denn Mahound ekelte sich, die Stadt zu betreten, solange derartige Abscheulichkeiten neben ihren Toren standen.

Als der Tempelwächter, der zum Stamme der Schark gehörte, Khalid mit einer großen Schar von Kriegern näherkommen sah, nahm er sein Schwert und trat vor die Statue der Göttin. Nachdem er seine letzten Gebete gesprochen hatte, hing er ihr sein Schwert um den Hals und sagte: »Wenn du wirklich eine Göttin bist, Uzza, dann verteidige dich und deinen Diener vor Mahound.« Da betrat Khalid den Tempel, und als die Göttin sich nicht rührte, sagte der Wächter: »Wahrlich, nun weiß ich, daß der Gott Mahounds der wahre Gott ist und dieser Stein nur ein Stein.« Alsbald riß Khalid den Tempel nieder und das Götzenbild und kehrte zurück zum Zelt Mahounds. Und der Prophet fragte: »Sprich, was hast du gesehen?« Khalid breitete die Arme aus. »Nichts«, erwiderte er. »Dann hast du sie nicht vernichtet«, rief der Prophet. »Geh hin und vollende dein Werk.« Also kehrte Khalid zum niedergerissenen Tempel zurück, von wo ihm eine gewaltige Frau entgegengelaufen kam, schwarz bis auf die lange scharlachrote Zunge, nackt von Kopf bis Fuß, das schwarze Haar bis zu den Knöcheln. Sie blieb vor ihm stehen und rief mit einer schrecklichen Stimme von Schwefel und Höllenfeuer: »Hast du von Lat und Manat gehört und Uzza, der Dritten, der Anderen? Sie sind die erhabenen Vögel ...« Doch Khalid unterbrach sie mit den Worten: »Uzza, das sind die Verse des Teufels, und du bist des Teufels Tochter, ein Wesen, das man nicht anbeten, sondern leugnen soll.« Daraufhin zog er sein Schwert und erschlug sie.

Und er kehrte zurück in Mahounds Zelt und berichtete, was er gesehen hatte. Und der Prophet sagte: »Jetzt können wir Jahilia betreten«, und sie standen auf und zogen in die Stadt und nahmen sie in Besitz im Namen des Allerhöchsten, des Menschenvernichters.

❦

Wie viele Götzenbilder im Haus des Schwarzen Steins? Erinnern Sie sich: dreihundertsechzig. Sonnengott, Adler, Regenbogen. Der kolossale Hubal. Dreihundertsechzig warten auf Mahound, wissen, daß sie nicht geschont werden. Und sie werden nicht geschont, doch halten wir uns nicht damit auf. Statuen fallen, Steine brechen. Es wird getan, was getan werden muß.

Nach der Säuberung des Tempels schlägt Mahound sein Zelt auf dem alten Jahrmarktsplatz auf. Die Menge schart sich um das Zelt, nimmt den siegreichen Glauben an. Jahilias UNTERWERFUNG: auch dies eine unvermeidliche Sache, bei der wir uns nicht aufzuhalten brauchen.

Während die Jahilier sich vor ihm verbeugen, ihre lebensrettenden Sätze murmeln, *Es gibt keinen Gott außer Al-Lah,* wendet sich Mahound flüsternd an Khalid. Einer ist nicht erschienen, sich vor ihm niederzuwerfen, ein seit langem Erwarteter. »Salman«, erkundigt sich der Prophet, »hat man ihn gefunden?«

»Noch nicht. Er hält sich versteckt, aber es wird nicht mehr lange dauern.«

Er wird abgelenkt. Eine verschleierte Frau kniet vor ihm nieder, küßt seine Füße. »Laß das!« befiehlt er. »Nur Gott darf verehrt werden.« Und was für eine Fußküsserei das ist! Zeh für Zeh, Gelenk für Gelenk, die Frau leckt, küßt, lutscht. Mahound, genervt, wiederholt: »Hör auf! Das schickt sich nicht.« Jetzt widmet sich die Frau seinen Fußsohlen, nimmt die Hacken ... er stößt in seiner Verwirrung zu und trifft sie am Hals. Sie fällt hin, hustet, wirft sich dann vor ihm nieder und sagt mit fester Stimme: »Es gibt keinen Gott außer Al-Lah, und Mahound ist sein Prophet.« Mahound beruhigt sich, bittet um Entschuldigung, reicht ihr die Hand. »Dir wird nichts geschehen«, verspricht er. »Alle, die sich Unterwerfen sollen geschont werden.« Doch er ist seltsam verwirrt, und jetzt versteht er warum, versteht er die Wut, die bittere Ironie, die in ihrer überwältigenden, exzessiven, sinnlichen Anbetung seiner Füße lag. Die Frau wirft den Schleier ab: Hind.

»Die Frau von Abu Simbel«, verkündet sie deutlich, und dann ist es ganz still. »Hind«, sagt Mahound. »Ich habe es nicht vergessen.«

Doch nach einem langen Augenblick sagt er: »Du hast den Glauben angenommen. Sei mir willkommen!«

Tags darauf, während noch immer pausenlos Menschen erscheinen, um sich zu Unterwerfen, wird Salman, der Perser, vor den Propheten gezerrt. Khalid, der ihn mit der einen Hand am Ohr festhält und ihm mit der anderen ein Messer an die Kehle setzt, bringt den heulenden und winselnden Einwanderer vor den

Takht. »Ich habe ihn gefunden, bei einer Hure natürlich, die ihn ankeifte, weil er kein Geld hatte, um sie zu bezahlen. Er stinkt nach Alkohol.«

»Salman Farsi«, der Prophet hebt an, das Todesurteil zu verkünden, doch der Gefangene beginnt, die Qalmah herauszuschreien: »La ilaha illallah. La ilala!«

Mahound schüttelt den Kopf. »Deine Gotteslästerung, Salman, wird dir nicht vergeben. Hast du geglaubt, ich würde nicht draufkommen? Deine Worte an die Stelle von Gottes Wort zu setzen!«

Schreiber, Grabenschaufler, Verurteilter: außerstande, nur einen Hauch von Würde aufzubringen, flennt er, winselt fleht schlägt sich an die Brust erniedrigt sich bereut. Khalid sagt: »Das ist ja ein unerträglicher Krach, Verkünder! Kann ich ihm nicht den Kopf abschlagen?« Woraufhin es noch lauter wird. Salman schwört neue Treue, fleht abermals und macht dann, mit einem verzweifelten Hoffnungsschimmer in den Augen, ein Angebot. »Ich kann dir deine wahren Feinde zeigen.« Damit hat er ein paar Sekunden gewonnen. Der Prophet neigt das Haupt. Khalid zieht den Kopf des knienden Salman an den Haaren nach hinten. »Was für Feinde?« Und Salman nennt einen Namen. Mahound läßt sich tief in seine Kissen sinken, die Erinnerung kehrt zurück.

»Baal«, sagt er, und wieder: »Baal, Baal.«

Zu Khalids großer Enttäuschung wird Salman, der Perser, nicht zum Tode verurteilt. Bilal setzt sich für ihn ein, und der Prophet murmelt geistesabwesend: Ja, ja, laßt den armen Kerl laufen. O gütige UNTERWERFUNG! Hind ist verschont worden und Salman, und in ganz Jahilia ist nicht eine einzige Tür eingeschlagen, kein alter Feind in den Staub gezerrt worden, um ihn abzustechen wie ein Hühnchen. Dies ist Mahounds Antwort auf die zweite Frage: *Was passiert, wenn du gewinnst?* Nur ein Name läßt Mahound nicht los, tanzt um ihn herum, jung, flink, zeigt mit einem langen, angemalten Finger auf ihn, singt Verse, deren grausame Brillanz ihre Schmerzhaftigkeit ausmacht. In dieser Nacht fragt Khalid den Verkünder, nachdem die Bittsteller gegangen sind: »Denkst du noch immer an ihn?« Mahound nickt wortlos, Khalid sagt: »Ich habe mich von Salman zu seiner Wohnung führen lassen, einem Loch, aber er ist nicht da, er ist untergetaucht.« Wieder ein Nicken und kein Wort. Khalid drängt weiter: »Willst du, daß ich ihn auftreibe? Wäre keine große Sache. Was soll eigentlich mit ihm geschehen? Das? Das?« Khalid streicht mit dem Finger über seine Kehle und stößt ihn dann in den Nabel. Mahound verliert die Geduld. »Du bist ein Idiot«, brüllt er seinen Generalstabschef, den ehemaligen Wasserträger, an. »Kannst du dir nicht einmal was ohne mich ausdenken?«

Khalid verneigt sich und geht. Mahound schläft ein: sein altes Talent, seine Methode, mit schlechter Laune fertigzuwerden.

❦

Aber Khalid, Mahounds General, konnte Baal nicht finden. Trotz Hausdurchsuchungen, Anordnungen, akribischen Nachforschungen: der Dichter war nicht zu schnappen. Und des Propheten Lippen blieben verschlossen, seine Wünsche unausgesprochen. Schließlich gab Khalid verärgert die Suche auf. »Dieser Hurensohn soll sein Gesicht zeigen, ein einziges Mal«, schwor er im sanften Halbdunkel von Mahounds Zelt. »Ich werde ihn in Scheiben schneiden, die so dünn sind, daß man durch sie hindurchsehen kann.«

Khalid schien es, als sei Mahound enttäuscht, aber im Dämmerlicht des Zelts konnte er sich dessen nicht sicher sein.

❦

Jahilia gewöhnte sich an das neue Leben: fünfmal täglich der Gebetsruf, kein Alkohol, die Frauen hinter Schloß und Riegel. Auch Hind zog sich in ihre Gemächer zurück … Aber wo war Baal?

Gibril träumte von einem Vorhang.

Hijab, »der Vorhang«, hieß das beliebteste Bordell Jahilias – ein riesiger Palazzo mit Dattelpalmen und plätschernden Springbrunnen im Innenhof, ringsherum begrenzt von Gemächern, einem verwirrenden Mosaik von Zimmern, einem Labyrinth von Korridoren, die absichtlich gleich gestaltet waren mit den gleichen kalligraphischen Liebeshymnen, mit den gleichen Teppichen und den gleichen großen Steinkrügen an der Wand. Besucher des »Vorhangs« konnten ohne Hilfe weder in die Gemächer ihrer auserwählten Kurtisane gelangen noch zurück auf die Straße finden. So waren die Mädchen vor unerwünschten Gästen geschützt und gleichzeitig wurde verhindert, daß die Gäste gingen, ohne bezahlt zu haben. Hochgewachsene tscherkessische Eunuchen, als lächerliche Dschinns verkleidet, geleiteten die Kunden an ihr Ziel und wieder zurück, zuweilen mit Hilfe eines Bindfadens. Es war eine gedämpfte, fensterlose Welt von Draperien, beherrscht von der uralten und namenlosen Madame, die auf einem von schwarzen Schleiern verhüllten Sessel thronte und deren gutturale Äußerungen im Lauf der Jahre so etwas wie Orakelsprüche geworden waren. Weder ihr Personal noch die Kunden waren imstande, dieser sybillinischen Stimme nicht zu gehorchen, die gewissermaßen die profane Antithese zu den geheiligten Äußerungen war, die Mahound in seinem großen, leichter zugänglichen Zelt ganz in der Nähe von sich gab. Als sich der mit Rötel gefärbte Dichter Baal vor ihr zu Boden warf und sie um Hilfe bat, wurde daher ihre Entscheidung, ihn zu verstecken und sein Leben zu retten, als ein Akt nostalgischer Erinnerung an den schönen, lebhaften und verdorbenen jungen Mann, der er einmal gewesen war, ohne Widerrede hingenommen. Und als Khalids Soldaten eintrafen, um das Haus zu durchsuchen, führten die Eunuchen sie auf eine schwindelerregende Reise durch jene oberirdische Katakombe voller Widersprüche und Irrwege, bis sich ihnen alles im Kopf drehte, und nachdem sie in neununddreißig Steinkrüge geschaut und nichts gefunden hatten außer Salben und Gepökeltem, zogen sie heftig fluchend wieder ab, nicht ahnend, daß es einen vierzigsten Korridor gab, den man ihnen nicht gezeigt hatte, einen vierzigsten Krug, in der sich, wie ein Dieb, der zitternde Dichter verbarg, der sich in die Hosen gemacht hatte.

Anschließend befahl die Madame den Eunuchen, Haut und Haar des Dichters blauschwarz zu färben. Sie steckte ihn in Pluderhosen und Turban eines Dschinn und verordnete ihm einen Bodybuilding-Kurs, da, wenn er nicht rasch Muskeln zulegte, sein Mangel an Kondition gewiß Verdacht erregen würde.

❦

Während seines Aufenthalts hinter dem »Vorhang« mußte Baal nicht auf Informationen über das, was draußen passierte, verzichten. Ganz im Gegenteil, denn im Rahmen seiner Eunuchentätigkeit hielt er Wache vor den Lustgemächern und hörte die Kunden klatschen. Deren Schwatzhaftigkeit, ausgelöst durch das fröhliche, hemmungslose Liebesspiel der Huren und bestärkt durch das Wissen, daß ihre Geheimnisse hier sicher waren, ermöglichte dem heimlich lauschenden Dichter, so kurzsichtig und schwerhörig er auch sein mochte, einen besseren Einblick in die politischen Verhältnisse als er ihn je hätte gewinnen können, wenn er auf den neuerdings puritanischen Straßen der Stadt hätte herumflanieren dürfen. Die Schwerhörigkeit war gelegentlich ein Problem, denn die Kunden senkten oft die Stimme und flüsterten, und so kam es zu Wissenslücken; aber sie nahm seiner Lauscherei auch jegliche Lüsternheit, weil er eben nicht hören konnte, was während der Hurerei geflüstert wurde, außer natürlich in jenen Momenten, in denen ekstatische Kunden oder simulierende Arbeiterinnen aus tatsächlicher oder gespielter Lust laut aufschrien.

Was Baal im »Vorhang« erfuhr:

Von dem übellaunigen Metzger Ibrahim hörte er die Nachricht, daß die nur nach außen hin Bekehrten von Jahilia trotz des neuen Schweinefleischverbots sich massenweise an seiner Haustür einfanden, um heimlich das verbotene Fleisch zu kaufen. »Das Geschäft geht gut«, murmelte er, während er seine Dame bestieg, »der Schwarzmarktpreis für Schweinefleisch ist geklettert, aber diese neuen Gesetze machen mir die Arbeit schwer, verdammt noch mal. Es ist nicht leicht, ein Schwein heimlich zu schlachten, ohne Lärm«, und dann begann er selbst zu quieken, aber vermutlich eher vor Vergnügen als vor Schmerz. Und der Lebensmittelhändler Musa gestand einer anderen Hausangestellten vom horizontalen Gewerbe, daß man die alten Gewohnheiten nur schwer ablegen könne; wenn er sicher sei, daß niemand zuhöre, richte er nach wie vor ein Gebet an Manat, »die mir immer die Liebste gewesen ist, und manchmal, was soll man machen, auch an Al-Lat; weibliche Götter sind einfach Spitze, sie haben Attribute, mit denen es die Jungs nun mal nicht aufnehmen können«, woraufhin auch er sich mit Macht über die irdischen Imitationen dieser Attribute stürzte. So kam es, daß der welke, dahinwelkende Baal in seiner Verbitterung lernte, daß kein Reich ewig, kein Sieg vollständig ist. Und, langsam, kam Kritik an Mahound auf.

Baal hatte angefangen, sich zu verändern. Die Nachricht von der Zerstörung des großen Al-Lat-Tempels zu Taif, die ihm zwischen den Grunzern des heimlichen Schweineschlächters Ibrahim zu Ohren gekommen war, hatte ihn unendlich traurig gestimmt, weil seine Liebe zu der Göttin, selbst auf dem Höhepunkt seines jugendlichen Zynismus', echt, vielleicht sein einziges echtes Gefühl überhaupt gewesen war, und ihr Sturz ließ ihn die Falschheit eines Lebens erkennen, in dem die einzige wahre Liebe einem wehrlosen Stein gegolten hatte. Nachdem der erste stechende Schmerz seiner Trauer abgeklungen war, gelangte Baal zu der Überzeugung, daß mit Al-Lats Sturz auch sein eigenes Ende nicht mehr weit sei. Er verlor jenes eigentümliche Gefühl der Sicherheit, das er im »Vorhang« kurz kennengelernt hatte, aber das neuerliche Bewußtsein der Vergänglichkeit und die Gewißheit, entdeckt zu werden und dann sterben zu müssen, machten ihm interessanterweise nicht angst. Er, der sein Leben lang ein eingefleischter Feigling gewesen war, stellte jetzt zu seiner großen Überraschung fest, daß der Gedanke an den bevorstehenden Tod ihn tatsächlich befähigte, die Süße des Lebens zu genießen, und er fand es paradox, daß ihm ausgerechnet in diesem Haus kostspieliger Lügen die Augen für diese Wahrheit geöffnet worden waren. Und was war die Wahrheit? Dies: Al-Lat war tot, hatte nie gelebt, was Mahound aber noch lange nicht zum Propheten erhob. Kurzum: Baal war ein Gottloser geworden. Er begann, mit unsicheren Schritten über die Vorstellungen von Göttern und Führern und Gesetzen hinauszugehen und zu erkennen, daß seine Geschichte so eng mit der Geschichte Mahounds verwoben war, daß eine große Entschlossenheit vonnöten war. Daß diese Entschlossenheit höchstwahrscheinlich seinen Tod bedeuten würde, fand er weder erschreckend noch sonderlich beunruhigend; und als Musa, der Lebensmittelhändler, eines Tages murrend von den zwölf Frauen des Propheten sprach, *ein Gesetz für ihn, ein anderes für uns,* da begriff Baal, welche Form seine endgültige Konfrontation mit der UNTERWERFUNG würde annehmen müssen.

Die Mädchen des »Vorhangs« – es war nur eine Gepflogenheit, sie als Mädchen zu bezeichnen, denn die Älteste war eine Frau weit in den Fünfzigern, während die Jüngste, eine Fünfzehnjährige, erfahrener war als manche Fünfzigjährige – hatten diesen watschelnden Baal allmählich ins Herz geschlossen und Gefallen daran gefunden, einen Eunuchen-der-keiner-war um sich zu haben. Außerhalb der Arbeitszeit ergötzten sie sich daran, ihn aufzuziehen, boten ihre Körper dar, legten ihre Brüste an seine Lippen, schlangen die Beine um seinen Leib, küßten einander leidenschaftlich direkt vor seinen Augen, bis der aschfahle Dichter hoffnungslos erregt war; dann lachten sie über seine Steifheit und spotteten, bis er schamrot und verlegen schrumpfte. Und manchmal, selten, wenn er schon alle Erwartung aufgegeben hatte, wurde eine von ihnen auserwählt, die Lust, die sie in ihm erweckt hatten, kostenlos zu befriedigen. So verbrachte der Dichter seine Tage, wie ein kurzsichtiger, blinzelnder, friedlicher Bulle; den Kopf in den Schoß der Frauen gebettet, grübelte er über Tod und Rache und hätte nicht sagen können, ob er der glücklichste oder der unglücklichste Mensch auf Erden war.

Es war während einer dieser vergnüglichen Stunden am Ende eines Arbeitstages, die Mädchen waren allein mit den Eunuchen und tranken Wein, als Baal die Jüngste über ihren Kunden, den Lebensmittelhändler Musa, reden hörte. »Also«, sagte sie, »der Typ hat 'nen Tick, redet dauernd über die Frauen des Propheten. Er ist so fuchsteufelswild, daß er schon geil wird, wenn er bloß ihre Namen ausspricht. Er meint, daß ich Aischa wie aus dem Gesicht geschnitten bin, und sie ist ja bekanntlich der Liebling Seiner Hoheit. Na, was sagt ihr jetzt?«

Die fünfzigjährige Kurtisane schaltete sich ein. »Hör mal zu, die Frauen in diesem Harem da, die Männer reden von nichts anderem mehr. Kein Wunder, daß Mahound sie eingesperrt hat, aber dadurch ist es nur noch schlimmer geworden. Was man nicht sehen kann, malt man sich eben in der Phantasie aus.«

Besonders in dieser Stadt, dachte Baal, vor allem in unserem sittenlosen Jahilia, wo die Frauen bunte Kleider trugen, bevor Mahound mit seinem Gesetzbuch aufkreuzte, und die Leute nur über Sex und Geld, Geld und Sex sprachen, und nicht nur sprachen.

Er sagte zu der jüngsten Hure: »Warum machst du dann nicht mit und spielst ihm was vor?«

»Wem?«

»Musa. Wenn Aischa ihn so erregt, dann sei ihm doch seine private, persönliche Aischa.«

»Gottogott«, sagte das Mädchen, »Sag das nicht zu laut, sonst braten sie deine Eier in Butter.«

Wie viele Frauen? Zwölf, und eine alte Dame. Längst verstorben. Wie viele Huren hinter dem »Vorhang«? Wiederum zwölf; und, versteckt auf ihrem schwarzumhangenen Thron: die uralte Madame, die noch immer dem Tod die Stirn bot. Wo kein Glauben ist, da gibt es auch keine Gotteslästerung. Baal erzählte der Madame von seiner Idee; sie verkündete ihre Entscheidung mit der Stimme eines heiseren Froschs: »Es ist sehr gefährlich«, sprach sie, »aber es dürfte sehr gut für's Geschäft sein. Wir müssen vorsichtig sein, aber wir werden es machen.«

Die Fünfzehnjährige wisperte dem Lebensmittelhändler etwas ins Ohr. Sofort leuchteten seine Augen auf. »Erzähl mir alles«, bettelte er. »Von deiner Kindheit, von deinen Lieblingsspielen, von Salomons Pferden, erzähl mir, wie du Tamburin gespielt hast und der Prophet dir dabei zugesehen hat.« Sie erzählte es ihm, und dann wollte er wissen, wie es war, als sie im Alter von zwölf Jahren entjungfert worden war, und sie erzählte ihm auch das, und hinterher bezahlte er das Doppelte, weil es »der schönste Tag meines Lebens gewesen ist«. – »Wir werden bei herzkranken Kunden besonders gut aufpassen müssen«, sagte die Madame zu Baal.

Als sich in Jahilia herumsprach, daß die Huren vom »Vorhang« jeweils die Identität einer der Frauen Mahounds angenommen hatten, war die heimliche Erregung unter den Männern der Stadt groß. Da sie sich aber vor Entdeckung fürchteten – nicht nur, weil sie mit dem Tod rechnen mußten, falls Mahound oder einer seiner Helfer herausfand, daß sie in derart respektloses Tun verwickelt waren, sondern auch, weil sie an einer Aufrechterhaltung dieses neuartigen Service im »Vorhang« interessiert waren –, wurde das Geheimnis sorgfältig vor der Obrigkeit verborgen. In jenen Tagen weilte Mahound mit seinen Frauen in Yathrib, weil er das kühle Klima der nördlich gelegenen Oase der Hitze von Jahilia vorzog. Die Stadt unterstand der Obhut General Khalids, vor dem sich leicht etwas geheimhalten ließ. Eine Zeitlang hatte Mahound mit dem Gedanken gespielt, Khalid mit der Schließung sämtlicher Bordelle von Jahilia zu beauftragen, doch Abu Simbel hatte ihm von einer solch überstürzten Aktion abgeraten. »Die Jahilier haben sich gerade erst bekehren lassen«, meinte er, »geh es langsam an.« Mahound, ein außerordentlich pragmatischer Prophet, hatte einer Übergangsphase zugestimmt. In Abwesenheit des Propheten strömten die Männer von Jahilia scharenweise zum »Vorhang«, der eine Umsatzsteigerung von dreihundert Prozent erlebte. Da es, aus begreiflichen Gründen, unklug war, auf der Straße Schlange zu stehen, zog sich an vielen Tagen eine lange Reihe von Männern durch den Innenhof des Bordells und rings um den in der Mitte befindlichen »Brunnen der Liebe«, ähnlich jenen Pilgern, die, wenn auch aus anderen Gründen, um den alten Schwarzen Stein gewandert waren. Jeder Besucher des »Vorhangs« bekam eine Maske ausgehändigt, und Baal, der von einem Balkon aus die maskierten, Kreise ziehenden Gestalten beobachtete, war zufrieden. Es gab mehr als nur eine Form, sich der UNTERWERFUNG zu verweigern.

Im Lauf der nächsten Monate fanden die Mitarbeiterinnen des »Vorhangs« Geschmack an ihrer neuen Aufgabe. Die fünfzehnjährige Hure »Aischa« stand, ganz wie ihre Namensvetterin bei Mahound, bei den zahlenden Kunden in der Gunst am höchsten. Und wie jene Aischa, die in ihren Gemächern im Harem der Großen Moschee zu Yathrib ein keusches Leben führte, so begann die Aischa in Jahilia, eifersüchtig über ihren Status als Lieblingsfrau zu wachen. Sie konnte es nicht ertragen, wenn eine ihrer »Schwestern« einen Zuwachs an Kunden zu verzeichnen hatte oder außergewöhnlich großzügige Trinkgelder erhielt. Die älteste, fetteste Hure, die den Namen »Sawdah« angenommen hatte, erzählte ihren Besuchern – und sie hatte reichlich Kunden, da viele

Jahilier wegen ihrer mütterlichen und dankbaren Art gerade zu ihr gingen –, wie Mahound sie und Aischa am selben Tag geheiratet habe, und Aischa sei noch ein Kind gewesen. »In uns beiden«, sagte sie, und das fanden die Männer furchtbar erregend, »fand er die beiden Hälften seiner verstorbenen ersten Frau wieder, das Kind und die Mutter.« Die Hure »Hafsah«, zeigte sich ebenso aufbrausend wie ihre Namensvetterin, und als die zwölf ihre Rollen richtig mit Leben erfüllten, spiegelten die Beziehungen innerhalb des Bordells die politischen Verhältnisse in der Moschee zu Yathrib wider. Aischa und Hafsah beispielsweise führten einen ständigen Kleinkrieg gegen die beiden hochnäsigsten Huren, die in den Augen der anderen als eingebildet galten und sich ausgesprochen aristokratische Rollen ausgesucht hatten: »Umm Salamah die Makhzumitin« und die arroganteste von allen, »Ramlah«, deren Namensvetterin, Mahounds elfte Frau, die Tochter von Abu Simbel und Hind war. Und es gab eine »Zainab bint Jahsh« und eine »Juwairiyah«, benannt nach der auf einem Kriegszug gefangengenommenen Braut, eine »Rehanah die Jüdin«, eine »Safia«, eine »Maimunah« und (von allen Huren die erotischste), jenes Mädchen, das sämtliche Tricks kannte, ihrer Rivalin Aischa aber keinen einzigen verriet: die bezaubernd schöne Ägypterin »Maria die Koptin«. Am merkwürdigsten war die Hure, die den Namen »Zainab bint Khuzaimah« angenommen hatte, obwohl sie wußte, daß diese Frau Mahounds erst vor kurzem verstorben war. Die Nekrophilie ihrer Kunden, die ihr jede Bewegung untersagten, war einer der unappetitlicheren Aspekte der neuen Ordnung im »Vorhang«. Aber Geschäft war Geschäft, und auch diese Neigung wurde von den Kurtisanen befriedigt.

Nach Ablauf des ersten Jahres waren die zwölf so sehr in ihre Rollen hineingewachsen, daß ihre ursprünglichen Identitäten zu verblassen begannen. Baal, der mit jedem Monat kurzsichtiger und schwerhöriger wurde, sah die Mädchen nur noch als schemenhafte Silhouetten an ihm vorübergehen, unscharf, irgendwie verdoppelt, wie übereinandergelegte Schattenbilder. Die Mädchen fingen ihrerseits an, Baal in einem neuen Licht zu sehen. In der damaligen Zeit war es üblich, daß eine Hure bei Eintritt in das Berufsleben sich die Art Ehemann nahm, der sie mit Sicherheit in Ruhe ließ – einen Berg etwa oder einen Brunnen oder einen Busch –, um der Form halber den Rechtstitel einer Verheirateten beanspruchen zu können. Im »Vorhang« galt die Regel, daß die Mädchen die Liebesfontäne, die im Innenhof stand, heirateten, doch inzwischen hatte sich Unzufriedenheit angestaut, und eines Tages gingen die Prostituierten gemeinsam zur Madame, um ihr zu eröffnen, daß sie sich alle als Frauen des Propheten betrachteten und deshalb einen besseren Mann verdient hätten als einen wasserspeienden Stein, was ja geradezu frevlerisch sei; und sie alle hätten beschlossen, den Tolpatsch Baal zum Mann zu nehmen. Die Madame wollte ihnen das zuerst ausreden, aber als sie sah, daß es den Mädchen ernst war, stimmte sie zu und schickte nach dem Dichter. Unter viel Gekicher schubsten die zwölf Kurtisanen den watschelnden Schriftsteller in den Thronsaal. Als Baal von dem Plan hörte, begann sein Herz so unregelmäßig zu schlagen, daß er wankte und hinfiel, und Aischa schrie entsetzt auf: »Mein Gott, wir werden Witwen sein, noch ehe wir verheiratet sind!«

Doch er erholte sich: sein Herz fand in seinen alten Rhythmus zurück. Und da Baal keine andere Wahl blieb, nahm er den zwölffachen Heiratsantrag an. Daraufhin traute die Madame persönlich alle zwölf Mädchen, und in dieser Lasterhöhle, dieser Antimoschee, diesem Labyrinth der Gottlosigkeit wurde Baal mit den Frauen des ehemaligen Geschäftsmanns Mahound vermählt.

Seine Frauen machten ihm nun klar, daß er seine ehelichen Pflichten in jeder Hinsicht zu erfüllen habe, und arbeiteten einen Rotationsplan aus, demzufolge er mit jedem Mädchen reihum einen Tag verbringen konnte (im »Vorhang« ging es umgekehrt zu: die Nacht war für die Arbeit da, der Tag für die Ruhe). Kaum hatte Baal mit diesem strapaziösen Programm begonnen, da beriefen sie auch schon eine Konferenz ein, auf der ihm bedeutet wurde, daß er sich gefälligst etwas mehr wie der »echte« Mann, das heißt, Mahound, benehmen solle. »Warum kannst du nicht, wie wir alle auch, deinen Namen ändern?« rief die jähzornige Hafsah, aber jetzt hatte Baal genug. »Vielleicht kann man nicht besonders stolz auf ihn sein«, antwortete er unbeirrt, »aber es ist mein Name. Und ich arbeite hier ja auch nicht mit den Kunden. Es gibt aus geschäftlicher Sicht keinen Grund für eine Namensänderung.« »Na ja, wie auch immer«, meinte die sinnliche Maria die Koptin mit einem Achselzucken. »Ob mit oder ohne Name, wir wollen, daß du anfängst, dich genau wie er zu benehmen.«

»Ich weiß nicht ...«, begann Baal zu protestieren, aber Aischa, eigentlich die Schönste von allen – jedenfalls war er seit neuestem dieser Ansicht –, zog eine niedliche Schnute. »Ehrlich, mein Gemahl«, schmeichelte sie ihm, »es ist nicht so schwer, ehrlich. Weißt du, wir wollen einfach, daß du der Chef bist.«

Es stellte sich heraus, daß die Huren des »Vorhangs« die altmodischsten und traditionsbewußtesten Frauen von ganz Jahilia waren. Ihre Arbeit, die leicht zu Zynismus und Ernüchterung hätte führen können (und natürlich waren sie durchaus imstande, in bezug auf ihre Kunden grausame Ansichten zu entwickeln), hatte statt dessen Träumerinnen aus ihnen gemacht. Abgeschieden von der Außenwelt, fantasierten sie von einem »normalem Leben«, in dem sie nichts mehr sein wollten als die gehorsame und – jawohl – unterwürfige Gefährtin eines Mannes, der klug, liebevoll und stark war. Das heißt: das jahrelange Inszenieren von Männerphantasien hatte schließlich ihre Träume korrumpiert, so daß sie im Grunde ihres Herzens sich nichts anderes wünschten, als dem ältesten männlichen Wunschbild zu entsprechen. Die zusätzliche Würze, das Eheleben des Propheten nachzuspielen, hatte sie allesamt in einen Zustand höchster Erregung versetzt, und der verwirrte Baal erfuhr, wie es war, wenn zwölf Frauen um seine Gunst, um sein Lächeln buhlten, während sie ihm die Füße wuschen und mit ihrem Haar trockneten, während sie seinen Körper ölten und für ihn tanzten und auf tausenderlei Art die Traum-Ehe in Szene setzten, die zu erleben sie nie für möglich gehalten hätten.

Es war unwiderstehlich. Allmählich wurde Baal selbstbewußt genug, um die Mädchen herumzukommandieren, zwischen ihnen zu schlichten, und sie zu bestrafen, wenn er sich über sie ärgerte. Einmal geriet er über ihr Gezänk so in Wut, daß er sich ihnen allen für die Dauer eines Monats verweigerte. Als er nach neunundzwanzig Nächten zu Aischa ging, zog sie ihn damit auf, es nicht länger ausgehalten zu haben. »Dieser Monat hatte nur neunundzwanzig Tage«, erwiderte er. Einmal wurde er von Hafsah mit Maria der Koptin erwischt, und zwar an Aischas Tag und in Hafsahs Zimmer. Er flehte Hafsah an, Aischa, in die er sich verliebt hatte, nichts zu sagen, aber sie erzählte es ihr dennoch, woraufhin Baal sich der hellhäutigen Maria mit dem lockigen Haar eine ganze Weile nicht nähern durfte. Kurz und gut: er war der Versuchung erlegen, sich in das geheime, profane Ebenbild Mahounds zu verwandeln; und er schrieb wieder.

Nie zuvor hatte er solch wohlklingende Gedichte verfaßt. Manchmal, wenn er bei Aischa war, spürte er eine Trägheit über sich kommen, eine Schwere, und er mußte sich hinlegen. »Es ist komisch«, sagte er zu ihr. »Mir ist, als sähe ich mich neben mir stehen. Und den, der neben mir steht, kann ich sprechen lassen; dann erhebe ich mich und schreibe seine Gedichte nieder.« Diese künstlerischen Trägheiten wurden von seinen Frauen sehr bewundert. Einmal schlief er erschöpft bei Umm Salamah der Makhzumitin in einem Sessel ein. Als er Stunden später erwachte, schmerzte sein Körper, Nacken und Schultern waren steif, und er schimpfte:

»Warum hast du mich nicht geweckt?« Umm Salamah antwortete: »Ich habe mich nicht getraut, hätte ja sein können, daß dir ein Gedicht einfiel.« Er schüttelte den Kopf. »Mach dir keine Sorgen deswegen. Die einzige Frau, in deren Gegenwart mir Gedichte einfallen, ist Aischa.«

❦

Zwei Jahre und einen Tag, nachdem Baals Leben im »Vorhang« angefangen hatte, wurde er trotz gefärbter Haut, Pluderhosen und Bodybuilding von einem Kunden Aischas erkannt. Baal stand vor Aischas Zimmer, als der Kunde herauskam, mit dem Finger auf ihn zeigte und rief: »Also hier bist du gelandet!« Aischa kam mit vor Angst weit aufgerissenen Augen herausgestürzt, doch Baal sagte: »Alles in Ordnung. Er wird keinen Ärger machen.« Er lud Salman den Perser in seine Privatgemächer ein, wo er eine Flasche jenes aus ungepreßten Trauben hergestellten süßen Weins entkorkte, den die Jahilier inzwischen produzierten, nachdem sie herausgefunden hatten, daß dies nach der »Geschäftsordnung«, wie Sie respektlos sagten, nicht verboten war.

»Ich bin gekommen, weil ich diese infernalische Stadt endgültig verlasse«, sagte Salman, »und nach all den beschissenen Jahren wollte ich noch einmal einen schönen Augenblick erleben.« Nachdem Bilal sich aus alter Freundschaft für ihn eingesetzt hatte, hatte der Einwanderer Arbeit gefunden; er hockte im Schneidersitz auf der Hauptstraße des Geschäftsviertels und verdingte sich als Briefeschreiber und Allzwecksekretär. Sein Zynismus und seine Verzweiflung waren von der Sonne versengt worden. »Wenn die Leute schreiben, dann lügen sie«, sagte er und trank hastig. »Ein professioneller Lügner kann gut davon leben. Meine Liebesbriefe und Geschäftsmitteilungen galten als unübertroffen in der Stadt, wegen meines Talents, wunderschöne Unwahrheiten zu ersinnen, die kaum von den Fakten abwichen. In knapp zwei Jahren konnte ich genug für meine Heimreise zusammensparen. Nach Hause! In die Heimat! Morgen geht's los, endlich.«

Die Flasche leerte sich, und Salman begann, wie Baal erwartet hatte, wieder von der Quelle all seines Leids zu sprechen, dem Verkünder und seiner Botschaft. Er erzählte Baal von einem Streit zwischen Mahound und Aischa, gab ein Gerücht wieder, als handelte es sich um eine erwiesene Tatsache: »Dieses Mädchen konnte es nicht verkraften, daß ihr Mann so viele andere Frauen wollte«, sagte er. »Er redete von Erfordernissen, politischen Allianzen und so weiter, aber sie ließ sich nichts vormachen. Wer will es ihr verübeln? Am Ende fiel er in – na, rate mal – einen seiner Trancezustände und kam zu sich mit einer Botschaft des Erzengels. Gibril hatte Verse vorgetragen, die ihm göttliche Rückendeckung gaben. Gott höchstpersönlich erlaubte ihm, so viele Frauen zu ficken, wie er wollte. Tja, was konnte die arme Aischa gegen die göttlichen Verse schon ausrichten? Weißt du, was sie gesagt hat? ›Dein Gott ist immer zur Stelle, wenn er für dich ein Problem lösen soll.‹ Wenn es nicht Aischa gewesen wäre, wer weiß, wie er reagiert hätte, die anderen hätten sich so was gar nicht erst getraut.« Baal ließ ihn reden. Die sexuellen Aspekte der UNTERWERFUNG machten dem Perser große Sorgen. »Ungesund«, meinte er. »Diese ganze Geschlechtertrennung. Wird nichts Gutes dabei herauskommen.«

Am Ende ließ Baal sich doch noch auf eine Diskussion ein, und mit Erstaunen hörte Salman, wie der Dichter die Position Mahounds vertrat. »Sein Standpunkt ist eigentlich verständlich«, meinte Baal. »Wenn Familienväter ihm ihre Töchter anbieten und er sie zurückweist, macht er sich Feinde – und außerdem, da er ein besonderer Mann ist, kann man seine Forderung nach Sonderrechten schon begreifen –, und was das Einsperren betrifft, na ja, es wäre eine Schande, wenn einer von ihnen was zustieße! Wenn du hier, in diesem Haus, lebtest, würdest du wahrscheinlich auch finden, daß ein bißchen weniger sexuelle Freizügigkeit gar nicht schlecht ist. Ich meine, für die einfachen Leute.«

»Du tickst ja nicht richtig«, sagte Salman kategorisch. »Lange nicht mehr an der frischen Luft gewesen, was? Oder vielleicht liegt es an deiner Verkleidung, daß du Quatsch daherredest?«

Baal, mittlerweile ziemlich beschwipst, wollte zu einer temperamentvollen Erwiderung ansetzen, aber Salman hob seine zittrige Hand. »Hab' keine Lust, mit dir zu streiten«, sagte er. »Will dir lieber was erzählen. Schärfste Story in der Stadt. Au weia! Paßt zu dem, was du gesagt hast.«

Salmans Geschichte: Aischa und der Prophet hatten eine Reise zu einer weit entfernten Ortschaft unternommen, und auf dem Rückweg nach Yathrib hatte ihr Trupp in der Wüste das Nachtlager aufgeschlagen. Noch vor Morgengrauen wurden die Zelte abgebrochen. Im letzten Moment mußte Aischa davoneilen, um in einer Sandkuhle dem Ruf der Natur nachzukommen. Währenddessen hoben die Träger ihre Sänfte an und marschierten los. Da ihnen am Gewicht der schweren Sänfte nichts auffiel, nahmen sie an, daß Aischa, eine federleichte Person, darinsaß. Nachdem sie sich erleichtert hatte, stellte sie bei ihrer Rückkehr fest, daß sie allein war, und wer weiß, was ihr alles zugestoßen wäre, wenn nicht ein junger Mann, ein gewisser Safwan, auf seinem Kamel vorbeigekommen wäre ... Safwan brachte Aischa heil und unversehrt nach Yathrib zurück: Gerede begann, nicht zuletzt im Harem, unter ihren Rivalinnen, die die Chance, Aischas Machtstellung zu schwächen, begierig ergriffen. Die beiden jungen Leute waren schließlich mehrere Stunden allein in der Wüste gewesen, und immer vernehmlicher wurde darauf angespielt, daß Safwan ein überaus schmucker Jüngling sei und der Prophet viel älter als seine junge Frau, und ob deshalb nicht denkbar sei, daß sie sich zu jemandem hingezogen fühle, der ihr altersmäßig viel näher stand. »Ein ziemlicher Skandal!« meinte Salman zufrieden.

»Was wird Mahound tun?« wollte Baal wissen.

»Och, er hat schon reagiert«, erwiderte Salman. »So wie immer. Er hat mit seinem Busenfreund, dem Erzengel, gesprochen und dann aller Welt bekanntgegeben, daß Aischa von Gibril freigesprochen worden sei.« Salman breitete die Arme in weltlicher Resignation aus. »Und diesmal, mein Junge, hat sich die Dame nicht über die Nützlichkeit der Verse beklagt.«

❦

Salman der Perser verließ am nächsten Morgen die Stadt mit einer Kamelkarawane in Richtung Norden. Er verabschiedete sich im »Vorhang« von Baal, umarmte ihn, küßte ihn auf beide Wangen und sagte: »Vielleicht hast du recht. Vielleicht ist es klüger, das Tageslicht zu meiden. Ich wünsch' dir Glück.« Baal erwiderte: »Und ich wünsche dir, daß du nach Hause findest und daß es dort etwas gibt, was du lieben kannst.« Salman guckte ausdruckslos. Er öffnete den Mund, schloß ihn wieder und ging davon.

Aischa kam besorgt in Baals Zimmer. »Er wird das Geheimnis doch nicht ausplaudern, wenn er betrunken ist?« fragte sie, während sie Baal zärtlich durch das Haar fuhr. »Er pichelt ja ganz schön.«

Baal sagte: »Nichts wird mehr so sein wie früher.« Salmans Besuch hatte ihn aus dem Traum gerissen, in den er sich während der Jahre im »Vorhang« hatte sinken lassen, und jetzt konnte er nicht mehr einschlafen.

»Ach was«, meinte Aischa, »es wird schon, du wirst sehen.«

Baal schüttelte den Kopf und machte die einzige prophetische Bemerkung seines Lebens. »Eine große Sache wird passieren«, sagte er voraus. »Ein Mann kann sich nicht ewig hinter Frauenröcken verstecken.«

Tags darauf kehrte Mahound nach Jahilia zurück; Soldaten

erschienen im »Vorhang«, um der Madame mitzuteilen, daß die Übergangszeit zu Ende sei. Sämtliche Bordelle würden mit sofortiger Wirkung geschlossen. Genug sei genug. Die Madame, verborgen hinter ihren Draperien, bat die Soldaten, sich anstandshalber für eine Stunde zurückzuziehen, damit die Gäste das Haus verlassen könnten. Der Kommandeur der Sittenpolizei, unerfahren wie er war, erklärte sich einverstanden. Daraufhin schickte die Madame die Eunuchen los, die Mädchen zu benachrichten und die Gäste durch einen Hinterausgang hinauszubegleiten. »Entschuldigt euch bei ihnen für die Störung«, befahl sie den Eunuchen, »und sagt ihnen, daß sie in Anbetracht der Lage nichts bezahlen müssen.«

Das waren ihre letzten Worte. Als die aufgeschreckten Mädchen schnatternd in den Thronsaal drängten, um herauszufinden, ob das Schlimmste wirklich eingetroffen war, gab sie keine Antwort auf ihre angstvollen Fragen, sind wir jetzt arbeitslos, wovon sollen wir leben, müssen wir ins Gefängnis, was wird aus uns, bis Aischa all ihren Mut zusammennahm und tat, was noch kein Mädchen bislang gewagt hatte: sie riß die schwarzen Vorhänge auf. Sie standen vor einer toten Frau, die fünfzig oder hundertfünfundzwanzig Jahre alt sein mochte, höchstens einen Meter groß, zusammengesunken wie eine Puppe in einem kissenbeladenen Korbsessel, in der Hand die leere Giftflasche.

»Jetzt, da ihr angefangen habt«, sagte Baal, der in den Raum gekommen war, »könnt ihr die anderen Vorhänge auch alle aufziehen. Es gibt keinen Grund mehr, die Sonne nicht hereinzulassen.«

❦

Der junge Kommandeur der Sittenpolizei, Umar, reagierte ziemlich gereizt und wütend, als er von dem Selbstmord der Bordellbesitzerin erfuhr. »Wenn wir den Chef nicht aufhängen können, dann knöpfen wir uns halt die Arbeiterinnen vor«, brüllte er und befahl seinen Leuten, die »Nutten« in strenge Haft zu nehmen, eine Aufgabe, der sich die Männer mit großer Begeisterung widmeten. Die Frauen lärmten und schrien und wehrten sich mit Händen und Füßen, und die Eunuchen standen da und sahen untätig zu, da Umar ihnen erklärt hatte: »Den Fotzen soll der Prozeß gemacht werden, aber ich habe keinerlei Anweisung, was mit euch geschehen soll. Also, wenn ihr außer euren Eiern nicht auch noch eure Köpfe verlieren wollt, dann haltet euch da raus.« Die Eunuchen kamen den Frauen nicht zur Hilfe, als diese von den Soldaten zu Boden geworfen wurden; bei den Eunuchen stand auch Baal, der mit der gefärbten Haut und den Gedichten. Kurz bevor die jüngste »Fotze« oder »Möse« gepackt wurde, gellte sie: »Gemahl! Um Gottes willen, hilf uns doch, wenn du ein Mann bist!« Der Chef der Sittenpolizei fand das amüsant. »Wer von euch ist ihr Gemahl?« fragte er und sah prüfend in jedes turbangekrönte Gesicht. »Na los, raus mit der Sprache! Wie ist es denn, zuzusehen, wenn alle Welt es mit deiner Frau treibt?«

Baal richtete den Blick ins Leere, um sowohl Aischas funkelndem Blick als auch Umars zusammengekniffenen Augen auszuweichen. Umar blieb vor ihm stehen. »Bist du's?«

»Herr, verstehen Sie, es ist nur so ein Ausdruck«, log Baal. »Sie scherzen gern, die Mädels. Sie nennen uns Gemahl, weil wir, äh...«

Ohne Warnung griff Umar ihm ans Geschlechtsteil und drückte zu. »Weil ihr es nicht bringt«, sagte er. »Gemahl, ja? Nicht schlecht.«

Als der Schmerz nachließ, sah Baal, daß die Frauen verschwunden waren. Umar gab den Eunuchen noch einen Rat, ehe er sich auf den Weg machte: »Verschwindet!« sagte er. »Morgen habe ich vielleicht schon Anweisungen, was mit euch passieren soll. Nicht viele Leute haben soviel Schwein und bekommen zwei volle Tage Schonfrist.«

Nachdem die Mädchen des »Vorhangs« fortgeschafft worden waren, setzten sich die Eunuchen an den Brunnen der Liebe und weinten bitterlich. Baal jedoch, von Scham erfüllt, weinte nicht.

❦

Gibril träumte von Baals Tod:

Bald nach ihrer Verhaftung stellten die zwölf Huren fest, daß sie sich an ihre alten Namen nicht mehr erinnern konnten, so sehr hatten sie sich an die neuen gewöhnt. Und da sie viel zuviel Angst hatten, als daß sie den Gefängniswärtern ihre angenommenen Namen gesagt hätten, gaben sie folglich überhaupt keine an. Die Aufseher brüllten und drohten, gaben aber schließlich nach und registrierten sie als Nummern, als Vorhang Nr. 1, Vorhang Nr. 2 und so weiter. Aus Angst vor den Konsequenzen, die ein unbeabsichtigt ausgeplauderter Hinweis auf das Geheimnis der Huren gezeitigt hätte, hielten auch ihre ehemaligen Kunden den Mund, so daß möglicherweise nie etwas herausgekommen wäre, wenn der Dichter Baal nicht seine Gedichte an die Mauern des Stadtgefängnisses angeschlagen hätte.

Zwei Tage nach Beginn der Verhaftungsaktion war das Gefängnis überfüllt mit Prostituierten und Zuhältern, deren Zahl während der zwei Jahre, in denen die UNTERWERFUNG Geschlechtertrennung in Jahilia durchgesetzt hatte, sprunghaft angestiegen war. Es sickerte durch, daß mancher Jahilier bereit war, den Spott des Pöbels zu unterstützen, ja sogar eine mögliche Verurteilung nach den neuen Moralgesetzen in Kauf zu nehmen, bloß um unter den Fenstern des Gefängnisses stehen zu können und jenen geschminkten Damen ein Ständchen zu bringen, die sie ins Herz geschlossen hatten. Die Damen drinnen zeigten sich von diesen Loyalitätsbekundungen wenig beeindruckt und gaben den Freiern vor den vergitterten Toren keinerlei Zeichen der Ermutigung. Am dritten Tag aber erschien unter diesen liebeshungrigen Narren ein besonders jämmerlicher Bursche mit Turban und in Pluderhose, dessen dunkle Haut unübersehbar helle Flecken aufwies. Viele Passanten kicherten bei seinem Anblick, aber als er begann, seine Gedichte zu singen, brach das Gekicher ab. Die Jahilier waren seit altersher große Freunde der Dichtkunst, und die Schönheit dieser Oden, welche dieser seltsame Herr vortrug, brachte sie zum Schweigen. Baal sang seine Liebesgedichte, und der Schmerz, den sie zum Ausdruck brachten, ließ alle anderen Verseschmiede verstummen, und Baal sprach für sie alle. An den Fenstern des Gefängnisses erschienen zum ersten Mal die Gesichter der verhafteten Huren, die vom Zauber der Lieder angelockt wurden. Als Baal seinen Vortrag beendet hatte, trat er nach vorn, um seine Verse an die Mauer zu schlagen. Die Wachtposten vor den Toren hatten Tränen in den Augen und machten keinerlei Anstalten, ihn davon abzuhalten.

Jeden Abend kam dieser seltsame Bursche wieder und trug ein neues Gedicht vor, und jedesmal klangen seine Verse lieblicher als beim letzten Mal. Vielleicht lag es an diesem Übermaß an Lieblichkeit, daß bis zum zwölften Abend, als er das zwölfte und letzte seiner jeweils einer anderen Frau gewidmeten Gedichte vortrug, niemand bemerkte, daß die Namen seiner zwölf »Frauen« identisch waren mit den Namen einer anderen Zwölfergruppe.

Am zwölften Abend fiel es auf, und die Stimmung der Menge, die allabendlich zusammengeströmt war, um Baal zuzuhören, schlug sofort um. Der Enthusiasmus machte Empörung Platz, und Baal sah sich von zornigen Männern umringt, die die Gründe für diese verhohlene, feige Beleidigung wissen wollten. Baal nahm seinen grotesken Turban ab. »Ich bin Baal«, verkündete er. »Ich erkenne kein anderes Urteil als das meiner Muse, genauer gesagt, meiner zwölf Musen an.«

Wächter führten ihn ab.

General Khalid hätte Baal am liebsten an Ort und Stelle hinrichten lassen, aber Mahound befahl, den Dichter gleich nach den Huren vor Gericht zu stellen. Nachdem Baals zwölf Frauen, die sich von einem Stein hatten scheiden lassen, um ihn heiraten zu können, wegen unmoralischen Lebenswandels zum Tod durch Steinigen verurteilt worden waren, stand Baal dem Propheten von Angesicht zu Angesicht gegenüber, der Spiegel traf auf das Bild, dunkel traf auf hell. Khalid, zur rechten Mahounds sitzend, gab Baal eine letzte Gelegenheit, seine elenden Taten zu erklären. Der Dichter erzählte in einfachsten Worten von seiner Zeit im »Vorhang«, verschwieg nichts, auch nicht seine letzte Feigheit, die er mit all seinen folgenden Taten hatte wiedergutmachen wollen. Dann geschah etwas Ungewöhnliches. Die Menge, die sich im Gerichtszelt drängte, wohl wissend, daß dies hier der berühmte Satiriker Baal war, seinerzeit der scharfzüngigste und hellste Kopf in Jahilia, begann zu lachen, so sehr sie es auch zu unterdrücken versuchte. Je aufrichtiger und einfacher Baal seine Ehen mit den zwölf »Frauen des Propheten« beschrieb, desto lauter grölte das verdutzt-erheiterte Publikum. Am Ende seines Vortrags lachten die guten Leute von Jahilia buchstäblich Tränen, hemmungslos, selbst dann noch, als Soldaten mit Peitschen und Krummsäbeln ihnen den sofortigen Tod androhten.

»Es ist mein Ernst«, schrie Baal in die Menge, die mit Pfeifen Gellen Schenkelschlagen antwortete. »Es ist kein Spaß!« Hahaha. Bis schließlich Ruhe einkehrte: der Prophet hatte sich erhoben.

»Früher hast du dich über den Vortrag lustig gemacht«, sagte Mahound in das Schweigen hinein. »Diese Leute haben auch damals deinem Spott Beifall geklatscht. Jetzt bist du wieder da und entwürdigst mein Haus, und es scheint, als wäre es dir abermals gelungen, das Böse im Menschen anzusprechen.«

Baal sagte: »Ich bin fertig. Mach was du willst.«

Er wurde zum Tod durch das Schwert verurteilt, das Urteil war unverzüglich zu vollstrecken, und als die Soldaten ihn aus dem Zelt zur Hinrichtungsstätte führten, rief er über die Schulter: »Huren und Dichter, Mahound. Das sind die Leute, denen du nicht vergeben kannst.«

Mahound erwiderte: »Dichter und Huren. Ich sehe da keinen Unterschied.«

❦

Es war einmal eine Frau, die sich nicht veränderte.

Nachdem Jahilia durch Abu Simbels Verrat dem Propheten auf einem silbernen Tablett überreicht worden war und der Traum von Jahilias Größe der Realität von Mahounds Größe hatte weichen müssen, lutschte Hind Zehen, sagte das La-Ilaha und zog sich dann in einen hohen Turm ihres Palastes zurück, in dem sie die Kunde von der Zerstörung des Al-Lat-Tempels zu Taif und sämtlicher Statuen der Göttin erreichte. Sie schloß sich in ihrem Turmzimmer mit einem Haufen alter Bücher ein, die in einer Schrift geschrieben waren, die kein Mensch sonst in Jahilia entziffern konnte; zwei Jahre und zwei Monate verbrachte sie dort, studierte heimlich die okkulten Schriften, und auf ihre Bitte hin wurde einmal am Tag eine einfache Mahlzeit vor ihrer Tür abgestellt und gleichzeitig ihr Nachttopf geleert. Zwei Jahre und zwei Monate sah sie kein anderes Lebewesen. Dann betrat sie am frühen Morgen, angetan mit ihren schönsten Gewändern, mit glitzerndem Schmuck an Handgelenken, Fesseln, Zehen, Ohren und Hals, das Schlafzimmer ihres Mannes. »Wach auf!« rief sie und zog die Vorhänge auf. »Heute ist ein Festtag.« Er bemerkte, daß sie nicht um einen einzigen Tag gealtert war, seit er sie zuletzt gesehen hatte. Wenn überhaupt, dann sah sie jünger aus als je zuvor, was jenen Gerüchten Glaubwürdigkeit verlieh, die behaupteten, sie habe in ihrem Turmzimmer die Zeit durch einen Zauberspruch dazu gebracht, für sie rückwärts zu gehen. »Was gibt es denn zu feiern?« fragte der einstige Grande von Jahilia und spuckte wie jeden Morgen seinen blutigen Auswurf aus. Hind antwortete: »Den Fluß der Geschichte kann ich vielleicht nicht umkehren, aber Rache ist süß.«

Eine Stunde später traf die Nachricht ein, daß der Prophet Mahound tödlich erkrankt sei, er liege in Aischas Bett, mit rasenden Kopfschmerzen, als wären lauter kleine Teufel dort am Werk. Hind fuhr seelenruhig fort, Vorbereitungen für ein Festmahl zu treffen, und schickte Diener in jeden Winkel der Stadt mit Einladungen an ihre Gäste. Aber an so einem Tag mochte natürlich niemand zu einer Party gehen. Abends saß Hind allein im Festsaal ihres Palastes, inmitten der Goldteller und Kristallgläser ihrer Rache, umgeben von prächtigen, dampfenden, aromatisch duftenden Speisen jeder erdenklichen Art, und aß ein schlichtes Kouskous-Gericht. Abu Simbel weigerte sich, ihr Gesellschaft zu leisten, hatte ihr Mahl eine Obszönität genannt. »Du hast das Herz seines Onkels gegessen«, rief er, »und jetzt würdest du sogar das seine essen.« Sie lachte ihm ins Gesicht. Als die Diener zu weinen begannen, schickte sie sie hinaus und saß einsam frohlockend da, und die Kerzen warfen seltsame Schatten auf ihr strenges, unnachgiebiges Gesicht.

Gibril träumte von Mahounds Tod:

Als der Kopf des Verkünders zu schmerzen begann wie nie zuvor, wußte Mahound, daß die Zeit gekommen war und er vor die Wahl gestellt würde:

Da nämlich kein Prophet sterben darf, ehe er nicht das Paradies geschaut hat, um anschließend zu wählen zwischen dieser Welt und der nächsten:

Er lag da, das Haupt in den Schoß der geliebten Aischa gebettet, schloß die Augen, und das Leben schien von ihm zu weichen, doch nach einer Weile kam er wieder zu sich:

Und er sprach zu Aischa: »Ich bin vor die Wahl gestellt worden und habe mich für das Reich Gottes entschieden.«

Da weinte sie, denn sie wußte, daß er von seinem Tod sprach, woraufhin sein Blick an ihr vorbeiging und sich auf jemand anders zu richten schien, wiewohl Aischa, als sie sich umwandte, dort nur eine Lampe auf ihrem Halter brennen sah.

»Wer ist da?« rief er. »Bist du es, Asrael?«

Aischa aber vernahm eine entsetzliche, süße Stimme, eine Frauenstimme: »Nein, Verkünder Al-Lahs, ich bin nicht Asrael.«

Und die Lampe verlöschte, und Mahound fragte in das Dunkel hinein: »Ist diese Krankheit dann dein Werk, Al-Lat?«

Und sie sagte: »Es ist meine Rache an dir, und ich bin zufrieden. Man wird einem Kamel die Kniesehnen durchschneiden und es auf deinem Grab zurücklassen.«

Die Stimme entfernte sich, und die erloschene Lampe flammte wieder auf zu einem großen und sanften Licht, und der Verkünder murmelte: »Dennoch, Al-Lat, danke ich dir für dieses Geschenk.«

Kurz darauf starb er. Aischa ging hinaus in den Nebenraum, in dem die anderen Frauen und Jünger mit schwerem Herzen warteten, und sie hoben an, laut zu klagen:

Aischa aber trocknete sich die Augen und sagte: »Wer unter euch den Verkünder angebetet hat, der möge trauern, denn Mahound ist tot. Wer aber unter euch Gott anbetet, der möge frohlocken, denn ER lebt gewiß.«

Das war das Ende des Traums.

VII

DER ENGEL ASRAEL

1

Am Ende war es wohl doch Liebe, sinnierte Saladin Chamcha in seiner Höhle: Liebe, der eigensinnige Vogel aus Meilhacs und Halévys Libretto von *Carmen,* eines der Paradeexemplare aus dem Allegorischen Aviarium, die er in heitereren Tagen gesammelt hatte und zu denen auch die gefiederten Metaphern Süße (der Jugend) Gelb (mehr Glück als ich), Khayyam-FitzGeralds adjektivloser Vogel der Zeit (welcher nur ein kleines Stück zu fliegen hat, und siehe! im Fluge ist) und das Obszöne gehören; letzteres aus einem Brief von Henry James sen. an seine Söhne... »Einem jeden, der zumindest den geistigen Kinderschuhen entwachsen ist, dämmert der Verdacht, daß das Leben keine Farce ist, daß es nicht einmal elegante Komödie ist, daß es ganz im Gegenteil aus den tiefsten tragischen Tiefen des essentiellen Mangels erblüht und Frucht trägt, jenes Mangels, in den die Wurzeln seines Gegenstands versenkt sind. Das natürliche Erbe eines jeden, der eines geistigen Lebens fähig ist, ist ein ungezähmter Wald, in dem der Wolf heult und der obszöne Vogel der Nacht plappert.« Das sitzt, Kinder, was? Und in einem separaten, aber naheliegenden Glaskasten der Einbildung des jüngeren, glücklicheren Chamcha flatterte ein Gefangener aus einem Stück Hitparadenohrwurm, der Leuchtende, Flüchtige Schmetterling, der *l'amour* mit dem *oiseau rebelle* teilte.

Die Liebe, eine Zone, in welcher niemand, der begehrte, einen menschlichen (im Gegensatz zum roboterhaften, Skinnerisch-androiden) Torso an Erfahrung zu erstellen, es sich leisten konnte, den Betrieb dichtzumachen, hat dich runtergemacht, ganz ohne Frage, und sehr wahrscheinlich auch kaltgemacht. Sie hat dich sogar noch vorgewarnt. »Die Liebe ist ein Kind aus Böhmen«, singt Carmen, selbst der Inbegriff der Geliebten, das vollkommene Motiv der Liebe, ewig und göttlich, »und wenn du mich liebst, paß auf dich auf«. Mehr Fairneß war nicht zu erwarten. Was ihn selbst betraf, so hatte Saladin in seinem Leben ausgiebig geliebt und erlitt nun (zu der Überzeugung war er gelangt) die Rache der Liebe an einem törichten Liebhaber. Unter den Dingen des Geistes hatte er am meisten die proteische und unerschöpfliche Kultur der englischsprachigen Völker geliebt; hatte gesagt, als er Pamela umwarb, *Othello,* »nur dies eine Stück«, sei so viel wert wie der gesamte Ausstoß jedes beliebigen Dramatikers jedweder Sprache, und auch wenn er sich der Hyperbel bewußt war, fand er nicht, daß es stark übertrieben war. (Natürlich unternahm Pamela beständige Anstrengungen, ihre Klasse und Rasse zu verraten, und so war vorauszusehen, daß sie Othello mit Shylock in einen Topf warf und diesen dem Rassisten Shakespeare um die Ohren schlug.) Er hatte sich bemüht, wie der bengalische Autor Nirad Chaudhuri vor ihm – wenn auch ohne jenen Drang einer koboldhaften Kolonialintelligenz, als enfant terrible betrachtet zu werden –, der Herausforderung, die sich in der Wendung *Civis Britannicus sum* ausdrückte, würdig zu erweisen. Das Empire war dahin, gleichwohl wußte er, daß »alles, was gut war an ihm und in ihm wirkte«, durch seine Begegnung mit diesem Eiland der Vernunft, das umschlossen war vom kühlen Verstand des Meers, »gemacht, geformt und beflügelt« worden war. Was das Materielle betraf, so hatte er seine Liebe dieser Stadt geschenkt, London, und sie der Stadt seiner Geburt vorgezogen wie auch jeder anderen, hatte sich an sie herangeschlichen, verstohlen, mit wachsender Erregung, war zur Salzsäule erstarrt, wenn sie in seine Richtung blickte, hatte davon geträumt, derjenige zu sein, der sie besaß und dadurch, gewissermaßen, zu ihr *wurde,* so wie im Spiel »Großmutter, wie weit darf ich reisen?« das Kind, das den berührt, der *es* war (»dran ist« würden die jungen Londoner heute sagen), diese teure Identität übernimmt, wie auch in dem Mythos vom Goldenen Zweig. London, dessen zusammengewürfeltes Wesen sein eigenes spiegelte, deren Zurückhaltung seine eigene war; seine Fratzen, die gespenstischen Schritte römischer Füße auf seinen Straßen, der Schrei seiner davonfliegenden Wildgänse. Seine Gastfreundschaft – jawohl! –, trotz Einwanderungsgesetzen und seiner eigenen jüngsten Erfahrung bestand er auf der Wahrheit: ein mangelhaftes Willkommen, gut, ein der Bigotterie fähiges, aber dennoch das Wahre, was bezeugt wurde durch die Existenz eines Pubs in einem Südlondoner Stadtteil, in dem ausschließlich ukrainisch gesprochen wird, und durch das alljährliche Treffen in Wembley, einen Steinwurf entfernt vom großen Stadion, umgeben von imperialem Widerhall – Empire Way, Empire Pool –, von über hundert Delegierten, die allesamt ihre Herkunft auf ein einziges, kleines Dorf in Goa zurückverfolgen. »Wir Londoner können stolz auf unsere Gastfreundschaft sein«, hatte er zu Pamela gesagt, worauf sie mit ihm, zwanghaft kichernd, in den Buster-Keaton-Film gleichen Namens gegangen war, in dem dem Komiker, als er am Ende einer absurden Bahnlinie ankommt, ein mörderischer Empfang bereitet wird. In jenen Tagen hatten sie derartige Gegensätze genossen, waren nach heißen Diskussionen im Bett gelandet … Er richtete seine schweifenden Gedanken wieder auf das Thema der Metropole. Ihre – so wiederholte er sich stur – lange Geschichte als Zufluchtsort, eine Rolle, die sie ungeachtet der aufsässigen Undankbarkeit der Flüchtlingskinder beibehielt, und ohne jede selbstgefällige Rhetorik von den buntgedrängten Massen, von der »Nation aus Einwanderern« von jenseits des Ozeans, die ihrerseits wenig mit weit ausgebreiteten Armen zu tun hatte. Hätten denn die Vereinigten Staaten mit ihrem Sind-Sie-jetzt-waren-Sie-je Ho Tschi Minh auch nur erlaubt, in ihren Hotelküchen zu kochen? Was hätte deren McCarran-Walter-Gesetz über einen zeitgenössischen Karl Marx zu sagen, der rauschebärtig vor ihren Toren stünde und ihre gelben Linien überschreiten wollte? O Großes London! Wahrlich arm wäre jener an Seele, der seine verblichene Pracht, sein neues Zaudern nicht den heißen Gewißheiten jenes transatlantischen Neuen Roms und seinem nazifizierten architektonischen Gigantismus vorzöge, der die erdrückende Wucht der Größe dazu benutzte, daß seine Bewohner sich wie Würmer fühlten ... London bewahrte sich, trotz der Zunahme von Auswüchsen wie zum Beispiel der NatWest Tower – ein Firmenlogo, das in die dritte Dimension ragt – das menschliche Maß. *Viva! Zindabad!*

Pamela hatte derlei Rhapsodien stets mit bissigen Bemerkungen quittiert. »Das sind doch Museumswerte«, pflegte sie ihm zu entgegnen. »Geheiligt hängen sie in güldenen Rahmen an ehrfurchtgebietenden Wänden.« Für Dauerndes hatte sie noch nie Zeit gehabt. Alles ändern! Alles niederreißen! Er sagte: »Wenn du damit Erfolg hast, ist es in ein, zwei Generationen für Leute wie dich unmöglich, mitzuhalten.« Sie feierte diese Vision ihres eigenen Veraltens. Wenn sie wie der Dodo endete – ein ausgestopftes Relikt, *Klassenverräter, um 1980* –, dann würde dies, so sagte sie, unbedingt auf eine Verbesserung der Welt hindeuten. Er war leider anderer Meinung, aber zu diesem Zeitpunkt lagen sie einander bereits in den Armen, was tatsächlich eine Verbesserung war, worauf er es gut sein ließ.

(In einem Jahr hatte die Regierung Eintritt ins Museum verlangt, und Gruppen aufgebrachter Kunstfreunde demonstrierten vor den Tempeln der Kultur. Als Chamcha das sah, wollte er sich mit einem eigenen Plakat dazugesellen und einen Ein-Mann-Gegenprotest starten. Hatten diese Leute denn keine Ahnung, was das Zeug da drin überhaupt *wert* war? Da standen sie, machten sich munter die Lungen kaputt mit ihren Zigaretten, die pro Packung teurer waren als der Eintritt, gegen den sie protestierten; was sie vor der Welt demonstrierten, war der niedrige Wert, den sie ihrem kulturellen Erbe zumaßen ... Pamela sprach ein Machtwort. »Untersteh dich bloß nicht«, sagte sie. Sie war der damals richtigen Ansicht: daß die Museen *zu wertvoll* seien, um etwas dafür zu verlangen. Also: »Untersteh dich bloß nicht«, und zu seiner Überraschung tat er es auch nicht. Er hatte nicht das gemeint, was er anscheinend gemeint hatte. Er hatte gemeint, daß er, vielleicht, unter den richtigen Umständen, sein *Leben* für die Sachen in den Museen gegeben hätte. Und deshalb konnte er diese Einwände gegen einen Obulus von ein paar Pence nicht ernst nehmen. Allerdings leuchtete ihm ein, daß dies ein dürftiger und kaum haltbarer Standpunkt war.)

Und von den Menschen, Pamela, habe ich dich geliebt.

Kultur, Stadt, Frau; und eine vierte und letzte Liebe, von der er zu niemandem gesprochen hatte: die Liebe zu einem Traum. In den alten Tagen hatte er den Traum ungefähr einmal im Monat geträumt; ein schlichter Traum angesiedelt, in einem Stadtpark, an einer Allee mit hochgewachsenen Ulmen, deren sich wölbende Äste die Allee in einen grünen Tunnel verwandelten, in den Himmel und Sonne hie und da durch die vollkommene Unvollkommenheit des Blätterbaldachins tropften. In dieser waldigen Verschwiegenheit sah Saladin sich in Begleitung eines kleinen, etwa fünfjährigen Jungen, dem er das Fahrradfahren beibrachte. Der Junge schlingerte anfangs besorgniserregend, machte mit der Verbissenheit eines, der möchte, daß sein Vater stolz auf ihn ist, heroische Anstrengungen, das Gleichgewicht zu finden und zu halten. Der Traum-Chamcha rannte hinter seinem phantasierten Sohn her und hielt den Gepäckträger über dem Hinterrad fest und damit das Fahrrad aufrecht. Dann ließ er los, und der Junge (der nicht wußte, daß er nicht mehr gestützt wurde) fuhr weiter: das Gleichgewicht kam wie die Gabe des Fliegens, und die beiden segelten die Allee entlang, Chamcha rennend, der Junge immer kräftiger in die Pedale tretend. »Du hast's geschafft!« jubelte Saladin, und der gleichermaßen begeisterte Sohn schrie zurück: »Schau her! Siehst du, wie schnell ich das gelernt habe? Freust du dich mit mir? Freust du dich nicht?« Es war ein Traum zum Heulen, denn jedesmal, wenn er aufwachte, gab es weder Fahrrad noch Kind.

»Was hast du jetzt vor?« hatte Mishal ihn inmitten der Trümmer des Hot-Wax-Nachtclubs gefragt, und er hatte, allzu leichthin, geantwortet: »Ich? Ich werde wohl wieder zum Leben erwachen.« Leichter gesagt als getan; schließlich war es das Leben, das seine Liebe zu einem Traumkind mit Kinderlosigkeit belohnt hatte, seine Liebe zu einer Frau mit ihrer Entfremdung von ihm und ihrer Insemination durch seinen alten Collegefreund, seine Liebe zu einer Stadt, indem es ihn aus Himalaja-Höhen auf sie herabgeschleudert hatte, und seine Liebe zur Zivilisation, indem es ihn verhexte, ihn erniedrigte und aufs Rad flocht. Aber nicht ganz zerbrach, erinnerte er sich; er war wieder heil, und da war auch noch das Beispiel Niccolo Machiavellis zu bedenken (ein ungerecht behandelter Mann, sein Name, wie der Muhammad-Mahon-Mahounds, ein Synonym des Bösen, während es in Wirklichkeit sein standhaftes Republikanertum gewesen war, das ihm die Folter einbrachte, die er überstanden hatte. Waren es drei Radumdrehungen gewesen? Immerhin genug, daß die meisten die Vergewaltigung ihrer Großmutter und was sonst noch eingestanden hätten, nur damit die Tortur ein Ende hatte. Er aber gestand nichts ein, da er auch keine Verbrechen begangen hatte, während er in Diensten der Florentinischen Republik stand, jener allzu kurzen Unterbrechung der Macht der Medici); wenn Niccolo solche Unbill überstand und dann jene vielleicht verbitterte, vielleicht auch sardonische Parodie dieser speichelleckerischen Literatur des Fürstenspiegels schreiben konnte, welche damals so in Mode war, *Il Principe,* und die gewichtigen *Discorsi* nachschob, dann hätte er, Chamcha, es gewiß nicht nötig, sich den Luxus einer Niederlage zu gestatten. Wiederauferstehung also lautete die Parole, den Felsen vom dunklen Eingang der Höhle wälzen, und zum Teufel mit rechtlichen Problemen.

Mishal, Hanif Johnson und Pinkwalla – in deren Augen Chamchas Metamorphosen den Schauspieler zum Helden gemacht hatten, durch den der Zauber der Fantasyfilme mit den Trickeffekten *(Labyrinth, Legend, Howard the Duck)* Wirklichkeit geworden war – fuhren Saladin im Lieferwagen des DJ zu Pamela; diesmal jedoch quetschte er sich zu den drei anderen ins Führerhaus. Es war früher Nachmittag; Jumpy würde noch im Sportzentrum sein. »Viel Glück«, sagte Mishal und gab ihm einen Kuß, und Pinkwalla fragte, ob sie warten sollten. »Nein, vielen Dank«, antwortete Saladin. »Wenn man vom Himmel gefallen ist, der Freund einen verlassen hat, die Brutalität der Polizei erlebt hat, in einen Ziegenbock verwandelt war, Arbeit wie Frau verloren, die Macht des Hasses kennengelernt und die menschliche Gestalt wiedererlangt hat, was bleibt einem da noch, als, wie ihr es zweifellos formulieren würdet, seine Rechte einzuklagen?« Er winkte ihnen zu. »Schön für dich«, sagte Mishal, und weg waren sie. An der Straßenecke kickten die üblichen Kinder aus dem Viertel, mit denen er nie auf gutem Fuß gestanden hatte, einen Fußball gegen einen Laternenpfahl. Einer, ein schweinsäugiger, neun- oder zehnjähriger Lümmel mit bösem Blick, richtete eine imaginäre

Videofernbedienung auf Chamcha und schrie: »Schnellvorlauf!« Er gehörte zu einer Generation, die daran glaubte, die langweiligen, lästigen, unerfreulichen Teile des Lebens überspringen und im Schnellvorlauf von einem actiongespickten Höhepunkt zum nächsten eilen zu können. *Willkommen daheim,* dachte Saladin und klingelte an der Tür.

Als Pamela ihn sah, faßte sie sich an die Kehle. »Ich hätte nicht geglaubt, daß man das noch macht«, sagte er. »Nicht nach *Dr. Seltsam.*« Man sah noch nicht, daß sie schwanger war; er erkundigte sich danach, und sie errötete, bestätigte aber, daß es sich gut entwickle. »So weit, so gut.« Natürlich war sie aus der Fassung geraten; die Frage, ob er Kaffee wolle, kam einige Takte zu spät (sie blieb bei ihrem Whisky, den sie, trotz des Babys, hinunterspülte); aber eigentlich fühlte Chamcha sich die ganze Begegnung hindurch im Hintertreffen (es hatte eine Zeit gegeben, da er ein begeisterter Liebhaber von Stephen Potters amüsanten kleinen Büchern gewesen war). Pamela war entschieden der Ansicht, daß eher sie diejenige in der schlechten Position sein müßte, war sie es doch gewesen, die die Ehe hatte aufkündigen wollen, die seine Existenz wenigstens dreimal abgestritten hatte. Doch er war nicht minder ungeschickt und verlegen als sie, so daß sie beide um das Recht zu wetteifern schienen, in der Patsche sitzen zu dürfen. Der Grund für Chamchas Unbehagen – und er war nicht, wir erinnern uns, in dieser betretenen Stimmung gekommen, sondern in munterer Kampfeslust – war, daß er bei Pamelas Anblick, mit ihrer allzu heiteren Heiterkeit, mit ihrem Gesicht gleich einer Heiligenmaske, hinter der wer weiß was für Würmer sich an faulem Fleisch gütlich taten (er war bestürzt über die feindselige Gewalt der Bilder, die aus seinem Unterbewußten aufstiegen), mit ihrem rasiertem Schädel unter dem absurden Turban, ihrem Whiskyodem und dem harten Ding, das in die kleinen Fältchen um ihren Mund gefahren war, erkannte, daß er sich ganz einfach entliebt hatte und sie nicht mehr wiederhaben wollte, selbst wenn sie (was unwahrscheinlich, aber nicht unvorstellbar war) zu ihm zurück wollte. In dem Augenblick, als er sich dessen bewußt wurde, entwickelte er aus irgendeinem Grund Schuldgefühle, und das Ergebnis war ein Handicap in der Unterhaltung. Sogar der weißhaarige Hund knurrte ihn an. Er erinnerte sich, daß er sich nie etwas aus Haustieren gemacht hatte.

»Vermutlich«, sagte sie zu ihrem Glas, als sie an dem alten Kieferntisch in der geräumigen Küche saß, »war das, was ich getan habe, unverzeihlich, hä?«

Das kleine amerikanisierende *hä* war neu: wieder einer aus ihrer unendlichen Serie von Schlägen gegen ihre Erziehung? Oder hatte sie es von Jumpy oder einem seiner schicken kleinen Bekannten aufgeschnappt, wie eine Krankheit? (Wieder diese knurrende Gewalt: weg damit. Jetzt, da er sie nicht mehr wollte, war sie der Situation völlig unangemessen.) »Ich glaube, ich weiß nicht, was ich imstande bin zu verzeihen«, erwiderte er. »Gerade diese Art von Reaktion scheint sich meiner Kontrolle zu entziehen; entweder sie tritt ein oder nicht, was ich demnächst herausfinden werde. Sagen wir also fürs erste, die Geschworenen beraten noch.« Das paßte ihr nicht, sie wollte, daß er die Situation entschärfte, damit sie endlich in Ruhe ihren verdammten Kaffee trinken konnten. Pamela hatte immer scheußlichen Kaffe gekocht: aber das war jetzt nicht sein Problem. »Ich ziehe wieder ein«, sagte er. »Das Haus ist groß und hat viel Platz. Ich nehme die Höhle und die Zimmer drunter, einschließlich dem zweiten Bad, damit ich unabhängig bin. Ich habe vor, gelegentlich die Küche zu benutzen. Da meine Leiche nie gefunden wurde, vermute ich, daß ich offiziell noch immer als vermißt-vermutlich-tot gelte und daß du nicht zum Gericht bist und mich begraben hast. In dem Fall dürfte es nicht allzu lange dauern, mich wiederzubeleben, wenn ich erst Bentine, Milligan und Sellers aufscheuche.« (Beziehungsweise ihrer beider Anwalt, Steuerberater und Chamchas Agentin.) Pamela hörte benommen zu; ihre Haltung sagte ihm, daß er kaum auf Gegenargumente stoßen würde, daß alles, was er wollte, okay war: Wiedergutmachung auf Körpersprache. »Und dann«, schloß er, »verkaufen wir alles, und du kriegst deine Scheidung.« Er rauschte hinaus, machte den Abgang, bevor er das große Zittern bekam, und erreichte gerade noch die Höhle, bevor es ihn überfiel. Pamela weinte unten wohl; ihm war Weinen nie leicht gefallen, aber im Zittern war er Weltmeister. Und jetzt flatterte auch noch sein Herz: bum badum dududum.

Um wiedergeboren zu werden, mußt du erst sterben.

❦

So allein, fiel ihm plötzlich ein, daß er und Pamela einmal über eine Kurzgeschichte, die sie beide gelesen hatten und die vom Wesen des Unverzeihlichen handelte, verschiedener Meinung gewesen waren, so wie sie bei allem verschiedener Meinung waren. Titel und Autor waren ihm entfallen, doch an die Geschichte erinnerte er sich lebhaft. Ein Mann und eine Frau waren ihr ganzes Leben lang intime Freunde (nie Liebhaber) gewesen. Zu seinem einundzwanzigsten Geburtstag (damals waren sie beide arm) hatte sie ihm aus Jux die scheußlichste, billigste Glasvase geschenkt, die sie auftreiben konnte, mit Farben, die schreiend venezianische Fröhlichkeit parodierten. Zwanzig Jahre später, als sie beide erfolgreich waren und ergrauten, besuchte sie ihn zu Hause und stritt mit ihm über die Art, wie er einen gemeinsamen Freund behandelte. Im Verlauf des Streits fiel ihr Blick auf die alte Vase, die er noch immer an einem Ehrenplatz auf dem Sims des Wohnzimmerkamins bewahrte, und fegte sie, ohne ihre Tirade zu unterbrechen, auf den Boden, wo sie ohne Hoffnung auf Reparatur zerschellte. Er redete nie wieder ein Wort mit ihr; als sie ein halbes Jahrhundert später starb, weigerte er sich, sie an ihrem Totenbett zu besuchen und ihrem Begräbnis beizuwohnen, obwohl ihm durch Boten überbracht wurde, daß dieses ihre sehnlichsten Wünsche seien. »Sagt ihr«, beschied er die Emissäre, »daß sie keine Ahnung hatte, wie sehr ich schätzte, was sie zerbrach.« Die Emissäre stritten, bettelten, tobten. Wenn sie nicht gewußt habe, wie groß die Bedeutung war, die er dieser Nichtigkeit beigelegt habe, wie könne sie da schuldig sein, bei allem was recht ist? Und habe sie nicht über die Jahre zahllose Versuche unternommen, sich zu entschuldigen und zu sühnen? Und jetzt liege sie, Herrgott noch mal, im Sterben; ob da dieser alte, kindische Riß nicht endlich gekittet sei? Sie hätten die Freundschaft eines ganzen Lebens verloren, könnten sie sich denn da nicht einmal verabschieden? »Nein«, sagte der Unversöhnliche. – »Und das alles wegen der Vase? Oder steckt da eine andere, dunklere Sache dahinter?« – »Es war die Vase«, antwortete er. »Die Vase und nichts anderes.« Pamela fand den Mann kleinlich und grausam, aber Chamcha hatte schon damals die eigentümliche Privatheit, die unerklärliche Innerlichkeit des Themas gefallen. »Niemand kann eine innere Verletzung«, hatte er gesagt, »nach der Größe der oberflächlichen Wunde, des Lochs, beurteilen.«

Sunt lacrimae rerum, wie der Ex-Lehrer Sufyan gesagt hätte, und Saladin hatte während der nächsten Tage reichlich Gelegenheit, über die Tränen in den Dingen nachzudenken. Anfangs verharrte er praktisch reglos in seiner Höhle, ließ sich von ihr in ihrem Tempo wieder überwuchern, wartete darauf, daß sie wieder etwas von der soliden, tröstlichen Eigenart ihres früheren Selbst erlangte, so wie es war, bevor sich das Universum verändert hatte. Er sah viel fern, mit halbem Auge, hüpfte zwanghaft von Kanal zu Kanal, denn er gehörte nicht weniger zur Fernbedienungskultur als der Schweinchenjunge unten an der Ecke; auch er konnte das zusammengesetzte Videomonster, das sein Knöpfedrücken zum Leben erweckte, verstehen, oder sich wenigstens in der Illusion wiegen, es zu verstehen ... welch ein Gleichmacher dieses Fernbedienungsdingsbums war, ein Prokrustesbett des zwanzigsten Jahrhunderts; es hackte das Schwergewichtige ab und streckte das Seichte, bis alle Emissionen des Kastens, Werbung, Mord, Quizsendungen, die tausendundeins Freuden und Schrecken des Wirklichen und des Imaginierten gleich viel wogen; und während der Original-Prokrustes, Bürger einer, wie man heute sagen würde, »handgreiflichen« Kultur, Gehirn und Muskeln bemühen mußte, konnte er, Chamcha, sich in seinem Parker-Knoll-Ruhesessel zurücklehnen und das Abhacken seinen Fingern überlassen. Wie er so durch die Kanäle dödelte, schien ihm, daß es in der Glotze von Freaks nur so wimmelte: in *Dr Who* gab es Mutanten – »Mutts« –, bizarre Wesen, die anscheinend mit verschiedenartigem Industriegerät gekreuzt waren: Feldhäcksler, Greifer, Hilfsmotoren, Dampfhämmer, Sägen, und deren grausame Priesterhäuptlinge *Mutilasiaten* hießen; Kindersendungen schienen ausschließlich von humanoiden Robotern und Wesen mit metamorphen Körpern bevölkert zu sein, während das Erwachsenenprogramm eine endlose Parade mißgestalteter menschlicher Abfallprodukte der modernen Medizin bereithielt, sowie ihrer Komplizen, moderne Krankheiten und Kriege. Eine Klinik in Guyana hatte offenbar den Körper eines voll ausgebildeten Meermannes konserviert, vollständig mit Kiemen und Schuppen. Im schottischen Hochland stiegen die Fälle von Lykanthrophie. Die genetische Möglichkeit von Zentauren wurde ernsthaft diskutiert, eine Geschlechtsumwandlungsoperation gezeigt. – Sie erinnerte ihn an ein abscheuliches Stück Poesie, das Jumpy Joshi ihm widerstrebend im Shaandaar Bed and Breakfast gezeigt hatte. Sein Titel »Ich singe den eklektischen Körper« stand für das Ganze. – Aber der Kerl hat doch einen ganzen Körper, dachte Saladin bitter. Er hat Pamela das Baby ohne jede Schwierigkeiten gemacht: keine defekten Abschnitte in seinen verdammten Chromosomen ... er wurde seiner selbst in einer Wiederholung eines alten *Aliens Show*-»Klassikers« ansichtig. (In der Schnellvorlauf-Kultur konnte man den Klassikerstatus schon nach einem halben Jahr erreichen, manchmal sogar über Nacht.) Diese ständige Glotzerei bewirkte, daß die Überreste seiner Vorstellung von den normalen Durchschnittseigenschaften des Realen ernstlich angeknackst wurden; doch es waren auch ausgleichende Kräfte am Werk.

In *Du und dein Garten* wurde ihm vorgeführt, wie man etwas namens »Pfropf-Chimäre« erzeugte (wie der Zufall es wollte, war genau selbige der Stolz von Otto Cones Garten gewesen), und obwohl seine Unaufmerksamkeit ihn daran hinderte, die Namen der beiden Bäume mitzubekommen, die da zusammengepfropft wurden – Maulbeer?`Goldregen? Ginster? –, veranlaßte ihn der neue Baum, aufzuhorchen und sich einen Vermerk zu machen. Da war sie, greifbar, eine Chimäre mit Wurzeln, fest in ein Stück englische Erde eingepflanzt und heftig treibend: ein Baum, dachte er, in der Lage, den metaphorischen Platz desjenigen einzunehmen, den sein Vater in einem fernen Garten in einer anderen, unvereinbaren Welt gefällt hatte. Wenn so ein Baum möglich war, dann war auch er möglich; auch er konnte ein Ganzes bilden, Wurzeln schlagen, überleben. Zwischen all den televisuellen Bildern hybrider Tragödien – die Nutzlosigkeit von Meermännern, das Scheitern der plastischen Chirurgie, der esperantogleichen Plattheit eines Großteils der modernen Kunst – hatte er dies eine Geschenk erhalten. Das genügte. Er schaltete das Gerät aus.

Allmählich schwand seine Feindseligkeit gegenüber Gibril. Auch machten Hörner, Ziegenhufe und so weiter keinerlei Anstalten, sich erneut zu manifestieren. Anscheinend befand er sich auf dem Weg der Besserung. Überhaupt erschienen Saladin im Verlauf der Tage nicht nur Gibril, sondern alles, was ihm in der letzten Zeit widerfahren und das unvereinbar war mit dem prosaischen Charakter des Alltags, jetzt irgendwie unbedeutend, so wie die hartnäckigsten Alpträume, nachdem man sich das Gesicht ordenlich gewaschen, die Zähne geputzt und etwas Kräftiges, Heißes getrunken hat. Er begann, Reisen in die Außenwelt zu unternehmen, zu jenen professinellen Beratern, Anwalt Steuerberater Agentin, die Pamela immer »Die Schläger vom Dienst« genannt hatte, und wenn er in der holzgetäfelten, buch- und aktengesäumten Stabilität jener Büros saß, in denen Wunder schlicht nicht geschehen konnten, redete er von seinem »Zusammenbruch« – »der Schock des Unfalls« – und so weiter, erklärte sein Verschwinden, als wäre er nie aus dem Himmel gestürzt, »Rule Britannia« auf den Lippen, während Gibril eine Schnulze aus dem Film *Shree 420* gejohlt hatte. Er unternahm bewußte Anstrengungen, sein altes Leben voll delikater Empfindsamkeit wiederaufzunehmen, ging in Konzerte und Kunstgalerien und ins Theater, und wenn er dann nur Langeweile daraus zog – wenn ihn diese Unternehmungen auf der ganzen Linie enttäuschten und ihn nicht in dem Hochgefühl nach Hause entließen, welches der Ertrag war, den er von aller hohen Kunst erwartete –, dann redete er sich ein, daß der Reiz bald wiederkehren würde; er hatte ja »Schlimmes durchgemacht« und brauchte etwas Zeit.

Wie er so in seiner Höhle in dem Parker-Knoll-Ruhesessel saß, um ihn herum die vertrauten Gegenstände – die Porzellanharlekine, der Spiegel in der Form eines Herzens, der Eros, der die Kugel einer antiken Leuchte hielt –, beglückwünschte er sich ,daß er zu der Sorte Mensch gehörte, die Haßgefühle nicht lange aufrechterhalten konnte. Vielleicht war Liebe doch von größerer Dauer als Haß; auch wenn sich die Liebe änderte, so blieb ein Schatten, eine Kontur. Pamela gegenüber zum Beispiel verspürte er, dessen war er sicher, nichts als höchst selbstlose Zuneigung. Haß war vielleicht ein Fingerabdruck auf dem glatten Glas der sensiblen Seele; nur ein Fettfleck, der verschwand wenn man ihn in Ruhe ließ. Gibril? Pah! Der war vergessen, den gab es nicht mehr. Ja, Feindseligkeiten aufgeben, hieß, frei werden.

Saladins Optimismus wuchs, doch das rote Band, das seine Rückkehr ins Leben umfing, erwies sich als störrischer als erwartet. Die Banken ließen sich Zeit, seine Konten wieder zugänglich zu machen; er mußte sich Geld von Pamela leihen. Auch kam er nur schwer an Arbeit. Seine Agentin, Charlie Sellers, erklärte ihm am Telefon: »Die Auftraggeber werden komisch. Sie reden plötzlich über Zombies, fühlen sich gewissermaßen unrein: als plünderten sie ein Grab.« Charlie, die mit Anfang Fünfzig noch immer wie ein chaotisches und dämliches junges Ding aus bestem Landadel klang, vermittelte ihm den Eindruck, als sympathisiere sie mit dem Standpunkt der Auftraggeber. »Einfach abwarten«, riet sie. »Die kommen schon wieder. Mein Gott, schließlich bist du ja nicht Drakula.« Vielen Dank, Charlie.

Ja: seine zwanghafte Abscheu Gibril gegenüber, sein Traum, sich grausam und angemessen zu rächen, gehörten der Vergangenheit an, waren Aspekte der Realität, die mit seinem leidenschaftlichen Verlangen, wieder in ein normales Leben einzutauchen, unvereinbar waren. Nicht einmal die aufrührerische, dekonstruktive Bildersprache des Fernsehens konnte ihn davon ablenken. Was er zurückwies, war die Vorstellung, er und Gibril seien *monströs.* Ja, monströs; die absurdeste aller Vorstellungen. Auf der Welt gab es wirkliche Monster – massenmordende Diktatoren, Kinderschänder. Der Omamörder. (Er sah sich gezwungen, trotz seiner traditionell hohen Wertschätzung der Londoner Polizei zuzugeben, daß die Verhaftung von Uhuru Simba eine etwas zu verflucht saubere Arbeit war.) Man brauchte nur an irgendeinem Tag der Woche die Boulevardblätter aufzuschlagen, um mit wildgewordenen homosexuellen Iren konfrontiert zu werden, die Babys den Mund mit Erde vollstopften. Natürlich war Pamela der Ansicht gewesen, daß »Monster« ein zu – was? – *rechtender* Begriff für solche Leute war; das Mitgefühl, sagte sie, erfordere es, daß wir sie als Opfer unserer Zeit sähen. Das Mitgefühl, entgegnete er, verlange, daß wir ihre Opfer als Opfer sehen. »Mit dir kann man darüber nicht reden«, sagte sie in ihrem aristokratischsten Tonfall. »Dir geht es nur darum, bei Diskussionen billige Punkte zu machen.«

Und auch andere Monster, die nicht weniger real waren als die Unholde in der Boulevardpresse: Geld, Macht, Sex, Tod, Liebe. Engel und Teufel – wer brauchte sie schon? »Warum Teufel, wenn der Mensch selbst ein Teufel ist?« fragte der »letzte Teufel« des Nobelpreis-Singer von seiner Mansarde in Tischewitz. Was Chamchas Gefühl für Ausgewogenheit, sein Einiges-spricht-dafür-anderes-dagegen-Reflex ergänzen wollte: »Und warum Engel, wenn der Mensch auch engelsgleich ist?« (Wenn das nicht wahr war, wie erklärte sich dann, beispielsweise, die Leonardo-Zeichnung? War Mozart wirklich der Beelzebub mit gepuderter Perücke?) Allerdings, und das war sein eigentliches Argument, mußte man einräumen, daß die Zeitläufte keine diabolischen Erklärungen erforderten.

❦

Ich sage nichts. Bitten Sie mich nicht, die Dinge auf die eine oder andere Weise zu erklären; die Zeit der Offenbarungen ist lang vorbei. Die Regeln der Schöpfung sind ziemlich klar: man richtet die Dinge ein, man macht sie so und so, und dann läßt man sie laufen. Wo bleibt der Spaß, wenn man immerzu eingreift und Fingerzeige gibt, die Regeln ändert, die Kämpfe ansetzt? Bis jetzt hatte ich mich ganz gut im Griff, und ich habe nicht vor, nun alles zu verderben. Glauben Sie nicht, ich hätte mich nicht einmischen wollen; ich wollte, oft. Und einmal, zugegeben, habe ich es auch getan. Ich saß auf Alleluia Cones Bett und sprach mit Gibril, dem Superstar. *Ooparvala oder Neechayvala,* wollte er wissen, und ich habe ihn nicht aufgeklärt; ebensowenig habe ich die Absicht, diesem verwirrten Chamcha etwas einzuflüstern.

Ich gehe jetzt. Der Mann legt sich gleich schlafen.

❦

Sein wiedererstandener, kaum flügger, noch immer fehlbarer Optimismus war am schwersten nachts aufrechtzuhalten; denn nachts war jene Anderwelt der Hörner und Hufe nicht so leicht zu negieren. Dann waren da auch noch die zwei Frauen, die seit einiger Zeit in seinen Träumen spukten. Die erste – es war schwer, dies einzugestehen, sogar sich selbst gegenüber – war keine andere als die Kindfrau aus dem Shaandaar, seine loyale Verbündete in jener alptraumhaften Zeit, die er jetzt mit aller Macht hinter Banalitäten und Nebeln zu verbergen suchte, die Aficionada des Kampfsports, Hanif Johnsons Geliebte, Mishal Sufyan.

Die zweite – die er in Bombay, das Messer seiner Abreise in ihrem Herzen, verlassen hatte und die ihn noch immer für tot halten mußte – war Zeeny Vakil.

❦

Die Schreckhaftigkeit, mit der Jumpy reagierte, als er erfuhr, daß Saladin Chamcha in Menschengestalt zurückgekehrt war, um die oberen Stockwerke des Hauses in Notting Hill wieder zu bewohnen, war kaum mitanzusehen und erboste Pamela mehr, als sie sagen konnte. In der ersten Nacht – sie hatte beschlossen, es ihm erst zu sagen, wenn sie im Bett lagen – sprang er auf die Nachricht hin mit einem Satz gut einen Meter aus dem Bett und stand da auf dem hellbllauen Teppich, splitternackt und zitternd, den Daumen im Mund.

»Sei nicht albern und komm sofort wieder her«, befahl sie, er aber schüttelte wild den Kopf und zog den Daumen gerade so weit heraus, daß er stammeln konnte: »Aber wenn er *hier* ist! In *diesem* Haus! Wie kann *ich* dann ...?« Woraufhin er seine Sachen zu einem Bündel zusammenraffte und aus dem Zimmer floh; sie hörte ein Poltern und Krachen, was vermuten ließ, daß seine Schuhe, möglicherweise zusammen mit ihm, die Treppe hinuntergefallen waren. »Sehr gut«, kreischte sie ihm nach. »Brich dir nur den Hals, du Angsthase.«

Wenige Augenblicke später allerdings bekam Saladin Besuch von der rotgesichtigen Gestalt seiner entfremdeten und nackthäuptigen Frau, die durch zusammengebissene Zähne hervorpreßte: »J.J. steht unten auf der Straße. Der blöde Idiot sagt, er kann erst wieder hereinkommen, wenn du sagst, daß du nichts dagegen hast.« Wie gewöhnlich hatte sie getrunken. Chamcha, der äußerst verblüfft war, platzte mehr oder weniger heraus: »Und du, willst du, daß er wieder hereinkommt?« Was Pamela als seine Art, Salz in die Wunde zu reiben, interpretierte. Sie nickte, um eine weitere Schattierung röter, in gedemütigter Wildheit. *Ja.*

So kam es, daß Saladin Chamcha in seiner ersten Nacht zu Hause nach draußen ging – »He, Hombre! Siehst wirklich gut aus!« Jumpy begrüßte ihn in blankem Entsetzen, tat, als wolle er ihm die Hand geben, um seine Furcht zu verbergen – und den Liebhaber seiner Frau überredete, das Bett mit ihr zu teilen. Dann zog er sich wieder nach oben zurück, weil Jumpys Verlegenheit es diesem nicht gestattete, das Haus zu betreten, solange Chamcha noch zu sehen war.

»Welch ein Mann!« heulte Jumpy Pamela vor. »Er ist ein *Fürst*, ein *Heiliger!*«

»Wenn du nicht damit aufhörst«, warnte Pamela Chamcha ihn, einem Schlaganfall nahe, »hetze ich den verdammten Hund auf dich.«

❦

Jumpy fand Chamchas Anwesenheit weiterhin irritierend. Er stellte ihn sich (darauf jedenfalls ließ sein Verhalten schließen) als einen bedrohlichen Schatten vor, der ständig beschwichtigt werden mußte. Bereitete er Pamela eine Mahlzeit (zu ihrer Überraschung und Erleichterung hatte er sich als wahrer Mughlai-Koch erwiesen), beharrte er darauf, Chamcha dazu einzuladen, und wenn Saladin Einwände erhob, brachte er ihm ein Tablett nach oben, was er Pamela gegenüber damit rechtfertigte, daß es ungehörig und provozierend wäre, dies nicht zu tun. »Schau doch, was er unter seinem eigenen Dach zuläßt! Er ist ein *Gigant;* das mindeste, was wir tun können, ist, gute Manieren an den Tag zu legen.« Pamela sah sich mit wachsendem Grimm gezwungen, eine ganze Reihe solcher Verhaltensweisen und die damit verbundenen Predigten über sich ergehen zu lassen. »Ich hätte nie geglaubt, daß du so konventionell bist«, schäumte sie, worauf Jumpy antwortete: »Das ist nur eine Frage des Respekts.«

Im Namen des Respekts brachte Jumpy Chamcha tassenweise Tee, Zeitungen und die Post; kam er in das große Haus, unterließ er es nie, oben einen Besuch von wenigstens zwanzig Minuten abzustatten, der Mindestzeit, die mit seinem Höflichkeitssinn in Einklang zu bringen war, während sich Pamela drei Stock tiefer die Beine in den Bauch stand und Bourbons kippte. Er brachte Saladin kleine Geschenke: versöhnliche Darreichungen von Büchern, alten Theaterprogrammen, Masken. Als Pamela versuchte, energisch durchzugreifen, widersprach er mit einer unschuldigen, gleichzeitig aber störrischen Leidenschaft: »Wir können nicht so tun, als sei der Mann unsichtbar. Er ist nun mal da, oder? Also müssen wir ihn an unserem Leben teilhaben lassen.« Pamela erwiderte säuerlich: »Warum bittest du ihn nicht, herunterzukommen und sich zu uns ins Bett zu legen?« Worauf Jumpy ernsthaft antwortete: »Ich glaube nicht, daß dir das recht wäre.«

Trotz seiner Unfähigkeit, sich zu entspannen und Chamchas

Anwesenheit hinzunehmen, war Jumpy Joshi erleichtert, daß er auf diese ungewöhnliche Weise den Segen seines Vorgängers erhielt. Jetzt, da er in der Lage war, die Imperative Liebe und Freundschaft zu versöhnen, besserte sich seine Laune beträchtlich, und die Vorstellung, Vater zu werden, beschäftigte ihn mehr und mehr: Eines Nachts hatte er einen Traum, der ihm am Morgen die Tränen der Vorfreude in die Augen trieb: es war ein schlichter Traum, in dem er auf einer von Bäumen überwölbten Allee dahinrannte und dabei einem kleinen Jungen beim Fahrradfahren half. »Freust du dich mit mir?« rief der Junge in seinem Hochgefühl. »Schau, freust du dich nicht?«

❦

Pamela und Jumpy hatten sich beide bei Aktionen gegen die Verhaftung Dr. Uhuru Simbas im Zusammenhang mit den sogenannten Omamorden beteiligt. Auch dieses mußte Jumpy mit Saladin diskutieren. »Die ganze Angelegenheit ist von A bis Z konstruiert und gründet sich lediglich auf Indizien und Unterstellungen. Hanif behauptet, er könne durch die Löcher in der Anklage mit einem Lastzug fahren. Das Ganze ist, klarer Fall, eine bösartige Falle; die Frage ist nur, wie weit sie gehen. Bestimmt legen sie ihm falsche Aussagen in den Mund. Vielleicht gibt es sogar Zeugen, die sagen, sie hätten ihn beim Schlitzen beobachtet. Hängt alles davon ab, wie dringend sie ihn einsacken wollen. Ziemlich dringend, würde ich sagen; er hat die Klappe in letzter Zeit zu weit aufgerisssen.« Chamcha mahnte zur Vorsicht. Eingedenk Mishal Sufyans Abscheu gegen Simba sagte er: »Der Bursche ist doch – oder? – wegen Tätlichkeiten gegen Frauen vorbestraft ...« Jumpy wendete die Handflächen nach außen. »Im Privatleben«, räumte er ein, »ist der Typ ein Stück Scheiße, ehrlich. Aber das heißt noch nicht, daß er älteren Mitbürgerinnen den Bauch aufschlitzt; man muß kein Engel sein, um unschuldig zu sein. Es sei denn, natürlich, man ist schwarz.« Chamcha überging dies. »Der springende Punkt ist, daß das keine Privatsache ist, sondern eine öffentliche«, unterstrich Jumpy und setzte hinzu, während er aufstand: »Ähm, morgen findet dazu eine Veranstaltung statt. Pamela und ich müssen da hin; bitte, ich meine, wenn du willst, das heißt, wenn du Interesse hast, dann komm doch mit, wenn du magst.«

»Du hast ihn gefragt, ob er mit will?« Pamela konnte es nicht fassen. Seit einiger Zeit war ihr ständig übel, was auch nicht gerade ihre Stimmung hob. »Und das hast du getan, ohne mich zu fragen?« Jumpy wirkte geknickt. »Na ja, ist eh egal«, entließ sie ihn aus der Klemme. »Als würde *der* zu *so etwas* gehen.«

Am Morgen allerdings präsentierte Saladin sich im Flur in einem schicken braunen Anzug, einem Kamelhaarmantel mit Seidenkragen und einem recht schmucken braunen Homburg. »Wohin soll's denn gehen?« wollte Pamela in Turban, Lederjacke aus Armeebeständen und Trainingshose, die ihre dicker werdende Taille betonte, wissen. »Ascot, was?« »Ich glaube, ich wurde zu einer Versammlung eingeladen«, antwortete Saladin höchst friedfertig, worauf Pamela ausklinkte. »Dann sei boß vorsichtig«, warnte sie ihn. »So wie du aussiehst, kann's gut sein, daß sie dich aus deinem Mantel ziehen.«

❦

Was holte ihn zurück in die Anderwelt, in jene Substadt, deren Existenz er so lange geleugnet hatte? Was, oder besser: wer zwang ihn durch die simple Tatsache seiner (ihrer) Existenz, aus jener Kokonhöhle, in der – das jedenfalls glaubte er – sein früheres Ich wiederhergestellt wurde, aufzutauchen und sich einmal mehr in die gefährlichen (weil unerforschten) Gewässer der Welt und seiner selbst zu stürzen? »Bevor ich zu meinem Karatekurs muß«, hatte Jumpy Joshi zu Saladin gesagt, »werde ich die Versammlung einschieben.« Wo seine Starschülerin wartete: hochgewachsen, Regenbogenhaare und, wie Jumpy hinzufügte, gerade achtzehn geworden. Ohne zu wissen, daß auch Jumpy an denselben verbotenen Sehnsüchten litt, fuhr Saladin quer durch die Stadt, um Mishal Sufyan näher zu sein.

❦

Er hatte eine kleine Versammlung erwartet, hatte sich ein Hinterzimmer irgendwo vorgestellt, voller verdächtiger Typen, die wie Klons von Malcolm X aussahen und redeten (Chamcha erinnerte sich, wie er einmal über einen Scherz eines Fernsehkomikers hatte lachen müssen – »Und dann ist da noch der mit dem Schwarzen, der seinen Namen in Mr. X änderte und die *News of the World* wegen Verleumdung verklagte« – und damit einen der schlimmsten Kräche seiner Ehe heraufbeschwor,) dazwischen vielleicht noch ein paar wütend dreinschauende Frauen; er hatte sich viel Fäusteballen und Rechtschaffenheit ausgemalt. Was er dann vorfand, war ein großer Saal, das Brickhall Friends Meeting House, in den sich alle erdenklichen Arten von Menschen drängten – alte, dicke Frauen und Schüler in Uniform, Rastas und Restaurantarbeiter, die Belegschaft des kleinen chinesischen Supermarkts in der Plassey Street, nüchtern gekleidete Herren ebenso wie wilde Jungs, Weiße wie Schwarze; die Stimmung der Menge war weit entfernt von der Sorte evangelischer Hysterie, die er sich vorgestellt hatte; man war ruhig, besorgt und wollte wissen, was man tun konnte. Neben ihm stand eine junge schwarze Frau, die seine Kleidung mit einem amüsierten Blick bedachte; er starrte zurück, und sie lachte: »Okay, tut mir leid, nichts für ungut.« Sie trug einen bikonvexen Button, einer von der Art, die bei jeder Bewegung die Aufschrift wechselte. Aus einem Blickwinkel las man: *Uhuru für den Simba*, aus einem anderen *Freiheit für den Löwen*. »Das ist wegen der Bedeutung seines angenommenen Namens«, erklärte sie überflüssigerweise. »Auf afrikanisch.« Welche Sprache? wollte Saladin wissen. Sie zuckte die Schultern und wandte sich ab, um den Rednern zuzuhören. Es war afrikanisch – nach ihrer Aussprache zu urteilen, war sie in Lewisham oder Deptford oder New Cross geboren –, mehr brauchte sie nicht zu wissen... Pamela zischte ihm ins Ohr. »Wie ich sehe, hast du endlich jemanden gefunden, dem du dich überlegen fühlen kannst.« Sie konnte ihn noch immer wie ein offenes Buch lesen.

Eine winzige Frau Mitte Siebzig wurde von einem sehnigen Mann auf die Bühne am andern Ende des Saals geleitet. Der Mann, wie Chamcha nahezu erleichtert feststellte, sah tatsächlich wie ein amerikanischer Black-Panther-Führer aus, ja, wie der junge Stokely Carmichael – dieselbe starke Brille – und fungierte als Conférencier. Er stellte sich als Dr. Simbas jüngerer Bruder Walcott Roberts vor, und die kleine Dame war beider Mutter, Antoinette. »Gott weiß, wie etwas so Großes wie Simba je aus ihr herauskommen konnte«, flüsterte Jumpy, worauf Pamela wütend die Stirn runzelte, weil sie sich seit neuestem mit allen schwangeren Frauen, ehemaligen wie derzeitigen, solidarisch fühlte. Als Antoinette Roberts aber sprach, war ihre Stimme kräftig genug, um sich allein mit Lungenkraft Gehör zu verschaffen. Sie wollte über ihren Sohn vor Gericht reden, über die gerichtlichen Voruntersuchungen, was sie mit großer Kunstfertigkeit tat. Ihre Stimme entsprach Chamchas Vorstellung von einer ausgebildeten Stimme; sie sprach ein BBC-Englisch wie jemand, der seine Ausdrucksweise beim World Service gelernt hatte, aber auch Gospel lag darin, und ein höllischer Predigtton. »Mein Sohn füllte die Anklagebank«, berichtete sie dem stillen Raum. »Lord, er füllte sie *aus*. Sylvester – ihr werdet mir verzeihen, wenn ich ihn bei dem Namen nenne, den ich ihm gab, womit ich den Namen des Kriegers, den er annahm, nicht herabsetzen will, es geschieht nur aus alter Gewohnheit –, Sylvester also schoß von der Anklagebank hoch wie ein Leviathan aus den Wellen. Ihr sollt wissen, wie er sprach: er sprach laut, und er sprach klar. Er sprach, und schaute seinem Widersacher in die Augen. Und konnte der Staatsanwalt ihn dazu bringen, die Augen zu senken? Nie im Leben. Und ihr sollt wissen, was er sagte: ›Ich stehe hier‹, erklärte mein Sohn, ›weil ich es vorgezogen habe, die alte und ehrenhafte Rolle des unverschämten Niggers einzunehmen. Ich bin hier, weil ich nicht bereit bin, einen vernünftigen Eindruck zu machen. Ich bin hier, weil ich undankbar bin.‹ Er war ein Koloß zwischen Zwergen. ›Und daß das klar ist‹, sagte er vor Gericht, ›wir sind hier, um die Dinge zu ändern. Ich bin der erste, der zugibt, daß auch wir selbst dabei geändert werden; Afrikaner, Westinder, Inder, Pakistani, Bangladeschi, Zyprioten, Chinesen, wir sind anders, als wir es gewesen wären, wenn wir nicht die Meere überquert hätten, wenn unsere Mütter und Väter nicht den Himmel auf der Suche nach Arbeit und Würde und einem besseren Leben für ihre Kinder durchquert hätten. Wir wurden neu geschaffen: aber ich sage, daß wir auch diejenigen sein werden, die diese Gesellschaft neu schaffen, die sie von oben bis unten neu gestalten werden. Wir werden die toten Stämme fällen und frisches Grün pflanzen. Die Reihe ist jetzt an uns.‹ Ich möchte, daß ihr darüber nachdenkt, was mein Sohn, Sylvester Roberts, Dr. Uhuru Simba, am Ort der Gerechtigkeit sagte. Denkt darüber nach, während wir beschließen, was zu tun ist.«

Ihr Sohn Walcott führte sie unter Hochrufen und Sprechchören von der Bühne, sie nickte kaum merklich in Richtung des Lärms. Es folgten weniger charismatische Reden. Hanif Johnson, Simbas Anwalt, machte eine Reihe von Vorschlägen – der Besucherraum müsse stets gestopft voll sein, die Rechtssprecher müßten wissen, daß man ihnen auf die Finger schaute, vor dem Gericht müsse demonstriert und ein Dienstplan eingerichtet werden, ein Aufruf zu finanzieller Unterstützung sei notwendig. Chamcha raunte Jumpy zu: »Keine Rede von seiner Vorgeschichte als Sexualtäter.« Jumpy zuckte die Schultern. »Einige der Frauen, die er belästigt hat, sind hier im Raum. Mishal etwa steht da drüben, dort, in der Ecke bei der Bühne. Aber das ist jetzt weder die Zeit noch der Ort für so etwas. Simbas Bullenwildheit ist sozusagen ein Problem der Familie. Worum es hier geht, ist das Problem mit dem Soulbrother.« Unter anderen Umständen hätte Saladin auf eine solche Erklärung eine Menge zu sagen gewußt. Zum einen hätte er eingewandt, daß ein Vorstrafenregister als Gewalttäter bei einer Mordanklage nicht so einfach beiseite gewischt werden konnte. Auch, daß er den Gebrauch von amerikanischen Begriffen wie

»Soulbrother« in der ganz anders gearteten Situation Englands, wo es keine Geschichte der Sklaverei gab, nicht mochte; das klang wie ein Versuch, sich den Glanz anderer, gefährlicherer Kämpfe zu leihen; selbige Haltung mißfiel ihm bei der Entscheidung der Organisatoren, die Reden mit so bedeutungsschwangeren Liedern wie *We Shall Overcome* und sogar, großer Gott, *Nkosi Sikelel' iAfrika* abzuwechseln. Als wäre jede Ursache gleich, alle Geschichte austauschbar. Aber er sagte nichts dergleichen, weil ihm der Kopf schwirrte und ihm schwindlig geworden war, denn ihm war zum ersten Mal in seinem Leben eine betäubende Vorahnung seines Todes zuteil geworden.

Hanif Johnson beendete seine Rede. *Wie Dr. Simba geschrieben hat, wird das Neue in diese Gesellschaft nicht durch individuelle, sondern durch kollektive Aktionen hineingetragen.* Was er da zitierte, war, wie Chamcha erkannte, eines von Camus' bekanntesten Schlagwörtern. *Der Weg von der Sprache zur moralischen Aktion,* sagte Hanif, *hat einen Namen: Mensch werden.* Und nun stimmte eine hübsche junge asiatische Britin mit einer etwas-zu-knolligen Nase und einer schmutzig-bluesigen Stimme Bob Dylans Song *I Pity the Poor Immigrant* an. Wieder so eine falsche und importierte Note; das Lied erschien einigermaßen einwandererfeindlich, auch wenn es Zeilen enthielt, die den richtigen Ton trafen, über des Einwanderers Visionen, die wie Glas zersprangen, und wie er »seine Stadt mit Blut errichten« mußte. Jumpy hatte mit seinen verseschmiedenden Versuchen, das alte rassistische Bild von den Flüssen aus Blut neu zu definieren, sicher seine Freude daran. All dies erlebte und dachte Saladin wie aus großer Distanz. Was war geschehen? Das: Als Jumpy Joshi auf Mishal Sufyan im Friends Meeting House zeigte, sah Saladin, als er in ihre Richtung blickte mitten auf ihrer Stirn eine lodernde Flamme brennen und fühlte im selben Moment den Schlag und den eisigen Schatten eines riesigen Flügelpaars. Ihn überfiel jene Verschwommenheit, die mit Doppelsichtigkeit in Verbindung gebracht wird, er schien in zwei Welten zugleich zu sehen; die eine war der hell erleuchtete Versammlungssaal, in dem Rauchen verboten war, die andere dagegen eine Welt der Phantome, in der Asrael, der Würgeengel, sich auf ihn herabstürzte und die Stirn eines Mädchens in ominösen Flammen stand. *Sie bedeutet den Tod für mich, das ist es,* dachte Chamcha in einer der beiden Welten, während er sich in der anderen sagte, er solle nicht so albern sein; der Raum war voller Leute, die diese idiotischen Stammesbuttons trugen, die seit kurzem so in Mode waren, grüne Neonheiligenscheine, mit Leuchtfarbe bemalte Teufelshörner; möglicherweise trug Mishal auch so einen Raumzeitalter-Billigschmuck. Doch dann übernahm wieder sein anderes Ich, *Die ist für dich tabu,* sagte es, *uns stehen nicht alle Möglichkeiten offen. Die Welt ist endlich; unsere Hoffnungen fließen über ihren Rand.* Woraufhin sein Herz sich einschaltete, bababumm, bummba, dababumm.

Jetzt war er draußen, Jumpy bemutterte ihn, und sogar Pamela zeigte sich besorgt. »Ich bin hier am brüten«, sagte sie mit einem barschen Rest von Zuneigung. »Was soll das, einfach so umzukippen?« Jumpy bedrängte ihn: »Am besten kommst du jetzt mit mir ins Training; ruhst dich aus, und anschließend bringe ich dich nach Hause.« Aber Pamela wollte wissen, ob ein Arzt nötig sei. *Nein, nein, ich gehe mit Jumpy, ist schon okay. Es war so heiß da drin. Keine Luft. Die Sachen zu warm. Dumme Geschichte. Nichts weiter.*

Neben dem Friends Meeting House war ein Programmkino, und er lehnte gegen ein Filmplakat. Der Film hieß *Mephisto,* die Geschichte eines Schauspielers, der zur Kollaboration mit den Nazis verführt wurde. Der Schauspieler auf dem Plakat – der österreichische Star Klaus Maria Brandauer – war als Mephistopheles verkleidet, weißes Gesicht, Körper schwarz gewandet, Arme erhoben. Über seinem Kopf standen Verse aus dem *Faust:*

Nun gut, wer bist du denn?
Ein Teil von jener Kraft,
Die stets das Böse will, und stets das Gute schafft.

❦

Im Sportzentrum: Er konnte sich kaum dazu bringen, einen Blick in Mishals Richtung zu werfen. (Auch sie hatte die Simba-Versammlung verlassen, um rechtzeitig zum Training zu kommen.) Obwohl sie ihn regelrecht überfiel, *du bist zurückgekommen, ich wette, wegen mir, wie nett von dir,* brachte er kaum ein vernünftiges Wort heraus und noch viel weniger konnte er sie fragen, *hast du da ein leuchtendes Dingsda getragen mitten auf der,* weil sie es jetzt nicht trug während sie mit den Beinen stieß und ihren langen Körper bog, eine wahre Pracht in dem schwarzen Trikot. Bis sie dann seine Kälte spürte und zurückwich, verwirrt und in ihrem Stolz verletzt.

»Unser anderer Star ist heute nicht erschienen«, erwähnte Jumpy Saladin gegenüber während einer Übungspause. »Miss Alleluia Cone, die, die den Mount Everest bestiegen hat. Ich wollte euch eigentlich bekanntmachen. Sie kennt Gibril, das heißt, sie ist mit ihm zusammen. Gibril Farishta, der Schauspieler, dein Mitüberlebender des Absturzes.«

Die Dinge rücken näher. Gibril trieb auf ihn zu, wie Indien, als es sich von dem Protokontinent Gondwanaland gelöst hatte, auf Laurasia zutrieb. (Seine gedanklichen Prozesse, stellte er geistesabwesend fest, kamen mit ziemlich seltsamen Assoziationen daher.) Als sie aufeinandertrafen, türmte die Gewalt den Himalaja auf. Was ist ein Berg? Ein Hindernis; eine Transzendenz; vor allem aber ein *Effekt.*

»Wohin gehst du?« rief Jumpy. »Ich wollte dich doch mitnehmen. Alles in Ordnung mit dir?«

Alles klar. Ich brauch' ein bißchen Bewegung.

»Na gut, aber bist du dir wirklich sicher?«

Sicher. Nur schnell weg, bevor Mishals gekränkter Blick dich trifft... Auf der Straße. Schnell weiter, weg von diesem falschen Ort, dieser Unterwelt. Gott: kein Ausweg. Hier ein Schaufenster, ein Geschäft, in dem Musikinstrumente verkauft werden, Trompeten Saxophone Oboen, wie heißt es? *Fair Winds,* und da im Fenster ein Flugblatt, Billigdruck, Verkündet die kurz bevorstehende Rückkehr, tatsächlich, des Erzengels Gibril. Seine Rückkehr und die Errettung der Erde. *Weg. Bloß weg hier.*

...Dem Taxi da winken. (Seine Kleidung flößt dem Fahrer Respekt ein.) Steigen Sie ein der Herr stört Sie das Radio. Irgendein Wissenschaftler, der bei der Flugzeugentführung dabei war und die halbe Zunge verlor. Amerikaner. Sie haben sie ihm wieder zusammengeflickt, sagt er, mit Fleisch von seinem Allerwertesten, entschuldigen Sie den Ausdruck. Wär nicht scharf auf 'nen Mundvoll von meinem Backenfleisch, aber das arme Schwein hatte wohl keine Wahl, was. Komische Type. Hat komische Vorstellungen.

Eugene Dumsday erörterte im Radio mit seiner neuen allerwertesten Zunge die Lücken im Fossilienarchiv. *Der Teufel versuchte, mich zum Schweigen zu bringen, doch Gott der Herr und die amerikanische Chirurgie wußten es besser.* Diese Lücken waren die wichtigsten Verkaufsargumente des Schöpfungswissenschaftlers: wenn die natürliche Selektion der Wahrheit entsprach, wo waren dann die Zufallsmutationen, die ausselektiert wurden? Wo waren die Monsterkinder, die deformierten Babys der Evolution? Die Fossilien blieben stumm. Nirgends dreibeinige Pferde. *Sinnlos, mit diesen Schlafmützen zu argumentieren,* sagte der Taxifahrer. *Hab' selber nichts mit Gott am Hut.* Sinnlos, stimmte ein kleiner Teil von Chamchas Bewußtsein zu. Sinnlos, darauf hinzuweisen, daß »das Fossilienarchiv« nicht so etwas wie ein vollständiger Aktenschrank war. Und die Evolutionstheorie hat sich seit Darwin erheblich weiterentwickelt. Heutzutage vertrat man die Meinung, daß sich größere Veränderungen bei den Arten nicht per stolperndem Zufall – ein Schritt und man landet auf der Nase – vollzogen, wie zunächst angenommen, sondern in großen, radikalen Sprüngen. Die Geschichte des Lebens war nicht der kleinliche Fortschritt – der typisch englische Mittelklassenfortschritt –, wie das viktorianische Denken ihn gern gehabt hätte, sondern sie war gewaltsam, mit dramatischen, kumulierenden Umwälzungen, in der alten Formulierung: mehr Revolution als Evolution. Ich habe genug gehört, sagte der Taxifahrer. Eugene Dumsday verschwand aus dem Äther und wurde durch Diskomusik ersetzt. *Ave atque vale.*

An jenem Tag begriff Saladin Chamcha, daß er in einem faulen Frieden gelebt hatte, daß die Veränderung in ihm unwiderruflich war. Als er vom Himmel gefallen war, hatte sich ihm (oder: in ihm) eine neue dunkle Welt eröffnet; gleichgültig, wie gewissenhaft er versuchte, seine alte Existenz wiederaufzubauen, das war, das begriff er jetzt, eine Tatsache, die nicht mehr rückgängig zu machen war. Er schien eine Straße vor sich zu sehen, die sich nach rechts und links gabelte. Er schloß die Augen, ließ sich in das Polster des Taxis sinken und wählte die linke Abzweigung.

2

Die Temperatur stieg weiter; und als die Hitzwelle ihren Höhepunkt erreichte und ihn so lange beibehielt, bis die ganze Stadt, Gebäude, Wasserwege, Einwohner dem Siedepunkt gefährlich nahe waren, kündigten Mr. Billy Battuta und seine ständige Begleiterin Mimi Mamoulian, die unlängst, nachdem sie einige Zeit als Gäste der New Yorker Strafvollzugsbehörden verbracht hatten, in die Metropole zurückgekehrt waren, ihre »große Freiheitsparty« an. Billys Geschäftsverbindungen in New York hatten zugesehen, daß ein gewogener Richter der Verhandlung vorsaß; sein ureigenster Charme hatte jedes einzelne der reichen weiblichen »Opfer«, denen er so großzügige Beträge zum Zwecke des Rückkaufs seiner Seele vom Teufel (einschließlich Mrs. Struwelpeter) entlockt hatte, bewogen, ein »Gnadengesuch« zu unterschreiben, in welchem die Matronen ihre Überzeugung zum Ausdruck brachten, daß Mr. Battuta seinen Fehler aufrichtig bereue, und angesichts seines Schwurs, sich von nun an auf seine erstaunlich glänzende Unternehmerkarriere zu konzentrieren (deren soziale Nützlichkeit hinsichtlich der Schaffung von Reichtum und unzähligen Arbeitsplätzen ebenfalls, wie sie dafürhielten, seitens des Gerichts als mildernder Umstand Berücksichtigung finden sollte) und sich einer gründlichen psychiatrischen Behandlung zu unterziehen, die ihm bei der Überwindung seiner Schwäche für kriminelle Eskapaden helfen sollte, darum baten, daß das hohe Gericht auf eine mildere Strafe als eine Gefängnisstrafe erkennen möge, »wobei dem Zweck der Abschreckung, der einer derartigen Inhaftierung unterliegt, hier besser«, so die Ansicht der Damen, »mit einem Urteil von christlicherer Art gedient sei«. Mimi, der vom Gericht lediglich der Status von Billys liebesblindem Werkzeug zuerkannt wurde, bekam eine Strafe zur Bewährung; auf Billy warteten die Abschiebung und eine deftige Geldstrafe, aber der Vollzug des Urteils fiel letzten Endes beträchtlich milder aus, dank der Tatsache, daß der Richter der Bitte von Billys Anwalt entsprach, sein Mandant möge das Land freiwillig verlassen dürfen, ohne den Stempel der Abschiebungsverfügung in seinem Paß, ein Stigma, das seinen zahlreichen Geschäftsinteressen großen Schaden zugefügt hätte. Vierundzwanzig Stunden nach dem Urteil waren Billy und Mimi wieder in London, hauten bei Crockford's auf den Putz und verschickten bizarre Karten, mit denen, wie versprochen wurde, zu *der* Party dieser so seltsam schweißgebadeten Saison eingeladen wurde. Eine dieser Karten fand, mit Hilfe von Mr. S. S. Sisodia, den Weg zum Wohnsitz von Alleluia Cone und Gibril Farishta, eine weitere erreichte mit einer kleinen Verspätung Saladin Chamchas Höhle, unter der Tür hindurchgeschoben von dem beflissenen Jumpy. (Mimi hatte Pamela angerufen, um sie einzuladen, und mit der ihr eigenen Direktheit hinzugefügt: »Hast du eine Ahnung, wo dein Göttergatte abgeblieben ist?« Worauf Pamela mit englischer Betretenheit antwortete: *Ja, ähm, aber.* Mimi bekam die ganze Geschichte in weniger als einer halben Stunde aus ihr heraus, was nicht schlecht war, und folgerte triumphierend: »Es geht scheint's aufwärts mit dir, Pam. Bring sie beide mit, bring überhaupt alle mit. Das wird ein richtiger Zirkus.«)

Der Schauplatz der Party war wieder so ein unerklärlicher Triumph Sisodias. Er hatte ein gigantisches Studio der Shepperton Filmstudios besorgt, anscheinend kostenlos, und die Gäste wären daher in der Lage, sich in dem riesigen Neu-Bau von Dickens' London, das darin stand, zu vergnügen. Eine Musicalversion des letzten vollendeten Romans des großen Schriftstellers mit dem neuen Namen *Freund!*, Drehbuch und Text von Mr. Jeremy Bentham, dem gefeierten Musicalgenie, hatte sich als Mammuthit im West End und am Broadway erwiesen, trotz einiger makabrer Szenen; deshalb erhielten *Die Kumpel*, wie sie bei Eingeweihten hießen, auch den Ritterschlag einer kostenintensiven Filmproduktion. »Die Pepe-PR-Leute«, sagte Sisodia Gibril am Telefon, »glauben, daß eine s-solche Veranalanal-anstaltung mit großer Stasta-Starbesetzung gut für die Wewerbung ist.«

Die festgelegte Nacht kam: eine Nacht furchtbarer Hitze.

❦

Shepperton! Pamela und Jumpy sind schon da, getragen auf den Schwingen von Pamelas MG, als Chamcha eintrifft, der ihre Gesellschaft verschmähte und in einer der zahllosen Limousinen gekommen ist, die die Gastgeber des Abends jenen Gästen zur Verfügung stellten, die aus welchen Gründen auch immer, statt selbst zu fahren, vorzogen, gefahren zu werden. Und noch jemand anders – derjenige, mit welchem unser Saladin zur Erde fiel – ist gekommen; wandert umher. Chamcha betritt die Arena; und ist verblüfft. Hier ist London verändert – nein, *verdichtet* – gemäß den Erfordernissen des Films. Hier ist das Stuckonien der Veneerings, jener nagelneuen, wie aus dem Ei gepellten neuen Menschen, es liegt in schockierender Nähe zum Portman Square und dem zwielichtigen Winkel, der diverse Podsnaps enthält. Und schlimmer noch: sieh da die Haufen der Müllkutscher von Boffin's Bower, scheinbar in direkter Nachbarschaft von Holloway, das sich in dieser verkürzten Metropole über Fascination Fledgebys Räumen im Albany türmt, dem wahren Herzen des West End! Doch die Gäste sehen keinen Grund zu murren; die wiedergeborene Stadt, auch wenn sie neu angeordnet ist, raubt ihnen immer noch den Atem; besonders in dem Teil des ungeheuren Studios, durch das sich der Fluß schlängelt, der Fluß mit seinen Nebeln und Gevatter Hexams Boot, die ebbende Themse, die unter zwei Brücken hinwegfließt, eine aus Eisen, eine aus Stein. Auf den mit Kopfsteinen gepflasterten Uferstraßen wandeln fröhlich die Gäste, und da ertönen, düster, neblig, Schritte mit unheilvollem Klang. Eine Trockeneiswaschküche wallt durch die Szenerie.

Gesellschaftsgrößen, Fotomodelle, Filmstars, Filmbonzen, ein paar zweitrangige Mitglieder der königlichen Familie, nützliche Politiker und ähnliches Gesindel transpirieren und mischen sich in diesen falschen Straßen mit zahlreichen Männern und Frauen, die so schweißglitzernd sind wie die »wirklichen« Gäste und so falsch wie die Stadt: gemietete Komparsen in zeitgenössischen Kostümen, dazu eine Auswahl der Hauptdarsteller des Films. Chamcha, der in dem Augenblick, da er ihn sieht, weiß, daß dieses Treffen der alleinige Zweck seiner Reise war – dieses Faktum hat er bis zu diesem Moment erfolgreich von sich ferngehalten –, erspäht Gibril in der zunehmend zügellosen Menge.

Ja: dort auf der London Bridge Welche Aus Stein, ohne jeden Zweifel, Gibril! Und das muß seine Alleluia sein, seine Eisprinzessin! Welch entrückten Ausdruck er auf dem Gesicht trägt, wie er sich leicht nach links neigt, und wie sie ihn anschmachtet – wie jeder ihn bewundert: denn er ist der Allergrößten einer auf der Party, Battuta zu seiner Linken, Sisodia zu Allies Rechten, und um sie herum schwirren massenweise Gesichter, die man von Peru bis Timbuktu erkennen würde! Chamcha drängt sich durch die Menge, die immer dichter wird, je mehr er sich der Brücke nähert; aber er ist entschlossen – Gibril, er wird Gibril erreichen! –, als mit einem Beckenschlag laute Musik aufbraust, eine von Mr. Benthams unsterblichen, applausträchtigen Melodien, und die Menge teilt sich wie das Rote Meer vor den Kindern Israel. Chamcha, aus dem Gleichgewicht geraten, taumelt zurück, wird von der sich teilenden Menge gegen ein falsches Fachwerkgebäude gedrückt – ein Raritätenladen, was sonst? – und, um sich zu retten, schlüpft er dort hinein, während eine große Sängerschar vollbusiger Damen in Spitzenhauben und Rüschenblusen, begleitet von mehr als genug angströhrenbehüteter Herren, die Flußstraße herangewalzt kommt und aus vollem Halse singt.

Was ist unser gemeinsamer Freund für ein Mann?
Was ist sein Plan?
Ist er ein Schlitzohr oder ein Kumpan?
&c. &c. &c.

»Das war vielleicht komisch«, sagte eine Frauenstimme hinter ihm, »als wir die Show im C-Theater machten, da hatte die ganze Truppe einen Lustanfall; nach meiner Erfahrung ohne Beispiel. Die Leute verpaßten wegen der Faxen in den Kulissen schon ihren Einsatz.«

Die das sagt, bemerkt er, ist jung, klein, drall, alles andere als unattraktiv, feucht von der Hitze, vom Wein durchflutet und offensichtlich gepackt von dem libidinösen Fieber, von dem sie redet. Der »Raum« ist schwach beleuchtet, aber er kann das Funkeln in ihren Augen erkennen. »Wir haben Zeit«, fährt sie sachlich fort. »Wenn das zu Ende ist, kommt Mr. Podsnaps Solo«.

Worauf sie sich in eine gekonnte Parodie der aufgeblasenen Positur des Agenten der Schiffsversicherung arrangiert und ihre Version der Musical-Podsnapperei beginnt:

Wir haben eine wortreiche Sprache,
Für Ausländer schwer offenbar;
Wir sind als Nation was Besondres,
Gesegnet und frei von Gefahr...

Jetzt wendet sie sich in Rex-Harrisonschem Sprechgesang an einen unsichtbaren Fremden. »Und Wie Gefällt Ihnen London? – ›Uhngehäuerling prächtig?‹ – Ungeheuer Prächtig, sagen wir. Unsere englischen Adverbien enden nicht auf Ling. Und Finden Sie, Sir, Viele Beweise unserer Britischen Verfassung auf den Straßen der Weltmetropole London, Londres, London? Ich würde sagen«, setzt sie hinzu, noch immer podsnappend, »daß der Engländer eine Kombination von Eigenschaften in sich vereinigt, eine Bescheidenheit, eine Unabhängigkeit, eine Verantwortung, eine Gelassenheit, welche man unter den Völkern der Erde vergeblich suchen würde.«

Das Geschöpf hat sich, während es diese Zeilen aufsagte, Chamcha genähert, hat sich dabei die Bluse aufgeknöpft, und er, Mungo ihrer Kobra, steht da wie angewurzelt, während sie eine wohlgeformte rechte Brust entblößt, sie ihm darbietet und darauf verweist, daß sie – als ein Akt des Bürgerstolzes – den Stadtplan von London, nichts weniger, mit einem roten Leuchtstift darauf gemalt hat, der Fluß ganz in Blau. Die Metropole ruft ihn zu sich; er aber stößt einen gänzlich Dickensschen Schrei aus und kämpft sich aus dem Raritätenladen hinaus in den Wahnsinn der Straße.

Gibril sieht von der London Bridge aus direkt zu ihm her; ihre Blicke – so jedenfalls scheint es Chamcha – begegnen sich. Ja: Gibril hebt einen gelangweilten Arm und winkt.

❦

Was nun folgt, ist Tragödie. Oder zumindest das Echo von Tragödie, das vollblütige Original, heißt es, steht modernen Männern und Frauen nicht zur Verfügung. Eine Burleske für unsere erniedrigte, imitierende Zeit, in der Clowns nachspielen, was Helden und Könige einst taten. Nun, so mag es denn sein. Die Frage, die hier gestellt wird, bleibt so groß, wie sie immer war: Nämlich, die Natur des Bösen, wie es entsteht, warum es wächst, wie es eine vielschichtige menschliche Seele einseitig in Besitz nimmt. Oder sagen wir: das Rätsel des Jago.

Es ist nichts Ungewöhnliches, daß literarisch-theatralische Exegeten, von dieser Figur überfordert, ihre Handlungen einer »unmotivierten Bösartigkeit« zuschreiben. Das Böse ist böse und tut Böses, Schluß; das Gift der Schlange ist seine Definition schlechthin. So billige Erklärungen lassen wir hier nicht durchgehen. Mein Chamcha mag zwar kein Fähnrich von Venedig sein, meine Allie keine eingestaubte Desdemona, Farishta dem Mohren nicht gewachsen, doch zumindest werden sie mit Deutungen kostümiert sein, wie mein Verständnis es zuläßt. So also winkt Gibril einen Gruß; Chamcha nähert sich; der Vorhang hebt sich über der Bühne, das Licht geht aus.

❦

Beobachten wir zunächst, wie isoliert dieser Saladin ist; sein einziger williger Begleiter ist eine trunkene und kartographisch bebuste Fremde, und er kämpft sich allein durch die festende Menge, in der jeder mit jedem befreundet zu sein scheint (und es nicht ist), während dort auf der London Bridge Farishta steht, von Bewunderern umlagert, mitten im Mittelpunkt der Menge;

als nächstes wollen wir uns der Wirkung der güldenen, bleichen und eisigen Gestalt an Farishtas Seite – Alleluia Cone – auf Chamcha, der England in Form seiner verlorenen englischen Frau liebte, zuwenden; er schnappt sich ein Glas vom Tablett eines vorbeiziehenden Kellners, spült den Wein hinunter, nimmt noch eins; und scheint in der fernen Allie die Gesamtheit seines Verlusts zu erblicken;

und ebenso wird, auf andere Weise, Gibril rasch zur Summe von Saladins Niederlagen; dort, in dem nämlichen Augenblick, steht eine weitere Verräterin bei ihm; aufgetakelt wie ein junges Mädchen, fünfzignochwas und klimpert mit den Wimpern wie eine Achtzehnjährige, Chamchas Agentin, die respektheischende Charlie Sellers; *ihn* würdest du ja wohl nicht mit einem transsylvanischen Blutsauger vergleichen, nicht wahr, Charlie, ruft der zornige Beobachter innerlich und schnappt sich noch ein Glas – und sieht auf dessen Grund seine eigene Anonymität, des anderen ebenso große Berühmtheit und die große Ungerechtigkeit der Einteilung;

insbesondere – überlegt er bitter –, weil Gibril, der Eroberer Londons, in der Welt, die ihm nun zu Füßen fällt, keinen Wert erkennen kann; das Schwein hat immer nur gehöhnt, das Große London, Vilayet, die Engländer, Spoono, was sind das doch für kalte Fische, ich schwör's dir; Chamcha, der sich ihm unerbittlich durch die Menge hindurch nähert, scheint, *jetzt im Moment,* dasselbe Höhnen auf Farishtas Gesicht zu sehen, Verachtung eines auf den Kopf gestellten Podsnap, für den alles Englische lachens- anstatt rühmenswert ist; o Gott, wie grausam es ist, daß er, Saladin, dessen Ziel und Kreuzzug es war, diese Stadt sich zu eigen zu machen, miterleben muß, wie sie vor seinem Verachtung überfließenden Rivalen niederkniet! – dazu kommt noch: daß Chamcha sich danach sehnt, in Farishtas Schuhen zu stehen, während sein eigenes Schuhwerk für Gibril auch nicht von geringstem Interesse ist.

Was ist unverzeihlich?

Chamcha schaut Farishta zum ersten Mal seit ihrer abrupten Trennung in Rosa Diamonds Diele wieder ins Gesicht, sieht die seltsame Leere im Blick des anderen, erinnert sich mit übermächtiger Stärke der damaligen Leere, Gibril steht auf der Treppe und tut nichts, während er, Chamcha, gehörnt und gefangen, in die Nacht hinausgezerrt wird; und er spürt, wie der Haß zurückkehrt, spürt, wie er ihn von Kopf bis Fuß mit frischer grüner Galle füllt, *hör nicht auf Entschuldigungen,* schreit sie, *zum Teufel mit Nachsicht und Was-hätte-er-schon-tun-können; was jenseits von Vergebung ist, ist eben jenseits. Man kann eine innere Verletzung nicht nach der Größe des Lochs beurteilen.*

Daher: Gibril Farishta, von Chamcha angeklagt, erhält eine härtere Behandlung als Mimi und Billy in New York und wird für alle Ewigkeit der Unverzeihlichen Sache schuldig gesprochen. Daraus folgt, was folgen muß. Doch dürfen wir uns gestatten, eine Weile über die wahre Natur dieses Äußersten, dieses Unsühnbaren Vergehens zu spekulieren. Ist es wirklich sein Schweigen auf Rosas Treppe, kann es das sein? Oder gibt es da noch tiefer sitzende Ressentiments, Meckereien, für die diese sogenannte Erste Ursache in Wirklichkeit nichts weiter als ein Ersatz, Fassade ist? Denn sind sie nicht verbundene Gegensätze, die beiden, jeder des anderen Schatten? Der eine strebt danach, in das Fremdartige verwandelt zu werden, das er so bewundert, der andere zieht es, voller Verachtung, vor, selbst zu verwandeln; der eine ein vom Pech Verfolgter, der anscheinend ständig für nicht begangene Verbrechen bestraft wird, der andere, von allen engelsgleich genannt, einer von denen, die sich alles leisten können. Wir können Chamcha als etwas kleiner als lebensgroß bezeichnen; der laute, vulgäre Gibril dagegen ist fraglos um ein Beträchtliches überlebensgroß, eine Ungleichheit, die in Chamcha leicht neo-prokrustische Lüste wecken könnte: sich selbst zu strecken, indem er Farishta zurechtstutzt.

Was ist unverzeihlich?

Was, wenn nicht die zitternde Nacktheit, einem Menschen, dem man nicht traut, *gänzlich bekannt* zu sein? Und hat Gibril Saladin nicht in Umständen gesehen – Entführung, Sturz, Verhaftung –, in welchen die innersten Geheimnisse bis zum äußersten entblößt waren?

Gut denn. Kommen wir der Sache näher? Sollten wir sogar sagen, daß die beiden zwei fundamental verschiedene *Arten* des Ichs sind? Könnten wir uns nicht darauf einigen, daß Gibril, Künstlername hin und Auftritte her, trotz Wiedergeburtssprüchen, neuer Anfänge, Metamorphosen sich gewünscht hat, in hohem Maße eine *kontinuierliche* Größe zu bleiben, das heißt, seiner Vergangenheit verbunden und aus ihr sich fortentwickelnd; daß er weder fast-tödliche Krankheit noch verwandelnden Sturz wählte, daß er tatsächlich vor allem anderen die geänderten Zustände fürchtet, in die seine Träume sickern und die sein waches Ich überwältigen, ihn zu dem engelsgleichen Gibril machen, der er nicht sein will, so daß sein Ich noch immer eines ist, das wir, für unsere gegenwärtigen Zwecke, als »wahr« bezeichnen können … während Saladin Chamcha ein Wesen der *selektierten* Diskontinuitäten ist, eine *willige* Neuerfindung; seine *gewollte* Revolte gegen die Geschichte das ist, was ihn, gemäß unserer Redewendung, »falsch« macht? Und könnten wir dann nicht einen Schritt weitergehen und sagen, daß ebendiese Falschheit des Ichs bei Chamcha eine schlimmere und tiefere Falschheit ermöglicht – nennen wir es das »Böse« – und daß dies die Wahrheit, die Tür ist, die durch seinen Sturz in ihm geöffnet wurde? Während Gibril, der Logik unserer eingeführten Terminologie zufolge, als »gut« betrachtet werden muß, vermöge seines *Wunsches*, bei all seinen Wandlungen ein im Grunde ungewandelter Mann *zu bleiben.*

Aber, und abermals aber: Das klingt doch gefährlich nach einem vorsätzlichen Trugschluß, oder? Solcherlei Unterscheidungen, die notwendig auf der Vorstellung des Ichs als (idealerweise) homogen, nicht-hybrid, »rein« – eine absolut phantastische Vorstellung! – beruhen, können, dürfen nicht genügen. Nein! Sagen wir etwas noch Härteres: daß das Böse vielleicht doch nicht so tief unter unserer Oberfläche liegt, wie wir es gern hätten. Daß wir ihm *auf natürliche Weise*, das heißt, *nicht gegen unsere Natur,* anheimfallen. Und daß Saladin Chamcha loszog, Farishta zu zerstören, weil es sich letztlich als so leicht erwies; denn der wahre Reiz des Bösen ist die verführerische Leichtigkeit, mit der man sich auf diesen Weg begeben kann. (Und, fügen wir schlußendlich hinzu, die spätere Unmöglichkeit der Umkehr.)

Saladin Chamcha allerdings besteht auf einem schlichteren Argument. »Es war sein Verrat in Rosa Diamonds Haus, sein Schweigen; sonst nichts.«

Er setzt den Fuß auf die falsche London Bridge. Von einer nahen rot-weiß gestreiften Puppenspielerbude ruft ihm Mr. Punch – Judy prügelnd – zu: *Genau so wird's gemacht!* Darauf spricht auch Gibril einen Gruß, wobei die Begeisterung der Worte durch die unpassende Lustlosigkeit der Stimme zunichte gemacht wird: »Du hier, Spoono. Du verdammter Hund. Da bist du ja, in voller Lebensgröße. Komm her, du Salad Baba, alter Chumch.«

Folgendes geschah:

In dem Moment, als Saladin Chamcha Allie Cone nahe genug war, um von ihren Augen durchbohrt zu werden und etwas zu frösteln, spürte er, wie seine neu erwachte Feindseligkeit gegenüber Gibril sich auf sie ausdehnte, sie mit ihrem Null-Grad-geh-zum-Teufel-Blick, ihrer Miene, als sei sie in eines der großen, rätselhaften Geheimnisse des Universums eingeweiht, mit ihrer *Wildnis,* wie er es später nannte, etwas Hartes, Rares, asozial, distanziert, etwas Elementares. Warum ärgerte ihn das so? Warum hatte er sie, noch bevor sie den Mund aufmachte, als Teil des Feindes qualifiziert?

Vielleicht, weil er sie begehrte, und noch mehr begehrte, was er für ihre innere Gewißheit hielt; diese mangelte ihm, und er neidete sie ihr, und er suchte zu beschädigen, was er neidete. Wenn Liebe eine Sehnsucht ist, so zu sein (oder zu werden) wie der geliebte Mensch, dann muß man sagen, daß Haß durch denselben Ehrgeiz erzeugt werden kann, wenn er keine Erfüllung findet.

Folgendes geschah: Chamcha erfand sich eine Allie und wurde zum Widersacher seiner Fiktion ... er zeigte nichts davon. Er lächelte, schüttelte ihr die Hand, freute sich, sie kennenzulernen; und umarmte Gibril. *Ich folge ihm, um meinen Zweck an ihm zu erfüllen.* Allie, die keinen Verdacht schöpfte, entschuldigte sich. Die beiden hätten sich sicher viel zu erzählen, sagte sie, und ging mit dem Versprechen, bald wiederzukommen: weg, wie sie es formulierte, auf Erkundungsgang. Er bemerkte, daß sie ein, zwei Schritt lang leicht humpelte, dann innehielt und kraftvoll davonschritt. Zu den Dingen, die er von ihr nicht wußte, gehörten ihre Schmerzen.

Ohne zu wissen, daß der Gibril, der vor ihm stand, entrückten Auges und flüchtigen Grußes, unter der aufmerksamsten medizinischen Beobachtung stand; oder daß er Tag für Tag gewisse Medikamente einnehmen mußte, die seine Sinne trübten, und zwar wegen der sehr realen Möglichkeit eines erneuten Ausbruchs seiner nicht-mehr-namenlosen Krankheit, das heißt, paranoider Schizophrenie; oder daß er, auf Allies unnachgiebiges Drängen hin, lange Zeit von den Filmleuten ferngehalten wurde, denen sie seit seinem letzten Wutanfall stark mißtraute; oder daß ihre Anwesenheit auf der Battuta-Mamoulian-Party eine Sache war, der sie sich voll und ganz widersetzt und erst nach einer schrecklichen Szene gefügt hatte, in der Gibril sie anbrüllte, er würde sich nicht länger gefangen halten lassen und sei nunmehr entschlossen, einen neuerlichen Versuch zu unternehmen, wieder in sein »wirkliches Leben« einzutreten; oder daß die Anstrengung, die es bedeutete, sich um einen verstörten Liebhaber zu kümmern, der dazu fähig war, kleine fledermausartige Kobolde mit dem Kopf nach unten im Kühlschrank hängen zu sehen, Allie wie ein durchgewetztes Hemd aufgerieben hatte, wobei er ihr die Rollen Krankenschwester, Sündenbock und Krücke aufgezwungen hatte – was, in summa, ihr abverlangte, ihrer eigenen komplexen und unruhigen Natur zuwiderzuhandeln; ohne das alles zu wissen, ohne zu begreifen, daß der Gibril, den er nun anschaute und den er zu sehen glaubte, Gibril, die Verkörperung all des Glücks, welches dem furiengehetzten Chamcha so eklatant mangelte, nicht weniger ein Geschöpf seiner Phantasie, nicht weniger eine Fiktion war als seine erfundene-abgelehnte Allie, jene klassische Mörderblondine oder Femme fatale, die von seiner eifersüchtigen, gequälten, orestischen Einbildung beschworen wurde, durchdrang Saladin in seiner Unwissenheit gleichwohl, durch schieren Zufall, den schwachen Punkt in Gibrils (zugegebenermaßen etwas quichotischem) Panzer und erkannte sofort, wie der verhaßte Andere schnellstmöglich zerlegt werden konnte.

Gibrils banale Frage gab das Stichwort. Von Sedativa auf Smalltalk beschränkt, fragte er vage: »Und wie, sag mir, geht es deiner Liebenfrau?« Worauf Chamcha, der Alkohol hatte ihm die Zunge gelöst, herausplatzte: »Wie? Hat 'nen dicken Bauch. Gesegnete Umstände. Scheißkind unterm Herzen.« Der narkotisierte Gibril überhörte die Gewalt in dieser Aussage, strahlte geistesabwesend, legte Saladin den Arm um die Schulter. »Shabash, Mubarak«, diente er als Glückwunsch an. »Spoono! Verdammt schnelle Arbeit.«

»Gratuliere ihrem Liebhaber«, wütete Saladin mit schwerer Zunge. »Mein alter Freund, Jumpy Joshi. Zugegeben, er ist ein Mann. Anscheinend rasten die Frauen bei ihm aus. Weiß Gott, warum. Sie wollen seine verfluchten Babys und fragen noch nicht mal nach, ob ihm das recht ist.«

»Wer denn zum Beispiel?« brüllte Gibril, worauf sich Köpfe drehten und Chamcha überrascht zusammenzuckte. »Wer wer wer?« gröhlte er, was beschwipstes Gekichere nach sich zog. Auch Saladin Chamcha lachte, aber freudlos. »Ich sag dir, wer zum Beispiel. Meine Frau zum Beispiel, einmal wer. Das ist keine Dame, Mister Farishta, Gibril. Pamela, meine undamige Frau.«

Genau in diesem Moment, wie das Leben so spielte – Saladin war sich in seinem Suff der Tragweite seiner Worte bei Gibril alles andere als bewußt: für diesen hatten sich zwei Bilder explosionsartig vereint, das erste war die plötzliche Erinnerung an Rekha Merchant auf einem fliegenden Teppich, die ihn vor Allies Wunsch, ein Baby zu haben, ohne den Vater zu informieren, warnte, *wer fragt den Samen um Erlaubnis, ihn einzupflanzen*, das zweite die Vision des Körpers des Kampfsportlehrers, in hemmungsloser Fleischlichkeit mit gesagter Miss Alleluia Cone vereint –, sah man die Gestalt Jumpy Joshis in recht erregtem Zustand die »Southwark Bridge« überqueren, nämlich auf der Jagd nach Pamela, von der er durch dieselbe Meute singender Dickensianer getrennt worden war, welche Saladin den metropolitanischen Brüsten der jungen Frau in dem Raritätenladen entgegengestoßen hatte. »Wenn man vom Teufel spricht«, Saladin zeigte zu ihm hin. »Da geht das Schwein.« Er wandte sich Gibril zu: aber Gibril war verschwunden.

Allie Cone erschien wieder, wütend, verzweifelt. »Wo ist er? Herrgott! Kann ich ihn denn nicht eine Scheißsekunde alleinlassen? Verflucht noch mal, konnten Sie ihn nicht im Auge behalten?«

»Aber was ist denn –?« Doch Allie hatte sich schon wieder in die Menge gestürzt, so daß sie, als Chamcha Gibril die »Southwark Bridge« überqueren sah, schon außer Hörweite war. Dafür stand jetzt Pamela neben ihm und fragte streng: »Hast du Jumpy gesehen?« Und er zeigte: »In der Richtung«, worauf sie, ohne ein Wort des Dankes, ebenfalls verschwand; und dann sah er, wie Jumpy die »Southwark Bridge« in die andere Richtung überquerte, die Locken wilder denn je, die schmächtigen Schultern in einen Wintermantel getaucht, den er partout nicht hatte ablegen wollen, mit suchendem Blick, Daumen steuerte zielstrebig auf Mund zu – und wenig später eilte Gibril über das Trugbild jener Brücke Welche Aus Eisen in dieselbe Richtung wie Jumpy kurz zuvor.

Kurz, die Ereignisse wurden langsam zur Farce; doch als ein paar Minuten später der Schauspieler, der die Rolle des Gevatter Hexam spielte, der das Stück Dickens'sche Themse auf treibende

Leichen im Auge behielt, um diese um ihre Wertsachen zu erleichtern, bevor er sie der Polizei übergab, schnell den Studiofluß dahergerudert kam, die vorgeschriebenen wirren angegrauten Haare ihm zu Berge standen, war die Farce auf einen Schlag beendet, denn da in seinem anrüchigen Boot lag der besinnungslose Körper von Jumpy Joshi in seinem wasserdurchtränkten Wintermantel. »Bewußtlos geschlagen«, rief der Mann im Boot und wies auf die riesige Beule, die auf Jumpys Hinterkopf anschwoll, »und bewußtlos im Wasser, ein Wunder, daß er nicht ertrunken ist.«

❦

Eine Woche später fand Saladin Chamcha sich auf einen leidenschaftlichen Anruf von Allie Cone hin, die ihn über Sisodia, Battuta und schließlich Mimi aufgespürt hatte und die um einiges aufgetaut schien, auf dem Beifahrersitz eines drei Jahre alten silbernen Citroen Kombi wieder, den die zukünftige Alicja Boniek vor der Abreise zu einem ausgedehnten Aufenthalt in Kalifornien ihrer Tochter geschenkt hatte. Allie hatte Saladin am Bahnhof von Carlisle abgeholt und ihre früheren telefonischen Entschuldigungen wiederholt – »Ich hatte kein Recht, so mit Ihnen zu reden; Sie wußten ja nichts, ich meine, von seinem, na, Gottseidank hat keiner gesehen, wie er zuschlug, und dann ist es wohl vertuscht worden, aber der arme Mann, ein Ruder von hinten auf den Kopf, schrecklich; jedenfalls haben wir uns im Norden eingenistet, Freunde von mir sind weggefahren, es erschien einfach als das beste, sich den Menschen zu entziehen, und, na, er hat immer nach Ihnen gefragt; ich glaube, Sie könnten ihm wirklich helfen, und um ehrlich zu sein, ich könnte auch ein wenig Hilfe gebrauchen«, woraus Saladin nur wenig schlauer wurde, dafür aber vor Neugier platzte –, und nun glitt Schottland mit beunruhigender Geschwindigkeit an den Fenstern des Citroen vorbei: ein Stück Hadrianswall, das alte Paradies der heimlichen Hochzeiter, Gretna Green, und dann ins Landesinnere in Richtung Southern Uplands; Ecclefechan, Lockerbie, Beattock, Elvanfoot. Chamcha neigte dazau, sich alle nichtmetropolitanischen Schauplätze als Tiefen des interstellaren Raums vorzustellen und Reisen dorthin als mit Gefahren beladen: denn eine Panne in solcher Einöde würde sicher einen einsamen und unentdeckten Tod bedeuten. Er hatte argwöhnisch bemerkt, daß ein Scheinwerfer des Citroen defekt war, daß die Tankuhr auf Rot stand (sie erwies sich dann ebenfalls als defekt), das Tageslicht nachließ, und Allie fuhr, als wäre die A 74 der Rundkurs von Silverstone an einem sonnigen

Tag. »Ohne Auto kommt er nicht weit, aber man weiß ja nie«, erklärte sie düster. »Vor drei Tagen stahl er die Wagenschlüssel, und dann erwischten sie ihn, wie er eine Ausfahrt der M 6 in verkehrter Richtung hochfuhr und irgendwas von Verdammnis brüllte. *Bereitet euch auf die Rache des Herrn vor,* sagte er zu den Autobahnbullen, *denn bald rufe ich meinen Statthalter Asrael herbei.* Sie notierten alles in ihre kleinen Bücher.« Chamcha, dessen Herz noch immer voll eigener Rachegelüste war, schützte Anteilnahme und Entsetzen vor. »Und Jumpy?« erkundigte er sich. Allie nahm beide Hände vom Lenkrad und breitete sie in einer Ich-geb's-auf-Geste aus, während der Wagen auf haarsträubende Weise über die kurvige Straße schlingerte. »Die Ärzte meinen, die besitzgierige Eifersucht könnte Teil derselben Sache sein; zumindest kann sie die Geisteskrankheit auslösen, wie eine Lunte.«

Sie war froh, endlich einmal reden zu können, und Chamcha lieh ihr ein williges Ohr. Wenn sie ihm vertraute, dann auch, weil Gibril es tat; er hatte nicht die Absicht, das Vertrauen zu zerstören. *Einmal hat er mein Vertrauen mißbraucht; soll er jetzt eine Zeitlang Vertrauen in mich haben.* Er war als Puppenspieler Anfänger; es war nötig, die Schnüre zu studieren, herauszufinden, was womit verbunden war ... »Ich kann's nicht ändern«, sagte Allie. »Ich fühle mich wegen ihm auf eine dumpfe Art schuldig. Unser Leben funktioniert nicht, und das liegt an mir. Meine Mutter wird sauer, wenn ich so rede.« Alicja schimpfte mit ihrer Tochter am Terminal Three, kurz bevor sie in die Maschine gen Westen stieg: »Ich verstehe nicht, wie du auf so etwas kommst«, schrie sie inmitten von Rucksackträgern, Attachékoffern und weinenden asiatischen Mamis. »Dann kannst du genausogut sagen, daß das Leben deines Vaters auch nicht nach Plan gelaufen ist. Soll man ihm deswegen die Schuld an den Lagern geben? Schau dir die Geschichte an, Alleluia. In unserem Jahrhundert hat die Geschichte aufgehört, die alte psychologische Orientierung an der Realität zu beachten. Heutzutage ist Charakter keine Fügung mehr. Die Wirtschaft ist Fügung. Ideologien sind Fügung. Bomben sind Fügung. Was kümmert es eine Hungersnot, eine Gaskammer, eine Granate, wie du dein Leben gelebt hast? Krisen kommen, der Tod kommt, und dein erbärmliches individuelles Ich hat nicht das geringste damit zu tun, es leidet nur an den Auswirkungen. Dein Gibril da: vielleicht ist er deine Konfrontation mit der Geschichte.« Ohne Vorwarnung war sie zu dem Garderobenstil der Grande Dame zurückgekehrt, den Otto Cone bevorzugt hatte, und, so schien es, zu einer oratorischen Art, die den großen schwarzen Hüten und Rüschenkostümen entsprach. »Genieß Kalifornien,

Mutter«, zischte Allie. »Eine von uns ist glücklich«, sagte Alicja. »Warum sollte das nicht ich sein?« Und bevor ihre Tochter antworten konnte, schoß sie an der Nur-für-Passagiere-Absperrung vorbei, zückte Paß, Bordkarte, Flugschein, strebte den Duty-free-Flaschen *Opium* und Gordon's Gin entgegen, die unter einer Leuchtreklame verkauft wurden, welche verkündete: SAY HELLO TO THE GOOD BUYS.

Im letzten Licht umrundete die Straße einen baumlosen, heidebewachsenen Hügelausläufer. Vor langer Zeit, in einem anderen Land, einer anderen Dämmerung hatte Chamcha einen anderen derartigen Ausläufer umrundet und die Überreste von Persepolis gewahrt. Jetzt allerdings näherte er sich einer menschlichen Ruine; nicht, um zu bewundern, vielleicht aber (denn die Entscheidung, Böses zu tun, wird stets erst im unmittelbaren Augenblick der Tat gefällt; es gibt immer noch eine letzte Chance zur Umkehr), um zu verwüsten. Um seinen Namen in Gibrils Fleisch zu ritzen: *Saladin was here.* »Warum bleiben Sie bei ihm?« fragte er Allie, und zu seiner Verblüffung errötete sie. »Warum ersparen Sie sich nicht den Schmerz?«

»Ich kenne Sie ja kaum, eigentlich überhaupt nicht«, fing sie an, machte eine Pause und gab sich einen Ruck. »Ich bin auf die Antwort nicht stolz, aber es ist die Wahrheit«, sagte sie. »Es ist der Sex. Es ist unglaublich mit uns zusammen, vollkommen, wie nichts anderes, was ich erlebt habe. Ein Traumpaar. Er scheint mich einfach zu, zu *kennen. Mich* zu kennen.« Sie verstummte; die Nacht verbarg ihr Gesicht. In Chamcha stieg erneut die Bitterkeit hoch. Um ihn herum waren nur Traumpaare; er konnte, traumlos, lediglich zusehen. Wütend biß er die Zähne zusammen und erwischte versehentlich die Zunge.

Gibril und Allie hatten sich in Durisdeer verkrochen, einem Dorf, das so klein war, daß es nicht einmal ein Wirtshaus gab, und wohnten in einer entweihten Freikirche, die ein Freund Allies, ein Architekt, für sie konvertiert hatte – das quasireligiöse Wort klang in Chamchas Ohren komisch –, der mit derlei Metamorphosen des Heiligen zum Profanen ein Vermögen gemacht hatte. Das Gebäude erschien Chamcha ziemlich düster, trotz der weißen Wände, der versenkten Punktstrahler und des langflorigen Teppichbodens. Im Garten standen Grabsteine. Als Zuflucht für einen, der an der paronoiden Wahnvorstellung litt, Gottes Haupterzengel zu sein, sinnierte Chamcha, wäre das nicht gerade seine erste Wahl gewesen. Die Freikirche stand ein wenig abgesetzt von dem runden Dutzend weiterer Backsteinhäuser, die die Gemeinde bildeten; selbst in dieser Isolation noch isoliert. Gibril stand in der Tür, ein Schatten vor dem erleuchteten Flur, als der Wagen vorfuhr. »Da bist du ja«, brüllte er. »Yaar, sehr gut. Willkommen in dem Scheißgefängnis.«

Die Medikamente machten aus Gibril einen Tolpatsch. Als die drei um den Küchentisch aus Kiefer unter der schnieken absenkbaren dimmergeschalteten Beleuchtung saßen, stieß er zweimal seine Kaffeetasse um (er hatte dem Alkohol demonstrativ entsagt; Allie goß zwei großzügige Whiskys ein und leistete Chamcha Gesellschaft) und torkelte fluchend durch die Küche, um das Mißgeschick aufzuwischen. »Wenn es mich ankotzt, so zu sein, dann reduzier' ich die Dosis, ohne ihr etwas zu sagen«, bekannte er. »Und dann fängt die ganze Scheiße an. Ich schwör's dir, Spoono, ich finde die Vorstellung unerträglich, daß es nie aufhören wird, daß mir nur die Wahl bleibt zwischen Medikamenten oder Makken. Ich halte es verflucht noch mal nicht aus. Ich schwör's dir, yaar, wenn ich dächte, das wär's wohl, dann, bah, ich weiß nicht, ich würd', ich weiß nicht, was.«

»Halt die Klappe«, sagte Allie leise. Doch er brüllte los: »Spoono, ich hab' sie sogar geschlagen, weißt du das? Scheiße noch mal. Einmal glaubte ich, sie sei so ein Rakshasa-Dämon, und ich hab' sie mir einfach vorgenommen. Weißt du, wie stark das ist, wieviel Kraft der Wahnsinn hat?«

»Zum Glück bin ich immer in die – hicks, iiek – diese Selbstverteidigungskurse gegangen«, grinste Allie. »Er übertreibt, um das Gesicht zu wahren. Wer dann nämlich auf dem Fußboden lag und sich den Kopf anschlug, das war er.« – »Genau hier«, stimmte Gibril verlegen zu. Der Küchenboden bestand aus großen Steinplatten. »Schmerzhaft«, erlaubte Chamcha sich zu bemerken. »Verdammt wahr«, röhrte Gibril, der jetzt merkwürdig fröhlich war. »Hat mich bilkul ausgeknockt.«

Das Innere der Freikirche war in einen großen, über zwei Stockwerke gehenden (im Hausmaklerjargon »doppelvolumigen«) Wohnraum – der ehemalige Gemeinderaum – und eine eher konventionelle Hälfte mit Küche und Nutzräumen unten sowie Schlafzimmern und Bad oben aufgeteilt. Chamcha konnte aus irgendeinem Grund keinen Schlaf finden und stieg um Mitternacht in den großen (und kühlen: die Hitzwelle mochte zwar im Süden Englands anhalten, hier oben aber war kein Kräuseln davon zu spüren; das Klima war herbstlich-frisch) Wohnraum hinunter und wanderte zwischen den Geisterstimmen verbannter Prediger umher, während Gibril und Allie sich lautstark liebten. *Wie Pamela.* Er versuchte, an Mishal, an Zeeny Vakil zu denken, aber es funktionierte nicht. Er kämpfte gegen die Geräuscheffekte von Farishtas und Alleluia Cones Kopulation an, indem er sich die Finger in die Ohren stopfte.

Ihre Verbindung war von Anfang an höchst risikoreich gewesen, sinnierte er: erstens Gibrils dramatische Aufgabe seiner Karriere und seine Hetze um die Welt, und nun Allies kompromißlose Entschlossenheit, *es durchzustehen,* diese wahnsinnige, engelsgleiche Göttlichkeit in ihm zu überwinden und das Menschliche, das sie liebte, wiedereinzusetzen. Keine Kompromisse; sie gingen aufs Ganze. Er, Saladin, dagegen hatte sich damit zufrieden erklärt, mit seiner Frau und ihrem Liebhaber unter einem Dach zu leben. Was war der bessere Weg? Captain Ahab ertrank, erinnerte er sich; Ishmael der Opportunist dagegen überlebte.

❦

Am nächsten Morgen befahl Gibril einen Aufstieg auf den örtlichen »Top«. Doch Allie wollte nicht, obwohl Chamcha ihrer leuchtenden Nasenspitze ansah, wie sehr sie sich über ihre Rückkehr aufs Land freute. »Blöde Plattfußmama«, schalt Gibril sie liebevoll. »Na, komm, Salad. Wir verdammten Pinkel aus der Stadt zeigen der Everest-Bezwingerin, was klettern heißt. Ist das nicht eine verkehrte Welt, yaar. Wir gehen Bergsteigen, und sie hockt hier und macht Geschäftstelefonate.« Saladins Gedanken rasten; jetzt verstand er das merkwürdige Humpeln in den Sheppertonstudios, verstand auch, daß diese abgeschiedene Zuflucht vorübergehend sein würde, daß Allie, indem sie hierher kam, ihr Leben opferte und das nicht endlos so weitertreiben konnte. Was sollte er tun? Alles? Nichts? Wenn Rache genommen werden sollte, wann und wie? »Zieh dir die Stiefel da an«, kommandierte Gibril. »Glaubst du, der Regen hält sich den ganzen Tag zurück?«

Er tat es nicht. Als sie den Steinhaufen auf dem Gipfel von Gibrils Tour erreichten, waren sie in einen feinen Nieselregen eingehüllt. »Na, großartig«, keuchte Gibril. »Schau: da ist sie, da unten, dick und fett wie der Obermufti.« Er deutete hinunter auf die Freikirche. Chamcha stand mit hämmerndem Herzen da und kam sich blöd vor. Er mußte sich endlich wie einer benehmen, der Probleme mit der Pumpe hat. Was war so großartig daran, hier, im Regen, auf diesem Nichts von einem »Top«, für nichts und wieder nichts an Herzversagen zu sterben? Dann holte Gibril einen Feldstecher heraus und begann, das Tal abzusuchen. Kaum etwas regte sich – zwei, drei Männer und Hunde, ein paar Schafe, sonst nichts. Gibril verfolgte die Männer mit seinem Fernglas. »Jetzt, wo wir allein sind«, sagte er unvermittelt, »kann ich dir sagen, warum wir in Wirklichkeit zu diesem feuchten, leeren Loch gekommen sind. Ihretwegen. Ja, ja; laß dich nicht von meinem Theater täuschen! Es ist nur ihre verdammte Schönheit. Männer, Spoono: die sind hinter ihr her wie die Fliegen. Ich schwör's dir! Ich sehe sie, wie sie nach ihr geifern und grapschen. Das ist nicht recht. Sie ist ein sehr zurückgezogener Mensch, der zurückgezogenste Mensch der Welt. Wir müssen sie vor der Wollust schützen.«

Dieser Vortrag überraschte Saladin. Du armes Schwein, dachte er, du rast mit hundert Sachen auf die Verblödung zu. Und dicht auf den Fersen dieses Gedankens tauchte wie durch ein Wunder ein zweiter Satz in seinem Kopf auf: *Aber glaub ja nicht, daß du mir so davonkommst.*

❦

Auf der Fahrt zurück zum Bahnhof von Carlisle erwähnte Chamcha die Entvölkerung des Landes. »Es gibt keine Arbeit«, sagte Allie. »Also ist es leer. Gibril sagt, er kann sich nicht an die Vorstellung gewöhnen, daß die ganze Leere für Armut steht: nach den Massen in Indien kommt ihm das wie Luxus vor, sagt er.« – »Und Ihre Arbeit?« fragte Chamcha. »Was ist damit?« Sie lächelte ihn an, die eisige Jungfrauenfassade war lange schon geschmolzen. »Nett von Ihnen, daß Sie danach fragen. Ich denke immer, eines Tages steht mein Leben im Mittelpunkt, kommt an erster Stelle. Oder, ach, es fällt mir schwer, die erste Person Plural zu benutzen: unser Leben. Das klingt schon besser, nicht?«

»Sie dürfen nicht zulassen, daß er Sie abschneidet«, riet Saladin. »Von Jumpy, von Ihrer Welt, was immer.« Das war der Augenblick, in dem sein Feldzug begann; als er den Fuß auf diese mühelose, verführerische Straße setzte, auf der es nur in einer Richtung weiterging. »Sie haben recht«, sagte Allie. »Mein Gott, wenn er nur wüßte. Sein heißgeliebter Sisodia zum Beispiel; er steigt nicht nur zwei Meter großen Sternchen nach, auch wenn ihm die weiß Gott gefallen.« – »Er ist zudringlich geworden«, klopfte Chamcha auf den Busch und heftete die Information für eine mögliche spätere Verwendung gleichzeitig ab. »Er ist absolut schamlos«, lachte Allie. »Direkt vor Gibrils Augen. Allerdings stört ihn ein Korb wenig: er verbeugt sich nur und murmelt *nichts für u-ungut,* und damit hat sich's. Können Sie sich vorstellen, was gewesen wäre, wenn ich Gibril das gesagt hätte?«

Chamcha wünschte Allie am Bahnhof Glück. »Wir müssen für ein paar Wochen nach London«, sagte sie durch das Wagenfenster. »Ich habe Termine. Vielleicht können Sie und Gibril sich dann treffen; das hat ihm wirklich gutgetan.«

»Sie können mich jederzeit anrufen«, er winkte ihr zu und sah dem Citroen nach, bis er verschwunden war.

❦

Daß Allie Cone, die dritte Ecke in einem Dreieck der Fiktionen – denn waren Gibril und Allie nicht größtenteils dadurch zusammengekommen, daß sie, aus ihren eigenen Bedürfnissen heraus, eine »Allie« und einen »Gibril« phantasierten, in den der jeweils andere sich verlieben konnte; und drängte Chamcha ihnen nicht die Erfordernisse seines eigenen verwirrten und enttäuschten Herzens auf? –, das ahnungslose, unschuldige Werkzeug von Chamchas Rache sein sollte, wurde dem Verschwörer Saladin noch klarer, als er merkte, daß Gibril, mit dem er vereinbart hatte, einen äquatorialen Nachmittag in London zu verbringen, nichts so sehr wollte, als in peinlichen Details die fleischliche Ekstase zu beschreiben, welche er mit Allie im Bett teilte. Was waren das für Leute, fragte Saladin sich voll Abscheu, die Gefallen daran fanden, unbeteiligte Dritte mit ihren Intimitäten zu behelligen? Während Gibril (geradezu genießerisch) Postionen, Knutschflekke, das geheime Vokabular der Begierde beschrieb, schlenderten sie über die Brickhall Fields, um sie herum Schulmädchen und rollschuhlaufende Kinder und Väter, die spöttischen Söhnen stümperhaft Bumerangs und Frisbees zuwarfen, und bahnten sich einen Weg durch röstendes horizontales Sekretärinnenfleisch; und Gibril unterbrach seine erotische Schwärmerei mit der neurotischen Bemerkung: »Manchmal schaue ich diese rosa Leute an, Spoono, und sehe statt Haut faulendes Fleisch; ich rieche Verwesung, hier«, er tippte sich heftig an die Nasenflügel, als lüftete er ein Geheimnis, »in meiner *Nase.«* Dann wieder zurück zu den Innenseiten von Allies Schenkeln, ihren verhangenen Augen, dem vollendeten Tal über ihrem Po, den kleinen Schreien. Das war ein Mann, der in höchster Gefahr schwebte, endgültig aus den Fugen zu geraten. Die wilde Energie, die manische Ausführlichkeit seiner Beschreibungen verrieten Chamcha, daß er seine Dosen wieder zurückgeschraubt hatte, daß er dem Gipfel eines geisteskranken Hochs entgegenwallte, jenem Zustand fiebriger Erregung, der in einer Hinsicht (so jedenfalls Allie) wie Sturzbesoffenheit war, nämlich daß Gibril sich an nichts erinnern konnte, was er sagte oder tat, wenn er, was unvermeidlich war, wieder zurück auf den Boden kam. Immer weiter ging es mit den Beschreibungen, die ungewöhnliche Länge ihrer Brustwarzen, ihre Abneigung dagegen, daß man sich ihren Nabel vornahm, die Sensibilität ihrer Zehen. Chamcha sagte sich, Wahnsinn hin oder her, was das ganze Sexgerede enthüllte (denn da war auch Allie in dem Citroen gewesen), war die *Schwäche* ihrer sogenannten »grande passion« – ein Ausdruck, den Allie nur halb im Scherz benutzt hatte –, denn, mit einem Wort, es war nichts sonst dran, das trug; es gab schlicht keinen anderen Aspekt ihres Zusammenseins, von dem sie schwärmen konnten. Gleichzeitig merkte er allerdings, daß er erregt wurde. Er sah sich vor Allies Fenster stehen, während sie nackt wie eine Schauspielerin auf der Leinwand dastand und eine Männerhand sie auf tausend Arten streichelte, sie der Ekstase immer näher brachte; dann sah er sich als das Händepaar, fast spürte er ihre Kühle, wie sie sich unter ihnen wand, hörte ihre Schreie. Er beherrschte sich. Sein Verlangen widerte ihn an. Sie war unerreichbar; das war der pure Voyeurismus, und er würde ihm nicht erliegen. Doch das Verlangen, das Gibrils Enthüllungen entfacht hatten, ließ ihn nicht los.

Gibrils Sexbesessenheit, gemahnte Chamcha sich, machte die Sache eigentlich einfacher. »Sie ist wirklich eine sehr attraktive Frau«, murmelte er versuchsweise und wurde mit einem wütenden, verkniffenen Blick belohnt. Daraufhin legte Gibril, sich ostentativ beherrschend, Saladin den Arm um die Schultern und tönte: »Entschuldige, Spoono, ich bin ein übellauniger Mistkerl, wenn es um sie geht. Aber du und ich! Wir sind doch Bhai-Bhai! Sind durch das Schlimmste und lächelnd wieder raus; komm jetzt, genug lustgewandelt. Auf in die Stadt.«

Es gibt den Augenblick vor dem Bösen; dann den Augenblick des; dann die Zeit danach, wenn der Schritt getan ist und jeder folgende zunehmend leichter wird. »Soll mir recht sein«. antwortete Chamcha. »Schön, wenn's dir so gut geht.«

Ein sechs- oder siebenjähriger Junge radelte auf einem BMX-Rad an ihnen vorbei. Chamcha, der den Kopf drehte, um dem Jungen nachzuschauen, sah, daß er mühelos durch eine Allee sich überwölbender Bäume fuhr, durch die das heiße Sonnenlicht hie und da tropfte. Der Schock, den Schauplatz seines Traums entdeckt zu haben, verwirrte Chamcha vorübergehend und hinterließ einen üblen Geschmack in seinem Mund: das säuerliche Aroma des Hätte-sein-können. Gibril winkte einem Taxi und sagte Trafalgar Square.

Oh, er war an jenem Tag in Hochstimmung, schwafelte mit nahezu altem Brio über London und die Engländer. Wo Chamcha attraktiv verblichene Grandeur sah, sah Gibril eine Ruine, eine

Crusoe-Stadt, gestrandet auf der Insel ihrer Vergangenheit, die mit Hilfe einer Freitag-Unterschicht versuchte, den Schein zu wahren. Unter dem Stieren steinerner Löwen scheuchte er Tauben auf und brüllte: »Ich schwör's dir, Spoono, bei uns zu Hause würden die Dickerchen keinen Tag überleben, komm, schnappen wir uns eins fürs Abendessen.« Chamchas englische Seele wand sich vor Scham. Später, am Covent Garden, beschrieb er Gibril zu dessen Frommen den Tag, an dem der alte Obst- und Gemüsemarkt nach Nine Elms gezogen war. Die Behörden, besorgt wegen der Ratten, hatten die Kanalisation abgedichtet und Zehntausende getötet; aber Hunderte hatten überlebt. »An jenem Tag schwärmten verhungernde Ratten übers Pflaster«, erinnerte er sich. »Die Strand hinunter und über die Waterloo Bridge, in die Geschäfte, verzweifelt auf der Suche nach Nahrung.« Gibril schnaubte. »Jetzt weiß ich, daß das ein sinkendes Schiff ist«, rief er, und Chamcha war wütend, daß er ihm das Stichwort geliefert hatte. »Sogar die Scheißratten sind weg.« Und nach einer Pause: »Was die brauchten, war ein Rattenfänger, was? Einen, der sie mit einem Lied ins Verderben führte.«

Wenn er nicht gerade die Engländer beleidigte oder Allies Körper von den Haarwurzeln bis zu dem weichen Dreieck des »Orts der Liebe, dem verdammten Yoni«, beschrieb, schien er Listen aufzustellen: welches Chamchas zehn Lieblingsbücher seien, wollte er wissen, ebenso Filme, weibliche Filmstars, Essen. Chamcha gab ihm konventionelle, kosmopolitische Antworten. Auf seiner Filmliste standen unter anderem *Panzerkreuzer Potemkin, Citizen Kane, Die Sieben Samurai, Alphaville, Der Würgeengel.* »Dir hat man das Gehirn gewaschen«, sagte Gibril abschätzig. Der ganze westliche Kunsthausdreck.« Seine Top Ten von allem kamen von »Zuhause« und waren auf aggressive Weise anspruchslos. *Mother India, Mr. India, Shree Charsawbees:* kein Ray, kein Mrinal Sen, kein Aravindan, kein Ghatak. »Dein Kopf ist voller Schund«, verwies er Saladin, »du hast alles Erinnernswerte vergessen.«

Seine wachsende Erregung, seine quasselnde Entschlossenheit, die Welt in eine Hitparade zu verwandeln, sein scharfer Gang – am Ende ihres Streifzugs hatten sie wohl über dreißig Kilometer zurückgelegt –, all das sagte Chamcha, daß es nun nicht mehr viel bedürfte, ihm den Rest zu geben. *Offensichtlich habe ich mich jetzt auch als Hochstapler entpuppt, Mimi. Die Kunst des Attentäters besteht darin, das Opfer nahe an sich zu ziehen; das macht es einfacher, es zu erdolchen.* »Ich habe Hunger«, verkündete Gibril gebieterisch. »Bring mich zu einer deiner Top Ten-Lokalitäten.«

Im Taxi stichelte Gibril Chamcha, der ihn nicht über das Fahrziel aufgeklärt hatte. »So ein Franzosenladen, na? Oder ein Japaner, wo's nur rohen Fisch und Polypen gibt. Gott, warum traue ich deinem Geschmack.«

Sie fuhren beim Café Shaandaar vor.

❦

Jumpy war nicht da.

Auch hatte Mishal Sufyan das Verhältnis mit ihrer Mutter offenbar noch nicht wieder ins Lot gebracht; Mishal und Hanif waren nicht da, und weder Anahita noch ihre Mutter bereiteten Chamcha einen Empfang, der als warm beschrieben werden konnte. Nur Hadschi Sufyan war freundlich: »Komm, komm her und setz dich, du siehst gut aus.« Das Café war eigentümlich leer, und selbst Gibril verursachte kaum Aufsehen. Chamcha brauchte ein paar Sekunden, um zu begreifen, was los war; dann sah er das Quartett weißer Jugendlicher, die an einem Ecktisch saßen und Streit suchten.

Der junge Bengali-Kellner (den Hind nach dem Weggang ihrer älteren Tochter hatte anstellen müssen) kam und nahm ihre Bestellung auf – Auberginen, Sikh Kababs, Reis –, wobei er wütend in die Richtung des lästigen Quartetts blickte, das, wie Saladin bemerkte, wirklich betrunken war. Der Kellner, Amin, ärgerte sich ebenso sehr über Sufyan wie über die Betrunkenen. »Hätte sie gar nicht erst reinlassen sollen«, brummelte er Chamcha und Gibril zu. »Jetzt muß ich sie bedienen. Dem Seth kann's ja egal sein, der ist nicht an der Front, Sie verstehen.«

Die Betrunkenen bekamen ihr Essen gleichzeitig mit Chamcha und Gibril. Als sie anfingen, sich über die Zubereitung zu beschweren, wurde die Atmosphäre noch geladener. Schließlich standen sie auf. »Wir fressen diese Scheiße nicht, ihr Ärsche«, brüllte der Anführer, ein kleiner, fieser Bursche mit sandfarbenem Haar und einem blassen, schmalen, pickligen Gesicht. »Das ist gequirlte *Scheiße:* Fickt euch ins Knie, ihr Dreckärsche.« Seine drei Begleiter verließen kichernd und fluchend das Lokal. Der Anführer blieb noch einen Moment. »Na, schmeckt's euch?« kreischte er Chamcha und Gibril an. »Ist pure Scheiße. Das freßt ihr ja auch zu Hause, was? Fotzen.« Gibril hatte einen Gesichtsausdruck aufgesetzt, der laut und deutlich sagte: das also ist aus den Briten, der großen Nation, geworden. Er gab keine Antwort. Das kleine rattengesichtige Großmaul kam zu ihnen. »Ich hab' euch Affen was gefragt«, sagte er. »Ich sagte: Schmeckt euch Fotzen euer *Scheißfraß*?« Und Saladin Chamcha hörte sich, vielleicht weil er sich ärgerte, daß Gibril sich dem Mann, den er fast umgebracht hätte – hinterrücks, nach Feiglingsart – nicht entgegenstellte, antworten: »Das würde er, wenn Sie nicht wären.« Ratty, auf den Füßen schwankend, verdaute diese Information; und tat dann etwas höchst Überraschendes. Er holte tief Luft, richtete sich zu seinen Einsfünfundsechzig auf, beugte sich vor und spuckte heftig und reichlich über das ganze Essen.

»Baba, wenn das in deinen Top Ten ist«, sagte Gibril auf der Heimfahrt im Taxi, »dann führ mich nicht in Lokale, die dir nicht so ganz gefallen.«

»›Minnamin, Gut mag alkan, Pern dirstan‹«, erwiderte Chamcha. »Das bedeutet: ›Mein Liebling, Gott macht hungrig, der Teufel durstig.‹ Nabokov.«

»Er schon wieder«, beschwerte sich Gibril. »Und welche Sprache?«

»Selbsterfunden. Das erzählt Kinbotes zemblisches Kindermädchen ihm als Kind. In *Fahles Feuer.*«

»Perndirstan«, erwiderte Farishta. »Klingt wie ein Land: die Hölle vielleicht. Ich für mein Teil geb's auf. Wie soll man einen Autor lesen, der in einem selbsterfundenen Kauderwelsch schreibt?«

Sie waren schon fast bei Allies Wohnung, die auf die Brickhall Fields hinausging. »Der Dramatiker Strindberg«, sagte Chamcha geistesabwesend, als folgte er einem tiefgründigen Gedankengang, »heiratete nach zwei unglücklichen Ehen eine berühmte und reizende zwanzigjährige Schauspielerin namens Harriet Bosse. Im Mittsommernachtstraum war sie ein großartiger Puck. Ebenfalls für sie schrieb er: die Rolle der Eleonora in *Ostern.* Ein »Friedensengel«. Die jungen Männer waren verrückt nach ihr, und Strindberg, na, der war so eifersüchtig, daß er fast den Verstand verlor. Er versuchte, sie im Haus einzusperren, den Männerblikken zu entziehen. Sie wollte reisen; er kaufte ihr Reisebücher. Es war wie in dem alten Cliff Richard-Song: *Gonna lock her up in a trunk / so no big hunk / can steal her away from me.*«

Farishtas schwerer Kopf nickte wissend. Er war ins Träumen gekommen. »Und was geschah dann?« erkundigte er sich, als sie ihr Ziel erreicht hatten. »Sie verließ ihn«, erklärte Chamcha unschuldig. »Sie sagte, sie könne ihn nicht mit der menschlichen Rasse in Einklang bringen.«

Alleluia Cone las auf dem Weg von der U-Bahn nach Hause den glückstaumelnden Brief ihrer Mutter aus Stanford, Calif. »Wenn man dir sagt, daß Glück sei unerreichbar«, schrieb Alicja in langen, verschlugenen, zurückgelehnten, linkshändigen Lettern, »verweise sie doch freundlicherweise an mich. Ich rücke ihnen den Kopf zurecht. Ich habe es zweimal gefunden, das erste Mal, wie du weißt, mit deinem Vater, das zweite Mal mit diesem netten, starken Mann, dessen Gesicht exakt von der Farbe der Orangen ist, die hier überall in der Gegend wachsen. Zufriedenheit, Allie. Geht über Erregung. Versuch es, du wirst es mögen.« Als Allie aufblickte, sah sie Maurice Wilsons Geist in seinen üblichen Wollsachen – Schottenmützchen, karogemusterter Pringlepullover, Knickerbocker – auf der Spitze einer großen Rotbuche sitzen; es schien ihm in der Hitze in den dicken Sachen ungemütlich. »Ich habe keine Zeit für dich«, sagte sie zu ihm, worauf er die Achseln zuckte. *Ich kann warten.* Ihre Füße schmerzten wieder. Sie reckte das Kinn und schritt weiter.

Saladin Chamcha, der sich hinter der Rotbuche, von der aus Maurice Wilsons Geist Allies schmerzhaften Gang betrachtete, versteckt hielt, beobachtete, wie Gibril Farishta aus der Haustür des Wohnblocks herausschoß, in dem er ungeduldig auf ihre Rückkehr gewartet hatte; beobachtete, daß er rotäugig war und raste. Die Dämonen der Eifersucht hockten ihm auf der Schulter, und er brüllte das uralte Lied heraus, wozumTeufel werzum waszum glaubnichtdaßdumichzumNarren wiekannstdueswagen AasAasAas. Anscheinend war Strindberg erfolgreich gewesen, wo Jumpy (da abwesend) gescheitert war.

Der Zuschauer auf den oberen Ästen löste sich auf; der andere schlenderte, zufrieden nickend, eine Allee schattiger, ausladender Bäume entlang.

❦

Die Telefonanrufe, welche nun, erst in ihrer Londoner Wohnung, später dann in einem abgeschiedenen Haus in Dumfries und Galloway, von Allie wie auch Gibril entgegengenommen wurden, waren nicht sehr häufig; andererseits konnte man sie auch nicht selten nennen. Auch waren es nicht zu viele Stimmen, um plausibel zu sein, andererseits waren es durchaus genug. Es waren keine kurzen Anrufe wie jene, wie sie von Stöhnern und anderen Mißbrauchern des Telefonnetzes getätigt wurden, andererseits waren sie nicht lang genug, damit die Polizei, die mithörte, den Anschluß bestimmen konnte. Auch dauerte diese unappetitliche Episode nicht sehr lange; sie war nur eine Sache von dreieinhalb Wochen, danach verstummten die Anrufe für immer; allerdings ist es der Erwähnung wert, daß sie genau so lange wie nötig währte, das heißt, bis Gibril Farishta so weit war, Allie Cone das anzutun, was er zuvor Saladin angetan hatte – nämlich das Unverzeihliche.

Es soll gesagt werden, daß niemand, Allie nicht, Gibril nicht, nicht einmal die Abhörprofis, die sie hinzugezogen hatten, auch nur den leisesten Verdacht hegten, daß die Anrufe das Werk eines einzigen Mannes waren; aber für Saladin Chamcha, einstmals berühmt (wenngleich nur in Spezialistenkreisen) als der Mann der Tausend Stimmen, war eine solche Täuschung eine einfache Sache, vollkommen mühe- wie risikolos. Im ganzen mußte er (aus seinen tausendundeins Stimmen) nicht mehr als neununddreißig auswählen.

Nahm Allie den Hörer ab, hörte sie unbekannte Männer ihr intime Geheimnisse ins Ohr flüstern, Fremde, die um die entlegensten Nischen ihres Körpers zu wissen schienen, gesichtslose Wesen, die den Beweis führten, daß sie ihre erlesensten Vorlieben unter den Myriaden Arten der Liebe aus eigener Erfahrung kennengelernt hatten; und als dann die Bemühungen, die Anrufe zurückzuverfolgen, begonnen hatten, wuchs ihre Erniedrigung, denn nun konnte sie nicht mehr einfach auflegen, sondern mußte zuhören, heiß im Gesicht und kalt am Rückgrat, und versuchen (was ihr nicht gelang), die Gespräche in die Länge zu ziehen.

Auch Gibril bekam sein Teil Stimmen ab: großartige Byronsche Aristokraten brüsteten sich, den »Everest bezwungen« zu haben, höhnische Gassenjungen; salbungsvolle Bester-Freund-Stimmen mischten Warnungen und Scheinteilnahme, *ganz im Vertrauen, wie blöd kannst du, weißt du noch immer nicht, was sie, alles, was Hosen trägt, du armer Trottel, glaub einem Freund.* Eine Stimme aber erhob sich über alle anderen, eine der ersten Stimmen, die Gibril hörte, und diejenige, die ihm am tiefsten unter die Haut ging, eine Stimme, die ausschließlich in Reimen redete, die Knittelverse von heruntergespielter Naivität, ja, Unschuld vortrug, und die einen so tiefen Kontrast zu der masturbatorischen Grobheit der meisten anderen Anrufer bildete, daß sie für Gibril bald die heimtückischste Bedrohung von allen darstellte.

Ich mag Schnaps, ich mag Bier,
Ich mag, was du machst mit mir.

Sag ihr das, schmachtete die Stimme und legte auf. An einem anderen Tag kam sie mit einem anderen Verschen wieder:

Ich mag Milch, ich mag Wein,
Du bist mir die Liebste mein.

Sag ihr auch das, wenn du so nett wärst. Gibril fand, daß dieses Grußkarten-Tanderadei etwas Teuflisches hatte, etwas zutiefst Unmoralisches, wie es seine Verderbtheit bemäntelte.

Rot der Apfel, bleich das Stroh,
Und mein Schatz, ja der heißt so.

A... l... l... Gibril knallte den Hörer voll Abscheu und Furcht auf die Gabel; und zitterte. Danach meldete sich der Verseschmied eine Weile nicht mehr; aber Gibril begann, auf diese Stimme zu warten, sich vor ihrer Wiederkehr zu fürchten; vielleicht hatte er, auf einer Ebene, die tiefer als das Bewußte lag, akzeptiert, daß dieses teuflische, kindliche Böse es war, das ihm endgültig den Rest geben würde.

❦

Doch oh, wie leicht sich alles erwies! Wie behaglich das Böse in den geschmeidigen, unendlich flexiblen Stimmbändern nistete, jenen Puppenmeisterschnüren! Wie sicher es auf den hohen Drähten des Telefonsystems wandelte, balancierend wie ein barfüßiger Akrobat; wie selbstsicher es sich dem Opfer näherte, seiner Wirkung gewiß wie ein gutaussehender Mann in einem maßgeschneiderten Anzug! Und wie sorgsam es den rechten Augenblick abwartete, alle Stimmen der einen voranschickte, die dann den Gnadenstoß versetzte – denn auch Saladin hatte die besondere Macht des Knittelverses begriffen –, tiefe Stimmen und quieksige Stimmen, langsame, schnelle, traurige und fröhliche, aggressionsgeladene und schüchterne. Eine nach der anderen tropften sie Gibril ins Ohr, schwächten seinen Halt in der wirklichen Welt, zogen ihn Stück für Stück in ihr trügerisches Netz, so daß ihre obszönen, erfundenen Frauen die wirkliche Frau Stück für Stück wie mit einem zähflüssigen grünen Film überzogen, und trotz seiner Beteuerungen des Gegenteils entglitt er ihr zunehmend; und dann war es Zeit für die Rückkehr der kleinen, satanischen Verse, die ihn verückt gemacht hatten.

❦

Rosen sind lieb, Veilchen sind schön,
Am liebsten hab' ich dein Gestöhn.

Gib das weiter. Er kam so unschuldig zurück wie eh und je und ließ in Gibrils verkrampften Magen Schmetterlinge tanzen. Danach kamen die Reime knüppeldick. Sie konnten die Unflätigkeit des Schulhofs annehmen:

Wenn sie ist in Waterloo
Nehme ich sie auf dem Klo,
Wenn sie ist am Leicester Square
Trägt sie nichts auf ihrem Bär;

oder das eine oder andere Mal auch im Rhythmus eines Sprechchors.

Zickezacke, Hühnerkacke,
Zisch! Bum! Bah!
Alleluia! Alleluia!
Rah! Rah! Rah!

Und schließlich, als sie nach London zurückgekehrt waren und Allie der feierlichen Eröffnung eines Tiefkühlsupermarkts in Hounslow beiwohnte, der letzte Reim.

Veilchen sind lieb, Rosen sind nett,
Ich hab sie hier bei mir im Bett.

Wiedersehn, Trottel.

Freizeichen.

❦

Als Alleluia Cone nach Hause kam, war Gibril nicht mehr da, und in der verwüsteten Stille ihrer Wohnung beschloß sie, ihn nicht noch einmal wiederaufzunehmen, gleich, in welch traurigem Zustand und wie winselnd er auch angekrochen kam und um Verzeihung und um Liebe flehte; denn bevor er gegangen war, hatte er schreckliche Rache an ihr genommen, hatte jeden einzelnen der Ersatzhimalajas zerstört, die sie über die Jahre gesammelt hatte, hatte den Eis-Everest abgetaut, den sie im Kühlschrank aufbewahrte, die Fallschirmseidegipfel, die über ihrem Bett aufragten, heruntergerissen und zerfetzt und das unbezahlbare, geschnitzte Andenken an ihre Besteigung des Chomolungma, das ihr Pemba, der Sherpa, zur Warnung wie auch zum Gedenken geschenkt hatte – *Für Ali Bibi. Wir hatten Glück. Keine weiteren Versuche.* –, in Stücke gehackt (er hatte die kleine Axt genommen, die sie zusammen mit dem Feuerlöscher im Besenschrank aufbewahrte).

Sie riß Schiebefenster auf und überhäufte die unschuldigen Fields mit Beschimpfungen. »Langsam sollst du sterben. In der Hölle sollst du braten!«

Dann rief sie weinend Saladin Chamcha an, um ihm die schlimme Kunde zu berichten.

❦

Mr. John Maslama, Besitzer des Hot-Wax-Nachtclubs, der Schallplattenladenkette gleichen Namens, und von Fair Winds, dem legendären Geschäft, wo man die besten Blasinstrumente – Klarinetten, Saxophone, Posaunen – in ganz London kaufen konnte, war ein beschäftigter Mann, so daß er den glücklichen Umstand, dem er seine Anwesenheit in dem Trompetenladen verdankte, just als Gottes Erzengel, Blitz und Donner wie Lorbeer auf der edlen Stirn, eintrat, dem Eingreifen der Göttlichen Vorsehung zuschrieb. Da Mr. Maslama ein praktisch denkender Geschäftsmann war, hatte er seinen Angestellten bis zu diesem Zeitpunkt seine Nebentätigkeit als oberster Herold des wiedergekehrten himmlischen und halbgottgleichen Wesens verschwiegen, hatte nur dann Plakate ins Schaufenster gehängt, wenn er sich unbeobachtet wähnte, hatte es unterlassen, die großen Anzeigen zu unterzeichnen, die er in Zeitungen und Zeitschriften unter hohen persönlichen Kosten plazierte und die die bevorstehende Herrlichkeit der Ankunft des Herrn verkündeten. Er gab Pressemeldungen über eine PR-Tochter der Valance-Agentur heraus, wobei er um sorgfältige Wahrung seiner Anonymität bat. »Unser Kunde ist in der Lage, erklären zu können«, verkündeten diese Meldungen – die sich eine Zeitlang unter den Fleet Street-Chronisten einer amüsierten Beliebtheit erfreuten – kryptisch, »daß er die oben erwähnte Herrlichkeit mit eigenen Augen gesehen hat. Gibril ist in diesem Augenblick unter uns – möglicherweise in Camden, Brickhall, Tower Hamlets oder Hackney – und wird sich bald, vielleicht in wenigen Tagen oder Wochen, offenbaren.« All das war den drei hochgewachsenen, gelangweilten Verkäufern bei Fair Winds (Maslama weigerte sich, hier Verkäuferinnen zu beschäftigen. »Meine Devise ist«, sagte er immer wieder gern, »daß keiner einer Frau zutraut, ihm bei seinem Horn behilflich sein zu können«) unbekannt; das war auch der Grund, warum keiner von ihnen seinen Augen traute, als ihr abgebrühter Arbeitgeber plötzlich eine völlige Wesensveränderung durchlief und zu diesem wilden, unrasierten Fremden stürzte, als wäre es Gott der Allmächtige; mit seinen zweifarbigen Lackschuhen, dem Armani-Anzug und dem nach Art Robert de Niros glattgeschniegelten Haaren über buschigen Augenbrauen sah Maslama nicht eben wie einer aus, der kroch, aber genau dieses *tat* er, jawohl, auf seinem verdammten *Bauch,* scheuchte die Angestellten beiseite, *ich bediene den Herrn selbst,* unter Verneigungen und Katzbuckeleien, rückwärts gehend, es war kaum zu glauben. Jedenfalls hatte der Fremde einen *fetten Geldgürtel* unter dem Hemd und fing an, etliche Banknoten von hohem Nennwert herauszuziehen; er zeigte auf eine Trompete auf einem hohen Regal, *das ist sie,* einfach so, schaute sie kaum an, und Mr. Maslama war *pronto* auf der Leiter, ich-hole-sie-ich-sagte-*ich*-hole-sie, aber jetzt kam der wirklich verblüffende Moment, er versuchte, die Bezahlung abzulehnen, Maslama! er sagte nein nein *Sir* kein Geld *Sir,* aber der Fremde bezahlte trotzdem, stopfte ihm die Scheine in die Brusttasche des Jacketts, als wäre er irgendein *Laufbursche,* das mußte man gesehen haben, und da wandte sich der Kunde auch noch dem ganzen Laden zu und brüllte, so laut er konnte, *Ich bin die rechte Hand Gottes.* Und auf einmal, kaum zu glauben, war der verdammte Jüngste Tag zum Greifen nah. Maslama war danach völlig außer sich, total erschüttert, der fiel richtiggehend auf die *Knie.* Der Fremde hielt die Trompete über den Kopf und schrie: *Ich taufe diese Trompete Asrael, Posaune des Jüngsten Gerichts, Vernichter der Menschheit!* – und wir standen einfach so da, ich sag's dir, zu Stein erstarrt, denn um den Kopf dieses verrückten, *unzurechnungsfähigen,* blöden Arschlochs war plötzlich ein helles *Leuchten,* hörst du? das irgendwie von einer Stelle hinter seinem Kopf ausströmte.

Ein Heiligenschein.

Sag, was du willst, wiederholten die drei Verkäufer später jedem gegenüber, der es hören wollte, *sag, was du willst, aber wir wissen, was wir gesehen haben.*

3

Der Tod Dr. Uhuru Simbas, vormals Sylvester Roberts, im Untersuchungsgefängnis wurde von dem für die Nachbarschaftspflege zuständigen Beamten der Polizei von Brickhall, einem gewissen Inspektor Stephan Kinch, als »eine Chance eins-zu-einer-Million« beschrieben. Offenbar hatte Dr. Simba einen so schrecklichen Alptraum gehabt, daß er im Schlaf gellend aufschrie, was die sofortige Aufmerksamkeit der zwei wachhabenden Beamten erregte. Die Männer eilten zu seiner Zelle und sahen gerade noch, wie die noch im Schlaf befindliche Gestalt des riesigen Mannes unter dem unheilvollen Einfluß des Traums buchstäblich vom Bett abhob und dann zu Boden krachte. Beide Beamten hörten ein lautes Knacken; es war das Geräusch des brechenden Genicks Dr. Uhuru Simbas. Der Tod war sofort eingetreten.

Die winzige Mutter des Toten, Antoinette Roberts, stand, in billigem schwarzen Hut und Kleid, auf der Pritsche des Lieferwagens ihres jüngeren Sohns, den Trauerschleier trotzig aus dem Gesicht nach hinten gefegt, und zögerte nicht, Inspektor Kinchs Worte aufzugreifen und sie ihm in das junge, kraftlose Gesicht mit dem Schlotterkinn zurückzuschleudern, dessen zerknirschte Miene von der Erniedrigung zeugte, die er einstecken mußte, wenn seine Beamtenbrüder von ihm als *Niggerjimmy* und, schlimmer noch, als *Pilz* (was heißen sollte, daß er ständig im Dunkeln gehalten wurde) redeten und die Leute ihn von Zeit zu Zeit – beispielsweise in den gegenwärtigen bedauerlichen Umständen – von oben bis unten mit Scheiße überhäuften. »Ich will, daß euch klar ist«, deklamierte Mrs. Roberts vor der ansehnlichen Menge, die sich aufgebracht vor der High Street Polizeiwache versammelt hatte, »daß diese Leute mit unserem Leben spielen. Sie sitzen am längeren Hebel, wenn es um unsere Überlebenschance geht. Ich will, daß ihr alle euch überlegt, was das hinsichtlich ihrerAchtung vor uns als Menschen bedeutet.« Und Hanif Johnson, Uhuru Simbas Anwalt gab von Walcott Roberts' Lieferwagen seine eigene Klarstellung zum besten, in der er darauf hinwies, daß der angeblich tödliche Sturz seines Mandanten aus dem unteren der beiden Betten in der Zelle erfolgt war, daß es in einer Zeit der extremen Überfüllung der Gefängnisse des Landes gänzlich ungewöhnlich sei, daß das andere Bett nicht belegt war, wodurch sichergestellt worden sei, daß es für den Tod mit Ausnahme der beiden Beamten keinen Zeugen gebe. und daß ein Alptraum keineswegs die einzig mögliche Erklärung für die Schreie eines Schwarzen in den Händen der Vollzugsbehörden sei. In seinen abschließenden Bemerkungen, von Inspektor Kinch später »aufrührerisch und standeswidrig« genannt, zog Hanif eine Verbindung zwischen den Ausführungen des Beamten für Nachbarschaftspflege mit denen des notorischen Rassisten John Kingsley Read, der einmal die Nachricht vom Tod eines Schwarzen mit dem Slogan quittiert habe: »Einer weg; bleibt noch eine Million«. Die Menge murrte und brodelte; es war ein heißer und gehässiger Tag. »Bleibt heiß«, rief Simbas Bruder Walcott der Versammlung zu. »Daß mir keiner abkühlt. Behaltet eure Wut.«

Da Simba in der, wie er sie einmal genannt hatte, »Regenbogenpresse – rot wie ein Tuch, gelb wie Galle, blau wie die Lüge, grün wie Rotz« eigentlich schon verurteilt worden war, erschien sein Ende vielen Weißen als rauhe Gerechtigkeit, als verdienter Sturz eines blutrünstigen Ungeheuers. Vor einem anderen Gericht allerdings, einem stummen, schwarzen, war ihm ein wesentlich wohlgesonneneres Urteil zuteil geworden, und diese unterschiedlichen Einschätzungen des Verblichenen zogen im Anschluß an seinen Tod durch die Straßen der Stadt und fermentierten in der nicht enden wollenden tropischen Hitze. Die »Regenbogenpresse« war voll mit Simbas Sympathiebeweisen für Quazhafil, Khomeini, Louis Farrakhan, während auf den Straßen von Brickhall junge Männer und Frauen die leise lodernde Flamme ihrer Wut am Brennen hielten und sie weiter anfachten, eine Schattenflamme zwar, aber eine, die das Licht auslöschen konnte.

Zwei Nächte später, hinter der Charrington-Brauerei in Tower Hamlets, schlug der Omamörder erneut zu. Und in der darauffolgenden Nacht wurde eine alte Frau in der Nähe des Abenteuerspielplatzes im Victoria Park, Hackney, ermordet; einmal mehr war die gräßliche »Unterschrift« des Mörders – die rituelle Gruppierung der Eingeweide um die Leiche des Opfers, deren genaue Anordnung der Öffentlichkeit nie bekanntgegeben worden war – dem Verbrechen hinzugefügt. Als Inspektor Kinch grau und zerzaust im Fernsehen erschien, um die unglaubliche Theorie vorzutragen, ein »Kopierkiller« habe wohl irgendwie das Markenzeichen entdeckt, das so lange und so sorgfältig geheimgehalten worden sei, und daher den Deckmantel, den der verstorbene Uhuru Simba hatte fallen lassen, aufgenommen, hielt es der Polizeipräsident für geboten, als vorbeugende Maßnahme die Polizeistreifen auf den Straßen von Brickhall zu vervierfachen und eine so große Anzahl Polizisten in Bereitschaft zu halten, daß es sich als notwendig erwies, das gesamte Wochenend-Fußballprogramm der Hauptstadt abzusagen. In Uhuru Simbas altem Revier herrschte tatsächlich gereizte Stimmung; Hanif Johnson gab eine Erklärung heraus des Inhalts, daß die erhöhte Polizeipräsenz »eine Provokation und Verschärfung« darstelle, und im Shaandaar und Pagal Khana formierten sich Gruppen schwarzer und asiatischer Jugendlicher, entschlossen, sich den patrouillierenden Streifenwagen entgegenzustellen. Im Hot Wax war die Puppe, die zum *Einschmelzen* bestimmt war, niemand anderes als die transpirierende und bereits zerfließende Figur des Beamten für Nachbarschaftspflege. Und die Temperatur stieg unerbittlich an.

Gewalttätige Zwischenfälle häuften sich: Überfälle auf schwarze Familien in Sozialwohnblocks, Belästigungen schwarzer Schulkinder auf dem Nachhauseweg, Schlägereien in Kneipen. Im Pagal Khana spuckten ein rattengesichtiger Jugendlicher und drei seiner Kumpels zahlreichen Gästen auf das Essen; das daraus sich ergebende Handgemenge endete mit einer Anklage gegen drei bengalische Kellner wegen Beleidigung und Körperverletzung; das speiende Quartett dagegen wurde nicht festgenommen. Geschichten von Polizeibrutalität, von schwarzen Jugendlichen, die blitzartig in die Zivilfahrzeuge und Kleinbusse der Sondereinsatzpatrouillen gezerrt und, ebenso diskret und zerschunden und mit blauen Flecken übersät, wieder hinausgeworfen wurden, verbreiteten sich unter der Bevölkerung. Selbstverteidigungspatrouillen junger Sikhs, Bengalis und Afrowestinder – von ihren politischen Gegnern als *Selbstjustizgruppen* bezeichnet – begannen, den Stadtteil zu durchstreifen, zu Fuß und in alten Ford Zodiacs und Cortinas, entschlossen, nicht »untätig zuzusehen«. Hanif Johnson sagte seiner Freundin, Mishal Sufyan, die bei ihm wohnte, seiner Meinung nach werde beim nächsten Omamord die Sicherung durchbrennen. »Dieser Killer lacht sich nicht nur ins Fäustchen, weil er frei herumläuft«, sagt er. »Er lacht auch über Simbas Tod, und das können die Leute nicht verdauen.«

In einer ungewöhnlich schwülen Nacht kam Gibril Farishta durch diese kochenden Straßen und blies in sein goldenes Horn.

❦

An jenem Abend, einem Samstag, acht Uhr, stand Pamela Chamcha zusammen mit Jumpy Joshi – der sich geweigert hatte, sie ohne Begleitung losziehen zu lassen – neben dem Fotofix-Automaten in einer Nische der Haupthalle des Bahnhofs Euston und kam sich lächerlich konspiratorisch vor. Um acht Uhr fünfzehn trat ein drahtiger junger Mann auf sie zu, der ihr größer erschien, als sie ihn in Erinnerung hatte; sie folgten ihm wortlos, sie und Jumpy stiegen in seinen zerbeulten blauen Lieferwagen und wurden zu einer kleinen Wohnung über einem Stehausschank in der Railton Road, Brixton, gefahren, wo Walcott Roberts sie seiner Mutter, Antoinette, vorstellte. Die drei Männer, die Pamela später, aus Gründen, die sie als stereotyp erachtete, für Haitianer hielt, wurden nicht vorgestellt. »Trinken Sie ein Glas Ingwerwein«, kommandierte Antoinette Roberts. »Ist auch gut für das Baby.«

Als Walcott mit den Honneurs fertig war, kam Mrs. Roberts, die in einem voluminösen und abgewetzten Sessel saß (ihre überraschend blassen Beine, streichholzdünn, ragten unter ihrem schwarzen Kleid hervor, um in rebellischen rosa Söckchen und vernünftigen Schnürschuhen zu enden, und reichten bei weitem nicht auf den Boden), zur Sache. »Diese Herren waren Kollegen meines Jungen«, sagte sie. »Wie sich gezeigt hat, war der Grund für seine Ermordung möglicherweise, daß er an einem Thema gearbeitet hat, das, wie man mir sagte, auch für Sie von Interesse ist. Wir glauben, daß die Zeit gekommen ist, offizieller vorzugehen, die Kanäle zu benutzen, die Sie repräsentieren.« An dieser Stelle reichte einer der drei schweigsamen »Haitianer« Pamela eine rote Plastikmappe. »Darin sind«, erklärte Mrs. Roberts sanft, »umfassende Beweise für die Existenz von Hexenzirkeln in der ganzen Londoner Polizei.«

Walcott stand auf. »Wir gehen jetzt besser«, sagte er bestimmt. »Bitte.« Pamela und Jumpy erhoben sich. Mrs. Roberts nickte knapp, geistesabwesend, knackte mit den Gelenken ihrer schlaffhäutigen Hände. »Auf Wiedersehen«, sagte Pamela und sprach ein konventionelles Beileid aus. »Mädchen, spar dir deinen Atem«, unterbrach Mrs. Roberts sie. »Nagle mir nur diese Hexenmeister fest. Nagle sie durchs *Herz.*«

❦

Walcott Roberts ließ sie um zehn in Notting Hill aussteigen. Jumpy hatte einen bösen Husten und klagte über die Kopfschmerzen, die seit seiner Verletzung in Shepperton wiederholt aufgetreten waren, doch als Pamela einräumte, daß sie etwas nervös sei, weil sie das einzige Exemplar dieser explosiven Dokumente in ihrer Plastikmappe hatte, bestand Jumpy sofort darauf, sie zum Amt für multikulturelle Angelegenheiten von Brickhall zu begleiten, wo sie die Unterlagen kopieren wollte, um sie anschließend an bewährte Freunde und Kollegen zu verteilen. So kam es, daß sie um zehn Uhr fünfzehn in Pamelas geliebtem MG saßen und die Stadt Richtung Osten durchquerten, hinein in den sich zusammenbrauenden Sturm. Ein alter blauer Mercedes-Lieferwagen folgte ihnen, wie er auch schon Walcott gefolgt war, nämlich unbemerkt.

Eine Viertelstunde zuvor war eine Streife mit sieben kräftigen jungen Sikhs, in einen Vauxhall Cavalier gezwängt, über die Kanalbrücke beim Malayan Crescent in Süd-Brickhall gefahren. Sie hörten einen Schrei von dem Treidelpfad unter der Brücke und sahen, nachdem sie hinuntergerannt waren, wie ein unauffälliger blasser Mann von mittlerer Größe und Statur, mit blondem Haar, das über haselnußbraune Augen fiel, aufsprang, ein Skalpell in der Hand, und von dem Körper einer alten Frau davonstürzte, deren blaue Perücke runtergefallen war und wie eine Qualle im Kanal trieb. Die jungen Sikhs holten den Mann mit Leichtigkeit ein und überwältigten ihn.

Um dreiundzwanzig Uhr hatte die Nachricht, daß der Massenmörder gefaßt worden sei, jeden Winkel des Stadtteils erreicht, begleitet von einem Bündel von Gerüchten: die Polizei habe den Wahnsinnigen nur widerstrebend verhaftet, die Mitglieder der Patrouille habe man zum Verhör dabehalten, Vertuschung sei nicht auszuschließen. An Straßenecken bildeten sich Menschenansammlungen, und als sich die Kneipen leerten, kam es zu einer Reihe von Schlägereien. Es entstand Sachschaden: Bei drei Fahrzeugen wurden die Scheiben eingeschlagen, ein Videogeschäft wurde geplündert, ein paar Backsteine geworfen. Zu diesem Zeitpunkt, es war halb zwölf Uhr, Samstagnacht, die Clubs und Tanzlokale entließen allmählich ihre aufgeregten, energiegeladenen Gäste, erklärte der zuständige Polizeikommissar, in Abstimmung mit den vorgesetzten Stellen, daß im Zentrum von Brickhall nunmehr der Zustand des Aufruhrs herrsche, und ließ die ganze Wucht der Londoner Polizei auf die »Aufrührer« los.

Zum selben Zeitpunkt trat Saladin Chamcha, der mit Allie Cone in deren Wohnung mit Blick auf die Brickhall Fields zu Abend gegessen hatte, den Schein gewahrt, Anteilnahme bekundet, aufmunternde Unehrlichkeiten gemurmelt hatte, hinaus in die Nacht, traf auf eine *Testudo* aus behelmten Männern mit erhobenen Plastikschilden, die sich ihm in einem steten, unaufhaltsamen Trab über die Fields näherten, war Augenzeuge des Eintreffens riesiger, heuschreckenschwärmender Helikopter, von denen Licht wie schwerer Regen herabfiel, sah das Vorrücken der Wasserwerfer; er gehorchte einem unwiderstehlichen Urreflex, ergriff die Flucht und rannte, nicht wissend, daß er die falsche Richtung eingeschlagen hatte, so schnell er nur konnte in Richtung Shaandaar.

❦

Fernsehkameras kommen gerade rechtzeitig für die Razzia im Hot Wax.

Eine Fernsehkamera sieht das Folgende: weniger begabt als das menschliche Auge, beschränkt sich ihre Nachtsicht auf das, was die Jupiterlampen anstrahlen. Ein Helikopter schwebt über dem Nachtclub, uriniert Licht in langen goldenen Strömen; die Kamera versteht dieses Bild. Die Staatsmaschine stößt auf dessen Feinde herab. Und jetzt ist auch am Himmel eine Kamera; irgendein Nachrichtenredakteur hat die Kosten für Luftaufnahmen genehmigt, und so *schießt* ein Nachrichtenteam von einem anderen Helikopter herab. Es wird kein Versuch unternommen, diesen Helikopter davonzujagen. Der Lärm der Rotorblätter erstickt den Lärm der Menge. Auch in dieser Hinsicht ist das Videoaufnahmegerät weniger empfindlich als, in diesem Fall, das menschliche Ohr.

– Schnitt. – Ein von einer Sun-gun angestrahlter Mann redet schnell in ein Mikrofon. Hinter ihm ein Durcheinander von Schatten. Doch zwischen dem Reporter und dem wirren Schattenreich steht eine Mauer: Männer in Schutzhelmen mit Schilden. Der Reporter spricht mit ernster Stimme; Molotowcocktails Plastikgeschosse verletzte Polizisten Wasserwerfer Plünderungen, natürlich beschränkt er sich auf die Fakten. Aber die Kamera sieht, was er nicht sagt. Eine Kamera ist schnell defekt oder entwendet; ihre Zerbrechlichkeit macht sie anspruchsvoll. Eine Kamera erfordert Recht, Ordnung, die dünne blaue Linie. Um sich zu schützen, hält sie sich hinter der beschirmenden Mauer, beobachtet das Schattenreich von fern und natürlich auch von oben: das heißt, sie ergreift Partei.

– Schnitt. – Sun-guns strahlen auf ein neues Gesicht, hängebakkig, gerötet. Das Gesicht bekommt einen Namen: Untertitelwörter erscheinen quer über seinem Uniformrock. *Inspektor Stephen Kinch.* Die Kamera sieht ihn als das, was er ist: ein guter Mann vor einer unmöglichen Aufgabe. Ein Vater, ein Mann, der ein Gläschen nicht verschmäht. Er spricht: können-Sperrgebiete-nicht-dulden besserer-Schutz-für-die-Beamten-erforderlich sehen-Sie-die-Plastikschilde-fangen-Feuer. Er verweist auf organisiertes Verbrechen, politische Agitatoren, Bombenfabriken, Drogen. »Wir haben Verständnis dafür, daß manche dieser Jugendlichen glauben, sie hätten Grund zu klagen, aber wir wollen und können nicht die Prügelknaben der Nation sein.« Von den Scheinwerfern und den geduldigen, stummen Linsen ermutigt, geht er einen Schritt weiter. Diese Jugendlichen wissen gar nicht, wie gut sie es haben, meint er. Sie sollten sich einmal bei ihren Blutsverwandten umsehen. Afrika, Asien, die Karibik: das sind die Länder mit den wirklichen Problemen. Dort können Menschen über Mißstände klagen, die ernstzunehmen sind. Hier dagegen ist es doch gar nicht so schlecht, bei weitem nicht; hier gibt es kein Gemetzel, keine Folter, keine putschenden Militärs. Die Leute sollten schätzen, was sie haben, bevor sie es verlieren. Unser Land war immer friedlich, sagt er. Unsere fleißige Inselrasse. Hinter ihm sieht die Kamera Tragen, Rettungswagen, Schmerzen. Sie sieht menschenähnliche Figuren, die aus dem Innern des Hot-Wax-Clubs geschleppt werden, und erkennt die Abbilder der Mächtigen. Inspektor Kinch erklärt. Sie backen sie dort drin in einem Ofen und finden das witzig; ich kann das nicht finden. Die Kamera betrachtet die Wachsmodelle mit Abscheu. Haben sie nicht etwas *Hexenartiges* an sich, etwas Kannibalisches, einen ungesunden Beigeschmack? Wurde hier *Schwarze Magie* getrieben? – Die Kamera sieht zerbrochene Fensterscheiben. Sie sieht im Hintergrund etwas brennen: ein Auto, ein Geschäft. Sie kann nicht verstehen, nicht erklären, was das alles soll. Die Leute da verbrennen ihre eigenen Straßen.

– Schnitt: – Ein hell erleuchtetes Videogeschäft. Ein paar Geräte laufen im Schaufenster; die Kamera, die delirierendste unter den Narzissen, sieht fern, schafft für einen Augenblick eine unendliche Reihe von Fernsehgeräten, die in einem weitentfernten Punkt miteinander verschmelzen. – Schnitt. – Ein ernster, in Licht getauchter Kopf: eine Studiodiskussion. Der Kopf redet über *Banditen.* Billy the Kid, Ned Kelly: das waren Männer, die *für* wie auch *gegen* etwas standen. Moderne Massenmörder, denen diese heroische Dimension fehlt, sind nichts als krank, versehrte Wesen, als Persönlichkeiten total leer, ihre Verbrechen zeichnen sich aus durch eine Konzentration auf das Vorgehen, auf die Methodologie – sagen wir *Ritual* –, möglicherweise getrieben von der Sehnsucht des Unbedeutenden, wahrgenommen zu werden, sich aus der breiten Masse herauszuheben und für einen Augenblick ein Star zu werden. Oder durch einen verschobenen Todeswunsch: den Geliebten zu töten und damit das eigene Ich zu vernichten. – *Was davon ist nun der Omamörder?* fragt ein Diskussionsteilnehmer. *Und was ist mit Jack the Ripper?* – Der wahre Bandit, beharrt der Kopf, ist ein dunkles Spiegelbild des Helden. *– Diese Aufrührer etwa?* kommt die fordernde Frage. *Laufen Sie nicht Gefahr zu verherlichen, zu »legitimieren«?* – Der Kopf schüttelt sich, beklagt den Materialismus der heutigen Jugend. Über Plünderungen von Videogeschäften hat der Kopf nicht gesprochen. *Aber was ist dann mit den Veteranen? Butch Cassidy, die James-Brüder, Captain Moonlight, die Kelly-Bande. Die ha-*

ben doch alle Banken ausgeraubt, oder? – Schnitt. – Später wird die Kamera wieder zu dem Schaufenster zurückkehren. Die Fernsehgeräte werden nicht mehr da sein.

Aus der Luft beobachtet die Kamera den Eingang zum Hot-Wax-Club. Die Polizei ist jetzt fertig mit den Wachsfiguren und holt die echten Menschen heraus. Die Kamera nähert sich den Verhafteten: ein hochgewachsener Albinomann; ein Mann in einem Armani-Anzug, der aussieht wie ein dunkles Abbild von Robert de Niro, ein junges Mädchen – vierzehn, fünfzehn? –, ein finsterer junger Mann, ungefähr zwanzig. Namen werden nicht eingeblendet; die Kamera kennt diese Gesichter nicht. Nach und nach allerdings kommen die *Fakten* zutage. Der Diskjockey des Clubs, Sewsunker Ram, bekannt als »Pinkwalla«, und der Besitzer, Mr. John Maslama, sollen wegen groß angelegten Rauschgifthandels – Crack, Brown Sugar, Haschisch, Kokain – angeklagt werden. Der Mann, der mit ihnen verhaftet wurde, ein Angestellter von Maslamas nahegelegenem Musikgeschäft Fair Winds, ist der Halter eines Lieferwagens, in dem eine nicht genannte Menge »harter Drogen« gefunden wurde, ebenfalls zahlreiche »heiße« Videorecorder. Der Name des jungen Mädchens ist Anahita Sufyan; sie ist minderjährig, soll einiges getrunken und, so wird angedeutet, mit wenigstens einem der drei Inhaftierten geschlechtliche Beziehungen unterhalten haben. Des weiteren soll sie häufig die Schule schwänzen und mit bekanntermaßen kriminellen Elementen in Verbindung stehen: zweifellos eine Delinquentin. Ein angestrahlter Journalist wird diese Leckerbissen viele Stunden nach den Ereignissen der Nation vorsetzen, doch die Neuigkeit rast schon durch die Straßen: Pinkwalla! Und das *Wax:* sie haben es zerlegt – *auseinandergenommen!* Jetzt herrscht *Krieg.*

Dies jedoch ereignet sich an Schauplätzen, die – wie so vieles andere auch – die Kamera nicht sehen kann.

❦

Gibril:

bewegt sich wie in einem Traum, denn nach der tagelangen Wanderung durch die Stadt ohne Nahrung, ohne Schlaf, die Trompete namens Asrael sicher in einer Tasche seines Wintermantels verstaut, kennt er keinen Unterschied mehr zwischen Wach- und Traumzustand; er hat jetzt einen Begriff davon, was Allgegenwart sein muß, weil er sich durch mehrere Geschichten zugleich bewegt, da ist ein Gibril, der über die Untreue Alleluia Cones trauert, und ein Gibril, der über dem Totenbett eines Propheten schwebt, und ein Gibril, der heimlich über eine Pilgerfahrt zum Meer wacht, den Augenblick abwartet, in dem er sich zu erkennen geben wird, und ein Gibril, der jeden Tag stärker den Willen des Widersachers spürt, der ihn näher und näher zieht und ihn ihrer letzten Umarmung entgegenführt: der subtile, trügerische Wiedersacher, der das Gesicht seines Freundes angenommen hat, seines treuesten Freundes Saladin, um ihn einzulullen, um seine Wachsamkeit einzuschläfern. Und da ist ein Gibril, der die Straßen Londons durchstreift und versucht, den Willen Gottes zu verstehen.

Soll er das Werkzeug des Zorns Gottes werden?

Oder seiner Liebe?

Ist er Rache oder Vergebung? Soll die tödliche Trompete in der Tasche verbleiben oder soll er sie hervorziehen und blasen?

(Ich gebe ihm keine Anweisungen. Auch ich warte mit Interesse darauf, wie er sich entscheiden wird – auf das Ergebnis seines Ringkampfs. Charakter gegen Vorbestimmung: ein Freistilkampf. Zwei Stürze, zwei Aufgaben oder ein K.O. werden entscheiden.)

Ringend schreitet er durch seine vielen Geschichten voran.

❦

Es gibt Zeiten, da sehnt er sich nach ihr, Alleluia, allein ihr Name eine Freude; aber dann entsinnt er sich der diabolischen Verse und wendet seine Gedanken ab. Das Horn in seiner Tasche will geblasen werden, doch er beherrscht sich. Die Zeit ist noch nicht reif. Nach Hinweisen suchend – *was muß nun getan werden?* – pirscht er durch die Straßen der Stadt.

Irgendwo sieht er in einem Abendfenster einen Fernseher. Auf dem Bildschirm ist ein Frauenkopf, eine berühmte »Moderatorin«, die von einem ebenso berühmten, zwinkernden irischen »Gastgeber«, interviewt wird. – Was wäre das Schlimmste, das Sie sich vorstellen können? – Oh, ich glaube, das wäre, *ja,* das wäre bestimmt: an Heiligabend allein zu sein. Da wäre man auf sich selbst zurückgeworfen, nicht, man würde in einen erbarmungslosen Spiegel schauen und sich fragen: *und das soll alles sein?* – Gibril, allein, er kennt den Treff nicht, geht weiter. Der Widersacher im Spiegel nähert sich im selben Tempo wie er, winkt ihm, streckt die Arme aus.

Die Stadt sendet ihm Botschaften. Hier an dieser Stelle, sagt sie, hat der holländische König beschlossen zu bleiben, als er vor dreihundert Jahren herüberkam. Damals war sie außerhalb der Stadt, ein Dorf, inmitten der grünen englischen Flur. Aber als der König kam, um sich niederzulassen, schossen die Londoner Plätze inmitten der Flur auf, erhoben sich rote Backsteingebäude mit holländischen Krenelierungen in den Himmel, damit seine Höflinge ein Dach über dem Kopf hatten. Nicht alle Einwanderer sind machtlos, wispern die noch stehenden Gebäude. Sie zwingen ihrer neuen Erde ihre Bedürfnisse auf, bringen ihre Zusammenhänge in das neu gefundene Land mit, denken es sich neu. Doch aufgepaßt, warnt die Stadt. Auch die Zusammenhanglosigkeit will ihr Recht. Bei einem Ritt über das Parkgelände, in dem er zu leben gewählt hatte – das er *kultiviert* hatte –, wurde Wilhelm III. vom Pferd abgeworfen, landete unsanft auf dem aufsässigen Boden und brach sich den königlichen Hals.

An manchen Tagen findet er sich zwischen wandelnden Leichen, Massen von Toten, die sich alle weigern zuzugeben, daß sie erledigt sind, Leichen, die meuternd fortfahren, sich wie Lebende zu benehmen, einkaufen, dem Bus nachlaufen, flirten, nach Hause gehen und vögeln, Zigaretten rauchen. *Aber ihr seid tot,* schreit er ihnen zu. *Ihr Zombies, geht wieder zurück in euer Grab.* Sie ignorieren ihn oder lachen oder schauen betreten oder drohen ihm mit der Faust. Er verstummt und eilt weiter.

Die Stadt wird undeutlich, amorph. Es wird unmöglich, die Welt zu beschreiben. Pilgerfahrt, Prophet, Widersacher verschwimmen, treiben in einen Nebel, tauchen wieder auf. So auch sie: Allie, Al-Lat. *Sie ist der erhabene Vogel. Überaus begehrenswert.* Jetzt erinnert er sich: Vor langer Zeit hat sie ihm von Jumpys Gedichten erzählt. *Er möchte gern eine Sammlung machen. Ein Buch.* Der daumenlutschende Künstler mit seinen infernalischen Ansichten. Ein Buch ist das Produkt eines Pakts mit dem Teufel, das den Faustischen Vertrag verkehrt, hatte Jumpy zu Allie gesagt. Dr. Faustus opferte die Ewigkeit für zwei Dutzend Jahre der Macht; der Schriftsteller akzeptiert die Zerstörung seines Lebens und gewinnt (aber nur, wenn er Glück hat) vielleicht nicht die Ewigkeit, so doch wenigstens die Nachwelt. Beide Male (das war Jumpys springender Punkt) gewinnt der Teufel.

Was schreibt ein Dichter? Verse. Was dudelt in Gibrils Hirn? Verse. Was brach ihm das Herz? Verse und wieder Verse.

Die Trompete, Asrael, ruft aus der Manteltasche: *Hol mich heraus! Jajaja: die Posaune des Jüngsten Gerichts. Zum Teufel mit allem, der ganzen elenden Schweinerei: bläh einfach nur die Backen und dann ruuti-tuut-tuut- Los, komm, jetzt wird gefeiert.*

Wie heiß es ist: dampfend, drückend, unerträglich. Das ist nicht das Große London: nicht diese gemeine Stadt. Startbahn Eins, Mahagonny, Alphaville. Er wandert durch ein Sprachenwirrwarr. Babel: eine Verkürzung des assyrischen »babilu«. »Die Tore Gottes.« Babylondon.

Wo ist das?

– Ja. – Eines Nachts mäandert er hinter den Kathedralen der Industriellen Revolution, den Endbahnhöfen Nordlondons. Der anonyme King's Cross, die fledermausartige Drohung des Turms von St. Pancras, die rot-schwarzen Gasbehälter, die sich gigantischen eisernen Lungen gleich aufblähen und wieder zusammensinken. Wo einst Königin Boudicca in der Schlacht fiel, ringt Gibril Farishta mit sich selbst.

Der Goodsway. Oh, welch saftige Waren lungern in Hauseingängen und unter Wolframlampen, welche Köstlichkeiten werden auf diesem Weg angeboten! Schaukelnde Handtäschchen, locken dich, silberngerockt, Netzstrumpfhosen: es sind nicht nur junge Waren (Durchschnittsalter dreizehn bis fünfzehn), sondern auch billige. Sie haben kurze, identische Geschichten: alle haben sie irgendwo ein Baby weggepackt, alle wurden sie von zornigen, puritanischen Eltern aus dem Haus geworfen, keine ist weiß. Luden mit Messern nehmen neunzig Prozent ihres Verdienstes. Schließlich sind Waren nur Waren, besonders, wenn sie Ramsch sind.

Gibril Farishta auf dem Goodsway wird in Schatten und zu Lampen gerufen; und beschleunigt zunächt den Schritt. *Was hat das mit mir zu tun? Blöde Massenmösen.* Doch dann geht er langsamer und bleibt stehen, hört, wie etwas anderes ihm aus den Schatten und von den Lampen her zuruft, ein Bedürfnis, eine wortlose Bitte, verborgen unter den blechernen Stimmen von Zehn-Pfund-Nutten. Seine Schritte werden langsamer, halten inne. Er wird von ihrem Verlangen festgehalten. *Wonach?* Jetzt bewegen sie sich auf ihn zu, angezogen wie Fische an unsichtbaren Haken. Während sie sich ihm nähern, verändert sich ihr Gang, die Hüften wackeln nicht mehr, die Gesichter entsprechen ihrem Alter, trotz des dicken Make-ups. Als sie bei ihm sind, knien sie nieder. *Was sagt ihr da, wer bin ich?* fragt er und will hinzufügen: *Ich kenne eure Namen. Ich bin euch schon einmal begegnet, woanders, hinter einem Vorhang. Zwölf seid ihr, wie damals. Aischa, Hafsah, Ramlah, Sawdah, Zainab, Zainab, Maimunah, Safia, Juwairiyah, Umm Salamah die Makhzumitin, Rehanah die Jüdin und die schöne Maria die Koptin.* Schweigend verharren sie auf den Knien. Ihre Wünsche teilen sich ihm ohne Worte mit *Was ist ein Erzengel anderes als eine Marionette. Kathputli, Marionette: Die Gläubigen beugen uns nach ihrem Willen. Wir sind Kräfte der Natur, und sie unsere Herren. Auch Herrinnen.* Die Schwere seiner Glieder, die Hitze, und in seinen Ohren ein Summen wie von Bienen an einem Sommernachmittag. Es wäre leicht, in Ohnmacht zu fallen.

Er fällt nicht in Ohnmacht.

Er steht inmitten der knienden Kinder, wartet auf die Luden.

Und als sie kommen, zieht er endlich sein unruhiges Horn hervor und preßt es an die Lippen: den Würger, Asrael.

❦

Nachdem der Feuerstrom aus dem Mund seiner goldenen Trompete gefahren ist und die nahenden Männer verzehrt hat, sie in ein Flammenkokon gehüllt und so vollkommen ausgelöscht hat, daß nicht einmal ihre Schuhe brutzelnd auf dem Gehsteig stehen, begreift Gibril.

Er geht weiter, in Richtung Brickhall, läßt die Dankbarkeit der Huren hinter sich, Asrael wieder in der geräumigen Tasche verstaut. Die Dinge werden klar.

Er ist der Erzengel Gibril, der Engel des Vortrags, die Macht der Offenbarung in Händen. Er kann Männern und Frauen in die Brust greifen, die Wünsche ihres innersten Herzens herausholen und wahrmachen. Er ist der Stiller der Wünsche, der Löscher der Lüste, der Erfüller der Träume. Er ist der Geist aus der Lampe, und sein Herr ist der Vogel Rok.

Welche Wünsche, welche Imperative sind in der mitternächtlichen Luft? Er atmet sie ein. Und nickt, so sei es, ja. Es werde Feuer. Dieses ist eine Stadt, welche sich in Flammen gereinigt hat, gebüßt hat, indem sie bis auf die Grundmauern niedergebrannt ist.

Feuer, niederfallendes Feuer. »Dies ist die Strafe Gottes in seinem Zorn«, ruft Gibril Farishta in die Nacht des Aufruhrs hinein, »daß den Menschen ihre Herzenswünsche gewährt werden und daß sie von ihnen verzehrt werden.«

Billighochhäuser umschließen ihn. *Nigger fressen Scheiße vom weißen Mann,* meinen die unoriginellen Wände. Die Gebäude haben Namen: »Isandhlwana«, »Rorke's Drift.« Doch eine Umänderungsaktion ist im Gange, denn zwei der vier Türme wurden umbenannt und tragen jetzt die Namen »Mandela« und »Toussaint l'Ouverture«. Die Türme stehen auf Stelzen, und in der Formlosigkeit des Betons darunter und dazwischen heult unablässig der Wind und strudelt Schrott: zerfallene Küchenteile, luftlose Fahrradreifen, Scherben zerbrochener Türen, Puppenbeine, Gemüsereste, die von hungrigen Katzen und Hunden aus Plastikmüllsäcken herausgezerrt wurden, Fast-food-Packungen, kollernde Dosen, zerronnene Aussichten auf einen Job, aufgegebene Hoffnungen, verlorene Illusionen, verbrauchte Wut, angehäufte

Verbitterung, ausgekotzte Angst und eine rostende Badewanne. Er steht reglos da, während kleine Gruppen der Hausbewohner an ihm in unterschiedlichen Richtungen vorbeihasten. Einige (nicht alle) haben Waffen. Knüppel, Flaschen, Messer. In allen diesen Gruppen sind weiße ebenso wie schwarze Jugendliche. Er setzt die Trompete an die Lippen und beginnt zu spielen.

Kleine Flammenknospen sprießen aus dem Beton, genährt von den abgelegten Haufen Besitztümer und Träume. Da ist ein kleines, faulendes Häuflein Neid: es brennt grünlich in der Nacht. Die Feuer lodern in allen Regenbogenfarben, und nicht alle brauchen Brennstoff. Er bläst die kleinen Feuerblumen aus seinem Horn, und sie tanzen auf dem Beton, brauchen weder brennbares Material noch Wurzeln. Da, eine rosafarbene! Da, was wäre schön? Ich weiß: eine silberne Rose. Und nun erblühen die Knospen zu Büschen, erklimmen kletterpflanzengleich die Türme, greifen aus nach ihren Nachbarn, bilden Hecken aus buntschillernden Flammen. Es ist, als betrachtete man einen leuchtenden Garten, dessen Wachstum vieltausendmal beschleunigt wird, einen blühenden, sprießenden, wuchernden, verflochtenen, undurchdringlichen Garten, einen Garten dichter, verschlungener Chimären, der sich auf seine eigene hell strahlende Weise mit dem Dornbusch mißt, der um den Palast der schlafenden Schönheit in einem andern Märchen emporsproß, vor langer Zeit.

Hier aber ist keine Schönheit, die drinnen schläft. Hier ist Gibril Farishta, der durch eine Welt aus Feuer geht. In der High Street sieht er Häuser, aus Flammen gebaut, mit Wänden aus Feuer, und Flammen, die gerafften Vorhängen gleich im Fenster hängen. Und um ihn herum schlendern, rennen, laufen Männer und Frauen mit wabernder, heißer Haut, in Jacken aus Feuer. Die Straßen werden rotglühend, schmelzen, ein Fluß in der Farbe des Bluts. Alles, alles steht in Flammen, während er sein fröhliches Horn trötet *und den Menschen gibt, was sie begehren,* Haare und Zähne der Bürger rauchen und sind rot, Glas verglüht, und über allem fliegen Vögel mit lodernden Schwingen.

Der Widersacher ist ganz nah. Der Widersacher ist ein Magnet, ist das Auge des Strudels, ist das unwiderstehliche Zentrum eines schwarzen Lochs, seine Gravitationskraft schafft einen Ereignishorizont, dem weder Gibril noch das Licht entkommen können. *Hierher,* ruft der Widersacher. *Hier bin ich.*

Kein Palast, nur ein Café. Und in den Räumen darüber eine Pension. Keine schlafende Prinzessin, sondern eine enttäuschte Frau, die, vom Rauch überwältigt, bewußtlos daliegt; und neben ihr, auf dem Boden neben dem Bett, ebenfalls bewußtlos, ihr Mann, der aus Mekka heimgekehrte Ex-Lehrer Sufyan. Während anderswo in dem brennenden Shaandaar gesichtslose Menschen am Fenster stehen und erbarmungswürdig um Hilfe winken, weil sie nicht schreien können (kein Mund).

Der Widersacher: da bläst er!

Als Silhouette vor dem Hintergrund des entflammten Café Shaandaar, da, das ist der Bursche!

Asrael springt unaufgefordert in Farishtas Hand.

Auch einem Erzengel kann eine Offenbarung zuteil werden, und als Gibril, für den flüchtigsten aller Augenblicke, Saladins Blick erhascht – da, in diesem unendlichen Bruchteil eines Moments werden ihm die Schleier vom Gesicht gerissen –, sieht er sich mit Chamcha auf den Brickhall Fields wandern, in einer Schwärmerei befangen und die intimsten Geheimnisse seines Liebesspiels mit Alleluia Cone enthüllend – dieselben Geheimnisse, welche später unzählige böse Stimmen ins Telefon flüsterten –, hinter all diesen Stimmen erkennt Gibril nun das vereinende Talent des Widersachers, der guttural und hoch sein konnte, der beleidigte und schmeichelte, der beharrlich wie auch schüchtern war, der prosaisch und – ja! – verseschmiedend war. Und endlich, jetzt, sieht Gibril Farishta zum ersten Mal ein, daß der Widersacher nicht einfach Chamchas Züge als Verkleidung angenommen hat, auch ist dies nicht im geringsten ein Fall paranormaler Besessenheit, von Leichenraub durch einen Eindringling aus der Hölle, kurz: daß das Böse Saladin nicht äußerlich ist, sondern irgendeiner Nische seiner wahren Natur entspringt, daß es sich in seinem Ich gleich einem Krebsgeschwür ausgebreitet hat, das Gute, das in ihm war, ausradiert, seinen Geist ausgelöscht hat, und dies mit Hilfe zahlreicher irreführender Finten und Kniffe, zuweilen auch scheinbar zurückweichend; während es tatsächlich, unter der Illusion der Besserung, in ihrem Schutz sozusagen, bösartig weiterwucherte; und jetzt füllt es ihn zweifellos aus, von Saladin ist jetzt nichts mehr übrig außer dem dunklen Feuer des Bösen in seiner Seele, das ihn ebenso mit Haut und Haaren verzehrt, wie das andere Feuer, buntschillernd und allumfassend, die schreiende Stadt verschlingt. Dies sind wahrlich »höchst schauerliche, böse, blut'ge Flammen, nicht wie die hehre Flamme eines gewöhnlichen Feuers«.

Das Feuer ist ein Bogen über dem Himmel. Saladin Chamcha, der Widersacher, der auch *Spoono, mein alter Chumch* ist, ist im Eingang des Café Shaandaar verschwunden. Dies ist der Schlund des schwarzen Lochs; der Horizont schließt sich darum, alle anderen Möglichkeiten schwinden, das Universum schrumpft auf diesen einzigen und unwiderstehlichen Punkt. Gibril bläst einen ungeheuren Stoß auf seiner Trompete und stürzt durch die offene Tür.

❦

Das Gebäude, das das Amt für multikulturelle Angelegenheiten von Brickhall beherbergte, war ein einstöckiges purpurnes Backsteinungeheuer mit kugelsicheren Fenstern, eine bunkerartige Schöpfung der sechziger Jahre, als man solche Formen als elegant empfand. Das Gebäude war nicht leicht zu betreten; die Tür war mit einer Sprechanlage ausgerüstet und gab den Weg auf einen schmalen Gang frei, der an einer Seite des Gebäudes entlangführte und vor einer zweiten Tür endete, welche ebenfalls mehrfach gesichert war. Auch eine Alarmanlage war vorhanden.

Diese Alarmanlage, so sickerte später durch, war ausgeschaltet worden, möglicherweise von den beiden Personen – die eine männlichen, die andere weiblichen Geschlechts –, die sich mit Hilfe eines Schlüssels Zugang verschafft hatten. Von offizieller Seite verlautete, daß diese Personen Sabotage im Sinn gehabt hätten, eine »Insider-Sache«, da eine, die tote Frau, bei der Organisation, um deren Büroräume es sich handelte, beschäftigt war. Die Gründe für das Verbrechen blieben im Dunkeln, und da die Übeltäter in den Flammen starben, war es unwahrscheinlich, daß sie jemals ans Licht kommen würden. Ein »Eigentor« galt als die wahrscheinlichste Erklärung.

Eine tragische Geschichte; die tote Frau war hochschwanger gewesen.

Inspektor Stephen Kinch, der eine Erklärung abgab, in der diese Fakten genannt wurden, zog eine »Verbindung« zwischen dem Brand im Brickhaller AMKA und jenem im Café Shaandaar, wo der zweite Tote, der Mann, einen halb-festen Wohnsitz hatte. Es sei möglich, daß der Mann der tatsächliche Feuerteufel war und die Frau, seine Geliebte, obwohl sie mit einem anderen Mann verheiratet war und noch immer mit diesem zusammenlebte, nichts weiter als die Gelackmeierte. Politische Motive – beide Beteiligten waren für ihre radikalen Ansichten wohlbekannt – seien nicht auszuschließen, wobei das Wasser der extrem linken Grüppchen, in denen sie verkehrten, so trübe sei, daß es schwierig würde, je zu einem klaren Bild hinsichtlich der möglichen Motive zu gelangen. Ebenfalls sei möglich, daß die beiden Verbrechen, auch wenn sie von ein und demselben Mann begangen worden waren, unterschiedliche Beweggründe hatten. Möglicherweise war der Mann nur der gedungene Verbrecher, welcher das Shaandaar des Versicherungsgeldes wegen im Auftrag der inzwischen verstorbenen Besitzer niedergebrannt und das AMKA im Auftrag seiner Geliebten angezündet hatte, vielleicht aufgrund irgendeiner internen Vendetta?

Daß das Feuer im AMKA Brandstiftung war, stand außer Zweifel. Über Schreibtische, Papiere, Vorhänge sei etliches Benzin gegossen worden. »Man weiß vielerorts nicht, wie schnell sich ein Benzinfeuer ausbreitet«, erklärte Inspektor Kinch den kritzelnden Journalisten. Die Leichen, die so verbrannt waren, daß zum Zwecke der Identifizierung Zahnbehandlungsunterlagen herangezogen werden mußten, waren im Fotokopierraum aufgefunden worden. »Mehr wissen wir nicht.« Ende.

Ich weiß mehr.

Ich habe jedenfalls noch Fragen. Beispielsweise nach einem nicht näher gekennzeichneten blauen Mercedes-Lieferwagen, der Walcott Roberts' Wagen und dann Pamela Chamchas MG verfolgte. Nach den Männern, die aus diesem Lieferwagen stiegen, die Gesichter hinter Halloween-Masken versteckt, und just in dem Augenblick, als Pamela die Haustür öffnete, in die Büroräume des AMKA stürmten. Und danach, was in diesen Büroräumen wirklich geschah, da purpurne Backsteine und kugelsicheres Glas nicht ohne weiteres vom menschlichen Auge durchdrungen werden können. Und schließlich nach dem Verbleib einer roten Plastikmappe sowie der Dokumente, die sie enthielt.

Inspektor Kinch? Sind Sie noch da?

Nein. Er ist weg. Er hat keine Antworten für mich.

❦

Hier kommt Mr. Saladin Chamcha, im Kamelhaarmantel mit dem Seidenkragen. Wie ein kleiner Gauner hetzt er die High Street entlang. Der nämliche, schreckliche Mr. Chamcha, der soeben einen Abend in Gesellschaft der verzweifelten Alleluia Cone verbracht hat, ohne auch nur einen Funken Reue zu verspüren. »Ich seh' ihm auf den Fuß«, sagte Othello über Jago, »doch das ist Fabel.« Auch ist Chamcha nicht mehr fabelhaft; seine Menschlichkeit ist genügend Form und Erklärung für seine Tat. Er hat zerstört, was er nicht ist und nicht sein kann, hat Rache genommen, Verrat mit Verrat vergolten, und er hat es getan, indem er die Schwäche seines Feindes ausgenutzt, seine ungeschützte Ferse verletzt hat. Darin liegt Befriedigung. Dennoch, da rennt Mr.

Chamcha. Die Welt ist voller Wut und Geschehen. Die Dinge sind in der Schwebe. Ein Gebäude brennt.

Bumba, schlägt sein Herz. *Dumba, bumba, dadum.*

Jetzt sieht er das Shaandaar in Flammen stehen und kommt schliddernd zum Stehen. Die Brust ist ihm eng geworden – *badumba!* –, und er hat Schmerzen im linken Arm. Er merkt es nicht, starrt auf das brennende Haus.

Und sieht Gibril Farishta.

Und dreht sich um, und rennt hinein.

»Mishal! Sufyan! Hind!« schreit der böse Mr. Chamcha. Das Erdgeschoß steht noch nicht ganz in Flammen. Er reißt die Tür zur Treppe auf, und ein sengender, grausiger Wind stößt ihn zurück. *Drachenhauch,* denkt er. Der Treppenabsatz ist ein Flammenmeer, die Flammen reichen vom Boden bis zur Decke. Keine Möglichkeit, da durchzukommen.

»Jemand da?« brüllt Saladin Chamcha. »Ist da jemand?« Doch der Drache donnert lauter, als er schreien kann.

Etwas Unsichtbares tritt ihm in die Brust, er taumelt zurück, er sinkt zu Boden, zwischen die leeren Tische. *Duum,* singt sein Herz. *Nimm das. Und das.*

Über seinem Kopf ist ein Lärm wie vom Getrappel einer Milliarde Ratten, gespenstische Nager, die einem geisterhaften Fänger folgen. Er blickt nach oben: die Decke steht in Flammen. Er kann nicht aufstehen. Während er hinaufblickt, löst sich ein Teil der Decke, und er sieht, wie ein Balken auf ihn zu fällt. Er kreuzt die Arme in schwacher Selbstverteidigung.

Der Balken heftet ihn an den Boden, bricht ihm beide Arme. Seine Brust ist voller Schmerzen. Die Welt weicht zurück. Atmen fällt schwer. Er kann nicht sprechen. Er ist der Mann der Tausend Stimmen, und keine ist mehr da.

Gibril Farishta, Asrael in der Hand, betritt das Café Shaandaar.

❦

Was ist, wenn du gewinnst?

Wenn deine Feinde deiner Gnade ausgeliefert sind: wie verhältst du dich? Kompromisse sind die Versuchung der Schwachen; das ist der Test für die Starken. – »Spoono«, nickt Gibril dem gefallenen Mann zu. »Du hast mich echt reingelegt, ehrlich, du bist mir vielleicht einer.« Und Chamcha, der sieht, was in Gibrils Augen ist, kann das Wissen, das er da sieht, nicht leugnen. »Wa«, fängt er an, und gibt auf. *Was hast du vor?* Um sie herum fällt Feuer herab: ein grillender goldener Regen. »Warum hast du das getan?« fragt Gibril, tut dann die Frage mit einer Handbewegung ab. »Saublöde Frage. Könnte mich ebenso gut danach erkundigen, was dich hierhergetrieben hat. Saublöd, so was zu tun. Die Leute, wie, Spoono? Verrückte Idioten, weiter nichts.«

Jetzt sind sie auf allen Seiten von Flammenpfützen umgeben. Bald werden sie eingekreist sein, ausgesetzt auf einer temporären Insel inmitten dieses tödlichen Meers. Chamcha erhält einen zweiten Schlag gegen die Brust und windet sich heftig. Im Angesicht dreier Tode – durch Feuer, durch »natürliche Ursache« und durch Gibril – müht er sich verzweifelt, versucht zu sprechen, aber es kommt nur ein Krächzen. »Ve. Gir. Mmm.« *Vergib mir.* »Ha. Mil.« *Hab Mitleid.* Die Tische brennen. Weitere Balken fallen herunter. Gibril scheint in Trance gefallen zu sein. Er wiederholt schwach: »Saublöd, saublöd.«

Ist es möglich, daß das Böse niemals total ist, daß sein Sieg, gleich wie überwältigend, niemals absolut ist?

Betrachten wir diesen gefallenen Mann. Er wollte, ohne Gewissensbisse, einen Mitmenschen um den Verstand bringen, und beutete zu diesem Zweck eine völlig schuldlose Frau aus, zumindest teilweise aufgrund seines unmöglichen und voyeuristischen Verlangens nach ihr. Derselbe Mann jedoch hat, fast ohne zu zögern, in einem tollkühnen Rettungsversuch den Tod riskiert.

Was bedeutet das?

Das Feuer hat die beiden Männer eingeschlossen, überall ist Rauch. Es kann sich nur noch um Sekunden handeln, bis sie übermannt sind. Es gibt dringendere Fragen zu beantworten als die obigen *saublöden.*

Welche Wahl wird Farishta treffen?

Hat er eine Wahl?

Gibril läßt die Trompete fallen, bückt sich, befreit Saladin aus dem Gefängnis der herabgefallenen Balken und hebt ihn auf. Chamcha, Rippen wie Arme gebrochen, stöhnt schwach, klingt wie der Weltschöpfungswissenschaftler Dumsday, bevor er eine neue Zunge aus feinstem Hinterteil bekam. »Za. Sch.« *Zu spät.* Eine kleine Flamme leckt am Saum seines Jacketts. Beißender schwarzer Rauch erfüllt jeden nur möglichen Raum, kriecht ihm hinter die Augen, betäubt seine Ohren, verstopft Nase und Lungen. Doch da beginnt Gibril Farishta still auszuatmen, lang, ununterbrochen, andauernd, und als sein Atem Richtung Tür weht, schneidet er durch Rauch und Feuer wie ein Messer, und Saladin Chamcha, keuchend und ohnmächtig, ein Maultier in der Brust, scheint zu sehen – wird aber hinterher nie sicher sein, ob dem auch wirklich so war –, wie das Feuer sich vor ihnen wie das Rote

Meer teilt, zu dem es geworden ist, und wie auch der Rauch sich teilt, wie ein Vorhang oder ein Schleier, bis vor ihnen ein deutlicher Weg zur Tür liegt, woraufhin Gibril Farishta rasch ausschreitet, Saladin über den Weg der Vergebung hinaus in die heiße Nachtluft trägt, so daß in einer Nacht, da die Stadt im Krieg liegt, in einer Nacht schwer von Feindschaft und Wut, ein kleiner versöhnender Sieg für die Liebe sich zuträgt.

Folgerungen

Mishal Sufyan steht vor dem Shaandaar, als sie auftauchen, weint um ihre Eltern, wird von Hanif getröstet. Jetzt bricht Gibril zusammen; Saladin noch immer auf den Armen, verliert er zu Mishals Füßen das Bewußtsein.

Jetzt sind Mishal und Hanif mit den beiden bewußtlosen Männern in einem Rettungswagen, und während Chamcha eine Sauerstoffmaske auf Nase und Mund hat, redet Gibril, der an nichts Schlimmeres als Erschöpfung leidet, im Schlaf: ein wirres Gefasel von einer Zaubertrompete und dem Feuer, das er, wie Musik, aus ihrer Öffnung blies. Und Mishal, die Chamcha als Teufel in Erinnerung hat und inzwischen nichts mehr für unmöglich hält, wundert sich: »Glaubst du –?« Doch Hanif ist entschieden, bestimmt. »Auf keinen Fall. Das ist Gibril Farishta, der Schauspieler, erkennst du ihn denn nicht? Der Ärmste spielt wohl nur eine Filmszene nach.« Mishal läßt nicht locker. »Aber Hanif«, und da wird er emphatisch. Mit sanfter Stimme, schließlich ist sie eben erst Waise geworden, bleibt er fest. »Was hier heute Nacht in Brickhall geschehen ist, ist ein soziopolitisches Phänomen. Sitzen wir nicht irgendeinem verdammten Mystizismus auf. Es geht hier um Geschichte: um ein Ereignis in der Geschichte Großbritanniens. Um den Prozeß der Veränderung.«

Sofort ändert sich Gibrils Stimme, ebenso sein Thema. Er erwähnt *Pilger* und ein *totes Baby* und *wie in »Die zehn Gebote«* und ein *verfallendes Herrenhaus* und einen *Baum;* denn nach dem reinigenden Feuer träumt er zum allerletzten Mal einen seiner Serienträume; und Hanif sagt: »Hör doch, Mishu, Liebling. Alles nur Schein, nichts weiter.« Er legt den Arm um sie, küßt sie auf die Wange, hält sie fest. *Bleib bei mir. Die Welt ist wirklich. Wir müssen darin leben; wir müssen hier leben, weiterleben.*

In dem Moment schreit Farishta, noch immer im Schlaf, so laut er kann.

»Mishal! Komm zurück! Es ist nichts! Mishal, um Himmels willen, kehr um, komm zurück, komm zurück.«

VIII

DIE TEILUNG DES ARABISCHEN MEERS

Srinivas, der Spielzeugfabrikant, hatte die Angewohnheit, seiner Frau und seinen Kindern von Zeit zu Zeit damit zu drohen, daß er eines Tages, wenn die materielle Welt ihren Reiz verloren hätte, alles einschließlich seines Namens hinschmeißen, Sanyasi werden und mit Bettelschale und Stock von Dorf zu Dorf wandern würde. Mrs. Srinivas ging mit diesen Drohungen nachsichtig um; sie wußte, daß ihr gallertartiger und gutgelaunter Gatte gern als frommer Mann angesehen wurde, aber auch ein wenig als Abenteurer (hatte er nicht vor Jahren in Amerika auf jenem absurden und furchterregenden Flug in den Grand Canyon bestanden?); die Vorstellung, er werde zu einem heiligen Bettelmann, befriedigte beide Bedürfnisse. Aber jedesmal, wenn sie sah, wie sein üppiges Hinterteil es sich in einem Sessel auf der vorderen Veranda gemütlich gemacht hatte und durch ein dichtes Drahtgeflecht die Welt betrachtete, oder wenn sie ihm beim Spielen mit ihrer jüngsten Tochter, der fünfjährigen Minoo, zusah, oder wenn sie beobachtete, daß sein Appetit, weit entfernt, auf Bettelschalendimension zu schrumpfen, mit den Jahren willig wuchs, dann spitzte Mrs. Srinivas die Lippen, nahm den unbekümmerten Ausdruck einer Filmschönheit an (auch wenn sie ebenso pummelig und wabbelig war wie ihr Gatte) und ging pfeifend ins Haus. Daher traf es sie völlig unvorbereitet, als sie seinen Sessel leer vorfand, ein fast volles Glas Limonensaft auf einer Lehne.

Um die Wahrheit zu sagen, konnte Srinivas selbst nie vernünftig erklären, was ihn veranlaßte, die Behaglichkeit seiner morgendlichen Veranda zu verlassen und hinauszuschlendern, um die Ankunft der Dörfler von Titlipur zu beobachten. Die Gassenjungen, die alles schon eine Stunde vorher wußten, hatten auf der Straße etwas von einer unglaublichen Prozession von Menschen geschrien, die mit Sack und Pack den Kartoffelpfad in Richtung der großen Fernstraße gezogen kamen, angeführt von einem Mädchen mit silbernem Haar, ein Riesenschwarm Schmetterlinge über den Köpfen, und, in einem olivgrünen Mercedes-Benz Kombi als Nachhut, Mirza Said Akhtar, der aussah, als sei ihm ein Mangokern im Hals stecken geblieben.

Trotz der Kartoffelsilos und berühmten Spielzeugfabriken war Chatnapatna nicht ein so großer Ort, als daß die Ankunft von einhundertfünfzig Menschen unbemerkt hätte vonstatten gehen können. Kurz bevor die Prozession eintraf, hatte Srinivas eine Abordnung seiner Fabrikarbeiter empfangen, die um Erlaubnis baten, die Arbeit für ein paar Stunden unterbrechen zu dürfen, damit sie Zeuge des großen Ereignisses sein konnten. Da er wußte, daß sie sich die Zeit sowieso nehmen würden, willigte er ein. Er selbst jedoch blieb noch eine Zeitlang stur auf seiner Veranda, versuchte, so zu tun, als verspürte er noch nicht die Schmetterlinge der Erregung in seinem geräumigen Magen. Später sollte er Mishal Akhtar anvertrauen: »Es war eine Vorahnung. Was soll ich sagen? Ich wußte, daß ihr nicht nur wegen einer Erfrischung gekommen wart. Sie war meinethalben hier.«

Titlipur erreichte Chatnapatna in einem Chaos von quäkenden Babys, schreienden Kindern, knötternden Alten und öden Witzen von Osman mit dem Bum-Bum-Ochsen, um den Srinivas sich einen Dreck scherte. Dann informierten die Gassenjungen den Spielzeugkönig, daß sich unter den Reisenden auch die Frau und die Schwiegermutter des Zamindar Mirza Said befanden, und daß sie wie Bauern zu Fuß unterwegs waren, einfache Kurta-Pajamas und keinerlei Schmuck trugen. An diesem Punkt tapste Srinivas hinüber zu der Kantine an der Straße, um die sich die Pilger aus Titlipur scharten, während Kartoffelbhurtas und -parathas die Runde machten. Dort traf er gleichzeitig mit dem Polizeijeep von Chatnapatna ein. Der Inspektor stand auf dem Beifahrersitz und brüllte durch ein Megaphon, er werde gegen diesen »kommunalistischen« Marsch unnachsichtig Maßnahmen ergreifen, sollte dieser sich nicht umgehend auflösen. Eine Hindu-Moslem-Geschichte, dachte Srinivas, schlimm, schlimm.

Die Polizei behandelte den Pilgerzug als eine Art sektiererische Demonstration, doch als Mirza Said Akhtar vortrat und dem Inspektor die Wahrheit sagte, wurde der Beamte verwirrt. Sri Srinivas, ein Brahmane, war offensichtlich nicht der Mann, der jemals eine Pilgerfahrt nach Mekka erwogen hatte, aber nichtsdestoweniger war er beeindruckt. Er drängte sich durch die Menge, um zu hören, was der Zamindar sagte: »Und es ist die Absicht dieser guten Leute, zum Arabischen Meer zu marschieren, in dem Glauben, daß die Wasser sich vor ihnen teilen werden.« Mirza Saids Stimme klang schwach, und der Inspektor, Chatnapatnas Oberster Wachtmeister, war nicht überzeugt. »Ist das Ihr Ernst, ji?« Mirza Said sagte: »Nicht meiner. Ihrer, die meinen es todernst. Ich habe vor, sie davon abzubringen, bevor irgend etwas Verrücktes passiert.« Der Oberste Wachtmeister, über und über Tressen, Schnauzbart und Gewichtigkeit, schüttelte den Kopf. »Aber schauen Sie doch, wie kann ich zulassen, daß sich so viele Individuen auf der Straße versammeln? Die Leute können sich erregen, Zwischenfälle sind möglich.« Da teilte sich die Masse der Pilger, und Srinivas sah zum ersten Mal die phantastische Mädchengestalt, die völlig in Schmetterlinge gekleidet war und der schneegleiches Haar bis zu den Knöcheln herabfiel. »Arré deo«, schrie er, »Aischa, bist du das?« Und setzte törichterweise hinzu: »Und wo sind meine Familienplanungspuppen?«

Sein Ausbruch blieb unbemerkt: alle Welt beobachtete Aischa, wie sie auf den schwellbrüstigen Obersten Wachtmeister zuging. Sie sagte nichts, sondern lächelte und nickte, worauf der Bursche zwanzig Jahre jünger zu werden schien, bis er auf die Art eines zehn oder elfjährigen Jungen sagte: »Okay, okay, Mausi. Tut mir leid. Nichts für ungut. Ich bitte um Entschuldigung.« Das war das Ende des Ärgers mit der Polizei. Später, in der Nachmittagshitze, warf eine Horde Jugendlicher aus der Stadt, denen man RSS- und Vishwa Hindu Parishad-Verbindungen nachsagte, Steine von nahegelegenen Dächern; woraufhin der Oberste Wachtmeister sie in weniger als zwei Minuten verhaften und ins Gefängnis werfen ließ.

»Aischa, Tochter«, sagte Srinivas laut in die leere Luft hinein, »was zum Teufel ist mit dir geschehen?«

Während der Hitze des Tages ruhten sich die Pilger in jedem nur erreichbaren Schatten aus. Srinivas wanderte in einer Art Benommenheit zwischen ihnen umher, bis obenhin mit Emotionen gefüllt, und wurde sich bewußt, daß auf unerklärliche Weise ein großer Wendepunkt in seinem Leben eingetreten war. Sein Blick suchte nach der verwandelten Gestalt Aischas, der Seherin, die zusammen mit Mishal Akhtar, ihrer Mutter Mrs. Qureishi und dem liebeskranken Osman mit dem Ochsen im Schatten eines Peepul-Baums ruhte. Schließlich stolperte Srinivas über den Zamindar Mirza Said, der sich auf der Rückbank seines Mercedes-Benz ausgestreckt hatte, aber keinen Schlaf fand, ein Mann in Pein. Srinivas sprach ihn mit einer Demut an, die seiner Verwunderung entsprang. »Sethji, Sie glauben doch nicht an das Mädchen?«

»Srinivas«, Mirza Said setzte sich auf, um zu antworten, »wir sind moderne Männer. Wir wissen beispielsweise, daß alte Leute auf langen Reisen sterben, daß Gott keinen Krebs heilt und daß sich die Ozeane nicht teilen. Wir müssen mit dieser Idiotie Schluß machen. Kommen Sie mit mir. Viel Platz im Wagen. Vielleicht können Sie mir helfen, ihnen das auszureden; diese Aischa, die ist Ihnen dankbar, vielleicht hört sie auf Sie.«

»Im Wagen?« Srinivas fühlte sich hilflos, als packten ihn kräftige Hände an den Gliedern. »Ich habe da mein Geschäft, aber.«

»Das ist für viele unserer Leute ein Selbstmordkommando«, drängte Mirza Said ihn. »Ich brauche Hilfe. Natürlich kann ich auch bezahlen.«

»Geld spielt keine Rolle.« Srinivas zog sich beleidigt zurück. »Bitte entschuldigen Sie, Sethji. Ich muß es mir überlegen.«

»Ja, sehen Sie denn nicht?« rief Mirza Said ihm nach. »Sie und ich, wir sind keine Religiösen. Hindu-Moslem Bhai-Bhai! Wir können gegen diesen Mumpitz eine säkulare Front bilden.«

Srinivas wandte sich um. »Aber ich bin kein Ungläubiger«, protestierte er. »Das Bildnis der Göttin Lakschmi hängt immer bei mir an der Wand.«

»Reichtum ist eine ausgezeichnete Göttin für einen Geschäftsmann«, sagte Mirza Said.

»Und in meinem Herzen«, fügte Srinivas hinzu. Mirza Said platzte der Kragen. »Aber Göttinnen, ich bitte Sie. Sogar Ihre eigenen Philosophen räumen ein, daß es sich dabei nur um abstrakte Konzepte handelt. Verkörperungen von Shakti, was selbst auch eine abstrakte Vorstellung ist: die dynamische Macht der Götter.«

Der Spielzeugfabrikant blickte auf Aischa hinab, wie sie unter ihrer Schmetterlingsdecke schlief. »Ich bin kein Philosoph, Sethji«, sagte er. Und sagte nicht, daß ihm das Herz wild bis zum Hals schlug, weil er bemerkt hatte, daß das schlafende Mädchen und die Göttin auf dem Kalender an seiner Fabrikwand identische, absolut gleiche Gesichter hatten.

❦

Der Pilgerzug verließ die Stadt, und Srinivas begleitete ihn, taub gegenüber dem Flehen seiner wildhaarigen Frau, die Minoo hochhob und vor dem Gesicht ihres Gatten schüttelte. Er erklärte Aischa, daß er zwar nicht Mekka besuchen wolle, aber von einer Sehnsucht ergriffen worden sei, eine Weile mitzuziehen, vielleicht sogar bis zum Meer.

Als er seinen Platz unter den Leuten von Titlipur einnahm und mit dem Mann neben ihm in Gleichschritt fiel, sah er mit einer Mischung aus Unverständnis und Schrecken zu jenem unendlichen Schmetterlingsschwarm über ihren Köpfen hinauf, der gleich einem gigantischen Schirm die Pilger vor der Sonne schützte. Es war, als hätten die Schmetterlinge von Titlipur die Funktion des großen Baums übernommen. Als nächstes stieß er einen kleinen Schrei der Angst, der Verwunderung und des Vergnügens aus, denn einige Dutzend dieser chamäleonflügligen Geschöpfe hatten sich auf seiner Schulter niedergelassen und augenblicklich das exakte Scharlachrot seines Hemds angenommen. Jetzt erkannte er den Mann an seiner Seite als den Sarpanch Muhammad Din, der es vorgezogen hatte, nicht an der Spitze zu gehen. Er und seine Frau Khadija schritten trotz ihres fortgeschrittenen Alters zufrieden aus, und als er den lepidopterischen Segen sah, der über den Spielzeugfabrikanten gekommen war, faßte Muhammad Din ihn bei der Hand.

❦

Allmählich wurde klar, daß der große Regen ausbleiben würde. Klappriges Vieh durchstreifte das Land auf der Suche nach Wasser. *Liebe ist Wasser,* hatte jemand mit weißer Tünche an die Backsteinwand einer Motorrollerfabrik geschrieben. Unterwegs begegneten sie anderen Familien, die nach Süden zogen, ihr Leben auf die Rücken sterbender Esel gebündelt, und auch diese strebten hoffnungsvoll dem Wasser entgegen. »Aber nicht zum Scheißsalzwasser«, rief Mirza Said den Pilgern von Titlipur zu. »Und auch nicht, um zu sehen, wie es sich zweiteilt! Sie wollen am Leben bleiben, aber ihr Irren wollt ja sterben.« Geier rotteten sich am Wegesrand zusammen und schauten den Pilgern nach.

Mirza Said verbrachte die ersten Wochen der Pilgerfahrt zum Arabischen Meer in einem Zustand permanenter hysterischer Erregung. Zumeist marschierte man in den Morgenstunden und am späten Nachmittag, und zu diesen Zeiten sprang Said oft aus seinem Kombi, um seine sterbende Frau anzuflehen. »Sei vernünftig, Mishu. Du bist krank. Leg dich wenigstens hin, laß mich dir eine Weile die Füße massieren.« Aber sie weigerte sich, und ihre Mutter scheuchte ihn weg. »Ach, Said, du hast eine solch negative Stimmung, das schlägt einem auf den Magen. Geh dein Cokeshoke in deinem KA-Wagen trinken und laß uns Yatris in Frieden.« Nach der ersten Woche büßte der Wagen mit Klimaanlage seinen Fahrer ein. Mirza Saids Chaffeur kündigte und mischte sich unter die zu Fuß gehenden Pilger; der Zamindar mußte sich jetzt selbst ans Steuer setzen. Von nun an mußte er anhalten, wenn ihn seine Aufregung übermannte, parken und wie ein Wilder unter den Pilgern hin und her rennen, drohen, flehen und Bestechungsgelder anbieten. Mindestens einmal am Tag fluchte er Aischa offen ins Gesicht, weil sie sein Leben runierte, doch die Beschimpfungen währten nie lange, denn immer wenn er sie ansah, begehrte er sie dermaßen, daß er sich schämte. Der Krebs hatte begonnen, Mishals Haut grau zu färben, und auch Mrs. Qureishi franste allmählich aus; ihre »guten« Chappals hatten sich in ihre Bestandteile aufgelöst, und sie litt an schrecklichen Fußblasen, die wie kleine Wasserballons aussahen. Als Said ihr die Bequemlichkeit des Wagens anbot, weigerte sie sich jedoch weiterhin strikt. Der Zauber, den Aischa über die Pilger gelegt hatte, hielt sie noch fest im Griff. Und am Ende dieser Ausfälle ins Herz des Pilgerzugs merkte Mirza Said, verschwitzt und schwindlig vor Hitze und seiner wachsenden Verzweiflung, daß die Fußgänger seinen Wagen ein ganzes Stück weit zurückgelassen hatten, so daß er mit düsterer Miene allein zu ihm zurückwanken mußte. Als er eines Tages zu seinem Kombi zurückkam, stellte er fest, daß eine Kokosnußschale, die aus einem vorbeifahrenden Bus geworfen worden war, die Windschutzscheibe aus Verbundglas zerschmettert hatte, so daß sie nun aussah wie ein Spinnennetz voller Diamantfliegen. Er klopfte die Scheibe heraus, und die Glasdiamanten schienen ihn zu verspotten, während sie auf die Straße und in den Wagen fielen, schienen von der Vergänglichkeit und Wertlosigkeit irdischen Besitzes zu sprechen. Doch ein weltlicher Mann lebt in der Welt der Dinge, und Mirza Said hatte nicht die Absicht, so leicht wie eine Windschutzscheibe zu zerbrechen. Des Nachts legte er sich zu seiner Frau auf eine Matte unter die Sterne an den Rand der großen Fernstraße. Als er ihr von dem Windschutzscheibenunfall erzählte, spendete sie ihm kühlen Trost. »Das ist ein Zeichen«, sagte sie. »Laß endlich den Kombi stehen und schließe dich uns an.«

»Einen Mercedes-Benz stehen lassen?« japste Said in echtem Entsetzen.

»Na und?« entgegnete Mishal mit ihrer grauen, erschöpften Stimme. »Ständig redest du vom Untergang. Welchen Unterschied soll da ein Mercedes machen?«

»Das verstehst du nicht«, weinte Said. »Niemand versteht mich.«

Gibril träumte eine Dürre:

Das Land wurde unter dem regenlosen Himmel braun. Die Leichen von Bussen und historischen Monumenten verrotteten auf den Feldern neben der Ernte. Durch die nicht mehr vorhandene Windschutzscheibe sah Mirza Said den Beginn des Unheils: Die wilden Esel fickten lustlos und fielen, noch miteinander verbunden, mitten auf der Straße tot um, die Bäume standen auf Wurzeln, die durch die Bodenerosion freigelegt waren, und sahen aus wie riesige hölzerne Klauen, die nach Wasser in der Erde wühlten, die mittellosen Bauern, die sich bei der Regierung als Handarbeiter verdingen mußten, gruben neben der Fernstraße ein Reservoir, ein leeres Behältnis für den Regen, der nicht fallen wollte. Elendes Leben an der Straße: eine Frau, die mit einem Bündel auf ein Zelt aus Stöcken und Lumpen zustrebt, ein Mädchen, das tagaus, tagein dazu verdammt ist, auf ihrem Stück schmutzigen Staub diesen Topf, diese Pfanne zu scheuern. »Ist ein solches Leben wirklich soviel wert wie unseres?« fragte sich Mirza Said Akhtar. »So vielwie meines? Wie Mishals? Wie wenig haben sie erlebt, wie wenig haben sie, um ihrer Seele Nahrung zu geben.« Ein Mann in Dhoti und weitem gelbem Pugri stand wie ein Vogel auf einem Meilenstein, kauerte da, den einen Fuß auf das andere Knie gestützt, eine Hand unter dem anderen Ellbogen, und rauchte ein Biri. Als Mirza Said Akhtar an ihm vorbeifuhr, spuckte der Mann aus und erwischte den Zamindar voll im Gesicht.

Die Pilger kamen nur langsam voran, drei Stunden Marsch am Vormittag, weitere drei nach der Hitze, sie richteten sich nach dem langsamsten Pilger, waren endlosen Verzögerungen ausgesetzt, kranke Kinder, Schikanen von Behörden, ein Rad löste sich von einem der Ochsenkarren, bestenfalls zwei Meilen am Tag, einhundertfünfzig Meilen zum Meer, eine Reise von ungefähr elf Wochen. Der erste Todesfall ereignete sich am achtzehnten Tag. Khadija, die taktlose alte Dame, die seit einem halben Jahrhundert die zufriedene und zufriedenstellende Gattin des Sarpanch Muhammad Din war, sah im Traum einen Erzengel. »Gibril«, flüsterte sie, »bist du das?«

»Nein«, erwiderte die Erscheinung. »Ich bin es, Asrael, der mit dem Scheißjob. Tut mir leid, Sie enttäuschen zu müssen.«

Am nächsten Morgen setzte sie die Pilgerreise fort, ohne ihrem Mann etwas von der Vision zu sagen. Nach zwei Stunden näherten sie sich der Ruine einer jener Herbergen aus der Zeit der Moguln, die an den Fernstraßen im Fünf-Meilen-Abstand errichtet worden waren. Als Khadija die Ruine sah, wußte sie nichts von ihrer Vergangenheit, von den Wandersleuten, die im Schlaf beraubt worden waren und so weiter, aber ihre Gegenwart verstand sie gut. »Ich muß dort hinein und mich hinlegen«, sagte sie zum Sarpanch, der protestierte: »Aber der Marsch!« – »Laß gut sein«, sagte sie leise. »Den kannst du später einholen.«

Sie legte sich in den Schutt der alten Ruine, bettete den Kopf auf einen glatten Stein, den der Sarpanch ihr holte. Der alte Mann weinte, aber das half nichts, und eine Minute später war sie tot. Er rannte dem Marsch nach und redete wütend auf Aischa ein. »Ich hätte nie auf dich hören sollen«, sagte er zu ihr. »Und jetzt hast du meine Frau getötet.«

Der Marsch hielt an. Mirza Said Akhtar witterte Morgenluft und forderte lautstark, daß Khadija zu einem ordentlichen moslemischen Friedhof gebracht werden müßte. Doch Aischa widersprach. »Wir haben den Befehl des Erzengels, auf direktem Weg zum Meer zu gehen, ohne Rückzüge und Umwege.« Mirza Said appellierte an die Pilger. »Sie ist die geliebte Frau eures Sarpanch«, schrie er. »Wollt ihr sie etwa in ein Loch an der Straße kippen?«

Als sich die Leute aus Titlipur einigten, daß Khadija sofort beerdigt werden sollte, traute Said seinen Ohren nicht. Er erkannte, daß ihre Entschlossenheit noch größer war, als er geargwöhnt hatte: sogar der trauernde Sarpanch fügte sich. Khadija wurde am Rand eines Brachfelds hinter der Ruine der Herberge aus der Vergangenheit begraben.

Am nächsten Tag jedoch sah Mirza Said, daß der Sarpanch sich von dem Pilgerzug abgesondert hatte und etwas abseits von den anderen niedergeschlagen dahintigerte und an den Bougainvilleasträuchern schnupperte. Said sprang aus seinem Mercedes und rannte zu Aischa, um ihr eine weitere Szene zu machen. »Du Ungeheuer!« schrie er. »Herzloses Ungeheuer! Warum hast du die alte Frau hierher zum Sterben gebracht?« Sie ignorierte ihn, doch als er zu seinem Kombi zurückging, trat der Sarpanch zu ihm und sagte: »Wir waren arme Leute. Wir wußten, wir konnten nie hoffen, nach Mekka Sharif zu kommen, bis sie uns überredete. Sie überredete uns, und Sie sehen ja, was dabei herausgekommen ist.«

Aischa, die Kahin, bat um ein Wort mit dem Sarpanch, doch spendete sie ihm keinen Trost. »Festige deinen Glauben«, schalt sie ihn. »Wer auf der großen Pilgerreise stirbt, kann sich eines Platzes im Paradies sicher sein. Deine Frau sitzt jetzt zwischen den Engeln und den Blumen; was gibt es da für dich zu bedauern?«

An jenem Abend trat der Sarpanch Muhammad Din zu Mirza Said, als dieser an einem kleinen Lagerfeuer saß. »Entschuldigen Sie, Sethji«, sagte er, »aber wäre es möglich, daß ich, wie Sie es mir einmal angeboten haben, in Ihrem Automobil mitfahre?«

Nicht bereit, das Projekt, für das seine Frau gestorben war, völlig aufzugeben, unfähig, den absoluten Glauben, den das Unternehmen erforderte, aufrechtzuhalten, bestieg Muhammad Din den Kombiwagen des Skeptizismus. »Mein erster Konvertit«, frohlockte Mirza Said.

❦

In der vierten Woche zeitigte der Abfall des Sarpanch Muhammad Din die ersten Auswirkungen. Er saß auf dem Rücksitz des Mercedes, als wäre er der Zamindar und Mirza Said der Chauffeur, und allmählich lehrten ihn die Lederpolsterung und die elektrisch betätigten Spiegelglasfenster Hochmut; die Nase reckte sich in die Luft, und er nahm die herablassende Miene eines Mannes an, der sehen kann, ohne gesehen zu werden. Auf dem Fahrersitz spürte Mirza Said wie sich ihm Augen und Nase mit dem Staub füllten, der durch das Loch drang, wo einmal die Windschutzscheibe gewesen war, doch ungeachtet solcher Unannehmlichkeiten fühlte er sich besser als zuvor. Stets versammelte sich jetzt am Ende eines Tages eine Pilgertraube um den Mercedes-Benz mit seinem schimmernden Stern, und Mirza Said versuchte, ihnen Vernunft beizubringen, während sie dem Sarpanch Muhammad Din dabei zusahen, wie er die spiegelverglasten Seitenfenster rauf und runter ließ, so daß sie abwechselnd seine und ihre eigenen Züge erblickten. Daß der Sarpanch im Mercedes saß, verlieh Mirza Saids Worten neue Autorität.

Aischa unternahm nicht den Versuch, die Dörfler zurückzurufen, und bislang war ihr Vertrauen auch gerechtfertigt gewesen; es hatte keine weiteren Überläufer ins Lager der Ungläubigen gegeben. Doch Said sah, wie sie zahlreiche Blicke in seine Richtung warf, und ob sie nun Visionen hatte oder nicht, Mirza Said hätte gutes Geld gewettet, daß dies die übelgelaunten Blicke eines jungen Mädchens waren, das nicht mehr sicher war, daß alles nach ihrer Nase lief.

Dann verschwand sie.

Sie ging während einer Nachmittagssiesta weg und kam erst nach eineinhalb Tagen zurück, zu einem Zeitpunkt, als die Hölle unter den Pilgern ausgebrochen war; sie wußte, wie man die Gefühle des Publikums aufpeitscht, räumte Said ein; sie schlenderte zu ihnen über das staubumwölkte Land, und jetzt war ihr silbriges Haar mit Gold durchwirkt, und auch ihre Augenbrauen waren golden. Sie rief die Dörfler zu sich und teilte ihnen mit, daß der Erzengel verstimmt sei, weil die Einwohner von Titlipur mit Zweifeln erfüllt waren, nur weil eine Märtyrerin zum Paradies aufgefahren sei. Sie warnte, daß er ernstlich darüber nachdenke, sein Angebot, die Wasser zu teilen, zurückzuziehen, »so daß das einzige, was euch am Arabischen Meer erwartet, ein Salzwasserbad ist, und dann könnt ihr wieder zu euren verlassenen Kartoffelfeldern zurück, auf die nie mehr ein Tropfen Regen fallen wird.« Die Dörfler waren entsetzt. »Nein, das darf nicht sein«, flehten sie. »Bibiji, vergib uns.« Zum ersten Mal hatten sie den

Namen der altvorderen Heiligen benutzt, um das Mädchen anzusprechen, das sie mit einem Absolutismus führte, welcher sie mittlerweile nicht weniger ängstigte als beeindruckte. Nach ihrer Rede blieben der Sarpanch und Mirza Said allein in ihrem Kombi. »Zweite Runde an den Erzengel«, dachte Mirza Said.

❦

Mit Anbruch der fünften Woche hatte sich die Gesundheit der meisten älteren Pilger rapide verschlechtert, die Mundvorräte gingen zur Neige, Wasser war kaum zu finden, und die Tränenkanäle der Kinder waren ausgetrocknet. Die Geier waren immer in der Nähe.

Je weiter die Pilger die ländlichen Gebiete hinter sich ließen und in dichter bevölkerte Regionen kamen, desto schlimmer wurden die Schikanen. Die Fernbusse und Lastwagen weigerten sich häufig, den Fußgängern auszuweichen, welche schreiend und übereinanderstürzend zur Seite springen mußten. Radfahrer, sechsköpfige Familien auf Motorrollern, Kramladenbesitzer beschimpften sie wüst. »Verrückte! Dorftrottel! Moslems!« Oftmals mußten sie die ganze Nacht hindurch marschieren, weil die Behörden dieser oder jener Kleinstadt nicht zuließen, daß ein solches Gesocks auf ihren Gehwegen schlief. Weitere Todesfälle wurden unausweichlich.

Dann brach der Ochse des Konvertiten Osman inmitten der Fahrräder und des Kameldungs einer namenlosen Kleinstadt zusammen. »Steh auf, Idiot«, brüllte er ihn ohnmächtig an. »Was soll das, mir hier vor fremden Obstständen wegzusterben?« Der Ochse nickte, zweimal für Ja, und verendete.

Schmetterlinge bedeckten den Kadaver, nahmen die Farbe seines grauen Fells, der Papiertüten auf den Hörnern und Glöckchen an. Der untröstliche Osman rannte zu Aischa (die sich als Konzession gegenüber städtischer Prüderie einen schmutzigen Sari übergeworfen hatte, obwohl ihr nach wie vor Schmetterlingswolken wie Ruhm nachflatterten). »Kommen Ochsen in den Himmel?« fragte er mit kläglicher Stimme. »Ochsen haben keine Seele«, sagte sie kühl, »und um Seelen zu erretten, sind wir unterwegs.« Osman blickte sie an und erkannte, daß er sie nicht mehr liebte. »Aus dir ist ein Dämon gworden«, sagte er voll Abscheu zu ihr.

»Ich bin nichts«, sagte Aischa. »Ich bin ein Bote.«

»Dann sag mir, warum dein Gott so sehr darauf erpicht ist, die Unschuldigen zu vernichten«, tobte Osman. »Wovor fürchtet er sich? Hat er so wenig Vertrauen, daß er unseren Tod als Beweis unserer Liebe braucht?«

Wie als Antwort auf eine solche Gotteslästerung, verfügte Aischa noch strengere Maßnahmen; sie bestand darauf, daß alle Pilger alle fünf Gebete sprachen, und bestimmte den Freitag zum Fastentag. Am Ende der sechsten Woche hatte sie die Marschierenden gezwungen, vier weitere Leichen da liegen zu lassen, wo sie umgefallen waren: zwei alte Männer, eine alte Frau und ein sechsjähriges Mädchen. Die Pilger marschierten weiter, wandten den Toten den Rücken zu; hinter ihnen aber sammelte Mirza Said Akhtar die Leichen ein und sorgte dafür, daß sie ein anständiges Begräbnis bekamen. Darin wurde er von dem Sarpanch Muhammad Din und dem ehemaligen Unberührbaren Osman unterstützt. An solchen Tagen fielen sie eine ganze Strecke hinter den Zug zurück, doch ein Mercedes-Benz Kombi braucht nicht lange, um über einhundertvierzig Männer, Frauen und Kinder einzuholen, die matt zum Meer hin ziehen.

❦

Die Zahl der Toten wuchs, und die Gruppe verunsicherter Pilger um den Mercedes vergrößerte sich von Nacht zu Nacht. Mirza Said begann, ihnen Geschichten zu erzählen. Er sprach von Lemmingen, und wie die Zauberin Circe Männer in Schweine verwandelte; er erzählte ihnen auch die Geschichte eines Flötenspielers, der die Kinder einer Stadt in eine Berghöhle lockte. Als er diese Geschichte in ihrer Sprache erzählt hatte, trug er Verse auf englisch vor, damit sie der Musik der Dichtung lauschen konnten, auch wenn sie die Worte nicht verstanden. »Die Stadt Hameln liegt in Braunschweig«, hob er an. »In der Nähe der berühmten Stadt Hannover. Der Fluß Weser, tief und breit, umspült ihre Mauern an der Südseite ...«

Jetzt sah er mit Befriedigung das Mädchen Aischa wütenden Blicks nahen, während die Schmetterlinge wie das Lagerfeuer hinter ihr leuchteten, und es schien, als gingen Flammen von ihrem Körper aus.

»Die, die den Versen des Teufels lauschen, gesprochen in der Sprache des Teufels«, rief sie, »werden am Ende selbst zum Teufel gehen.«

»Es gibt also die Wahl«, antwortete Mirza Said ihr, »zwischen dem Teufel und dem tiefen blauen Meer.«

❦

Acht Wochen waren vergangen, und das Verhältnis zwischen Mirza Said und seiner Frau Mishal hatte sich so verschlechtert, daß sie kein Wort mehr miteinander sprachen. Mishal war inzwischen, ungeachtet ihres Krebses, der sie grau wie Leichenasche hatte werden lassen, Aischas oberste Platzhalterin und hingebungsvollste Jüngerin geworden. Die Zweifel anderer Marschierer hatten sie in ihrem Glauben nur bestärkt, und die Schuld an diesen Zweifeln gab sie unmißverständlich ihrem Mann.

»Auch ist keine Wärme mehr in dir«, hatte sie ihn in ihrem letzten Gespräch gerüffelt. »Ich habe Angst, mich dir zu nähern.«

»Keine Wärme?« brüllte er. »Wie kannst du so etwas sagen? Kein Wärme? Für wen bin ich denn auf diese blödsinnige Pilgerfahrt gegangen? Um mich um wen zu kümmern? Weil ich wen liebe? Weil ich mir um wen so Sorgen mache, wegen wem so traurig bin, so voll Kummer bin? Keine Wärme? Bist du eine Fremde? Wie kannst du nur so etwas sagen?«

»Hör dich doch selber an«, sagte sie mit einer Stimme, die sich bereits in einer Art Rauchigkeit, einer Wolkigkeit verlor. »Immer nur Wut. Kalte Wut, eisig, wie eine Festung.«

»Das ist keine Wut«, schnauzte er. »Das ist Sorge, Unglück, Erbärmlichkeit, Verletztheit, Schmerz. Wo hörst du da nur Wut?«

»Ich höre sie«, sagte sie. »Jeder hört sie, meilenweit.«

»Komm mit mir«, flehte er sie an. »Ich bringe dich zu den besten Kliniken in Europa, Kanada, den USA. Hab Vertrauen in die westliche Technologie. Die können Wunder vollbringen. Und für Apparaturen hast du doch auch immer etwas übrig gehabt.«

»Ich pilgere nach Mekka«, sagte sie und wandte sich ab.

»Du scheißblöde Kuh«, brüllte er ihren Rücken an. »Nur weil du sterben wirst, heißt das noch lange nicht, daß du die ganzen Leute da mitnehmen mußt.« Sie aber ging von ihm, durch das Lager an der Straße, ohne sich umzublicken; und da er ihre Haltung bestätigt hatte, indem er die Beherrschung verloren und das Unaussprechliche ausgesprochen hatte, fiel er auf die Knie und weinte. Nach diesem Streit weigerte sich Mishal, weiterhin neben ihm zu schlafen. Sie und ihre Mutter entrollten ihr Bettzeug neben der in Schmetterlinge gehüllten Prophetin ihrer Pilgerreise nach Mekka.

Tagsüber arbeitete Mishal unermüdlich unter den Pilgern, richtete sie auf, bestärkte sie in ihrem Glauben, versammelte sie unter den Fittichen ihrer Sanftheit. Aischa zog sich mehr und mehr in Schweigen zurück, und Mishal Akhtar wurde praktisch die Führerin der Pilger. Eine Pilgerin aber gab es, die ihrer Macht entglitt: Mrs. Qureishi, ihre Mutter, die Frau des Direktors der Staatsbank.

Die Ankunft Mr. Qureishis, Mishals Vater, war durchaus ein Ereignis. Die Pilger machten gerade im Schatten einer Platanenzeile Rast, sammelten fleißig Unterholz und scheuerten Kochtöpfe, als die Fahrzeugkolonne in Sicht kam. Sogleich sprang Mrs. Qureishi, die zwanzig Pfund leichter als zu Beginn des Marsches war, qietschend auf und versuchte verzweifelt, den Schmutz von ihren Kleidern abzubürsten und ihre Frisur zu ordnen. Mishal sah, wie ihre Mutter kraftlos mit einem zerlaufenen Lippenstift hantierte, und fragte: »Was plagt dich, Ma? Entspanne dich.«

Ihre Mutter deutete matt auf die herannahenden Autos. Augenblicke später stand die hochgewachsene, strenge Gestalt des großen Bankiers über ihnen. »Wenn ich es nicht selbst gesehen hätte, hätte ich es nicht geglaubt«, sagte er. »Man hat es mir erzählt, aber ich habe es nicht ernstgenommen. Deshalb hat es so lange gedauert, bis ich dahintergekommen bin. Aus Peristan ohne ein Wort zu verschwinden: Was zum Donner soll das?«

Mrs. Qureishi bebte hilflos unter den Augen ihres Mannes, fing an zu weinen, spürte die Schwielen an ihren Füßen und die Erschöpfung, die sich in jeder Pore eingenistet hatte. »O Gott, ich weiß es nicht, es tut mir leid«, sagte sie. »Gott allein weiß, was über mich gekommen ist.«

»Weißt du nicht, daß ich einen heiklen Posten bekleide?« rief Mr. Qureishi. »Das Vertrauen der Öffentlichkeit ist essentiell. Was macht das da für einen Eindruck, daß meine Frau mit Bhangis herumzigeunert?«

Mishal nahm ihre Mutter in die Arme und sagte zu ihrem Vater, er solle sie nicht schikanieren. Mr. Qureishi sah zum ersten Mal, daß seine Tochter das Zeichen des Todes auf der Stirn trug, und sackte sogleich wie ein Luftschlauch zusammen. Mishal erzählte ihm von ihrem Krebs und dem Versprechen der Seherin Aischa, daß in Mekka ein Wunder geschehen und sie völlig geheilt würde.

»Dann fliege ich dich nach Mekka, pronto«, bat ihr Vater. »Warum zu Fuß gehen, wenn du mit dem Airbus fliegen kannst?«

Aber Mishal blieb hart. »Du solltest wieder gehen«, sagte sie zu ihrem Vater. »Nur die Gläubigen können das geschehen machen. Mami wird sich um mich kümmern.«

Mr. Qureishi gesellte sich in seiner Limousine ratlos zu Mirza Said am Ende der Prozession und schickte ständig einen der beiden Diener aus, die ihn auf Motorrollern begleiteten, um Mishal zu fragen, ob sie gern etwas hätte, Essen, Medizin, Thums Up, was immer. Mishal lehnte alle Angebote ab, und nach drei Tagen – schließlich ist eine Bank eine Bank – reiste Mr. Qureishi wieder in die Stadt zurück, ließ jedoch einen der beiden Roller-

Chaprassis zurück, der die Frauen bedienen sollte. »Er steht euch zur Verfügung«, sagte er zu ihnen. »Seid jetzt nicht dumm. Macht es euch so angenehm, wie ihr könnt.«

Am Tag nach Mr. Qureishis Abreise setzte der Chaprassi Gul Muhammad seinen Roller in den Graben und schloß sich den Fußpilgern an, knüpfte sich ein Taschentuch auf den Kopf, um damit seine Ergebenheit zu demonstrieren. Aischa sagte nichts, doch als sie sah, daß der Rollerwalla sich in den Pilgerzug einreihte, überzog ein spitzbübisches Grinsen ihr Gesicht, was Mirza Said daran erinnerte, daß sie schließlich doch nicht nur eine Gestalt aus einem Traum war, sondern auch ein junges Mädchen aus Fleisch und Blut.

Mrs. Qureishi begann zu klagen. Der kurze Kontakt mit ihrem alten Leben hatte ihre Entschlossenheit gebrochen, und jetzt, da es zu spät war, dachte sie ständig an Partys und weiche Kissen und Gläser mit frischer, eisgekühlter Zitronenlimonade. Plötzlich erschien es ihr völlig unvernünftig, daß jemandem mit ihrer Erziehung zugemutet wurde, wie ein hergelaufener Straßenfeger barfuß zu gehen. Mit einem verlegenen Ausdruck auf dem Gesicht suchte sie Mirza Said auf.

»Said, mein Sohn, empfindest du nur Haß für mich?« gurrte sie, während sich ihre rundlichen Züge zu einer Parodie der Koketterie arrangierten.

Said war entsetzt über ihre Grimasse. »Natürlich nicht«, brachte er zustande.

»Doch, doch, du verabscheust mich, und mein Anliegen ist hoffnungslos«, flirtete sie.

»Ammaji«, schluckte Said, »was sagst du da?«

»Weil ich gelegentlich harte Worte an dich gerichtet habe.«

»Vergiß das, bitte«, sagte Said, von ihrem Auftritt verwirrt, aber sie tat es nicht. »Du mußt wissen, daß alles nur aus Liebe geschah. Liebe«, sagte Mrs. Qureishi, »ist eine facettenreiche glänzende Erscheinung.«

»Sie hält die Welt in Schwung«, stimmte Mirza Said zu und versuchte, sich dem Geist der Konversation anzupassen.

»Die Liebe besiegt alles«, bestätigte Mrs. Qureishi. »Sie hat meine Wut besiegt, Dies muß ich beweisen, indem ich bei dir im Auto mitfahre.«

Mirza Said machte eine Verbeugung. »Es ist dein, Ammaji.«

»Dann wirst du sicher die beiden Dörfler bitten, sich zu dir nach vorn zu setzen. Damen muß man schützen, nicht wahr?«

»Durchaus«, antwortete er.

Die Geschichte des Dorfes, das zu Fuß zum Meer marschierte, hatte sich im ganzen Land verbreitet, und in der neunten Woche wurden die Pilger von Journalisten bedrängt, von Lokalpolitikern auf Stimmenfang, Geschäftsleuten, die den Marsch sponsorn wollten, die Yatris müßten nur bereit sein, Reklametafeln zu tragen, auf denen für verschiedene Güter und Dienstleistungen geworben wurde, von ausländischen Touristen auf der Suche nach den Mysterien des Ostens, nostalgischen Gandhianern sowie jener Spezies menschlicher Geier, die zum Autorennen geht, um die Unfälle zu sehen. Als sie den Schwarm der Chamäleonschmetterlinge erblickten, der das Mädchen Aischa kleidete und ihr gleichzeitig die einzige feste Nahrung bot, waren diese Besucher erstaunt und zogen mit gemischten Erwartungen wieder ab, das heißt, mit einem Loch in ihrem Bild von der Welt, das sie nicht übertünchen konnten. In allen Zeitungen erschienen Fotos von Aischa, und die Pilger zogen sogar an Plakatwänden vorbei, auf der die lepidopterische Schönheit in dreifacher Überlebensgröße aufgemalt war, dazu Slogans wie *Unsere Tücher sind so zart wie ein Schmetterlingsflügel* oder dergleichen. Dann erreichten sie beunruhigendere Neuigkeiten. Gewisse religiöse Extremistengruppen hatten Erklärungen abgegeben, in denen sie die »Aischa Hadsch« als den Versuch brandmarkten, die öffentliche Aufmerksamkeit zu »kidnappen« und »kommunalistische Regungen anzuheizen«. Flugblätter wurden verteilt – Mishal sammelte sie von der Straße auf –, in denen behauptet wurde, daß die »Padyatra, oder Pilgerreise zu Fuß, eine alte, präislamische Tradition der nationalen Kultur sei, nicht das importierte Gut von Mogul-Einwanderern«. Auch: »Das Entwenden dieser Tradition durch sogenannte Aischa Bibiji ist eklatante und bewußte Anheizung schon angespannter Situation.«

»Es wird keinen Ärger geben«, brach die Kahin ihr Schweigen.

❦

Gibril träumte einen Vorort:

Als die Aischa Hadsch sich Sarang näherte, dem äußersten Vorort der großen Metropole am Arabischen Meer, zu welchem das visionäre Mädchen sie führte, verdoppelten Journalisten, Politikos und Polizei ihre Besuche. Zu Anfang drohten die Polizisten, den Marsch gewaltsam aufzulösen, die Politiker hingegen verwiesen darauf, daß dies ganz nach einem sektiererischen Akt aussehen würde und zu Ausbrüchen kommunalistischer Gewalt im ganzen Land führen könnte. Schließlich willigten die Polizeigewaltigen ein, daß der Marsch fortgesetzt werden könne, maulten aber drohend, daß sie sich nicht in der Lage sähen, »für die Sicherheit der Pilger zu garantieren«. Mishal Akhtar sagte: »Wir ziehen weiter.«

Die Vorstadt Sarang verdankte ihren relativen Wohlstand beträchtlichen Kohlenlagern in der Umgebung. Es stellte sich heraus, daß die Bergleute von Sarang, Männer, die ihr Leben damit verbrachten, Stollen in die Erde zu treiben – sie zu »teilen«, wie man sagen könnte –, den Gedanken unerträglich fanden, ein Mädchen könnte, mit einer Handbewegung, mit dem Meer dasselbe tun. Kader gewisser kommunalistischer Gruppierungen hatten sich daran gemacht, die Bergleute zur Gewalt aufzuwiegeln, und infolge der Aktivitäten dieser Agents provocateurs bildete sich ein Mob, der auf Transparenten forderte: KEINE ISLAMISCHE PADYATRA! SCHMETTERLINGSHEXE RAUS!

In der Nacht, bevor sie Sarang betreten sollten, richtete Mirza Said einen weiteren vergeblichen Appell an die Pilger: »Gebt auf«, beschwor er sie vergeblich. »Morgen werden wir alle umgebracht.« Aischa flüsterte Mishal etwas ins Ohr, worauf diese sagte: »Lieber ein Märtyrer sein als ein Feigling. Gibt es hier irgendwelche Feiglinge?«

Einen gab es. Sri Srinivas, Erforscher des Grand Canyon, Besitzer einer Spielzeugfabrik, dessen Motto Kreativität und Ehrlichkeit war, schlug sich auf Mirza Saids Seite. Als ein ergebener Anhänger der Göttin Lakschmi, deren Gesicht so verwirrend Aischas glich, sah er sich nicht in der Lage, an den bevorstehenden Feindseligkeiten auf welcher Seite auch immer teilzunehmen. »Ich bin ein schwacher Mensch«, gestand er Said. »Ich habe Miss Aischa geliebt, und ein Mann sollte für das, was er liebt, kämpfen; aber was soll ich machen, ich für mein Teil fordere einen neutralen Status.« Srinivas war das fünfte Mitglied der abtrünnigen Gesellschaft in dem Mercedes-Benz, und nun blieb Mrs. Qureishi nichts anderes übrig, als den Rücksitz mit einem gemeinen Mann zu teilen. Srinivas grüßte sie unglücklich, und als er sah, wie sie grummelnd auf der Sitzbank von ihm abrückte, unternahm er einen Beschwichtigungsversuch. »Bitte, nehmen Sie dies als Zeichen meiner Wertschätzung.« Und zog aus einer Innentasche eine Familienplanungspuppe.

In jener Nacht blieben die Deserteure im Innern des Kombis, während die Gläubigen unter freiem Himmel beteten. Man hatte ihnen gestattet, in einem ausrangierten Verschiebebahnhof unter Bewachung von Militärpolizei zu kampieren. Mirza Said konnte nicht schlafen. Er dachte über etwas nach, was Srinivas zu ihm gesagt hatte, darüber, ein Gandhianer im Geiste zu sein, »aber ich bin zu schwach, um solche Vorstellungen in die Tat umzusetzen. Entschuldigen Sie, aber es ist so. Ich bin nicht zum Leiden geschaffen, Sethij. Ich hätte bei Frau und Kindern bleiben und diese Abenteuerkrankheit, wegen der ich an so einem Ort gelandet bin, ausmerzen sollen.«

Auch in meiner Familie, antwortete Mirza Said in seiner Schlaflosigkeit dem schlafenden Spielzeugfabrikanten, leiden wir an einer Art Krankheit: einer der Distanz, der Unfähigkeit, uns mit Dingen, Ereignissen, Gefühlen zu verbinden. Die meisten Menschen definieren sich über ihre Arbeit oder woher sie kommen oder dergleichen; wir haben zu tief im Geiste gelebt. Das macht es verdammt schwer, mit der Wirklichkeit zurechtzukommen.

Was heißen sollte, daß er nur schwer glauben konnte, daß all dies wirklich geschah; doch es geschah.

❦

Als die Aischa-Pilger am nächsten Morgen aufbruchbereit waren, lösten sich die riesigen Wolken der Schmetterlinge, die den ganzen Weg von Titlipur her mit ihnen gereist waren, plötzlich auf und verschwanden aus dem Blick, und der Himmel überzog sich mit anderen, prosaischeren Wolken. Selbst die Geschöpfe die Aischa gekleidet hatten – das Elitekorps, sozusagen –, machten sich aus dem Staub, und so mußte sie die Prozession in der banalen Schlichtheit eines alten Baumwollsaris mit einem blockgedruckten Blättersaum anführen. Das Verschwinden des Wunders, das ihre Pilgerreise legitimiert zu haben schien, deprimierte die Marschierenden, so daß sie, entgegen aller Mahnungen seitens Mishal Akhtars, nicht in der Lage waren zu singen, als sie, des Segens der Schmetterlinge beraubt, ihrem Schicksal entgegengingen.

❦

Der »Keine islamische Padyatra«-Mob hatte Aischa in einer Straße, die zu beiden Seiten mit Fahrradreparaturschuppen gesäumt war, ein Willkommen bereitet. Er hatte die Route der Pilger mit kaputten Fahrrädern blockiert und wartete hinter dieser Barrikade aus verbogenen Rädern, krummen Lenkstangen und verstummten Klingeln, als die Aischa-Hadsch von Norden her die Straße betrat. Aischa ging dem Mob entgegen, als existierte er nicht, und als sie die letzte Kreuzung erreichte, hinter der die Knüppel und Messer des Feindes auf sie warteten, ertönte ein

Donnerschlag, gleich den Trompeten des Jüngsten Gerichts, und ein Ozean ergoß sich aus dem Himmel. Die Dürre war zu spät gebrochen worden, um die Ernte noch zu retten; hinterher glaubten viele Pilger, Gott habe das Wasser für genau diesen Zweck aufgespart und die Ernte eines Jahres geopfert, um seine Prophetin und ihre Getreuen zu retten.

Die gewaltige Wucht des Gusses erschütterte Pilger wie Gegner. In dem Durcheinander der Flut erklang eine zweite Trompete des Jüngsten Gerichts. Es war dies die Hupe von Saids Mercedes-Benz Kombi, den dieser mit hoher Geschwindigkeit durch die erstickenden Gassen des Vororts fuhr, dabei Gestelle, an denen Hemden hingen, Kürbiskarren und Tische mit billigem Plastikzeug zum Einsturz brachte, bis er die Straße der Korbflechter erreichte, die sich mit der Straße der Fahrradreparateure unmittelbar nördlich der Barrikade kreuzte. Hier beschleunigte er so sehr er konnte und schoß auf die Kreuzung zu, versprengte Fußgänger und Korbhocker in alle Richtungen. Er erreichte die Kreuzung unmittelbar, nachdem das Meer vom Himmel gefallen war, und bremste heftig. Sri Srinivas und Osman sprangen heraus, packten Mishal Akhtar und die Prophetin Aischa und beförderten sie in einem Hagelschauer aus Beinen, Sputum und Flüchen in den Mercedes. Said beschleunigte weg vom Schauplatz, bevor sich jemand das blendende Wasser aus den Augen wischen konnte.

Im Wageninnern: übereinandergeschichtete Leiber in wütendem Durcheinander. Mishal Akhtar, zu unterst im Haufen, überschüttete ihren Mann mit Schimpfworten: »Saboteur! Verräter! Widerlicher Abschaum! Esel!« Worauf Said sarkastisch antwortete: »Märtyrertum wäre zu einfach, Mishal. Willst du denn nicht sehen, wie der Ozean sich öffnet, gleich einer Blume?«

Und Mrs. Qureishi steckte den Kopf durch Osmans verdrehte Beine und setzte in einem lilagesichtigen Japser hinzu: »Ach, komm, Mishu, hör auf. Wir meinen es doch gut.«

❦

Gibril träumte eine Flut:

Als der Regen einsetzte, erwarteten die Bergleute von Sarang die Pilger mit Pickeln in Händen, doch als die Fahrradbarrikade hinweggefegt wurde, konnten sie sich nicht des Gedankens erwehren, daß Gott sich auf Aischas Seite geschlagen hatte. Die Kanalisation der Stadt ergab sich dem überwältigenden Ansturm des Wassers auf der Stelle, und die Bergleute standen alsbald in einer trüben Flut, die ihnen bis zur Taille reichte. Einige versuchten, zu den Pilgern vorzudringen, die ebenfalls Anstrengungen unternahmen, vorwärts zu kommen. Aber da verdoppelte der Wolkenbruch seine Kraft und verdoppelte sie ein weiteres Mal, fiel in dicken Scheiben vom Himmel, durch die das Atmen immer schwerer fiel, und es schien, als würde die Erde verschlungen und das Firmament oben sich mit dem Firmament unten vereinigen.

Gibril gewahrte in seinem Traum, daß seine Vision von Wasser getrübt wurde.

❦

Der Regen hörte auf, und eine wäßrige Sonne schien herab auf eine venezianische Szene der Verwüstung. Die Straßen Sarangs waren jetzt Kanäle, auf denen das unterschiedlichste Treibgut schwamm. Wo eben noch Roller-Rikschas und reparierte Fahrräder weggerissen worden waren, trieben nun Zeitungen, Blumen, Armreifen, Wassermelonen, Schirme, Chappals, Sonnenbrillen, Körbe, Exkremente, Arzneiflaschen, Spielkarten, Dupattas, Pfannkuchen, Lampen. Das Wasser war eigenartig rötlich gefärbt, was die durchnäßte Bevölkerung zu der Vorstellung veranlaßte, durch die Straße strömte Blut. Von Prügelkumpeln wie von Aischa-Pilgern fehlte jede Spur. Ein Hund schwamm bei der zusammengebrochenen Fahrradbarrikade über die Kreuzung und im ganzen Umkreis lag die feuchte Stille der Flut, deren Wasser an eingeschlossenen Bussen leckten, während Kinder von den Dächern aufgeweichter Gassen herabstarrten, zu geschockt, um zum Spielen herunterzukommen.

Dann kehrten die Schmetterlinge zurück.

Aus dem Nichts, als hätten sie sich hinter der Sonne versteckt, und um das Ende des Regens zu feiern, hatten sie alle die Farbe des Sonnenlichts angenommen. Dieser riesige Lichtteppich am Himmel verwirrte die Menschen von Sarang, denen der Kopf noch von den Nachwirkungen des Unwetters schwirrte, aufs äußerste; in ihrer Angst vor der Apokalypse verbargen sie sich in den Häusern und schlossen die Fensterläden. Auf einem nahegelegenen Berghang aber beobachteten Mirza Said und seine Gruppe die Rückkehr des Wunders, und alle, selbst der Zamindar, wurden von einer Art Ehrfurcht erfüllt.

Mirza Said war gefahren, was das Zeug hielt, obwohl er vom Regen, der durch das Loch der zerborstenen Windschutzscheibe strömte, halb blind war, bis er auf einer Straße, die einen Hügel hinaufführte, vor den Toren des Sarang Kohlenflözes Nr. 1 anhielt. Die Förderanlagen waren verschwommen durch den Regen sichtbar. »Eierkopf«, verfluchte ihn Mishal Akhtar matt. »Da unten warten die Strolche auf uns, und du fährst uns hier hoch zu ihren Kumpels. Klasse Idee, Said. Ganz toll.«

Aber sie hatten keinen Ärger mehr mit den Bergleuten. Es war der Tag der Bergwerkskatastrophe, die fünfzehntausend Bergleute unter dem Sarangi-Berg lebendig begrub. Said, Mishal, der Sarpanch, Osman, Mrs. Qureishi, Srinivas und Aischa standen erschöpft und naß bis auf die Haut an der Straße, als Rettungswagen, Feuerwehren, Bergungsspezialisten und Grubenbosse in großer Zahl eintrafen und sehr viel später, kopfschüttelnd, wieder abzogen. Der Sarpanch nahm die Ohrläppchen zwischen Daumen und Zeigefinger. »Leben ist Schmerz«, sagte er. »Leben ist Schmerz und Verlust; es ist eine Münze ohne Wert, wertloser noch als eine Kauri oder ein Dam.«

Osman der Ochsenjunge, der, wie der Sarpanch, auf der Pilgerreise den Lebensgefährten verloren hatte, weinte ebenfalls. Mrs. Qureishi versuchte, das Positive daran zu sehen. »Hauptsache, uns geht's gut«, aber niemand antwortete. Dann schloß Aischa die Augen und deklamierte mit der Singsangstimme der Prophezeiung: »Es ist die Strafe für den bösen Versuch, den sie unternommen haben.«

Mirza Said wurde wütend. »Sie waren nicht bei der verdammten Barrikade«, brüllte er. »Sie arbeiteten verflucht noch mal unter Tage.«

»Sie gruben sich ihr eigenes Grab«, entgegnete Aischa.

❦

In diesem Augenblick erblickten sie die zurückkehrenden Schmetterlinge. Said starrte ungläubig auf die goldene Wolke, wie sie sich zunächst sammelte und dann Ströme geflügelten Lichts in alle Richtungen aussandte. Aischa wollte zur Kreuzung zurück. Said war dagegen: »Da unten ist alles überschwemmt. Unsere einzige Chance ist, den Berg die andere Seite hinunterzufahren und am andern Ende der Stadt herauszukommen.« Doch Aischa und Mishal waren schon auf dem Rückweg; die Prophetin stützte die andere, aschfahle Frau, indem sie sie um die Taille hielt.

»Mishal, Herrgott noch mal«, rief Mirza Said seiner Frau hinterher. »Um der Liebe Gottes willen. Was soll ich mit dem Auto machen?«

Aber sie ging weiter den Berg hinab, auf die Überschwemmung zu, schwer auf Aischa die Seherin gestützt, ohne sich umzublikken.

So geschah es, daß Mirza Said Akhtar seinen geliebten Mercedes-Benz Kombi am Eingang zu dem abgesoffenen Bergwerk von

Sarang zurückließ und sich dem Pilgerzug zum Arabischen Meer zu Fuß anschloß.

Die sieben triefnassen Reisenden standen an der Kreuzung der Straße der Fahrradreparateure mit der Straße der Korbflechter schenkeltief im Wasser. Langsam, langsam hatte das Wasser begonnen abzufließen. »Machen wir uns nichts vor«, eiferte Said. »Mit der Pilgerreise ist Schluß. Die Dörfler sind wer weiß wo, vielleicht ertrunken, womöglich ermordet, jedenfalls nicht mehr da. Die einzigen, die dir noch folgen können, sind wir.« Er brachte sein Gesicht ganz nahe an Aischas. »Was soll's, Schwester, du bist am Ende.«

»Schau«, sagte Mishal.

Von allen Seiten, aus den engen Gassen der Kesselflicker, kamen die Dörfler zum Ort ihrer Versprengung zurück. Alle waren sie vom Hals bis zu den Knöcheln von goldenen Schmetterlingen bedeckt, und lange Leinen der kleinen Wesen liefen vor ihnen her wie Stricke, die sie aus einem Brunnen in Sicherheit zogen. Die Leute von Sarang sahen ihnen voll Entsetzen von den Fenstern aus zu, und während die Wasser der Rache zurückwichen, formte sich die Aischa-Hadsch in der Mitte der Straße neu.

»Ich kann's nicht glauben«, sagte Mirza Said.

Aber es war die Wahrheit. Jeder einzelne Teilnehmer der Pilgerfahrt war von den Schmetterlingen aufgespürt und zur Hauptstraße zurückgebracht worden. Seltsamere Behauptungen wurden später erhoben: daß die Verletzung, als die Wesen sich auf einen gebrochenen Knöchel niederließen, geheilt worden sei, oder daß sich eine offene Wunde wie durch Zauberei geschlossen habe. Viele Marschierer sagten, sie seien aus der Bewußtlosigkeit erwacht und hätten gesehen, wie die Schmetterlinge ihre Lippen umflatterten. Manche glaubten gar, sie seien tot gewesen, ertrunken, und daß die Schmetterlinge sie wieder zum Leben erweckt hätten.

»Seid nicht so dumm«, schrie Mirza Said. »Der Sturm hat euch gerettet; er hat eure Feinde hinweggespült, es überrascht daher nicht, daß nur wenige von euch verletzt sind. Seien wir doch bitte wissenschaftlich.«

»Mach die Augen auf, Said«, forderte Mishal ihn auf und zeigte auf die über hundert Männer, Frauen und Kinder, die vor ihnen standen, eingehüllt in leuchtende Schmetterlinge. »Was sagt deine Wissenschaft dazu?«

Während der letzten Tage der Pilgerreise war die Stadt ständig um sie. Beamte der Stadtverwaltung setzten sich mit Mishal und Aischa zusammen, um eine Strecke durch die Metropole zu planen. An dieser Strecke lagen Moscheen, in denen die Pilger schlafen konnten, ohne die Straßen zu verstopfen. Die Aufregung in der Stadt war enorm: Tag für Tag, wenn die Pilger zu ihrem nächsten Ruheplatz aufbrachen, wurden sie von riesigen Menschenmengen beobachtet, manche höhnten und feindeten sie an, viele aber brachten Geschenke, Süßigkeiten, Arznei, Essen.

Mirza Said, ausgemergelt und verdreckt, befand sich in einem Zustand tiefer Frustration ob seines Scheiterns, mehr als eine Handvoll Pilger davon zu überzeugen, daß es besser war, auf Vernunft statt auf Wunder zu setzen. Wunder hätten ihnen bisher doch ziemlich geholfen, machten die Leute aus Titlipur, nicht ohne Grund, geltend. »Diese verdammten Schmetterlinge«, brummelte Said den Sarpanch an. »Ohne sie hätten wir eine Chance gehabt.«

»Aber sie waren ja von Anfang an dabei«, entgegnete der Sarpanch achselzuckend.

Mishal Akhtar war offensichtlich dem Tode nah; sie roch bereits danach und hatte eine kalkweiße Farbe angenommen, die Said einen gehörigen Schrecken einjagte. Doch Mishal ließ ihn nicht an sich heran. Auch ihre Mutter hatte sie geächtet, und als ihr Vater sich von seiner Bank freinahm, um sie in der ersten Nacht des Pilgerzugs in einer Stadtmoschee zu besuchen, bedeutete sie ihm, er solle verduften. »Die Dinge haben sich so weit entwickelt«, verkündete sie, »daß nur die Reinen bei den Reinen sein können.« Als Mirza Said die Diktion Aischas der Prophetin aus dem Munde seiner Frau vernahm, verlor er das letzte Fünkchen Hoffnung.

Es wurde Freitag, und Aischa willigte ein, daß der Pilgerzug einen Tag lang verweilte, um an den Freitagsgebeten teilzunehmen. Mirza Said, der fast alle arabischen Verse vergessen hatte, die er einmal hatte auswendig lernen müssen, und sich kaum mehr erinnern konnte, wann er, die Hände vor sich wie ein Buch, stehen, wann er die Knie beugen, wann die Stirn auf den Boden drücken sollte, schusselte mit wachsendem Selbsthaß durch die Zeremonie. Am Ende der Gebete jedoch geschah etwas, das die Aischa-Hadsch abrupt unterbrach.

Als die Pilger zusahen, wie die Gemeinde den Hof der Moschee verließ, wurde es vor dem Haupttor unruhig. Mirza Said ging nachschauen, was los war. »Was soll der Lärm?« fragte er, während er sich durch die Menge auf den Stufen der Moschee zwängte; dann sah er den Korb auf der untersten Stufe stehen. Und hörte aus dem Korb das Weinen des Babys.

Der Findling war vielleicht zwei Wochen alt, offensichtlich unehelich, und ebenso klar war, daß seine Lebensaussichten begrenzt waren. Die Menge befand sich in einer zweifelnden, verwirrten Stimmung. Dann erschien der Imam der Moschee oben auf der Treppe, und bei ihm war Aischa die Seherin, deren Ruhm die ganze Stadt durchdrungen hatte.

Die Menge teilte sich wie das Meer, und Aischa und der Imam schritten zum Korb hinunter. Der Imam untersuchte das Baby kurz, richtete sich auf und wandte sich der Menge zu.

»Dieses Kind wurde in teuflischer Ruchlosigkeit gezeugt«, sagte er. »Es ist das Kind des Teufels.« Er war ein junger Mann.

Die Stimmung der Menge schwang in Wut um. Mirza Said rief laut: »Du, Aischa, Kahin. Was sagst du?«

»Von uns wird alles verlangt werden«, antwortete sie.

Die Menge, die keine deutlichere Einladung brauchte, steinigte das Kind zu Tode.

❦

Daraufhin weigerten sich die Aischa-Pilger weiterzugehen. Der Tod des Findlings hatte unter den müden Dörflern, von denen keiner einen Stein aufgehoben oder geworfen hatte, eine Atmosphäre der Meuterei geschaffen. Mishal, mittlerweile schneeweiß geworden, war durch ihre Krankheit zu geschwächt, um die Dörfler zusammenzutreiben. Aischa verweigerte wie immer jede Diskussion. »Wenn ihr Gott den Rücken kehrt«, warnte sie die Dörfler, »braucht ihr euch nicht zu wundern, wenn Gott dasselbe mit euch macht.«

Die Pilger hockten in einer Gruppe zusammen in einer Ecke der großen Moschee, die außen limonengrün und innen hellblau gestrichen war und, wenn nötig, von vielfarbigen Neon-»Röhrenleuchten« erhellt werden konnte. Auf Aischas Warnung hin kehrten sie ihr den Rücken zu und drängten sich dicht aneinander, obwohl es ziemlich warm und schwül war. Mirza Said erkannte seine Chance und beschloß, Aischa einmal mehr direkt anzugehen. »Sag«, fragte er zuckersüß. »wie genau gibt dir der Engel all diese Information? Nie sagst du uns seine genauen Worte, immer nur deine Interpretation. Warum diese Indirektheit? Warum zitierst du ihn nicht einfach?«

»Er spricht zu mir«, entgegnete Aischa, »in klaren und einprägsamen Weisen.«

Mirza Said voll der bitteren Energie seines Verlangens nach ihr und voll des Schmerzes über die Entfremdung von seiner sterbenden Frau und voll der Erinnerungen an die Mühsal des Marsches, roch in ihrer Knappheit die Schwäche, nach der er gesucht hatte. »Sei doch bitte etwas genauer«, beharrte er. »Oder warum sollte sonst jemand daran glauben? Was sind das für Weisen?«

»Der Erzengel«, räumte sie in, »singt zu mir in den Melodien bekannter Schlager.«

Mirza Said klatschte hocherfreut in die Hände und begann, das laute, widerhallende Lachen der Rache zu lachen, und Osman der Ochsen-Junge fiel ein, schlug auf sein Dholki und stolzierte zwischen den dahockenden Dörflern umher, sang die neuesten Filmi Ganas und machte Nautch-Mädchenaugen. »Ho ji!« tirilierte er. »Das ist Gibrils Stil, ho ji, ho ji!«

Und einer nach dem anderen erhob sich Pilger auf Pilger, reihte sich in den Tanz des kreisenden Trommlers ein und tanzte seine Desillusionierung und seinen Abscheu in den Hof der Moschee hinaus, bis der Imam angerannt kam und über die Gottlosigkeit ihres Treibens kreischte.

❦

Die Nacht brach herein. Die Dörfler aus Titlipur saßen um ihren Sarpanch Muhammad Din herum, und es wurden ernste Gespräche über eine Rückkehr nach Hause geführt. Vielleicht war noch ein Rest der Ernte zu retten. Mishal Akhtar lag, den Kopf im Schoß ihrer Mutter, im Sterben, von Schmerzen gepeinigt, und eine einzelne Träne rollte aus ihrem linken Auge. Und in einer Ecke des Hofs der grünblauen Moschee mit ihrer Technicolor-Neonbeleuchtung saßen die Visionärin und der Zamindar und redeten. Ein Mond – neu, horngleich, kalt – schien herab.

»Du bist ein schlauer Mann«, sagte Aischa. »Du wußtest, wie du deine Chance zu nutzen hattest.«

Mirza Said unterbreitete einen Kompromißvorschlag. »Meine Frau liegt im Sterben«, sagte er. »Und sie möchte sehr gern nach Mekka Sharif. Wir, du und ich, haben also gemeinsame Interessen.«

Aischa hörte zu. Said drängte weiter: »Aischa, ich bin kein schlechter Mensch. Ich sage dir, vieles auf diesem Marsch hat mich verdammt beeindruckt; *verdammt* beeindruckt. Du hast diesen Leuten eine tiefe spirituelle Erfahrung gegeben, keine Frage. Glaub nicht, daß es uns modern Gesinnten an einer spirituellen Dimension mangelt.«

»Die Leute haben mich verlassen«, sagte Aischa.

»Die Leute sind verwirrt«, entgegnete Said. »Der Punkt ist,

wenn du sie tatsächlich zum Meer führst, und nichts geschieht, bei Gott, dann wenden sie sich erst richtig gegen dich. Ich schlage dir folgenden Handel vor. Ich habe Mishals Papa angeklingelt, und er hat eingewilligt, die Hälfte der Kosten zu übernehmen. Wir bieten dir an, dich und Mishal und, sagen wir, zehn – zwölf! – Dörfler nach Mekka zu fliegen, innerhalb achtundvierzig Stunden, persönlich. Plätze werden reserviert. Wir überlassen es dir, diejenigen auszuwählen, die am besten für die Reise geeignet sind. Dann hast du wenigstens für einige ein Wunder vollbracht statt für niemanden. Und für mich war die Pilgerfahrt als solche schon ein Wunder, in gewisser Weise. Du wirst also sehr viel erreicht haben.«

Er hielt den Atem an.

»Ich muß darüber nachdenken«, sagte Aischa.

»Ja, denk nach«, ermutigte Said sie glücklich. »Frag deinen Erzengel. Wenn er zustimmt, muß es richtig sein.«

❦

Mirza Said Akhtar wußte, daß Aischas Macht, würde sie verkünden, daß der Erzengel Gibril sein Angebot akzeptiert habe, für immer gebrochen wäre, weil die Dörfler dann ihren Betrug und auch ihre Verzweiflung erkennen würden. Doch wie konnte sie sein Angebot zurückweisen? Welche Wahl hatte sie? »Rache ist süß«, sagte er bei sich. War die Frau einmal diskreditiert, würde er Mishal auf jeden Fall nach Mekka bringen, wenn das noch ihr Wunsch war.

Die Schmetterlinge von Titlipur waren nicht in die Moschee gekommen. Sie säumten die Außenwände und den Zwiebelturm und leuchteten grünlich in der Dunkelheit.

Aischa in der Nacht: sie schlich durch die Schatten, legte sich nieder, erhob sich wieder zu ihrem Streifzug. Ungewißheit war um sie, dann Schwerfälligkeit, und sie schien sich in den Schatten der Moschee aufzulösen. Im Morgengrauen kehrte sie zurück.

Nach dem Morgengebet bat sie die Pilger, sich an sie richten zu dürfen; diese willigten voll Zweifel ein.

»Letzte Nacht sang der Engel nicht«, sagte sie. »Dagegen sprach er zu mir über den Zweifel, und wie der Teufel ihn sich zunutze macht. Ich sagte, aber sie zweifeln an mir, was kann ich tun? Er antwortete: Nur ein Beweis läßt den Zweifel verstummen.«

Sie hatte ihre volle Aufmerksamkeit. Als nächstes sagte sie ihnen, was Mirza Said ihr in der Nacht vorgeschlagen hatte. »Er meinte, ich solle meinen Engel fragen, aber ich weiß es besser«, rief sie. »Wie könnte ich zwischen euch wählen? Entweder wir alle oder keiner.«

»Warum sollten wir dir folgen«, fragte der Sarpanch, »nach all den Toten, dem Baby, nach all dem?«

»Weil ihr gerettet seid, wenn die Wasser sich teilen. Ihr werdet in die Herrlichkeit des Allerhöchsten eintreten.«

»Welche Wasser?« brüllte Mirza Said. »Wie teilen sie sich?«

»Folgt mir«, schloß Aischa, »und rechtet mich nach ihrer Teilung.«

Sein Angebot hatte eine alte Frage enthalten: *Was für eine Art Idee bist du?* Sie wiederum hatte ihm eine alte Antwort gegeben. *Ich war versucht, doch bin ich gestärkt, bin kompromißlos, absolut, rein.*

❦

Es war Flut, als der Aischa-Pilgerzug eine Gasse beim Holiday Inn entlangmarschierte, dessen Fenster voll mit Freundinnen von Filmstars waren, die ihre neuen Polaroid-Kameras ausprobierten; als die Pilger spürten, wie der Asphalt der Stadt zu Kies und dann zu weichem Sand wurde; als sie auf einmal durch einen dicken Mulch aus modernden Kokosnüssen weggeworfenen Zigarettenschachteln Ponykacke nicht abbaubaren Flaschen Obstschalen Quallen und Papier wateten, dann über mittelbraunen Sand, überragt von hohen, geneigten Kokospalmen und den Balkonen von Luxus-Seeblick-Wohnblocks, vorbei an Horden junger Männer, deren Muskeln so trainiert waren, daß sie wie mißgebildet aussahen, und die im Gleichtakt gymnastische Verrenkungen aller Art vollführten, gleich einer mordlüsternen Armee Ballettänzer, und an Strandgutsammlern, Clubvolk und Familien vorbei, die zum Luftschnappen gekommen waren, wegen Geschäftskontakten oder um ihren Lebensunterhalt aus dem Sand aufzulesen, und zum ersten Mal in ihrem Leben das Arabische Meer erblickten.

Mirza Said sah Mishal, die von zwei Dörflern gestützt wurde, da sie nicht mehr kräftig genug war, um allein zu stehen. Aischa war neben ihr, und Said kam der Gedanke, daß die Prophetin irgendwie aus der sterbenden Frau herausgetreten war, daß all der Glanz Mishals aus ihrem Körper gesprungen war, diese mythologische Gestalt angenommen und eine Hülle zum Sterben zurückgelassen hatte. Dann war er wütend auf sich, weil er zugelassen hatte, daß Aischas Wunderglaube auch ihn ansteckte.

Die Leute aus Titlipur hatten sich nach einer langen Diskussion, an der nicht teilzunehmen sie Aischa gebeten hatten, entschieden, ihr zu folgen. Der gesunde Menschenverstand sagte ihnen, daß es töricht wäre, jetzt, da sie so weit gekommen waren und ihr erstes Ziel in Sicht war, umzukehren; aber der neue Zweifel in ihren Köpfen entzog ihnen die Kraft. Es war, als tauchten sie aus einem Shangri-La Aischas auf, denn jetzt liefen sie einfach hinter ihr her, statt ihr im eigentlichen Sinn zu folgen; mit jedem Schritt, den sie taten, schienen sie älter und kränker zu werden. Als sie dann das Meer sahen, waren sie ein lahmer, wackliger, rheumatischer, fiebriger, rotäugiger Haufen, und Mirza Said fragte sich, wie viele von ihnen die letzten Meter zum Wasser schaffen würden.

Die Schmetterlinge waren bei ihnen, hoch über ihren Köpfen.

»Was jetzt, Aischa?« rief Said ihr zu, von der entsetzlichen Vorstellung erfüllt, seine geliebte Frau könnte hier unter den Hufen gemieteter Ponys und den Augen von Zuckerrohrsaftverkäufern sterben. »Du hast uns alle bis an den Rand des Untergangs gebracht, hier aber ist eine unzweifelhafte Tatsache: das Meer. Wo ist jetzt dein Engel?«

Mit Hilfe der Dörfler kletterte sie auf einen ungenutzten Thela, der neben einem Limonadenstand lag, und antwortete Said erst, als sie von ihrem neuen »Thron« auf ihn herabblicken konnte. »Gibril sagt, das Meer ist wie unsere Seele. Öffnen wir sie, können wir zur Weisheit hindurchschreiten. Wenn wir unser Herz öffnen können, dann können wir auch das Meer öffnen.«

»An Land hier war die Teilung eine ziemliche Katastrophe«, zog er sie auf. »Einige sind gestorben, wie du dich vielleicht erinnerst. Glaubst du, im Wasser wird das anders?«

»Psst«, sagte Aischa plötzlich. »Der Engel ist ganz nah.«

Eigentlich war es überraschend, daß nach all der Aufmerksamkeit, die der Marsch erhalten hatte, sich nur eine bescheidene Menge am Strand versammelt hatte; doch hatten die Behörden allerlei Vorsichtsmaßnahmen getroffen, Straßen gesperrt, den Verkehr umgeleitet, so daß vielleicht zweihundert Gaffer am Strand waren. Kein Grund zur Aufregung also.

Merkwürdig war indes, daß die Zuschauer die Schmetterlinge nicht sahen und auch nicht, was sie als nächstes taten. Mirza Said hingegen sah deutlich, wie die große leuchtende Wolke hinaus aufs Meer flog; innehielt; schwebte; und sich zu der Gestalt eines kolossalen Wesens formte, eines strahlenden Riesen, der gänzlich aus winzigen schlagenden Flügeln bestand, die von Horizont zu Horizont reichten und den ganzen Himmel bedeckten.

»Der Engel!« rief Aischa den Pilgern zu. »Jetzt seht ihr es selbst! Er war die ganze Zeit bei uns. Glaubt ihr mir jetzt?« Mirza Said sah, wie absoluter Glaube die Pilger wieder erfüllte. »Ja«, weinten sie und baten um Vergebung. »Gibril! Gibril! Ya Allah.«

Mirza Said unternahm seinen letzten Versuch. »Wolken nehmen viele Formen an«, schrie er. »Elefanten, Filmstars, alles. Seht doch, sie verändert sich gerade.« Doch niemand beachtete ihn; alle beobachteten, voll erfürchtigem Staunen, wie die Schmetterlinge ins Meer tauchten.

Die Dörfler stießen Freudenschreie aus und tanzten ausgelassen. »Die Teilung! Die Teilung!« schrien sie. Umstehende riefen Mirza Said zu: »He, Sie, was macht sie denn so verückt? Wir sehen überhaupt nicht, was da vor sich geht.«

Aischa hatte begonnen, aufs Wasser zuzugehen, und Mishal wurde von ihren beiden Helfern mitgeschleppt. Said rannte ihr nach und wurde mit den Dörflern handgemein. »Laßt meine Frau los. Sofort! Verflucht! Ich bin euer Zamindar. Laßt sie los, nehmt eure dreckigen Finger weg!« Doch Mishal flüsterte: »Das werden sie nicht tun. Geh weg, Said, Du bist verschlossen. Das Meer öffnet sich nur denen, welche offen sind.«

»Mishal!« kreischte er, doch ihre Füße waren bereits naß.

Kaum hatte Aischa das Wasser betreten, fingen die Dörfler an zu rennen. Diejenigen, die nicht mehr konnten, kletterten auf den Rücken derer, die noch konnten. Ihre Babys im Arm, stürzten sich die Mütter von Titlipur ins Meer; Enkel trugen ihre Großmütter auf den Schultern und stürzten sich in die Wellen. Binnen Minuten war das ganze Dorf im Wasser, plantschte herum, fiel um, stand auf, bewegte sich stetig vorwärts, hin zum Horizont, ohne einen Blick zurück zum Ufer. Auch Mirza Said war im Wasser. »Kehr um«, beschwor er seine Frau, »es passiert nichts, kehr um.«

Dicht am Wasser standen Mrs. Qureishi, Osman, der Sarpanch, Sri Srinivas. Mishals Mutter schluchzte operettenhaft: »O mein Kind, mein Kind. Was soll nur werden?« Osman sagte: »Wenn ihnen klar wird, daß es keine Wunder gibt, kehren sie um.« – »Und die Schmetterlinge?« fragte Srinivas ihn quengelnd. »Was war das? Ein Zufall?«

Es dämmerte ihnen, daß die Dörfler nicht zurückkehren würden. »Sie müssen doch bald keinen Boden mehr unter den Füßen haben«, sagte der Sarpanch. »Wie viele von ihnen können schwimmen?« fragte Mrs. Qureishi heulend. »Schwimmen?« schrie Srinivas. »Seit wann können Dörfler schwimmen?« Sie brüllten einander an, als wären sie meilenweit voneinander entfernt, sprangen von einem Fuß auf den andern, ihre Körper drängten sie, ins Wasser zu gehen, etwas zu tun. Sie sahen aus, als tanzten sie auf glühenden Kohlen. Der Befehlshaber der Polizeiabteilung, die zum Zwecke der Menschenmassenkontrolle abgestellt war, erschien, als Said gerade aus dem Wasser gerannt kam.

»Was ist hier los?« fragte der Beamte. »Was ist das für ein Tumult?«

»Haltet sie auf«, keuchte Mirza Said und deutete aufs Meer.

»Sind das Irrgläubige?« fragte der Polizist.

»Sie werden alle sterben«, entgegnete Said.

Es war zu spät. Die Dörfler, deren Köpfe man in der Ferne auf und ab wippen sah, hatten den Rand des Unterwasserschelfs erreicht. Nahezu gleichzeitig verschwanden sie unter die Wasseroberfläche, ohne jeden sichtbaren Versuch, sich zu retten. Binnen weniger Augenblicke waren die Aischa-Pilger allesamt aus dem Blick verschwunden.

Keiner von ihnen tauchte wieder auf. Kein einziger nach Luft schnappender Kopf, kein um sich schlagender Arm.

Said, Osman, Srinivas, der Sarpanch und selbst die dicke Mrs. Qureishi rannten ins Wasser und schrien: »Um Gottes willen, kommt alle, helft.«

Menschen in Gefahr zu ertrinken, wehren sich gegen das Wasser. Es ist wider die menschliche Natur, lammfromm weiterzugehen, bis das Meer einen verschlingt. Aber Aischa, Mishal Akhtar und die Dörfler aus Titlipur tauchten unter Wasser; und waren nicht mehr gesehen.

Mrs. Qureishi wurde von einem Polizisten an Land gezogen, blau im Gesicht, die Lungen voller Wasser, und bedurfte des lebenspendenden Kusses. Osman, Srinivas und der Sarpanch wurden wenig später herausgefischt. Nur Mirza Said Akhtar schwamm weiter, immer weiter hinaus aufs Meer, blieb für immer längere Zeiten unter Wasser; bis auch er aus dem Arabischen Meer gerettet wurde, verausgabt, kotzend, einer Ohnmacht nahe. Die Pilgerfahrt war vorüber.

Mirza Said erwachte in einem Krankenhauszimmer und sah einen Mann von der Kriminalpolizei an seinem Bett sitzen. Die Behörden prüften, ob sie gegen die Überlebenden der Aischa-Expedition Anklage wegen versuchter illegaler Auswanderung erheben sollten, und man hatte Kriminalbeamte damit beauftragt, ihren Geschichten auf den Grund zu gehen, bevor sie Gelegenheit hatten, sich abzusprechen.

Folgendes war die Aussage des Sarpanch von Titlipur, Muhammad Din: »Gerade als mich die Kräfte verließen und ich glaubte, ich würde im Wasser sterben, sah ich es mit eigenen Augen; ich sah, wie sich das Meer teilte, wie Haar, das gescheitelt wird; und da waren sie alle, weit draußen, und gingen von mir weg. Auch sie war da, meine Frau, Khadija, die ich liebte.«

Folgendes sagte Osman der Ochsen-Junge den Kriminalbeamten, die durch die eidesstattliche Aussage des Sarpanch völlig durcheinander waren: »Zunächst hatte ich große Angst zu ertrinken. Dennoch suchte und suchte ich, insbesondere nach ihr, Aischa, die ich schon vor ihrer Verwandlung kannte. Und da, endlich, sah ich es geschehen, das Wunderbare. Das Wasser tat sich auf, und ich sah sie am Grund des Ozeans inmitten sterbender Fische dahingehen.«

Auch Sri Srivinas schwor bei der Göttin Lakschmi, er habe die Teilung des Arabischen Meers gesehen, und als die Kriminalbeamten dann zu Mrs. Qureishi kamen, waren sie völlig entnervt, weil sie wußten, daß sich die Männer die Geschichte unmöglich gemeinsam zurechtgebastelt haben konnten. Mishals Mutter, die Frau des großen Bankiers, erzählte mit ihren eigenen Worten dieselbe Geschichte. »Glauben Sie es oder auch nicht«, endete sie nachdrücklich, »aber meine Zunge wiederholt nur, was meine Augen sahen.«

Gänsehäutige Kriminalbeamte versuchten es mit der dritten Stufe. »Paß auf, Sarpanch, scheiß jetzt nicht aus dem Mund. Ein Haufen Leute war dort, und keiner hat irgend etwas gesehen. Die ertrunkenen Leichen treiben schon ans Ufer, aufgeschwollen wie Ballons, und stinken wie die Pest. Wenn du weiterlügst, holen wir dich hier raus und stecken dich mit der Nase in die Wahrheit.«

»Sie können mir zeigen, was Sie wollen«, beschied der Sarpanch Muhammad Din die Beamten. »Ich weiß, was ich gesehen habe.«

»Und Sie«, die Kriminalbeamten versammelten sich um Mirza Said, als er erwachte, um ihn zu befragen. »Was haben Sie am Strand gesehen?«

»Wie können Sie das fragen?« protestierte er. »Meine Frau ist ertrunken. Verschonen Sie mich jetzt bloß damit.«

Als er erfuhr, daß er der einzige Überlebende der Aischa-Hadsch war, der nicht die Teilung der Wellen gesehen hatte – Sri Srinivas hatte ihm erzählt, was die andern bezeugt hatten, und traurig hinzugefügt: »Es ist unsere Schande, daß wir nicht für wert befunden wurden, sie zu begleiten. Über uns, Sethji, schlossen sich die Wasser, sie wurden uns ins Gesicht geschlagen wie die Tore des Paradieses« –, brach Mirza Said zusammen und weinte eine Woche und einen Tag, die trockenen Schluchzer erschütterten seinen Körper lange noch, nachdem seinen Tränenkanälen das Salz ausgegangen war.

Dann ging er nach Hause.

❦

Motten hatten die Punkahs Peristans zerfressen, und die Bibliothek war von einer Milliarde hungriger Würmer verzehrt worden. Als er die Wasserhähne aufdrehte, strömten anstelle von Wasser Schlangen heraus, und Schlingpflanzen hatten sich um die vier Pfosten des Himmelbetts gewunden, in dem einst Vizekönige schliefen. Es war, als hätte sich während seiner Abwesenheit die Zeit beschleunigt und als wären Jahrhunderte vergangen statt Monate, so daß der riesige Perserteppich, der im Ballsaal aufgerollt lag, unter seiner Berührung zerfiel, und die Bäder waren voller Frösche mit scharlachroten Augen. Nachts heulten Schakale in den Wind. Der große Baum war tot oder dem Tod nah, und die Felder waren öde wie die Wüste; die Gärten Peristans, in welchen er, vor langer Zeit, zum ersten Mal ein schönes junges Mädchen gesehen hatte, waren vor langer Zeit zu Häßlichkeit vergilbt. Geier waren die einzigen Vögel am Himmel.

Er zog einen Schaukelstuhl auf die Veranda, setzte sich hinein und schaukelte sich sanft in den Schlaf.

Einmal, nur einmal, besuchte er den Baum. Das Dorf war zu Staub zerfallen; landlose Bauern und Plünderer hatten versucht, sich des verlassenen Lands zu bemächtigen, aber die Dürre hatte sie vertrieben. Hier war kein Regen gefallen. Mirza Said kehrte nach Peristan zurück und verriegelte die rostigen Tore. Er hatte kein Interesse am Schicksal seiner Mitüberlebenden; er ging zum Telefon und riß es aus der Wand.

Nach ungezählten Tagen fiel ihm auf, daß er verhungerte, weil er roch, daß sein Körper nach Nagellackentferner stank; aber da er weder Hunger noch Durst verspürte, beschloß er, daß es keinen Sinn hatte, nach Nahrung zu suchen. Wozu? Viel besser, in diesem Stuhl zu schaukeln und nicht zu denken, nicht zu denken, nicht zu denken.

In der letzten Nacht seines Lebens hörte er ein Geräusch wie von einem Riesen, der einen Wald unter seinen Füßen zertrat, und roch einen Gestank wie vom Furz des Riesen, und er bemerkte, daß der Baum brannte. Er erhob sich aus seinem Stuhl und taumelte unsicher durch den Garten, um das Feuer zu beobachten, dessen Flammen Geschichten, Erinnerungen, Genealogien verzehrten, die Erde reinigten und zu ihm kamen, um ihn zu befreien, denn der Wind trieb das Feuer auf das Grundstück des Herrenhauses zu, so daß sehr bald, sehr bald, die Reihe an ihm sein würde. Er sah den Baum in tausend Stücke bersten und den Stamm brechen, wie ein Herz, dann wandte er sich ab und wankte zu der Stelle im Garten, wo Aischa gesessen hatte, als er sie zum ersten Mal erblickte, und jetzt spürte er, wie eine Schwerfälligkeit über ihn kam, eine große Schwere, und er legte sich nieder in den verwitterten Staub. Bevor er die Augen schloß, spürte er, wie etwas seine Lippen streifte, und sah die kleine Traube Schmetterlinge, die sich mühte, in seinen Mund einzudringen. Dann ergoß sich das Meer über ihn, und er war im Wasser neben Aischa, die auf wundersame Weise aus dem Körper seiner Frau trat… »Öffnet euch«, rief sie. »Öffnet euch weit!« Fangarme aus Licht wallten von ihrem Nabel, und er hieb nach ihnen mit der Handkante. »Öffnet euch, schrie sie. »Ihr seid so weit gegangen, jetzt macht auch noch den letzten Schritt.« Wie war es möglich, daß er ihre Stimme hörte? Sie waren unter Wasser, verloren im Tosen des Meers, doch er konnte sie deutlich hören, alle konnten sie hören, diese Stimme, die wie eine Glocke war. »Öffnet euch«, sagte sie. Er verschloß sich.

Er war eine Festung mit dröhnenden Toren. Er war am Ertrinken. Auch sie war am Ertrinken. Er sah, wie das Wasser in ihren Mund drang, hörte, wie es in ihren Lungen gurgelte. Dann wehrte sich etwas in seinem Innern dagegen, entschied sich anders, und in dem Augenblick, da sein Herz brach, öffnete er sich.

Sein Körper brach vom Adamsapfel zu den Lenden auf, so daß sie tief in ihn hineingreifen konnte, und nun war sie offen, alle waren sie offen, und in dem Augenblick, als sie sich öffneten, teilten sich die Wasser, und sie gingen nach Mekka über den Grund des Arabischen Meers.

IX

EINE WUNDERBARE LAMPE

Achtzehn Monate nach seinem Herzinfarkt schwang Saladin Chamcha sich wieder in die Lüfte; der Grund war ein Telegramm des Inhalts, daß sein Vater sich im letzten Stadium multipler Myelomalazie befinde, einem systemischen Knochenmarkskrebs, der »hundert Prozent tödlich« sei, wie Chamchas Hausärztin es unsentimental formulierte, als er sich telefonisch bei ihr danach erkundigte. Seit Changez Chamchawala Saladin den Erlös aus dem gefällten Walnußbaum geschickt hatte, was Ewigkeiten her war, hatte es keinen nennenswerten Kontakt zwischen Vater und Sohn gegeben. Saladin hatte ihm in wenigen Worten mitgeteilt, daß er die *Bostan*-Katastrophe überlebt habe, worauf er ein noch knapperes Schreiben erhalten hatte: »Mitteilung erh. Hatte d. Information schon vorl.« Als aber das Telegramm mit der schlechten Nachricht kam – unterzeichnet war es von der ihm unbekannten zweiten Frau seines Vaters, Nasreen II, der Ton recht ungeschminkt: VATER STIRBT + WENN DANN SOFORT KOMMEN + N CHAMCHAWALLA (MRS.) –, stellte er zu seiner Überraschung fest, daß er nach einem Leben der verworrenen Beziehungen mit seinem Vater, nach langen Jahren gekreuzter Kabel und »unwiderruflicher Brüche«, wieder einer unkomplizierten Reaktion fähig war. Es war einfach und überwältigend dringend erforderlich, daß er Bombay erreichte, bevor Changez es für immer verließ.

Den größten Teil eines Tages verbrachte er in der Visumschlange vor der Konsularabteilung des India House und anschließend damit, einen dumpfen Beamten von der Dringlichkeit seines Antrags zu überzeugen. Idiotischerweise hatte er vergessen, das Telegramm mitzubringen, und wurde daraufhin beschieden, es sei »ein wesentliches Beweisstück. Sehen sie, da könnte doch jeder kommen und sagen, sein Vater liegt im Sterben, nicht wahr? Um die Angelegenheit zu beschleunigen.« Chamcha schluckte mit Mühe seinen Ärger hinunter, platzte aber dann doch. »Sehe ich für Sie etwa wie ein khalistanischer Zelot aus?« Der Beamte zuckte die Schultern. »Ich sage Ihnen, wer ich bin«, kläffte Chamcha, durch dieses Schulterzucken aufgebracht. »Ich bin das arme Schwein, das von Terroristen in die Luft gejagt wurde und wegen Terroristen zehntausend Meter aus dem Himmel fiel, und jetzt muß ich mich hier wegen ebendieser Terroristen von Schreibtischhengsten wie Ihnen beleidigen lassen.« Seinem Visumsantrag, den sein Widersacher entschlossen an das untere Ende eines großen Stapels plazierte, wurde erst drei Tage später stattgegeben. Der erste freie Flug ging sechsunddreißig Stunden später: und es war eine 747 der Air India, und ihr Name war *Gulistan.*

Gulistan und Bostan, die Zwillingsgärten des Paradieses – eins wurde zerfetzt, blieb noch eins... Chamcha sah, als er sich eines der Abflußrohre hinabbewegte, durch die der Terminal Three Passagiere ins Flugzeug rinnen ließ, den Namen neben der geöffneten Tür der 747 aufgemalt und wurde um einige Schattierungen bleicher. Als er dann hörte, wie die mit einem Sari bekleidete Stewardeß ihn in einem unverwechselbar kanadischen Akzent begrüßte, verlor er die Nerven und wandte sich in einem Reflex schieren Entsetzens von der Maschine ab. Wie er so dastand, den Blick auf den irritierenden Passagierstrom gerichtet, der darauf wartete, an Bord zu gehen, wurde er sich bewußt, wie absurd er wirken mußte, in der einen Hand seine braunlederne Reisetasche, in der andern zwei reißverschlossene Kleidersäcke, die Augen an Stielen; aber für einen langen Augenblick war er außerstande, sich zu bewegen. Die Menge wurde unruhig; *wenn das eine Arterie ist,* dachte er plötzlich, *dann bin ich das verdammte Gerinnsel.* »Ich habe auch immer gegekniffen«, sagte eine fröhliche Stimme. »Aber jetzt kenne ich den T-t-trick. Ich wewe-wedle beim Abheben mit den Hähä-Händen, und das Flugzeug schascha-schafft es immer in den Himmel.«

❦

»Heute ist die Toto-Top-Göttin eindeutig Lakschmi«, vertraute Sisodia ihm über einem Whisky an, als sie sicher von der Erde abgehoben hatten. (Er hatte Wort gehalten und wild mit den Armen gewedelt, als die *Gulistan* die Startbahn entlangraste, und sich danach, bescheiden strahlend, zufrieden in seinen Sitz zurückgelehnt. »Fufu-funktioniert immer.« Sie reisten beide im Oberdeck der 747, das für Business Class Nichtraucher reserviert war, und Sisodia war auf den leeren Sitz neben Chamcha geströmt wie Luft, die ein Vakuum füllt. »Nennen Sie mich Whisky«, beharrte er. »Auf welcher Sch-sch-schiene fahren Sie? Wie vieh-viel verdienen Sie? Wie lange wa-waren Sie weg? Kennen Sie Frauen in der Stadt oder brauchen Sie Hihi-Hilfe?«) Chamcha schloß die Augen und konzentrierte seine Gedanken auf seinen Vater. Das Traurigste war, wie ihm nun bewußt wurde, daß er sich an keinen einzigen glücklichen Tag mit Changez in seinem ganzen Mannesleben erinnern konnte. Und am erfreulichsten war die Entdekkung, daß selbst das unverzeihlichste Verbrechen, Vater zu sein, schließlich doch verziehen werden konnte. *Bitte warte noch,* flehte er stumm, *ich komme, so schnell ich kann.* »In unserer z-z-zutiefst mama-materiellen Zeit«, erklärte Sisodia, »wer sonst als die Gögöttin des R-reichtums? In Bombay feiern die jungen Geschäftsleute die ganze Nanacht durch Pupu-Pooja-Partys. Die Statue von Lakschmi hat den Vorsitz, die Hähä-Hände nach außen gewandt, Glühbirnen laufen ihr durch die Fifi-Finger, leuchten nacheinander, verstehen Sie, als strömte Reichtum durch ihre Hähä-Hände.« Auf dem Bildschirm der Kabine führte eine Stewardeß verschiedene Sicherheitsvorkehrungen vor. In einer Ecke des Schirms übersetzte sie eine eingeblendete Männergestalt in Zeichensprache. Das ist Fortschritt, erkannte Chamcha. Ein Film statt eines Menschen, eine kleine Steigerung in Richtung Perfektion (die Zeichen) und eine große Steigerung der Kosten. High-Tech angeblich im Dienste der Sicherheit; während die Luftfahrt in Wirklichkeit täglich gefährlicher wurde, der Flugzeugbestand alterte und niemand sich seine Erneuerung leisten konnte. Tagtäglich brachen Teile aus Flugzeugen, so schien es jedenfalls, und Kollisionen und Beinahezusammenstöße nahmen auch zu. Deshalb war der Film so etwas wie eine Lüge, weil er durch seine Existenz sagte: *Sehen Sie nur, was wir nicht alles für Ihre Sicherheit tun. Wir machen sogar einen Film darüber.* Stil anstelle von Substanz, das Bild anstelle der Wirklichkeit... »Ich plane einen bibi-big-budget-Film über sie«, sagte Sisodia. »Aber das ist streng v-v-vertraulich. Vielleicht ein Sridevi-Wewe-Vehikel, hoho-hoffe ich jedenfalls. Wo Gibril nun ein Floflo-Flop ist, ist sie die absolute Nummer eins.«

Chamcha war zu Ohren gekommen, daß Gibril Farishta ein Comeback gestartet hatte. Sein erster Film, *Die Teilung des Arabischen Meers,* war böse durchgefallen; die Trickeffekte wirkten amateurhaft, das Mädchen in der Hauptrolle der Aischa, eine gewisse Pimple Billimoria, war eine jämmerliche Fehlbesetzung, und Gibrils Darstellung des Erzengels war vielen Kritikern als narzißtisch und megalomanisch aufgestoßen. Die Tage, als er nichts falsch machen konnte, waren vorbei; sein zweiter Film, *Mahound,* war auf nur jedes vorstellbare religiöse Riff gelaufen und spurlos untergegangen. »Wissen Sie, er entschied sich für andere Produzenten«, klagte Sisodia. »Die Gigier des Stars. Bei mir stistimmen die Tricks immer, und den guten Gege-Geschmack kriegen Sie bei mir auch.« Saladin Chamcha schloß die Augen und lehnte sich in seinem Sitz zurück. Wegen seiner Flugangst hatte er den Whisky zu schnell getrunken, und jetzt schwirrte ihm der Kopf. Sisodia schien sich nicht an seine frühere Verbindung mit Farishta zu erinnern, was gut so war. Die Vergangenheit: dorthin gehörte die Verbindung. »Sisi-Sridevi als Lakschmi«, tönte Sisodia nicht sehr vertraulich. »Das ist massives Go-gold. Sie sind doch Scha-Schauspieler. Sie sollten wieder zu Haha-Hause arbeiten. Rufen Sie mich mal an. Vielleicht kommen wir ins Gesch-schäft. Dieser Film: massives Plapla-*Platin.*«

Chamcha drehte sich der Kopf. Welch seltsame Bedeutungen Wörter annahmen. Erst vor wenigen Tagen hätte ihm dieses *zu Hause* falsch geklungen. Aber jetzt lag sein Vater im Sterben, und alte Emotionen streckten die Fangarme aus, um ihn zu packen. Vielleicht verdrehte sich auch seine Zunge wieder, schickte, zusammen mit dem Rest von ihm, auch seinen Akzent ostwärts. Er traute sich kaum, den Mund aufzumachen.

Vor nahezu zwanzig Jahren, als der junge und frisch umgetaufte Saladin am Rand der Londoner Theaterszene seinen Lebensunterhalt zusammenkratzte, um eine sichere Entfernung zu seinem Vater einzuhalten, und als Changez sich in andere Richtungen zurückzog, ebenso einsiedlerisch wie religiös wurde, damals hatte der Vater eines Tages aus heiterem Himmel seinem Sohn geschrieben und ihm ein Haus angeboten. Die Immobilie war ein verschachteltes Landhaus in den Bergen von Solan. »Mein erster eigener Besitz«, schrieb Changez, »und daher ist es auch das erste, was ich dir schenke.« Saladins unmittelbare Reaktion darauf war, dies als eine Falle anzusehen, als einen Weg, ihn an *Zuhause* zu binden, an das Gewebe der Macht seines Vates; und als er erfuhr, daß der Solansche Besitz schon seit langem von der indischen Regierung als Gegenleistung für eine nominelle Miete requiriert war und seit vielen Jahren eine Knabenschule beherbergte, offenbarte sich das Geschenk auch noch als mutwillige Täuschung. Was kümmerte es Chamcha, daß die Schule bereit gewesen wäre, ihn bei jedem Besuch, den er zu unternehmen dachte, wie ein Staatsoberhaupt zu empfangen, Aufmärsche und gymnastische Schauübungen zu inszenieren? Derlei Dinge sprachen Changez' enorme Eitelkeit an, aber Chamcha wollte davon nichts wissen. Das Entscheidende war, die Schule wollte drinbleiben; daher war das Geschenk wertlos und bereitete möglicherweise auch noch Kopfschmerzen mit den Behörden. Er schrieb seinem Vater einen Brief, in dem er das Angebot ablehnte. Das war das letzte Mal gewesen, daß Changez Chamchawala ihm irgend etwas zu schenken versuchte. *Zuhause* entfernte sich von dem verlorenen Sohn.

»Ich vergesse nie ein Gege-Gesicht«, sagte Sisodia. »Sie sind Mimi-Mimis Freund. Der Überlebende der *Bostan.* Wußte ich gleich, als ich Sie am Gaga-Gate dudurchdrehen sah. Hoffentlich ist es jetzt nicht so schschlimm für Sie.« Saladin sank das Herz in die Hose, und er schüttelte den Kopf, neinnein, alles in Ordnung, wirklich. Sisodia zwinkerte mit funkelnden Augen und kniemäßig böse einer Stewardeß zu und orderte einen weiteren Whisky. »Jaja-jammerschade das mit Gibril und seiner Freundin«, fuhr Sisodia fort. »Hatte so einen netten Namen, Alla-Alla-Alleluia. Und der Knabe, welch ein Nanaturell, so was von eiei-eifersüchtig. Schwierig für ein momo-modernes Mämä-Mädchen. Haben sich get-t-trennt.« Saladin tat wiederum, als schliefe er. *Ich bin soeben erst von der Vergangenheit genesen. Weg, hau ab.*

Erst vor fünf Wochen, anläßlich der Hochzeit von Mishal Sufyan und Hanif Johnson, hatte er seine Genesung formell für abgeschlossen erklärt. Nach dem Tod ihrer Eltern im brennenden Shaandaar war Mishal von schrecklichen, unlogischen Schuldgefühlen heimgesucht worden, die dazu führten, daß ihr ihre Mutter im Traum erschien und Vorhaltungen machte: »Hättest du mir nur den Feuerlöscher gegeben, als ich dich darum bat. Hättest du nur ein wenig kräftiger geblasen. Aber du hörst ja nie auf das, was ich sage, und deine Lungen sind so kaputt von Zigaretten, du könntest nicht einmal eine Kerze ausblasen, geschweige denn ein brennendes Haus.« Unter den gestrengen Augen des Geistes ihrer Mutter zog sie aus Hanifs Wohnung aus, nahm sich ein Zimmer bei drei anderen Frauen, bewarb sich um Jumpy Joshis alten Job in dem Sportzentrum, bekam ihn und lag den Versicherungsgesellschaften so lange in den Ohren, bis sie bezahlten. Erst als das Shaandaar unter ihrer Leitung seine Pforten wieder öffnete, fand es Hind Sufyans Geist an der Zeit, in das Leben nach dem Tod einzutreten; woraufhin Mishal Hanif anrief und ihn bat, sie zu heiraten. Er war zu überrascht, um zu antworten, und mußte den Hörer einem Kollegen übergeben, der ihr erklärte, daß es Mr. Johnson die Sprache verschlagen habe, und Mishals Angebot stellvertretend für den sprachlosen Anwalt annahm. Und so erholte sich jeder von der Tragödie; selbst Anahita, die bei einer beklemmend altmodischen Tante wohnen mußte, schaffte es, bei der Hochzeit ein frohes Gesicht zu machen, vielleicht weil Mishal ihr eigene Zimmer im renovierten Shaandaar Hotel versprochen hatte. Mishal hatte Saladin gebeten, der Trauzeuge zu sein, in Anerkennung seines Versuchs, das Leben ihrer Eltern zu retten, und in Pinkwallas Lieferwagen, auf dem Weg zum Standesamt (alle Anklagen gegen den DJ und seinen Boß, John Maslama, waren aus Mangel an Beweisen fallengelassen worden), sagte Chamcha zur Braut: »Heute ist es auch für mich wie ein neuer Anfang, vielleicht für uns alle.« Was ihn betraf, so hatte er sich einer Bypass-

Operation unterzogen, hatte Schwierigkeiten, mit so vielen Todesfällen zurechtzukommen, und Alptraumvisionen, wieder zu einem schwefligem, spaltfüßigen Teufel metamorphisiert zu sein. Einige Zeit war er auch beruflich behindert; ihn quälte eine so tiefe Scham, daß er, als Auftraggeber ihn allmählich wieder verpflichten wollten und nach seinen Stimmen verlangten, etwa nach der Stimme einer tiefgefrorenen Erbse oder einer Würstchenpakkung in Form einer Handpuppe, spürte, wie ihm die Erinnerung an seine telefonischen Verbrechen die Kehle hochstieg und die lautliche Darstellung im Keim erstickte. Auf Mishals Hochzeit aber fühlte er sich plötzlich frei. Es war eine richtiggehende Zeremonie, vor allem deshalb, weil das junge Paar es sich nicht verkneifen konnte, sich während der ganzen Prozedur unablässig zu küssen, so daß sie von der Standesbeamtin (einer angenehmen jungen Frau, die die Gäste ermahnte, nicht zuviel zu trinken, wenn sie noch mit dem Auto fahren wollten) aufgefordert werden mußten, sich zu beeilen und die Formalitäten hinter sich zu bringen, bevor die nächste Hochzeitsgesellschaft an der Reihe war. Anschließend ging die Knutscherei in Shaandaar weiter, die Küsse wurden immer länger und ungenierter, bis die Gäste schließlich den Eindruck hatten, sie störten nur, und sich still und leise verdrückten und Hanif und Mishal dem Genuß einer so verschlingenden Leidenschaft überließen, daß diese ihren Aufbruch nicht einmal bemerkten; ebensowenig wurden sie der kleinen Kinderschar gewahr, die sich vor den Fenstern des Café Shaandaar versammelt hatte, um ihnen zuzusehen. Chamcha, der als letzter ging, tat den Neuvermählten den Gefallen, die Rollos herunterzulassen, sehr zum Mißfallen der Kinder, und schlenderte die restaurierte High Street so leichtfüßig dahin, daß er sogar einen kleinen, verlegenen Hüpfer tat.

Nichts währt ewig, dachte er hinter geschlossenen Lidern irgendwo über Kleinasien. Vielleicht ist Unglück das Kontinuum, durch das ein Menschenleben sich bewegt, und Freude nur eine Reihe von Leuchtpunkten, von Inseln im Strom. Oder wenn nicht gerade Unglück, dann wenigstens Melancholie ... Diese Grübeleien wurden von einem lustvollen Schnarcher vom Nebensitz unterbrochen. Mr. Sisodia, das Whiskyglas in der Hand, war eingeschlafen.

Der Produzent erfreute sich bei den Stewardessen offensichtlich großer Beliebtheit. Sie tüttelten um seine schlafende Gestalt herum, entwanden seinen Fingern das Glas und stellten es an einen sicheren Ort, und juchzten bewundernd über seinem schnarchenden Kopf: »Ist er nicht knuddelig? So richtig zum Reinbeißen!«

Chamcha fielen unerwartet die Bombayer Damen der Gesellschaft ein, die ihm bei den kleinen Soireen seiner Mutter immer den Kopf getätschelt hatten, und er kämpfte mit Tränen der Überraschung. Sisodia sah eigentlich etwas obszön aus; er hatte vor dem Einschlafen die Brille abgenommen, und ohne sie wirkte sein Gesicht eigenartig nackt. In Chamchas Augen glich er nichts so sehr wie einem übergroßen Shiva lingam. Vielleicht war das der Grund für seine Beliebtheit bei den Damen.

Als Saladin die Magazine und Zeitungen durchblätterte, die ihm die Stewardessen gereicht hatten, fiel sein Blick auf einen alten Bekannten in Nöten. Hal Valances sterilisierte *Aliens Show* hatte in den Vereinigten Staaten elend gefloppt und war abgesetzt worden. Schlimmer noch: seine PR-Agentur und deren Tochterunternehmen waren von einem amerikanischen Leviathan geschluckt worden, und es war wahrscheinlich, daß Hal auf dem Rückzug war, nachdem der transatlantische Drache, den zu zähmen er ausgezogen war, ihn bezwungen hatte. Es war nicht leicht, für Valance Mitgefühl zu empfinden, arbeitslos und nur noch ein paar letzte Millionen schwer, verlassen von seiner geliebten Mrs. Torture und ihren Kumpanen, in das Abseits relegiert, das abgelegten Favoriten vorbehalten war und das er mit geplatzten Unternehmer-Eierköpfen, Börsenspekulanten und abgefallenen Ex-Ministern teilte; Chamcha jedoch, der ans Totenbett seines Vaters flog, befand sich in einem Zustand so hochfliegender Emotionen, daß er selbst für den bösen Hal einen Abschiedskloß im Hals zustande brachte. *An wessen Billardtisch,* sinnierte er, *spielt Baby jetzt?*

Der Krieg zwischen Männern und Frauen in Indien schien an Heftigkeit nicht nachzulassen. Im *Indian Express* las er einen Bericht über den letzten »Brautselbstmord«. *Der Ehemann, Prajapati, hat sich aus dem Staub gemacht.* Auf dem wöchentlichen Heiratsmarkt in den Kleinanzeigen forderten die Eltern junger Männer noch immer – und offerierten die Eltern junger Frauen stolz – Bräute mit »weizenfarbenem« Teint. Chamcha erinnerte sich an Zeenys Freund, den Dichter Bhupen Gandhi, der über derlei Dinge mit leidenschaftlicher Verbitterung gesprochen hatte. »Wie können wir andere wegen ihrer Vorurteile anklagen, wenn unsere eigenen Hände so schmutzig sind?« hatte er gewettert. »Viele von euch in Großbritannien sprechen von Opfern. Ich war nicht dort, ich kenne eure Lage nicht, aber aus meiner persönlichen Erfahrung heraus habe ich es noch nie als angenehm empfunden, als Opfer bezeichnet zu werden. In Klassenbegriffen bin ich es offensichtlich nicht. Selbst in kultureller Hinsicht findet man hier all die Bigotterien, all die Vorgehensweisen, die man mit

Unterdrückung in Verbindung bringt. Während viele Inder also zweifellos unterdrückt werden, bin ich nicht der Ansicht, daß auch nur einer von *uns* eine solch glänzende Rolle für sich beanspruchen kann.«

»Die Schwierigkeit mit Bhupens radikaler Kritik ist«, hatte Zeeny bemerkt, »daß Reaktionäre wie Salad Baba sie nur zu gern schlucken.«

Ein Waffenskandal tobte; hatte die indische Regierung Provisionen an Mittelsmänner gezahlt und dann die Sache vertuscht? Riesige Geldsummen waren im Spiel, die Glaubwürdigkeit der Premierministerin war erschüttert, doch all das kümmerte Chamcha nicht. Er starrte auf ein verschwommenes Foto mit schwer erkennbaren, aufgedunsenen Gestalten, die in großer Zahl flußabwärts trieben. In einer nordindischen Stadt hatte ein Massaker an Moslems stattgefunden, die Leichen waren ins Wasser gekippt worden, wo sie die Fürsorge eines Gevatter Hexam des zwanzigsten Jahrhunderts erwartete. Es waren Hunderte von Leichen, aufgeschwollen und ranzig; der Gestank schien von der Seite aufzusteigen. Und in Kaschmir warfen während der 'Id-Gebete aufgebrachte islamische Fundamentalisten einem ehemals beliebten Ministerpräsidenten Schuhe an den Kopf, der »ein Übereinkommen« mit der Kongreß-I getroffen hatte. Überall nur Kommunalismus, sektiererische Spannungen; als zögen die Götter in den Krieg. Im ewigen Kampf zwischen der Schönheit der Welt und ihrer Grausamkeit gewann die Grausamkeit täglich an Boden. Sisodias Stimme drang in diese verdrossenen Gedanken. Der Produzent war aufgewacht und hatte sogleich das Foto von Meerut auf Chamchas Klapptisch im Blick. »Tatsache ist«, sagte er ohne seine übliche Bonhomie, »daß der religiöse Glaglaube, welcher die höhö-höchsten Ziele der menschlichen Rasse einschließt, in unserem Land zum Didi-Diener der niedersten Instinkte und Gogo-Gott zum Wesen des Bösen geworden ist.«

BEKANNTE GESCHICHTSKLITTERER FÜR MASSAKER VERANTWORTLICH, behauptete ein Regierungssprecher, »progressive Elemente« hingegen wiesen diese Analyse zurück. STADTPOLIZEI VON KOMMUNALISTISCHEN AGITATOREN VERSEUCHT, lautete die Gegenthese. HINDU-NATIONALISTEN LAUFEN AMOK. Ein politisches Halbmonatsblatt enthielt ein Foto von Plakaten, die vor der Juma Masjid in Old Delhi aufgestellt waren. Der Imam, ein wabbelbäuchiger Mann mit zynischen Augen, der vormittags zumeist in seinem »Garten« – ein Ödland aus roter Erde und Schutt im Schatten der Moschee – beim Zählen der Rupien angetroffen werden konnte, die von den Gläubigen gespendet worden waren und die er einzeln aufrollte, so daß es den Anschein hatte, als hätte er die Hand voll beediartiger Zigaretten, und dem kommunalistische Ziele selbst nicht fremd waren, war offensichtlich entschlossen, sich den Horror von Meerut zunutze zu machen. *Löscht das Feuer in unsrer Brust,* schrien die Plakate. *Grüßt voll Erfurcht jene, denen das Märtyrertum durch die Kugeln der Polis zuteil wurde.* Auch: *Weh! Weh! Weh! Weckt den Premier!* Und schließlich der Aufruf zu handeln: *Bandh wird eingehalten,* und das Datum des Streiks.

»Schlechte Zeiten«, fuhr Sisodia fort. »Für Fifi-Filme ebenso wie fürs Fernsehen und die Wiwi-Wirtschaft hat das sch-schädliche Auswirkungen.« Er heiterte wieder auf, als sich eine Stewardeß näherte. »Ich bekenne, daß ich ein Mimi-Mitglied des Mile-high-Clubs bin«, sagte er fröhlich in Hörweite der Bediensteten. »Und Sie? Soll ich schauen, was ich für Sie tutu-tun kann?«

Nein, zu welchen Dissoziationen der menschliche Geist fähig ist, staunte Saladin düster. Nein, die widerstreitenden Seiten des Ichs, die in diesen Hauttaschen schütteln und rütteln. Kein Wunder, daß wir uns nicht sehr lange auf etwas konzentrieren können; kein Wunder, daß wir Fernbedienungsgeräte zum Kanalhüpfen erfinden. Würden wir diese Instrumente auf uns selbst richten, wir würden auf mehr Kanäle stoßen, als es sich ein Kabel- oder Satellitenmogul je träumen ließe ... Er selbst erlebte am eigenen Leib, wie seine Gedanken, gleichgültig, wie sehr er versuchte, sie auf seinen Vater zu konzentrieren, stets wieder zu Miss Zeenat Vakil zurückkehrten. Er hatte voraustelegrafiert und sie von seiner Ankunft in Kenntnis gesetzt; ob sie ihn am Flughafen abholte? Was könnte oder könnte nicht zwischen ihnen geschehen? Hatte er, indem er sie verließ, indem er nicht wieder zurückkam, indem er eine Zeitlang keinen Kontakt aufnahm, das Unverzeihliche getan? War sie – dachte er, und war entsetzt von der Erkenntnis, daß ihm das nicht schon früher eingefallen war – verheiratet? Verliebt? Zugange? Und was ihn selbst betraf: was wollte er wirklich? *Wenn ich sie sehe, weiß ich es,* dachte er. Die Zukunft, auch wenn es nur ein von Fragen vernebeltes Schimmern war, würde nicht von der Vergangenheit verdunkelt werden; selbst wenn der Tod sich der Bühnenmitte näherte, fuhr das Leben fort, um Gleichberechtigung zu kämpfen.

Der Flug verlief ohne Zwischenfall.

Zeenat Vakil wartete nicht im Flughafen.

»Kommen Sie«, winkte Sisodia. »Mein Wagen hoho-holt mich ab, ich nehme Sie mit.«

Fünfunddreißig Minuten später war Saladin Chamcha in Scandal Point, stand vor den Toren seiner Kindheit, mit Reisetasche und Kleidersäcken, und betrachtete die importierte Videoüberwachungsanlage am Eingang. Antidrogen-Parolen waren an die Wand um das Gelände gemalt: TRÄUME GEHN DOWN / WENN ZUKKER IST BRAUN. Und: ZUKUNFT IST SCHWARZ / WENN ZUCKER IST BRAUN. Nur Mut, Alter, redete er sich zu; und klingelte, wie ein Schild es gebot, einmal kräftig.

❦

In dem üppigen Garten zog der Stumpf des gefällten Walnußbaums seinen unruhigen Blick auf sich. Möglich, daß sie ihn jetzt als Picknicktisch benutzen, sinnierte er verbittert. Sein Vater hatte immer eine Gabe zu melodramatischen, selbstmitleidigen Gesten gehabt, und von einer Fläche, die mit so viel emotionaler Wucht vollgepackt war, das Mittagessen einzunehmen – ohne Zweifel mit tiefen Seufzern zwischen den großen Happen –, würde gut zu ihm passen. Ob er auch seinen Tod dramatisieren würde, fragte sich Saladin. Was für ein abendfüllendes Spiel um Mitgefühl der alte Sack jetzt veranstalten könnte! In seiner Nähe waren alle der Gnade eines Sterbenden ausgeliefert. Schläge, die vom Totenlager ausgeteilt wurden, hinterließen Male, die nie verblaßten.

Seine Stiefmutter trat aus dem marmornen Landhaus des Sterbenden, um Chamcha ohne jede Spur von Groll zu begrüßen. »Salahuddin. Schön, daß du da bist. Das wird seinen Geist beleben; er muß jetzt mit seinem Geist kämpfen, denn sein Körper ist mehr oder weniger hin.« Sie war ungefähr sechs oder sieben Jahre jünger, als seine Mutter gewesen wäre, aber von demselben vogelartigen Aussehen. Sein kräftiger, überbordender Vater war wenigstens in dieser Hinsicht bemerkenswert konsequent gewesen. »Wie lange hat er noch zu leben?« fragte Saladin. Nasreen war so aufgeklärt, wie ihr Telegramm hatte ahnen lassen. »Er kann jeden Tag sterben.« Das Myelom hatte sich überall durch Changez' »lange Knochen« – der Krebs hatte sein eigenes Vokabular mitgebracht; keiner redete mehr von *Armen und Beinen* – und in seinen Schädel gefressen. Auch im Blut um die Knochen hatte man Krebszellen gefunden. »Wir hätten es merken müssen«, sagte Nasreen, und Saladin spürte die Kraft der alten Dame, die Willensstärke, mit der sie über ihre Gefühle herrschte. »Sein auffälliger Gewichtsverlust während der letzten zwei Jahre. Auch klagte er immer über Schmerzen, etwa in den Knien. Du weißt ja, wie das ist. Bei einem alten Mann schiebt man es immer aufs Alter, man stellt sich nicht vor, daß eine bösartige, schreckliche Krankheit.« Sie verstummte, mußte ihre Stimme unter Kontrolle bringen. Kasturba, die Ex-Ayah, war zu ihnen in den Garten gekommen. Es stellte sich heraus, daß ihr Mann Vallabh vor fast einem Jahr gestorben war, an Altersschwäche, im Schlaf: ein schönerer Tod als der, der sich nun durch den Körper seines Arbeitgebers fraß, dem Verführer seiner Frau, Kasturba trug noch immer Nasreen I's alte grelle Saris: Heute hatte sie einen der verrücktesten der Schwarzweiß-Op-Art-Drucke gewählt. Auch sie begrüßte Saladin warm: Umarmung Küsse Tränen. »Was mich betrifft«, schluchzte sie, »ich höre nicht auf, um ein Wunder zu beten, so lange noch ein Atemzug in seinen armen Lungen ist.«

Nasreen II umarmte Kasturba; jede Frau legte der anderen den Kopf auf die Schulter. Die Vertrautheit zwischen den beiden Frauen war spontan und ungetrübt von Groll, als hätte die Nähe des Todes die Streitereien und Eifersüchteleien des Lebens weggewischt. Die beiden Damen trösteten einander im Garten, jede die andere für den bevorstehenden Verlust des kostbarsten Guts: der Liebe. Oder besser: des Geliebten. »Komm«, sagte Nasreen schließlich zu Saladin. »Er sollte dich sehen, pronto.«

»Weiß er es?« fragte Saladin. Nasreen gab eine ausweichende Antwort. »Er ist ein intelligenter Mann. Immerzu fragt er, wo ist das ganze Blut hin? Er sagt, es gibt nur zwei Krankheiten, bei denen das Blut so verschwindet. Die eine ist Tuberkulose.« Aber, drängte Saladin weiter, er spricht das Wort nicht aus? Nasreen senkte den Kopf. Das Wort sei nicht gesagt worden, weder von Changez noch in seiner Gegenwart. »Sollte er es nicht wissen?« fragte Chamcha. »Hat ein Mensch nicht das Recht, sich auf den Tod vorzubereiten?« Er sah, wie es in Nasreens Augen einen Moment lang aufflackerte. *Was glaubst du, wer du bist, daß du uns sagst, was wir zu tun haben. Du hast jedes Recht verwirkt.* Dann erlosch das Flackern, und als sie sprach, war ihre Stimme ausgeglichen, sachlich, leise. »Vielleicht hast du recht.« Kasturba aber jammerte: »Nein! Wie soll man das dem armen Mann sagen? Es würde ihm das Herz brechen.«

Der Krebs hatte Changez' Blut so weit eingedickt, daß das Herz die größten Schwierigkeiten hatte, es durch den Körper zu pumpen. Er hatte den Blutkreislauf auch mit Fremdkörpern und Plättchen verunreinigt, die jedes Blut angriffen, das ihm übertragen wurde, selbst das Blut seiner eigenen Art. *Also nicht einmal auf diese Weise kann ich ihm helfen,* begriff Saladin. Changez konnte leicht an diesen Nebenwirkungen sterben, bevor der Krebs ihn packte. Sollte er am Krebs sterben, dann käme das Ende in Form von Lungenentzündung oder Nierenversagen; die Ärzte wußten, daß sie nichts mehr für ihn tun konnten, und hatten ihn nach Hause entlassen, um den Tod zu erwarten. »Weil ein Myelom systemisch ist, wird weder eine Chemotherapie noch eine Strahlenbehandlung durchgeführt«, erklärte Nasreen. »Das einzige Medikament ist Melphalan, es kann in manchen Fällen das Leben verlängern, sogar um Jahre. Man hat uns allerdings gesagt, daß er zu einer Kategorie gehört, die nicht auf Melphalantabletten anspricht.« *Aber sie haben es ihm nicht gesagt,* beharrten Saladins innere Stimmen. *Und das ist falsch, falsch, falsch.* »Dennoch ist ein Wunder geschehen«, rief Kasturba. »Die Ärzte sagten, dies sei normalerweise eine der schmerzhaftesten Krebsarten; dein Vater aber hat keine Schmerzen. Wenn man betet, wird manchmal eine Gnade gewährt.« Aufgrund dieser ungewöhnlichen Schmerzfreiheit hatte es so lange gedauert, bis der Krebs diagnostiziert worden war; er hatte sich seit mindestens zwei Jahren in Changez' Körper ausgebreitet. »Ich muß ihn jetzt sehen«, sagte Saladin sanft. Ein Diener hatte seine Reisetasche und seine Kleidersäcke ins Haus getragen, während sie sich unterhielten; jetzt endlich folgte er seinen Sachen hinein.

Das Innere des Hauses war unverändert – die Großzügigkeit der zweiten Nasreen gegenüber dem Andenken an die erste schien grenzenlos, zumindest während dieser Tage, den letzten ihres gemeinsamen Gatten auf Erden –, außer daß Nasreen II mit ihrer Sammlung ausgestopfter Vögel (Wiedehopfe und seltene Papageien unter Glasglocken, ein ausgewachsener Königspinguin in der Marmor-und-Mosaik-Halle, um dessen Schnabel winzige rote Ameisen wimmelten) und ihren Kästen mit aufgespießten Schmetterlingen eingezogen war. Saladin ging vorbei an dieser farbenprächtigen Galerie toter Flügel zum Arbeitszimmer seines Vaters – Chamgez hatte darauf bestanden, sein Schlafzimmer zu räumen, und sich ein Bett in das holzgetäfelte Refugium voll vermodernder Bücher stellen lassen, damit man nicht den ganzen Tag hinauf und wieder herunter rennen mußte, um nach ihm zu sehen – und stand endlich vor der Tür des Todes.

Schon früh in seinem Leben hatte Changez Chamchawala die beunruhigende Fähigkeit erworben, mit offenen Augen zu schlafen, »auf der Hut zu sein«, wie er es nannte. Als Saladin jetzt leise das Zimmer betrat, war die Wirkung dieser offenen grauen Augen, die blind an die Decke starrten, absolut enervierend. Einen Augenblick lang glaubte Saladin, er sei zu spät gekommen, Changez sei gestorben, während sie sich im Garten unterhalten hatten. Doch dann hüstelte der Mann auf dem Bett ein paarmal, drehte den Kopf und streckte unsicher seinen Arm aus. Saladin Chamcha trat zu seinem Vater und neigte den Kopf unter die zärtliche Hand des alten Mannes.

❦

Sich nach den langen, zornigen Dekaden in den Vater zu verlieben, war ein heiteres und schönes Gefühl; etwas Erneuerndes, Lebensspendendes, wollte Saladin sagen, tat es aber nicht, da es vampirhaft klang; als schaffte er in Changez' Körper Platz für den Tod, indem er dieses neue Leben aus seinem Vater saugte. Obwohl er es für sich behielt, fühlte Saladin sich stündlich vielen alten zurückgewiesenen Ichs näher, vielen Alternativ-Saladins – oder besser Salahuddins –, die sich von ihm abgespalten hatten, als er seine verschiedenen Lebenswahlen traf, die anscheinend aber dennoch weiterexistierten, vielleicht in den Paralleluniversa der Quantentheorie. Der Krebs hatte Changez Chamchawala buchstäblich bis auf die Knochen ausgelaugt; die Wangen waren in die Schädelhöhlen eingefallen, und des Muskelschwunds wegen lag ein Schaumstoffkissen unter seinen Gesäßbacken. Aber er hatte auch seine Fehler getilgt, all das, was dominant, tyrannisch und grausam an ihm war, so daß der verschmitzte, liebevolle und brillante Mann wieder offen dalag, für alle sichtbar. *Wenn er nur sein ganzes Leben so hätte sein könne,* wünschte sich Saladin (der den Klang seines vollen, unanglifizierten Namens zum ersten Mal seit zwanzig Jahren als angenehm empfand). Wie hart es war, seinen Vater zu finden, wenn man nichts mehr tun konnte, außer ihm auf Wiedersehen zu sagen.

Am Morgen seiner Rückkehr wurde Salahuddin Chamchawala von seinem Vater gebeten, ihn zu rasieren. »Meine alten Frauen da wissen nicht, wo bei dem Philishave vorn und hinten ist.« Die Haut hing Changez in weichen, ledrigen Lappen vom Gesicht, und die Barthaare (als Salahuddin den Apparat reinigte) sahen aus wie Asche. Salahuddin konnte sich nicht erinnern, wann er das Gesicht seines Vaters das letzte Mal auf diese Weise berührt hatte, wie er sanft die Haut spannte, während der schnurlose Rasierer darüberglitt, und sie dann streichelte, um zu prüfen, ob sie auch glatt war. Als er fertig war, ließ er seine Finger noch einen Augenblick über Changez' Wangen laufen. »Schau dir den alten Mann an«, sagte Nasreen zu Kasturba, als sie das Zimmer betraten, »er kann sich an seinem Sohn nicht satt sehen.« Changez Chamchawala grinste ein erschöpftes Grinsen und entblößte dabei einen Mund voller zerrütteter Zähne, die mit Speichel und Krümel gesprenkelt waren.

Als sein Vater wieder eingeschlafen war – nachdem Kasturba und Nasreen ihm eine kleine Menge Wasser eingeflößt hatten – und mit seinen offenen, träumenden Augen, die in drei Welten zugleich sehen konnten, die tatsächliche Welt seines Arbeitszimmers, die visionäre Welt der Träume und dazu das nahende Leben nach dem Tod (wie Salahuddin es sich jedenfalls in einem phantasievollen Moment vorstellte) auf – was? – starrte, ging der Sohn in Changez' altes Schlafzimmer, um sich hinzulegen. Groteske Köpfe aus bemalter Terrakotta warfen finstere Blicke von der Wand auf ihn herab: ein gehörnter Teufel, ein heimtückischer Araber mit einem Falken auf der Schulter, ein glatzköpfiger Mann, der die Augen nach oben rollte und die Zunge in Panik herausstreckte, weil sich eine Fliege auf einer Augenbraue niedergelassen hatte. Unter diesen Figuren, die er sein ganzes Leben lang gekannt und gehaßt hatte, da sie ihm mit der Zeit als Porträts von Changez erschienen waren, konnte er nicht schlafen, und schließlich zog er in ein anderes, neutrales Zimmer um.

Er erwachte am frühen Abend und ging nach unten, wo die beiden alten Frauen vor Changez' Zimmer die Details seiner medizinischen Behandlung auszuarbeiten versuchten. Zusätzlich zu der täglichen Melphalantablette hatte man ihm eine ganze Batterie von Mitteln verschrieben, die die bösartigen Nebenwirkungen des Krebses: Anämie, die Überbeanspruchung des Herzens und so weiter, bekämpfen sollten. Isosorbid, viermal täglich zwei Tabletten, Furosemid, dreimal täglich eine Tablette, Prednisolon, zweimal täglich sechs Tabletten ... »Ich übernehme das«, sagte er zu den erleichterten Frauen. »Wenigstens etwas, das ich tun kann.« Agarol gegen Verstopfung, Spironolakton gegen weiß der Himmel was, und Allopurinol: plötzlich kam ihm verrückterweise eine alte Theaterkritik in Erinnerung, in der der englische Kritiker Kenneth Tynan sich die vielsilbigen Figuren in Marlowes *Tamerlan der Große* »als eine Horde von Pillen und Wundermitteln, die sich gegenseitig dezimieren«, vorgestellt hatte:

Schaffst mich hierher, kühner Barbitur?
Bube, die Ahne dein ist tot – die alte Nembutal.
Die Stern' am Himmelszelt, sie weinen noch für Nembutal ...
Steht's nicht für Tapferkeit, König zu sein,
Aureomyzin und Formaldehyd,
Steht's nicht für Tapferkeit, König zu sein
Und im Triumph zu reiten durch Amphetamin?

Was die Erinnerung nicht alles hochspülte! Aber vielleicht war dieser pharmazeutische *Tamerlan* gar keine so schlechte Eloge auf den gestürzten Monarchen, der da in seinem bücherwurmstichigen Arbeitszimmer lag, in die drei Welten starrte und auf das Ende wartete. »Komm, Abba«, marschierte er munter in die Gegenwart. »Zeit, dein Leben zu retten.«

Noch an ihrem Platz, auf einem Bord in Changez' Studierzimmer: eine gewisse Lampe aus Kupfer und Messing, welcher die Macht der Wunscherfüllung innewohnen sollte, bislang jedoch (da nie gerieben) unerprobt. Etwas angelaufen schaute sie auf ihren sterbenden Besitzer herab – und wurde wiederum von dessen einzigem Sohn beobachtet. Der für einen Augenblick arg versucht war, sie in dic Hand zu nehmen, dreimal daran zu reiben und den beturbanten Dschinn um einen Zauber zu bitten ... Salahuddin jedoch ließ die Lampe stehen, wo sie war. Hier war nicht der Ort für Dschinns oder Ghuls oder Afrits; weder Gespenster noch Einbildungen waren gestattet. Keine Zauberformeln, nur die Ohnmacht der Pillen. »Der Medizinmann ist da«, tönte Salahuddin, klapperte mit den kleinen Flaschen und weckte seinen Vater aus dem Schlaf. »Medizin«, grinste Changez kindisch. »Iiee, bah, urgh.«

❦

In jener Nacht nötigte Salahuddin Nasreen und Kasturba, bequem in ihren Betten zu schlafen, während er auf einer Matratze auf dem Boden über Changez wachte. Nach seiner Mitternachtsdosis Isosorbid schlief der Sterbende drei Stunden und mußte dann auf die Toilette. Salahuddin hob ihn auf die Beine und war erstaunt, wie leicht Changez war. Er war immer ein schwergewichtiger Mann gewesen, doch jetzt war er eine lebende Mahlzeit für die sich ausbreitenden Krebszellen ... Auf der Toilette lehnte Changez jegliche Hilfe ab. »Er läßt einen nichts machen«, hatte sich Kasturba liebevoll beschwert. »Er ist ja so genant.« Auf dem Weg zum Bett stützte er sich leicht auf Salahuddins Arm und schlurfte plattfüßig neben ihm in alten, abgetragenen Hauslatschen. Die wenigen verbliebenen Haare standen in komischen Winkeln ab, der Kopf reckte sich auf dem dürren, zerbrechlichen Hals vogelgleich nach vorn. Salahuddin sehnte sich plötzlich danach, den alten Mann aufzuheben, ihn in den Armen zu wiegen und ihm leise, tröstende Weisen zu singen. Statt dessen platzte er in diesem völlig ungeeigneten Moment mit einem Versöhnungsappell heraus: »Abba, ich bin gekommen, weil ich nicht wollte, daß es zwischen uns noch Ärger gibt ...« *Blöder Idiot. Der Teufel brenn' dich schwarz, milchbleicherLump! Und das mitten in der*

Nacht. Wenn er bis jetzt nicht dahintergekommen ist, daß er im Sterben liegt, dann hat es ihm diese kleine Totenbettrede geflüstert. Changez schlurfte weiter; sein Griff um den Arm des Sohns wurde unmerklich fester. »Das spielt jetzt keine Rolle mehr«, sagte er. »Es ist vergessen, was es auch war.«

Am Morgen erschienen Nasreen und Kasturba in sauberen Saris, wirkten ausgeruht und mäkelten: »Es war so schrecklich, so weit weg von ihm zu schlafen, wir haben kein Auge zugemacht.« Sie fielen über Changez her, und ihre Liebkosungen waren so zärtlich, daß Salahuddin dasselbe Gefühl, einen privaten Augenblick zu stören, beschlich wie bei Mishal Sufyans Hochzeit. Er verließ leise das Zimmer, während die drei Liebenden einander umarmten und küßten und weinten.

Der Tod, die große Tatsache, wob seinen Bann um das Haus in Scandal Point. Salahuddin ergab sich ihm wie alle anderen auch, selbst Changez, der an jenem zweiten Tag oft sein altes, schiefes Lächeln lächelte, das sagen wollte, ich weiß, was läuft, ich mach' mit, glaubt bloß nicht, ich laß' mich hinters Licht führen. Kasturba und Nasreen kümmerten sich unablässig um ihn, bürsteten sein Haar, überlisteten ihn zum Essen und Trinken. Die Zunge in seinem Mund war dick geworden, verwischte seine Worte, bereitete ihm beim Schlucken Schwierigkeiten; er verweigerte alles, was fasrig oder sehnig war, selbst die Hühnerbrüste, die er sein Leben lang geliebt hatte. Ein Mundvoll Suppe, pürierte Kartoffeln, ein bißchen Vanillepudding. Babynahrung. Wenn er im Bett aufgesetzt war, saß Salahuddin hinter ihm; Changez lehnte sich beim Essen an den Körper seines Sohns.

»Öffnet das Haus«, befahl Changez an jenem Morgen. »Ich will hier lächelnde Gesichter sehen, nicht immer nur eure trüben Visagen.« Und so kamen nach langer Zeit wieder Menschen; junge und alte, Vettern, Onkel, Tanten, ein paar Kameraden aus den alten Tagen der Nationalistenbewegung, stocksteife Herren mit silbergrauem Haar, Achkan-Mantel und Monokel, Angestellte der verschiedenen Stiftungen und philantropischen Unternehmungen, die Changez vor Jahren ins Leben gerufen hatte, konkurrierende Hersteller von Pflanzenschutzmitteln und Kunstdünger. Ein wahres Sammelsurium, dachte Salahuddin, staunte aber auch, wie wunderbar sich alle in Gegenwart des Sterbenden verhielten: Die Jungen erzählten ihm vertraulich aus ihrem Leben, als wollten sie ihn versichern, daß das Leben selbst unbesiegbar sei, und ihm den tiefen Trost anbieten, ein Mitglied der großen Prozession der menschlichen Rasse zu sein, während die Alten die Vergangenheit beschworen, damit er wisse, daß nichts vergessen, nichts verloren war, daß er trotz der Jahre der selbstgewählten Einsiedelei gleichwohl mit der Welt verbunden war. Der Tod holte das Beste aus den Menschen heraus; es war gut, vorgeführt zu bekommen – das erkannte Salahuddin –, daß Menschen auch so sein konnten: rücksichtsvoll, liebevoll, ja, edel. Wir sind also doch noch zur Erhabenheit fähig, dachte er in feierlicher Stimmung; trotz allem können wir noch immer transzendieren. Eine hübsche junge Frau – Salahuddin fiel ein, daß es seine Nichte sein konnte, und schämte sich, ihren Namen nicht zu wissen – machte Polaroidschnappschüsse von Changez mit seinen Besuchern, und der kranke Mann amüsierte sich köstlich, schnitt Gesichter, küßte die vielen dargebotenen Wangen mit einem Leuchten in den Augen, das Salahuddin als Nostalgie identifizierte. »Wie auf einem Geburtstag«, dachte er. Oder: wie Finnegans Totenwache. Der Tote weigerte sich, sich hinzulegen und den Lebenden den Spaß zu überlassen.

»Wir müssen es ihm sagen«, beharrte Salahuddin, als die Besucher gegangen waren. Nasreen neigte den Kopf; und nickte. Kasturba brach in Tränen aus.

Sie sagten es ihm am folgenden Morgen, nachdem sie den Spezialisten hergebeten hatten, damit er alle Fragen Changez' beantworten würde. Der Spezialist namens Panikkar (ein Name, den die Engländer falsch aussprechen und über den sie heimlich kichern würden, dachte Salahuddin, ähnlich dem moslemischen Namen »Fakhar«) kam um zehn, strotzend vor Selbstherrlichkeit. »Ich sollte es ihm sagen«, sagte er und nahm die Sache in die Hand. »Die meisten Patienten schämen sich, vor ihren Angehörigen ihre Furcht zu zeigen.« »Den Teufel werden Sie«, sagte Salahuddin mit einer Heftigkeit, die ihn überraschte. »Na, wenn das so ist«, sagte Panikkar achselzuckend und wandte sich zum Gehen; was das ausschlaggebende Argument war, denn nun flehten Nasreen und Kasturba Salahuddin an: »Bitte, keinen Streit jetzt.« Ein geschlagener Salahuddin geleitete den Arzt zu seinem Vater; und schloß die Tür zum Arbeitszimmer.

»Ich habe Krebs«, sagte Changez Chamchawala zu Nasreen, Kasturba und Salahuddin, nachdem Panikkar gegangen war. Er sprach deutlich, artikulierte das Wort mit herausfordernder, übertriebener Sorgfalt. »Er ist sehr weit fortgeschritten. Es überrascht mich nicht. Ich sagte zu Panikkar: ›Das habe ich Ihnen schon am ersten Tag gesagt. Wo sonst hätte das ganze Blut hin sollen?‹« Vor dem Arbeitszimmer sagte Kasturba zu Salahuddin: »Seit du da bist, war so ein Leuchten in seinen Augen. Gestern, mit all den Leuten, wie glücklich er da war! Aber jetzt ist das Auge matt. Jetzt kämpft er nicht mehr.«

Am Nachmittag war Salahuddin allein mit seinem Vater; die beiden Frauen machten ein Nickerchen. Er merkte, daß er, der so entschlossen war, alle Karten auf den Tisch zu legen, nun verlegen und tolpatschig war; er wußte nicht, worüber er reden sollte. Aber Changez hatte etwas zu sagen.

»Du sollst wissen«, sagte er zu seinem Sohn, »daß ich mit dieser Geschichte überhaupt keine Probleme habe. An irgend etwas muß der Mensch sterben, und ich sterbe ja nicht jung. Ich habe keine Illusionen; ich weiß, daß danach nichts kommen wird. Es ist das Ende, und das ist gut so. Ich fürchte mich nur vor den Schmerzen, denn unter Schmerzen verliert ein Mann seine Würde. Ich möchte nicht, daß das geschieht.« Salahuddin war ergriffen. *Erst lernt man seinen Vater plötzlich wieder lieben, und dann auch noch, zu ihm aufzublicken.* »Die Ärzte sagen, dein Fall kommt einmal in einer Million vor«, antwortete er wahrheitsgemäß. »Es sieht so aus, als würden dir die Schmerzen erspart.« Etwas in Changez entspannte sich daraufhin, und Salahuddin erkannte, wie sehr der alte Mann Angst gehabt hatte, wie sehr es nötig gewesen war, daß man es ihm sagte ... »Bas«, sagte Changez Chamchawala schroff. »Dann bin ich bereit. Und übrigens: du bekommst die Lampe.«

Eine Stunde später begann die Diarrhöe: ein dünnes schwarzes Rinnsal. Nasreens verzweifelter Anruf in der Notaufnahme des Breach-Candy-Krankenhauses ergab, daß Panikkar unabkömmlich war. »Er darf ab sofort kein Agarol mehr bekommen«, ordnete der diensttuende Arzt an und verschrieb statt dessen Imodium. Es half nichts. Um neunzehn Uhr wuchs die Gefahr einer Dehydration sprunghaft an, und Changez war zu schwach, um sich zum Essen aufzurichten. Er hatte praktisch keinen Appetit, aber Kasturba schaffte es, ihm ein wenig Grießbrei mit geschälten Aprikosen einzuflößen. »Jam, jam«, sagte er ironisch und lächelte sein schiefes Lächeln.

Er schlief ein, doch bis um ein Uhr war er dreimal auf der Toilette gewesen. »Um Gottes willen«, schrie Salahuddin ins Telefon, »geben Sie mir Panikkars Privatnummer.« Aber das entsprach nicht den Gepflogenheiten des Krankenhauses. »Sie müssen selbst beurteilen«, sagte der diensthabende Arzt, »wann es an der Zeit ist, ihn herzubringen.« Arschloch, dachte Salahuddin Chamchawala. »Vielen Dank.«

Um drei Uhr war Changez so schwach, daß Salahuddin ihn

mehr oder weniger auf die Toilette trug. »Holt den Wagen raus«, brüllte er Nasreen und Kasturba an. »Wir fahren ins Krankenhaus. Sofort.« Der Beweis, daß es mit Changez zu Ende ging, war, daß er bei diesem letzten Mal seinem Sohn gestattete, ihm zu helfen. »Schwarze Scheiße ist schlecht«, sagte er und rang nach Luft. Seine Lungen hatten sich besorgniserregend gefüllt; der Atem glich Blasen, die sich durch Leim zwängten. »Manche Krebse sind langsam, aber ich glaube, der hier ist schnell. Der Verfall kommt rasant.« Und Salahuddin, der Apostel der Wahrheit, erzählte tröstende Lügen. *Abba, mach dir keine Sorgen. Das wird schon wieder.* Changez Chamchawala schüttelte den Kopf. »Mit mir geht es dahin, mein Sohn«, sagte er. Seine Brust hob sich schwer; Salahuddin schnappte sich einen großen Plastikbecher und hielt ihn Changez unter den Mund. Der Sterbende erbrach über einen halben Liter mit Blut vermischten Schleim: danach war er zu schwach zum Reden. Jetzt mußte Salahuddin ihn tragen, auf die Rückbank des Mercedes, wo er zwischen Nasreen und Kasturba saß, während Salahuddin mit Höchstgeschwindigkeit zum Breach-Candy-Krankenhaus fuhr, das einen Kilometer die Straße hinunter lag. »Soll ich das Fenster öffnen, Abba?« fragte er einmal, und Changez schüttelte den Kopf und blubberte: »Nein.« Viel später wurde sich Salahuddin bewußt, daß dies das letzte Wort seines Vaters gewesen war.

Die Notaufnahme. Rennende Beine, Pfleger, Rollstuhl, Changez wird auf ein Bett gehoben, Vorhänge. Ein junger Arzt, tat, was zu tun war, sehr schnell, aber ohne den Anschein von Geschwindigkeit. *Ich mag ihn,* dachte Salahuddin. Dann schaute der Arzt ihm in die Augen und sagte: »Ich glaube nicht, daß er es überstehen wird.« Das war wie ein Schlag in die Magengrube. Salahuddin erkannte, daß er sich an eine vergebliche Hoffnung geklammert hatte, *die bringen ihn auf die Beine und wir fahren ihn nach Hause; das ist »es« noch nicht,* und seine unmittelbare Reaktion auf die Worte des Arztes war Wut. *Sie sind der Mechaniker. Erzählen Sie mir nicht, daß der Wagen nicht anspringt; bringen Sie das verdammte Ding in Ordnung.* Changez war völlig erledigt, er ertrank in seinen Lungen. »In dieser Kurta kommen wir nicht an seine Brust heran; dürfen wir …« *Aufschneiden. Tun Sie, was zu tun ist.* Tropfen, das Piepen eines schwächer werdenden Herzschlags auf einem Bildschirm, Hilflosigkeit. Der junge Arzt murmelte: »Es wird nicht mehr lange dauern …« Woraufhin Salahuddin Chamchawala etwas Haarsträubendes tat. Er wandte sich zu Nasreen und Kasturba und sagte: »Kommt schnell her. Kommt und verabschiedet euch.« – »Um Gottes willen!« explodierte der Arzt... die Frauen weinten nicht, sondern traten zu Changez und nahmen jede eine Hand. Salahuddin errötete vor Scham. Er würde nie erfahren, ob sein Vater das Todesurteil hörte, das von den Lippen seines Sohns tropfte.

Dann fand Salahuddin bessere Worte, sein Urdu kehrte nach langer Abwesenheit zu ihm zurück. *Wir sind alle bei dir, Abba. Wir lieben dich.* Changez konnte nicht sprechen, aber da war – oder nicht? – ja, es mußte ein kleines Nicken gewesen sein. *Er hat mich gehört.* Und dann verließ Changez Chamchawala ganz plötzlich sein Gesicht; er lebte noch, aber er war irgendwo anders hingegangen, hatte sich nach innen gekehrt, um was immer da war anzuschauen. *Er lehrt mich das Sterben,* dachte Salahuddin. *Er schlägt nicht die Augen nieder, sondern blickt dem Tod direkt ins Gesicht.* An keinem Punkt während seines Sterbens sagte Changez Chamchawala den Namen Gottes.

»Bitte«, sagte der Arzt, »treten Sie jetzt hinter den Vorhang zurück und lassen Sie uns unsere Arbeit tun.« Salahuddin führte die zwei Frauen ein paar Schritte zurück, und als der Vorhang Changez ihrem Blick entzog, weinten sie. »Er hat geschworen, er würde mich nie verlassen«, schluchzte Nasreen, die ihre eiserne Beherrschung schließlich doch verloren hatte, »und jetzt ist er gegangen.« Salahuddin spähte durch einen Spalt im Vorhang und sah, wie Strom in den Körper seines Vaters gepumpt wurde, das plötzliche grüne Ausschlagen des Pulses auf dem Monitor, sah, wie Arzt und Schwestern die Brust seines Vaters drückten, sah Niederlage.

Das letzte, was er auf dem Gesicht seines Vaters kurz vor der letzten, nutzlosen Anstrengung des medizinischen Personals bemerkte, war das Heraufdämmern eines so abgrundtiefen Entsetzens, daß Salahuddin bis auf die Knochen erschauerte. Was hatte er gesehen? Was war es, das auf ihn wartete, auf uns alle, das die Augen dieses tapferen Mannes vor Furcht erstarren ließ? Jetzt, da es vorbei war, trat er wieder an Changez' Bett und sah, daß der Mund seines Vaters ein Lächeln formte.

Er streichelte die süßen Wangen. *Ich habe ihn heute nicht rasiert. Er starb mit Stoppeln auf dem Kinn.* Wie kalt das Gesicht schon war; doch das Gehirn, das Gehirn hatte noch etwas Wärme. Sie hatten ihm Watte in die Nasenlöcher gestopft. *Und wenn sie sich getäuscht haben? Wenn er noch atmen will?* Nasreen Chamchawala stand neben ihm. »Komm, bringen wir deinen Vater nach Hause«, sagte sie.

Changez Chamchawala fuhr in einem Rettungswagen nach Hause; er lag in einer Aluminiumschale zwischen den beiden Frauen, die ihn geliebt hatten, während Salahuddin in seinem Auto hinterherfuhr. Die Männer vom Rettungswagen bahrten ihn im Arbeitszimmer auf; Nasreen stellte die Klimaanlage auf die höchste Stufe. Schließlich war das ein tropischer Tod, und die Sonne würde bald aufgehen.

Was hat er gesehen? dachte Salahuddin immer wieder. *Warum das Entsetzen? Woher dieses letzte Lächeln?*

Wieder kamen die Leute. Onkel, Vettern, Freunde nahmen die Sache in die Hand, arrangierten alles. Nasreen und Kasturba saßen auf weißen Laken auf dem Fußboden des Zimmers, in dem Saladin und Zeeny vor langer Zeit einmal den Oger Changez besucht hatten; bei ihnen saßen Frauen und trauerten mit ihnen, viele leierten, mit Hilfe von Gebetsperlen, unablässig die Qalmah herunter. Salahuddin ging das auf die Nerven, doch fehlte ihm die Kraft, ihnen Einhalt zu gebieten. Dann kam der Mullah und nähte Changez' Leichentuch, und es wurde Zeit, den Leichnam zu waschen; und obwohl viele Männer da waren und seine Hilfe nicht nötig war, bestand Salahuddin darauf. *Wenn er seinem Tod ins Auge blicken konnte, dann kann ich es auch.* Und als sein Vater gewaschen wurde, sein Körper nach den Anordnungen des Mullah hierhin und dorthin gerollt wurde, das Fleisch mit Malen und Flecken übersät, die Blinddarmnarbe lang und braun, erinnerte Salahuddin sich an das einzige andere Mal in seinem Leben, als er seinen, was das Körperliche betraf, zimperlichen Vater nackt gesehen hatte: Er war neun Jahre alt gewesen, als er in ein Badezimmer platzte, wo Changez gerade duschte, und der Anblick des Penis' seines Vaters war ein Schock für ihn gewesen, den er nie vergessen hatte. Jenes dicke, gedrungene Organ, wie ein Knüppel. O dessen Kraft; und die Unscheinbarkeit des eigenen... »Seine Augen wollen sich nicht schließen«, beschwerte sich der Mullah. »Das hätten Sie schon früher tun sollen.« Er war ein stämmiger, pragmatischer Bursche, dieser Mullah mit dem schnauzerlosen Bart. Er behandelte den toten Körper wie eine gewöhnliche Sache, die gewaschen werden mußte, wie ein Auto, ein Fenster, ein Teller. »Sie sind aus London? Dem Großen London? Da war ich lange Jahre. Ich war Türsteher im Claridge's Hotel.« *Ach, wirklich? Wie interessant.* Der Mann wollte Smalltalk machen! Salahuddin war entsetzt. *Das hier ist mein Vater, verstehen Sie das nicht?* »Diese Kleidungsstücke«, fragte der Mullah und zeigte auf Changez' letzten Kurta-Pajama, den, den sie im Hospital aufschneiden mußten, um an seine Brust zu kommen. »Brauchen Sie den noch« *Nein, nein. Nehmen Sie sie. Bitte.* »Sie sind sehr freundlich.« Kleine schwarze Tuchstückchen wurden Changez in den Mund und unter die Augenlider gestopft. »Dieses Tuch war in Mekka«, sagte der Mullah. *Nehmen Sie es heraus!* »Ich verstehe nicht. Das ist heiliges Tuch.« *Sie haben mich gehört: raus damit.* »Möge Gott Ihrer Seele gnädig sein.«

Und:

Die Bahre, mit Blumen bestreut, wie ein übergroßes Kinderbettchen.

Der Körper, in Weiß gewickelt, mit Sandelholz bestreut, des Duftes wegen.

Mehr Blumen, darüber ein grünes Seidentuch mit Koranversen als Goldstickereien darauf.

Der Rettungswagen, in dem die Bahre lag, der darauf wartete, daß die Witwe dem Aufbruch zustimmte.

Das letzte Lebewohl der Frauen.

Der Friedhof. Trauernde Männer eilen herbei, um die Bahre auf ihre Schultern zu heben, trampeln Salahuddin dabei auf den Fuß, ein Stück des Nagels seines großen Zehs reißt ab.

Unter den Trauernden ein entfremdeter alter Freund von Changez, der trotz beidseitiger Pneumonie hier ist, und ein weiterer alter Herr, der ausgiebig weint und selbst am darauffolgenden Tag sterben wird, und alle erdenklichen Menschen, die wandelnden Protokolle eines toten Mannes Leben.

Das Grab. Salahuddin klettert hinab, steht am Kopfende, der Totengräber am Fußende. Changez Chamchawala wird herabgesenkt. *Das Gewicht des Kopfes meines Vaters liegt in meiner Hand. Ich legte ihn nieder, zur Ruhe.*

Die Welt, schrieb jemand, ist der Ort, dessen Existenz wir beweisen, indem wir darin sterben.

❦

Auf ihn wartete, als er vom Friedhof zurückkam: eine Lampe aus Kupfer und Messing, sein erneuertes Erbe. Er ging in Changez' Arbeitszimmer und schloß die Tür. Am Bett standen seine alten Pantoffeln: Er war, wie er es vorausgesagt hatte, »ein Paar leerer Schuhe« geworden. Im Bettzeug noch der Körperabdruck seines Vaters, das Zimmer war voll widerlichem Parfüm: Sandelholz, Kampfer, Nelken. Er nahm die Lampe aus dem Regal und setzte sich an Changez' Schreibtisch. Er zog ein Taschentuch hervor und rieb schnell: einmal, zweimal, dreimal.

Alle Lichter gingen sofort an.

Zeenat Vakil betrat das Zimmer.

»O Gott, Entschuldigung, vielleicht wolltest du sie aus haben, aber bei den geschlossenen Rolläden wirkte alles so traurig.«

Wie sie mit den Armen herumfuchtelte, laut mit ihrer wundervoll krächzenden Stimme redete, das Haar ausnahmsweise zu einem hüftlangen Pferdeschwanz gebunden: da stand sie, sein Dschinn. »Ich habe ein schlechtes Gewissen, weil ich nicht früher gekommen bin, ich wollte dir nur weh tun, aber was für eine Zeit habe ich mir dafür ausgesucht, so verdammt selbstgefällig, ach jaa, es ist schön, dich zu sehen, du armes Waisenkind.«

Sie war so wie immer, steckte bis zum Hals im Leben, verband gelegentliche Kunstvorlesungen an der Universität mit der Tätigkeit als Ärztin und politischen Aktivitäten. »Ich war in dem verdammten Krankenhaus, als ihr dort wart. Ich war da, Mensch, aber ich erfuhr das mit deinem Vater erst, als es vorbei war, und selbst dann bin ich nicht gekommen, um dich in den Arm zu nehmen, bin ich nicht ein Scheusal, wenn du mich rausschmeißen willst, werd' ich mich nicht beklagen.« Sie war eine großzügige Frau, die großzügigste, der er je begegnet war. *Wenn du sie siehst, weißt du es,* hatte er sich versprochen, und es erwies sich als richtig. »Ich liebe dich«, hörte er sich sagen. »Okay, ich nagle dich nicht darauf fest«, sagte sie schließlich und machte ein hocherfreutes Gesicht. »Du bist offenbar aus dem seelischen Gleichgewicht geraten. Hast Glück, daß du nicht in einem unserer großen staatlichen Krankenhäuser bist; dort stecken sie die Irren gleich neben die Heroinsüchtigen, und der Drogenhandel auf den Stationen funktioniert so gut, daß die armen Schizos sich schlechte Angewohnheiten zulegen. Wenn du das in vierzig Tagen noch mal sagst, dann paß auf, ich könnte es ernst nehmen. Aber jetzt ist es wohl eher eine Krankheit.«

Mit erhobenem Kopf (und, wie es schien, ohne Anhang) vervollständigte Zeeny mit ihrem Wiedereintritt in sein Leben den Prozeß seiner Erneuerung, seiner Regeneration, der das überraschendste und paradoxe Produkt der tödlichen Krankheit seines Vaters war. Sein altes englisches Leben, seine Bizarrheiten, seine Übel schienen weit entfernt, sogar irrelevant, wie sein verkürzter Künstlername. »Wurde auch Zeit«, stimmte Zeeny zu, als er ihr von seiner Rückkehr zu *Salahuddin* berichtete. »Jetzt kannst du endlich mit der Schauspielerei aufhören.« Ja, es sah tatsächlich nach dem Beginn eines neuen Abschnitts aus, in dem die Welt fest und real sein würde und in dem nicht mehr die breite Gestalt eines Vaters zwischen ihm und der Unvermeidlichkeit des Grabs stünde. Ein Leben als Waise, wie das Muhammads, wie das aller.

Ein Leben, erleuchtet von einem seltsam strahlenden Tod, der vor seinem geistigen Auge wie eine Art Wunderlampe weiterglomm.

Von nun an muß ich an mich selber denken, als lebte ich beständig im ersten Augenblick der Zukunft, beschloß er wenige Tage später in Zeenys Wohnung in der Sophia College Lane, während er sich in ihrem Bett von dem bissigen Überschwang ihrer Liebe erholte. (Sie hatte ihn schüchtern zu sich nach Hause eingeladen, als lüftete sie einen Schleier, hinter dem sie sich lange Zeit versteckt hatte.) Doch so leicht läßt sich eine Geschichte nicht abschütteln; schließlich lebte er ebenso *im gegenwärtigen Augenblick der Vergangenheit,* und sein altes Leben brach um ihn herum wieder auf, um den letzten Akt zu beschließen.

❦

Er wurde sich bewußt, daß er ein reicher Mann war. Gemäß den Verfügungen in Changez' Testament sollten das riesige Vermögen und die Myriaden Geschäftsbeteiligungen von einer Gruppe erfahrener Treuhänder verwaltet werden, wobei das Einkommen zu gleichen Teilen auf drei Personen aufgeteilt werden sollte: Changez' zweite Frau Nasreen, Kasturba, die er in dem Dokument als »in jedem Sinn des Wortes meine dritte Frau« bezeichnete, und seinem Sohn Salahuddin. Nach dem Tod der beiden Frauen konnte der Trust allerdings aufgelöst werden, wann immer Salahuddin wollte: kurz, er erbte alles. »Unter der Bedingung«, hatte Changez Chamchawala boshaft zur Auflage gemacht, »daß der Schlingel das Geschenk annimmt, das er zuvor verschmähte, nämlich das in Solan, Himachal Pradesh gelegene requirierte Schulhaus.« Changez mochte einen Walnußbaum gefällt haben, aber er unternahm nie den Versuch, Salahuddin aus dem Testament zu streichen. Die Häuser in Pali Hill und Scandal Point waren allerdings aus dieser Verfügung ausgeklammert. Das erstere ging vollständig an Nasreen Chamchawala, das letztere wurde mit sofortiger Wirkung alleiniger Besitz von Kasturbabai, die sofort ihre Absicht kundtat, das alte Haus an Makler zu verkaufen. Das Anwesen war Millionen wert, und Kasturba neigte, was Grundbesitz anging, nicht zu Sentimentalitäten. Salahuddin protestierte lautstark und wurde knallhart abgeschmettert. »Ich habe mein ganzes Leben hier verbracht«, teilte sie ihm mit. »Also habe ich allein zu bestimmen.« Nasreen Chamchawala stand dem Schicksal des alten Hauses völlig gleichgültig gegenüber. »Ein Wolkenkratzer mehr, ein Stück altes Bombay weniger«, sagte sie achselzuckend. »Wo ist der Unterschied? Städte ändern sich.« Sie bereitete schon ihren Umzug nach Pali Hill vor, nahm die Schmetterlingskästen von der Wand, versammelte die ausgestopften Vögel in der Eingangshalle. »Laß doch«, sagte Zeeny Vakil. »In dem Museum könntest du sowieso nicht leben.«

Natürlich hatte sie recht; kaum hatte er sich entschlossen, der Zukunft ins Auge zu blicken, als er auch schon herumhing und das Ende seiner Kindheit beklagte. »Ich bin auf dem Sprung zu einem Treffen mit George und Bhupen, du erinnerst dich«, sagte sie. »Komm doch mit. Du brauchst wieder Anschluß in der Stadt.« George Miranda hatte soeben einen Dokumentarfilm über den Kommunalismus beendet, für den er Hindus und Moslems mit den unterschiedlichsten Ansichten interviewt hatte. Fundamentalisten beider Religionen hatten sofort gerichtliche Anordnungen zu erwirken versucht, um die Aufführung des Films zu verhindern, und obwohl das Bombayer Gericht diesen Anträgen nicht entsprochen hatte, war der Fall vor den Obersten Gerichtshof gekommen. George, noch stoppeliger am Kinn, das Haar noch strähniger, und der Bauch noch wuchernder, als Salahuddin in Erinnerung hatte, trank in einer Dhobi Talao-Kneipe Rum und hämmerte mit pessimistischen Fäusten auf den Tisch. »Das ist das Oberste Gericht, das sich mit Sah Bano einen Namen gemacht hat«, rief er, womit er sich auf den berühmt-berüchtigten Fall bezog, in dem das Gericht unter dem Druck islamischer Extremisten entschieden hatte, daß Unterhaltszahlungen dem Willen Allahs entgegenstanden, und damit Indiens Gesetze noch reaktionärer auslegte als beispielsweise pakistanische Richter die Gesetze ihres Landes. »Ich habe also nicht viel Hoffnung.« Verzweifelt zwirbelte er die wächsernen Enden seines Schnurrbarts. Seine neue Freundin, eine große dünne Bengalin mit kurzgeschnittenem Haar, die Salahuddin etwas an Mishal Sufyan erinnerte, ergriff die Gelegenheit zu einer Attacke gegen Bhupen Gandhi, weil dieser einen Gedichtband über seinen Besuch in der »kleinen Tempelstadt« Gagari in den West Ghats veröffentlicht hatte. Die Gedichte waren von der Hindu-Rechten kritisiert worden; ein bedeutender südindischer Professor hatte verkündet, daß Bhupen »das Recht verwirkt« habe, »sich einen indischen Dichter zu nennen«, aber nach Ansicht der jungen Frau, Swatilekha, war Bhupen von der Religion zu einer gefährlichen Doppeldeutigkeit verführt worden. Bhupen, graue Haare ernsthaft herabfallend, verteidigte sich mit leuchtendem Mondgesicht. »Ich habe gesagt, daß Gagaris einzige Ernte die Steingötter sind, die aus dem Bergen gebrochen wurden. Ich habe von Legendenherden gesprochen, die unter dem Klingeln heiliger Kuhglocken an den Hängen grasen. Das sind keine doppeldeutigen Bilder.« Swatilekha war nicht überzeugt. »Heutzutage«, beharrte sie, »müssen unsere Positionen kristallkar vertreten werden. Jede Metapher kann einer Fehlinterpretation unterliegen.« Sie legte ihre Theorie dar. Die Gesellschaft sei von, wie sie es nannte, *großen Erzählungen* orchestriert: Geschichte, Wirtschaft, Ethik. In Indien habe die Entwicklung eines korrupten und undurchdringlichen Staatsapparats »die Volksmassen vom ethischen Projekt ausgeschlossen«. Die Folge sei, daß sie ihre ethische Befriedigung in der ältesten der großen Erzählungen, nämlich der Religion suchten. »Diese Erzählungen aber werden von der Theokratie und verschiedenen politischen Elementen auf eine gänzlich retrogressive Weise manipuliert.« Bhupen sagte: »Wir können die Allgegenwart des Glaubens nicht negieren. Wenn wir auf eine Art schreiben, die einen solchen Glauben als irregeleitet oder falsch vorverurteilt, machen wir uns dann nicht des Elitedenkens schuldig, drängen wir dann den Massen nicht unsere Weltsicht auf?« Swatilekha war voll Verachtung. »Im Indien von heute werden Frontlinien gezogen«, rief sie aus. »Säkular gegen religiös, Licht gegen Finsternis. Überleg dir genau, auf welcher Seite du stehst.«

Bhupen erhob sich wütend und wollte gehen. Zeeny beruhigte ihn: »Wir können uns keine Schismen leisten. Pläne müssen gemacht werden.« Er setzte sich wieder, und Swatilekha drückte ihm einen Kuß auf die Wange. »Tut mir leid«, sagte sie. »Zuviel Collegebildung, wie George immer sagt. Eigentlich mag ich die Gedichte sehr. Ich wollte nur einen Fall durchspielen.« Ein beschwichtigter Bhupen tat, als wollte er ihr eins auf die Nase geben; die Krise war überstanden.

Salahuddin dämmerte jetzt, daß sie sich getroffen hatten, um ihre Rolle bei einer bemerkenswerten politischen Demonstration zu besprechen: der Bildung einer Menschenkette zur Förderung der »nationalen Integration«, die vom Tor Indiens bis in die letzten Vororte der Stadt reichen sollte. Die Kommunistische Partei Indiens (Marxisten) hatte unlängst in Kerala eine solche Menschenkette mit großem Erfolg organisiert. »Aber«, meinte George Miranda, »hier in Bombay wird das etwas völlig anderes sein. In Kerala hat die KP(M) die Macht. Hier, wo diese Shiv-Sena-Schweine alles beherrschen, müssen wir mit allen erdenklichen Schikanen rechnen, von einer Obstruktionspolitik seitens der Polizei bis hin zu richtiggehenden Überfällen von Banden auf einzelne Glieder der Kette, insbesondere, da sie, was unausweichlich ist, durch die Hochburgen der Sena durchmuß, in Mazagaon und so weiter.« Trotz dieser Gefahren, erklärte Zeeny Salahuddin, seien solche öffentlichen Demonstrationen von größter Relevanz. Angesichts der Eskalation kommunalistischer Gewalt – und Meerut war da nur das jüngste Beispiel in einer langen Reihe blutiger Vorfälle – sei es absolut geboten, daß man den Kräften der Desintegration das Feld nicht kampflos überlasse. »Wir müssen deutlich machen, daß es auch Gegenkräfte gibt.« Salahuddin war etwas verwirrt von der Rasanz, mit der sein Leben begonnen hatte, sich wieder einmal zu ändern. *Ich als Teil einer KP(M)-Veranstaltung. Wunder gibt es immer wieder. Ich muß wirklich verliebt sein.*

Als die Dinge geklärt waren – wer wie viele Freunde mobilisieren könnte, wo man sich traf, was man an Essen, Getränken und Erste-Hilfe-Ausrüstung mitbrachte –, wurden sie lockerer, kippten den billigen dunklen Rum und plauderten über Nebensächliches, und dann hörte Salahuddin zum ersten Mal die Gerüchte über das eigentümliche Verhalten des Filmstars Gibril Farishta, die in der Stadt die Runde machten, und fühlte, wie sein altes Leben ihn wie ein verborgener Dorn stach, hörte die Vergangenheit gleich einer fernen Trompete in seinen Ohren widerhallen.

❦

Der Gibril Farishta, der von London nach Bombay zurückgekehrt war, um die Fäden seiner Filmkarriere wieder aufzunehmen, war nach allgemeiner Übereinkunft nicht mehr der alte, unwiderstehliche Gibril. »Der Junge scheint voll Stoff auf Selbstmord zuzusteuern«, erklärte George Miranda, der den ganzen Filmklatsch kannte. »Wer weiß, warum? Es heißt, er sei unglücklich verliebt gewesen und jetzt ein wenig ausgeklinkt.« Salahuddin hielt den Mund, merkte aber, wie ihm die Hitze ins Gesicht stieg. Allie Cone hatte sich nach dem Brand von Brickhall geweigert, Gibril wieder aufzunehmen. In Sachen Vergebung, sinnierte Salahuddin, hat niemand daran gedacht, die vollkommen unschuldige und zutiefst verletzte Alleluia zu befragen; *und wieder haben wir ihr Leben zu einer Randerscheinung des unsrigen gemacht. Kein Wunder, daß sie noch immer im Kreis springt.* Gibril hatte Salahuddin in einem letzten und etwas angestrengten Telefongespräch mitgeteilt, er wolle nach Bombay zurückkehren, »in der Hoffnung, daß ich dich, sie und diese verdammt kalte Stadt in dem Leben, das mir noch bleibt, nie mehr wiedersehen muß«. Und nun ruinierte er sich allem Anschein nach wieder, und das auch noch auf heimatlichem Grund und Boden. »Er macht ein paar komische Filme«, fuhr George fort. »Und diesmal mußte er eigenes Geld hineinstecken. Nach den beiden Flops haben die Produzenten schnell kalte Füße gekriegt. Und wenn der jetzt auch noch baden geht, dann ist er bankrott, erledigt, *funtoosh.«* Gibril hatte sich auf eine modische Neuverfilmung der Ramayana-Geschichte eingelassen, in der die Helden und Heldinnen statt rein und frei von Sünden korrupt und böse waren. Rama war lüstern und betrunken, Sita flatterhaft, während Ravana, der Dämonenkönig, als aufrechter und ehrlicher Mann gezeichnet war. »Gibril spielt Ravana«, erklärte George in fasziniertem Entsetzen. »Es sieht aus, als lasse er es bewußt auf eine endgültige Konfrontation mit religiösen Sektierern ankommen, wohl wissend, daß er dabei nicht gewinnen kann, sondern in Stücke gerissen wird.« Einige seiner Kollegen hatten der Produktion bereits den Rücken gekehrt und marktschreierische Interviews gegeben, in denen sie Gibril der »Blasphemie«, des »Satanismus« und anderer Vergehen beschuldigten. Seine letzte Verflossene, Pimple Billimoria, war auf dem Titelblatt des *Ciné-Blitz* abgebildet mit den Worten: »Es war, als küßte man den Teufel.« Gibrils altes Problem – sein schwefliger Mundgeruch – war offensichtlich in alter Frische wieder aufgetaucht.

Mehr als die Wahl seiner Filmthemen hatte sein erratisches Benehmen Gerüchte in die Welt gesetzt. »An manchen Tagen ist er die Liebenswürdigkeit in Person«, sagte George. »An anderen kommt er wie Gott der Allmächtige zur Arbeit und verlangt buchstäblich, daß die Leute vor ihm auf die Knie gehen. Ich persönlich glaube nicht, daß der Film fertig wird, wenn er oder solange er seine geistige Gesundheit nicht geregelt kriegt, die, und das glaube ich wirklich, angegriffen ist. Erst die Krankheit, dann der Flugzeugabsturz, dann die unglückliche Liebesgeschichte: man versteht ja, daß der Knabe Probleme hat.« Und es gab schlimmere Gerüchte: die Steuerfahndung saß ihm im Nacken, die Polizei war mit Fragen über den Tod von Rekha Merchant bei ihm aufgetaucht, und Rekhas Mann, der Kugellagerkönig, hatte gedroht, »dem Schwein sämtliche Knochen im Leib zu brechen«, so daß Gibril die Aufzüge von Everest Vilas eine Zeitlang nur in Begleitung von Leibwächtern bestieg; am schlimmsten aber waren die Andeutungen hinsichtlich seiner nächtlichen Besuche im Rotlichtbezirk der Stadt, wo er, so wurde gemunkelt, diverse Etablissements in der Foras Road aufsuchte und ihn die Dadas hinauswarfen, weil die Frauen verletzt wurden. »Einige sollen böse zugerichtet worden sein«, sagte George. »Die Rede ist von hohen Schweigegeldern. Ich weiß auch nicht. Die Leute reden ja soviel. Diese Pimple mußte sich natürlich gleich dranhängen. *Der Mann, der Frauen haßt.* Mit der ganzen Geschichte macht sie sich zum Femme fatale-Star. Aber etwas liegt bei Farishta ziemlich im argen. Sie kennen ihn, hab' ich gehört«, schloß George und blickte Salahuddin an; welcher errötete.

»Flüchtig. Nur durch den Flugzeugabsturz und so weiter.« Er war aufgewühlt. Anscheinend hatte Gribril es nicht geschafft, seinem inneren Dämon zu entfliehen. Er, Salahuddin, hatte geglaubt – naiverweise, wie sich jetzt herausstellte –, daß die Ereignisse von Brickhall, als Gibril ihm während des Brands das Leben rettete, in gewisser Weise sie beide gereinigt, die Dämonen in das verzehrende Feuer gejagt hätten, ja, daß die Liebe bewiesen hätte, daß sie eine Macht ausüben konnte, die ebenso groß war wie die des Hasses, daß die Tugend die Menschen ebenso verändern konnte wie das Laster. Aber nichts währte ewig; keine Heilung, so schien es, war vollkommen.

»Das Filmgeschäft steckt voller Verrückter«, sagte Swatilekha liebevoll zu George. »Schau dich nur selber an.« Aber Bhupen wurde ernst. »Für mich war Gibril immer eine positive Kraft«, sagte er. »Ein Schauspieler aus einer Minderheit, der Rollen aus vielen Religionen spielt und akzeptiert wird. Wenn er nicht mehr beliebt ist, dann ist das ein schlechtes Zeichen.«

Zwei Tage später las Salahuddin Chamchawala in den Sonntagszeitungen, daß eine internationale Bergsteigergruppe, unterwegs, um den Hidden Peak zu besteigen, in Bombay eingetroffen sei; und als er sah, daß die berühmte »Königin des Everest«, Miss Alleluia Cone, dabei war, überkam ihn das seltsame Gefühl, gehetzt zu werden, der Eindruck, daß die Schatten seiner Phantasie in die wirkliche Welt hinaustraten, daß die Vorsehung die langsame, tödliche Logik eines Traums annahm. »Jetzt weiß ich, was ein Geist ist«, dachte er. »Nämlich eine unerledigte Sache.«

❦

Allies Anwesenheit in Bombay beschäftigte ihn während der nächsten zwei Tage mehr und mehr. Seine Gedanken beharrten darauf, seltsame Verbindungen zu ziehen zwischen, beispielsweise, der offensichtlichen Wiederherstellung ihrer Füße und dem Ende ihrer Affäre mit Gibril: als hätte er sie mit seiner eifersüchtigen Liebe verstümmelt. Sein rationales Denken wußte, daß ihr Problem mit den Plattfüßen in Wirklichkeit ihrer Beziehung mit Gibril vorangegangen war, doch befand er sich in einer eigenartig träumerischen Stimmung und schien jeglicher Logik unzugänglich. Was tat sie wirklich hier? Warum war sie wirklich gekommen? Ein schreckliches Verhängnis, davon war er überzeugt, stand bevor.

Zeeny, der Sprechstunden, Collegevorlesungen und die Arbeit für die Menschenkettendemonstration vorerst keine Zeit für Salahuddin und seine Stimmungen ließen, verstand sein introvertiertes Schweigen als Ausdruck von Zweifeln – an seiner Rückkehr nach Bombay, daran, daß er in eine Art politischer Aktivität hineingezogen wurde, die ihm seit jeher verhaßt war, an ihr. Um ihre Angst zu verbergen, redete sie mit ihm in Form einer Vorlesung. »Wenn es dir ernst damit ist, dein Fremdsein abzuschütteln, Salad Baba, dann begib dich statt dessen nicht in irgendein wurzelloses Abseits. Okay? Wir sind alle da. Wir stehen direkt vor dir. Du solltest diesmal wirklich versuchen, dich mit dieser Stadt wie ein Erwachsener vertraut zu machen. Versuche, sie so anzunehmen, wie sie ist, und nicht als irgendeine Kindheitserinnerung, die dich nostalgisch und krank macht. Öffne dich ihr. So, wie sie tatsächlich ist. Mach dir ihre Fehler zu eigen. Werde ihr Geschöpf; sei ein Teil von ihr.« Er nickte abwesend; während sie, in der Meinung, er wolle sie erneut verlassen, wutentbrannt hinausstürmte und ihn völlig verwirrt zurückließ.

Sollte er Allie anrufen? Hatte Gibril ihr von den Stimmen erzählt?

Sollte er versuchen, sich mit Gibril zu treffen?

Bald geschieht etwas, warnte ihn seine innere Stimme. *Es wird geschehen, und du weißt nicht, was es ist, und du kannst verdammt nichts daran ändern. O ja: es ist etwas Böses.*

❦

Es geschah am Tag der Demonstration, die entgegen allen Erwartungen ein ziemlicher Erfolg war. Ein paar kleinere Handgreiflichkeiten wurden aus dem Mazagaon-Bezirk berichtet, doch im großen und ganzen verlief das Ereignis problemlos. Beobachter der KPI(M) berichteten von einer geschlossenen Kette von Männern und Frauen, die einander quer durch die Stadt die Hand reichten, und Salahuddin, der zwischen Zeeny und Bhupen in der Muhammad Ali Road stand, konnte die Kraft des Bildes nicht leugnen. Viele in der Kette hatten Tränen in den Augen. Die Aufforderung, einander an den Händen zu fassen, war von den Organisatoren – herausragend unter ihnen Swatilekha, die hinten auf einem Jeep saß, ein Megaphon in der Hand – um Punkt acht Uhr morgens ausgegeben worden; eine Stunde später, als der Berufsverkehr der Stadt seinen hupenden Höhepunkt erreichte, begann die Menge, sich zu zerstreuen. Doch trotz der Tausende, die daran teilnahmen, trotz des friedlichen Ablaufs und der positiven Botschaft, wurde die Menschenkette in den Doordarshan-Fernsehnachrichten nicht erwähnt. Auch All-India Radio berichtete nicht darüber. Die Mehrheit der (regierungsnahen) landessprachlichen Blätter unterließ ebenfalls jegliche Meldung... eine englischsprachige Tageszeitung und eine Sonntagszeitung brachten die Story, das war alles. Zeeny, den Umgang mit der Kette von Kerala in Erinnerung, hatte dieses ohrenbetäubende Schweigen vorausgesagt, als sie und Salahuddin nach Hause gingen. »Es ist eine kommunistische Show«, erklärte sie. »Offiziell also ein Nicht-Ereignis.«

Wie lauteten die Schlagzeilen der Abendblätter?

Was schrie die Leser in zentimeterhohen Lettern an, während der Menschenkette nicht einmal ein kleingedrucktes Flüstern zugestanden wurde?

EVEREST-KÖNIGIN, FILM-MOGUL TOT

DOPPELTRAGÖDIE IN MALABAR HILL –

GIBRIL FARISHTA VERSCHWUNDEN

FLUCH VON EVEREST VILAS HAT WIEDER ZUGESCHLAGEN

Die Leiche des angesehenen Filmproduzenten S. S. Sisodia war vom Personal mitten auf dem Wohnzimmerteppich in der Wohnung des berühmten Schauspielers Mr. Gibril Farishta mit einem Loch im Herzen aufgefunden worden. Miss Alleluia Cone war, und hier sah man einen Zusammenhang, vom Dach des Wolkenkratzers in den Tod gestürzt, von dem ein paar Jahre zuvor Mrs. Rekha Merchant ihre Kinder und sich selbst auf den Beton hinabgeschleudert hatte.

Die Morgenzeitungen waren bezüglich Farishtas letzter Rolle weniger vage. VERDÄCHTIGTER FARISHTA FLÜCHTIG.

»Ich gehe wieder nach Scandal Point«, sagte Salahuddin zu Zeeny, die diesen Rückzug in eine innere Kammer des Geistes mißverstand und aufbrauste: »Jetzt entscheide dich aber langsam.« Als er ging, wußte er nicht, wie er sie beruhigen sollte, wie er ihr seine überwältigenden Gefühle der Schuld, der *Verantwortung* erklären sollte: wie er ihr sagen sollte, daß diese Morde die dunklen Blumen der Samen waren, die er vor langer Zeit ausgesät hatte. »Ich brauche einfach Zeit zum Nachdenken«, sagte er schwach und bestärkte damit ihren Verdacht. »Nur ein, zwei Tage.«

»Salad Baba«, sagte sie schroff, »das muß man dir lassen, Mann. Dein Timing: echt toll.«

In der Nacht nach seiner Mitwirkung an der Menschenkette blickte Salahuddin aus dem Schlafzimmerfenster seiner Kindheit auf die nächtlichen Muster des Arabischen Meers, als Kasturba drängend an die Tür klopfte. »Da ist ein Mann, der dich sprechen will«, sagte sie, zischte die Worte nahezu, in heller Angst. Salahuddin hatte niemand durch das Tor gehen sehen. »Durch den Personaleingang«, sagte Kasturba auf seine Frage hin. »Und, Baba, höre, es ist dieser Gibril. Gibril Farishta, von dem es in der Zeitung heißt...« ihre Stimme verlor sich, und sie kaute nervös an den Nägeln der linken Hand.

»Wo ist er?«

»Was sollte ich tun, ich hatte solche Angst«, rief Kasturba. »Ich habe ihm gesagt, ins Arbeitszimmer deines Vaters, da wartet er. Aber vielleicht gehst du besser nicht hin. Soll ich die Polizei rufen? Baapu ré, daß so etwas.«

Nein. Nicht die Polizei. Ich will hören, was er will.

Gibril saß auf Changez' Bett, die alte Lampe in der Hand. Er trug einen schmutzigen weißen Kurta-Pajama und sah aus wie einer, der schlecht geschlafen hat. Sein Blick ging ins Leere, war leblos, tot. »Spoono«, sagte er mühsam und winkte mit der Lampe zu einem Sessel. »Fühl dich wie zu Hause.«

»Du siehst entsetzlich aus«, wagte Salahuddin sich vor und entlockte dem anderen damit ein entferntes, zynisches, unbekanntes Lächeln. »Setz dich und sei still, Spoono«, sagte Gibril Farishta. »Ich bin gekommen, um dir eine Geschichte zu erzählen.«

Dann warst du es also, verstand Salahuddin. *Du hast es tatsächlich getan: du hast sie beide umgebracht.* Doch Gibril hatte die Augen geschlossen, die Fingerspitzen zusammengelegt und mit seiner Geschichte – die auch das Ende vieler Geschichten war – begonnen, folgendermaßen:

Kan ma kan
Fi qadim azzaman...

❦

Es war so   es war nicht so   in einer lange vergessenen Zeit

Jedenfalls   geht etwa so

Ich bin mir nicht sicher   denn als sie kamen war ich nicht ich selbst   nein yaar   überhaupt nicht ich selbst manche Tage sind hart   wie soll ich sagen   was Krankheit ist   so ähnlich aber ich bin mir nicht sicher

Immer steht ein Teil von mir außerhalb   brüllt   nein bitte nicht nein   aber es hilft nichts   verstehst du   wenn die Krankheit kommt

Ich bin der Engel   der gottverdammte Engel Gottes   und zur Zeit bin ich der Racheengel   Gibril der Rächer   immer Rache warum

Ich bin mir nicht sicher   etwa in der Art   denn das Verbrechen ein Mensch zu sein

besonders weiblich   aber nicht ausschließlich   die Leute müssen bezahlen

Etwa in der Art

Also brachte er sie mit   er wollte nichts Böses   das weiß ich jetzt   er wollte nur daß wir beide zusammen sind   sisi-siehst du denn nicht sagte er   sie hat dich nicht übüb-überwunden   noch lange nicht   und du sagte er   immer noch veve-verrückt nach ihr alle wissen es   er wollte nur, daß wir   wir   wir

Doch ich hörte Verse

Verstehst du Spoono

V e r s e

Rot der Apfel bleich das Stroh Zisch   bumm bah

Ich mag Schnaps ich mag Bier

Veilchen sind lieb   rosen sind rot   denk an mich   wenn ich bin tot tot tot

So was in der Art

Ging mir nicht aus dem Kopf   und sie verwandelte sich vor meinen Augen   ich beschimpfte sie   Hure   und so   und er ich wußte von ihm

Sisodia   Lustmolch von irgendwoher   ich wußte was sie vorhatten

über mich lachen   in meinem eigenen Haus   so ungefähr

Ich mag Milch ich mag Wein

Verse Spoono was glaubst du wer denkt sich so etwas Verdammtes aus

Und so rief ich den Zorn Gottes herab   ich zeigte mit dem Finger   ich schoß ihm ins Herz   aber sie   Miststück dachte ich Miststück   eiskalt

stand da und wartete   wartete nur   und dann weiß nicht mehr bin mir nicht sicher   wir waren nicht allein

So ungefähr

Rekha war da   saß auf ihrem Teppich   du erinnerst dich an sie Spoono

du erinnerst dich an Rekha auf dem Teppich   als wir fielen und noch ein anderer verrückter Typ   schottischer Aufzug *Gora*-Typ

verstand den Namen nicht
Sie sah sie oder auch nicht   ich bin mir nicht sicher   sie stand einfach nur da
Es war Rekhas Idee   sie nach oben bringen   Gipfel des Everest wenn du einmal da warst   geht's nur noch abwärts
Ich zeigte mit dem Finger auf sie   wir gingen hoch
Ich stieß sie nicht
Rekha stieß sie
Ich hätte sie nicht gestoßen
Spoono
Versteh mich Spoono
Verflucht
Ich liebte das Mädchen.

Salahuddin dachte daran, wie Sisodia mit seinem erstaunlichen Talent für zufällige Begegnungen (Gibril, als dieser in London auf die Straße rannte, Salahuddin selbst, als er vor einer offenen Flugzeugtür in Panik geriet, und jetzt anscheinend Alleluia Cone in ihrer Hotellobby) schließlich zufällig dem Tod über den Weg gelaufen war; und er dachte auch an Allie, die weniger glücklich gefallen war als er, als sie (statt ihres ersehnten Alleinaufstiegs auf den Everest) ihren schmachvollen, tödlichen Abstieg machte; und er dachte daran, wie er selbst wohl für seine Verse sterben würde, und daß es ihm nicht möglich war, das Todesurteil ungerecht zu nennen.

Es klopfte an der Tür. *Aufmachen, Polizei.* Kasturba hatte sie also doch gerufen.

Gibril nahm den Deckel von der wunderbaren Lampe Changez Chamchawalas und ließ ihn scheppernd zu Boden fallen.

Er hat eine Waffe darin versteckt, dachte Salahuddin. »Passen Sie auf«, schrie er. »Der Mann ist bewaffnet.« Das Klopfen verstummte, und Gibril rieb jetzt mit der Hand an der Seite der Wunderlampe: einmal, zweimal, dreimal.

Der Revolver sprang heraus, in seine andere Hand.

Ein furchterregender Dschinn von ungeheuerlicher Gestalt erschien, erinnerte sich Salahuddin. *»Was ist dein Wunsch? Ich bin der Sklave dessen, der die Lampe hält.«* Was für ein einschränkendes Ding eine Waffe ist, dachte Salahuddin und fühlte sich seltsam distanziert von den Ereignissen. – Wie Gibril, als die Krankheit kam. – Ja, wirklich; ein höchst einschränkendes Ding. Denn wie wenig Möglichkeiten es gab, jetzt, da Gibril der *Bewaffnete* war und er der *Unbewaffnete;* wie das Universum geschrumpft war! Die wahren Dschinns der alten Zeit hatten die Macht, das Tor zur Unendlichkeit zu öffnen, alle Wünsche Wirklichkeit werden zu lassen, jegliches Wunder in den Bereich des Möglichen zu stellen; wie banal war im Vergleich dazu dieser moderne Spuk, dieser abgewrackte Abkömmling mächtiger Ahnen, dieser schwächliche Sklave einer Lampe aus dem zwanzigsten Jahrhundert.

»Ich habe dir vor langer Zeit gesagt«, sagte Gibril Farishta ruhig, »daß ich die Krankheit, wenn ich glaubte, daß sie nie von mir weichen wird, daß sie immer wiederkehren wird, nicht ertragen könnte.« Dann, sehr schnell, bevor Salahuddin einen Finger rühren konnte, steckte sich Gibril den Lauf des Revolvers in den Mund; und drückte ab; und war frei.

Er stand am Fenster seiner Kindheit und blickte hinaus auf das Arabische Meer. Der Mond war fast voll; das Mondlicht, das von den Felsen von Scandal Point hinaus zum weiten Horizont reichte, schuf die Illusion eines silbernen Wegs, wie ein Scheitel im schimmernden Haar des Wassers, wie eine Straße zu sagenhaften Ländern. Er schüttelte den Kopf, konnte nicht länger an Märchen glauben. Die Kindheit war vorüber, und die Aussicht aus diesem Fenster war nicht mehr als ein altes, sentimentales Echo. Zum Teufel damit! Sollten doch die Bulldozer kommen. Wenn das Alte sich weigerte zu sterben, konnte das Neue nicht geboren werden.

»Komm«, sagte Zeenat Vakils Stimme an seiner Schulter. Es schien, als erhielte er trotz seiner Vergehen, seiner Schwäche, seiner Schuld – trotz seiner Menschennatur – eine zweite Chance. Es gab keine Erklärung für sein Glück, soviel stand fest. Es war einfach da, faßte ihn am Ellbogen. »Zu mir«, bot Zeeny an. »Machen wir, daß wir hier wegkommen.«

»Ich komme«, antwortete er ihr und kehrte der Aussicht den Rücken.

ANMERKUNGEN

Begriffe, Wörter und Namen, deren Bedeutung aus dem Kontext hervorgeht, und Figuren aus der indischen Mythologie werden an dieser Stelle nicht erklärt.

Achkan:	knielanger, durchgeknöpfter Mantel mit hohem Kragen.
'Ad und Thamoud:	entsprechen Sodom und Gomorrha, sind jedoch keine Orte, sondern alt-arabische Volksstämme, die häufig im Koran erwähnt werden.
Afeem:	Opium.
Aficionada (spanisch):	leidenschaftliche Anhängerin.
Afrit:	böser Dämon.
Amma:	Mutter.
Angrez:	Engländer.
Arré:	he, he da!
Arré baap:	O Vater, auch: Ach du lieber Gott.
Arré deo:	O Gott.
Avatara:	indische Bezeichnung für die Inkarnation eines Gottes, insbesondere Wischnu.
Ayah:	Kindermädchen.
Baap-re-baap:	eigentlich Vater, o Vater, im übertragenen Sinn: Gott, o Gott.
Baapu ré:	Ausruf des Staunens.
Baba:	wörtlich Großvater, aber auch liebevolle Anrede für einen älteren Mann oder Jungen.
Babu/Bapu:	eigentlich Herr, auch: während der britischen Kolonialherrschaft Bezeichnung für kleine Angestellte; davon abgeleitet (herablassend): Inder mit oberflächlicher englischer Bildung.
Bandh:	Streik.
Banghra:	Volkstanz aus dem Punjab.
Barfi:	geraspelte Kokosnuß mit Milch und Zucker (Konfekt).
bas:	genug.
Begum:	eigentlich Titel indischer Fürstinnen; Frau (in der Anrede).
Benarsi-Sari:	Sari im Stil von Benares.
Bhaenchud:	jemand, der mit der eigenen Schwester schläft: Inzest.
Bhai:	Bruder.
Bhaijan:	Bezeichnung für Verwandte.
Bhangi:	Latrinenreiniger, Straßenkehrer.
Bhelpuri:	salziger Imbiß, Spezialität von Bombay.
Bhurta:	Auberginen-Curry.
Bibi:	höfliche Anrede oder Bezeichnung für Frau.

bilkul:	völlig, ganz.
Biri:	Zigarre.
Burqa (arabisch):	Umhang oder Schleier, der den Körper von Kopf bis Fuß verhüllt.
Bustee:	Siedlung oder Ansammlung von Hütten in Indien.
Cha:	Tee.
Chaat:	süßer Snack.
Chaloo chai:	Tee mit Milch und Zucker.
Chandela:	indische Herrscherdynastie (9.–11.Jh.).
Chapati:	Fladenbrot.
Chappals:	Ledersandalen.
Chaprassi:	Bote.
Choli:	unter dem Sari getragenes Leibchen.
Chola Natraj:	Statue des Shiva, in der Rolle des Tänzers, der den kosmischen Tanz tanzt (*Chola:* indisches Königreich im 14. Jahrhundert).
Chootia:	Schimpfwort.
Dabba:	Schachtel, Kiste.
Dada:	Großvater.
Dam:	Steinchen.
Dhaba:	Kneipe, Bar.
Dholki:	Trommel.
Dosa:	Pfannkuchen aus Linsenmehl.
Dothi:	weißes Lendentuch aus Baumwolle.
Dschaina:	Angehöriger einer indischen Glaubensgemeinschaft, die an das Gebot der Nichtverletzung von Lebewesen gebunden ist.
Dschellaba:	weites Männergewand.
Dschinn:	böser Geist im islamischen Volksglauben.
Dupatta:	Frauenkopftuch aus dünnem Stoff; Schal.
ekdumjaldi:	auf der Stelle, ganz schnell, sofort.
Farangis:	In Indien gebräuchliche Bezeichnung für Europäer, insbesondere Engländer.
funtoosh:	erledigt, ruiniert.
Gana:	Lied.
Gehenna (hebräisch):	Hölle.
Ghul:	leichenfressender Dämon.
Gitanjali:	»Musikalisches Opfer«; Werk des indischen Nobelpreisträgers Tagore.
Gopi:	Schäferin.
Gora:	»Der Hellhäutige«; Werk von Tagore.
Gota:	Goldstickerei auf Gewändern.
Gulab jaman:	frittiertes Gebäck aus Quark und Rosensirup.
Hadschi:	Mekkapilger.
Haramzada:	Hurensohn, Mistkerl.
Haschaschine:	Haschischraucher; früher: gedungener Mörder; Ursprung des englischen Wortes assassin (politischer Mörder, Attentäter).

Hijra:	Transvestit, Eunuch.
Hoosh:	Geist, Gespenst, Dämon, Kobold.
Houri:	Jungfrau im islamischen Paradies: wollüstige Frau.
Hubshee:	indischer Ausdruck für Neger.
'Id(arabisch):	Fest, besonders der Tag, an dem das Ende des Fastenmonats Ramadan gefeiert wird.
Imam (arabisch):	Vorbeter in der Moschee.
Isa:	Anspielung; arabischer Name für Jesus.
Islam:	wörtlich übersetzt: Unterwerfung.
Jalebi:	Süßigkeit in Brezelform.
Janab:	mein Herr (in der Anrede).
Jahannum (arabisch):	Hölle.
-ji:	die Nachsilbe -ji ist Ausdruck respektvoller Zuneigung.
Jukéh:	Großbritannien (*U*nited *K*ingdom).
Juma Masjid:	große Moschee in Dehli.
Kabbadi:	beliebtes Mannschaftsspiel.
Kachori:	Gebäck.
Kahin:	Seher.
Kauri:	kleinste indische Münzeinheit; eigentlich Muschel.
khattam-shud:	Ende, aus, basta.
Khir:	Kokoscreme.
Kurta:	weites, kragenloses Oberhemd.
Kurus und Pandavas:	zwei gegnerische Parteien in einem Krieg.
Lafanga:	Hurensohn, Mistkerl.
La ilaha illalah (arabisch):	Es gibt keinen Gott außer Allah.
Lala:	Händler, Krämer.
Lassi:	Joghurtgetränk.
Lathi:	langer, eisenbeschlagener Knüppel der indischen Polizisten.
Maha:	groß.
Mahabharata:	eines der großen Epen des alten Indien.
Mahound:	Mohammed; während des Mittelalters im Englischen und Französischen Verfälschung von Mohammeds Namen; bedeutete: der Teufel.
Mantra:	Gebet, Vers, Zauberformel.
Masala:	Gewürzmischung.
Masjid:	Moschee.
Maslama:	Anspielung auf den Gegenpropheten Mohammeds gleichen Namens.
Mirza:	ursprünglich Name eines persischen Prinzen; Bezeichnung für einen gelehrten Mann oder einen Mann in offizieller Stellung.
Mubarak:	Glückwunsch.
Muezzin:	islamischer Gebetsrufer.
Mufti:	moslemischer Rechtsgelehrter.
Mughlai:	eine Form nordindischer Küche.

Muqaddam:	Chef, Person in leitender Position.
na:	nicht wahr?
Nabob:	ein in Indien reich gewordener Europäer.
Namaqool:	Dummkopf.
Natyam-Tänzerinnen:	hinduistische Tempeltänzerinnen.
Nikah:	Heiratszeremonie.
Paan:	Betel.
Pajama:	in Indien: weite, um die Hüfte gebundene Hose.
Panchayat:	Stadt- oder Dorfrat.
Pani:	Wasser.
Paratha:	dünner Pfannkuchen aus Mehl, Wasser und geklärter Butter.
Parsi:	Nachkommen der Zoroaster, die im 8. Jahrhundert von Persien nach Indien auswanderten.
Pasanda:	Fleischklößchen.
Pattie:	Pastete.
Pir (persisch):	im Islam: Ehrentitel für einen heiligen Mann oder religiösen Führer.
Pooja:	Anbetung, religiöses Fest.
Pugri:	Kopftuch.
Punkah:	von Hand betätigter Zimmerfächer.
Purana:	in Sanskrit verfaßte Mythensammlung der Hindus.
Purdah:	Vorhang, insbesondere um Frauengemächer abzuschirmen; auch allgemein Abtrennung, Isolierung.
Puri:	frittiertes Brot aus Vollkornweizenmehl.
Qalmah:	islamisches Glaubensbekenntnis.
Raita:	Joghurtsalat mit Gemüse.
Rakshasa:	Dämon.
Ramayana:	indisches religiöses Nationalepos, erzählt die Taten des Königssohns Rama.
Rig-Veda:	eines der vier alten, heiligen Bücher der Hindus.
Rishi (Sanskrit):	Weiser oder Dichter.
RSS (Rashtriya Swyamsevak Sangh):	extrem rechtsgerichtete fundamentalistische Gruppierung.
Sahib:	Bezeichnung für »Herr«, auch Anrede für Europäer.
Salah:	Hurensohn, Mistkerl.
Samosa:	mit Fleisch oder Gemüse gefüllte, frittierte Teigtasche.
Sanyasi:	Eremit.
Sarpanch:	Dorfältester.
Schaitan (arabisch):	Satan.
Seth:	Kaufmann, Geldverleiher.

Seven tiles:	Indisches Kinderspiel bei dem sieben zerbrochene Ziegelsteine aufeinandergestapelt und mit einem Ball umgestoßen werden.
Shabash:	bravo.
Shakti:	im Hinduismus das weibliche Prinzip, personifiziert vor allem durch die Frau Shivas oder anderer Götter.
Sharif:	edel.
Shiva lingam:	Phallussymbol des Gottes Shiva.
Simurg:	persisches Vogelungeheuer.
Sirdarji:	Anrede eines Sikh.
Swadeshi:	vor der Unabhängigkeit Indiens: nationalistische Bewegung, die zum Kauf von im eigenen Land hergestellten Produkten und zum Boykott ausländischer Erzeugnisse aufrief. Bezeichnet heute in Indien hergestellte Waren.
Takht:	ungepolsterte Holzliege oder Sitz, auch Thron.
Testudo (spanisch):	Schilddach.
Thela:	kleiner Karren.
Tiffin:	Mittagessen, leichte Zwischenmahlzeit.
Umra:	die Reise.
Uttapam:	Sauerteigfladen.
Vilayet (Urdu):	Großbritannien.
Vishwa Hindu Parishad:	rechtsgerichtete, nationalistische Organisation.
»Wählt die Hand«:	Die Hand ist das Wahlsymbol der indischen Kongreßpartei.
walla(h):	Partikel, das die Position/Tätigkeit einer Person bezeichnet.
Yatri:	der Reisende.
Yelamma:	südindische Hindu-Göttin; wird vorwiegend in Kavnatka verehrt.
Yoni:	weibliches Fruchtbarkeitssymbol.
Zamindar:	Großgrundbesitzer.
Zenana:	in Indien und im Iran die Frauengemächer; entspricht dem Harem in arabisch sprechenden moslemischen Ländern.

BIBLIOGRAPHISCHE NOTIZ

Die in diesem Buch verwendeten Zitate aus dem Koran sind angelehnt an die deutsche Übersetzung von Rudi Paret. Die Beschreibung des Mantikor verdanke ich Jorge Louis Borges' *Einhorn, Sphinx und Salamander. Buch der imaginären Wesen*, das Material über Argentinien stammt zum Teil aus den Schriften W. H. Hudsons, insbesondere seinen Kindheitserinnerungen *Far Away and Long Ago (In weiter Ferne und vor langer Zeit)*. Dank sagen möchte ich Pauline Melville dafür, daß sie für mich Locken von Dreadlocks geschieden hat; bekennen möchte ich, daß die »Gagari«-Gedichte von »Bhupen Gandhi« auf Arun Kolatkars Sammlung *Jejuri* anspielen. Die Verse aus »Living Doll« (»Lebende Puppe«) sind von Lionel Bart, die von Kenneth Tynan im letzten Teil des Romans wurden *Tynan Right and Left (Tynan rechts und links)* entnommen.
Etliche der zahlreichen Autoren, von denen ich gelernt habe, enthüllt, so hoffe ich, der Text; andere müssen anonym bleiben, auch ihnen danke ich.